SALMA

La Dame de Safed

SALMA

La Dame de Safed

Joël Barely

ROMAN

A la mémoire de ma très chère amie
Brakha Cohen.

Chapitre Premier

Juchée sur les décombres de la citadelle, située au sommet de la colline de Maale Kenaan, Salma contemplait la ville de sa jeunesse perdue et théâtre de toutes ses peines. Elle avait les pieds rivés sur un socle de près de mille mètres d'altitude qui en faisait l'endroit le plus haut de toute la Galilée. Elle respira profondément, ouvrit tous ses chakras et se concentra longuement. Cette posture lui donnait l'impression de dominer le monde, du moins le seul monde qu'elle connaissait. Elle qui, ballotée par les affres et les vicissitudes de la vie, n'avait fait que subir.

Salma avait dû travailler sur elle, durant cinq longues années, pour se reconstruire après le terrible drame qui l'avait quasiment détruite. Aujourd'hui, apparemment apaisée, elle pensait n'éprouver ni sentiment de haine, ni besoin de vengeance, juste l'ineffable satisfaction d'avoir pu dominer l'adversité. Elle jubilait, cette position lui offrait une vue imprenable sur les monts alentour, le lac Kinneret et la ville de Tibériade au loin, tandis qu'à ses pieds, s'étalait la Ville Bleue. Ainsi surnommait-on Safed à l'époque, tant il y avait de caveaux et de mausolées à la coupole azurée abritant les corps des docteurs de la Loi et des grands Kabbalistes galiléens.

Du haut de cette colline, elle embrassait l'intégralité du panorama d'un seul regard et ce qu'elle ne voyait pas, elle le reconstituait. Curieusement, tout était resté imprimé dans sa mémoire, comme ce tertre où elle se trouvait et qui n'était plus qu'un amas de terre recouvert d'herbes et entouré de ruines. Elle avait gardé en elle, le souvenir de l'imposante citadelle construite par les Croisés au treizième siècle et qui s'était effondrée au cours d'un tremblement de terre qui avait ébranlé la ville en janvier 1837. Pour l'anecdote, certains habitants de Safed s'étaient, opportunément servi des pierres éboulées pour reconstruire leurs maisons.

Ce Jeudi 3 novembre 1843 était une belle journée. Le temps était clair et la frondaison restait luxuriante grâce aux nombreuses sources et cours d'eau parcourant la Haute Galilée. La place était noire de monde. Une foule altière s'était déplacée pour saluer, comme il se devait, son Excellence Burkan bey, émissaire d'Ibrahim Pacha venu du Caire en grande pompe, le matin même, pour promulguer un décret qui rendait obligatoire la conscription de tous les jeunes arabes, dans l'armée égyptienne. La foule se pliant au protocole d'usage, applaudissait et ovationnait Ibrahim Pacha. Toute a sa méditation, Salma semblait imperméable à l'effervescence qui bruissait autour d'elle. Soudain, une forte clameur la sortit de sa torpeur contemplative. Intriguée, elle s'enveloppa dans sa chape couleur anthracite, symbole de son académie, se couvrit la tête avec une capuche de conjoncture, descendit de son promontoire et se mêla à la foule en toute discrétion, pour voir l'émissaire du Sultan se retirer satisfait, sous les hourras d'une populace euphorique, consciente de l'insigne honneur qui lui était réservé.

Cependant, au premier coup d'œil, elle se rendit compte de la situation. Malgré leurs mines apparemment réjouies, les habitants arabes, composant la grande majorité de cette foule, apparaissaient désabusés. Déambulant comme une ombre entre les groupes de personnes, elle finit par entendre distinctement les fellahs qualifier ce 3 novembre de "jour funeste". Salma en déduisit que leurs faux-semblants étaient destinés aux janissaires de la Sublime Porte. (Nom identifiant le gouvernement ottoman depuis le 17e siècle).

Ces soldats d'élite, extrêmement craints, étaient prélevés enfants dans les familles chrétiennes par les armées ottomanes victorieuses. Ils émanaient pour la plupart des Balkans tout comme leur sultan Mehmet Ali. Convertis de force, ils subissaient un endoctrinement jusqu'à devenir fanatiquement attachés à la foi islamique. A l'issue de leur instruction, ils finissaient par nourrir une haine implacable envers les infidèles, notamment juifs et chrétiens. Ils maintenaient une discipline de fer et restaient sans concession concernant le respect de l'ordre public, n'hésitant pas à réprimer dans le sang toute tentative de rébellion.

Bien que leur ordre ait été officiellement dissous depuis 1826, certains d'entre-eux avaient délibérément choisi de continuer à appartenir à la garde impériale et pouvaient mourir pour leur maître dont ils défendaient les intérêts en se montrant impitoyables. Les autres janissaires s'étaient fédérés en sociétés de milices privées extrêmement efficaces, sous les ordres d'un supérieur hiérarchique incontesté. Cette police parallèle avait fini par devenir incontournable au fil des années.

Camouflée dans la chape qui la recouvrait presque totalement, Salma, débordante de curiosité, badaudait telle une ombre. Au cours de ses déambulations à travers cette foule exclusivement masculine, Salma découvrit combien les habitants arabes de Safed, exaspérés, vouaient à Ibrahim Pacha une haine féroce qu'ils avaient de plus en plus de mal à contenir. Ce jour-là, dès que les janissaires se furent éloignés, les villageois, ulcérés, donnèrent libre-cours à leur courroux.

Recluse pendant cinq ans, sans aucun contact avec le monde extérieur, Salma ignorait tout des événements du moment et ne sembla que peu intéressée par cette nouvelle donne politique ou de ses éventuelles conséquences.

Cependant, l'attitude de la foule montrait à l'évidence combien cet homme était haï. Elle se souvenait pourtant que Mansour, le grand amour de sa vie, avait gardé d'Ibrahim Pacha une impression plutôt favorable. Pour lui, Mehmet Ali Pacha et son fils Ibrahim Pacha étaient certes des despotes mais, avant tout des hommes modernes. Ils avaient réformé l'armée sur le modèle européen puis, avaient engagé de grandes réformes institutionnelles et sociales. En outre, ils prônaient l'égalité des hommes, dans toutes les terres conquises, afin de mieux gérer des territoires disparates et des populations éclectiques.

Toute à sa réflexion, elle ne s'aperçut pas tout de suite qu'un juif religieux, dûment chapeauté et revêtu de sa traditionnelle redingote noire, l'observait assidûment.

Quand son regard finit par devenir gênant, elle se tourna promptement vers lui. Dans un même mouvement, le religieux fit mine de regarder ailleurs. Intriguée par cet homme qu'elle trouva d'emblée fort séduisant, elle prit le parti de l'aborder.

- Pourquoi m'épiez-vous ?!

Rouge de honte, l'homme nia dans un premier temps, puis bafouilla quelque chose comme... "Vous êtes la seule femme et…"

Puis finalement, après un court moment d'hésitation, il s'excusa et se présenta :

- Je m'appelle Samuel Danilovitch, mais mes proches m'appellent Shmoulik. Je suis enseignant et je m'occupe des étudiants de première année. Je les récupère après leurs études talmudiques et les initie à la Kabbale, à la Yeshiva ashkénaze du ARI.

Se rendant compte qu'elle ne lui en demandait pas tant, il se tut et murmura :

- Et vous ?

Salma sourit de sa gêne et lui répondit :

- Sarah ! Mais tout le monde m'appelle Salma.

- Salma ?

Voyant sa question restée sans réponse, Shmoulik lui demanda ce qu'elle faisait au milieu de cette foule haineuse.

Surprise, Salma lui renvoya la question

Shmoulik lui apprit qu'il avait une certaine estime pour Ibrahim Pacha car ce dernier avait mis fin aux massacres anti juifs et chrétiens de 1834 et 1838 en châtiant sévèrement les émeutiers. Il avait également donné aux juifs le droit de s'installer à Jérusalem en abrogeant le décret d'interdiction promulgué par le sultan ottoman Selim III. Ce qui avait permis à son père de réaliser son rêve en s'installant à Jérusalem comme l'avait suggéré le Gaon de Vilna, leader religieux incontesté de la communauté juive de Lituanie.

Cette réponse fit comprendre à Salma que la famille de Shmoulik était originaire de Lituanie comme la sienne. L'étude de la Kabbale leur était commune et enfin, comme Mansour, son avis sur Ibrahim Pacha était plutôt positif, même si c'était pour d'autres raisons. Tous ces points de convergence lui rendirent Shmoulik encore plus attrayant.

Cette rencontre tombait bien, finalement. Avec qui d'autre aurait-elle pu parler ? Elle était la seule femme au sein de cette populace ! Elle ne croyait pas au hasard.

Une fois la glace rompue, Salma voulut en savoir plus sur la famille de Shmoulik. Son père et sa mère vivaient-ils toujours à Jérusalem ? Avait-il des frères et des sœurs ? Avait-il encore de la famille en Lituanie ? Sans savoir pourquoi, Salma se sentait irrémédiablement attirée par cet homme timide aux yeux clairs. Aussi prit-elle soin d'éviter les questions trop personnelles, ne souhaitant nullement l'incommoder. Et puis, pour ce qui la concernait, qu'aurait-elle pu répondre ? ... Qu'elle s'était retirée du monde pendant plus de 5 ans !

4

Shmoulik lui répondit par l'affirmative concernant ses parents, lui apprit qu'il était fils unique et qu'il n'avait plus aucune famille en Lituanie. Ils se parlèrent longtemps comme s'ils se connaissaient depuis toujours, sans réellement comprendre l'alchimie qui faisait battre leur cœur à un rythme accéléré. Il leur devenait compliqué, sinon impossible, de se séparer tant le besoin de l'autre les avait cimentés. C'était magique ! Soudain, Shmoulik se rendit compte qu'ils étaient seuls au milieu de la place qui, entretemps, s'était entièrement vidée.

Alors que de nombreuses questions les taraudaient, ils promirent de se revoir un jour prochain. En partant, Salma lança à la cantonade :

- Demain, 15h à la citadelle ou ce qu'il en reste, c'est bon pour vous ?

Il bredouilla :

- C'est bon. Le vendredi de toute façon, je ne travaille pas.

Il avait répondu avec un empressement qu'il n'avait pu maîtriser. Curieusement, en la quittant, il ressentit une effervescence intérieure qu'il ne connaissait pas.

Le cœur léger, Salma rejoignit Havat-Zeitim, la ferme où elle s'était réfugiée pendant ces cinq longues années. Chemin faisant, elle se remémora les circonstances qui l'avaient menée à cet endroit atypique à la suite de la mort de Mansour al Bar'ami qui n'avait pas hésité à donner sa vie pour sauver la sienne lors des émeutes de 1838. Alors âgée de dix-sept ans, elle s'était retrouvée seule une nouvelle fois, sans argent, sans logis, et sans but réel dans la vie. Elle avait atteint, par le plus grand des hasards, une ferme totalement isolée à l'intérieur des terres bordant la route qui mène à Kerem ben Zimra, à la hauteur de Ein Zeitim. Cette ferme clôturée, tenue par des femmes depuis plusieurs décennies, n'avait rien de particulier vue de l'extérieur. Deux ouvriers arabes y travaillaient la terre et personne n'y prêtait attention tant elle faisait partie du paysage.

Salma ne se souvenait même pas des conditions de son arrivée dans ce havre de paix. L'unique souvenir qu'elle en gardait concernait la réception qui lui avait été faite. Avoir été accueillie avec tant de bienveillance fut le seul baume efficace pour son cœur meurtri et son moral brisé. Malgré tout, elle se rappela n'avoir pu sortir un mot pendant plusieurs semaines. Puis, certainement rassurée par la protection de la clôture, son retrait du monde et l'attitude affable des Anciennes toujours disponibles, elle avait eu enfin l'ultime sensation que plus rien ne pourrait l'atteindre. Ce fut dans ce cocon, qu'enfin rassérénée, elle s'ouvrit peu à peu.

Un jour, apaisée, elle accepta d'étudier les deux ouvrages posés depuis son arrivée sur sa table de chevet. Ces deux livres avaient été rédigés au 16e siècle, par Rabbi Moshe Cordovero, illustre kabbaliste Galiléen ; Le premier *"Le jardin des grenadiers"* était une présentation pédagogique des bases de la Kabbale et le second, un petit traité poétique délicieusement intitulé "Le *palmier de Déborah*", qui exposait la pensée de l'auteur et qui décrivait la volonté de Dieu comme essentielle, malgré le libre-arbitre de l'être humain. De cet ouvrage, Salma déduira que "le hasard n'existe pas" et en fera sa devise.

Ces études contribuèrent grandement au travail de reconstruction qui dura plus de cinq ans. Cependant, depuis quelques mois déjà, Salma considérait qu'elle serait bientôt prête à affronter de nouveau la vraie vie. N'ayant aucune vocation à enseigner ou à pratiquer la kabbale, elle s'était résolue à quitter l'Académie pour prendre son destin en main. Elle s'en était ouverte en toute franchise aux Anciennes qui, dans un premier temps, essayèrent de l'en dissuader. Puis réalisant qu'elles n'y parviendraient pas, lui conseillèrent de sortir en ville, à titre d'essai, car après cinq années passées dans le cocon de l'Académie, survivre dans un monde sans filtre ne serait pas chose aisée. Malgré tout, se voulant fraternelles, elles lui assurèrent que, si elle n'y parvenait pas, sa place l'attendrait toujours auprès de ses consœurs.

Salma renonça donc à prêter le serment qui lui aurait permis de devenir une Ancienne. Elle jura une confidentialité sans failles à ses pairs concernant ses études à l'académie et les prévint qu'elle allait se rendre à Safed, aujourd'hui même, pour la première fois depuis cinq ans. Puis conformément à leurs accords, ce dont elle les remercia, elle se retirerait définitivement du cloître dans les prochains jours.

Ce 3 novembre, Salma s'était réveillée très tôt et s'estima, peut-être à tort, suffisamment prête pour réintégrer la réalité de la vie. Toutefois, elle devait en avoir le cœur net, même si, aujourd'hui, elle pouvait poser des mots sur l'indicible et raconter l'inconcevable sans peur de s'écouter narrer l'horreur absolue qu'elle avait vécue.

Revenir à Safed, dans l'épicentre de ses malheurs, serait assurément son premier défi. C'est pourquoi, aujourd'hui, les pieds rivés sur le tertre de la citadelle, Salma avait remporté sa première victoire sur la vie.

Toute à ses évocations, elle arriva enfin à Havât Zeitim. Le trajet de retour lui avait cependant permis de profiter pour la première fois de la vue magnifique qui s'offrait à elle. Ce panorama incluait le mont Meron et sa forêt en contrebas ainsi que la vallée encore verdoyante donnant sur la réserve naturelle de Nahal Amud. Les sources qui dévalaient des monts alentours et les ruisseaux serpentants contribuaient à peindre ce paysage bucolique d'une gamme de couleurs paradisiaques dont un dégradé de vert que n'aurait assurément pas renié Véronèse.

Demain, elle retournerait à la citadelle de Safed. En attendant, il lui fallait se reposer.

Elle mangea un peu de fromage et quelques fruits puis, se faufilant telle une ombre afin d'éviter de croiser une consœur dont la curiosité l'aurait indéniablement gênée, elle rejoignit rapidement sa chambre et se mit au lit.

Dormir ne fut pas une chose aisée. Elle ne comprenait pas sa propre attitude. D'abord imprudente, descendre seule dans une arène où se tenait une affluence masculine misogyne et séditieuse aurait pu s'avérer extrêmement dangereux. Puis inconsciente, parler sans retenue à un homme qui lui était étranger et religieux, de surcroît, aurait pu être jugé comme un comportement immoral, ce qui lui aurait valu d'être, pour le moins, rouée de coups.

Malgré tout, Shmoulik, qu'elle n'avait vu qu'une fois et encore quelques instants seulement, la laissait perplexe et ne quittait pas ses pensées. Cet homme qui pouvait parler à une inconnue avec tant de désinvolture était grand et mince, à priori peu argenté compte tenu de l'état de ses nippes. Mais son regard clair, plein d'humanité l'avait touchée à cœur, malgré son manque d'assurance évident. Ses grands yeux bleus, encadres par ses *péottes* (papillotes) de couleur châtain, lui concédaient une touche d'adolescence et le gratifiait d'un charme fou. Dans sa réflexion elle ne put s'empêcher de relier sa dernière remarque à la *Guématria*, une des branches de la Kabbale traitant de la numérologie, la valeur numérique de *péottes* est 86 comme celle d'*Elohim* (l'un des noms du Divin). Alors, se dit-elle, subjectivement, comment ne pas entrevoir une volonté divine dans cette rencontre.

Elle sourit, désabusée car elle avait eu beau construire des remparts autour d'elle, bien aidée en cela par l'autarcie et la chasteté requise a Havât Zeitim, afin de résister à toute irruption de l'extérieur, pour finalement succomber dès son premier jour de sortie. Se rendant à l'évidence, elle comprit que les projets des hommes ne concernaient en rien les décisions du Divin.

Grâce à cette réflexion éprouvée, elle en déduisit qu'elle ne devait, en aucune manière, se reprocher de trahir la mémoire de Mansour. Après tout, son idylle avec lui avait été pure. Elle avait alors 17 ans et, malgré une apparence gracile, elle avait déjà vécu plusieurs vies. Lui, était un bel homme d'une trentaine d'années, droit, honnête et directif, ce qui n'était pas pour lui déplaire, malgré son caractère bien trempé.

Ils avaient fini par tisser une forte complicité qui les avait progressivement conduits à une totale harmonie. Lorsque Mansour philosophait, elle buvait toutes ses paroles avec délectation. Quant à lui, il paraissait totalement envoûté par Salma qu'il contemplait beat. Elle l'absorbait littéralement.

Leur union amoureuse était cependant compliquée car leur mariage ne pouvait être que religieux. Salma aimait Mansour mais exécrait l'islam qu'elle jugeait responsable de tous ses malheurs. Quant a Mansour, il n'avait nullement l'intention de se convertir au judaïsme. De toute façon, il n'aurait pu le faire sans être qualifié d'apostat, ce qui lui aurait valu une *fatwa* le condamnant à mort. La barrière de la religion etait infranchissable, faute de mariage mixte en terre d'islam. Malgré cette situation qui les empêchait de vivre pleinement leur amour, rien n'avait pu avoir raison de leurs sentiments authentiques, Aussi, revenant à la dure réalité de l'instant, ils s'étaient promis de fuir en Occident pour s'aimer librement. C'est ainsi que leurs chimères avaient fini par les installer durablement dans un rassurant futur onirique.

Shmoulik, représentait autre chose ! Comme elle, il était juif, d'origine lituanienne et étudiait la Kabbale. Cela faisait de nombreux points communs. Pourtant, ce qui perturbait Salma, c'est qu'elle ne pensait pas à Shmoulik uniquement de manière sage et conventionnelle. Elle n'avait jamais éprouvé ce type d'attirance pour une autre personne. De toute façon, rien dans cette histoire n'était habituel au sens traditionnel.

Avait-on déjà vu un religieux accoster une jeune femme seule et converser de sujets futiles avec désinvolture ? Dubitative et faute d'explications convaincantes, Salma préféra s'endormir. Elle ferma les yeux, prit sa position préférentielle et…se releva d'un bond. Une réponse insensée venait de germer dans son esprit qu'elle exprima par une série de questions.

Et si c'était un coup de foudre ? Si leurs âmes étaient faites l'une pour l'autre et s'étaient immédiatement reconnues ? S'ils étaient prédestinés ? Il n'y aurait aucune nécessité à passer par un protocole de la bienséance ou un modèle traditionnel établi. Cela expliquerait beaucoup de choses. Puis devenant d'un seul coup plus lucide, elle se dit que pour cela, il fallait être deux et qu'elle ne pouvait pas répondre pour lui, même si elle avait déjà sa petite idée.

Dans la pénombre de sa chambre, assise sur sa couche, elle anticipa, pensive, les éventuels reproches que pourrait lui objecter sa propre conscience. Elle justifia d'emblée son attitude par le besoin vital d'aimer et d'être aimée par celui qui lui est réellement destiné. A l'évidence, cette situation débouchait sur une totale mise à nu de son âme où rien ne lui serait épargné, ni le spirituel, ni le charnel. Ce possible amour absolu, sans réserve et sans retenue, bouleversait les codes admis, laissant prévaloir les sentiments. Cette idylle subversive l'immergeait dans un monde où elle aimerait s'aventurer même si elle en redoutait les conséquences.

Épuisée, mais pleinement satisfaite par ce sursaut de réflexion téméraire, Salma se coucha de nouveau et s'endormit profondément.

*

Shmoulik, était arrivé chez lui après une bonne demi-heure de marche, durant laquelle il était passé par toutes les émotions. Il habitait une petite masure au sud de Safed où il payait un loyer modique à un propriétaire dont le fils travaillait avec lui à la Yeshiva du ARI. Cette masure parfaitement saine à l'intérieur, avait plutôt bien résisté au tremblement de terre de 1837 qui avait dévasté une grande partie de la ville. Cependant, il en avait résulté une grande lézarde, certes superficielle mais, qui lui donnait un aspect insalubre vue de l'extérieur.

Shmoulik se laissa choir sur la seule chaise qu'il possédait. Il était décontenancé, incrédule et se demandait s'il n'avait pas rêvé. Jamais, il n'avait abordé de femme, seule et qui plus est au vu et au su de tout le monde. Jamais, il n'avait donné ou accepté un rendez-vous à une femme que, soit dit en passant, personne ne connaissait. Cette femme disant se nommer Salma...un nom arabe. Qui était-elle ? Que voulait-elle ? Après tout, c'est bien elle qui, sans vergogne, lui avait parlé la première. C'est encore elle qui avait fixé ce rendez-vous haut et fort sans aucune pudeur. Cette femme, qu'il avait contemplée et qui le privait de tous ses moyens, avait quelque chose de démoniaque.

Certes, dans cette énumération des faits, tout était de la faute de Salma. Pour les besoins de sa cause, Shmoulik avait sciemment omis de prendre en compte le fait que c'était lui qui l'avait indisposée en la fixant outrageusement pendant de longues minutes. Il oublia, à escient, son inertie tant il était subjugué par cette jeune femme sublime. Il avait également occulté, avec une parfaite mauvaise foi, son accord concernant leur rendez-vous à la citadelle qu'il aurait très facilement pu décliner.

En outre, s'il avait été vu par quiconque ayant un lien avec sa Yeshiva ! C'en aurait été fini de son enseignement, de sa réputation, de son emploi et de son aide cruciale à ses parents. Cette dernière réflexion le fit frémir.

Son esprit bouillonnait. Il finit par en déduire qu'il devait absolument oublier le rendez-vous du lendemain.

Il eut besoin d'un verre de vodka. En tout état de cause, si personne ne l'avait vu, il n'y aurait pas de conséquences fâcheuses. Dans le cas contraire, ce qui semble très peu probable au vu de l'objet de ce rassemblement, il lui faudrait nier, nier à tout prix. Enfin quoi, la place était vide ! S'il y avait eu dans cette foule, une personne qu'il connaissait, elle l'aurait interpellé. Finalement rassuré par son analyse, il mit fin à ses atermoiements, se coucha et s'endormit sans manger.

Shmoulik se leva plus tôt le lendemain, sans doute réveillé par la faim. Néanmoins, il avait dormi profondément et se sentait en forme. Il fit ses ablutions, et fila à la *Schule* (Synagogue). En revenant chez lui, il se prépara un thé, coupa une tranche de pain qu'il assortit de succulents morceaux de harengs, accompagnés, comme il se devait, de betteraves dans la plus pure tradition lituanienne. Pendant qu'il mangeait, le visage de Salma lui revenait sans cesse à l'esprit et son attitude mystérieuse et enjouée accaparait toutes ses pensées. Sa chevelure de geai ainsi que sa peau blanche et laiteuse faisaient ressortir ses grands yeux d'un bleu profond incomparable. Décidément, cette femme était dangereuse.

Sa résolution de ne pas aller au rendez-vous ne s'en trouvait que renforcée. Il espérait, cependant, qu'elle ne prendrait pas trop mal ce manque de courtoisie et qu'ainsi il serait définitivement débarrassé de cette affaire.

Il s'apprêtait à faire un peu de rangement lorsqu'une idée, apparemment insensée, lui traversa l'esprit. Et si, ne le voyant pas venir, elle se rendait à la Yeshiva pour avoir de ses nouvelles. Elle pourrait, se faire communiquer son adresse pour le cas où il serait malade. Revenant à ses atermoiements, il pensa à haute voix : "Allez savoir ce qu'elle pourrait dire ou faire. Je sens cette femme capable de tout." En pleine crise de paranoïa, Shmoulik conclut qu'il devait régler ce problème sans délai et décida finalement d'honorer son rendez-vous, mais dans l'unique but de stopper net toute relation avec cette femme.

*

Arrivé à la citadelle, Shmoulik aperçut Salma qui lui faisait des grands signes. Il avait le visage grave et était fermement résolu à garder ses distances. La jeune femme, le sentant sur la défensive, le salua de loin avec un sourire éclatant qui le désarma et lui fit perdre, d'un coup, toute son assurance.

Cependant, Salma comprit que quelque chose n'allait pas. Elle s'efforça malgré tout de rester joviale. Puis, le regarda dans le fond des yeux et prit le parti de répondre d'une voix douce, à sa question de la veille, restée sans réponse.

- Lors du pogrom de 1834, ma famille fut décimée. Je fus recueillie miraculeusement, par une famille druze qui m'a rebaptisée Salma pour me protéger. Ce jour-là, Sarah a cessé d'exister. Depuis, je continue de porter ce nom par respect et reconnaissance. Shmoulik, ému, observa un petit moment de silence puis balbutia avec mièvrerie.

- Pauvre femme…votre famille…?

Elle, qui se faisait une joie de le retrouver, sembla d'un coup agacée...

- Je n'ai plus de famille. C'est du passé.

- C'est terrible, comment allez-vous …

Excédée par son attitude insipide, elle le salua de nouveau et tourna les talons.

Surpris, Shmoulik la rejoignit d'un bond.

- Pourquoi partez-vous ?

Salma le dévisagea et lui dit d'une voix cassante.

- Je suis désolée. Ce n'est pas de votre faute. Vous n'êtes pas celui que je croyais.

Par un curieux retournement de situation, Shmoulik, qui s'était déplacé avec pour seul objectif de couper court à toute relation avec Salma, semblait anormalement vexé de ne pas être l'homme que celle-ci pensait avoir rencontré.

Il réussit malgré tout, à la convaincre de rester encore un moment et lui demanda, avec une grande insistance, qui elle s'attendait à rencontrer aujourd'hui.

Elle lui répondit, sans sourciller.

- Mon âme sœur.

Abasourdi, Shmoulik bredouilla quelques syllabes éparses, mais ne prononça pas un seul mot distinct.

Le voyant patauger dans sa nasse, Salma décida de poursuivre sa tirade à sa manière, sans filtre. Elle lui raconta en toute honnêteté les difficultés qu'elle avait rencontrées pour s'endormir, tant il était présent dans ses pensées, cette impossibilité de se défaire du visage de l'autre. Elle évoqua leur aparté surréaliste au milieu d'une foule hostile. Elle osa même parler de l'attrait intellectuel et physique qu'elle avait ressenti pour lui sur cette même place, les isolant du reste du monde, jusqu'à faire fi des convenances et ne pas voir la place se vider. Elle en avait déduit que cette attirance soudaine qui avait pris son intellect en otage ne pouvait pas être uniquement le fruit de l'atavisme naturel qui les unissait. Mais visiblement, l'hypothèse d'un coup de foudre n'était pas partagée.

- Apparemment, je me suis trompée. Pardonnez ma naïveté. Je ne vous importunerai plus.

Shmoulik la regarda, admiratif.

- Avant de partir, attendez ! Votre analyse ainsi que la façon décomplexée de vous exprimer me subjuguent. Les mots que je viens d'entendre m'ont touché au plus profond de mon être. Je reconnais avoir du mal à vous avouer ressentir les mêmes choses que vous. Pourtant, cette attirance est bien réelle. Certes, les sentiments me semblent encore diffus, mais votre discours vient d'un seul coup de les clarifier.

Cependant, même si je conviens être d'accord sur tous les points énumérés, pour moi ça va trop vite. Cette situation n'est absolument pas conforme à l'éthique, au regard de ma formation religieuse. En outre, cela pourrait même représenter un danger pour ma situation professionnelle.

Haussant le ton, elle s'exclama.

- Vous avez peur, n'est-ce pas ? Par un imprévisible coup du destin, un homme et une femme se rencontrent dans des conditions improbables. La naissance d'un amour semble jaillir au premier regard. Je l'accepte tel quel. Mais pour vous, cet amour contreindiqué par la tradition vous bouleverse puisque, de toute évidence, il oppose un protocole immuable a des sentiments souvent irrationnels, puisque spontanés !

Reclus dans une position défensive, Shmoulik finit par lui dire

- Comprenez-moi. Je ne sais pas ce qu'est l'amour. Vous me parlez de coup de foudre. Vous m'expliquez que c'est subitement tomber amoureux en un regard d'une personne qui nous était parfaitement inconnue l'instant d'avant. Alors, ai-je peur ? Oui, évidemment j'ai peur ! Vous savez, me marier avec une inconnue, c'est parfaitement envisageable. Mais m'enamourer d'une personne que je viens de rencontrer, c'est impensable. Dans le monde ou je vis, tout est programmé. Un homme pieux qui a une fille en âge de se marier va voir son rabbin. Celui-ci choisit parmi ses étudiants celui qui lui semble être le plus compatible. Cela, vous le savez très bien, s'appelle un *shidoukh*. À partir d'un rendez-vous organisé, les jeunes gens se rencontrent, bien évidemment jamais seuls. Ils discutent et, s'ils se conviennent, en informent leurs familles respectives qui règlent les détails du mariage.

Vous savez, Salma, chez les juifs moins religieux, les familles font appel à une marieuse, comme ont dû le faire nos parents ou grands-parents en Lituanie. D'ailleurs, c'est comme ça dans toutes les communautés qu'elles soient juives, musulmanes, druzes ou chrétiennes.

Salma comprit que son exaltation inconvenante l'avait amenée à fracasser, d'un seul coup, toutes les conventions issues de leurs coutumes, sans se soucier du regard de l'autre. Alors, s'adressant à Shmoulik, elle lui raconta que jusqu'à l'âge de quatorze ans, elle vivait avec ses parents. Théoriquement, en tant que petite fille, elle ne représentait pas grand-chose. Mais son père avait une telle confiance en elle qu'il la mettait au courant de tout. Il faisait même parfois appel à elle, pour sa mémoire et son esprit de synthèse. Après le pogrom, elle avait vécu trois ans à Beit-Jann dans une famille druze qui, malgré sa grande bonté, l'avait débaptisée sans l'adopter. Plus tard, fuyant Safed après la mort de Mansour, elle s'était réfugiée à la ferme de Havât-Zeitim où elle avait vécu recluse, sans aucun contact avec l'extérieur, d'où le fait qu'elle ressentait toujours un certain sentiment de précarité. Dans cet internat où l'on pratiquait la méditation et étudiait la Kabbale, il lui avait fallu cinq ans pour se reconstruire. Elle n'en était sortie qu'hier, le jour où elle l'avait rencontré. Elle n'avait pas parlé à un homme depuis des années.

- Ma soif de vie était telle que j'ai tout bousculé sur mon passage. J'en suis sincèrement désolée, Shmoulik. Je suis consciente que nous ne sommes pas pareils.

- Laissons-nous le temps de mieux nous connaître. Retrouvons-nous dimanche à 15 heures ici même.

- Je ne sais pas... Je ne sais plus. On verra ! Je dois d'abord me confronter à un passé douloureux, en retournant dimanche dans la maison où j'ai vécu. Ce sera pour moi un test redoutable.

Puis elle s'en alla en lui lançant :

Allez, veille sur toi et porte-toi bien.

Shmoulik pantois, la laissa partir, incapable de réagir. Il s'en voulait sincèrement de l'avoir si mal jugée. Par ailleurs, il avait bien remarqué qu'en lui disant adieu, Salma l'avait tutoyé.

Le soleil commençait à décliner. Salma rentra sans tarder à la ferme de Havât Zeitim, aider ses consœurs aux préparatifs du Shabbat. Mais son esprit était ailleurs, elle n'était plus du tout confiante dans cette relation qu'elle espérait tant voir prospérer. Elle était affligée de voir son rêve se désagréger avant même que d'avoir commencé.

Shmoulik rentra chez lui se préparer, puis se dirigea vers la petite synagogue, à l'angle de sa rue, ou il retrouva Moïshe Kagan, le trésorier de la Yeshiva qui l'avait pris sous son aile et le recevait tous les Shabbat.

La démonstration et les arguments de Salma tournaient en boucle dans sa tête. De plus, le spectre d'une rupture de cette relation naissante lui faisait beaucoup plus mal qu'il ne l'aurait imaginé. Cette perspective occupa son esprit tout le Shabbat.

Salma avait passé la majeure partie de la journée du samedi avec ses consœurs. Celles qui allaient, très prochainement, devenir ses anciennes collègues étaient insatiables, avides de savoir comment elle avait affronté la vraie vie. Pour répondre à leur attente, Salma se mit à conter, avec une légère emphase, ses retrouvailles avec le monde extérieur. Elle eut droit à des dizaines de questions auxquelles elle répondit longuement. Cependant, elle préféra taire sa rencontre avec Shmoulik de peur d'affadir son immersion urbaine au profit d'une potentielle aventure amoureuse. Les questions relatives à son ancienne demeure n'obtinrent que des réponses succinctes et peu précises. Après les avoir quittées, elle reconnut que les questions relatives à la maison de ses parents l'avaient particulièrement dérangée.

Elle avait parfaitement réussi sa première épreuve, à savoir, retourner à Safed et s'y promener sans appréhension. Mais revenir dans la maison où elle avait tous ses souvenirs, les bons et les mauvais, sa jeunesse, les années bonheur avec sa famille, la tragédie suivie de la mort épouvantable de Mansour, c'était tout

autre   chose.
Elle devait en avoir le cœur net. Elle accomplirait sa deuxième
épreuve en allant sur place. Salma ignorait comment elle réagirait
devant la maison et si elle aurait, même, la force d'y pénétrer.
Elle constata cependant que le projet de visite dans sa maison
familiale avait momentanément occulté Shmoulik de ses pensées.
Dimanche, à l'aube, Salma se réveilla en pleurs.
Le contrecoup de son désenchantement avait opéré durant la nuit,
sans qu'elle ne se souvienne y avoir songé. Toutefois, elle ne se
sentit pas la force d'affronter la deuxième épreuve dans cet état.
Se jugeant trop faible physiquement et moralement, elle décida
de se reposer, prétextant un mal de tête persistant, afin de rester
au calme dans sa chambre toute la journée. Elle préféra se préserver pour éviter de souffrir plus tard d'une séparation qu'elle
estimait d'ores et déjà inéluctable.
Elle prit la résolution d'écarter définitivement l'idée de revoir
Shmoulik. Certes, cet homme lui plaisait, mais poursuivre avec
lui ne lui ferait que du mal. Elle décida de prendre le temps nécessaire afin de sortir Shmoulik de son esprit. Après tout, cet
homme qu'elle n'avait rencontré que deux fois ne lui convenait
pas du tout. D'ailleurs, la deuxième fois le rendez-vous s'était plutôt mal terminé. Alors, à quoi bon poursuivre une relation si mal
engagée ! Ne pas se rendre à la citadelle à 15h scellerait, à coup
sûr, le glas de leur relation. Elle était sûre qu'il comprendrait.
Salma resta recluse dans sa cellule le reste de la semaine. Elle
argua que, ne se sentant pas très bien, elle avait besoin de repos.
Les Anciennes n'étaient pas dupes, mais eurent l'élégance de ne
rien laisser paraître. Elles supposèrent que Salma avait dû ressentir la peur du vide en quittant l'académie pour la supposée "vraie
vie". Salma n'était qu'une femme sans mari, sans famille, sans
logis, sans dot et sans revenus. Elle avait dû réaliser que sa vie à
l'extérieur des murs de l'académie serait un enfer et que finalement son unique foyer et sa seule famille se trouvaient à Havat-
Zeitim. Les Anciennes convinrent de ne pas l'importuner et de lui
laisser le temps de se ressaisir, avec le secret espoir qu'elle revienne sur sa décision. La méprise des Anciennes sur la véritable
raison de son mal-être et de ses pleurs la servait parfaitement car
elle lui permettait de soustraire sa mine défaite aux regards inter-
rogateurs de ses consœurs.

16

Les jours qui suivirent furent dramatiques. Salma avait perdu le goût de manger. Elle était de plus en plus faible et déprimée. Le beau visage de Shmoulik la hantait de jour comme de nuit, la faisant fondre en larmes. Shmoulik lui manquait beaucoup plus qu'elle ne l'aurait imaginé, d'ailleurs même sa timidité maladroite lui manquait.

À l'abri dans l'intimité de sa cellule, Salma se répandait sur ses illusions perdues. Elle s'était si fortement éprise de Shmoulik que l'idée de l'avoir perdu se révélait être un insurmontable crève-cœur. Elle devait tout faire pour renouer avec lui. Elle affronterait sa deuxième épreuve et tenterait de retrouver Shmoulik. Sa décision était prise. Salma reporta sa visite de la maison familiale au dimanche suivant.

Elle se prépara longuement vendredi avant de se rendre au réfectoire. Elle dîna avec les Anciennes, ravies de la revoir siéger a table avec les consœurs. A la fin du repas, après les actions de grâce, Salma annonça solennellement à la tablée stupéfaite que dimanche elle retournerait à Safed pour visiter son ancienne demeure, et qu'une fois cette étape franchie, elle ne reviendrait plus.

Dépitées, les Anciennes lui souhaitèrent le meilleur et la quittèrent sans effusion.

Dimanche matin, Salma quitta définitivement l'académie, convaincue que son avenir s'écrirait ailleurs.

La journée s'annonçait terrifiante !

Chapitre II

Plantée devant la maison de son père, Salma, stoïque, en scrutait les moindres détails. La maison était inhabitée, mais depuis combien de temps ? Ali el Bar'ami, le voisin qui l'avait récupérée, était mort depuis plus de cinq ans. Son fils aîné, Othman ne s'était certainement jamais sorti du coma profond dans lequel il était plongé depuis la bataille de Konya et son fils cadet Mansour, son bien-aimé, était tombé sous les coups des émeutiers du Hauran en tentant de la protéger, un soir d'été 1838. La femme d'Ali (c'est ainsi que Salma la désignait, ayant toujours entendu le voisin l'appeler "femme") avait été égorgée mécaniquement, en même temps que son mari, le matin de Pourim 1838. Dahmane l'avait occise, comme il le faisait pour tous les témoins de ses crimes. Ironie du sort, Salma n'apprit son prénom qu'à son éloge funèbre.

Se pourrait-il que personne n'ait hérité de la maison et qu'elle soit restée dans un état de dévastation depuis cinq ans ? Si les autorités avaient scellé la porte juste après l'émeute ? Peut-être y resterait-il même des traces de sang ? Le sang de Mansour! La seule évocation de cette possibilité lui donna la nausée. Aussi décida-t-elle de revenir un autre jour, après s'être renseignée auprès du cadastre de la Wilaya. Elle saurait ainsi qui en est le propriétaire aujourd'hui, qui a fait mettre les scellés et surtout pourquoi.

En s'éloignant, elle remarqua que la maison d'Ali était également scellée. Renonçant à comprendre pour le moment, elle s'arrêta à la fontaine de rue située à quelques mètres de la maison afin de se passer un peu d'eau fraîche sur le visage. Elle en avait grandement besoin.

Cette fontaine lui était familière. Enfant, elle la voyait tous les jours. Elle se remémora tous ses voisins musulmans venant y faire leurs prières quotidiennes aux heures régulières, rythmées par la courbe du soleil. Elle se souvint avoir demandé, un jour, à sa mère, pourquoi ils priaient toujours à cet emplacement ? N'y avait-il pas d'endroit plus spacieux ?

18

Sa mère lui avait répondu, alors, que les musulmans faisaient toujours leurs prières à côté d'une pièce d'eau claire afin de se purifier. Cela pouvait être une fontaine, une rivière, un lac ou une source... Salma se souvint avoir insisté : "Et s'il n'y a pas d'eau claire ?" Sa mère avait répondu : "Dans la symbolique, la loi islamique permet, même s'il n'y a pas d'eau, de faire les ablutions avec de l'eau imaginaire, comme prendre une poignée de sable à deux mains et le laisser glisser entre les doigts fervents comme si c'était l'eau du désert".

Et lorsque Salma avait demandé si c'était possible avec de l'eau de mer, sa mère retourna vaquer à ses occupations en s'exclamant "Tu m'ennuies ! Demande à ton père".

L'évocation de ce souvenir avec sa mère fit perler une larme sur sa joue qu'elle essuya d'un revers de manche. Elle quitta la rue *Bayazid al thani* (Bajazet II) et n'ayant nulle part où aller, elle longea la route qui menait au souk. A un détour, elle aperçut le minaret de la Mosquée Rouge. Celui-ci avait parfaitement résisté aux différents tremblements de terre qui avaient secoué la ville.

Elle s'arrêta un moment près de cet édifice emblématique de Safed, érigée à l'aide de briques rouges par le Sultan Mamelouk *Baybars*, au 13e siècle, lors de la conquête de la ville.

Après s'être quelque peu reposée, elle se dirigea machinalement vers la citadelle. Arrivée sur le tertre, elle déambula un instant, puis se posa. Prostrée, elle regrettait amèrement la décision d'avoir rompu tous liens avec Shmoulik. A cette pensée, sa gorge se serra et ses yeux s'embuèrent...

Il était illusoire de penser qu'elle y retrouverait Shmoulik, mais...elle devait parler tout de suite, sous peine d'être submergée par un flot de larmes.

Le souvenir de sa mère n'avait pas uniquement fait couler une larme sur sa joue. Il avait désobstrué un puits profond que son inconscient avait condamné après que s'y étaient réfugiés tous ses plus beaux souvenirs d'enfant, ses souvenirs heureux. Comme si elle s'était arrogée une sorte de non-droit au bonheur. Elle les avait refoulés, enfouis au plus profond de son être. Et là, d'un seul coup, surgissant des abysses, ils jaillissaient de toutes parts. Elle se sentait débordée et totalement incapable de juguler un tel flot.

Elle réalisait combien Shmoulik lui était essentiel et combien sa présence devenait nécessaire dans ces moments de désarroi. Un sentiment d'aigreur l'envahit et elle eut la sensation d'avoir tout gâché, en se détournant d'un homme qu'elle avait pourtant reconnu et aimé au premier regard. Même son allure famélique, son manque d'assurance et sa fragilité lui apparaissaient aujourd'hui comme autant de qualités. Elle ne voulait pas le perdre et s'emploierait sans relâche afin de le retrouver, même si elle ne savait pas comment faire.

Levant les yeux au ciel, elle murmura "Seigneur, si comme j'en suis persuadée, tu es à l'origine de cette rencontre, aide-moi à le retrouver. Seigneur, je t'en supplie."

Les larmes dans ses yeux tranchèrent d'un seul coup avec le sourire triomphant qui vint illuminer son visage. Ne lui avait-il pas indiqué, sans même qu'elle ne le lui demande, les coordonnées de son lieu de travail! Pour Salma le hasard n'existant pas, elle irait l'attendre aux abords de la yeshiva dès aujourd'hui et les jours suivants s'il le fallait. Même si l'initiative paraissait humiliante, elle se devait de lui expliquer pourquoi elle avait préféré ignorer le rendez-vous dimanche dernier et lui rapporter, en toute sincérité, combien la semaine qui suivit fut exécrable. Elle avait réalisé qu'elle ne pouvait pas vivre sans lui. Le coup de foudre qui l'avait frappée était véritable. Elle l'aimait du fond de son âme. Il fallait qu'elle le lui dise!

Au moment où elle quittait le promontoire, elle tomba nez à nez avec Shmoulik. Cette vision la fit tressaillir et la laissa bouche-bée.

Surpris également, Schmoulik intervint :

- Me serais-je donc trompé de dimanche ?

- Je ne crois pas, ou alors j'ai fait la même erreur.

Levant d'abord les yeux au ciel en signe de gratitude, Salma lui expliqua la raison qui l'avait poussée à ne pas venir dimanche dernier. Elle lui exposa sa peine et lui rapporta avec quelle détresse elle avait vécu cette décision. Les jours qui avaient suivi lui avaient apporté la confirmation de son amour pour lui.

- Oh Salma…

Elle l'interrompit :

- Dis-moi d'abord. Pour quelle raison es-tu venu à la citadelle aujourd'hui ?

20

Shmoulik sourit.

- Je suis venu ici tous les jours. Je n'avais plus le goût de rien. Je me rends compte que je n'existais plus tant j'étais angoissé à l'idée de ne plus te revoir. Toutes tes paroles sont restées gravées en moi. Tu avais raison...Le coup de foudre...L'âme sœur...Notre rencontre inimaginable. Et surtout, ta lucidité fulgurante de comprendre que nous étions fait l'un pour l'autre par la grâce de Dieu. Ils se turent. Les mots devenaient superflus. Ils se dévoraient des yeux, face à face, immobiles comme pour fixer cet instant pour l'éternité. Shmoulik rompit ce moment d'émotion en lui demandant si elle avait effectué la visite tant redoutée de son ancienne maison familiale. La voyant tarder à répondre, il n'insista pas, ne souhaitant pas l'incommoder.

Elle le rassura et lui raconta ses pérégrinations aux abords de la maison familiale, l'anecdote avec sa mère, la maison scellée, les possibles traces de sang d'êtres chers, et les souvenirs de jeunesse foisonnants qui inondaient sa mémoire de flashs sporadiques et de réminiscences émouvantes; ce qu'elle ne s'était jamais autorisée à avoir afin de ne pas contrebalancer l'horreur et le bonheur. Shmoulik voulut la prendre dans ses bras, mais se retint au dernier moment. Cependant, il lui fit la proposition suivante :

- Je crois qu'il est temps de donner toi-même le tempo à cette histoire et de mettre de l'ordre et de la chronologie à tes souvenirs. Quant à la maison, décris-la comme tu l'as gardée en mémoire et non comme tu l'imagines aujourd'hui. Prends ton temps et marchons.

- Je ne sais ni quand ni par où commencer ?

- Par le début, Salma. L'*alyah* de ta famille, le métier de ton père, ton enfance, ton drame, ta fuite... Tout, quoi !

- Pas maintenant Schmoulik. Je t'en prie, n'insiste pas. Je réalise que j'ai présumé de mes forces. Je te raconterai tout, c'est certain, mais plus tard. Je n'ai pas l'esprit libéré. Je suis trop préoccupée...

- Par quoi?

- La frénésie à vouloir te retrouver a occulté mes propres problèmes qui forcément rejaillissent maintenant que l'objectif a été atteint.

- Quels types de problèmes ?

- Le fait de n'avoir aucun ami, pas d'argent et surtout pas de toit ou dormir ce soir. Je savais tout ça, bien sûr, en quittant Havat-

Zeitim. Je dois aller dans une synagogue ou un centre communautaire dans le but de trouver une famille pouvant m'accueillir quelques jours, le temps de m'organiser.

- Ne t'inquiète pas pour ça, Salma. Je loue une petite maison que je vais mettre à ta disposition le temps qu'il faudra. Il y a des vivres et nous achèterons pour toi un nécessaire de toilette.

- Et toi ? Où vivras-tu?

- Chez Uriel ou Moishe, mes collègues de la Yeshiva. Ne t'en fais pas.

Chapitre III

Salma, revigorée par ce soutien inespéré, respira profondément et commença :
- L'histoire de ma famille en Erets Israël est gravée dans ma mémoire. Mon père nous la racontait régulièrement, afin que mes frères et moi n'oubliions jamais qui nous étions et d'où nous venions.

Notre alyah a débuté avec mon arrière-grand-père Israël Yakubowitch Aronovicius qui embarqua de Vilna en 1777 avec un groupe de cinq cents lituaniens. Il avait immigré avec sa femme Reizl et son fils Mendel. Ils voulaient rejoindre Jérusalem pour s'y installer, conformément aux recommandations de leur chef spirituel : Rabbi Eliahou ben Shlomo Zalman, plus connu sous le nom du Gaon de Vilna. Malheureusement, ils en furent empêchés du fait d'un décret édicté par les autorités ottomanes. Par ailleurs, le nom Aronovicius, étant compliqué à prononcer pour les fonctionnaires turcs et il fut sommé de prendre un autre nom. Il choisit Israël Litvak (le lithuanien).

Mon grand-père Mendel ben Israël Litvak épousa Myriam. Ils s'établirent d'abord à Tibériade et plus tard à Safed. Ils eurent trois enfants dont un fils, Ephraïm ben Mendel, né à Safed en 1799.

Mon père, Ephraïm vécut à Safed et se maria avec Hannah née en 1802, arrivée en Israël avec un groupe de jeunesse sioniste. Ils eurent cinq enfants, tous nés dans notre maison de la rue Bayazid al thani, dont moi l'aînée, née en 1820. Siméon naquit un an plus tard. Puis, arriva Moïshe deux ans après. Enfin, Arie, le dernier des garçons est né en 1826 et ma petite sœur Rebecca en 1827.

Curieusement, tous les garçons de notre famille ressemblaient à mon père, pas très grand de taille, les cheveux châtains, le teint clair et les yeux bleu clair. Nous, les filles, ressemblions plutôt à notre mère, grande, les cheveux noirs bouclés, le teint très clair et les yeux d'un bleu très profond. Seule Boubita, la poupée adorée de Rebecca, dérogeait à cette règle avec ses joues roses, ses cheveux blonds et ses yeux bleu clair.

En évoquant physiquement sa famille, des trémolos s'invitèrent dans la voix de Salma. Elle marqua un temps d'arrêt, respira profondément, puis reprit sa narration.

- Je me souviens avoir entendu mon père dire maintes fois que le nom de la rue où nous habitions semblait de bon augure. Car il aimait raconter cette anecdote au sujet de Bayazid al thani, grand-père de Soliman le magnifique, qui avait dépêché la marine turque pour recueillir 200.000 juifs expulsés d'Espagne en 1492. Il avait décidé d'autoriser tous les juifs victimes de persécutions perpétrées par l'inquisition espagnole à s'établir au sein de l'empire ottoman. Le Padicha aurait confié à son grand vizir Ali Pacha *"Les Espagnols sont fous ! Ils s'appauvrissent et, dans le même temps, ils nous enrichissent"*.

Mon père exerçait la profession de tailleur. Mais parfois, par nécessité, il devenait fripier car lorsque les gens peu fortunés, ou des étudiants de Yeshiva, n'avaient pas les moyens de se payer un costume neuf, il reprenait leurs vieux costumes élimés afin de faire baisser le prix. Il arrivait aussi que mon père recouse et rafraichisse les hardes récupérées pour les revendre en deuxième main.

Pendant qu'il travaillait, il était secondé par mes jeunes frères Siméon et Moïshe qui se prenaient déjà pour des hommes, au grand dam d'Arie qui faisait triste mine. Ma mère cuisinait et, moi, je l'aidais. Quant à Rebecca, elle jouait fièrement à la maman avec sa poupée Boubita qui possédait la plus belle garde-robe de Safed. Mon père lui confectionnait régulièrement des robes et des habits magnifiques avec des chutes de tissus.

Les dignitaires ottomans, puis égyptiens, venaient aussi chez le tailleur Ephraïm Litvak. Les turcs, notamment, appréciaient le travail soigné des tailleurs juifs. Ils en avaient fait l'expérience à maintes reprises à Istanbul. Mon père les recevait en grande pompe. Ma mère et moi leur préparions du thé à l'absinthe et des limonades à la fleur d'oranger ainsi que des plateaux de douceurs où s'entremêlaient étonnamment : *strudels, tinginis* et *baklavas*. Ils en étaient flattés et lui témoignaient un respect, à priori, non feint. De plus, ils ne discutaient jamais les prix.

J'étais heureuse et fière car je me sentais importante. Ma mère avait rapporté à mon père comment j'avais participé à toute la préparation de la collation y compris l'élaboration du *tinginis a l'oriental* (friandise composée de biscuit, de leben et de date, appelée en Lituanie gâteau du paresseux). Siméon et Moïshe se tenaient aux côtés de mon père, gage pour les clients de la pérennité de la maison et que, de toute évidence, la relève était assurée.

Mon unique regret dans ce bonheur ambiant consistait dans le fait que seuls mes frères étaient conviés à la réception de la clientèle. Alors que moi, j'étais confinée dans une chambre ou dans la cuisine. Mon père, me trouvant déjà fort attrayante à l'époque, ne souhaitait pas me voir tourner au milieu des clients. Il préférait me raconter l'essentiel au calme quand les clients étaient partis. Parfois, il me demandait même mon avis sur un prix ou un type de clientèle. Cela pouvait sembler surréaliste au regard de mon âge et de ma condition, mais il disait que mon point de vue lui importait et que j'étais la mémoire de la maison Litvak. Ce qui me rendait terriblement fière.

Un jour de printemps de l'année 1831, un homme se présenta à la maison.

Mon père le comprenait avec difficulté, mais l'écoutait cependant avec courtoisie. Il était intrigué par cet homme muni d'un grand sac et parlant le *yiddish-daitsch* (yiddish d'essence germanique). Le voyageur disait s'appeler Francis Lang et être originaire d'Alsace, en France. Il lui confia que son frère Ernest, colporteur à Lyon, avait racheté à un ingénieur mécanicien, dont il avait oublié le nom, cette machine... Et joignant le geste à la parole, il sortit l'objet du sac.

Mon père voyait bien le rapport maintenant, mais il resta silencieux, l'air perplexe. Francis Lang devait lui en dire plus. Lang le comprit et enchaîna. Il prétendit que son frère lui avait rapporté que cet ingénieur devait impérativement se débarrasser de cette machine a la seule condition de la sortir du territoire français.

Intrigué, mon père lui en demanda la raison.

Soudain, Salma arrêta sa narration, semblant chercher dans ses souvenirs les détails de cet étrange épisode. Troublé, Shmoulik lui demanda si cette pause était d'ordre mémoriel ou émotionnel.

- Je suis désolée mais je tiens à rester sincèrement objective dans la narration de mes souvenirs. Bien qu'il s'agisse de la plus belle partie de ma vie, mes "années-bonheur" en quelque sorte, ce récit touchant ma famille m'émeut d'autant que c'est la première fois que j'en fais état depuis ces terribles événements.

Shmoulik, se voulant rassurant, lui conseilla de laisser défiler les événements à haute voix tels qu'elle les revivait sans les tempérer, de sorte qu'il puisse en faire une analyse réaliste, si nécessaire. Après un court moment de réflexion, Salma reprit en laissant, cette fois, parler les personnages.

Lang - *Il y a un an, un ingénieur français de la région lyonnaise du nom de Barthélemy Thimonnier a inventé une machine à coudre qu'il nomma "la couseuse". Espérant décrocher un contrat d'État, visant à confectionner les uniformes de l'armée française, il donna un prototype à un atelier d'ingénierie spécialisé afin que ce dernier lui en duplique cent unités qui lui furent livrées à son atelier, en temps et en heure.*

Pendant qu'il attendait la visite des décisionnaires du ministère de la guerre, en vue de la validation d'un contrat, il plaça les cent couseuses en rang d'oignons voulant certainement impressionner, en même temps que rassurer, le gouvernement sur sa capacité de fournir un grand nombre d'uniformes en un temps record.

Malheureusement, son atelier fut envahi par des tailleurs traditionnels de la région. Ces ouvriers très inquiets s'étaient constitués en syndicat, pour envisager les mesures à prendre à l'encontre de Thimonnier, dont l'invention brevetée au début de l'année 1830 risquait de les priver de leur gagne-pain. Ayant vu les cent couseuses rutilantes déjà installées, la décision des ouvriers-tailleurs fut radicale. Ils détruisirent l'atelier de Thimonnier ainsi que les cent couseuses entreposées. Pendant que la meute était occupée à saccager son atelier et ses machines, Thimonnier réussit à se sauver en emportant avec lui tous les plans ainsi que sa première machine. Il n'est jamais réapparu depuis. Vous vous rendez-compte, Monsieur Litvak ? Chacune de ces machines réalisait un point de chaînette à un fil, à la vitesse de 200 points de chaînette/minute au lieu de 30 points de chaînette/minute réalisés par un tailleur traditionnel !

Mon père - *Excusez-moi Monsieur Lang, mais j'ai du mal à comprendre. Ne venez-vous pas de dire que l'inventeur avait disparu avec le seul spécimen existant ?*

Lang - *Exact ! Mais personne n'avait songé au prototype que Barthélemy Thimonnier avait confié à Marcel Garaudy, l'ingénieur-mécanicien. Ce dernier rechercha en vain l'inventeur afin qu'il vienne la récupérer. Sans nouvelle de celui-ci, Garaudy, effrayé par la violence inouïe de ce mouvement ouvrier, voulut se débarrasser à tout prix de cette couseuse. Si, par malheur, un tailleur apercevait cette machine chez lui, son atelier serait incendié à coup sûr, et s'en serait fini de son activité.*
Il contacta plusieurs colporteurs. Il était pressé et tenait à se débarrasser de la machine, quitte à la donner pour une bouchée de pain. Mon frère Ernest vint le premier et lui offrit vingt sous. Marcel Garaudy accepta sans discuter, mais imposa, comme seule condition, qu'il sorte la machine de France et qu'il n'en entende plus jamais parler... Mon frère connaissant mon projet de pèlerinage en Terre Sainte, me remit la couseuse et me recommanda de la négocier sur place. Il fallait absolument qu'elle sorte de France, alors vous imaginez en Palestine....

Mon père n'avait pas ouvert la bouche. Il cogitait en rêvassant "200 points/minute et réguliers de surcroît". Lorsqu'enfin il s'exprima, cela désorienta un peu plus Francis Lang.

Mon père - *Je vois que vous vous êtes souvenu du nom de l'ingénieur...*

Connaissant parfaitement mon père, je reste persuadée qu'à ce moment précis, il se disait que cette couseuse était un don du ciel. Personne n'en voulait, malgré l'immense progrès qu'elle apportait à ce métier. C'était un authentique miracle. Elle venait de Lyon, carrefour industriel européen, capitale de la soierie pour atterrir miraculeusement chez Ephraïm le tailleur...à Safed, petite bourgade de Haute-Galilée.

Francis Lang pensa que mon père hésitait et qu'il était dubitatif quant à l'intérêt d'avoir une telle machine à Safed. Aussi estimat-il nécessaire d'intervenir et ajouta :

- *Vous savez, je n'en demande presque rien. D'ailleurs, je ne repartirai pas avec...Donnez-moi ce que vous voulez.*

Mon père parut gêné. Il fit mine de réfléchir et lui dit

- *C'est intéressant mais si elle tombe en panne ? Si elle se casse ? Qui serait capable de la réparer à Safed ? Je ne sais même pas comment elle fonctionne !*

Lang le regarda, amusé. Il venait de se rendre compte de sa méprise. Décidément, il avait sous-estimé ce petit tailleur, car même si ses timides objections étaient fondées, ne rien proposer et paraître gêné de prendre cette machine était un coup de maître.

- *Vous êtes tailleur, n'est-ce pas ? Et bien en contrepartie, coupez-moi une liquette à ma taille, pour mon pèlerinage galiléen. Il y a tant de caveaux de kabbalistes dans la région.*

Mon père le regarda droit dans les yeux et lui dit :

- *Marché conclu, Francis !*

Ils se serrèrent la main et se servirent un verre de vodka. Lang reviendra deux jours plus tard récupérer sa liquette.

Mon père ferma la porte à double tour et demanda à Moïshe de vérifier si les fenêtres et volets étaient bien clos.

Sur un signe de mon père, ma mère et moi allumâmes le grand chandelier de Hanoucca. Ce qui était plutôt cocasse et inhabituel pendant la semaine qui suivait celle de Pourim. Mais c'était le chandelier qui, avec ses huit chandelles, offrait le plus de lumière.

Mon père appela toute la famille autour de la table. Il avait beau avoir pris un ton grave et solennel, ses yeux riaient comme s'il avait bu cinq ou six verres de vodka et ses membres dansaient dès qu'il faisait un geste. Il s'était tellement retenu en présence de Francis Lang qu'à présent, à l'abri parmi les siens, il était en totale décompression et s'exclama :

- *Je peux le dire à haute voix maintenant. Cette machine est un don du ciel.*

C'est un cadeau inestimable, qu'en théorie, je n'aurais jamais pu me payer. Et pourtant, je l'ai acquis pour le prix d'une chemisette. Le Seigneur a été bon avec nous. Nous devons le remercier en priant. Demain, je ferai un don à la synagogue.

J'intervins, trouvant mon père trop modeste.

- *Papa a superbement négocié. Il a analysé toutes les informations que le français lui a transmises, sans dire un mot. Ce qui a mis le vendeur sous pression.*

Ma mère - *Et comment tu sais tout ça, toi ?*

- *Depuis la cuisine, en montant sur une chaise, je peux entendre et voir par le vasistas tout ce qui se passe dans le salon.*

Ma mère - *Ce n'est pas bien, Sarah !*

- Je suis désolée Maman. Mais Papa a dit qu'il ne voulait pas me voir dans le salon. Il n'a jamais dit que moi je ne pouvais pas voir !

Mon père écoutait, toujours en rêvassant, jusqu'à ce qu'il décide d'intervenir.

- La petite a raison, Hannah. Je lui ai interdit de se montrer aux clients et aux invités dans l'unique but de la protéger. Cependant, rien ne lui interdit de les voir sans être vue. D'ailleurs, je lui aurais tout raconté après, comme d'habitude. Toutefois, je voudrais te remercier Sarah pour tes beaux compliments concernant la négociation et j'aimerais que tu m'expliques comment tu as pu saisir une conversation en yiddish que tu n'es pas censée comprendre ? D'autant que son yiddish est un peu différent du nôtre.

Toute la famille attendait ma réponse. Elle fut brève.

- Je comprends le yiddish même si, je dois l'avouer, celui de Mr Lang était un peu plus difficile à comprendre.

Devant la surprise de mes parents, je poursuivis :

- Vous parlez constamment yiddish entre vous, pour ne pas qu'on comprenne. Alors progressivement, je me suis mise à comprendre. D'ailleurs, je ne pense pas être la seule.

- Décidément, c'est la journée des surprises. Et, qui d'autre ?

- Moi Papa. Admit Siméon.

Notre père en prit acte et considéra finalement que ce n'était pas plus mal. Puis, il nous expliqua toutes les propriétés de la couseuse et les avantages qu'elle offrait. Nous étions tous ébahis.

Siméon dit naïvement : *On pourra en faire beaucoup plus.*

- Tu ne sais pas à quel point tu as raison mon fils !

Mon père nous expliqua son plan.

- Les institutions religieuses foisonnent dans la région de Safed et de Tibériade. Les étudiants de chaque école talmudique et de chaque congrégation portent les mêmes costumes ou redingotes distinctives selon leurs institutions. Leur point commun réside dans l'utilisation généralisée d'une étoffe en drap noir. Avec l'apport de la couseuse, je ne les fabriquerai plus sur mesure, mais je créerai les patrons de quatre tailles et les préparerai d'avance, dès que j'aurai du temps de libre. Les patrons seront cachés dans un meuble déterminé et la couseuse sera couverte par un drap et à l'abri des regards indiscrets.

Grâce à Dieu, nous allons habiller les étudiants à prix réduit.
Forcément, on ne se fera pas que des amis.
Aussi, nous demanda-t-il de garder le secret le plus absolu. Sans
le savoir, mon père venait d'inventer le prêt-à-porter.
A partir de ce jour, notre vie changea radicalement. Nous étions
heureux. Nous partagions un secret de famille. Pour les étudiants
les plus démunis, mon père faisait des rabais supplémentaires.
C'était sa manière à lui de participer à la vie intellectuelle juive
de Safed et cela le remplissait de joie. En fait, au début, il ne
gagnait pas beaucoup plus d'argent, mais ce qu'il gagnait suffisait pour que nous ne manquions de rien, illustrant ainsi parfaitement le proverbe : "Est riche celui qui se contente de ce qu'il a".

Un jour d'octobre 1832, ma mère alla voir mon père et demanda
à lui parler en tête à tête. Les enfants comprirent qu'ils devaient
se retirer. Elle l'informa, sobrement, que j'étais devenue une
jeune fille.
Dès le lendemain, ma mère me parla différemment. Je n'avais
pas vu mon père de la journée. Lorsqu'il rentra le soir, il avait un
petit coffret dans la main. Il me le tendit, je l'ouvris et en retirai
une magnifique chaîne en or avec un pendentif représentant un
poisson totalement décharné. Je la montrai à ma mère et lui demandai de la mettre à mon cou. Pendant qu'elle l'accrochait, je
la questionnai sur le pendentif. Elle me dit :
- *C'est joli. C'est original. C'est un signe zodiacal et il parait
qu'il est dit dans la Kabbale que le poisson protège du mauvais
œil.*
Je lui fis remarquer qu'il n'y avait que les arêtes. Ma mère souffla
et me dit sur un ton qui fermait la discussion.
- *C'est pareil, mais ça fait moins voyant...Dis-moi, tu as remercié ton père ?*
J'avais changé de statut et j'en étais très fière. Deux mois plus
tard, la maisonnée était en effervescence. Mon père et ma mère
avaient invité une quinzaine de personnes, principalement des
jeunes filles accompagnées de leur maman pour fêter ma *Bat-
Mitzva*. Certes, j'avais eu douze ans depuis le 15 septembre mais
aucune date précise n'était requise pour une célébration qui se

limitait à une petite fête. C'était une coutume qui se propageait progressivement pour compenser l'équilibre entre les filles et les garçons qui, eux, fêtaient leur *Bar-Mitsva* à l'âge de treize ans. Cette nouvelle coutume d'origine ashkénaze était plutôt libérale et n'avait aucun fondement religieux. Mais, outre le fait qu'elle permettait de se retrouver en famille et de faire la fête, elle était également l'occasion de présenter les jeunes filles Bat-Mitzva à la redoutable, mais néanmoins espérée, Ida Halperin, la marieuse qui posait à mes parents une quantité infinie de questions personnelles à mon sujet. Pendant qu'elle parlait avec mes parents, elle me toisait sans aucune gêne et me dévisageait sans retenue en ne s'adressant jamais directement à moi. J'avais la triste impression d'être une marchandise qu'Ida Halperin plaçait dans son catalogue. Ce fut ma première et dernière fête.

Mon père reçut tous les convives, prit mes frères et sortit avec la marieuse en me souriant. Il lança à la cantonade : *"Si vous avez besoin de quoi que ce soit, demandez à Sarah. C'est la reine de la fête, aujourd'hui"*.

J'étais aux anges, nous étions entre femmes, totalement décomplexées par l'absence programmée des maris et des pères. Nous mangeâmes, chantâmes et dansâmes toute l'après-midi, dans l'euphorie la plus totale. La maison était en liesse et les murs résonnaient d'extase. Ce jour-là, tout était beau.

Mon père était tellement accaparé par l'expansion soudaine de son activité qu'il ne mangeait que lorsqu'il finissait un travail commencé. Ma mère l'attendait toujours. Je faisais manger Arié et Rebecca. En fait, la plupart du temps je mangeais avec eux, puis je les mettais au lit. Les garçons Siméon et Moïshe dînaient parfois avec mes parents lorsqu'ils s'étaient attardés avec mon père à la coupe des matelas de tissus. Cependant, ils dinaient le plus souvent ensemble. Ce qui eut pour conséquence de renforcer immanquablement leur relation.

Les Shabbat et les fêtes juives étaient les seuls moments privilégiés où nous étions tous réunis autour de la table que ma mère et moi, préparions avec soin. Nous sortions les assiettes en porcelaine recouvertes de motifs argentés sur le pourtour et les couverts en argent que ma mère avait amenés avec elle, lors de son mariage. La table regorgeait de mets traditionnels et de victuailles, au point qu'on ne distinguait plus rien de la nappe blanche brodée, de mise pour l'occasion. Tout le monde s'asseyait à la même place. Mon père et ma mère face à face à chaque bout de la table, mes frères, Siméon et Moïshe à droite de mon père et moi, à sa gauche entre Arié et Rebecca afin de pouvoir m'occuper d'eux.

De mémoire, c'était féerique. Les flammes des bougies que ma mère et moi avions précédemment allumées virevoltaient sur la face scintillante des couverts, des plateries et du calice en argent. Nous chantions en chœur les chants liturgiques liés à l'évènement.

Mon père avait confectionné, pour les Shabbat et les fêtes, des redingotes en soie pour lui et les garçons et, cette fois, Arié n'avait pas été laissé pour compte. Mon père avait également confectionné de belles jupes en coton doublées de soie pour ma mère, Rebecca et moi. Enfin, pour ne pas déroger à la tradition familiale, même Boubita eut droit à la sienne. Nous étions tous beaux. Une fois la prière du Kidouche effectuée, nous buvions du vin de ce calice, chacun notre tour, selon un ordre parfaitement établi.

En fait, je reste persuadée que, même si nous étions très concernés par le protocole religieux, nous n'attendions qu'une seule chose, la bénédiction de notre père, véritable rituel, sans lequel nous n'aurions probablement pas pu commencer correctement la semaine.

Nous avions tous droit à notre propre bénédiction. Mon père posait sa main sur notre tête, prenait son temps puis bénissait chacun d'entre nous de façon circonstanciée, en égrenant d'abord les bénédictions traditionnelles suivies de bénédictions particulières adaptées à notre situation du moment et à nos désirs, mêmes les plus secrets. A chaque bénédiction faite par mon père, toute la tablée répondait d'une seule voix, Amen ! Puis, après avoir accompli nos ablutions, mon père rompait le pain, le trempait dans le sel et en remettait une part à chacun.

Nous pouvions alors manger et déguster ce merveilleux repas que ma mère avait passé une grande partie de la journée à préparer.

Nous parlions de tout sauf du travail. Nous étions heureux. Nous nous aimions. Nous riions ensemble de tout et de rien. Je ne sais pas s'il pouvait y avoir une plus belle harmonie dans le monde que pendant nos repas de famille...

*

Au début de l'année 1833, une petite délégation de chrétiens maronites, dirigée par le Père Joseph, se présenta à la maison. Elle représentait une communauté établie dans la ville de *Jish*, située à deux lieues de Safed, sur la pente nord du mont Hermon. Ils avaient entendu parler de mon père et souhaitaient faire affaire. Ils voulaient également que tout cela reste entièrement secret.

Mon père leur dit être flatté et les remercia de leur confiance. Il leur demanda, néanmoins, s'ils avaient apporté une tenue de leur congrégation pour servir de modèle et surtout, bien que cela l'arrangeait, pour quelles raisons cet acte commercial devait rester secret.

Le Père Joseph lui expliqua que, si les maronites formaient la plus grande communauté catholique du Proche-Orient, principalement au Liban, la majorité des chrétiens qui vivaient à Jish était *melkite* (catholiques orientaux de rite byzantin). Mon père, comme à son habitude, attendait la suite, sans dire un mot. Après un court moment de silence, le Père Joseph reprit.

- Jusqu'à maintenant, toutes les tuniques et autres chasubles des différentes congrégations étaient fabriqués à Damas chez un tailleur melkite. Les faire fabriquer chez un tailleur juif pourrait poser problème.

- Pourquoi donc?

- Si les melkites en informaient sa béatitude Ignace V Qattan, patriarche d'Antioche, celui-ci en référera immédiatement au Pape Grégoire XVI. Ce dernier, souhaitant absolument éviter toute mésentente entre les différentes congrégations lui étant affiliées, donnerait sur le champ l'ordre d'annuler l'opération.

- Je comprends. Mais alors, pourquoi prenez-vous ce risque ?

- Nous avons vu votre travail. Les points de couture sont réguliers. Vous travaillez vite et vous êtes moins cher.

- Eh bien, dites ça à votre pape...

Le père Joseph sourit.

- Pour cette fois, nous préférons garder la plus grande discrétion. Je vous l'ai déjà dit, nous avons étudié votre travail et nous connaissons votre façon de procéder.

- Ma façon de procéder ? s'étonna mon père, soudain anxieux.

- Oui, vous coupez quatre tailles ! J'en voudrais 40 de petite taille, 100 de taille moyenne, 40 de grande taille et enfin 20 de très grande taille, soit 200 pièces. Je vous ferai porter un modèle demain dans la matinée afin que vous me fassiez le juste prix.

Mon père lui sourit et lui dit :

- Il est vrai que vous savez beaucoup de choses, mon ami. Puis-je savoir qui vous a renseigné ?

- Nous sommes en affaire avec la communauté juive de Kerem ben Zimra qui occupe un vignoble à la sortie du village arabe de Ras el Ahmar. Ils y font un excellent vin.

- J'en conviens volontiers. Je prends mon vin chez eux. Je me souviens même avoir parlé de mon système de travail avec l'un d'entre eux. Mais je ne m'attendais pas à ce qu'ils me fassent de la réclame. Mais dites-moi,... Vous prenez aussi votre vin de messe chez des juifs ?

- Non, les monastères et congrégations du Liban, de Syrie et de Palestine font leur propre vin de messe depuis qu'ils sont tombés sous l'autorité de l'empire ottoman qui n'autorisait pas la fabrication du vin, sauf pour des besoins liturgiques.

- Mais aujourd'hui, ce n'est plus l'empire ottoman.

- C'est vrai. Mais aucune demande n'a été formulée en ce sens. Peut-être, parce que dès la promulgation de l'édit, toutes les vignes furent arrachées.

- Revenons à notre affaire. Je tiens à être payé en ducats vénitiens, ou en devises étrangères de votre choix. Vous pourrez même éventuellement payer en nouvelles piastres, mais pas en Akchés.

- Pourquoi ?

- Ils sont en dévaluation constante. Il n'y a plus que 0,010g d'argent pur dans un Akché.

Le responsable maronite acquiesça, salua mon père et prit congé suivi par sa délégation.

Dès qu'ils furent partis, je sortis de ma cachette, joyeuse. Et toute fière, j'interpelai mon père.

- Papa, les clients arrivent de partout. Nous allons devenir riches. Nous avons déjà comme clients : les juifs de la ville, les yeshivas de la région, les hauts dignitaires musulmans. Et maintenant, si nous décrochons les congrégations et autres monastères de la région, nous ne saurons plus où donner de la tête! Ma mère intervint - *"Oy veh". Ne parle pas comme-ca, Sarah'lé . Tu vas nous apporter le mauvais œil!*

Dans les jours qui suivirent, nous eûmes également la visite des Moghrabis. Mon père nous avait parlé d'eux antérieurement. L'un d'entre eux était venu le voir pour le convaincre de participer à une réunion locale, comme le permettaient les dispositions de la loi mise en place par Mehmet Ali. Mon père avait refusé poliment, prétextant des commandes en attente devant être livrées sans délai.

Ces juifs sépharades qui avaient immigré en Terre Sainte, après la conquête de la régence d'Alger par la France à l'été 1830, formaient une communauté distincte des juifs *mizrahim* (orientaux) et des juifs sépharades installés en Galilée. Mon père disait également qu'ils étaient relativement aisés et, pour la plupart, tous commerçants.

Il avait insisté sur les mots aisés et commerçants pour nous faire comprendre que c'était une grosse clientèle potentielle que tous les tailleurs de Safed attendaient depuis près d'un an. Plus de cinq cent familles juives avaient immigré en Palestine dont près de deux cents familles en Galilée. Il estimait que si la première année, les Moghrabis pouvaient se satisfaire des vêtements qu'ils avaient emportés, le temps était peut-être venu pour eux de renouveler leur garde-robe à la mode de la région.

Pourtant, mon père reçut les Moghrabis avec courtoisie mais sans sa jovialité coutumière. Il semblait préoccupé. Le Moghrabi se présenta. Il se nommait Shlomo Levy et était accompagné de son fils Abner.

- Vous me reconnaissez, n'est-ce pas Monsieur Litvak ?
- Je vous en prie Shlomo, appelez-moi Ephraïm. Que me vaut le plaisir de votre visite ?

- Rassurez-vous, Ephraïm. Cette fois, je suis venu vous commander deux tenues, pour mon fils et moi, que nous porterons pour son mariage dans un mois, si Dieu veut.

Mon père leur dit tout d'abord Mazel tov, puis s'adressant à Shlomo, lui demanda

- Quel genre de tenues voulez-vous ? Quel tissu souhaitez-vous ? Quels coloris préconisez-vous pour Abner et pour vous ?

Shlomo parut gêné puis s'élança.

- Dites-moi Ephraïm. Cela vous incommoderait si je vous fournissais un costume traditionnel Moghrabi pour que vous le preniez comme modèle de base ? Voyez-vous, nous ne sommes plus à Alger aujourd'hui. Et il serait peut-être temps d'harmoniser les tenues juives de Galilée et les tenues traditionnelles Moghrabi...Quant aux couleurs, blanc et argent pour moi et, blanc et or pour Abner, me semblent approprié pour un mariage. La soie ou le satin de Damas pour l'or et l'argent, le lin pour le blanc. Qu'en pensez-vous ?

- Que nous n'avons pas beaucoup de temps, rétorqua mon père. *Puisque vous êtes là, je vais prendre vos mesures. Je vous donnerai le montant des tenues lorsqu'on m'aura communiqué le prix des tissus. Je vous préviens, je tiens à être payé en nouvelles piastres ou en devises étrangères. Mes fournisseurs n'acceptent plus les devises ottomanes.*

En partant, Shlomo assura mon père qu'il ne discuterait pas son prix car il savait qu'il était le moins cher et qu'il travaillait bien.

Mon père le remercia de sa confiance mais tint à lui faire remarquer que c'était un vrai travail de création qu'il lui demandait et de surcroît, avec très peu de délai.

- J'en suis bien conscient, Ephraïm. C'est pourquoi, soyez assuré qu'au mariage d'Abner, dans un mois si Dieu veut, tous les Moghrabis vous connaitront et voudront faire partie de votre clientèle. D'ailleurs, j'y veillerai personnellement.

Puis, ils sortirent.

- Tu le connaissais, Papa ? Tu semblais soucieux. Tu croyais qu'il était venu te demander à nouveau de siéger à une réunion ?

- Au début Sarah'lé. Mais après, si je n'étais pas euphorique, c'est certainement dû à la pression qui pèse sur mes épaules, au

fur et à mesure que les commandes affluent. Je suis seul tu comprends et j'ai peur de ne pas m'en sortir. Imagine que la machine se casse !
- Pourquoi ne pas engager une personne de métier pour t'aider ?
- Tu sais très bien que nous devons garder le secret de la couseuse. Si nous faisons entrer un étranger chez nous, nous ne serons pas à l'abri d'une déloyauté sans parler de la divulgation de notre secret. Nous nous mettrions à dos tous les tailleurs de la région qui estimeront leur commerce en danger. Souviens-toi, de ce que nous a raconté Francis Lang sur ce qui est arrivé à l'inventeur de la couseuse. Cette histoire m'a traumatisé, Sarah'lé, tu comprends ? Alors, comme je suis seul, j'ai...
- Arrête ta paranoia Ephraïm ! Nous sommes à Safed, pas à Lyon! s'écria ma mère qui avait entendu la conversation. *Arrête de geindre, tu es un schneider (*tailleur*) et tu te comportes comme un schnorrer (*pleureur, mendiant*). Que tu te plaignes parce que tu n'as pas assez de travail, je veux bien ! Mais parce que tu en as trop, c'est inadmissible, Ephraïm. Inadmissible ! Entends-tu ? Dieu a ouvert sa main sur notre maison et toi tu te plains.*
Jamais, je n'avais entendu ma mère parler sur ce ton à mon père. Remarquant notre consternation, ma mère reprit de plus belle.
- Tu es seul, Ephraïm...? Moïshe ne s'occupe-t-il pas de l'entretien de la couseuse, après l'école ? As-tu constaté tous les soins qu'il prodigue à sa tâche ? Il la nettoie, la bichonne, en extrait tous les petits morceaux de fil coincés dans les interstices avec le petit pinceau fin que tu lui as confié. Moïshe accomplit son travail avec cœur et efficacité.
Siméon ne s'occupe-t-il pas de couper les matelas de tissus avec toi ? Car tu l'as dit toi-même, il faut absolument être deux pour cette étape. Siméon cale le matelas de tissus pendant que toi tu pratiques la coupe. N'est-il pas chargé d'amener et de ramener de l'école Arie et Moïshe ? Et le reste du temps, n'est-il pas à tes côtés pour apprendre le métier, comprendre la couseuse et te seconder ? Moi, je sais coudre, broder et repasser. Ma mère et ma grand-mère m'ont tout appris. Pendant que tu seras sur la machine, je coudrai à la main. Pendant des années, je t'ai vu faire et j'ai observé ta maîtrise de la couture.
Interloqué, mon père murmura
- ...Et la maison...Et les enfants ?

- *Sarah s'en occupera !* répondit ma mère sans hésiter. *Je lui ai appris à cuisiner, laver, repasser. C'est une jeune fille bientôt prête à se marier. Il est temps qu'elle prenne le relais.*
J'approuvai. Ce qui eut l'heur de plaire à mon père.
Nous étions heureux parce que la famille était soudée comme les doigts d'une main. Nous partagions le même projet, le même secret. Nous étions les différents rouages d'une même machine. Nous nous aimions tellement fort ! Quant à moi, pas encore mariée, j'étais devenue leur seconde maman. Hormis les tâches ménagères, je devais veiller principalement sur Arié et Rebecca.
Arié était souvent bougon, pauvre chéri! Personne, jusqu'à aujourd'hui, ne s'était réellement occupé de lui. Il avait presque six ans, il était trop jeune pour côtoyer ses frères, Siméon et Moïshe. Le premier avait 12 ans, travaillait et étudiait la paracha qu'il devait lire devant tous les fidèles et les invités à la synagogue l'année prochaine pour sa Bar-Mitsva. Le second avait 10 ans et, comme il travaillait sur la machine, se sentait plus proche des grands et fréquentait constamment Siméon. Quant à Rebecca, ce n'était qu'une petite fille de cinq ans.
Papa et Maman étaient occupés du matin au soir. Aussi, je décidai de pallier ce manque de présence préjudiciable auprès d'Arié. Pendant un an, je passais deux heures tous les jours avec lui à son retour de l'école, pour l'aider à faire ses devoirs. Outre le fait qu'il apprenait à lire, écrire et compter en turc, il devait apprendre l'hebreu. J'en profitais pour apprendre avec lui. Arié jouait le jeu et me faisait la leçon, en répétant les mêmes mots et en mimant les gestes de son maître. Il se sentait enfin important et le fait de répéter avec moi se révéla être une méthode d'études qui lui convenait très bien. Ses notes s'amélioraient sans cesse. Ce qui suscita chez lui la vocation de devenir maître d'école.
A partir du jour où je me suis fortement intéressée à lui, Arié devint adorable avec tout le monde. Il était même devenu mon préféré. Avec Rebecca, les choses étaient différentes. Elle ne se souciait de personne. Seule comptait sa poupée Boubita dont elle était la maman, imitant les gestes d'une mère pour la faire manger ou dormir, et l'habiller bien sûr. Mais cela devenait difficile et lui prenait de plus en plus de temps car la garde-robe de Boubita

grossissait chaque jour davantage. Mon père, culpabilisant certainement de négliger sa petite dernière, soignait particulièrement Boubita.

Un jour où mon père recevait des clients, Rebecca renfrognée, fit irruption dans le salon et, d'une colère non feinte, se plaignit qu'elle n'arrivait pas à faire dormir Boubita car ils faisaient trop de bruit. Les clients confus s'excusèrent mais lorsque mon père leur expliqua qui était Boubita, tout le monde éclata de rire.

1833 fut une année faste. Les clients venaient de plus en plus nombreux et de plus en plus loin. La réputation de mon père avait accru les commandes. Le petit tailleur avait créé une véritable industrie à la maison. Tout le monde était important. Chacun savait ce qu'il avait à faire et le faisait bien. Désormais, l'argent rentrait à flot.

Un jour, mon père nous fit une annonce :

- *L'année prochaine si tout va bien, par la grâce de Dieu, nous prendrons un petit local pour y entreposer les rouleaux de tissus noirs, que nous commandons en nombre croissant, de la doublure et des bobines de fil assorti. La couseuse sera également installée discrètement dans ce local, de sorte que toutes les commandes groupées concernant les écoles, les yeshivas, les monastères et les couvents y soient traitées. Et c'est Siméon qui en aura la charge. Il sait se servir de la machine. J'espère que tout sera opérationnel l'année prochaine pour sa Bar-Mitsva le 30 juin, si Dieu veut.*

Concernant la Bar-Mitsva de Siméon, nous ferons un buffet dans la synagogue après la prière du matin et la lecture de sa paracha. Puis, nous ferons une belle fête à la maison et nous y inviterons quelques amis dont une personne très bien que tu connais déjà, Madame Ida Halperin la marieuse, qui nous a assuré, à ta mère et moi, avoir un très beau parti pour toi, Sarah.

*

Vers la fin de l'été 1833, un voisin qui avait pourtant aménagé depuis plus de deux ans s'approcha de la maison pour la première fois. Sans doute voulait-il parler à mon père. Informé, mon père, qui ne voulait absolument pas recevoir cet importun dans la maison, demanda à Siméon de sortir un guéridon et à Moïshe de suivre son frère avec deux chaises. Il m'enjoignit d'entrer dans une chambre avec Arie et Rebecca, demanda à ma mère de préparer un thé au miel, coloré au jus de betterave et sortit au-devant du voisin.

- *Bonsoir. Vous ne parlez pas arabe, je suppose.*

- *Détrompez-vous Monsieur, mais je préfère converser en turc, si vous n'y voyez pas d'inconvénient, à moins que vous ne parliez yiddish.*

- *Non, non. Va pour le turc. Je m'appelle Ali Saber Al Bar'ami et je suis votre nouveau voisin, enfin nouveau depuis deux ans maintenant...*

Mon père le coupa :

- *Je sais qui vous êtes, Monsieur el Bar'ami.*

- *Je vous en prie, appelez-moi Ali.*

- *Très bien Ali. Moi, je m'appelle Ephraïm Litvak.*

- *Si ça ne vous dérange pas, j'aimerais vous appeler Efi. C'est plus court.*

- *C'est vrai. Mais je préfère malgré tout que vous m'appeliez Ephraïm car, voyez-vous, seule mon épouse Hannah m'affuble parfois de ce diminutif.*

Lui montrant le guéridon d'un geste de la main, il le pria de s'installer.

- *Vous boirez bien un verre de thé avec moi, Ali ! Il fait meilleur dehors.*

Je le trouvais extrêmement jovial. Pendant que ma mère servait le thé, il demanda :

- *Litvak, c'est de quelle origine ?*

- *Lituanienne!* répondit ma mère, de façon lapidaire comme à son habitude.

Ali était interloqué. Il ne comprenait pas qu'une femme puisse s'imiscer dans une discussion entre hommes sans y être conviée. Laissant Ali a sa surprise, mon père poursuivit :

- *Litvak veut dire lituanien en yiddish.*

- *C'est comme mon nom el Bar'ami. Il ne signifie pas: fils de mon peuple comme vous pourriez le traduire en arameen!* dit-il en pouffant, satisfait de cette réplique qu'il avait dû faire au moins cent fois. *Mon nom signifie habitant ou natif de Bar'am, un petit village au nord de Safed a 300m de la frontière avec le Liban.*

- *Je connais Kfar Bar'am. C'était même un village juif à l'origine. Il y subsiste encore les ruines de l'une des plus anciennes synagogues de Palestine. Les habitants juifs y ont été massacrés lors des conquêtes arabes au VIIe siècle et ce village est devenu musulman jusqu'au XIIIe siècle. Chassés de Jérusalem par le sultan Salah Eddine el Ayoubi (Saladin), les croisés massacrèrent les habitants musulmans de cette bourgade, pour y installer des familles chrétiennes. C'est d'ailleurs, à cette époque qu'ils construisirent la citadelle de Safed. Depuis, les chrétiens occupent majoritairement ce village.*

- *C'est terrible, tous ces massacres et ce sang versé. Ces gens innocents, pleins de vie qui voient d'un seul coup tous leurs projets s'arrêter net. Que Dieu nous protège ! En tout cas, ce n'est pas avec le nouveau gouvernement égyptien que ça arrivera.*

- *Qu'est-ce que vous en savez ?* lui dit mon père, un brin philosophe.

- *Vous savez Ephraïm, j'ai eu deux garçons avec ma femme. Puis, plus rien depuis des années. Son ventre est devenu aussi aride que le désert du Néguev. Vous savez que Ibrahim Pacha avait rendu la conscription essentielle parce que fédératrice, dans tous les territoires conquis par son père Mehmet Ali. Or, la plupart des jeunes hommes de la ville de Safed se sont fait porter pâles afin d'échapper aux janissaires et aux spahis recruteurs de l'armée d'Ibrahim Pacha. Les sfadiens refusaient de combattre pour les égyptiens qui les avaient dépouillés des avantages que leur avaient octroyés les turcs. Mais, mes deux fils, Othman et Mansour ont intégré l'armée d'Ibrahim Pacha, sont devenus immédiatement des Nezzam (*terme péjoratif désignant les soldats égyptiens, sous Ibrahim Pacha*) et ont rejoint la garnison du Caire. Les habitants de Safed prirent en grippe toute ma famille. Ils nous exclurent de toutes leurs réunions. Ils nous accusèrent même de trahison.*

Le 24 décembre 1832, un jour de fête pour les uns, fut un jour tragique pour moi.

Une estafette du Pacha vint à la maison avec une médaille d'honneur pour bravoure et tenait dans sa main un rouleau de parchemin. Je vis arriver, le cœur serré, tous les notables de Safed. Se transformant en Hérault, l'envoyé du wali d'Egypte déroula le parchemin qu'il lut d'un ton solennel :

"Mehmet Ali Pacha, wali d'Egypte, du Soudan, de Syrie-Palestine, du Hedjaz, de Morée, de Thasos et de Crête, que la grâce d'Allah soit sur lui, porte à la connaissance des habitants de Safed et de sa région, qu'un de leurs enfants, le lieutenant Othman ibn Ali Saber Al Bar'ami s'est comporté en héros pendant la bataille de Konya. Cette bataille a vu l'armée égyptienne d'Ibrahim Pacha, d'à peine 15 000 hommes, écraser l'armée ottomane de Mahmoud II, forte de 100 000 hommes. Le lieutenant Othman Al Bar'ami a défendu un fortin stratégique avec vingt-trois compagnons d'armes. Cette unité, résistant à elle seule a un bataillon ottoman de trois mille cinq cents hommes, a permis aux brigades de réserve égyptiennes de percer le flanc gauche de l'armée ottomane et d'en capturer leur général Rachid Pacha. Malheureusement, au troisième jour de l'offensive, les turcs décidèrent qu'il valait mieux détruire ce petit fort qu'ils n'arrivaient pas à récupérer. Ils rasèrent le fortin au canon. Cette unité d'élite fut massacrée. Seul le lieutenant Othman, laissé pour mort en réchappa. L'état critique du lieutenant Othman nous impose de le soigner dans un hôpital du Caire. Lorsqu'il ira mieux, inch'Allah, nous le rapatrierons auprès des siens avec le grade de capitaine. Que la paix soit sur vous."

À partir de ce jour, les sfadiens vinrent avec respect me faire part de leur estime et de leur fierté et, malgré nos divergences, les choses se sont arrangées entre nous. Le nom de Othman Al Bar'ami est devenu une véritable référence guerrière dans la région et tous ceux qui le condamnaient, s'enorgueillissent aujourd'hui de bien le connaître ainsi que son frère Mansour, toujours dans l'armée d'Ibrahim Pacha. Ils racontent, à l'envi, des anecdotes et des tranches de vie partagées avec eux qui ne sont que pures inventions.

Je présume que Ibrahim Pacha a voulu faire une véritable opération de propagande afin de susciter des vocations chez les jeunes et montrer aux peuples et à leurs familles qu'il ne laissait aucun combattant sur le terrain et que peu lui importait la provenance des soldats. Ils étaient les enfants de son empire et non des mercenaires. Dans son élan paternaliste, le Pacha me fait parvenir la solde revenant à Othman jusqu'à sa guérison.

En réalité, je pense que mon fils Othman ne nous reviendra jamais. Nous avons reçu un mois plus tard, une lettre de notre second fils Mansour qui nous donnait, hélas, peu d'espoir sur les chances de rétablissement d'Othman. Sa tête avait été heurtée par un boulet de canon qui avait, grâce à Dieu, ricoché auparavant, les médecins n'osaient faire aucun diagnostic, tant qu'il était dans un coma profond. Mansour nous assura qu'il veillait sur son frère, et qu'il nous tiendrait au courant de l'évolution de la situation. Il nous révéla également qu'il s'était engagé à écrire une lettre par semaine à Othman de sorte que, s'il sortait du coma, inch' Allah, il n'aura qu'à lire ses lettres chronologiquement pour être parfaitement au courant des évènements tels qu'ils se seraient produits pendant son absence.

Malgré les termes encourageants de la lettre de Mansour, sa mère ne pouvait se défaire d'une intuition funeste. Abattue, elle disait, en pleurant : "Nous avons perdu notre fils et nous ne pouvons même pas faire le deuil."

Mon père trouva cet homme émouvant et regretta de l'avoir croisé pendant deux ans sans jamais chercher à mieux le connaître. Certes, ils se saluaient avec courtoisie, mais sans jamais se parler, sans savoir qu'Ali vivait une véritable tragédie.

- Vous savez Ali, il n'y a pas pire drame que celui de perdre un enfant. Mais, le vôtre est toujours vivant !

- Oui, mais dans quel état...

- Dites-moi Ali, pourquoi êtes-vous venu me rendre visite aujourd'hui ? Y aurait-il une raison particulière ?

Ali hésita puis lui avoua être intrigué par la diversité des clients et leur flot ininterrompu ces derniers temps, notamment aujourd'hui. Mon père sourit et mit la main sur son épaule.

- Vous savez Ali, il parait que je suis le meilleur tailleur de Safed mais surtout le moins cher. Alors les gens se le disent et le prix annule toutes les différences sociales, de religions, d'origines ou de nationalités.

Ali sourit et hocha la tête en signe d'acquiescement...

- Dites-moi Ali, quel est votre métier ?

- J'étais forgeron. Je travaillais le fer. Mais je ne travaille plus depuis que mon fils Othman est tombé dans le coma. Je n'ai plus la tête. Que voulez-vous...

- Vous avez revendu votre forge avec la clientèle ?

- Ha ha ! Non, j'étais simple ouvrier et je dois dire que j'avais un
très bon patron. Les clients m'aimaient bien...C'est du passé.
- Et maintenant Ali, que faites-vous de vos journées ?
- Rien d'intéressant. Alors, je joue.
- Vous jouez, Ali ! Mais à quoi donc, et avec qui ?
- Au shesh-besh, avec mon ami Dahmane que j'ai d'abord connu
à la forge comme client et qui est devenu un compagnon de jeu
depuis que j'ai dû arrêter de travailler. Vous avez certainement
dû l'apercevoir avec moi de temps en temps.
Mon père n'avait entendu que le mot shesh-besh. Il n'y avait pas
joué depuis si longtemps.
Mon père et Ali s'étaient découvert une passion commune pour
le shesh-besh. Tous les soirs, ils avaient pris l'habitude d'installer
le guéridon dehors entre les deux maisons et faisaient leur partie
en commentant les nouvelles et refaisant le monde. Ma mère préparait du thé au miel qu'elle n'accompagnait plus de jus de betterave, à la demande réitérée d'Ali. Elle les servait et s'esquivait,
laissant les deux hommes rire et s'agacer de la chance de l'autre.
De l'intérieur, nous entendions rire mon père, comme jamais auparavant, et nous en étions ravis. Mon père était en harmonie avec
son voisin. Lui seul parvenait à le faire décompresser. Après des
journées de travail harassant, voir notre père aussi décontracté
avec son voisin musulman était un réel plaisir. Et si on tient
compte du nombre de défilés de dignitaires égyptiens, de haredi,
de Moghrabi, de mizrahim, et de chrétiens maronites dans la
même semaine, nous avions l'impression que le monde était en
paix et que rien ne pouvait nous arriver.
Dans les premiers jours du mois de juin 1834, Ali vint voir mon
père à l'heure habituelle, mais son visage était grave. Il demanda
à ce que ma mère ne mette ni sucre, ni miel dans le thé, marque
d'amertume et d'accablement dans la tradition arabe.
Inquiet, mon père demanda à Ali les raisons de son affliction. Ali
se passa la main sur le visage.
- Mon ami, n'entends-tu pas la rue gronder à Safed ?
- Oui, bien sûr. Mais j'ai entendu dire que c'était à cause de la
promulgation du décret de conscription obligatoire dans l'armée
égyptienne. Mais tes fils servent déjà dans l'armée égyptienne.
Alors, pourquoi es-tu aussi alarmé, y aurait-il autre chose ?

44

- *Tu as raison Ephraïm. Mais jusqu'à ce jour, la conscription était nécessaire parce que fédératrice. Ce qui permettait à ceux qui ne souhaitaient pas s'engager, de se dérober. Aujourd'hui, elle est obligatoire par décret, sauf pour les juifs et les chrétiens.*
- *Et alors ? Leur colère est destinée à Ibrahim Pacha. Quel est le rapport avec nous ?*
- *Un prédicateur local du nom de Muhammad Damoor harangue la foule en accablant les juifs et les chrétiens. Il clame que ces infidèles sont la source de tous leurs maux. Cela avait commencé par la privation de leurs privilèges. De ce fait, aujourd'hui, les dhimmis (juifs et chrétiens) ont les mêmes droits que les musulmans, notamment celui de siéger à tous les conseils municipaux. Il leur rappelle que ce décret va à l'encontre du pacte d'Omar (ibn al Khattab). De plus, Mehmet Ali, prenant ses distances avec l'empire ottoman, prône l'égalité des droits entre tous ses sujets. Il a supprimé la Jizya (lourde taxe foncière imposée aux non-musulmans) qui était pourtant clairement mentionnée dans le Coran, plus précisément dans les 8e et 10e versets de la sourate al faubath (la repentance).*
- *C'est bien ce que je disais, ils en veulent bien à Ibrahim Pacha !*
- *Muhammad Damoor qui avait prêché à Safed, il y a quelques années, exhorte à présent la foule à aller chez les juifs et les chrétiens afin de piller leurs biens et leur argent. Il clame haut et fort : "Surtout les juifs qui sont riches et nous envahissent en venant par vagues successives. Quand allez-vous agir et leur imposer l'acte de soumission ? Mettriez-vous la loi de Mehmet Ali au-dessus de la loi d'Allah ? " Tu sais, mon ami Dahmane m'a dit que les janissaires étaient du côté du peuple et qu'ils n'interviendraient pas en cas d'émeute, de plus en plus probable.*
- *Du côté de la foule, Ali. Pas du peuple ! Regarde, toi par exemple, tu n'es pas d'accord avec ce Damoor n'est-ce-pas ? Je suis certain qu'il y en a beaucoup d'autres comme toi.*
- *Certainement Ephraïm, mais les extrémistes et les fanatiques galvanisés par cet imam raciste prendront forcément le pas sur les modérés. Même moi, ils me font peur! Bon, te voilà prévenu. Je t'en prie mon ami, ne prends pas ça à la légère.*
- *Je te remercie de ta sollicitude, Ali. Je réfléchis à tout ça. Allez, rentre bien. Et à demain, si Dieu le veut.*

Lorsqu'il se retrouva seul, mon père demanda à ma mère de le rejoindre dehors.

- *Écoute Hannah, Ali et moi n'avons pas joué au shesh-besh ce soir. Il était extrêmement préoccupé par la fronde qui enfle dans le centre-ville de Safed. Il pense que nous sommes en grand danger et que nous devrions prendre toutes les précautions qui s'imposent.*
- *Et c'est quoi les précautions qui s'imposent, pour contenir une foule hystérique, Ephraïm ?*
- *Demain, je dois revoir Ali. Je voudrais que vous soyez avec moi. Préviens Sarah. Nous l'attendrons près de chez lui. Il nous faut absolument protéger les enfants. Je ne veux pas qu'ils entendent et qu'ils se fassent du mauvais sang. Viens, allons dormir Hannah. La nuit porte conseil.*

Le lendemain, nous n'avions pas le cœur à l'ouvrage. Le mot d'ordre était que nous finissions le travail en cours. De toute façon, depuis que les troubles avaient commencé, les commandes ne rentraient plus.

A l'heure prévue, mes parents et moi attendions devant la porte de la maison d'Ali. Je me tenais en retrait comme me l'avait demandé mon père. Nous le vîmes arriver accompagné de son ami Dahmane. Ali était livide. Mon père lui expliqua qu'il avait préféré laisser les enfants en dehors de tout ça. C'est pourquoi, ils s'étaient postés devant chez lui. Ali leur fit signe de le suivre à l'intérieur.

- *Écoute Ephraïm. C'est encore pire que je ne le croyais.*
- *Hier, cela me paraissait déjà très grave.*
- *Aujourd'hui, les gens de la ville ont été rejoints par des dignitaires ottomans, issus de l'ancien régime, et surtout par des fellahs des campagnes alentour.*

Dahmane intervint :

- *Muhammad Damoor, le prédicateur, s'est autoproclamé prophète de l'islam. Il a lancé un réquisitoire enflammé contre les juifs et a terminé sa diatribe par une citation d'Al Bokhari : "Combattez les juifs, de telle sorte que les pierres derrière lesquelles s'abritent un juif disent : Musulman voilà un juif derrière moi. Tue-le !"*
- *Quelle horreur ! s'exclama ma mère. Mais qui est ce Al Bokhari ?*

- Mohammad Al Bokhari est le plus vénéré et le plus canonique des imams. Il a alimenté la sunna à laquelle les musulmans sunnites sont très attachés, par plus d'un millier de hadiths qui n'ont jamais été controversés.

Ali confirma que le discours s'était fortement durci depuis l'arrivée des fellahs. Ce prédicateur hystérique avait trouvé, avec eux, un terreau beaucoup plus fertile qu'avec les gens de la ville, plus évolués.

- Ce que vous nous rapportez est effrayant, s'inquiéta mon père. Peut-être devrions nous nous cacher le temps que dure cette révolte ?

- Ephraïm! Tout d'abord, Dieu seul sait combien de temps durera cette révolte. Ensuite, personne ne vous offrira de cachette fiable pour vous et vos enfants. Soyez lucides, les juifs et les chrétiens, y compris les coptes, courent les mêmes dangers. Quant aux arabes musulmans modérés, ils ne voudront jamais prendre le risque d'être frappés d'anathème qui serait suivi d'une fatwa à leur encontre, pour avoir trahi la cause de l'Islam.

Sans oublier qu'ils auront en face d'eux une foule fanatisée, renchérit Ali d'une voix peu rassurée... une foule totalement enflammée par les prêches incendiaires de Mohammad Damoor qui leur a délivré un véritable permis de tuer. Ainsi au moment de partir, nous entendions Damoor hurler à une populace galvanisée, ce hadith rapporté par Abou Hourayrah : "Allah n'ouvrira pas les portes du paradis aux pleutres qui n'ont pas levé haut la bannière de l'islam. Ils devront être mis à mort comme ces mécréants, ces cochons et ces chiens. Allez, pillez et tuez-les au nom d'Allah."

Mon père, troublé, nous attira près de lui.

- Venez. Nous devons parler avec les enfants. Ils sont au courant des troubles qui secouent la ville en ce moment et notre réunion chez Ali n'a pas dû passer inaperçue. Il faut les rassurer.

Mais se ravisant, il prit ma mère par le bras et lui chuchota au creux de l'oreille *"Avancez, je vous rejoins. J'en ai pour une minute".*

Puis se tournant vers Ali :

- Je ne peux toujours pas croire que les musulmans que nous côtoyons tous les jours puissent se laisser berner par ce prédicateur raciste.

- Tu as raison, mais il s'adresse aux fellahs. La plupart des musulmans ne sont pas d'accord avec lui, mais ils n'osent pas le revendiquer sous peine de passer pour des lâches ou pire encore pour des traîtres. Regarde, Dahmane et moi ne sommes pas d'accord pourtant nous ne le clamerons jamais haut et fort. Nous agissons malgré tout mais en prenant mille précautions.

- Je suis conscient des risques que vous prenez. Je reviens vers toi dans une heure.

Après nous avoir rejoints, mon père nous fit part de sa discussion avec Ali et du fruit de la réflexion qui en découlait.

- Ecoutez. Ce qui m'est apparu inéluctable au travers des informations que nous ont transmis Ali et Dahmane, c'est que nous devons immédiatement organiser notre fuite. Grâce à Dieu, nous avons la chance d'avoir des amis qui nous ont renseignés et qui peuvent encore nous aider, malgré les risques encourus.

- Comment ça ?

- Voilà l'idée ! Nous allons établir un acte de vente de notre maison au bénéfice d'Ali. Nous fixerons le montant de la transaction au prix du marché moins 10% et nous irons l'enregistrer officiellement à l'annexe de la wilaya à Safed. Parallèlement, nous établirons un acte de rachat de la maison pour un montant supérieur de 10% à la somme convenue dans le premier acte.

- Tu penses qu'Ali sera d'accord ? Et a-t-il seulement l'argent nécessaire ?

- Hanna'lé ! Ali n'a absolument pas d'argent. Aussi, lui fournirai-je la totalité de la somme qu'il me reversera devant témoins juste avant l'enregistrement. Quand la révolte sera maîtrisée, je n'aurai qu'à inscrire la date sur le deuxième acte que nous signerons sous seing privé en y ajoutant le différentiel de 10% qu'il gardera pour lui. Je ne sais pas combien de temps durera cette révolte mais cela devrait lui rapporter une jolie somme d'argent en très peu de temps.

- As-tu à ce point confiance en lui ?

- Je ne sais pas pourquoi, mais oui. Ali est assurément un brave homme comme beaucoup de musulmans d'ailleurs, alors que son ami Dahmane, je le connais trop peu. Et puis, l'achat se fera dans des conditions légales et au bout de quelques semaines, il aura gagné un joli petit pactole. Je vais retourner voir Ali car j'ai vu Dahmane s'absenter. Entretemps, va à la maison et explique

brièvement à Siméon et Moishe la situation. Je veux qu'ils sachent que la vente de la maison n'est pas définitive et que nous reviendrons chez nous très bientôt. Siméon va être déçu à cause du report de sa bar-mitsva, mais il comprendra. Tu lui diras que c'est pour préserver nos vies...

Ali accepta le marché. Il n'y vit aucun inconvénient, bien au contraire. Il savait qu'en cas de plainte d'un tiers, il aurait l'administration comme témoin de la légalité de la transaction, d'autant que Ephraïm tenait à être présent à l'enregistrement de l'acte. Mon père l'avait imposé car il désirait, avant tout, protéger Ali et lui éviter le moindre problème. Ali en était pleinement conscient. Il pourrait même, le cas échéant, demander l'aide des pouvoirs publics pour protéger la maison. Le seul problème restant à solutionner, en cas d'enquête, concernerait l'apport financier. Après réflexion, il prétendrait avoir reçu une belle somme de l'autorité militaire égyptienne pour l'action héroïque de son fils Othman et que son deuxième fils Mansour lui aurait prêté le reste de la somme.

Il n'y avait plus qu'à rédiger les actes.

Deux jours plus tard, Ephraïm Litvak et Ali Saber el Bar'ami se rendirent ensemble à la Wilaya pour enregistrer l'acte de vente. Ali paya à mon père le montant de la somme convenue devant des témoins officiels. Ce jour-là, curieusement, mon père tarda, avant de rentrer à la maison. Sans donner la moindre explication, il nous informa que la vente avait été effectuée et en souriant nous dit :

- *Nous ne sommes plus chez nous.*

Il tapa dans ses mains et nous exhorta à préparer nos affaires. Pour être honnête, il n'y avait que lui qui souriait.

La mort dans l'âme, ma mère prépara les affaires pour elle, mon père et les grands. Moi, je préparai les miennes et celles d'Arie et Rebecca. Mon père intima à Siméon et Moïshe de ne s'occuper uniquement que de la couseuse, du tissu et des bobines de fil. Contre toute attente, il demanda aux garçons de les entreposer dans une petite cave humide qu'il n'avait jamais voulu utiliser auparavant, car il craignait que l'humidité n'endommage le matériel et les tissus. Se voulant rassurant, il leur dit de façon sibylline :

- *Nous reviendrons dans peu de temps.*

Mon père se tourna vers ma mère et lui dit avec un humour très ashkénaze.

- *Tu connais ce vieux dicton, Hannah'lé. Les juifs doivent toujours se tenir prêts à partir. C'est pourquoi ils doivent toujours avoir à portée de main un baluchon ainsi que de l'argent liquide. Nous avons les deux Hanna'lé. Merci mon Dieu.*

- *Tu sais, je te préfère comme tailleur que comme philosophe. Je te signale que nos familles sont revenues en Erets Israël après des siècles d'exil, pour fuir les pogroms ! Ce n'est pas possible, Ephraïm ! Nous ne pouvons pas fuir indéfiniment. Pas ici ! Nous sommes chez nous !*

C'était la première fois que nous étions tous du même avis que ma mère. D'habitude, mon père l'emportait toujours. Mais, cette fois, lui-même avait été ébranlé par les paroles de ma mère.

- *Tu as raison, Hanna'lé. Mais tu connais comme moi la situation. Comme tu l'as dit toi-même, comment se défendre contre une foule fanatisée ? Écoute, tes paroles ont malgré tout fait mouche. Je vais me rendre rapidement chez Shlomo le Moghrabi et chez les dirigeants des communautés russes et lituaniennes pour savoir ce qu'ils pensent de la situation et ce qu'ils ont prévu de faire.*

Il revêtit sa longue redingote noire et s'éclipsa furtivement en rasant les murs. Il se dirigea, tout d'abord, chez Mordehai Ginsburg, l'un des représentants de la communauté russe, qui avait le double avantage d'être celui qu'il connaissait le mieux et celui dont la demeure était la plus proche de la nôtre.

Une angoisse indescriptible nous étreignait. Certes, nous savions que notre père ne rentrerait pas avant la tombée de la nuit, pourtant, l'attente devenait rapidement insupportable. Afin d'alléger le poids de mon inquiétude, je suppose, ma mère me demanda de préparer le repas et de faire manger les enfants et si besoin était, de leur raconter une histoire, afin de les maintenir éveillés pour le cas où … Je posai machinalement sur la table, un morceau de *gvinat kevess* (fromage de brebis, affiné en Galilée) dont mon père raffolait, du houmous et quelques pitas.

Dans la maison, personne n'osait parler. Siméon voulait montrer qu'il était devenu un homme et qu'il comprenait la situation. Mais dans la réalité, son cœur était déchiré. Plus de fête ! Plus de bar-mitsva ! Il avait envie de pleurer. Moïshe regardait en direction de la couseuse, les yeux dans le vague, sans dire un mot. La tension était palpable. Plus les heures s'égrènaient et plus l'atmosphère devenait irrespirable. Tournant en rond, étouffant et ne pouvant plus tenir en place, ma mère sortit de la maison pour faire quelques pas dehors. Elle me précisa qu'elle attendait mon père pour dîner et m'avoua que de toute façon, elle n'avait pas très faim.

De mon point de vue, c'était une bonne chose. Ma mère nous transmettait son angoisse sans s'en rendre compte et finissait par nous étouffer en nous infligeant une pression constante.

Elle allait et venait sans s'éloigner de la maison. Elle enrageait de devoir laisser tous ses souvenirs et toutes les superbes choses qu'elle avait acquises depuis peu. Ces derniers temps, tout allait si bien ! Elle en aurait pleuré, si elle ne s'était souvenue qu'après la signature, alors qu'elle préparait les affaires, mon père l'avait freinée, non sans humour. *"Hannah'lé, ça suffit. Ce n'est pas un déménagement, c'est une fuite. Nous reviendrons rapidement avec l'aide de Dieu."* *"Amen"* lui avait-elle répondu.

Toute à sa réflexion, elle s'était rapprochée incidemment de la maison d'Ali. Ma mère allait revenir sur ses pas lorsqu'elle aperçut Dahmane y entrer. Elle savait qu'il était au courant de la fausse vente, de leur fuite pour échapper à un éventuel massacre, et que grâce à lui, ils étaient informés de tout ce qui se tramait. Mais rien n'y fit. Elle ressentit un malaise en associant leur départ en catimini et la présence de Dahmane. Qu'allait-il faire chez Ali à cette heure ? Lui qui, auparavant, ne venait que de temps à autre faire une partie de shesh-besh, il était devenu un élément prépondérant depuis le début des manifestations et ça ne plaisait pas du tout à ma mère.

*

La nuit était maintenant tombée. Tout habillé de noir, mon père rasait les murs comme une ombre, pour rejoindre ses pénates.

Pendant ce temps, Arie et Rebecca avaient fini par s'endormir. Siméon, Moïshe et moi attendions notre père de pied ferme. Quant à ma mère, elle était toujours dehors. Elle observait sans relâche la demeure d'Ali comme si sa scrutation pouvait lui permettre de glaner la moindre information.

Mon père arriva, exténué tant il avait accéléré le pas, et aperçut ma mère sur le bord de la route qui menait à la maison.

- *Eh bien Hannah. Que fais-tu dehors à cette heure tardive ?*
- *Je t'attendais !*
- *Pour manger ?*
- *Pour manger et surtout pour savoir !*
- *Les enfants dorment-ils ?*
- *Arie et Rebecca certainement. J'avais demandé à Sarah de les coucher dès qu'ils auraient mangé. Écoute, Ephraïm je suis dehors parce que j'ai aperçu Dahmane se faufiler chez Ali d'une façon qui m'a parue louche. Alors, je suis restée dehors pour voir quand il partirait et dans l'entretemps, tu es arrivé.*
- *Ce sont des amis, Hannah'lé. Qu'est-ce qui t'a paru louche ?*
- *Je ne sais pas, peut-être juste une intuition. Enfin, sa façon furtive de pénétrer chez Ali, l'heure tardive... Jamais auparavant, il n'était venu voir Ali si tard.*
- *Tu es à cran, Hannah. Peut-être que Dahmane est venu chez Ali furtivement à sa demande. Peut-être ont-ils jugé nécessaire d'être discrets en ces temps difficiles. Peut-être Dahmane a-t-il obtenu des informations essentielles à une heure tardive. Peut-être que demain Ali nous les communiquera à la première heure.*
- *C'est bon, tu m'as convaincue. Mon intuition était certainement erronée. Viens, rentrons à la maison. Les grands nous attendent. Tu as certainement beaucoup de choses à nous raconter.*

Mes parents dinèrent frugalement. Mon père nous raconta dans les moindres détails ses deux rendez-vous. Siméon, Moïshe et moi écoutions religieusement.

Mordehai l'avait reçu chaleureusement, mais avec un étonnement non dissimulé.

Après les salutations d'usage, mon père justifia les raisons de sa venue tardive du fait que la situation en ville devenait extrêmement préoccupante.

Mordehai lui expliqua que, de son point de vue, la situation allait se calmer très rapidement et que cela ne concernait que différents problèmes sociaux entre les fellah et Ibrahim Pacha. Mon père en convint en spécifiant, toutefois, qu'il s'agissait des griefs d'origine mais qu'aujourd'hui l'évolution de ces violentes manifestations prenait une toute autre tournure. Les juifs étaient clairement pointés du doigt. Il lui demanda s'il avait prévu de réunir les présidents de communauté afin d'évoquer le sujet et de prendre des dispositions. L'air interrogatif de Mordehai fit comprendre à mon père que ce dernier n'était pas réellement conscient de la gravité de la situation. Exaspéré par l'attitude lénifiante de son ami, il lui demanda s'il avait entendu parler de ce prédicateur qui galvanisait la populace au nom d'Allah en lançant des appels au pillage et au meurtre des juifs qui avaient acquis leur richesse sur le dos des musulmans, et des chrétiens qu'il surnommait les croisés dans le but de faire revivre un antagonisme mémoriel. D'ailleurs tous les musulmans que nous connaissions partageaient nos craintes. Enfin, il lui confia que son inquiétude exacerbée provenait du fait que la foule croissait chaque jour, grossie par les janissaires et les fellahs qui affluaient de toutes parts.

Mordehai lui rétorqua que s'il avait entendu ces prêches de ses propres oreilles, c'est qu'il était parmi la foule, et qu'en l'espèce il constatait que rien ne lui était arrivé. Par contre, s'il l'avait entendu par des tiers, il était nécessaire qu'il s'interroge sur leur probité, leur fiabilité et surtout sur leurs réelles intentions.

Décontenancé, mon père dut admettre la justesse de ses contre-arguments. Il lui répondit cependant que ses indicateurs étaient fiables. En revanche, il lui sembla évident qu'il n'avait rien prévu. Mordehai, rassurant, lui réitéra, qu'à son avis, les tensions allaient se calmer et que tout rentrerait rapidement dans l'ordre. Il lui assura toutefois qu'il avait bien fait de venir l'alerter et qu'il contacterait, dès ce soir, le conseil représentatif des communautés russophones. Mon père le remercia de l'avoir écouté et lui demanda de l'informer ce soir, après la réunion ou au plus tard demain dans la matinée.

Il ne rentra pas à la maison, mais se dirigea directement vers le domicile de Shlomo le Moghrabi. La discussion avec Mordehai l'avait grandement perturbé. Si ce n'était pas lui-même qui avait proposé cet arrangement a Ali, il aurait pu croire à un coup monté.

Lorsque mon père arriva enfin chez Shlomo, la lumière du jour déclinait fortement. Une jeune femme, qu'il supposa être sa bru, vint lui ouvrir, surprise de la visite d'un homme qu'elle ne connaissait pas. Elle fit venir Messaouda, la femme de Shlomo. Il la salua, se rappela à son bon souvenir et lui demanda si elle pouvait lui indiquer la synagogue dans laquelle priait Shlomo. Puis, il la remercia et la quitta rapidement.

Il entra dans une petite synagogue quasiment pleine. Les fidèles priaient avec dévotion, dans un silence absolu. Mon père se dit alors qu'il ne pourrait communiquer avec Shlomo qu'après la prière. Aussi prit-il un livre et se mit à prier ardemment.

A la fin de la prière, Shlomo l'aperçut, vint vers lui, le salua et lui dit sur un ton amusé, qu'il espérait qu'il avait des synagogues plus proches de chez lui.

Sans sourire, mon père lui exposa le but de sa venue et lui demanda s'il était au courant des troubles qui secouaient Safed depuis quelques jours et ce qu'il avait prévu dans le cas où cela dégénérait.

Il lui répondit par l'affirmative et qu'il avait conscience que ce Damoor était dangereux mais il considérait que les juifs ne devaient pas trembler et fuir à chaque démonstration de haine, ou à chaque menace! Enfin, il lui confia avoir envoyé une lettre expliquant la situation au Consul de France à Beyrouth.

Devant le scepticisme affiché par mon père, Shlomo lui expliqua que certains moghrabis étaient restés sous la tutelle de la France. Suite à une circulaire envoyée à toutes les ambassades, au mois d'Avril 1834, Louis-Philippe, roi des français, confirmait qu'il prodiguera aide et assistance à tous les ayants droits qui le demanderont.

Perplexe, mon père lui demanda en quoi cela concernerait les autres juifs.

Shlomo se fit plus précis. Il y a trois jours, ils avaient écrit personnellement à Monsieur Adrien Dupré, Vice-Consul de France à Smyrne ainsi qu'à Monsieur Henri Guy, Consul de France à Beyrouth, afin de les alerter sur les dangers qu'encourent les juifs d'Alger sous tutelle de la France, et surtout sur l'urgence de la situation. Quand ils captureront et condamneront tous les fauteurs de troubles, tous les juifs et tous les chrétiens en bénéficieront.

Mon père le remercia mais tint à lui poser une dernière question concernant la date à laquelle la France pourrait intervenir. Shlomo se montra confiant, de prime abord, en formant le vœu pieu que ce soit le plus tôt possible. Puis le saisissant par le bras, il lui glissa, à voix basse, qu'il ne voulait surtout pas le démoraliser mais qu'il devait savoir, à titre indicatif, qu'en 1830, Monsieur Dupre avait déjà posé la question concernant la protection des Moghrabis qui avaient quitté la régence d'Alger. Ce n'est que quatre ans plus tard que tous les consulats avaient reçu cette circulaire en réponse. Ne sachant que penser, mon père le salua et s'empressa de rentrer.

Lorsque mon père termina sa narration, je me permis, comme à l'accoutumée, de résumer succinctement la situation.

"Mordehai Ginsburg était sceptique quant à la gravité de la situation. C'est pourquoi il n'avait rien prévu, mais il avait promis de consulter ses pairs des communautés russophones dans la soirée et avait promis de donner à mon père le résultat de leur réunion, demain dans la matinée. Shlomo Levy le moghrabi, lui, était plus nuancé. Il estimait que ce prédicateur représentait un réel danger. C'est pourquoi il avait envoyé des missives aux consuls de France à Beyrouth et à Smyrne afin de les alerter sur la situation à Safed et à Tibériade, sachant que la France devait porter assistance et protection aux juifs d'Alger, mais quand.... Bien évidemment, les fomenteurs et les responsables de ces émeutes seraient arrêtés et châtiés comme il se doit. Ce qui, de facto, protégerait l'ensemble des communautés juives et chrétiennes de Galilée. Shlomo Levy avait ajouté qu'il contacterait Papa dès que les réponses seraient arrivées."

A la fin de mon résumé, un léger vent d'optimisme souffla dans la maison. Aussi me sembla-il nécessaire de conclure: *"Nous ne partons pas ce soir"*.

Mes parents et mes frères me félicitèrent pour mon esprit de concision et mon final positif.

Mon père précisa tout de même qu'il attendrait d'abord des nouvelles d'Ali, suite à son entrevue avec Dahmane, puis la réponse de Mordehai concernant les communautés russophones. Concernant Shlomo, il espérait sans trop y croire que ce dernier nous ferait part rapidement des réponses du gouvernement français. Il conclut en disant que si demain matin les nouvelles s'avéraient être plutôt bonnes, nous ne partirions plus.

Le lendemain matin, nous nous apprêtâmes comme d'habitude, sans effervescence particulière. Ma mère nous avait préparé du thé avec quelques gâteaux secs pour le petit-déjeuner. Nous mangeâmes sans un mot et attendîmes.

La maison était rangée. Les lits étaient faits, les bols et les derniers ustensiles lavés, et nos bagages légers empilés près de la porte d'entrée. Nous guettions le moindre bruit annonciateur de visites tant espérées.

Au milieu de la matinée, Mordehai accompagné de deux religieux frappèrent à la porte de la maison. Mon père ouvrit la porte et lança :

- *Bienvenue à toi, Mordehai.*
- *Bonjour Ephraïm. Tu vois, je suis venu dès que j'ai pu.*
- *Je vois. Et je t'en suis extrêmement reconnaissant. Mais je vous en prie, entrez vous asseoir. Hannah, va nous préparer du thé. Sarah, toi, tu restes avec nous.*

Et s'adressant à eux :
- *Ma fille a un formidable esprit de synthèse.*

Mordehai sembla surpris, voire indisposé, par la présence d'une adolescente au milieu d'une discussion entre quatre hommes dont deux rabbins et le fit savoir du regard à mon père. Ce dernier lui sourit et lui dit :
- *Sarah ne participera pas à la discussion. Mais je tiens à ce qu'elle l'écoute pour que nous puissions en discuter entre nous et prendre les décisions qui s'imposent.*

J'étais aux anges.
- *C'est comme tu voudras, Ephraïm. Mais tout d'abord, permets-moi de te présenter mon ami le Rabbi Yisroel de Shklov et Rabbi Yehuda de Volozin, son inséparable disciple, ami et biographe qui est également un éminent Rabbin. Rabbi Yisroel représente la communauté biélorusse et il est le directeur de l'école des Perushim (Pharisiens). C'est un des trois leaders les plus respectés des communautés juives ashkénazes de Safed.*

J'ai vu la plupart des responsables communautaires russophones hier, après ton départ, notamment les Lituaniens, les Ukrainiens et les Biélorusses et je dois dire qu'ils ont semblé plus inquiets que je ne l'étais. D'ailleurs, Rabbi Yisroel est totalement en phase avec toi.

- J'aurais préféré vous rencontrer dans d'autres circonstances, Rabbi Yisroel. Dites-moi, pourquoi êtes-vous plus inquiet que les autres dirigeants ?

- Le prédicateur fielleux ! C'est un homme d'expérience.

- Vous le connaissiez auparavant ou des témoins vous auraient-ils rapporté la teneur de ses harangues ?

- Je connaissais son nom de longue date, mais il avait disparu depuis plusieurs années. C'était un prédicateur local, sans grande envergure, originaire de Tuba, un hameau bédouin à l'est de Safed. Mais il a franchi un cap et semble être devenu extrêmement dangereux. On m'a rapporté ses diatribes haineuses à l'encontre de nos coreligionnaires.

- En quelles circonstances vous en a-t-on parlé ?

- Il était en Iraq il y a quelques années. Muhammad Damoor officiait alors, sous la houlette d'un mentor du nom de Abdul Haq Abu Sofiane. Une série de prêches incendiaires à la mosquée Jami Al Gaylami à Bagdad avait généré des émeutes sanglantes et avait conduit au pillage et au massacre de cent quatre-vingt-trois familles juives. Cet évènement sanglant, d'une extrême violence, est connu sous le nom du " farhoud de 1828 ". J'ai rencontré quelques membres de cette communauté ayant réussi à fuir juste avant le farhoud et qui s'étaient installés à Safed durant quelques années. Cependant, Bagdad leur manquait bien plus qu'ils ne l'avaient supposé et ils songeaient à retourner chez eux. Je les ai pourtant revus une dernière fois, 4 ans plus tard, au début du mois de mars, lors des fêtes de Pourim de 1832. Ces notables m'informaient que les deux prédicateurs avaient quitté l'Iraq. Abdul Haq Abu Sofiane était parti prêcher en Perse. Il souhaitait organiser un pogrom à Ispahan. En revanche, ils n'avaient aucune nouvelle de son acolyte Muhammad Damoor. Il y a quelques jours, il est parvenu à mes oreilles qu'un prédicateur virulent était arrivé de Damas et qu'il exhortait les foules à se venger des juifs et des chrétiens, causes de toutes leurs avanies. J'ai immédiatement reconnu le procédé employé par les

prédicateurs du farhoud de Bagdad, dont m'avaient fait part les notables juifs d'Iraq. J'avais malheureusement vu juste. Il s'agissait bien de Muhammad Damoor, revenu à Safed, pour y organiser des émeutes de grande ampleur. J'ai tout de suite écrit à un ami à Damas pour en avoir confirmation, mais je n'ai pas encore reçu de réponse. Cependant, des rumeurs provenant de pèlerins chrétiens affirment que les autorités en place auraient vu d'un très mauvais œil les agissements et les harangues de ce prédicateur qui exhortait les citoyens de Damas à piller les juifs et les chrétiens avec lesquels ils entretenaient d'excellentes relations. Aussi lui ordonnèrent-ils de plier bagages, sous peine de finir en prison. N'allez-pas vous imaginer que les autorités de Damas soient plus favorables aux dhimmis par humanité, mais elles ne souhaitaient, en aucune manière, voir la populace plumer les communautés juives et chrétiennes, véritables poules aux œufs d'or qui les payaient grassement et régulièrement, malgré l'abolition de la Jizya par Mehmet Ali.

Par ailleurs, certaines rumeurs faisaient état d'opérations plus que douteuses comme le reversement d'une quote-part financière exigé par Muhammad Damoor, sur le fruit des rapines perpétrées par les émeutiers. Muhammad Damoor, originaire de la région est un opportuniste cruel et cupide. Il n'hésite pas à citer des hadiths incendiaires aux fins de servir ses propres intérêts. Il s'est, d'ailleurs, autoproclamé prophète de l'islam. Les exécutions sommaires suivies de pillages ou de spoliations sont nettement plus efficaces et surtout plus rémunératrices. Alors oui, je suis inquiet !

Mon père était consterné par ce que lui apprenait le Rabbi Yisroel de Shklov. Mais dans le même temps, quelque part, cela apaisait les doutes que ma mère et lui avaient pu avoir concernant Dahmane. Les discours des deux hommes corroboraient en tous points. Il en conclut qu'il avait pris la bonne décision, a l'instar des notables de Bagdad. Lui et sa famille reviendraient plus tard, lorsque ce tumulte aura cessé.

- *Mais les gens de la ville : musulmans, chrétiens, druzes ou juifs vivent et travaillent ensemble ! allégua Mordehai. Les amener à perpétrer des meurtres ne sera pas chose aisée.*

- *Il faut savoir que les prêches de Muhammad Damoor sont adressés principalement aux bédouins et aux fellahs dont il est*

58

issu et dont il connaît les mécanismes et les dialectes. Les gens de la ville ne sont que des suiveurs. Quant aux janissaires et autres membres de l'ancienne autorité ottomane, leur haine des égyptiens est notoire bien que plus contenue, du moins en façade.
- Oui, mais ces prêches n'apprennent rien de nouveau. Les hadiths et le Coran sont psalmodiés, chapelet à la main, à longueur de temps, par les fellahs, les bédouins, les commerçants et les personnes âgées de toute catégorie sociale. Alors pourquoi ?
- Le principe de base est une explosion a trois coups. S'il en manque un seul, ça n'engendrera pas d'émeute. Pour avoir un pogrom, il faut obligatoirement un prétexte, une légitimité et une étincelle. Les prédicateurs le savent mieux que personne et choisissent le moment adéquat pour venir mettre de l'huile sur le feu et envenimer une situation déjà très tendue. Je suis persuadé que Muhammad Damoor et ses acolytes sont responsables de la situation explosive qui a contraint le gouverneur égyptien de Safed à s'enfuir avec ses maigres troupes offrant, ainsi, aux pillards une population juive sans défense.
Le prétexte :
La conscription devenue obligatoire et la perte de pouvoir dans les affaires de la cité à cause des juifs et des chrétiens ainsi que la politique d'Ibrahim Pacha concernant le désarmement des fellahin par les notables, alors que les juifs et les chrétiens en sont exemptés.
La légitimité :
Le Coran et de nombreux hadiths offrent un véritable permis de tuer et d'aller à l'encontre des lois édictées par les rois, notamment en ce qui concerne l'égalité des droits entre musulmans et non-musulmans. Allah n'est-il pas plus grand que tous les rois de la terre ?
L'étincelle :
Croyez-moi, la révolte commencera demain pour satisfaire à sa soi-disant prédiction. Cette date du 15 juin n'est pas un choix anodin. Elle fait suite à la fête de Chavouot, où les juifs ont chanté et dansé pour le don de la Thora, alors que les musulmans étaient accablés par les nouvelles lois venues d'Egypte.
Les prêcheurs auront beau jeu de tisser un lien de causalité entre la peine des uns et la joie des autres. Dans ce cas précis, les juifs

et les chrétiens servent d'exutoires à la colère de la populace contre Ibrahim Pacha, bien évidemment, intouchable.
Mordehai secoua tristement la tête.
- J'ai du mal à comprendre les émeutiers. Ils doivent bien se douter que le gouverneur en fuite est peut-être déjà en train de prévenir Ibrahim Pacha qui leur infligera, à coup sûr, une terrible punition.
- C'est un soulèvement populaire qui a démarré à Naplouse au début du printemps, avec comme noyau dur les fellahin. Mais, je vais laisser Rabbi Yehuda vous révéler dans le détail, comment ça s'est passé.
- Ibrahim Pacha s'est déplacé en personne pour châtier ces rebelles, non loin de Shekhem (Naplouse). Après qu'il les eut maîtrisé, il se dirigea vers Jérusalem ou, depuis le 31 mai, des insurgés avaient pris le contrôle de la ville. Les juifs ont craint le pire pour leurs vies et pour leurs biens. Mais, le leader des insurgés Abdel Kader Abu Dis déclara haut et fort : "Cette révolte vise uniquement la politique d'Ibrahim Pacha. Les arabes, les juifs et les chrétiens sont frères et celui qui s'aventure à toucher l'un d'entre eux sera immédiatement mis à mort". Ce mot d'ordre fut globalement respecté. Le 3 juin, Ibrahim Pacha entra dans Jérusalem avec une importante armée qui fit fuir les rebelles en une journée.
- Cette déclaration d'Abu Dis correspond plus à ce à quoi je m'attendais de la part des notables de Safed, clama mon père.
- Muhammad Damoor profite d'un soulèvement politique global. Il estime que Ibrahim Pacha ne peut être partout à la fois, conclut Rabbi Yisroel. Il table, d'une part, sur son éloignement, et d'autre part, sur l'absence de défense de la population juive du fait de la fuite du gouverneur de la ville.
Nous buvions tous les paroles de Rabbi Yisroel et de Rabbi Yehuda avec un immense intérêt, et ne voulions pas en perdre une seule miette.
- Pour répondre à ta question, Mordehai, je pense qu'il prendra ce risque, tant cet homme est mû par sa haine viscérale des juifs, ajoutée à une cupidité abyssale.

*

En évoquant ces événements, Salma se mit à trembler, d'abord imperceptiblement, puis graduellement au fur et à mesure qu'elle racontait. Shmoulik avait bien compris que les années bonheur étaient révolues. Il la supplia d'arrêter pour son bien. Elle reprendrait plus tard quand elle se serait calmée. Mais rien n'y fit. Elle ne contrôlait plus le débit de sa narration. Les vannes étaient ouvertes. Il lui fallait continuer. Shmoulik prit peur. Les yeux de Sarah étaient vitreux et sa voix devenait monocorde, comme si elle voulait se détacher d'une scène affligeante qu'elle était amenée à revivre. Shmoulik tenta de la raisonner une nouvelle fois, lui demandant avec insistance de s'arrêter. Il lui précisa qu'elle pourrait continuer son récit plus tard, dès qu'elle se sentirait mieux. Indépendamment de sa volonté et par besoin sans doute, elle n'évoquait pas seulement son histoire, elle la revivait. Aussi, d'un ton suppliant, elle l'implora de la laisser poursuivre.

Elle reprit :

Je me sentais vidée. Quand mon père etait rentré la veille au soir, un vent d'optimisme soufflait dans la maison. On s'était dit que peut-être nous n'aurions pas à partir de chez nous. Puis, Rabbi Yisroel de Shklov était venu nous confirmer ce que nous savions déjà. J'étais anéantie.

Mon père intervint :

- *Rebbe, j'avais posé trois questions à Mordehai, hier soir lorsque je suis parti le trouver. Ces questions étaient les suivantes : Êtes-vous au courant des évènements ? Qu'en pensez-vous ? Qu'envisagez-vous de faire pour protéger vos communautés russophones ?*

Rebbe, si vous avez parfaitement répondu aux deux premières questions, je souhaiterais connaître votre réponse à la troisième.

- *Sans tenir compte des possibilités financières ! Dans ce cas précis, nous...*

- *Vous pensez que nous ne sommes pas certains de réunir les fonds nécessaires ?*

- *Non...non, Ephraïm. Expliquez-leur Rabbi Yehuda*

- *Nous voulons juste dire que nous ne pouvons absolument pas faire confiance aux pouvoirs publics. Si au moins, nous savions à qui donner l'argent. Aux autorités égyptiennes ? Ibrahim Pacha est en train de guerroyer à Jérusalem et aucun fonctionnaire ne prendra la décision de mater une rébellion sans en référer à Ibrahim Pacha lui-même. D'ailleurs, il n'y a pas de garnison à Safed ni à Tibériade. Les plus proches se trouvent à Beyrouth, à Acre et à Damas. Les fonctionnaires qui accepteraient notre argent n'auraient qu'à dire avoir transmis une requête à Ibrahim Pacha et attendre pour retirer les marrons du feu.*

Quant aux janissaires et autres fonctionnaires restés viscéralement fidèles à la sublime porte, ils se sont tous rangés discrètement du côté des émeutiers contre le régime égyptien. Ne vous faites aucune illusion, ils s'empresseraient de garder l'argent, et ensuite participeraient aux pillages. Ils ont déjà certainement dû repérer les maisons juives ou ils opéreront leurs futures exactions.

Reste la solution d'engager une société de mercenaires pour défendre nos vies et veiller sur nos maisons. Vous savez une de celles qui sont composées d'anciens janissaires. Certes, il parait qu'ils sont très sérieux, mais Safed est une toute petite ville où tout se sait rapidement. Si les autorités égyptiennes apprenaient que nous avions engagé des milices armées, nous ne serions plus considérés comme des victimes. Vous savez, faire confiance à des gens qui se vendent aux plus offrants est déjà une gageure. Mais être sûrs de leur loyauté absolue reste une vue de l'esprit. Je vous rappelle que ce seront des musulmans qui devront défendre des juifs contre d'autres musulmans hystériques et cent fois plus nombreux! Alors, par expérience, laissez-moi vous dire qu'ils ne mettraient pas longtemps avant de se retourner contre nous.

La démonstration magistrale de Rabbi Yehuda avait fini de nous achever. Ma mère et moi étions littéralement assommées. Pour mon père, tout ce qu'il venait d'entendre le confortait dans sa décision de ne pas prendre le moindre risque et de fuir tant qu'il en était encore temps.

- A vrai dire, cette démonstration nous dévoile que la seule solution, hormis la fuite temporaire, est de faire intervenir les autorités de tutelle, coûte que coûte et le plus rapidement possible. Mais comment Rebbe ? Interrogea Mordehai

- La seule solution qui me vient à l'esprit est de contacter tous les consulats pour leur faire part de notre situation alarmante et

de les supplier de faire pression sur Ibrahim Pacha afin qu'ils interviennent en Galilée sine die.

- Les supplier ! Comment ça Rebbe ?

- Disons que je leur écrirai différemment, en fonction de leur influence. Mais ne soyez pas naïfs. Les consuls ne bougeront réellement que lorsque les émeutes éclateront, et là, peut-être sera-t-il trop tard....

- Rebbe. Merci encore de votre visite et que Dieu nous vienne en aide. Tenez, voici les coordonnées de Shlomo Levy, le responsable de la communauté des juifs d'Alger. Il a déjà écrit aux consuls de France à Smyrne et à Beyrouth.

- Merci. Mais dites-moi, j'ai cru comprendre que vous vouliez partir.

- J'ai vendu la maison à une connaissance qui m'avait informé de la gravité de la situation. Nous reviendrons et la rachèterons, si Dieu veut, une fois les troubles totalement maîtrisés. Nous avons signé un accord en ce sens.

- Vous ne bradez pas au moins ?

- Non Rebbe. Le prix du marché, moins dix pour cent. Merci de votre sollicitude.

Ils se levèrent et prirent congé.

Peu de temps après leur départ, Ali se présenta à la porte de la maison, étonné de nous voir tous là. Il nous mit au courant des derniers évènements qui s'étaient produits la veille en début de soirée.

- Hier soir, Dahmane est venu me voir à la maison et m'a raconté qu'une famille chrétienne avait été molestée et battue à sang, près de sa demeure. La mère pense avoir reconnu, parmi les assaillants, le mari de sa femme de ménage qu'elle avait déjà aperçu auparavant à une ou deux reprises. La nouvelle s'est propagée comme une traînée de poudre. Un vent de panique commence à souffler sur Safed. Dahmane craint que les choses se précipitent et vous suggère de partir ce soir ou, au maximum, demain soir. Plus tard serait suicidaire. Je ne pensais même pas vous trouver là ce matin.

Ali demanda également à mon père s'il souhaitait faire bénéficier d'autres familles juives de ces informations, afin qu'ils prennent des précautions, dans le plus grand secret. Dans ce cas, il devait le faire sans tarder. Mon père instruisit Ali de la visite de Rabbi Yisroel de Shklov qui avait confirmé leurs dires en tous points et le remercia encore. Puis, il lui demanda pourquoi il se mettait martel en tête et prenait des risques considérables pour aider notre famille ainsi que d'autres familles juives. Ali baissa la tête et répondit : *"J'ai honte"*.

Après le départ d'Ali, ma mère s'approcha de mon père et lui avoua doucement qu'il avait raison pour Ali et qu'elle s'était fourvoyée, se laissant emporter par une simple intuition. Mon père prit ma mère dans ses bras, ce qu'il ne faisait pratiquement jamais devant nous. Il la regarda tendrement et murmura en souriant que lui aussi, a un moment, avait douté. Puis, reprenant son rôle de chef de famille, il dit à haute voix qu'il fallait accélérer, comme le suggérait Dahmane, car finalement, ils avaient eu bien de la chance de l'avoir rencontré grâce à Ali.

Ma mère qui avait intégré le fait de partir à l'aventure avec l'homme de sa vie et ses enfants, d'avoir la possibilité de fuir avant un massacre pour vivre et protéger ses enfants, eut tout à coup une interruption de positivité. Cependant, sa pensée se figea d'un coup. Les mots « Dahmane » et « chance » lui posaient problème. Elle avait du mal à les associer. Elle se remémorait le regard effaré d'Ali, prostré et abattu. Ce n'était pas le même que celui de Dahmane.

Sa défiance intuitive revint en force, mais cette fois, uniquement focalisée sur Dahmane. Elle ne savait pas pourquoi il avait toujours été là et avait toujours fourni des informations précises et avérées, totalement corroborées par Rabbi Yisroel de Shklov. Il nous connaissait, comme étant des amis d'Ali. Alors qu'est-ce qui n'allait pas ? Ma mère n'eut pas le courage d'en reparler à mon père, aussi s'approcha-t-elle de moi et me fit part de ses appréhensions. Puis, elle me dit:

- *Tenons-nous sur nos gardes, Sarah. Surveille bien Arié et Rebecca. De toute façon, il est trop tard pour reculer.*

Entretemps, mon père avait pris une feuille de papier et inscrit quatre noms de famille dont il était proche, afin que celles-ci prennent le maximum de précautions et la fit remettre à Ali.

Dans le courant de la journée, d'autres exactions plus ou moins amplifiées vinrent alimenter la peur au sein des communautés minoritaires. Vers le milieu de l'après-midi, la première famille juive fut entièrement massacrée à son domicile par un ouvrier musulman qui travaillait chez eux depuis plus de 10 ans. La suspicion fut de mise immédiatement chez les chefs de familles juives envers leurs ouvriers arabes musulmans. Ils les renvoyèrent chez eux en attendant que le calme revienne sur la ville de Safed. Si certains ouvriers comprirent cette démarche guidée par la peur de l'autre, d'autres, beaucoup plus nombreux, allèrent grossir les rangs des contestataires. Certains allant même jusqu'à prévenir leur patron que, de toute façon, leur maison leur appartiendrait très bientôt et qu'ils feraient bien de mettre la clef sous la porte et de partir légers pour avoir une chance de s'en sortir. Dahmane rencontra Ali en fin d'après-midi et l'interrogea sur les intentions de mon père. Ali lui confirma que notre famille partirait cette nuit ou la nuit prochaine, d'autant que nous avions reçu la visite de deux rabbins dont Yisroel de Shklov qui nous avait confirmé les graves dangers que les juifs encouraient et nous avait conseillé de fuir comme d'autres, pendant qu'il en était encore temps. Puis, il transmit a Dahmane la note de mon père avec les noms de quatre familles juives habitant sur les hauteurs de Safed.

Dahmane se rendit alors, à vive allure, vers les demeures cossues situées sur les hauteurs de la ville. Les quatre maisons étaient érigées les unes à côté des autres. Le 14 juin au soir, ma mère, qui ne trouvait pas le sommeil, entendit un léger bruit qui suffit pourtant à l'inquiéter. Elle se dirigea à la fenêtre et tira discrètement le rideau en voile. Elle distingua une ombre se faufiler jusqu'à la porte d'entrée de la maison d'Ali.

Ali avait ouvert la porte en vitupérant, excédé autant qu'indigné par tant de désinvolture. Mais Dahmane n'en avait cure. Ce qu'il tenait dans sa main allait faire son effet sous peu. Il en était certain. Il le poussa du bras et lui dit sèchement : *"Laisse-moi entrer ! Il faut que je te parle !"*

Ma mère n'avait rien perdu de la scène. Les invectives d'Ali ainsi que les réponses sèches de Dahmane avaient été prononcées suffisamment fort pour ne pas passer inaperçues. Extrêmement inquiète, elle réveilla mon père si fort que nous nous réveillames également.

- *Ecoute Ephraïm. Dahmane est encore venu cette nuit pour rencontrer Ali. Ce n'est pas normal !*

- *Pas si fort ! Tu tiens vraiment à réveiller les enfants ? Et puis quoi ? C'est pour cette raison que tu me réveilles, Hanna'lé ?*

- *C'est quand même pour le moins bizarre que, toi, tu ne trouves rien à y redire. Alors que Ali semblait excédé par sa venue tardive.*

- *J'essaie juste de tempérer ta répulsion excessive envers Dahmane et ta vision des choses. Tu es tellement à cran dès qu'il s'agit de lui que, parfois, tu fais un drame de pas grand-chose.*

- *Tu as peut-être raison. Mais ce soir, si tu avais entendu l'accueil glacial d'Ali et la façon de parler de Dahmane, on n'avait pas l'impression qu'il s'agissait d'amis.*

- *Je te promets d'interroger Ali dès demain pour connaître le but de cette visite nocturne de Dahmane et juger de son bien-fondé.*

- *D'accord, mais ne compte pas sur moi pour aller dormir avant que Dahmane ne rentre chez lui.*

*

Le lendemain, en cette date fatidique du 15 juin 1834, nous nous morfondions toute la journée à attendre l'heure du départ et envisager la destination la plus appropriée, à partir de Meron. Pendant ce temps, Dahmane retrouvait les quatre propriétaires à la Wilaya de Safed. Une fois les actes de transfert validés par l'administration qui notifia la présence de toutes les parties lors de l'enregistrement, les quatre amis quitterent Dahmane et se rendirent directement chez nous.

Mon père les accueillit avec une joie non dissimulée. Il les pria de s'asseoir et leur offrit le verre de l'amitié. Les quatre amis nous racontèrent en détail leur entretien avec Dahmane qui ne leur inspirait pas une confiance absolue.

Ephraim - *Racontez-moi et surtout n'omettez rien. Tous les détails peuvent avoir leur importance.*

Asher - *Il a tout d'abord frappé à ma porte, m'a salué et s'est présenté comme étant Dahmane el Jaafari, ami d'Ephraïm Litvak, le tailleur, qui l'avait chargé de nous informer de la réelle gravité des événements qui avaient lieu actuellement à Safed. Il me tendit une liste sur laquelle etaient mentionnées trois autres personnes en me priant de les réunir chez moi tout de suite.*

Surpris par la démarche et surtout par le choix du messager, je m'empressai néanmoins d'aller chercher mes voisins et présentai mes 3 amis Aaron Avneri, Guershon Rabin et Michael Brenner.

Lorsque nous fûmes réunis, Dahmane commença :

[Ephraïm Litvak a été renseigné par plusieurs sources, dont celle du rabbin Yisroel de Shklov et la mienne de l'imminence du plus grand pogrom que Safed et même toute la Galilée n'ait jamais connu. Vous admettrez facilement que ma démarche n'est pas sans risque pour moi. Ces sources prévoient plusieurs centaines de morts, voire même plus d'un millier, un nombre incalculable de blessés parmi les communautés juives et chrétiennes. Mais ne vous y fiez pas, la communauté juive, plus riche, paiera le plus lourd tribut. L'autorité égyptienne ne vous sera d'aucune aide car, je vous le répète, l'assaut est imminent et prévu très certainement demain soir. Nous ne sommes encore qu'au début de l'été, mais je peux vous dire que pendant les jours de forte chaleur, des centaines de cadavres défigurés par les coups de haches et de poignards joncheront les rues de Safed. Ils pourriront sans sépultures et seront déchiquetés par les charognards. Ephraïm Litvak m'a dit : "Je t'en prie, va prévenir ces familles des graves dangers qu'ils encourent. Ce sont des amis très chers."]

Puis, joignant le geste a la parole, Dahmane nous tendit la liste écrite de ta main. Son discours apocalyptique, ajouté aux exactions et aux meurtres de la journée, avait fini de convaincre tout le monde qu'il fallait agir, et vite.

Me faisant l'écho de tous, je m'adressai à Dahmane en ces termes :

[Asher - Nous sommes évidemment au courant du tumulte qui gronde ces derniers jours en ville et tenons sincèrement à vous remercier de vous être déplacé Monsieur Jaafari. Pouvez-vous nous dire ce qu'a fait Ephraïm ?

Dahmane -Ephraïm nous a vendu sa maison à un très bon prix, compte-tenu de la situation. Il part avec sa famille retrouver des amis à Jérusalem pendant le temps que dureront les émeutes. Quand le calme sera revenu, ils reviendront et nous lui revendrons sa maison de sorte qu'il la récupère dans l'état dans lequel il l'a laissée. Ephraïm rachètera alors sa maison pour un montant supérieur de 10% à son prix de vente. Cette transaction, somme toute légale, vous permettra de sauver vos vies et vos biens et nous octroiera un bénéfice substantiel pour une période que nous espérons la plus courte possible.]

Mon père opina du chef en signe d'acquiescement.

- Admiratif, je me permis de résumer la transaction avec humour.

[Asher - En d'autres termes, vous nous proposez un contrat d'assurance globale qui comprendrait la préservation de nos vies et la garantie de nos biens pour un montant d'une valeur de 10% de notre capital immobilier. Voyant l'air contrit de Dahmane, je tins à lui expliquer qu'il ne s'agissait aucunement d'un sarcasme mais d'humour juif, cet humour noir que les juifs utilisent dans les situations les plus dramatiques ou les plus extrêmes de leur existence.]

Dahmane nous tint alors un discours qui nous fit froid dans le dos.

[Dahmane - Messieurs, je ne sais pas toujours faire la différence entre l'humour et le sarcasme. Alors, je vous prie de garder à l'esprit que j'ai pris d'énormes risques en venant jusqu'ici offrir mon aide à des juifs. Car demain, il sera peut-être trop tard. Mais laissez-moi vous dire les choses plus crûment. Des hordes de gens fanatisés, des fellahin bien sûr, mais des voisins aussi, des gens bien que vous preniez pour de bonnes relations, et peut-être même des amis vont débarquer chez vous, violer votre intimité, piller tous les objets de valeur, saccager tout ce qui n'est pas monnayable mais qui vous vient de vos parents ou qui n'a de valeur sentimentale que pour vous. Ces émeutiers seront persuadés par ce prédicateur sanguinaire, qu'ils auront un permis de tuer, délivré par les hadiths. Sans oublier qu'ils auront dans la tête, ancrée depuis des siècles, la haine du juif injustement nanti et plein d'argent.

Evidemment, vous ne verrez pas tout ça. Vous serez déjà morts, après avoir vu votre femme egorgee et vos enfants agoniser dans

leur sang en vous demandant de l'aide que vous ne serez plus capables de leur apporter !]
Il avait parfaitement distillé sa tirade. Il ne lui restait plus qu'à tirer sa révérence. Il se retourna et fit mine de partir, nous laissant pantois. Il n'avait pas atteint le pas de la porte que, sidérés, nous le priames de rester. Il s'arrêta. Nous sommes persuadés qu'il attendait ce moment et qu'il esquissait un rictus avant de se retourner. Il nous tenait tous les quatre.
Nous lui avons demandé de détailler le mode opératoire qui devait être mis en place.
Dahmane nous expliqua que l'opération nécessitait l'établissement simultané de deux contrats distincts :
[Dahmane - Le premier correspondant à l'achat de votre maison par nos soins sur la base du prix du marché dans ce quartier soit huit cent mille Piastres moins dix pour cent, compte tenu de la situation actuelle à Safed. En déduisant cette décote, nous obtenons un montant de sept cent vingt mille Piastres par maison. Les montants correspondant à l'achat seront réglés à la signature des présents contrats datés du 13 juin 1834. Les seconds contrats correspondront au rachat de la maison par leurs anciens propriétaires. Le prix du marché étant par essence, imprédictible, après des émeutes d'envergure ou des catastrophes naturelles, un montant ferme et définitif sera communément fixé à huit cent mille piastres par maison, également réglé ce jour. Ces contrats ne seront pas datés. La fixation de la date vous appartiendra et vous pourrez dater ce contrat même sans attendre le calme absolu, si vous le jugez utile.
Je vais vous donner des documents vierges. Nous allons établir les huit contrats en même temps. Vous êtes quatre, prenez deux documents chacun. Remplissez rapidement la partie désignation et que chacun écrive son nom, son adresse, ainsi que toutes les caractéristiques de sa maison y compris les annexes s'il y en a.]
Dès que nous eûmes signé, Aaron prit la parole et dit à Dahmane :
[Aaron - Sur le contrat de rachat que nous venons de signer, vous mentionnez un montant de huit cent mille piastres que nous vous aurions déjà réglé, soit ! Mais vous n'évoquez nullement le règlement du différentiel de quatre-vingt mille piastres chacun, dû au titre de votre prestation ?]

De mon point de vue, Dahmane s'est rendu compte qu'il avait commis une grossière erreur. Il ne nous avait jamais parlé des modalités de ce paiement qu'ils pouvaient ne jamais régler, puisque d'après ce contrat, c'était déjà chose faite. Il n'était pas normal de prendre autant de risques et d'investir autant d'argent pour payer des mercenaires afin de protéger ces maisons, surtout dans les premiers jours, car elles étaient connues comme appartenant à des familles juives. Cette omission nous ayant fortement intrigués, il se devait de réagir vite.

Sa gêne étant évidente. Michael s'approcha de nous pendant que Dahmane cherchait à trouver une parade :

[Michael chuchota - Et si ces quatre-vingt mille piastres n'étaient qu'un leurre et que l'objectif final de Dahmane était dix fois plus élevé, cela donnerait une explication à son manque d'intérêt pour cette commission. Pourquoi devrions-nous faire confiance à cet homme que nous ne connaissions pas, il y a à peine une heure ? Peut-être devrions nous, secrètement, nous mutualiser... et s'il nous arrivait le pire ?]

Dahmane chercha à nous prendre à notre propre jeu, en répondant à la question d'Aaron par une autre question : "Que peut signifier pour vous prendre un accord sur une somme et ne pas l'écrire ?"

En posant cette question simplement , il avait enfin trouvé une piste.

[Dahmane - Ne cherchez pas, je vais vous le dire. Il ne vous a pas échappé qu'il ne s'agissait ni d'une véritable vente, ni d'un véritable rachat. Ces contrats n'ont vocation qu'à rendre cette opération de sauvetage crédible vis-à-vis des émeutiers et des autorités dans l'éventualité d'un contrôle. Mais si tout se passe bien, nous détruirons les deux contrats pour un vice de forme quelconque, de sorte de ne payer aucun impôt. Je souhaitais remplir les contrats rapidement et ensuite vous demander le versement du différentiel. Aaron, vous m'avez devancé. Pour ceux qui auraient des hésitations concernant le remplissage des contrats, voici mes coordonnées ainsi que les contrats signés entre Ephraïm et son voisin qui, tout comme moi, est outré par ce qui se passe.

Michael - Vous êtes devenus très forts en affaires.

Dahmane - Je vous remercie, mais ce n'est pas moi qui ai conçu ce plan. C'est Ephraïm lui-même.]
Mon père opina à nouveau du chef.
Cette révélation nous rassura grandement.
Du coup, Dahmane demanda à chacun d'entre nous une somme de quatre-vingt mille piastres. Il récupéra les quatre contrats de vente qui faisaient de lui, du moins momentanément, le nouveau propriétaire de nos demeures, et nous conservames les contrats du rachat de nos maisons.
Il nous enjoignit de tout préparer pour le départ demain soir. Il était hors de question de prendre autre chose que le strict nécessaire et nous rappela que nous ne partions que quelques jours. Il insista sur l'importance d'être ponctuels sur les horaires de départ.
Il nous donna ses instructions : la première famille partira au crépuscule vers 18h30, les deuxième, troisième et quatrième famille devront suivre à une demi-heure d'intervalle. Tous devront respecter ces horaires scrupuleusement. Il savait, de sources sûres, que le premier assaut serait déclenché dans les jours qui viennent, peut-être même demain, après le prêche du soir. "Nous en saurons plus demain" nous avait-il dit, "mais nous ne pouvons prendre le moindre risque".
Il nous fixa rendez-vous pour le lendemain matin à la Wilaya afin d'y faire enregistrer les actes d'achats, et nous conseilla d'être présents à l'ouverture du bureau et de nous éclipser immédiatement après l'homologation des transferts.
[Guershon - Pourquoi devrions-nous aller à la Wilaya ? D'abord, nous n'y sommes pas tenus légalement. Puis, vous nous avez dit que ces contrats n'avaient pas vocation à être officialisés lors de votre réponse sur l'inexistence des modalités de règlement des quatre-vingt mille piastres.
Dahmane - Vous avez raison. Mais j'ai réfléchi et, tout compte fait, je considère que la meilleure façon de protéger vos biens sans contestation est de les enregistrer en votre présence. Ainsi, dans la journée, je recruterai des janissaires pour garder les maisons. Il me suffira de leur montrer les actes de transfert dûment signés et enregistrés par l'administration de tutelle et de préparer pour chacun une bourse bien remplie. Et vos splendides demeures resteront inviolées !]

Nous appréciames le bien-fondé de sa réponse. Dahmane en profita pour nous indiquer l'itinéraire à suivre afin d'éviter les émeutiers.

Il nous donna rendez-vous le soir, comme convenu, derrière le mausolée de Benaya le Juste à Biyrriah, a la sortie ouest de Safed. Il précisa qu'il nous y attendrait pour récupérer les clefs des maisons et qu'il serait accompagné de quelques amis sûrs pour nous protéger. Il nous confia qu'il nous indiquerait, en temps utile, un chemin de chèvres pour atteindre Meron sans être inquiétés et, de là, nous rendre à la destination que nous aurons choisie. Il nous salua de nouveau et nous avertit qu'il n'aurait pas le temps de converser avec nous demain à la Wilaya. Avant de nous quitter, il réitéra ce conseil : ``Surtout, demain soir, quand vous quitterez vos maisons, marchez sans parler.'

Mon père dut admettre qu'il connaissait moins bien Dahmane qu'Ali avec lequel il avait signé. Il leur confia qu'il comprenait leur défiance vis-à-vis de lui et leur avoua même que sa femme Hannah s'en méfiait. Toutefois, tous les dires de cet homme avaient été totalement corroborés par Rabbi Yisroel de Shklov lui-même. Il avait souhaité leur en faire part aussitôt, en pure amitié.

Michael - *Qu'arriverait-il à nos maisons si nous disparaissions avec nos actes de rachat ?*

Guershon - *Les maisons ayant été achetées légalement par Dahmane, si personne ne produit les actes de rachat, elles seront à lui pour toujours.*

Mon père acquiesça. Aussi, après quelques minutes de concertation, décidèrent-ils d'établir sur le champ, un acte sous seing privé, nommant le dernier des vivants des quatre amis, légataire testamentaire de ceux et de leur famille, qui auraient disparus. En cas de carence, ils nommèrent premièrement David Grossman, un cousin de Michael, demeurant à Beyrouth, légataire testamentaire des signataires, et à défaut Ephraïm Litvak, tailleur demeurant à Safed.

Voyant l'air étonné de mon père, Guershon lui dit

- *Nous allons tous nous diriger vers le nord, probablement à Beyrouth. David Grossman a invité plusieurs fois Michael à venir séjourner dans sa propriété avec les siens . Par ailleurs, je me fais l'écho de tous pour vous désigner comme légataire dans le*

cas, certes improbable, ou il nous arriverait malheur à tous, y compris à David.
- Comment se pourrait-il ?
- Par exemple lors d'un séisme, comme cela arrive parfois. Vous et votre famille allez vous diriger vers le sud n'est-ce-pas ? A Jérusalem, je crois. Eh bien, cela nous donnera plus de chance de préserver nos biens. Tu es d'accord Ephraïm ?
Mon père fit une moue dubitative et leur retourna la question.
- Et vous, mes amis ?
Ils acquiescèrent tous, sans hésitation. La chose qui leur importait etait que ces documents ne disparaissent pas ou qu'ils ne finissent pas entre les mains de Dahmane qui, malgré l'exactitude de ses informations, persistait à ne leur inspirer aucune confiance.
Asher proposa de dissimuler ces actes de rachat, à titre de précaution.
Aaron - *Comment et où ?*
Mon père leur proposa de mettre l'acte fraîchement établi ainsi que les quatre actes de rachat dans un étui en tissu, qu'il prépara en deux petites minutes. Il ne l'emporterait pas avec lui et le conserverait dans un endroit secret de la maison, jusqu'à leur retour.
Michael dit à mon père : " *Et si vous ne reveniez pas non plus ?* "
Mon père leva les bras et objecta que s'ils avaient une meilleure idée, il était preneur.
Aaron - *J'ai beau réfléchir, je ne vois pas. Nous n'avons pas le temps de faire parvenir ces documents jusqu'à Beyrouth. Nous ne pouvons pas les confier à un voisin juif qui serait en danger autant, sinon plus, que nous et encore moins à un voisin arabe qui pourrait les détruire, voire les revendre à Dahmane.*
Asher - *J'ai peut-être une idée. J'ai appris récemment l'arrivée à Rihanya de nouvelles familles de circassiens ayant fui la ville de Krasnodar, pour échapper aux ravages de la guerre Russo-circassienne.*
Michael - *Et... ?*
Asher - *Tout le monde connaît l'intégrité légendaire, la force, le gabarit et le courage des circassiens. D'après la personne qui m'en a informé, ils ont tout laissé derrière eux. Je pense que ce pourrait être une opportunité pour eux, comme pour nous, d'engager huit d'entre eux, soit deux par famille, pour nous servir de*

gardes du corps depuis nos demeures jusqu'à Biyrriah. Ensuite, guidés par Dahmane, nous rejoindrons Meron par les chemins de chèvres dont il nous a parlés. De sorte que nous soyons toujours accompagnés de nos propres gardes du corps, lorsque Dahmane retournera à Biyrriah chercher chacune des familles. *Nous nous donnerons rendez-vous à Meron. Nous nous y retrouverons facilement puisque nous partons tous à une demi-heure d'intervalle.*

Michael - *C'est une idée intéressante. Et comment comptes-tu les contacter, et surtout les convaincre ?*

Guershon - *Surtout que ce sont, malgré tout, des musulmans sunnites !*

Asher - *Je répondrai d'abord à Guershon. Les circassiens n'ont aucune accointance avec les différents groupes ethniques de Galilée et sont réputés pour être fidèles à la parole donnée. Michael, j'aimerais justement qu'on évalue ensemble les possibilités.*

Ma mère lança de sa cuisine *" Prenez-en donc deux de plus, pour nous. Vous savez ce que je pense de ce Dahmane !"*

Mon père - *Pourquoi pas. Mais sachez, cependant, que Rihanya se situe à environ 4 lieues au nord de Safed. Mes amis, vous la trouverez sur la route qui mène à Alma. Une fois que vous aurez dépassé Kerem ben Zimra, vous serez à 20 minutes de marche de Rihanya. Il vous faudra environ 3 heures pour atteindre votre destination et autant pour le retour, sans spéculer sur le temps nécessaire aux négociations.*

Asher - *A moins de trouver une calèche et de mandater l'un d'entre nous pour négocier et payer.*

Aaron - *Je vois que tu es pugnace, Asher ! Et que tu tiens à aller au bout de ton idée ! Personnellement, je trouve ça remarquable. Je constate que tu n'as vraiment pas confiance dans ce Dahmane. Eh bien, je te rassure, moi non plus, ni visiblement, aucun d'entre-nous d'ailleurs.*

Ma mère, de la cuisine - *Tu entends Ephraïm ?*

Asher - *Je te remercie de ton soutien, Aaron. Mais je voudrais juste vous faire remarquer à tous, même à toi Ephraïm, que même si nous nous trompions au sujet de cet individu, vous voyez je n'arrive même plus à prononcer son nom, le plan propose, si j'ai bien compris, consiste à nous sortir de la forêt de Biyrriah et nous amener sur la route de Meron par des chemins de traverses, lui préfère dire de chèvres. Le parfum laissé par ce mot est nettement plus bucolique, certainement dans le but d'apaiser nos appréhensions et taire nos inquiétudes.*

Guershon - *Oui, tu as parfaitement compris Asher. Alors, quelle est ta question ?*

Asher - *Je pense que même si ce Dahmane est honnête et que tout se passe bien jusqu'à Meron, qu'est ce qui empêcherait un groupe de fanatiques de nous tuer pour nous voler. La route est longue et pleine de dangers jusqu'à Beyrouth.*
Des familles juives isolées seraient des proies faciles, et surtout de choix. Elles représenteraient une véritable aubaine pour des gibiers de potence incrustés dans une populace galvanisée, estimant que chaque pillage et chaque meurtre est légitimé par ce predicateur.

A la fin de son exposé, une sueur froide se mit à couler dans le dos des participants. Michael fut le premier à rompre le silence.

- *Bon, je vais essayer de résumer la situation. Nous avions un problème nommé Dahmane. Maintenant, nous en avons un deuxième : Comment rejoindre Beyrouth à partir de Meron en pleine nuit, quand on est juifs, seuls, et sans défense ? D'ailleurs, c'est pareil pour toi Ephraïm. Meron-Jérusalem, en pleine nuit, n'a rien d'un voyage d'agrément surtout qu'il va vous falloir au moins deux jours.*

Mon père était atterré. Il reconnut qu'il n'avait pas pensé un seul instant à cet aspect de la fuite.

A l'issue de cette concertation, il apparut clairement que, compte tenu du laps de temps restant avant leur départ, ils n'auraient pas le temps matériel nécessaire à la réalisation d'un hypothétique accord avec les circassiens, sauf à trouver un moyen de locomotion pratique et rapide. Pour le reste, ils y réfléchiront...

Asher - *Je ne vois qu'une solution : Trouver une carriole avec deux chevaux frais et filer à Rihanya conclure un accord avec les circassiens. Si vous le souhaitez, je me propose d'aller négocier. Je partirai pour Biyrriah avec ma famille à 20 heures au lieu des 18 h 30 prévus. En fait, j'échangerai avec toi, Aaron.*

Guershon - *Retournons chez nous ! Nous passerons par la synagogue Abuhav. Le Rav Ben Tsion, décédé il y a peine un mois, que son âme repose en paix, en possédait une. En revanche, je ne suis pas certain qu'ils aient conservé le cheval.*

Asher - *Eh bien, il n'y a plus qu'à espérer.*

Mon père - *Alors mes amis, que décidez-vous concernant vos documents ?*

Aaron - *Pour moi, ça ne change rien par rapport à Dahmane qui pourrait les récupérer une fois que nous serons arrivés au mausolée de Benaya le Juste. Donc personnellement, je les laisserais chez toi Ephraïm.*

Tous en convinrent et acceptèrent avec gratitude la proposition de mon père.

Mon père - *Je vais placer cet étui dans un endroit de la maison où personne ne pourra mettre la main dessus.*

Puis s'adressant à eux, il leur demanda par curiosité s'ils resteraient à Beyrouth.

Ils répondirent qu'ils allaient justement en discuter ensemble. Chacun ayant son idée sur la question.

Mon père - *N'oubliez pas de prendre également des gardes du corps circassiens pour nous. Cela rassurera mon épouse Hannah. A ce propos, réfléchissez au lieu de rendez-vous. Je vous ai entendu parler de Meron avec les circassiens tout à l'heure. Serait-ce que vous estimez le trajet de Biyrriah à Meron sans danger ? Comprenez-moi bien, Dahmane n'accompagnera personne jusqu'à Meron. Il lui faudrait une heure et demie pour faire l'aller et le retour, alors que vous êtes censés arriver toutes les demi-heures. Il vous accompagnera uniquement à travers la forêt jusqu'à la route qui mène à Meron !*

Guershon - *Il nous avait pourtant affirmé qu'il nous accompagnerait jusqu'à Meron par des soi-disant "chemin de chèvres" !*

Asher - *Le raisonnement d'Ephraïm est incontestable et il nous faut en tenir compte.*

Aaron – *Cette preuve irréfutable de sa duperie nous cache forcément quelque chose ! Méfions-nous !*

Ma mère, amèrement, du fond de sa cuisine - *Depuis le temps que je le dis.*

Michael poursuivit stoïque - *Je résume Ephraïm : Soit nous n'arrivons pas à convaincre les circassiens de nous accompagner et nous serons seuls livrés à nous-mêmes dès la sortie de Biyrriah, soit nous arrivons à les convaincre et il faut leur donner rendez-vous dès la sortie de la forêt de Biyrriah.*

Mon père - *Bien résumé Michael. Il nous faut prendre la décision de suite car après je ne pourrais plus vous joindre.*

Asher - *Il est acquis que le rendez-vous avec les circassiens s'effectuera à la sortie de la forêt, pour faire le relais avec Dahmane. En revanche, s'il n'y a pas d'accord avec les circassiens ou si je ne trouve pas de chevaux pour la carriole, nous ferons comme prévu. Toutes les familles se regrouperont à Meron et... A la grâce de Dieu.*

Voyant de loin Dahmane arriver, ils abrégèrent la conversation, s'éclipsèrent rapidement et se dirigèrent vers la synagogue Abuhav située dans la vieille ville à mi-chemin de leurs demeures.

Mon père posa une étoffe sur l'étui. Quant à Dahmane, il ne resta pas longtemps. Il venait juste s'assurer que tout allait bien. Il insista pour que l'heure de notre départ soit respectée et que nous ne soyons pas inutilement surchargés.

En tout début d'après-midi, Ali vint nous rendre visite une dernière fois. Il était légèrement vouté et paraissait soucieux. Mon père le prit à part et tint à évoquer l'irruption intempestive de son ami Dahmane, durant la nuit dernière.

- Je te signale que cette visite nocturne a généré une inquiétude palpable et parfaitement compréhensible chez mon épouse Hannah. Alertée par vos éclats de voix, elle avait assisté à la scène de la fenêtre de notre chambre. Vos vociférations inhabituelles l'ont alarmée. Ma femme m'a confié également t'avoir senti excédé et franchement mécontent. Que se passe-t-il, Ali ? Il y a-t-il quelque chose de nouveau que nous devrions savoir ?

Mes frères et moi nous étions rapprochées d'eux pour suivre la conversation. Ma mère nous regarda avec fierté. Mon père avait tenu parole et posé les bonnes questions.

Ali se redressa d'un coup et, le verbe haut, se mit à fulminer à l'encontre de Dahmane, pestant contre son outrecuidance.

- Venir en pleine nuit, sans égard pour mon sommeil et celui de ma femme pour me parler de logistique d'exfiltration, c'est franchement déplacé, inadmissible !

Puis, sa verve retomba. Il avait la tête baissée, dévasté par le lourd secret qu'il ne pouvait nous confier. Il nous regardait les uns après les autres, comme s'il voulait graver nos visages dans sa mémoire. Il embrassa chaleureusement mon père en évitant soigneusement de croiser ses yeux, de peur de s'effondrer en larmes. Mon père se méprit sur la désolation d'Ali et se sentit le devoir de le réconforter. Il lui tapota l'épaule et lui rappela qu'ils allaient se revoir bientôt et qu'il n'oublierait jamais combien il avait été précieux en ces temps difficiles.

Ali faillit pleurer mais se retint car il avait l'assurance que nous reviendrions sains et saufs, récupérer notre maison, sans autres dommages que le versement des dix pour cent prévus. Il était convaincu que Dahmane, malgré sa cupidité, appréciait mon père.

Après tout, ne lui avait-il pas indiqué 18 heures comme étant l'heure la plus propice pour partir, car les foules devaient converger vers le centre-ville pour la prière *Salat el Maghrib* suivie du prêche de Damoor. Ne nous avait-il pas signalé quelles étaient les routes à éviter. Et surtout, il avait bien confirmé qu'il nous rejoindrait à Biyrriah pour nous aider à franchir les collines jusqu'à Meron. Ces précisions et cette promesse de Dahmane avaient fini de convaincre Ali.

Vers 18 heures, notre famille s'ébranla et quitta Safed pour rejoindre Biyrriah.

Mon père nous guida à travers la ville dans un silence total. Nous n'osions à peine respirer. Nous nous sommes faufilés par des routes secondaires et avons marché longtemps jusqu'à la sortie nord-ouest de la ville. Le soleil commençait à décliner. Au croisement, nous nous donnâmes la main pour traverser la route et pénétrâmes enfin dans la forêt de Biyrriah. L'obscurité de la nuit nous envahit lorsque nous aperçûmes le mausolée de Benaya le juste.

On n'entendait aucun bruit. Tout allait pour le mieux. Mon père prit ma mère par l'épaule et tenta de la rassurer en lui disant qu'il espérait que Asher avait réussi à se débrouiller une carriole avec des chevaux et à convaincre les circassiens de nous protéger moyennant paiement. Il se félicitait d'avoir conseillé ses amis de fixer le rendez-vous dès la sortie de Biyrriah. Ce qui semblait judicieux. Nous serions protégés dès la sortie de la forêt.

Ma mère - *Et qui nous protégera de Dahmane ?*
Mon père ne répondit pas au sarcasme de ma mère. Il semblait soucieux et agacé de ne pas savoir si Asher avait, ou non, réussi sa mission.

*

Salma sanglotait, sans même chercher à se retenir, à l'évocation de ces souvenirs douloureux. Shmoulik la calma doucement en la prenant dans ses bras. Salma ne s'en rendit même pas compte. Elle continuait de débiter ses souvenirs de façon saccadée sans s'interrompre. Maintenant qu'elle avait commencé, rien ne pouvait l'arrêter. Soudain, réalisant qu'elle se trouvait dans ses bras, elle le regarda avec étonnement, sans dire un mot. Contre toute attente, Shmoulik prit un ton solennel et lui dit :
- Sarah Litvak, je t'aime et je sais que tu m'aimes. Veux-tu m'épouser ?
En entendant ces mots, Salma n'en crut pas ses oreilles et faillit s'évanouir. Cependant, elle réussit à garder son calme. Elle prit une posture de réserve, de peur d'être déçue.
- Le mariage est une chose sérieuse, Shmoulik. Que t'arrive-t'il ?
- Je veux unir nos vies et fonder une famille parce que je t'aime.
- Shmoulik, je te remercie pour ta patience et ta générosité mais ne m'humilie pas, je t'en supplie. Je ne veux pas que ta compassion te pousse dans mes bras.
- Ma compassion ? Tu déraisonnes Salma. Tu m'as raconté une partie de ta vie. Je tiens à vivre l'autre à tes côtés. Je t'aime.
- Tu m'as prise dans tes bras Shmoulik, en totale opposition avec ton éthique. Je veux juste savoir si tu ne cherches pas à réparer cette pulsion pendant un moment d'égarement, par un geste compensatoire romanesque.
- Salma, s'il y a eu pulsion, il n'y a jamais eu de moment d'égarement, juste un laisser-aller, un lâcher- prise que je ne connaissais pas auparavant. Aujourd'hui, pourquoi le taire, tu m'as appris à aimer, Salma. Et maintenant, je t'aime.
- Et tu m'aimerais au point de m'épouser ?
- Je ne sais pas si je suis l'âme-sœur que tu recherchais depuis la mort de Mansour, Salma ? Tu es vive et spontanée, je suis calme

et réfléchi. Tu prends des décisions basées sur le ressenti et l'instinct. Moi, je tergiverse et étudie tous les paramètres avant de prendre la moindre décision. Alors, si nous ne sommes pas des âmes-sœurs, peut-être finalement sommes-nous des opposés complémentaires et ne formons qu'un, comme les deux triangles inversés de la Magen David forment le symbole de l'union du peuple d'Israël.

- Alors, tu m'aimes fort ? Susurra Salma qui avait envie de l'entendre encore et encore.

- Je n'ai pensé qu'à toi, depuis le jour où je t'ai rencontrée. Je n'ai pensé qu'à toi lorsque nous étions éloignés. Pendant que tu me racontais ton histoire, je la vivais avec toi. Alors si l'amour c'est vivre pour l'autre, oui, je t'aime.

Cet amour, qu'elle n'espérait plus depuis la mort de Mansour, la plongeait dans un abîme de sentiments inédits, transformant sa quête de l'âme-sœur en graal de l'infiniment sentimental. Mais aimer sans réserve tutoyait forcément la frontière de l'équilibre. Cet amour, enfin partagé, la comblait plus encore qu'elle ne l'aurait imaginé et devenait à cet instant, sa principale raison de vivre. Soudain, le connaissant anxieux, elle décida d'abréger ses atermoiements simulés.

- Oui, Shmoulik. Je veux bien t'épouser et vivre tous les jours de ma vie avec toi. Je t'aime mon Shmoulik.

- Oh Salma. Quand tu as émis toutes ces réserves, j'ai vraiment eu peur que tu refuses. Dis-moi, à ton avis, pourquoi à 28 ans je ne suis toujours pas marié.

Espiègle - Parce que tu m'attendais.

Puis impatiente - Quand pouvons-nous nous marier le plus vite possible ?

Pris de court, Shmoulik répondit par une autre question

- As-tu de la famille éloignée ou des amis proches que tu souhaiterais inviter ?

- Personne ! répondit Salma, lapidaire. Et toi ?

- Juste deux amis qui serviront de témoins.

- Tu n'inviteras même pas tes parents qui vivent à Jérusalem ?

- Mes parents sont âgés et malades. D'ailleurs, il leur serait impossible de se déplacer jusqu'ici sans une aide soutenue. Ma mère est fréquemment handicapée par une gêne respiratoire chronique et mon père est paralysée et vit quasiment alité. Ils n'auraient décemment pu célébrer correctement notre mariage.

- Tu aurais, au moins, reçu la bénédiction de ton père.
- Je l'ai déjà reçue, répondit-il, énigmatique.
- Alors nous n'aurons personne, dit-elle résignée.
- Nous n'avons besoin de personne. Juste d'un rabbin agréé, deux témoins signataires, et un *minyane* (dix hommes) nécessaire pour valider cette cérémonie.
- Quand, Shmoulik ? Tu n'as pas répondu !
- Aujourd'hui ! Cela te conviendrait ? lança-t-il avec aplomb. Le temps d'acheter un anneau, prévenir mes témoins et aller chez un rabbin.

Salma était abasourdie. Une improbable demande en mariage de Shmoulik avec la cérémonie dans la même journée ! Elle était dépassée. Ne sachant plus que dire ou faire, Salma comprit que Shmoulik avait pris les rênes de la situation et décida avec plaisir de le laisser faire. Shmoulik la prit dans ses bras.

Ils étaient fiancés maintenant.

Il avait fait sa demande en mariage et elle l'avait acceptée. Cela changeait tout, du moins pour lui. En route, Shmoulik se remémora qu'au travers de sa narration, Salma lui avait appris que sa mère comptait faire appel à une marieuse. Un brin ironique, il lui rappela une certaine discussion, à la citadelle, concernant les mariages arrangés.

Éludant, Salma demanda à Shmoulik s'il avait déjà une idée, concernant l'identité du rabbin qui allait les marier.

- Tu penses peut-être que tous les acteurs que tu as cité dans ta narration ont disparu. Tu as tort. J'en connais au moins un qui est toujours vivant et qui pourrait nous marier, Rabbi Yehuda de Volozin. Mais pour l'heure, allons chez un joaillier acheter un anneau pour le mariage. Pendant qu'il l'ajustera à ton doigt, je filerai chez mes deux amis, Moïshe Kagan, chez qui je passe tous les Shabbat et Uriel Smilansky qui est mon collègue a la Yeshiva et le fils de mon propriétaire. Je les ai choisis comme témoins pour notre union. Je leur demanderai d'apporter leur châle de prière et nous reviendrons te récupérer, pour nous rendre ensemble chez Rabbi Yehuda.

- C'est de la folie ! clama Salma, bringuebalée entre joie et incrédulité.

Sur le trajet, Shmoulik revenant sur les souvenirs de Salma, reprit son analyse.

- Hormis Rabbi Yehuda de Volozin, accompagnant Rabbi Yisroel de Shklov décédé depuis, il y avait Mordehai Ginsburg, qui était venu chez toi avec les rabbins. Il est toujours représentant des communautés russophones de la ville. Shlomo Levy, est toujours représentant des juifs moghrabis, et a depuis également accueilli d'autres communautés juives des barbaresques . Voilà, tu penses à quelqu'un d'autre?

- Il y a peut-être Othman, le frère de Mansour. S'il n'est pas mort depuis.

- Laisse tomber cette piste. De toute façon, vous ne vous étiez jamais rencontrés. Lorsque nous nous rendrons chez Rabbi Yehuda, il nous mariera, si Dieu veut, et nous lui poserons les questions qui nous aideront certainement à avancer dans notre enquête.

- Uniquement ?

- Bien sûr que non. Tu verras, c'est un vrai puits de science. Il est adulé et considéré comme un héros par toutes les communautés juives de Safed pour son action aux côtés de Rabbi Yisroel de Shklov qui mit un terme au pogrom de 1834. Je le connais un peu car il était venu nous voir à plusieurs reprises à la Yeshiva.

Salma constata que Shmoulik prenait véritablement les choses en main. Dès lors, elle comprit que pour la première fois elle n'était plus seule. En continuant leur route vers la joaillerie, Shmoulik demanda à Salma de poursuivre le récit de l'assassinat de sa famille dans le détail. Elle refusa, mais Shmoulik insista, argumentant qu'un indice qui lui semblait insignifiant pouvait se révéler primordial. Salma resta ferme, mais lui promit de reprendre sa narration dès qu'elle se sentirait mieux. Shmoulik voulut insister mais renonça, venant de repérer l'échoppe d'un joaillier.

- Entre Salma. Il va prendre la mesure de ton doigt.

Ravie de la célérité dont avait fait preuve Shmoulik, Salma entra dans l'atelier-boutique et présenta sa main au joaillier.

Le joaillier - L'annulaire s'il vous plaît, mademoiselle.

Il prit son chapelet d'anneaux étalonnés et prit la mesure du doigt.

Le joaillier - Quel type de bague voulez-vous ?

Shmoulik - Une alliance kabbalistique.

Le joaillier - Carrée, en argent sans ciselures ?

Shmoulik - Oui, c'est exactement ça. Salma, je t'en prie, attends-moi dehors s'il te plait. J'en ai pour une minute.

Salma comprit que Shmoulik voulait négocier le prix de la bague et serait immanquablement gêné par sa présence. Aussi, sortit-elle sans poser de questions. Shmoulik regarda le joaillier droit dans les yeux, se présenta et lui demanda son prénom. "Nellou" répondit -il.

Shmoulik - Ecoutez Nellou, je veux cette bague de mariage tout de suite. Je suis professeur à la Yeshiva du ARI, c'est-à-dire que je n'ai pas beaucoup d'argent.

Nellou le regarda droit dans les yeux, se rapprocha de Shmoulik et lui dit sur un ton complice : "26 Piastres, dans une heure. Ça vous va ?".

Shmoulik ne pouvait pas dire non. 26 Piastres était loin d'être le prix normal d'une telle bague et puis en kabbale, 26 représente la guematria du tétragramme. Vous imaginez la valeur numérique du nom de Dieu. Signe que leur union était agréée par le Divin et... aussi par Nellou. A propos de ce dernier, Shmoulik ne savait pas ce que Nellou avait compris ou cru comprendre, mais la bague serait prête dans une heure et pour un bon prix. C'était bien là l'essentiel.

Shmoulik demanda à Salma d'attendre que la bague soit termi-née, afin de voir si elle convenait à son doigt, car vu sa forme spéciale, ce n'était pas du ressort de l'évidence. Pendant ce temps, il se rendrait chez ses deux témoins pour les enjoindre à l'accompagner chez le Rabbi de Volozin afin de participer à la cérémonie du mariage.

Salma s'assit au fond de l'échoppe, sur un tabouret que lui avait donné Nellou et attendit patiemment le retour de son héros.

*

Shmoulik marcha rapidement vers son quartier où résidaient éga-lement les deux témoins. Il arriva chez Moïshe Kagan qui le fé-licita en lançant, dans la maison, un grand *Mazel tov* et accepta avec joie d'être son témoin. Shmoulik le remercia chaleureuse-ment et lui demanda de se préparer. Il serait de retour dans un petit quart d'heure. Il fila aussitôt chez Uriel Smilansky à qui il annonça son mariage dans l'après-midi même et qu'il serait honoré de l'avoir comme témoin. Uriel, plus surpris qu'heureux, lui souhaita sobrement Mazel tov, mais déclina poliment sa proposition, prétextant un rendez-vous pris de longue date et impossible à décaler. Avant que Shmoulik n'insiste, Uriel lui demanda ce qu'il comptait faire de la petite maison louée, une fois marié. Bien que décontenancé par l'attitude inattendue de son meilleur ami. Il adopta un ton contenu.

- Concernant la maison, je n'ai pris aucune décision. C'est tout nouveau, vois-tu? Mais ne t'inquiète pas, je te donnerai une réponse dès que je serai marié. Merci beaucoup de m'avoir reçu. Passe bien le bonjour à ton père. Je n'ai pas le temps d'attendre. (Sarcastique): Il faut que je trouve un autre témoin. Rends-moi service, Uriel. Informe la Yeshiva que je serai de retour dans une semaine pour cause de mariage.

De retour chez Moïshe Kagan, Shmoulik, déconcerté, lui fit part du refus, incompréhensible, à ses yeux, d'Uriel Smilansky, son supposé meilleur ami et collègue à la Yeshiva.

Moïshe sourit et lui dit - Shmoulik, rien n'entravera ton mariage aujourd'hui. Mon beau-frère Amos est venu passer Shabbat chez nous. Il n'avait pas vu ses neveux et ses nièces depuis longtemps. Je comptais te le présenter Shabbat. L'accepterais-tu pour témoin ?

- L'accepter ? Mais tu me sauves la vie, Moïshe.

- Ce n'est pas tout. Amos nous a apporté pour Shabbat une bonne bouteille de vodka, distillée à base de pommes de terre, qu'un ami lui a rapportée de Biélorussie. Nous la dégusterons pour ton mariage.

- Tu es un homme généreux et un ami précieux, Moïshe. Que Dieu te bénisse, toi et toute ta famille, jamais pris de court et toujours positif.

- Je te présente Amos qui habite Haïfa, c'est le frère de ma femme Golda. La bouteille de vodka, c'est lui. Le verre, c'est moi qui te l'offre. Il sera de grande valeur pour qui le cassera sous le dais nuptial. D'ailleurs as-tu pensé à la Houppa ?

- Oui. Justement, apporte ton talith. On se servira de ton châle de prières pour faire le dais nuptial. Cela fera une Houppa tout à fait convenable. Moïshe, Amos, sortons. Le temps presse !

- Ta fiancée est avec le bijoutier. Ne la faisons pas attendre ! En chemin, tu m'expliqueras toute cette histoire. Je te sentais préoccupé à la maison pendant Shabbat. Mais de là à imaginer que c'était pour une femme et que tu te marierais avec elle deux jours plus tard, ça dépasse tout. Allez, raconte Shmoulik.

- C'est une longue histoire Moïshe. Alors, je vais te la résumer. Je l'aime. Elle m'aime. C'est un coup de foudre !

- Vous vous aimez, d'accord. Mais quel rapport avec le mariage ?

- Aucun, je te l'accorde.

- Sais-tu au moins d'où elle vient ?

- De nulle part ! Et pourtant, elle n'avait quasiment jamais quitté la ville.

- A-t-elle de la famille ? Que font ses parents ?

- Elle n'a plus de parents et bientôt je serai sa seule famille.

- Tu es bien mystérieux Shmoulik. J'ai vraiment hâte de voir cette jeunette.

- Ce n'est pas une jeunette. Elle a vingt-trois ans.

- Vingt-trois ans ?! Mais c'est une vieille fille ! Qu'a-t-elle fait jusqu'à présent ?

- Elle revient de l'enfer, Moïshe !

- Et toi, tu es l'ange gardien qui l'attendait sur terre ?

- Je ne crois pas. Car avant de la rencontrer, je n'existais pas.

- Ah Shmoulik ! Plus tu me dis de choses et plus les mystères s'épaississent.

- Viens. Plus tard, tu sauras tout. Je dois bien ça à mon ami, mon sauveur et témoin favori.

Lorsqu'enfin ils arrivèrent, le joaillier avait terminé depuis plus d'une demi-heure. Il paraissait passablement agacé d'avoir été pressé à ce point pour devoir attendre. Shmoulik s'excusa et lui glissa la somme convenue. Il présenta Moïshe et Amos à Salma qui les remercia d'être venus. Cependant, elle ne voulut pas montrer la bague a son doigt, comme si elle voulait conjurer le mauvais sort, mais assura qu'elle lui allait très bien.

Chapitre IV

Ils prirent aussitôt la route vers la maison de Rabbi Yehuda. Ils arrivèrent au moment où le Rabbi s'apprêtait à aller à la *shule* (mot yiddish pour désigner la synagogue ou la maison d'étude). Shmoulik s'empressa de le saluer en lui baisant la main. Puis en se redressant, lui glissa un savoureux "Mariez-nous, Rebbe". Profitant de l'effet de surprise, il ajouta :

- Nous avons le Hatan et la Kalla (les fiancés), les témoins, la bague, le verre et une bonne bouteille de vodka !

Rabbi Yehuda était soufflé. Il n'avait jamais entendu une telle ineptie. Esther, sa femme, riait sous cape. De toute son existence, Rabbi Yehuda n'avait reçu pareille requête dans de telles circonstances et, chose rare, semblait décontenancé. Le rabbin reprit ses esprits et assena une réponse que Shmoulik n'attendait pas.

- Je ne sais pas pourquoi vous venez me voir chez moi. A cette heure, vous devriez être en train de prier ! Quelle shule fréquentez-vous ? Pourquoi n'allez-vous pas voir votre rabbin ? Vous croyez sincèrement que vous pouvez vous marier le jour de votre demande ? Vous n'êtes pas sérieux. Il faut du temps pour vérifier vos documents afin d'établir l'acte de mariage. Une dernière chose, auriez-vous décidé de vous passer du bain rituel prénuptial ? Enfin, de quel monde venez-vous !

Cette énumération d'incohérences successives avait mis le Rabbi en colère.

- Vous me faites perdre mon temps et vous m'avez mis en retard pour la prière !

Il sortit en lançant : Venez !

Puis d'une voix radoucie : Allons prier, vous m'en direz plus en route. La Kalla vous attendra à la maison avec la *Rabbanite* (Femme du Rabbin).

Shmoulik, suivi de Moïshe et d'Amos s'exécuta sans dire un mot, confus d'avoir déçu le Rabbi, ses témoins et surtout Salma à qui il avait promis imprudemment le mariage aujourd'hui.

*

Esther la Rabbanite, s'occupa de Salma comme si c'était sa propre fille. Elle donnait raison à son mari bien sûr, mais elle avait trouvé la démarche de Shmoulik rafraichissante et romanesque, parce que vouée à l'échec.

Et puis, cela faisait bien longtemps qu'elle n'avait pas vu son mari estourbi de la sorte. Esther demanda à Salma si elle avait déjà été mariée auparavant. Celle-ci répondit par la négative et comprit que le sens de la question provenait de son âge. Esther lui demanda alors pourquoi ses parents ne s'étaient pas déplacés pour voir le Rabbi. Salma lui expliqua que ses parents, ainsi que le reste de sa famille, avaient été massacrés alors qu'elle n'avait pas encore quatorze ans. Depuis, elle avait passé de longues années, retirée dans le cloître de Havat Zeitim. Elle l'avait quitté aujourd'hui, et comme par un chidoukh divin, elle avait rencontré l'homme de sa vie. Elle lui avoua également qu'elle n'était pas surprise que le Rabbi ne l'ait pas reconnue. Elle avait tellement changé depuis qu'il était venu chez son père, accompagné de Rabbi Yisroel de Shklov et de Mordehai Ginsburg.

Esther pleurait à chaudes larmes, en écoutant Salma et était incapable de dire un mot, Salma poursuivit :

- Vous savez Esther, Shmoulik est un homme bien. Il savait que je ne pouvais plus rentrer à Havat Zeitim et ne voulait pas faire dormir une femme non mariée chez lui, d'autant qu'il n'y possède qu'un lit étroit. C'est la raison de cette requête désespérée. Esther, ne vous méprenez pas, nous nous aimons très fort.

Esther prit Salma dans ses bras qui, du coup, se mit à pleurer aussi. Elle lui confia qu'en l'écoutant, elle ne put s'empêcher de se remémorer cette sinistre période. Elle avait dû fuir chez sa mère à Jérusalem, la veille du pogrom de 1834, laissant son mari caché dans une cave. Il y aidait Rabbi Yisroel à envoyer quotidiennement pendant un mois, des lettres alarmantes à tous les consulats en poste à Beyrouth, qui ne cessa que lorsque ces derniers obtinrent d'Ibrahim Pacha qu'il fasse cesser ce carnage abominable des juifs et des chrétiens de Safed. Empêtré à Jérusalem, Ibrahim Pacha avait fini par dépêcher son allié druze, l'émir Béchir, qui réprima la révolte dans le sang le 17 juillet 1834. Le carnage avait duré 33 jours.

- Depuis ce jour, toutes les communautés juives et chrétiennes de Safed considèrent Rabbi Yisroel et mon époux comme des héros. C'est dire si Rabbi Yehuda est sollicité depuis le décès de son mentor Rabbi Yisroel !

*

A la fin de l'office, Rabbi Yehuda prit Shmoulik par le bras et lui dit à voix basse :
- Vous m'intriguez. Dites-moi pourquoi vous êtes venu me voir ?
Shmoulik, gêné, lui expliqua qu'il avait eu cette idée, car il l'avait déjà rencontré à plusieurs reprises à la Yeshiva où il professait. Mais visiblement, il ne s'était pas rappelé à son bon souvenir.
Rabbi Yehuda l'arrêta d'un geste et exigea que Shmoulik salue ses témoins afin qu'ils puissent rentrer chez eux.
- De toute façon, il n'y aura pas de mariage ce soir. Vous et votre fiancée, vous allez rester avec nous.
Avec un léger sourire aux lèvres, il lui dit :
- Si je dois vous marier, je veux d'abord mieux vous connaître.
Shmoulik remercia Moïshe et Amos, s'excusa du contretemps et promit de les contacter au plus tôt. Puis, n'ayant plus pour Uriel qu'une confiance limitée, il chargea Moïshe d'informer la Yeshiva de son absence pendant une semaine pour cause de mariage. Il suivit ensuite Rabbi Yehuda jusqu'à sa demeure où l'attendait Salma. Dès leur arrivée, Esther saisit son mari par le bras et l'entraîna dans une pièce adjacente et lui dit d'un ton péremptoire :
- Yehuda, il faut absolument les marier demain. En attendant, Salma dormira chez nous ce soir.
Rabbi Yehuda commença à émettre quelques objections mais Esther ne voulut rien entendre et lui fit remarquer que ce n'était pas correct de les laisser seuls plus longtemps. En sortant, elle demanda à Rabbi Yehuda d'écouter l'histoire de Salma.

*

Rabbi Yehuda pria Esther de leur servir un thé pendant que Salma leur raconterait son histoire dans le détail.

- Vous ne me reconnaissez pas ?
- Vous aurais-je déjà rencontrée ?
- Vous souvenez-vous d'Ephraïm Litvak, le tailleur, que vous aviez rencontré chez lui en accompagnant le Rabbi de Shklov et Mordehai le représentant des communautés russophones, le matin du 14 juin 1834 ? Vous nous aviez notamment parlé du prêcheur Muhammad Damoor et du réel danger qu'il représentait.
- Bien sûr que je m'en souviens. Il avait vendu sa maison et avait fui le lendemain avec sa famille vers Jérusalem, d'où il n'est d'ailleurs jamais revenu. Mais quel est le rapport avec vous, et comment savez-vous tout ça ?
- Je suis Sarah, la fille d'Ephraïm Litvak. J'étais présente à la demande de mon père, lors de votre discussion. Mais j'avais à peine quatorze ans, alors c'est normal que vous ne me reconnaissez pas.

Cette révélation laissa Rabbi Yehuda totalement coi.

- Que vous est-il arrivé ? Où est le reste de votre famille ?

Salma commença à raconter son histoire. Étrangement, les souvenirs se faisaient de plus en plus précis ; peut-être parce qu'elle parlait enfin à une personne qui avait connu son père.

- Le 15 juin au soir vers 18 heures, nous sommes partis vers Biyrriah en empruntant des rues secondaires pour rejoindre notre lieu de rendez-vous. L'environnement était bucolique. Nous nous sentions bien à l'abri, dans cette forêt de Biyrriah si belle et si luxuriante aux premiers jours de l'été. Nous avions retrouvé de la confiance. Mon père nous apprit que ce havre de paix et de recueillement était dédié à la sépulture de Benaya le Juste.
- De son nom complet, Benayahu ben Yehoyada ha Cohen, chef du *Sanhédrin* (corps suprême de la loi de la Torah)! Ce sage qui avait la confiance des rois d'Israël, David et Salomon, était également un magnifique guerrier, Général en chef des armées et pourfendeur des ennemis du peuple.
- Ironie du sort, ce fut le cadre choisi par un certain Dahmane el Jaafari, ami du voisin qui avait racheté notre maison et qui nous avait transmis des informations alarmantes sur les dangers qu'encourraient les juifs durant ce pogrom, informations que vous et Rabbi Yisroel aviez entièrement corroborées lors de votre visite chez nous. Il nous avait indiqué le meilleur horaire de départ, l'itinéraire à suivre pour éviter les mauvaises rencontres jusqu'au

lieu de rendez-vous, où il devait nous rejoindre pour nous aider à rallier Meron. Une fois arrivés au mausolée, il faisait quasiment nuit. Une légère brise faisait bruisser la frondaison autour du tombeau. Nous étions prêts, a l'heure, et attendions Dahmane. Je profitais de cette attente pour aller derrière un fourré, satisfaire un besoin naturel.

Tout à coup, des sicaires surgirent du mausolée, armés de haches et de poignards. Ils fondirent sur mes parents. Rebecca poussa un hurlement lorsque le sang de ma mère gicla sur la robe de Boubita. Voir sa poupée maculée de sang la rendit hystérique. Les cris déchirants de Rebecca me glacèrent le sang. J'écartai, en tremblant, les feuillages qui me masquaient et découvris une scène d'apocalypse. Ils égorgèrent Moïshe et Siméon sans un bruit, sans qu'ils aient pu esquisser le moindre mouvement de défense, tant cette attaque foudroyante les avait surpris. Arie fut, à son tour, massacré à coups de hache sans dire un mot, sans comprendre.

Seuls, les pleurs convulsifs de Rebecca contrariaient encore le silence morbide qui tentait de s'installer. Soudain, un des sicaires assenait un violent coup de hache sur la tête de ma petite sœur qui se tut à jamais.

J'étais commotionnée, incapable de bouger, incapable d'ouvrir la bouche. Je restais terrée, immobile par instinct de survie. Je n'arrivais pas à réaliser ce qui s'était produit. Je ne comprenais rien. Auparavant, tout s'était déroulé à merveille. Nous étions arrivés à l'endroit prévu et attendions Dahmane.

C'est à ce moment précis que j'entendis sa voix si reconnaissable. J'écartais, de nouveau, subrepticement les feuillages et je vis Dahmane, habillé en sicaire, enlever le foulard qui lui masquait le visage et laisser dévoiler un rictus répugnant. Je compris immédiatement que celui qui se faisait passer pour notre bienfaiteur était en fait notre assassin.

Ma mère avait raison. Je fus instantanément frappée de terreur. Tant qu'il s'agissait de mercenaires, je pouvais m'en sortir. Mais Dahmane, lui, connaissait toute notre famille et pouvait constater facilement mon absence.

Pendant que je testais mes jambes cotonneuses sans succès, Dahmane dit à ses deux complices :

- Nettoyez rapidement le sang à l'aide de l'eau contenue dans cette citerne et balancez les corps derrière ces fourrés. Il y a d'autres familles juives qui vont arriver toutes les demi-heures. Avec un cynisme abject, il ajouta :
- N'oubliez pas la poupée et les baluchons. Ensuite, vous retournerez vous cacher à l'intérieur du mausolée.

Je restai tapie, pétrifiée de terreur derrière ce fourré, totalement commotionnée.

Je réprimais de toutes mes forces un gémissement lorsque le corps de mon père échut sur une de mes jambes. Je n'osais pas regarder son visage défiguré et sa gorge béante. C'était impossible de me dégager. J'ai cru mourir en attendant le retrait à l'intérieur du mausolée de Dahmane et de ses acolytes.

J'attrapai alors mon père par le revers de sa veste pour le faire rouler sur le côté. Ce fut horriblement compliqué. J'ai failli tourner de l'œil à plusieurs reprises, mais je finis par réussir. Cependant, en l'attrapant par la veste, j'avais remarqué qu'il y avait un document cousu à l'intérieur du vêtement. Malheureusement, je n'ai pas trouvé la force nécessaire pour l'arracher de la doublure. En désespoir de cause, je lui ôtai sa veste et m'en revêtis.

Mes jambes ne me portant plus, je rampais vers l'intérieur des bois pendant une bonne heure dans le noir. La scène indicible de toute ma famille, gisant massacrée devant mes yeux hagards, restait gravée dans ma mémoire. J'étais impuissante et terrifiée.

Je continuais à me traîner. Mais, je crus de nouveau défaillir lorsque deux bras musclés vinrent me happer. L'homme me porta sur ses larges épaules, comme un sac de pommes de terre. Exténuée, je me laissais faire, sans résister... et perdis connaissance.

Rabbi Yehuda, ému aux larmes, parut soudainement très fatigué. Sa femme Esther mit cette lassitude au compte de sa longue journée de travail. Cette explication ne convainc nullement Shmoulik. Pourtant, Rabbi Yehuda se reprit et interrompit Salma qui commençait à trembler depuis qu'elle s'était remémorée la scène du massacre.

- Calmez-vous Salma. Je vous en prie, reprenez votre souffle.
- Je suis désolée.
- Vous n'avez pas à être désolée mon enfant. Ressaisissez-vous. La Rabbanite va vous donner un mouchoir. Prenez votre temps.
- Je vous remercie Rabbi.

*

- Pendant que vous reprendrez vos esprits, Je vais vous raconter ce que vous ignorez certainement et qui s'est réellement passé pendant les émeutes de 1834. Vous me racontrez ensuite comment vous vous en êtes sortie ?

Après notre visite chez vous, Rabbi Yisroel et moi sommes allés voir Shlomo Levy, comme nous l'avait suggéré votre père.

Il nous a affirmé que tous les consuls importants se trouvaient à Beyrouth et qu'il avait, personnellement, contacté un certain Henri Guy, Consul de France à Beyrouth. Nous nous sommes rendus ensuite à la Wilaya. Nous les avons interpellés sur la situation explosive à Safed. Ils nous ont promis d'informer Ibrahim Pacha au plus vite.

Rabbi Yisroel leur a alors demandé de nous fournir les adresses des consulats étrangers à Beyrouth, ainsi que le nom de leurs consuls. Après moultes hésitations certainement liées à la fuite du gouverneur et de la soldatesque en faction à Safed, ils finirent par nous les transmettre.

Je rentrai chez moi, pris le nécessaire pour écrire et rejoignis Rabbi Yisroel qui devait se rendre d'abord à la synagogue Isaac Abuhav où l'attendaient d'autres leaders de communautés religieuses. La synagogue était pleine à craquer. Après une brève concertation, ils prirent les *shofars* (cornes de bélier) et soufflèrent à en perdre le souffle de la même manière que pour Yom Kippour. A ce moment précis, l'adversité avait cimenté tous les courants de pensée du judaïsme. Vous imaginez Rabbi Avraham d'Ovruch, leader du *hassidisme,* associé à Rabbi Yisroel de Shklov, leader des *mitnagdim* qui leur étaient franchement opposés, sonner ensemble le rappel des communautés au son du *shofar.*

Esther - Yehuda, tu es incorrigible ! Sois plus simple. C'est trop précis pour Salma, ça devient même compliqué pour moi.

- Bien ! Rabbi Guershon Margalit, avec mon plein accord, a utilisé l'argent de l'école des pharisiens que Rabbi Yisroel dirigeait, pour soudoyer Haj Choukri Abu Ziech, *Cadi* (chef des juges religieux) de Safed afin que ce dernier accueille dans sa cour un millier de nos coreligionnaires. Ce qu'il fit. Malheureusement, sous la pression je suppose, il les jeta dehors quelques jours plus tard.

Rabbi Avraham Dov Auerbach d'Ovruch a fui dans la montagne de Meron avec plus de six cents personnes.

De son côté, se sachant recherché pour un soi-disant trésor qu'il aurait caché, Rabbi Yisroel dut fuir avec une centaine de fidèles, dont moi, s'abriter dans un champ à proximité du cimetière. Malheureusement, les émeutiers nous retrouvèrent rapidement. Alertés, nous avons fui de nouveau et avons tenté de rejoindre Rabbi Avraham a Meron. Les grottes étaient bondées lorsque nous arrivâmes. Entretemps, de nombreux juifs, jetés à la rue par le Cadi étaient venus grossir les troupes de Rabbi Avraham. Les grottes étant devenues trop exiguës.

Rabbi Yisroel dépêcha une délégation afin qu'elle se rende subrepticement à Ein Zeitim avec une importante somme d'argent, pour négocier un accord de protection, jusqu'à la fin des émeutes. Le Cheikh du village, Muhammad Ibn Mourad Abdel Basset accepta volontiers. Indépendamment de la coquette somme d'argent proposée, il réprouvait en totalité les exactions des émeutiers. De plus, il y régnait d'excellentes relations entre les arabes du village et les juifs depuis plus de trois siècles. Ein Zeitim abritait plusieurs familles juives de langue arabe descendant des Moraiscus, venus de Grenade au tout début du 16e siècle, en tant que marchands ou agriculteurs. Il y avait encore une synagogue munie de 26 rouleaux de la Thora, un cimetière juif ainsi qu'une ferme hermétique, une Yeshiva et des caveaux de sages, honorés et respectés par l'ensemble des communautés.

En outre, les juifs de Safed et de toute la Palestine venaient constamment à Ein Zeitim pour prier et pèleriner sur les tombes de Rabbi Yehuda bar Ilaï, d'Abba Shaoul ou encore celle de Rabbi Yossef Saragossi, également vénéré par les arabes du village.

Après nous être installés, j'ai aidé Rabbi Yisroel à écrire et envoyer, sans attendre, une lettre alarmante par jour et par consul. Le 17 juillet 1834, enfin, Ibrahim Pacha cédant sous la pression des consulats occidentaux, dépêcha son allié l'émir Béchir, général druze, qui réprima la révolte dans le sang et fit exécuter tous les meneurs des citadins, des bédouins et des fellahin, en les faisant décapiter dans les rues. Les janissaires et les fonctionnaires turcs de l'ancienne administration ottomane avaient été emmenés pour être exécutés à St Jean d'Acre.

Il fit arrêter le fameux Muhammad Damoor, l'attacha derrière son cheval et le traîna, ensanglanté de part en part, dans les ruelles de Safed, jusqu'à la Grand-Place pour, enfin, décapiter ce qui restait de l'indigne prêcheur, en clamant : *"C'est curieux qu'il n'ait pas prédit sa fin misérable"*.

- Et Dahmane, est-il toujours vivant aujourd'hui ?

La mort avilissante du prêcheur et celle, plus expéditive, des meneurs bédouins ne l'avaient en rien réjouie. Elle attendait celle de Dahmane, l'ami félon, qu'elle avait vu, de ses yeux, égorger ses parents et fracasser la tête de ses frères et de sa sœur. Seul Dahmane lui importait !

- A ma connaissance, il n'a pas fait partie des personnes exécutées. Peut-être a-t-il pris la fuite comme beaucoup d'autres émeutiers.

- Je vous le confirme. Il est revenu exercer son œuvre maléfique pendant la révolte druze de 1838.

- Vous voulez donc savoir ce qui est advenu de cet être immonde depuis 1838.

- C'est exactement ça. D'abord, parce que s'il était encore vivant il faudrait le faire payer pour tous ses crimes et puis, c'est un homme dangereux qui pourrait me trucider s'il avait vent de mon existence.

- Il est certain qu'il faudra enquêter. Après tout, Safed n'est pas une si grande ville.

- Très bien, mais pardonnez-moi de vous avoir interrompu.

- Ce n'est pas bien grave. Pour finir, l'émir Béchir a enjoint aux habitants de Safed qui avaient subi des pertes ou des spoliations de se rendre à la wilaya pour déclarer le meurtre de leurs proches, le vol de leurs biens et, le cas échéant, dénoncer les meurtriers et les voleurs s'ils les connaissaient. A l'issue de l'enquête qui dura près d'un an, seulement 7% des biens spoliés furent restitués.

- Pourquoi aviez-vous l'air si fier d'annoncer que Rabbi Yisroel et Rabbi Avraham avaient fait sonner le shofar en même temps ?

- Vous ne vous rendez pas compte, ma petite fille ? Mais Rabbi Avraham D'Ovruch était le leader du Hassidisme, institué par le

Baal Shem Tov. Rabbi Yisroel de Shklov était le leader des Mitnagdim instauré par le Gaon de Vilna dont il fut le dernier disciple !

Shmoulik, qui avait écouté en silence préféra intervenir :
- Ces deux courants de pensée du judaïsme sont radicalement opposés, malgré cela ils ont œuvré de concert pour le bien du peuple juif.

Rabbi Yehuda - Mais revenons à ton récit, Salma. J'aimerais te poser une question. Tu as bien entendu Dahmane dire à ses sbires qu'il y avait d'autres familles qui devaient venir toutes les demi-heures, n'est-ce pas ? Penses-tu pouvoir les identifier ?
- Oui, sans hésitation.

Shmoulik - Peux-tu nous en dire plus ?
- Comme je te l'avais dit précédemment, le 15 juin 1834, mon père avait reçu quatre amis qui demeuraient sur les hauteurs de Safed. Ils se nommaient Avneri, Kamensky, Rubin et Brenner. Ils revenaient de la Wilaya où ils avaient eu rendez-vous avec Dahmane pour l'enregistrement des actes de vente à son profit. Mon père leur avait conseillé de prendre toutes les précautions nécessaires, au cas où il leur arriverait malheur, car les maisons avaient été achetées régulièrement, au regard de la loi. Sans les documents de rachat des biens, ces maisons resteraient acquises à Dahmane. Je me souviens que mon père avait cousu un étui en tissu, dans lequel il avait inséré les quatre actes de rachat de leur maison dûment signés, en même temps que les actes de vente.

Les quatre amis y ont joint un document, rédigé sous seing privé, dans lequel ils se nommaient chacun, légataire testamentaire des signataires. Mon père cousit hermétiquement l'étui et le dissimula personnellement dans un endroit secret de la maison. Pour une des rares fois, sinon la première, mon père ne me dévoila pas l'endroit où il avait caché l'étui.
- Trois ans plus tard, tu es revenue dans la maison de ton père à la suite du tremblement de terre de 37. Pourquoi n'as-tu pas cherché cet étui dans la cave ?
- J'avoue qu'à ce moment-là, je ne pensais plus à ces quatre familles. Pourtant, j'aurais dû lorsque notre voisin m'a rapporté que la mort des quatre familles juives du Haut-Safed avait été programmée par Dahmane, afin de récupérer les actes de rachat.

Rabbi Yehuda - Il a dû être bien déçu ! Cependant, il y a des choses intéressantes dans votre narration. Nous savons maintenant qu'il n'a pas été exécuté en 1834 avec Muhammad Damoor et qu'il était bien vivant en 1838. Nous irons à la Wilaya. Nous connaissons déjà les noms figurant sur les actes de transfert datés du 15 juin 1834, mais nous saurons également si Dahmane a revendu ces maisons depuis, et surtout nous vérifierons si elles n'ont pas été détruites, lors du tremblement de terre de janvier 1837.

- Les événements me reviennent en mémoire par bribes éparses et désordonnées et, maintenant que vous en parlez, je peux affirmer qu'elles ont résisté. Je me souviens que Mansour s'était rendu sur place et y avait rencontré un des locataires qui lui avait dit qu'ils payaient un loyer à leur propriétaire du nom de Dahmane el Jaafari.

- Nous devons absolument remettre la main sur l'étui contenant les documents de rachat. Pensez-vous qu'il est toujours dans sa cache ?

- Je ne sais pas. C'est trop bête ! Je suis retournée dans la maison de mon père et y suis restée plus d'un an. Et à aucun moment, je n'ai pensé aux documents de ces quatre pauvres familles. J'avais sciemment, ou pas, occulté tout ce qui semblait périphérique à ma famille. Je me souviens, à l'instant où je vous parle, avoir aperçu de loin une masse sombre et compacte que j'avais moi-même enveloppée d'un tissu noir. Mais je ne m'en suis même pas approchée, tant j'étais bloquée. Puis, sur la route, en racontant mes années-bonheur à Shmoulik, un voile s'est brusquement déchiré. Il m'est apparu clairement que cette masse noire, c'était la couseuse.

Mais quel serait le rapport entre l'étui et la couseuse ? Il n'y a pas de place ou de rangement possible dans la couseuse pour y cacher quoique ce soit. Alors quel est le lien ? J'en suis persuadée maintenant. Il y en a un !

La Rabbanite apporta quelques mets et les mit sur la table.

- Allez, approchez-vous. Yehuda, la petite est fatiguée. Samuel, vous mangez avec nous et vous rentrez chez vous. Quand vous reviendrez demain, la Kalla sera prête.

Salma avait bien remarqué qu'Esther la choyait et la traitait comme sa fille. Elle avait également noté le fait que Rabbi Yehuda avait dit : "nous irons...nous devons..." Il était totalement acquis à sa cause et partie prenante de son action. Elle avait également compris que demain, si Dieu le veut, elle serait mariée. Tout cela la rassurait et la rendait heureuse.

Shmoulik remercia le Rabbi pour sa compréhension. Il félicita Esther pour le plat délicieux qu'il avait mangé avec plaisir, les *bulbe latkes* (préparé à base de pommes de terre) et les saucisses de dinde fumée. Il lui fit part de son émotion car ce plat lui rappelait la cuisine de sa mère.

- Vos parents sont originaires de Vilna, m'a dit Salma.

Shmoulik acquiesça.

- C'est normal, jusqu'au siècle dernier, la Lituanie et la Biélorussie étaient réunies sous le nom de Grand-Duché de Lituanie.

Shmoulik se leva, salua Esther et Salma, embrassa la main de Rabbi Yehuda et lui dit :

Vers quelle heure demain ?

Rabbi Yehuda, réfléchissant à haute voix :

- Demain matin, vous devrez m'apporter un certificat de célibat. Comme cela prendra du temps pour l'obtenir, je me contenterai de votre parole et d'un témoignage d'une institution religieuse que vous fréquentez depuis au moins dix ans, vos noms et prénoms ainsi que ceux de vos parents. Vous me communiquerez aussi le montant que vous devriez lui donner si vous veniez à divorcer, son prix en fait. Ensuite, vous irez chercher vos témoins et irez au mikvé. Quant à Salma , elle ira au mikvé avec Esther. Vous mettrez des habits propres. Vous viendrez directement à la shule avec la bague. Disons à 15h30. Pas plus tard !

En ce qui me concerne, dès que j'aurai en main toutes vos coordonnées, je rédigerai la *ketouba* (acte de mariage). Shmoulik, cet acte, tu pourras le signer à la shule à 16h devant un minyane d'au moins vingt-cinq fidèles que j'inviterai. De ton côté, tu as un peu plus de temps pour inviter quelques relations de travail. J'ai oublié de te dire. Tu ne verras plus Salma qu'à la *teva* (autel) sous la *houppa* (dais nuptial).

Shmoulik leur dit en sortant :
- Je ne verrai plus Salma. Quand je la reverrai, elle s'appellera Sarah pour toujours.

Shmoulik regagna son domicile sans tarder. La journée avait été éprouvante, mais riche en rebondissements. En marchant, il méditait sur ce que lui avait dit le Rabbi. Demain, il se rendrait à la yeshiva du ARI pour inviter ses collègues. Il y verra Moïshe Kagan et Uriel Smilansky avec qui il souhaitait avoir une franche discussion. Il voulait surtout savoir si Uriel avait quelque chose à lui reprocher ou si c'était juste un mouvement d'humeur. Il n'oubliait pas qu'il avait pu avoir, grâce à lui, la petite maison où il habitait, pour un loyer très modique. Ce qui lui permettait d'aider ses parents à Jérusalem.

Il désirait effacer la mauvaise impression que le refus de Uriel lui avait laissé et ne voulait qu'aucune ombre ne vienne assombrir le jour de son mariage. Comme à son habitude, Shmoulik extrapolait à l'envi.

Il se disait que si Uriel projetait de ne pas l'honorer de sa présence, cela signifierait qu'un problème pourrait se poser pour son logement dans un avenir proche. Bien évidemment, il n'en était pas là. Mais ne pouvant totalement exclure cette possibilité, il y songeait.

Arrivé enfin chez lui, Shmoulik ne put s'empêcher de refaire méticuleusement l'intérieur de la maison pour accueillir son couple. Il se rendit compte de sa naïveté et de son inconscience d'avoir dit au Rabbi Yehuda de Volozin : "J'ai une bague et deux témoins, mariez-nous Rebbe !"

Il en sourit, puis se coucha, rassuré. Salma était entre de bonnes mains.

Plus encore que Rabbi Yehuda, son épouse Esther était pour Salma un indéfectible soutien. Elle la couvait constamment du regard, prête à bondir au moindre signe d'agacement ou de gêne perceptible chez Salma.

Rabbi Yehuda laissa les deux femmes entre elles et se rendit à son bureau, chercher une feuille de parchemin et puis vérifier les plumes et l'encre nécessaires à la rédaction de l'acte de mariage. Salma en profita pour demander à Esther si elle avait des enfants.

- J'en avais deux.

- Je suis désolée.

- Non, vous n'avez pas à être désolée, mon enfant. C'est la vie. Vous avez aussi eu largement votre part de malheurs.

- Que s'est-il passé ?

- Notre fille Haya est morte en 1831. L'hiver était rigoureux. Une angine mal soignée lui avait altéré les voies respiratoires. Ma pauvre petite Haya suffoquait. Elle souffrait, et nous aussi car nous ne pouvions rien faire. Un jour, son système nerveux puis son cœur furent atteints. La mort de ma petite fille était devenue inéluctable et quelques jours plus tard, elle avait rejoint le Gan Eden. Elle avait à peine dix ans. Elle aurait eu le même âge que vous, aujourd'hui.

Salma était bouleversée. La dernière phrase d'Esther lui fit comprendre l'attitude maternelle de la rabbanite à son égard.

- Vous m'aviez parlé de deux enfants.

- Oui ! Elle avait un frère aîné Yossef que nous appelions familièrement Yosse'le. Ils étaient très proches. Yehuda et moi n'avons pas voulu le traumatiser pour la vie en lui infligeant le spectacle ineffable de Haya s'éteignant dans d'atroces souffrances.

Dès le début de la maladie de sa sœur, nous l'avons envoyé chez ma mère à Jérusalem prétextant une possible contagion. Après deux semaines, constatant l'inexorable évolution de l'état de santé de Haya, nous avons accepté de le laisser partir avec son oncle Menahem. Mon frère était venu rendre visite à notre mère et avait proposé de prendre Yosse'le avec lui en Amérique. Yosse'le nous supplia de donner notre accord. La perspective de connaître le nouveau-monde l'excitait au point qu'il en oubliait la maladie de Haya. Finalement n'était-ce pas ce que nous recherchions ?

Menahem était tailleur à Philadelphie. Il louait une boutique avec un petit atelier à l'arrière sur une des artères principales de la ville. Il vivait seul. Sa femme était morte en couche et l'enfant n'avait pas survécu. Depuis, il ne s'était jamais remarié.

En Amérique, son prénom avait été raccourci et était devenu Meny. Il prévint Yossef qu'à Philadelphie, on l'appellerait Joe, diminutif de Joseph en anglais. Meny l'emmena en Amérique, en nous promettant de nous écrire de temps en temps pour nous donner des nouvelles du petit.

Un an plus tard, nous reçûmes une première lettre de Meny, nous rassurant sur la santé de Joe, sur son adaptation au pays et à son apprentissage. En Janvier 1834, nous reçûmes une lettre peu rassurante de Meny qui nous apprenait que son affaire périclitait et qu'il allait devoir fermer boutique. En ce qui le concernait, il envisageait de quitter la côte Est et de migrer vers de nouveaux territoires, en vertu de *"la destinée manifeste"*.

Il nous expliqua que c'était une sorte de droit quasi divin du peuple américain de s'octroyer les terres de l'ouest. Cependant dans une autre lettre envoyée quelques mois plus tard et que nous reçûmes au mois de juin 34, Meny nous informait que, depuis peu, des colons américains s'étaient installés au Texas et voulaient proclamer son indépendance vis-à-vis du Mexique. Il y avait tout à faire, donc tout à prendre, mais Yossef avait le mal du pays et voulait rentrer. La situation étant explosive, les juifs et les chrétiens essayant de fuir Safed à tout prix, Yehuda et moi prîmes la décision de lui déconseiller de revenir en Galilée. Je suis, moi-même, partie me réfugier chez ma mère pendant que Rabbi Yisroel et Rabbi Yehuda essayaient d'informer le monde sur l'atrocité du carnage qui allait se dérouler à Safed.

Le 16 novembre 1837, nous reçûmes enfin une lettre signée, cette fois, par notre fils Yossef.

Esther n'arrivait plus à retenir ses larmes et sortit une lettre soigneusement rangée dans un tiroir du buffet.

- Dans cette missive, la seule de notre fils, il nous apprenait que leur situation devenait critique. Permettez-moi de vous en faire lecture, elle est très courte :

"L'oncle Meny est au plus mal. Je suis très inquiet pour lui. L'installation au Texas ne s'est pas passée comme nous l'avions prévu. Nous sommes exténués et désirons ardemment rentrer en Palestine, mais nous ne possédons pas l'argent nécessaire au voyage du retour. Je ne sais pas ce qu'il adviendra de l'oncle Meny. J'espère de tout mon cœur qu'il se remettra rapidement, même si le docteur ne nous a laissé que très peu d'espoir pour

l'avenir. J'aimerais le persuader de nous diriger vers l'ouest dès qu'il ira un peu mieux. C'est la ruée vers l'or en Californie. Les colons de tout le pays participent à la conquête de l'ouest." Il conclut sa lettre par : *" Vous me manquez tant, je vous aime."*
Ce fut la dernière lettre que nous reçûmes. Cela fait exactement six ans.
Esther pleurait maintenant à chaudes larmes. Salma, émue, lui prit les mains, les mit dans les siennes et lui demanda doucement, les larmes aux yeux :
- Vous ne savez pas où il vit ou ce qu'il est devenu ?
- Non, mais je crains le pire.
La douleur qui les unissait était fusionnelle. Elles s'étaient confiées l'une à l'autre, sans retenue, sans chercher à masquer leurs incompréhensions, leurs erreurs ou leur passivité devant la mort.
- Salma, verriez-vous une difficulté à ce que je vous accompagne jusqu'à l'autel a la synagogue demain ? Vous me prendriez le bras ?
- Bien au contraire. Nous serons, l'une pour l'autre, la mère et la fille que nous avons perdues. Au fait, Esther. Tout à l'heure vous avez relu la lettre de Yosse'le qui vous écrivait vouloir revenir en Palestine. Sauriez-vous m'expliquer pourquoi notre terre d'Israël s'appelle Palestine ?
- Ma chérie. Pour toutes les questions liées à l'histoire, il faut demander à Rabbi Yehuda. Il sait tout sur tout. C'est un homme féru d'Histoire.

La Rabbanite alla chercher son époux et lui transmit la question de Salma. Rabbi Yehuda se fit un plaisir de lui répondre :
- Le nom de Syrie-Palestine fut le nom donné à la province romaine de Judée, après l'échec de la révolte de Siméon bar Kokhba et la chute de Betar. Le changement de nom de cette province, suivi d'une répression sévère, était destiné à nier le caractère juif de la région dont le nom évoquait l'appartenance. L'empereur Hadrien expulsa tous les juifs de Jérusalem qui fut transformée en province romaine nantie d'un nouveau nom *Aelia Capitolina.*
- Et qu'est ce qui a provoqué cette guerre ?

- L'interdiction de la circoncision, promulguée afin d'éradiquer la judéité des habitants ainsi que la décision d'Hadrien de rebâtir, sur l'emplacement du Temple de Salomon, un temple dédié à Jupiter. Ces décisions provoquèrent la fureur des judéens menés par Siméon bar Kokhba. Pas moins de douze légions romaines participèrent à la répression. Malgré leur vaillance, les juifs de Jérusalem finirent par être battus puis exilés avec interdiction de revenir dans cette ville. Les responsables judéens expulsés se regroupèrent en Galilée, principalement à Safed et à Tibériade.

- Alors pourquoi Hadrien n'a-t-il pas fait construire le temple de Jupiter après sa victoire ?

- Il faut croire que Dieu ne lui en a pas laissé le temps. Hadrien est mort en 138, à peine trois ans après la victoire de Betar. Son successeur, Antonin le pieux, annula le décret d'interdiction de circoncision, dès son accession, et accepta le retour de certains judéens à Jérusalem. Par ailleurs, il refusa de construire quoique ce soit à la place du Temple de Salomon.

- Je comprends Rebbe, vous m'avez parfaitement expliqué pourquoi la Judée a été rebaptisée, mais vous ne m'avez pas dit pourquoi il l'a remplacée par Palestine ?

Rabbi Yehuda sourit. Une réminiscence lui vint à l'esprit. Cette jeune fille avait assisté à la réunion chez Ephraïm le tailleur. Ce dernier l'avait imposé pour son esprit de synthèse au grand dam de Mordehai. Il commença :

- Pour ce qui est du nom Palestine, il provient des écrits d'Hérodote. Hadrien s'en est très certainement inspiré tant il adorait l'antiquité égyptienne et grecque. Quand il était jeune, on le surnommait *Graeculus* (le petit grec). C'est pourquoi il a rebaptisé Jérusalem, *Aelia Capitolina* et par exemple Amann, *Philadelphia*.

Les philistins originels avaient disparu depuis des siècles, au temps d'Hadrien. Mais cela n'empêcha pas ce dernier de leur trouver une légitimité apparente pour effacer les noms d'Israël et de Judée en leur substituant le nom de *Philistinae* (Palestine).

Les juifs, spoliés de leur terre, n'avaient plus que l'exil, la prière et la rédemption. Je ne m'étendrai pas sur la rédemption qui, par essence, se doit d'être individuelle. En revanche, depuis le deuxième siècle, les juifs exilés ont toujours clamé leur profession de foi, ainsi que leur lien viscéral avec la Ville Sainte, en clamant

chaque année, pendant les fêtes de Pâque *"L'an prochain à Jéru-salem"*. Pour tous les juifs du monde, cette terre restera Eretz Israël, même si, pour satisfaire leurs intérêts partisans, les nations pusillanimes s'obstinent à l'appeler Palestine.
- Mais comment les nations peuvent-elles ignorer sérieusement ce lien viscéral ?
- Elles ne l'ignorent pas, bien évidemment, car outre les saintes ecritures juives, chrétiennes et musulmanes, plusieurs documents profanes rédigés en latin ont été publiés au cours des siècles, traitant de la situation en Palestine de façon très explicite. Pour tous, nous restons des juifs errants qui auraient dû cesser d'exister en tant que tels et se convertir. Nous ne représentons rien en tant que peuple. La Vérité ne recèle aucun intérêt pour la plupart des nations, pour ne pas dire toutes. C'est la raison pour laquelle les preuves même irréfutables sont inaudibles car il n'est pire sourd que celui qui ne veut entendre.
- Je suis sidérée !
- Tu vois Salma, Rabbi Yehuda, il sait tout sur tout. Il faut juste avoir beaucoup de temps quand tu lui poses une question.
Salma sourit de la pique lancée par Esther à son époux.
- Je voudrais remercier le Rabbi parce que jamais personne ne m'avait donné une réponse aussi claire et aussi étayée.
- Tu vois Esther. Quitte à être un peu long, je tiens à être très rigoureux dans mes réponses à ce genre de questions parce qu'elles sont fondamentales. La plupart des juifs ne connaissent pas ou très peu leur histoire.
- Je plaisantais, Professeur de Volozin. Tu as entièrement raison. Maintenant, nous devons nous reposer. Demain, nous marions Salma.
- Cela vous dérange que je reste encore un peu éveillée ? Je n'ai pas du tout envie de dormir. Ce doit être dû à l'excitation du mariage.
- Bien sûr que non, mon enfant. Rabbi Yehuda et moi, dormons bien plus tard habituellement. En fait, c'est pour toi que j'ai dit ça. Tu as passé une journée si éprouvante. Viens, je vais juste te montrer ta chambre. Comme ça tu pourras aller te coucher dès que tu en éprouveras le besoin.
- C'est la chambre de Yossef ?
- C'était la chambre de Yosse'le. Paix a son âme.

103

- Vous en parlez comme s'il était mort.

Rabbi Yehuda - Il est mort, Salma !

- Comment pouvez-vous dire ça? Rappelez-vous, tout à l'heure Esther me disait qu'elle ne savait même pas s'il était mort ou vivant.

Esther - Salma, cela fait six ans que Yossef ne nous a pas donné de nouvelles. S'il était encore vivant, il nous aurait écrit.

Salma – Et s'il en avait été empêché?

Esther - Par qui...? Par quoi...? Vous voulez nous faire croire qu'en six ans, il n'aurait pas trouvé quelques minutes pour nous tenir informés de son existence? Pour nous dire où il vivait? Comment il vivait? Et qu'était devenu son oncle Menahem, si souffrant dans sa lettre du 16 novembre 1837? A aucun moment, n'aurait-il eu conscience de notre peine? En six ans, jamais ne se serait-il soucié du respect de ses parents, méprisant leur angoisse et n'ayant la moindre pitié pour leurs yeux, tant ils ont versé de larmes? Non, Salma, il doit être mort. Nous le pleurons et prions tous les jours pour le repos de son âme.

Esther ne pleurait pas, mais les larmes coulaient de ses yeux sans discontinuer. Le ton de sa voix montait en intensité, exprimant dans le même temps sa colère et son désarroi.

Salma - Je suis navrée Esther. Mais à l'écoute de votre discours, je n'entends que des ressentiments entremêlant chagrin, incompréhensions et colère. J'en conclus que n'ayant pas eu les réponses que vous attendiez, vous l'avez déclaré mort. C'était plus simple. Cette décision tranchée vous permettait de le pleurer plutôt que de le déconsidérer. Mais vous êtes-vous posé les bonnes questions ?

Rabbi Yehuda - Quelles questions ?

Rabbi Yehuda avait pris le relais de sa femme avec une voix métallique que Salma ne lui connaissait pas.

Salma - Je ne sais pas, il peut y avoir plusieurs possibilités.

Rabbi Yehuda - Ah oui, lesquelles par exemple?

Salma - Imaginez que Yossef, après avoir dépensé les quelques dollars qui lui restaient pour offrir à son oncle un enterrement décent, se soit trouvé dans l'incapacité de rembourser les dettes qu'ils avaient contractées du vivant de Meny. Qu'à la suite d'un procès bâclé ou il n'avait pas les moyens de se payer un avocat, il ait pris plusieurs années de prison. Qu'auriez-vous pensé de votre fils, vous envoyant une missive au sortir de sa geôle après plusieurs années, vous écrivant, le rouge au front : "Désolé, je n'ai pas pu vous écrire avant. J'étais enfermé en prison."

Imaginez que Yossef, quittant le Texas pour les terres de l'Ouest, ait été pris à partie par des bandits de grand-chemins qui, voyant qu'il n'avait pas un dollar en poche, l'auraient molesté sévèrement et qu'un coup sur la tête l'aurait rendu amnésique. Quand je parle de bandits, cela aurait pu être également des indiens ou des mexicains en guerre contre les américains.

Imaginez simplement que Yossef, à court d'argent et sans travail, se soit rendu en Californie pour y trouver de l'or et qu'après avoir dragué le fond des rivières, il ait travaillé longtemps dans des mines dans l'espoir de revenir cousu d'or pour aider les indigents et voir la fierté dans votre regard. Finalement, ses projets chimériques auraient laissé la place à des illusions perdues. Se sentant minable, et n'ayant même pas la possibilité de revenir à Safed par ses propres moyens, peut-être a-t-il préféré que vous le croyiez mort. Ce que vous n'avez pas manqué de faire pour le confort de tous; Yossef pour son suicide intellectuel destiné à éviter toute confrontation et, vous pour l'avoir enterré, sans preuve, afin de trouver la paix de l'esprit dans la prière.

Esther - Comment osez-vous?

Rabbi Yehuda - Vous déraisonnez Salma!

Salma - Mes hypothèses vous paraissent farfelues, mais je sais qu'il est vivant!

Esther - Et comment le savez-vous ?

Salma - Je le sens, c'est tout. Je ne sais pas si c'est uniquement de l'intuition, mais je suis persuadée qu'il n'est pas mort. Haya est morte dans d'horribles souffrances. Vous l'avez accompagnée durant toute son agonie, affligés de la voir souffrir sans pouvoir l'aider, jusqu'à ce qu'elle s'éteigne. Vous l'avez enterrée et érigé une stèle à son nom. Vous avez prié régulièrement pour le salut de son âme, afin qu'elle repose en paix au Gan-Eden. Haya est morte, sans aucun doute!

Pour ce qui me concerne, il m'a fallu boire le calice jusqu'à la lie et regarder, pétrifiée, ma famille se faire massacrer puis gésir dans son sang, sans réagir, sans qu'un seul son ne puisse sortir de ma bouche. L'atrocité de leur assassinat est restée à tout jamais gravée dans ma mémoire. Je n'ai jamais su ce que sont devenus les restes de leurs corps mutilés. Je n'ai jamais pu savoir s'ils ont été enterrés ou dévorés par des charognards. Je n'ai jamais pu me recueillir sur leurs tombes. Pourtant, ils sont morts, sans aucun doute.

Vous ne saviez pas où se trouvait Yossef. Alors, en désespoir de cause, vous l'avez situé au Gan-Eden. Pouvez-vous, malgré tout, affirmer que Yossef est mort sans aucun doute?

Rabbi Yehuda - Allons dormir !

Salma eut énormément de mal à trouver le sommeil. Elle ressassait sans cesse la conversation et s'en voulait d'avoir été si franche. Elle ne voulait surtout pas leur faire de la peine mais, comme à son habitude, elle avait parlé sans filtre. Elle se disait qu'elle aurait, peut-être, dû présenter les choses différemment et montrer plus de compassion envers des gens qui l'avaient reçue à bras ouverts.

Pour sa défense, elle argumentait qu'elle avait voulu un discours sans artifices, destiné à les choquer pour les faire réagir et que peut-être, plus tard, ils la remercieraient. La journée avait été longue. Salma était fatiguée, elle finit par s'endormir.

Le lendemain matin, Esther réveilla Salma avec douceur.

- Nous avons une journée bien chargée, mon ange. Je t'ai préparé un petit déjeuner avec du thé et des gâteaux secs, à moins que tu ne préfères un *balgal* ?

- Qu'est-ce que c'est?

- Ah...Ce mot n'existe que dans notre famille. Nous avions inventé le terme *Balangal*. Nous l'avions composé à l'origine pour les enfants avec une contraction du mot Balanga, petite ville portuaire de Lituanie, et du mot Galilée. Mais les enfants n'ont cessé d'écorcher ce mot qu'ils n'ont jamais pu prononcer autrement que *Balgal*. Nous trouvions ça adorable et depuis, nous l'appelons comme ça, bien qu'ils ne soient plus là. Pour en revenir au *Balgal*, il s'agit tout simplement d'un léger repas du matin, mêlant les deux traditions: du hareng mariné à la betterave avec une salade de concombres aux oignons, une purée d'aubergine et de la *tahina* (crème de sésame).

- Non merci. Du thé et des petits gâteaux, ça ira très bien.

Salma avait trouvé touchant cette anecdote sur ses enfants mais était surtout sidérée par l'attitude douce et affable d'Esther. En fait de petit déjeuner, elle s'attendait plutôt à une soupe à la grimace.

Voyant l'air perplexe de Salma, Esther sourit. Elle lui passa la main dans ses cheveux et lui dit d'une voix claire.

- Pour être honnête, tu avais raison hier soir.

Salma faillit tomber de sa chaise.

- Nous avons eu beaucoup de mal à dormir cette nuit. Rabbi Yehuda et moi avons discuté et analysé la situation avec les arguments que tu as avancés et qui nous ont fait très mal. Mais, force a été de constater que tes hypothèses, bien que peu réalistes, n'en étaient pas moins possibles. Alors, nous avons décidé de continuer de prier, non pas pour le repos de son âme, mais pour son bien-être et pour son retour prochain.

- Esther, je suis désolée de vous avoir accablés de la sorte. Mais c'était le seul moyen que j'avais trouvé pour vous sortir de cette apathie à propos de la disparition de Yossef.

- Ne t'inquiète pas mon enfant. Le Rabbi et moi l'avons compris comme ça.

Salma prit la main de la rabbanite et l'embrassa affectueusement.

- Esther, ou est le Rabbi ?

- Il est parti prier à la synagogue aux premières lueurs de l'aube. Il ne devrait pas tarder à rentrer. Je trouve même que...

Esther fut interrompue par Rabbi Yehuda qui entra à ce moment précis.

Rabbi Yehuda - Esther, tu crois que je pourrais avoir un thé?

Esther - Bien sûr. Après, tu nous diras par quoi on commence.

Rabbi Yehuda - Par mettre en place un carnet de route! A propos, je vous ai interrompues, en entrant tout à l'heure. J'espère que ce n'était pas important.

Esther - Non, je disais à Salma que finalement, après en avoir discuté, nous nous étions rangés à son point de vue.

Rabbi Yehuda - Ah! C'est pour cette raison que Salma t'a embrassé la main.

Salma rougit en se levant pour baiser respectueusement la main de Rabbi Yehuda.

Salma - Excusez-moi encore pour hier soir, Rebbe.

Rabbi Yehuda - Pour clore ce dossier, concernant notre fils Yossef, nous avons décidé de changer l'orientation de nos prières. Mais ça, je suppose que la Rabbanite a déjà dû vous le dire. En revanche, ce qu'elle n'a pas pu vous dire, c'est que même s'il y a une chance sur dix mille que Yossef soit toujours vivant, nous la saisirons.

Esther - Et comment ça ?

Rabbi Yehuda - Après le mariage de Salma, les sept jours de bénédictions et l'installation de nos jeunes mariés dans leur foyer, j'envisage de prendre ma petite Esther et de partir à la recherche de notre fils en Amérique. On remuera le pays pour le retrouver. S'il a besoin de notre aide, nous serons là.

Esther - Mais Yehuda, il va nous falloir beaucoup d'argent que nous n'avons pas.

Rabbi Yehuda - Ne t'inquiète pas, Esther. J'ai déjà ma petite idée.

Esther - Mais quand as-tu pris cette décision ? Tu ne m'en as même pas parlé.

Rabbi Yehuda - Il y a à peine deux heures, pendant que je priai en silence et au moment précis où je j'implorais, avec ferveur, le tout-puissant de m'aider à retrouver Yossef ben Esther où qu'il soit, l'assemblée qui avait prié plus rapidement que moi, avait entamé une autre prière et répondu *Amen* comme un seul homme. J'ai alors considéré cette coïncidence comme un agrément divin à ma requête.

Esther - C'est magnifique ! Nous étions trop passifs. Yossef avait peut-être besoin d'aide. Il a prié Dieu et le Maître de l'univers nous a envoyé Salma pour nous sortir de notre torpeur. Que Dieu te bénisse Salma et qu'il bénisse ton union avec Shmoulik.

Rabbi Yehuda - Si vous ne venez pas tout de suite vous asseoir pour faire un point de la situation, il n'y aura ni union, ni cérémonie.

Salma était heureuse. Mais l'enthousiasme effréné de Rabbi Yehuda et d'Esther lui faisait craindre le pire. Certes, il n'y avait pas de preuves de la mort de Yossef, mais il n'y avait aucune certitude qu'il soit vivant. Ce couple merveilleux était passé, en moins d'une nuit, de la résignation absolue à l'espoir le plus téméraire.

*

Rabbi Yehuda, tel un chef d'état-major, fit état du carnet de route qu'il avait concocté et auquel tous devaient se tenir.

- Il est, certes, encore tôt Esther mais tu vas montrer à Salma tous les habits féminins que nous avons récupérés. Si une robe est à son goût ou bien si l'une d'entre elles lui convient plus ou moins, alors vous irez chez Olga la couturière afin qu'elle ait le temps de s'occuper de vous et de faire tous les essayages. Il faudra bien évidemment qu'elle cesse toute autre activité séance-tenante pour ne s'occuper que de vous.

Vous devrez ensuite aller directement au mikvé où vous attendront vos amies pour midi tapante. À ce propos, n'oubliez-pas de prendre le nécessaire de toilette avant de vous rendre chez la couturière. En tout début d'après-midi, vous reviendrez toutes à la maison pour une collation et pour vous occuper uniquement de Salma. C'est la Kalla, donc c'est la reine aujourd'hui. Vous l'habillerez, la coifferez et vous la maquillerez. Enfin, lorsque la personne que je vous enverrai vous donnera le signal, vous viendrez en cortège à la synagogue. Une fois arrivées, Esther, tu resteras avec Salma sur le côté, derrière un paravent, où tu lui mettras un voilage sur la tête. Tu attendras un signe de ma part et tu l'emmèneras à ton bras jusqu'à la moitié du chemin qui mène à l'autel.

- Et moi, jamais je ne m'occupe de moi ?! Tu voudrais que j'assiste au mariage de Salma, négligée et accoutrée comme une mendiante? Et puis dis-moi, tu voudrais que je me rende chez Olga, dès l'ouverture de sa boutique. Mais si elle s'occupait déjà d'une cliente ou si elle avait prévu autre chose. Ce ne serait pas grave, n'est-ce pas?

Parce que dans la matinée, je dois juste inviter toutes mes amies à se rendre au bain rituel, accompagnées de leurs filles en âge de se marier, pour midi. Ah! J'oubliais... Je dois également préparer une collation pour vingt personnes pour la sortie du bain. Je vais devoir essayer une nouvelle formule de travail, Yehuda: *un coup je plonge, un coup je pétris* ! Non, mais tu es complètement *mechiguené* (dingue) !

Esther était furibonde. Salma riait sous cape parce que, dans sa colère, elle était drôle, mais sur le fond elle était d'accord avec elle. Rabbi Yehuda riait en regardant tendrement sa femme. Ce qui avait le don de l'énerver plus encore.

- Tu sais Esther, j'adore ta nouvelle formule de travail "plonger / pétrir". Quel gain de temps!

Ils éclatèrent, alors, tous de rire.

- Yehuda, tu me comprends au moins ?

- Bien évidemment Esther. C'est pourquoi, tu ne t'occuperas que de Salma et de toi. Quand tu iras chez Olga, elle t'attendra et ne s'occupera que de vous deux. Elle aura fermé sa boutique pour sa clientèle. Olga est talentueuse et rapide. Elle fera, non seulement les retouches, mais également les rajouts si nécessaire. La vingtaine de personnes invitées au mikvé pour midi sont déjà prévenues et elles apporteront chacune des douceurs et des pâtisseries de leur meilleure spécialité. Comme tu vois, les invitations des femmes et la collation ne dépendent pas de toi. Les femmes s'occuperont de tout ce qui concerne la beauté de Salma, de l'épilation à la coiffure en passant par l'habillement et le maquillage. Je veux que toutes les femmes et les jeunes filles participent à la préparation de la Kalla. Je veux qu'elles la connaissent, toutes. Je veux qu'elle devienne leur Kalla.

Esther ma chère épouse, tu accompagneras Salma chez Olga puis tu organiseras le bain rituel. Tu te tremperas et baigneras la Kalla dans le mikvé selon nos usages. Une fois arrivées à la maison, pendant que les femmes s'occuperont de Salma, tu pourras ne t'occuper que de toi.

- Mon cher époux ! Tu es un véritable chef de guerre. Mais dis-moi, comment as-tu procédé pour prévenir Olga, ainsi que toutes ces femmes concernant le mikvé?

- C'est très simple. Tous leurs époux étaient à la synagogue ce matin. Après la prière, j'ai fait un petit discours dans lequel j'ai lancé une invitation générale à toute l'assemblée des fidèles, pour le mariage de notre filleule Sarah, aujourd'hui à quinze heure trente dans notre synagogue. Il y eut un véritable moment de liesse. Les exclamations de joie et les Mazel tov couvraient toutes les discussions. J'ai pris à part Herschel, le mari d'Olga, et lui ai demandé de transmettre à sa femme ce dont je vous ai parlé précédemment. Je lui ai également demandé combien de personnes, d'après lui, répondraient positivement à l'invitation. Éberlué, il m'a rétorqué : "Mais Rebbe! Tous les fidèles! Nous savons qui vous êtes et ce que vous avez fait pour nous tous. Nous savons aussi que vous n'avez pas eu la joie de marier vos enfants. Aujourd'hui, vous nous conviez au mariage de votre filleule et vous pensez que quiconque d'entre-nous déclinera cette invitation!" J'ai imposé le silence et leur ai précisé quelques points. Tout d'abord, je leur ai demandé de transmettre à leurs épouses les requêtes concernant le mikvé, la Kalla et les gâteaux. Enfin, j'ai demandé à ceux qui le pouvaient de se mettre à la disposition du marié au mikvé et, pour les autres, de participer au montage du dais nuptial et de la décoration de la synagogue. Comme ce fut déjà le cas pour d'autres mariages dans le temps!

Après un choix par défaut, Salma revint vers eux et leur montra une robe rouge.

- Regardez, j'ai choisi celle-ci.

Rabbi Yehuda - C'est parfait Salma.

Puis se tournant vers sa femme, il lui demanda de prendre un nécessaire de toilette et de filer chez Olga qui les attendait.

Shmoulik s'était réveillé dès l'aurore. Après être allé à la synagogue, il se rendit chez Moïshe Kagan muni de son châle de prière et d'un sac contenant une serviette de toilette, du savon et des dessous propres. Arrivé devant sa porte, il toqua et Moïshe lui ouvrit en baillant.

- Bonjour Moïshe, tu n'es pas encore prêt pour aller à la Yeshiva ?

- Il est encore trop tôt. Laisse-moi un quart-d'heure Shmoulik. Je réveille Amos, et lui dis qu'il me rejoigne plus tard à la Yeshiva.

- Prépare-toi. Je vais en profiter pour aller chez mon propriétaire Nephtali Smilansky, le père d'Uriel, pour l'inviter à mon mariage. Attends, je vais laisser mon sac chez toi.

- Juste pour savoir, tu vas chez son père dans le but de récupérer Uriel comme témoin?

- Rien à voir. L'invitation de Nephtali, c'est personnel et puis j'ai déjà mes deux témoins. Qu'est-ce que tu racontes?

- Au fait, tu comptes te marier avec ces guenilles? Après tout, je suis persuadé que ta petite veste élimée et ta chemise douteuse seront d'un effet mémorable? Il m'est avis que tout le monde se souviendra longtemps du mariage du clochard et de l'ingénue.

- Tu es dur Moishe. Ce sont mes habits de shabbat. Comme tu le sais, je n'ai que cette veste et les autres chemises sont sales. Je n'ai pas eu le temps de faire de lessive. J'ai été un peu bousculé ces derniers jours. Tout est allé tellement vite.

- Tu m'étonnes. Réfléchis Shmoulik, aller au mikve avec de telles guenilles pour son mariage frise l'indécence. Mais, après s'être lavé et trempé dans le bain rituel, remettre les mêmes hardes pour se rendre à la synagogue afin d'y célébrer son mariage est véritablement un manque de respect. C'est un jour sacré pour toi Shmoulik!

- Tu as une solution ?

- Va inviter ton propriétaire. Je vais voir avec Amos ce qu'on peut faire. Moi, je n'ai pas du tout la même taille que toi.

- T'es un frère Moïshe. A tout-à-l'heure.

Nephtali Smilansky était un homme taciturne. Shmoulik ne lui avait parlé que deux fois en cinq ans. La première fois lorsque son fils Uriel l'avait présenté. Il lui avait alors posé quelques questions banales sur ses parents et sur son choix de rester à Safed plutôt que de les accompagner à Jérusalem. La deuxième fois, c'était l'hiver dernier. Uriel, retenu à la Yeshiva, lui avait demandé de passer voir son père pour lui donner un remède contre la toux qu'il avait commandé chez l'apothicaire. Ce jour-là, Nephtali ne put vraiment s'exprimer, tant sa quinte de toux était virulente. Cependant, ses yeux ne faisaient pas mystère de sa profonde reconnaissance. Et en partant, pendant que Shmoulik le saluait, il l'entendit le bénir: "A ton mariage. Si Dieu veut."

Shmoulik emprunta la ruelle étroite qui menait à la maison des Smilansky. Leur maison, que l'on pouvait apercevoir de chez Moïshe, était haute mais pas très grande. Elle était munie d'une imposante porte en bois massif avec des ornements en bronze. Nephtali lui ouvrit la porte, surpris de le voir. Il le salua et lui dit d'emblée qu'Uriel était déjà parti pour la Yeshiva.

- Ce n'est pas Uriel, mais vous, que je venais voir monsieur Smilansky.

- Moi? Eh bien entre, Shmoulik.

- Voilà. Je serais très honoré que vous acceptiez de venir à mon mariage aujourd'hui.

- Mazel tov Shmoulik. Comment s'appelle la Kalla ?
- Elle s'appelle Sarah Litvak.
- Et en plus, elle est d'origine lituanienne. Ce n'est pas comme mon idiot de fils. Uriel ne veut toujours pas se marier et fonder un foyer. Ah! Je serai mort avant d'avoir vu courir mes petits-enfants.
- Uriel est plus jeune que moi. C'est une bonne personne. Je suis certain qu'il va rencontrer son mazal, très prochainement, quand il s'y attendra le moins.
- C'est très gentil de ta part de prendre ainsi sa défense. Tu es plus qu'un collègue, tu es un véritable ami.
- Vous ne m'avez pas répondu, Monsieur Smilansky. Puis-je compter sur votre présence, cet après-midi à quinze heure trente à la synagogue des bnei-brith ou officie le Rabbin Yehuda de Vo-lozin?
- Ta sollicitude me touche sincèrement, Shmoulik. Mais je ne te cache pas que je suis un peu fatigué en ce moment...
- Vous souvenez- vous de vos dernières paroles quand je suis venu, l'hiver dernier? "À ton mariage...Si Dieu veut."
- Va Shmoulik. Nous viendrons avec Uriel.
Shmoulik le salua et marcha avec empressement jusqu'à la demeure de Moïshe.
- Tu as tardé!
- Oui je sais, mais c'était très important pour moi.
- Plus important que ça? dit-il en lui montrant une superbe redingote noire, une chemise et un chapeau quasiment neufs.
- C'est magnifique! Merci, merci beaucoup Moïshe.
- D'abord, c'est Amos qu'il faut remercier parce que vue ma taille, aucun de mes vêtements ne t'irait. Je pense qu'a priori, ceux-ci devraient te convenir. Après, tu essaieras ces chaussures noires vernies. Elles sont comme neuves.
- Amos, du fond du cœur, je te remercie Tu es un ange. Après la cérémonie, je te ferai une bénédiction à la hauteur de tes mérites.
- Quand je raconterai ca à ma femme, Pnina. Au fait, tu sais, je n'ai pas de grand mérite à te prêter les habits que j'avais apportés de Haïfa pour le Shabbat, répondit Amos.
- Tu oublies que tu as accepté d'être mon témoin.
- Tout l'honneur est pour moi. Essaie donc les chaussures avant de partir pour la Yeshiva.

Les chaussures, la redingote, la chemise et le chapeau lui allaient à la perfection.

Shmoulik prit Amos à part et, avant de le quitter, le supplia de lui rendre un dernier service. Il lui remit une enveloppe contenant une invitation pour toutes les pensionnaires de Havat Zeitim.

- Prends une calèche et rends-toi immédiatement à cette ferme. Donne cette enveloppe à l'un des ouvriers qui se trouvent dans le jardin. Tu lui diras que c'est de la part de Salma. Dis-lui que tu attends une réponse. Quand la responsable viendra à toi, dis-lui : "Salma serait très honorée de votre présence car elle est seule pour son mariage. A part vous, elle ne connait personne." Essaie d'être de retour pour midi à la Yeshiva, nous t'y attendrons.

Shmoulik reprit son sac et son talith accompagné de Moïshe, qui l'interrogea sur sa démarche auprès d'Amos.

- Grâce à Dieu, je vais avoir de nombreux invités. Entre les collègues de la Yeshiva, Amos et le vieux Nephtali nous serons probablement une dizaine, de quoi faire un minyane. Alors que de son côté, Salma n'aura aucun proche, auprès d'elle. Je n'ose l'imaginer seule de l'autre côté du paravent de séparation, alors que de mon côté, je boirai et chanterai, porté sur une chaise, par mes compagnons de Yeshiva, dansant avec ferveur.

- Alors, tu lui fais la surprise d'inviter ses amies de Havat Zeitim pour lui éviter la gêne d'être seule à son mariage. Finalement, tu es un homme bien, Shmoulik.

- Tu en doutais. Mais, attends qu'elles acceptent l'invitation. Ce n'est pas gagné.

Ils rirent de bon cœur et prirent le chemin de la Yeshiva en chantant.

La Yeshiva était en effervescence lorsqu'ils arrivèrent. Toute la Yeshiva ne parlait que de Rabbi Moshe el Dehri, un kabbaliste marocain, de grande renommée, venant de Fez et installé depuis peu à Jérusalem. Il était venu la veille à la Yeshiva du ARI pour donner une conférence sur la téléportation dans la kabbale ainsi que sur l'interconnexion des sphères et des mondes.

La Yeshiva était située à l'emplacement de la synagogue ashkénaze du ARI qui avait été détruite lors du tremblement de terre de 1837. Une bâtisse en pierre et en bois avait été érigée de façon provisoire pour servir de lieu d'initiation à la kabbale, en mémoire du ARI, jusqu'à ce que les fonds pour reconstruire la synagogue à l'identique soient constitués. Ce qui pouvait prendre encore quelques dizaines d'années.

Cette bâtisse, qui n'avait pas vocation à durer, était exiguë. Elle ne se composait que d'un accueil, de quatre petites salles de classe au rez-de-chaussée et d'une salle de réunion avec un bureau au premier étage. On y accédait par un petit escalier escarpé. Mais pour les enseignants et les étudiants, ce manque de confort importait peu tant l'âme du ARI flottait dans ce lieu où pourtant il n'avait jamais prié, ni même étudié. Après sa mort, ses élèves feront construire cette synagogue, initialement nommée Gregos, car nombre d'entre eux venaient de Salonique. Ce n'est que deux siècles plus tard que les hassidim la nommeront Synagogue Ashkénaze du ARI.

Shmoulik alla saluer Rabbi Zalman Zweig, le directeur de la petite académie. Il lui fit part de son mariage et l'invita ainsi que tous ses collègues à la célébration. Il demanda également une attestation de judéité émanant de l'institution. Rabbi Zalman s'exécuta instantanément, pressé qu'il était de raconter le moment de gloire pour la yeshiva avec la venue du grand kabbaliste Rabbi Moshe el Derhi.

Shmoulik comprit qu'il n'y couperait pas et, pour éviter de perdre plus de temps, fit mine d'être fortement intéressé.

Rabbi Zalman - Le tsadik, car cet homme est un saint, n'est pas seulement un rabbin ou un kabbaliste, je répète: c'est un tsadik! Il est arrivé en boitant. Il avait l'air exténué au point que nous nous sommes demandé comment il allait escalader l'escalier pour atteindre la salle de conférence au premier étage. Nous réfléchissions mais ne trouvions aucune solution acceptable. L'escalier était trop abrupt pour le tsadik et trop étroit pour le faire porter par deux hommes. Nous nous étions quelque peu éloignés, de peur qu'il perçoive notre désarroi. C'est alors que votre collègue et ami, Uriel Smilansky, vint nous informer de la disparition du tsadik.

Je ne vous cacherai pas qu'un vent de panique souffla soudain dans l'école. Tout le monde courait dans tous les sens. Soudain Rahamim Baruch, le surveillant actuel de la Yeshiva, nous héla du premier étage pour nous dire que Rabbi Moshe el Derhi était dans la salle de conférence et qu'il commençait à s'impatienter. Stupeur! Personne ne l'avait vu monter et, surtout, personne ne l'avait aidé. Nous montâmes, incrédules. Il était bien là et nous souriait, visiblement satisfait de l'effet produit.

La conférence débuta par l'explication de cet événement.

Rabbi Moshe - Je suppose que tout le monde ici a déjà entendu parler de la formule incantatoire kabbalistique du prophète Elie sur la téléportation. Le ARI, de mémoire bénie, la connaissait et avait voulu l'utiliser pour se rendre à Jérusalem avec ses disciples afin de se dévoiler. La seule condition imposée était que toutes les personnes présentes qui écouteraient la formule, suivie de la requête ne devaient faire aucun bruit. Vous savez tous ce qu'il en est advenu. La femme d'un de ses disciples, incredule, se mit à rire et l'opération fut annulée. Cette formule fut ensuite transmise de disciple en disciple, jusqu'à nos jours. Attention la formule seule ne suffit pas. Sans les prières adéquates proférées avec une intensité extrême que peu de gens possèdent, il ne se passera rien.

Tout à l'heure, pendant que vous cherchiez une solution, je me suis éloigné et, à l'aide de cette formule, me suis téléporté dans cette salle.

Shmoulik - Il ne vous aurait pas laissé la formule, par hasard? Je me suis mis en retard pour mon mariage et j'en aurais bien besoin.

Rabbi Zalman sourit - Il faut vraiment que je vous raconte la suite. C'est encore plus extraordinaire. Cet homme est un saint.

Shmoulik - J'adorerais, mais, n'oubliez pas que je me marie cet après-midi.

Rabbi Zalman - Je vais faire vite et puis, ne vous inquiétez pas. Nous allons tous nous mettre à votre service. D'ailleurs, je vais fermer l'école en votre honneur aujourd'hui.

Shmoulik réfléchit brièvement. Amos n'était toujours pas revenu de Havat Zeitim. Alors, autant faire plaisir au directeur et obtenir l'aide ô combien précieuse de l'école.

Rabbi Zalman - Vous vous souvenez certainement de Meïr Trabelsi, l'ancien gardien de la Yeshiva?

Shmoulik - Bien sûr. Aurait-il recouvré ses esprits?

- Non, malheureusement et je crains qu'il n'en sorte jamais. Vous connaissez tous, bien sûr, le drame qui a frappé ce fidèle collaborateur. Cependant, peu de personnes savent que la veille de son accident, je lui avais confié des documents que Moishe venait de me remettre et dans lesquels figurait la liste des donateurs de la Yeshiva, leurs adresses personnelles, la somme promise par chacun d'eux, ainsi que les modalités de versement.

- Pourquoi les avez-vous confiés à Meïr?

- Meïr était à mes côtés. Je lui ai donc demandé s'il pouvait me les garder jusqu'au lendemain. Malheureusement, l'imprévisible s'est produit dans la soirée. Ce pauvre Meir a glissé et sa tête a violemment heurté le sol.

- Quel malheur! Mais bien qu'on ne puisse prévoir un tel coup du sort, n'était-il pas plus prudent de les enfermer dans votre bureau plutôt que de les donner au gardien?

- Evidemment, après coup... Comprenez, j'étais près de la porte principale. Je devais me rendre à un rendez-vous pris de longue date. J'étais déjà très en retard et l'escalier qui mène à mon bureau est si abrupt...

- Ce n'était pas bien grave, au fond. Ce document n'intéressait personne, hormis des écoles concurrentes en recherche constante d'argent.

- Détrompez-vous, Shmoulik. Ce fut extrêmement préjudiciable pour notre Yeshiva. J'ai même songé à démissionner. Nous avions convenu avec les donateurs qu'une plaque où figureraient leur nom, par ordre d'importance de don, serait apposée à l'accueil de l'école. Sans ce document, nous n'avons pu apposer cette plaque, ni pu prévenir les donateurs. Ceux qui se sont déplacés ont constaté ce manquement contractuel et ne sont plus jamais revenus, malgré nos explications.

Nous avons réussi tant bien que mal, à taire cette malheureuse affaire pour que l'opprobre ne salisse pas notre Yeshiva de façon indélébile.

- Vous n'avez jamais pu retrouver ce document? Êtes-vous allé chez Meïr? Avez-vous interrogé sa femme?

- Evidemment, mais sa femme nous a affirmé qu'elle ne savait rien. Quant à Meir, bien que toujours vivant, il est dans un autre monde et nous ne savons même pas s'il nous entend. Quoi quil en soit, il est incapable de nous répondre. Malgré nos recherches, nous n'avons jamais pu remettre la main sur ces documents.

- Si vous me racontez cela aujourd'hui, je suppose qu'il y a un rapport avec Rabbi Moshe el Derhi.

- Bien vu, mon garçon. Rabbi Moshe m'a indiqué, qu'après le cours sur la téléportation, si nous le souhaitions, nous pourrions retrouver quelque chose ou quelqu'un pour illustrer son cours sur l'interconnexion des mondes. L'affaire du document disparu me revint immédiatement en tête et je lui en fis part. Rabbi Moshe nous a alors demandé une grande cuvette. Puis, il demanda une jarre d'eau claire, une feuille de parchemin immaculée et un litre d'huile d'olive. Il plaça la feuille de parchemin sous la cuvette qu'il emplit d'eau et sur l'eau, versa l'huile d'olive jusqu'à en couvrir toute la surface d'une couche épaisse.

Rabbi Moshe nous demanda de venir tous derrière lui et de dire trois fois *Shalom Aleikhem* quand il nous en donnerait le signal.

Il commença ses incantations et, après dix minutes de prières intensives, le liquide se mit à frémir en surface. Alors, Rabbi Moshe appela l'Ange chargé de la requête, d'un nom mystérieux. Une odeur indéfinissable émanait de la cuvette puis, le visage de Meir apparut très nettement à la surface de l'eau. Rabbi Moshe nous donna le signal et d'une même voix, nous nous excla-mâmes : *Shalom Aleikhem, Shalom Aleikhem, Shalom Aleikhem.*

Rabbi Moshe posa une question d'une voix forte et claire : *"Meïr, où as-tu caché le document que t'a remis Rabbi Zalman, la veille de ton accident ?"*

Une vision relativement nette nous indiqua très précisément la dalle de sa chambre sous laquelle il avait caché les documents, certainement de peur qu'ils soient salis, égarés ou dérobés.

L'effort du Rabbi avait été très violent et il finit son cours par les recommandations suivantes: connaissances approfondies sur l'angélologie, bonne maîtrise du tsimtsoum et étude des formules de liaison transmises par les grands maîtres de la kabbale.

Pour le coup, Shmoulik était soufflé.

- Etes-vous parti le récupérer ?

- Je ne vous cacherai pas que j'ai envoyé, le soir même, deux étudiants qui sont revenus avec les documents.

- C'est extraordinaire !

Toutefois, il n'eut pas le temps de poursuivre la conversation ...
Amos était arrivé. Shmoulik s'excusa et prit congé du Rosh-yeshiva en le remerciant de lui avoir consacré autant de temps. Il revint vers Amos et lui demanda comment s'était passée sa mission

- J'ai failli revenir sans avoir rencontrer personne.
- Comment ça, pas même un ouvrier ?
- Personne! Pourtant j'ai toqué très fort à la porte principale, avec le heurtoir. Puis, j'ai tapé sur la petite plaque en cuivre, portant l'inscription Havat Zeitim, avec le pommeau en métal de la cane que m'avait tendu le cocher. En désespoir de cause, j'ai appelé Salma, sans plus de succès. J'essayais vainement, à maintes reprises. Puis le cocher me fit signe de remonter dans la calèche, pressé de rentrer sur Safed...
- Amos...Amos, une seconde, je t'en prie. Pourrais-tu m'expliquer pourquoi tu as helé plusieurs fois le nom de Salma. Tu savais pertinemment qu'elle n'était pas là-bas!
- Qui voulais-tu que j'appelle? C'était le seul nom que je connaissais. Mon but était tout d'abord qu'elles entendent ma voix. Il y avait de fortes chances pour qu'un nom comme Salma les interpellent et qu'elles viennent jusqu'au portail, ne serait-ce que par curiosité.
- Bien vu! Mais de grâce Amos, arrête de ménager tes effets. Je sais que, finalement, tu as vu quelqu'un puisque tu m'as dit dès le début que ça avait été difficile!
Amos, bien que légèrement vexé par le ton employé par Shmoulik comprit, malgré tout, son impatience et poursuivit:
- Au moment où je montai dans la calèche pour repartir, le cocher, aussi déçu que moi, me désigna une vieille clochette sur le montant droit du portail au-dessus de la mezouza. Il me demanda si j'avais essayé la clochette. Confus, je lui répondis par la négative. J'agitai nerveusement le bourdon de la clochette et après deux ou trois minutes, qui nous parurent interminables, une femme se présenta. Je lui remis l'enveloppe contenant la lettre et les invitations, et lui dis que j'attendais une réponse.
- Alors! la réponse...?
- Elles ont dû débattre, parce que l'attente fut longue...
- Amos !!

119

- Elles ont finalement décidé de faire une entorse à leur règlement pour Salma. Elles viendront en délégation.
- Mais une délégation de combien de personnes ?
- Je ne sais pas. Nous avions attendu leur réponse si longtemps que je m'en suis contenté, sans demander de précision.
- Merci de tout cœur Amos. Dis-moi, tu n'aurais pas croisé Moïshe par hasard ?
- Si, il discutait avec le directeur dans la courette.
Shmoulik se dirigea vers les deux hommes qui conversaient encore. Rabbi Zalman, le Rosh-yeshiva, lui renouvela son offre d'aide en son nom et celui de tous les collègues qui le lui avaient confirmé avec empressement.
- Tous ?
- Dis-moi Shmoulik, as-tu un problème avec Uriel ?
- Pourquoi ? Il a dit non ?
- Disons qu'il n'a pas montré l'enthousiasme que nous étions en droit d'attendre de la part d'un ami. D'ailleurs Nathan, un de vos collègues, m'a informé qu'il émettait des doutes sur sa participation à ton mariage, du fait de l'état de santé de son père.
- Ce doit être cela. Je vais lui parler. Pour ce qui concerne votre aide à tous, soyez-en remerciés. Vous connaissez le Rabbin Yehuda de Volozin, n'est-ce pas? Il était venu à deux reprises à la Yeshiva. Et bien, c'est lui qui va nous marier dans sa synagogue. Vous et les collègues, si vous pouviez donner un coup de main pour la décoration de la synagogue, notamment le dais nuptial, les paravents de séparation et les buffets.
- Je vais envoyer tout de suite un étudiant pour évaluer ce que la synagogue met à disposition pour le mariage et nous compléterons au mieux. Au fait, qui sont vos témoins ?
- Moïshe Kagan et son beau-frère Amos Reisberg.
- C'est bien ce que je disais. Il y a un problème avec Uriel !
Shmoulik, quitta le rabbin Zalman Zweig sans répondre et se dirigea vers Uriel. Sur son chemin, il croisa Moïshe et lui dit à l'oreille :
- Assure Amos de ma plus grande estime et dis-lui combien je lui suis reconnaissant de tout ce qu'il a fait pour moi. Dis-lui aussi que sa présence est une véritable bénédiction.
- Waouh! Tout ça ?

- Oui. D'abord, il le mérite et puis tout à l'heure quand on s'est quittés, je l'ai senti un peu froissé.
- Pas qu'un peu, il est venu m'en parler.
- Alors, dis-lui ça rapidement. Bon. Excuse-moi, il faut que je parle à Uriel.

Il se dirigea vers "son ami".

- Alors, Uriel.
- Mazel tov Shmoulik!
- Je ne te trouve pas très enjoué, Uriel. Y aurait-il un problème ?
- C'est mon père. Il ne va pas très fort, je suis très inquiet pour lui.
- Si tu veux rester avec lui, je te comprends.
- C'est vraiment dommage, mais je suis ravi que tu le prennes bien.
- Très bien! Dans ce cas, tu viendras avec lui à mon mariage. Je l'ai vu tout à l'heure chez lui pour lui donner mon invitation qu'il a acceptée avec joie. Il s'est souvenu que cet hiver, il m'avait donné une bénédiction pour me marier. Aujourd'hui, c'est mon jour, mais bientôt viendra le tien, Uriel. Tu es plus jeune que moi et comme tu peux le constater, quand on est sûr d'avoir trouvé la bonne personne cela peut aller très vite.
- Je te remercie Shmoulik. J'accompagnerai mon père avec plaisir à ton mariage.
- C'est normal, tu es mon ami Uriel. N'en veux pas à ton père, il te met la pression parce qu'il a peur de partir, sans voir sa descendance.
- Lors de ton mariage, fais-moi la bénédiction du marié.
- J'y compte bien. Il paraît que le jour de son mariage, tout ce que demande le marié est exaucé.
- Amen.

Shmoulik appela ses deux témoins et leur rappela qu'il était temps de rejoindre le Rabbi de Volozin afin d'établir l'acte de mariage et, sans attendre, ils quittèrent la Yeshiva.

*

Olga avait des doigts de fée et sa réputation n'était plus à faire. Après avoir examiné la toilette rouge choisie par Salma, sous toutes ses coutures, il en résulta qu'elle ne pourrait absolument pas en faire une robe de mariée traditionnelle et encore moins solennelle. Aussi, décida-t-elle de la déstructurer totalement, afin d'en récupérer ce qui était récupérable.

Elle sortit un rouleau de lin blanc, en coupa un carré de deux mètres de coté, puis elle y ajouta une pièce de satin blanc.

Esther, qui accompagnait Salma, s'offusqua de ce choix et rappela à Olga que les mariages juifs dans les pays de l'Est de l'Europe ou au Moyen-Orient se faisaient avec des robes rouges ou à forte tendance rouge.

- Ce serait un affront pour le Rabbi de Volozin, la Rabbanite et leur filleule si nous dérogions à nos traditions.

- Ecoutez-moi. J'ai énormément de travail que j'ai dû interrompre à la demande de mon mari, pour m'occuper de votre filleule. Vous m'apportez une robe, certes rouge, mais vieillotte, inadéquate parce que trop épaisse, et surtout qui ne me procure aucune inspiration. Le temps s'écoule à une vitesse folle. Que fait-t-on madame la rabbanite?

Salma, voyant Esther hésiter, choisit d'intervenir.

- Il est vrai que j'ai privilégié la tradition en choisissant cette robe. C'était la seule qui était rouge. Ce n'était ni la plus belle, ni la plus adéquate. Cependant, j'entends le discours et les arguments d'Olga, et l'inspiration est essentielle dans ce cas. À titre personnel, n'ayant jamais hésité à bousculer les codes, je ferai confiance à Olga.

Esther dut s'avouer vaincue et ce n'est pas de gaieté de cœur qu'elle se plia à la proposition d'Olga qui venait de recevoir le soutien de la mariée.

- Ne vous inquiétez pas! En regardant la mariée s'exprimer et faire quelques pas, je me suis sentie très inspirée. Je vais en faire une reine.

- Une reine?

- Oui, une reine. Saviez-vous que la première femme à avoir cassé les codes, fut la reine Victoria, la souveraine du Royaume-Uni. En 1840, lors de son mariage avec le prince Albert de Saxe-Cobourg, elle est apparue dans une robe de satin blanc avec des dentelles. Je peux vous dire que cela a fait grand bruit. Et depuis qu'elle a lancé cette mode, la tendance en occident est au blanc et cette influence commence à toucher d'autres régions. Le rouge pour le mariage s'estompe jusqu'à peut-être disparaître un jour.

La reine Victoria! Salma, une reine! L'avènement du blanc figurant la pureté! Esther était totalement conquise par les derniers arguments d'Olga.

Olga prit la pièce de satin et enveloppa Salma. Puis, avec des épingles, lui donna la forme de la mariée qu'elle marqua sur le tissu. Ensuite, elle alla chercher parmi des chutes de tissus de couleur ivoire ou albâtre, de quoi créer des parements pour agrémenter la robe et fabriquer un boléro. Sans quoi elle le ferait en satin blanc.

Enfin, elle prit les mesures du cou, de la taille, des épaules de Salma et les pria de la laisser travailler. Elle les rejoindra chez la rabbanite vers deux heures pour les essayages et les retouches, leur expliquant que les finitions ne seraient pas nettes et soignées, compte-tenu du manque de temps, mais qu'elle ferait tout ce qu'elle pourra.

Esther et Salma quittèrent l'atelier d'Olga vers dix heures et demie. Elles marchèrent un petit moment en se regardant sans dire un mot. Esther était encore sous le choc.

- Il est un peu tôt pour aller au mikve. Nous avons rendez-vous à midi et une demi-heure suffit pour s'y rendre. Vous avez une idée?

- Sur la route du mikvé, il y a la demeure de Mordehaï Ginsburg, le président des communautés russophones. Tu sais, il est venu chez vous, rencontrer ton père avec Rabbi Yisroel et Rabbi Yehuda.

Bien sûr qu'elle s'en souvenait. Il était même gêné par sa présence, mais son père avait tenu bon.

- Avec plaisir, mais nous ne resterons pas longtemps.

- Aucun problème ma chérie. C'est là, au coin de la rue.

Mordehaï Ginsburg habitait une maison cossue, avec des murs épais en pierres de Galilée et une terrasse sur laquelle il avait composé un superbe jardin qui accrochait le regard de tous les passants. La porte massive était sculptée. Elles toquèrent en se servant du heurtoir en bronze. Une femme, qu'Esther ne connaissait pas, vint leur ouvrir.

- Bonjour Madame. Nous souhaiterions voir Monsieur Mordehaï Ginsburg, s'il-vous-plaît.

- Attendez un instant, Mesdames. C'est de la part?

- Dites-lui Esther, l'épouse du Rabbi Yehuda ben Koutiel de Volozin et leur filleule.
- J'en ai pour une seconde. Je reviens.
Après un très court moment, Mordehaï apparut sur le pas de la porte. Il observa Esther avec inquiétude puis il osa :
- Bonjour Esther. Vous n'avez pas changé. Mais entrez donc et assoyez-vous. Alors, comment va mon vieil ami, Rabbi Yehuda?
- Très bien, je vous remercie. Et vous Mordehaï, comment allez-vous et comment va votre épouse Simha?
A ce moment, la femme qui leur avait ouvert la porte leur apporta du thé, sans un bruit. Elles la remercièrent du regard.
- Je vais bien, merci. Quant à Simha, je vois que vous n'êtes pas au courant. Elle est au *Gan Eden* (Paradis). Elle nous a quittés il y trois ans, des suites d'une grave maladie pulmonaire qui la fit atrocement souffrir la dernière année. Sa mort fut une délivrance pour elle, paix a son âme. Mais ce n'est pas à vous que je vais apprendre combien notre pouvoir est dérisoire face à une maladie qui ronge chaque jour davantage un être cher, à qui on ne peut plus mentir, après l'avoir fait tant espérer.
D'ailleurs, pardonnez-moi Esther, mais j'ai craint le pire pour mon ami Rabbi Yehuda lorsque Dinah, ma nouvelle épouse, vous a annoncée sans lui, à ma porte.
- Je vous comprends Mordehaï. Mais aujourd'hui ce n'est pas un jour pour pleurer. Rabbi Yehuda et moi marions notre filleule Sarah. Vous la connaissez.
- Mazel tov Esther. Mais comment la connaîtrais-je ?
Salma - Nous nous sommes rencontrés, il y a plus de neuf ans. Vous étiez venu voir mon père Ephraïm Litvak, le tailleur. Vous étiez accompagné, ce jour-là, de Rabbi Yisroel de Shklov et de Rabbi Yehuda.
Mordehaï - Bien sûr que je m'en souviens! Mais, je ne vous y ai pas rencontrée. Nous étions quatre adultes avec Ephraïm, plus sa fille âgée de treize ou quatorze ans.
Esther - Je vous présente Sarah Litvak, la fillette de quatorze ans. Elle en a aujourd'hui vingt-trois.
Mordehaï - Incroyable! J'en suis ébaubi. Vous savez, j'y ai souvent pensé par la suite. Votre père avait raison lorsqu'il m'a alerté. J'ai d'abord pensé qu'il était manipulé ou qu'il sombrait dans un catastrophisme aigu. J'étais à mille lieux d'imaginer

qu'il se produirait un tel massacre. Vous avez bien fait de partir. Vous savez qu'il y a eu également un terrible tremblement de terre en 1837 suivi d'un autre pogrom en 1838, mais ça fait quand même cinq ans ! Quand votre famille est-elle revenue?

Salma - Mon père a été trahi. Toute ma famille a péri le soir même où a débuté le pogrom. Je suis la seule survivante, grâce à un invraisemblable coup du sort.

Mordehaï - Mon Dieu! Mais que s'est-il passé?

Esther - C'est une longue histoire, Mordehaï. Nous allons nous revoir et je vous promets que mon époux vous la racontera dans le détail. Mais aujourd'hui, Sarah se marie et nous sommes venues vous inviter à la cérémonie du mariage qui aura lieu à quinze heures trente à la synagogue des bnei-brit, là où officie mon mari. Sarah a tenu à vous convier. Rabbi Yehuda n'est même pas au courant. Mordehaï, nous comptons sur votre présence. Vous en profiterez pour revoir Rabbi Yehuda et nous présenter Dinah votre nouvelle épouse.

Mordehaï - J'accepte avec plaisir. Mazel tov.

Esther - Nous devons vous laisser maintenant. Nous nous sommes mises en retard. À tout à l'heure.

Dès qu'elles furent sorties de la demeure des Ginsburg, elles accélèrent le pas afin d'être au mikvé à midi tapante.

En cours de route, Salma interrogea Esther sur la crainte émise par Mordehai Ginsburg

- Pourquoi a-t-il dit "Encore une fois"? Que se serait-il produit concernant Rabbi Yehuda pour lui inspirer une telle crainte?

- C'est à propos d'une attaque qu'aurait eu mon époux lorsque Rabbi Yisroel a rendu l'âme en 1839 à Tibériade. Bien qu'il n'y ait a priori aucune relation entre ces deux événements, j'ai la certitude que la mort de son ami a été un déclencheur de cette première attaque, mais... C'est une longue histoire! Je te la raconterai plus tard.

Lorsqu'elles arrivèrent au mikvé, toutes les épouses des fidèles de la synagogue étaient là, sauf Olga. Elles avaient toutes apporté des gâteaux, des douceurs et préparé des jus de fruits, comme prévu. Elles attendaient Esther et Sarah depuis quelques minutes pour les accueillir en leur clamant des *"Mazel tov"*, à tue-tête.

Salma, que toutes ces femmes connaissaient sous le nom de Sarah, était aux anges. Mais que dire d'Esther, le bonheur qui l'imprégnait était palpable. Elle pleurait de joie sans s'arrêter en embrassant toutes celles qui venaient vers elles, pour la féliciter. Sarah prit Esther dans ses bras, la serra fort et l'embrassa affectueusement. Pendant cette longue étreinte, elle lui glissa à l'oreille :

- Haya partage notre bonheur depuis le paradis. Elle est heureuse pour vous et pour moi.

Esther lui répondit ivre de joie : C'est une prémonition?

Sarah rétorqua : Non, c'est une certitude!

Esther lui susurra : Je t'aime.

Sarah lui répondit doucement : Moi aussi, je vous aime!

- Viens. Rentrons. Nous allons finir par être en retard. Et, fais moi plaisir, arrête de me vouvoyer. Dis-moi "tu", ma fille.

En rentrant au mikvé, où seules les femmes étaient admises, Sarah se déshabilla et Esther lui enleva les deux bijoux en or qu'elle portait, la chaîne avec le poisson désincarné que lui avait offert son père et le bracelet torsadé à tête de serpent, présent de Mansour et Ali pour ses dix-sept ans, de sorte qu'elle soit totalement nue. Esther la lava, de la tête aux pieds, lui curant les ongles des mains et des pieds, lui nettoyant les oreilles et les narines. Ensuite, Hava l'épouse de Shlomi, un fidèle de la synagogue, l'épila au miel selon une coutume yemenite ancestrale, reprise par certaines communautés ashkénazes.

Pendant qu'elle lui lavait les cheveux, Esther très embarrassée, murmura dans l'oreille de Sarah :

- Comme tu n'es plus très jeune… Note-bien qu'avec tout ce que tu as vécu, tu aurais pu subir tant d'outrages…

Sarah amusée, se rapprocha à son tour de l'oreille d'Esther

- Qu'essaies-tu de me dire Esther?

- Aurais-tu été violée ou abusée?

- Rassure-toi! Je suis comme au sortir du ventre de ma mère. D'ailleurs, je perçois, de la part de quelques femmes, certaines réserves. Alors j'insiste pour que tu vérifies toi-même ma virginité. Bien que ce ne soit pas dans notre tradition.

Esther échangea pour l'occasion son statut de marraine pour celui de rabbanite, vérifia la virginité de Sarah et devant toutes les femmes attentives, s'écria, non sans fierté:"Sarah est vierge".

Esther se déshabilla également. Une fois nue, elle ôta tous ses bijoux et descendit avec Salma s'immerger dans le mikvé .

- Combien de fois dois-je me tremper?

- Fais comme moi. La loi juive dispose que toute personne doit se tremper intégralement, sans laisser en dehors du trempage la moindre parcelle de son corps, y compris les cheveux. Après, chaque communauté religieuse a sa propre tradition concernant le trempage. Certaines ne le font qu'une fois mais restent immergées longtemps jusqu'à ne plus pouvoir tenir leur souffle. D'autres, notamment à Jérusalem, se trempent treize fois. La communauté du Rabbi de Shklov effectue le trempage à quatre reprises en direction des quatre points cardinaux.

C'est ce qu'effectua Sarah, suivant l'exemple de la rabbanite.

Puis, elles se rendirent en cortège chez Esther pour y retrouver Olga.

Shmoulik arriva à la synagogue des Bnei-Brit, accompagné de Moïshe et Amos afin d'y retrouver Rabbi Yehuda et terminer la rédaction de l'acte de mariage.

Rabbi Yehuda l'avait certes remplie la veille, mais encore fallait-il la compléter à l'aide des documents demandés et y apposer leurs signatures.

Rabbi Yehuda - Que chaque témoin inscrive sur ce papier son nom, ses prénoms et le nom de ses parents, ainsi que son adresse, sa date et lieu de naissance et qu'il signe en dessous. J'inscrirai personnellement leur nom sur la ketouba.

Puis se tournant vers Shmoulik.

- Avez-vous la bague? L'avez-vous payée vous-même avec votre propre argent? Qui pourrait en témoigner?

Shmoulik montra la bague, affirma qu'il l'avait payée lui-même avec son propre argent et désigna Moïshe Kagan comme témoin de l'achat.

- Dernière question! Quelle somme dois-je y inscrire?

- Deux mille six cent Piastres.

- Voilà, la ketouba est prête. La somme inscrite sera la compensation que vous verserez à votre femme, en cas de divorce de votre fait. Par ailleurs, comme pour tout acte religieux, vous dépendez du Rabbinat de Safed. En outre, votre mariage devra être signalé à la wilaya et les détails de votre contrat de mariage devront être communiqués à l'administration égyptienne par ordre de Mehmet Ali.

- Parfait. Dites-moi Rabbi Yehuda. J'ai vu des hommes en train de monter un dais nuptial dans la synagogue et d'autres monter un long buffet. C'est pour nous?

- Évidemment, c'est pour vous.

- D'après vous, combien de convives aurons-nous?

- Vous avez invité vos collègues de la Yeshiva?

- Oui, ils seront dix.

- J'ai invité les fidèles de la synagogue ainsi que leurs épouses. Les hommes seront environ une quarantaine et les femmes, un peu moins, trente-cinq peut-être.

- Je ne savais pas que vous aviez prévu de convier tous vos fidèles et leurs épouses. Mes invités étant tous des hommes, je me suis permis de convier, en son nom, les collègues de l'académie de Havat Zeitim afin que Sarah ne soit pas seule, après la cérémonie. Je suis persuadé qu'elles pourront l'honorer de leur présence pour les festivités. Mais ne lui dites rien, je compte lui en faire la surprise.

- Eh bien! En faisant un calcul approximatif, nous serons environ cent dix ou cent vingt pour votre mariage. Mazel tov! dit-il en se levant. Qui aurait pensé cela hier?

- Rabbi, vous n'avez pas l'air effrayé par le nombre. Auriez-vous déjà prévu quelque chose à boire et à manger pour tous ces convives?

- J'ai chargé Itzhak le traiteur, qui s'occupe habituellement de toute la nourriture qui rentre à la synagogue, de prévoir un buffet léger pour une centaine de personnes. Quant à la boisson forte, Schimmel m'a assuré qu'il ramènera plusieurs bouteilles de vodka et d'arak. Bon, maintenant que l'acte a été rédigé et que j'ai contresigné les documents que vous m'avez apportés, il nous faut partir. Il est temps pour nous quatre d'aller au mikvé et de nous préparer pour la cérémonie.

*

La maison de la Rabbanite était bondée. Il y régnait une atmosphère de liesse. Les femmes étaient exaltées. Esther était dépassée. Les rires et les chants étaient ponctués, de temps à autre, par les cris stridents d'une Olga surexcitée, hurlant après tout ce qui n'allait pas dans le sens voulu. Olga était certainement effrayée par l'ampleur de la tâche mais restait, malgré tout, déterminée à réussir cette gageure.

Pour ce faire, le temps qui lui était imparti n'étant pas extensible, rien ni personne ne devait venir gêner son travail, sous peine de hurlements et de représailles incendiaires. Elle était venue avec le boléro, confectionné avec de la soie. Le morceau de satin n'ayant pas suffi, elle avait dû créer un modèle de boléro très court ne couvrant que les bras et les épaules et se fermant à la base du cou, de sorte qu'aucune partie du corps de Sarah ne puisse être visible. N'était-ce pas finalement l'essentiel? Le morceau de soie utilisé par Olga était blanc mais très légèrement nacré. Ce qui donnait un effet de relief mettant l'ensemble en valeur. La robe avait été coupée par Olga dans son atelier, suivant les mesures prises le matin sur Sarah. Les parements et voilage ainsi que d'autres agréments étaient également coupés. Olga était venue avec toutes les pièces de ce puzzle en tissus, composant la robe, pour en faire le montage sur Sarah et la coudre dans la foulée. Son projet s'avéra plus compliqué à réaliser que prévu, puisque faute de temps, Sarah devait être en même temps, maquillée et coiffée.

Esther avait mis sa plus belle robe, rouge de surcroît, puisque la mariée était en blanc. Elle se maquillait dans sa chambre et se faisait coiffer par sa fidèle copine Rivké.

Rabbi Yehuda, Shmoulik, Moïshe et Amos firent leur mikvé rapidement puis s'habillèrent pour la noce. Shmoulik resplendissait dans son costume de marié. Il embrassa Moïshe pour lui avoir ouvert les yeux, quant à ses vieux habits au sortir du mikvé. Il embrassa également Amos pour lui avoir sauvé la mise. Enfin, il embrassa avec deference la main de Rabbi Yehuda, le remerciant chaleureusement pour tout ce que lui et sa femme faisaient pour eux.

Pour la première fois depuis qu'il avait décidé de se marier, c'est-à-dire la veille, il regrettait l'absence de ses parents. Il aurait voulu qu'ils le voient comme ça, rutilant et le visage lumineux, éclairé par la solennité de l'évènement. Il voulait les voir, fiers de lui. Il voulait leur présenter Sarah en tenue de mariée et recevoir la bénédiction de son père. Mais pourquoi se torturer. Il savait que ce n'était pas possible. Hier matin, il n'y avait même pas de mariage et puis, à supposer qu'il eût pu les prévenir, l'état de santé de son père ne lui aurait pas permis de se déplacer.

Shmoulik était tout à coup devenu triste. Sa carapace d'homme raisonnable et mature s'effritait inexorablement à l'approche de cet événement considérable, auquel il n'était absolument pas préparé. Une larme coula sur sa joue. Finalement, il aurait tellement aimé que ses parents soient à ses côtés pour le soutenir.

Rabbi Yehuda comprit son chagrin, le prit par l'épaule et lui demanda.

- As-tu prévu une personne pour te faire rentrer à la synagogue et t'accompagner jusqu'à l'autel ?

- Non Rebbe. Je n'ai prévu personne. Tout est allé si vite. Mais vous pourriez...

- Non, je ne pourrai pas. Nous avons fait de Sarah, notre filleule. La Rabbanite rentrera dans la synagogue au bras de Sarah et l'accompagnera jusqu'à toi. Tu vois qu'il m'est impossible de t'accompagner et puis, je dois vous marier. Qui assurerait la cérémonie?

- Vous avez raison Rebbe. Alors j'hésite entre Zalman Zweig, mon directeur de Yeshiva, que vous connaissez et Nephtali Smilansky, mon propriétaire.

- Me voilà rassuré. Puisque tu hésites entre ton patron et ton propriétaire, je vois que tu as retrouvé tous tes esprits.

Moïshe - Si je peux me permettre de te donner un conseil, conserve Zalman Zweig comme un choix par défaut.

Shmoulik - Pourquoi par défaut ?

Moïshe - Je travaille dans la même Yeshiva que toi et, jusqu'à présent, personne n'a jamais vu Zalman, proche de toi ou de quiconque d'ailleurs. Les enseignants ne comprendraient pas ce choix autrement que comme une tentative de flagornerie. Zalman, honoré par le respect que tu lui aurais accordé, ne pourrait pas t'octroyer la moindre faveur, sans être suspecté de favoritisme. A l'école, ta vie deviendrait vite un enfer.

Shmoulik - Belle démonstration, comme d'habitude. Alors tu préconises le choix de Nephtali?

Moïshe - Clairement oui. Tu n'attends rien de cet homme. Il n'a pas de maison plus spacieuse à te louer. Il ne peut te faire un meilleur prix, pour la misérable masure dans laquelle tu habites actuellement. Je te signale que tu quitteras forcément cette petite maison dès que ta femme t'annoncera que tu seras bientôt papa. En revanche, ce vieil homme est malade. Son fils Uriel est ton ami. Il a été bon avec toi. Il est né en Lituanie comme ton père. Il est de la même génération que ton père. Pour finir, il t'a fait une bénédiction pour que tu te maries. Puisque ton père n'est pas présent, il ne serait pas injuste qu'il t'amène à l'autel. Mais, avant tout, parles-en avec Uriel dès que tu le verras.

Shmoulik - Moïshe, tu es décidément très convaincant. Allons à la synagogue pour recevoir les premiers invités. Peut-être aurais-je la chance de rencontrer Uriel et Nephtali. Il est déjà quinze heures.

Au domicile d'Esther, les femmes s'étaient maquillées sommairement. La Rabbanite était fin prête mais restait confinée dans sa chambre, sur ordre d'Olga. Pendant ce temps, Olga s'activait comme une diablesse pour terminer dans les temps.

Sarah avait finalement enfilé la robe de mariée et Olga parachevait les finitions sur elle.

- Je te fais uniquement des points de bâti à certains endroits de la robe. Je ne peux pas faire plus, compte-tenu du temps qui reste. Pour faire un travail soigné, il m'aurait fallu au moins deux jours pleins et plusieurs essayages.

Sarah sourit en pensant "ou bien posséder une couseuse!"

- Je serai à tes côtés avec le nécessaire de couture, au cas où il y aurait un problème.

Olga appela une personne pour les retouches du maquillage et une autre pour les retouches de la coiffure, avant de poser le voile en tulle qui lui couvrait la tête et finissait en traîne. Quand elle fut prête, on fit sortir Esther qui pleura de joie en voyant Sarah.

- Ma princesse... ma princesse! Tu es un génie Olga, je t'aime...Je vous aime toutes.

Sarah prit le bras d'Esther. Au paroxysme de l'émotion, celle-ci en profita pour lui offrir un magnifique bracelet en or.

- Il est magnifique! Je te rendrai a la fin de la cérémonie.

- Non, ma Sarah. Il est pour toi. Il me vient de ma mère et je tiens à te l'offrir.

Deux jeunes filles soulevèrent la traîne et le cortège s'ébranla pour aller à la synagogue. Il était quinze heures quinze précises.

*

La synagogue était presque pleine quand elles arrivèrent. Les trente-quatre femmes du cortège allèrent s'asseoir dans l'espace qui leur était réservé et où se trouvaient déjà dix-huit femmes venues de Havat Zeitim. Dans l'espace réservé aux hommes se tenaient quarante fidèles de la synagogue, huit membres de la Yeshiva et derrière l'autel Rabbi Yehuda de Volozin, Moïshe, Amos et Jacob Edelman le plus prisé des cantors de Galilée, venu spécialement pour l'occasion à la demande du Rabbi.

Rabbi Yehuda remercia du fond du cœur tous les invités qui avaient honoré de leur présence le mariage de sa filleule Sarah. C'est à ce moment-là que se joignirent à eux Mordehaï Ginsburg et sa nouvelle épouse Dinah. Rabbi Yehuda leur fit un signe de la tête. Puis, le cantor entonna le chant liturgique du mariage.

A ce moment, apparurent au fond de la synagogue, magnifiquement décorée pour l'occasion, Samuel Danilovitch (Shmoulik) au bras d'un Nephtali Smilansky, ému aux larmes.

Ils avancèrent lentement jusqu'à l'autel avec solennité, sous les ovations des invités qui s'étaient levés sur leur passage et les acclamaient en leur souhaitant *Mazel tov*. Une fois arrivés, ils montèrent sur l'estrade de l'autel.

Puis, ce fut au tour de Sarah Lidvak (Salma) d'entrer dans la jolie petite synagogue des Bnei Brit, au bras d'Esther de Volozin, fière et reconnaissante. S'il fallait un joyau dans cet écrin, les invités n'allaient pas être déçus.

Toute l'assemblée, hommes et femmes réunis, furent subjugués par la vision angélique qu'ils avaient devant eux. La silhouette gracile et élancée de Sarah semblait flotter. Sa robe de satin ornée

de soie et de tulle délicatement disposés offrait à leurs yeux ébahis, une harmonie de blancs immaculés qui produisait un spectacle d'une pureté absolue.

Shmoulik, Rabbi Yehuda, Moïshe, Amos, Mordehaï et Dinah
étaient époustouflés par le changement opéré. La grande majorité
des invités qui ne connaissaient pas Sarah était médusée par tant
d'éclat.

Pour ses dix-huit co-pensionnaires de Havat Zeitim, c'était tout
autre chose. Elles étaient décontenancées. Elles, qui l'avaient cô-
toyée tous les jours durant les cinq années écoulées, ces femmes
qui n'avaient auparavant jamais accepté d'invitation en dehors de
leurs murs, étaient complètement perdues. Leur "Salma" venait
à peine de les quitter la veille, en leur confiant simplement avoir
rencontré quelqu'un, et voilà que le lendemain son mariage était
prêt et organisé avec la cérémonie, l'acte de mariage, la bague,
les témoins, la robe de mariée, les invités etc…! Elles ne comprenaient pas. Salma ne connaissait absolument personne. Trop
de questions les taraudaient. Toute sa famille n'avait-elle pas péri
pendant le pogrom de 1834. Pourquoi dans ce cas, n'était-elle pas
allée vivre chez son parrain? Pourquoi n'en avait-elle jamais
parlé auparavant? Pourquoi avait-elle échangé son nom de Salma
en Sarah? Qu'est-ce que tout cela pouvait cacher? Tant de questions auxquelles elles ne trouvaient aucune réponse. Cependant
pour l'heure elles étaient ébahies.

Esther et Sarah s'étaient arrêtées au milieu de l'allée. Samuel
descendit de l'estrade, s'avança jusqu'à elles et se figea face à
Sarah. Il souleva le voile qui lui couvrait le visage et Esther donna
à Samuel celle qui allait incessamment devenir sa femme. Samuel, Sarah et Esther rejoignirent Nephtali et Rabbi Yehuda sur
l'estrade et la célébration commença.

Rabbi Yehuda avait entre-temps rempli de vin doux, le verre, apporté par Moïshe. Il leva la coupe, fit la prière des fiançailles et
après avoir bu, il tendit la coupe à Samuel et à Sarah qui burent à
leur tour. Rabbi Yehuda appela, alors, les deux témoins Moïshe
et Amos qui examinèrent l'anneau puis le tendirent à Samuel.

Ce dernier se mit face à Sarah et lui dit : *Maintenant tu m'es con-
sacrée par cet anneau, selon la loi de Moïse et d'Israël.* Puis, il
lui plaça l'anneau à son index droit.

Rabbi Yehuda attendit la fin des acclamations, puis lut la ketouba, à haute voix.

Il remplit un second verre de vin pour dire les sept bénédictions du mariage. Pour ces bénédictions, le rabbi posa sa main sur la tête de Sarah et Nephtali posa la sienne sur celle de Samuel.

Rabbi Yehuda, Nephtali, Moïshe, Amos, Zalman, Herschel et Uriel lurent les sept bénédictions, dans cet ordre précis.

Lorsque les bénédictions furent toutes lues, Rabbi Yehuda but de la coupe, puis la tendit aux nouveaux mariés. Samuel brisa la coupe en prononçant, comme le veut la tradition, la phrase du roi Salomon : *"Si je t'oublie Jérusalem, que ma droite se refuse à mon service. Que ma langue s'attache à mon palais, si je ne me souviens pas de toi et ne te place pas au sommet de toutes mes joies."*

Cette fois Sarah, (dite Salma) fille d'Ephraïm et Hannah Litvak était mariée à Samuel, (dit Shmoulik) fils de Menahem et Zeitle Danilovitch et portait désormais le nom de Sarah Danilovitch.

La célébration du mariage s'était magnifiquement bien passée. Celle-ci devra durer sept jours. Chaque soir, une personne aura à charge d'inviter les mariés, ainsi que dix hommes de son cercle d'amis pour dire une des sept bénédictions, chanter, boire et manger et faire les actions de grâce. Les sept personnes choisies étaient Rabbi Yehuda le premier soir, puis Nephtali, Moïshe, Zalman, Herschel, Itzhak le traiteur et Mordehaï.

On rangea les chaises dans le petit espace habituellement dévolu à la gente féminine. Puis on plaça les paravents de sorte que la synagogue soit séparée en deux parties distinctes, une pour les hommes et une pour les femmes.

Itzhak, le traiteur, installa les boissons, les sucrés et les salés. Quand il eut fini, Rabbi Yehuda annonça l'ouverture du buffet.

Sarah et Esther rejoignirent les e'épouses des fidèles, les co-pensionnaires de Sarah à Havat Zeitim ainsi que Dinah l'épouse de Mordehaï.

Shmoulik, Rabbi Yehuda, Nephtali, Mordehaï, Zalman, Moïshe et Amos descendirent de l'autel et rejoignirent les fidèles de la synagogue et les collègues de la Yeshiva.

Les hommes entonnèrent des chants de circonstances. Ils étaient accompagnés par les sons d'un violon amené opportunément par un fidèle de la shule.

Pendant ce temps, les collègues de Shmoulik le firent s'asseoir sur une chaise et le portèrent en dansant sur des rythmes saccadés par la grâce d'une derbouka improvisée. De l'autre côté du paravent, les co-pensionnaires firent de même avec Sarah. Elles dansèrent en la portant sur une chaise et se dirigèrent jusqu'au paravent. Les collègues de Shmoulik les imitèrent et les jeunes époux purent danser sur leurs chaises respectives, côte à côte.

Après un moment de liesse collective, tous les convives se retrouvèrent autour du buffet, pour trinquer à la santé des nouveaux mariés et grignoter quelques douceurs.

Sarah, toujours flanquée d'Esther, remercia chaleureusement ses amies de Havat-Zeitim qui lui avaient fait l'honneur d'assister à son mariage.

Ses anciennes co-pensionnaires, éberluées, n'arrivaient toujours pas à comprendre ou était passé leur Salma. De plus, elles ne se sentaient pas très à l'aise dans ce monde qui leur était devenu etranger. Savourant ce moment, elle se fit un plaisir de commenter ses premiers jours hors de l'académie, en commençant par sa rencontre insolite avec Shmoulik, insistant sur le fait qu'elle considérait cette rencontre comme un shidoukh divin. Enfin, répondant à leur légitime curiosité, elle leur fit part de ses retrouvailles avec Rabbi Yehuda de Volozin et son épouse Esther, qui la prirent comme filleule et lui prodiguèrent toute l'aide nécessaire à son mariage et enfin la promesse faite à son futur époux de reprendre son nom de baptême: Sarah. Puis elle les accompagna jusqu'au buffet où elles portèrent un toast à la santé des mariés.

Finalement convaincues, elles se mirent à boire et à festoyer sans retenue en réalisant sans doute que, finalement, l'extérieur avait du bon et que le miracle pouvait intervenir à n'importe quel moment.

Sarah, mutine, rejoignit Olga et l'embrassa affectueusement. Olga se mit à pleurer en lui disant que c'était un véritable miracle, qu'elle n'avait jamais fait ça auparavant et qu'elle ne le ferait plus jamais. Elle la prit par le bras et lui demanda de lui ramener la robe pour les finitions, dès qu'elle se sera reposée.

- Je réalise que nous sommes folles. Moi, de t'avoir assurée que la robe serait prête et toi de m'avoir crue. Regarde, des pans entiers de ta robe ne sont pas cousus. Il y a juste un bâti et ce parement ne tient qu'avec des épingles.
- Tu sais Olga, je vis un rêve, éveillée. Tout ceci est si inattendu pour moi qu'en réalité, je ne tiens pas à ce que la fête s'arrête. L'atmosphère est si festive. Alors la robe...J'espère qu'elle tiendra jusqu'au bout. Dans le cas contraire...Je compte sur toi.

De l'autre côté du paravent, la fête battait son plein. L'euphorie des collègues de Shmoulik, ponctuée de cris de joie d'où émergeaient de vibrants *Mazel tov* poussaient l'ambiance à son paroxysme. Ce qui contraignit Rabbi Yehuda et Mordehaï à s'isoler pour discuter et surtout s'entendre.

Fortement intrigué, Mordehaï ne tenait plus sur place et voulait absolument que Rabbi Yehuda lui raconte l'histoire de la petite Sarah Lidvak, devenue étrangement sa filleule.

Rabbi Yehuda ne souhaitait pas aborder l'histoire de cette tragédie en ce jour béni. Il prétexta d'abord la dureté et l'horreur des événements écoulés, puis la longueur nécessaire à la narration. Mais Mordehaï insistait mordicus. Il le supplia encore, mais Rabbi Yehuda resta intraitable et lui rappela fermement, qu'en tant qu'hôte, il se devait de recevoir et de converser avec tous ses invités. Désabusé, Mordehaï acquiesça, s'excusa de son insistance et s'apprêta à rejoindre les autres convives, lorsque Rabbi Yehuda le retint par le bras.

- Mordehaï mon ami, ce soir, après la prière d'Arvit, les invités rentreront chez eux. Esther, les mariés et quelques amis iront chez moi afin de préparer le repas du premier des sept jours de bénédictions. Nous resterons seuls. Je vous raconterai tout dans le détail. Je vous le promets. Ah! J'oubliais. Dites à Dinah d'accompagner Esther à la maison dès la fin de la réception. Vous êtes nos invités ce soir. Mordehaï le remercia chaleureusement et s'en retourna, ravi.

Chapitre V

Plus tard, au domicile des Volozin, après le verre de bienvenue, Rabbi Yehuda se mit à narrer tous les évènements qui s'étaient produits depuis leur visite chez Ephraïm Lidvak et la triste fin qui s'ensuivit.

- Alors, Ephraïm a été assassiné avec femme et enfants, exceptée Sarah, dès le début du pogrom! Nous pensions, comme vous, qu'il avait pu se rendre à Jérusalem.

- Ce n'est pas tout. De sa cachette, Sarah a, non seulement assisté à l'assassinat de toute sa famille, mais a également entendu Dahmane commander à ses sbires de réserver le même sort à quatre familles qui devaient arriver au mausolée!

- Quatre autres familles juives auraient donc subi le même sort!

- Exactement. Et ces quatre familles lui avaient auparavant signé, suivant le modèle élaboré par Ephraïm, un acte de vente et un acte de rachat de leur maison.

- Donc, s'ils disparaissent sans laisser de traces, leurs maisons restent définitivement acquises à leur meurtrier.

- Vous avez parfaitement résumé.

- En revanche, vous ne m'avez toujours pas dit par quel miracle, la fille Litvak que vous ne connaissiez pas plus que ses parents, avant que je ne vous les présente, réapparaît neuf ans plus tard en tant que votre filleule.

- Après cinq ans passés dans un cloître, dont je ne sais pratiquement rien, elle a rencontré Samuel. Ils eurent un coup de foudre et décidèrent de se marier. Elle n'avait plus de famille et ne connaissait personne. La Rabbanite a interprété cette venue comme un don du ciel. Notre fille Haya aurait eu le même âge que Sarah. Sarah sourit, gênée.

- Voyez-vous, lorsque Sarah s'est identifiée, l'image de cette petite fille qui nous écoutait parler avec son père et qui avait vécu l'horreur absolue, s'est petit à petit fondue avec celle de cette jeune femme un peu perdue, qui demandait notre concours pour l'aider à se marier. Ces deux visions d'abord décalées de Sarah ont fini par se juxtaposer jusqu'à n'en former qu'une. J'étais en parfait accord avec Esther. Aussi nous l'adoptâmes sur le champ et nous en sommes très fiers.

- Je comprends mieux maintenant,

Puis, Mordehai entraîna Rabbi Yehuda dans une autre pièce et baissant le ton.

- Dites-moi Rabbi, j'aimerais en savoir plus sur l'itinéraire de Sarah, de 1834 à 1843 et sur ce cloître mystérieux. Je souhaiterais également connaître l'identité des quatre familles que ce criminel de Dahmane a sauvagement assassinées et spoliées. A mon avis, des russophones! N'oubliez pas que je suis toujours le président des communautés russophones et mon action auprès des autorités pourrait s'avérer fort utile.

- Ne vous inquiétez pas Mordehaï. Je vous informerai régulièrement des avancées de l'enquête.

- Vous vous méprenez Rabbi. Je ne tiens pas à être simplement informé. Je veux participer à l'enquête! Je connaissais Ephraïm et sa femme Hannah bien avant vous. C'est même moi qui vous les ai présentés. Souvenez-vous. Je connaissais certainement les quatre familles massacrées. Alors voyez-vous, j'ai un devoir de mémoire. Mon apport financier ne sera pas négligeable pour engager des gardes du corps, en cas de besoin.

- Quel besoin?

- Rabbi, vous partez du principe que tous les meurtriers sont morts ou ont été exécutés. Et si ce n'était pas le cas! N'oubliez pas que Sarah, étant le seul témoin oculaire des assassinats, représentera forcément une menace pour des assassins sans scrupule dès qu'ils apprendront qu'elle n'est pas morte. De plus, sans argent, comment soudoyer des fonctionnaires corrompus pour obtenir des informations essentielles. Si vous connaissez un autre *modus-operandi* que le bakchich, dans tout l'empire ottoman, faites le moi connaître. Je suis preneur.

En écoutant les arguments énoncés par Mordehaï, Rabbi Yehuda, confus, réalisa combien il avait été léger et combien son aide lui serait précieuse.

- Mon cher ami, vous m'avez ouvert les yeux sur un aspect primordial de cette enquête. Nous n'avions, en effet, aucune certitude concernant la mort de Dahmane et de ses acolytes qui pourraient mettre en danger la vie de Sarah. Vous avez également raison à propos des bakchichs nécessaires à un développement rapide de l'enquête. Mordehaï, mon ami, plus encore que votre argent, c'est votre présence à mes côtés qui constituera l'aide la plus précieuse. Joignez-vous à moi et formons une équipe à laquelle se joindront Shmoulik et d'autres, afin que Sarah ne soit plus jamais seule.

Mordehaï serra fort Rabbi Yehuda dans ses bras en signe d'acquiescement et ils rejoignirent ensemble les invités qui les attendaient.

La tablée mangea, pria et chanta une grande partie de la soirée, puis ils se séparèrent. Chacun rejoignit son domicile sauf les mariés. Shmoulik avait tellement bu qu'il titubait et semblait incapable de marcher jusqu'à chez lui, même soutenu par Sarah. Esther, ravie, prépara le divan du salon pour Shmoulik. Le temps d'aller chercher une couverture, elle retrouva Shmoulik, qui n'avait pas l'habitude de boire autant, affalé sur le divan et dormant tout habillé. La chambre où Sarah avait dormi la veille était déjà prête. Esther, souriante, embrassa Sarah avant qu'elle ne se couche, en lui murmurant que ce n'était pas grave et qu'ils avaient toute la vie devant eux.

En allant se coucher, Rabbi Yehuda mit brièvement Esther au courant de sa discussion avec Mordehaï.

Le lendemain matin, une bonne atmosphère régnait dans la maison d'Esther et de Rabbi Yehuda. Les mariés déjeunèrent et s'apprêtèrent à rentrer chez eux. Auparavant, ils remercièrent chaleureusement leurs hôtes. Rabbi Yehuda les informa qu'il ne se rendrait pas chez Nephtali mardi, ni chez Moïshe mercredi car ils habitaient au sud de Safed, trop loin de chez eux, de même qu'il ne se rendrait pas chez Zalman jeudi qui avait certainement oublié de l'inviter. En revanche, il leur confirma qu'il serait bien avec eux les trois derniers jours qui comprenaient le Shabbat Hatan. Rabbi Yehuda estima que ce serait pour Sarah l'occasion de leur raconter son séjour chez les druzes et son retour à Safed.

*

Sarah et Shmoulik rentrèrent chez eux rassurés car Rabbi Yehuda s'occupait de tout. Sarah avançait d'un pas léger. Nantie de son nouveau statut de femme mariée, elle virevoltait. Rien ne pouvait l'atteindre. Elle marchait aux côtés de l'homme qu'elle aimait. Shmoulik marchait d'un pas moins assuré, redoutant presque

d'arriver dans sa masure ridiculement petite et d'apparence déla-
brée. Après une bonne demi-heure de marche, ils arrivèrent dans
leur quartier. Shmoulik décida de rendre visite à Nephtali. La
maison de ce dernier étant située sur sa route.
Nephtali était radieux. Il accueillit les mariés chaleureusement et
reçut Shmoulik comme son fils. Sarah était anxieuse. Elle ne ressentait aucune effervescence, aucune préparation... Ayant subitement un énorme doute, elle se tourna discrètement vers
Shmoulik et lui demanda si Nephtali avait bien compris que ce
soir, ils étaient chez lui et qu'il devait y avoir un minyane (quo-
rum de dix hommes) pour prier, boire et manger.
Shmoulik demanda à Nephtali si ça ne le gênait pas de les recevoir ce soir. Ce dernier lui répondit que non, bien au contraire.
C'était pour lui un privilège et un honneur. Il ajouta avoir donné
le nécessaire à Uriel pour s'occuper du traiteur et des invités. Il
lui devait bien ça. Shmoulik en profita pour informer Nephtali du
désistement de Rabbi Yehuda de Volozin. Puis, ils le saluèrent et
rejoignirent leur humble logis.

A la vue de la chambre, Sarah comprit la gêne de Shmoulik. Voulant le mettre à l'aise, elle prit le parti de donner son point de vue
avec un brin d'humour.
- La bonne nouvelle, c'est que ce nid d'amour en a vraiment la
taille. Le rangement ne prendra pas trop de temps. La mauvaise,
c'est qu'avec un lit d'une place et une seule chaise, manger ou
dormir, il faudra choisir.
- Tu es déçue, n'est-ce pas?
- Surprise, ce serait plus juste. Mais à la réflexion, c'est mieux
ainsi...Cette masure constituera une permanente piqûre de rappel, concernant la récupération de la maison de mon père. Je considère donc l'occupation de ce petit logis comme provisoire et
surtout pour un très court terme.
Shmoulik opina du chef, mais resta silencieux.
- En attendant, cette bicoque, c'est chez nous. Je vais la ranger,
la décorer et la rendre telle que tu ne la reconnaîtras pas. Toutefois, il faudra absolument récupérer une deuxième chaise et un
autre matelas.

- Sois tranquille, je vais m'en occuper. Pour ma défense, néanmoins, je souhaiterais que tu n'oublies pas qu'il y a quelques jours, nous ignorions jusqu'à notre existence. Il y a peu, ni toi, ni moi ne savions que nous allions nous marier et que nous habiterions tous les deux ici. Alors que de chemin parcouru !
Shmoulik mon tendre amour, tu as dit *"pour ma défense"*. Mais dis-moi, qui t'attaque? Tu vivais seul et tu réduisais tes besoins au maximum pour aider tes parents. Je le savais, tu m'avais prévenue. Mon coeur, nous étions prédestinés, j'en ai la profonde conviction. Alors, le reste n'a pas une grande importance, sauf que tu dois dégoter un matelas et une chaise pendant que moi je passerai chez Olga pour lui ramener la robe. Sache, cependant, que je ne me reposerai que lorsque j'aurai récupéré la maison de mes parents.

- J'en prends acte Sarah. Je suis d'accord avec toi et je te soutiendrai pour la récupérer. Après, nous verrons…

- Tu as peur que des mauvaises langues disent que tu habites chez ta femme.

- Je préfère avancer point par point. Récupérons d'abord ta maison.

- Aurais-tu une deuxième clef de celle-ci ?

- Oui. Attends, elle doit être quelque part…Ah voilà!
Shmoulik remit à Sarah une clef de la maison, la prit dans ses bras et l'embrassa tendrement. Puis, ils sortirent vaquer à leurs occupations.
Sarah se rendit directement chez Olga, sa robe de mariée sous le bras.

- Oh bonjour Sarah, encore Mazel Tov!

- Bonjour Olga. Je t'ai rapporté la robe. Je préfère que tu ne fasses pas les finitions mais que tu la découses. J'ai besoin de récupérer les tissus pour en faire autre chose.

- Comme c'est dommage, une si belle robe!

- Je sais, c'est une magnifique robe de mariée. Mais je ne compte pas me remarier.

- Dis-moi au moins ce que tu veux faire des tissus récupérés.

- Des nappes, des serviettes et des parements. La maison de Shmoulik est agencée de façon spartiate, parfaitement adaptée à la vie d'un homme célibataire. Alors, si c'est possible, j'aimerais y apporter une touche féminine.

- J'ai compris. Je sais ce que nous allons faire. Vois-tu, comme je ne peux me résoudre à mettre en pièces cette superbe création, témoin et preuve de la magie de ton mariage, je te propose d'échanger ta robe contre les tissus dont tu as besoin. Qu'en penses-tu?

- Je pense que c'est merveilleux d'autant que c'est toi qui en as fourni les tissus, en plus de la façon.

- Ne t'inquiète pas. Il ne s'agissait que de chutes et puis j'ai bénéficié d'un modèle incroyable. L'urgence de ton mariage constituait un défi que je ne me sentais pas capable de réussir. C'est ton soutien inconditionnel qui m'a poussée à faire une création qui a marqué les esprits. D'ailleurs, il y a eu des répercussions immédiates. Ce matin, j'ai reçu deux commandes émanant d'amis de Mordehai qui doivent marier leur fille prochainement et qui ont été vivement conseillés de venir me rencontrer. Alors, c'est moi qui te remercie, Sarah. C'est aussi la raison pour laquelle je tiens à cette robe. Je vais la finir et l'exposer sur un mannequin pour que les clients puissent l'admirer. Car il est impossible de décrire cette merveille, si on ne l'a pas vu finie et surtout, portée. Tu es un joyau, Sarah. Tu as été un vrai bonheur pour moi. Comme tu l'as été pour Esther que tu as rendue ivre de joie en la laissant s'occuper de toi comme si tu étais sa propre fille. Que Dieu te bénisse. Prends tout ce dont tu as besoin.

Jamais aucun mot ne fut plus doux et agréable à entendre pour Sarah. Cet éloge dithyrambique flattait son ego, mais lui apportait surtout la certitude qu'une page de sa vie s'était définitivement tournée. Sarah prit du drap blanc pour les lits et les taies d'oreiller, puis une pièce de tissu blanc plus épais pour la nappe et les serviettes, et pour finir une pièce de tissu rouge pour les parements.

Avant de repartir, Sarah demanda à Olga si elle avait, par hasard, un récipient qui pouvait servir de vase pour les fleurs. Olga lui remit une vieille cruche à l'aspect vieilli dont elle se servait autrefois pour mouiller les tissus avant le repassage.

- Prends ça, je ne m'en sers plus. Tu sais, tu pourras l'envelopper de tissu rouge, et tu le colleras avec cette colle. Ce sera du meilleur effet.

- Ah, j'oubliais. Aurais-tu un peu de fil blanc et de fil rouge, une aiguille et surtout une paire de ciseaux. Je sais que j'abuse, mais je te promets d'en prendre grand soin et de te les ramener demain en fin d'après-midi.

- Oh! Sara'le. Je veux bien te donner du fil rouge et une pleine bobine de fil blanc. Mais pour le reste, je suis sincèrement désolée. Je ne prête jamais mes outils de travail. Ils sont formatés à ma main, tu comprends?

Sarah embrassa affectueusement Olga, toute émue d'avoir été appelée Sara'lé. Plus personne ne l'avait appelée ainsi depuis la mort de son père. Les larmes aux yeux, Sarah lui souhaita une bonne journée. Elle prit les tissus, la cruche, les fils et la colle.

- A samedi soir pour l'avant-dernier repas des sept jours de bénédiction.

Avant de franchir la porte, Olga l'agrippa.

- A tout à l'heure!

Amusée par l'air étonné de Sarah, Olga poursuivit :

- Donne-moi ton adresse. Je te rejoindrai dans l'après-midi. Comme je te l'ai dit précédemment, j'ai reçu mes deux clients ce matin à la première heure et je n'ai pas d'autres rendez-vous prévus aujourd'hui. Je vais donc fermer la boutique et monter chez moi, préparer le repas pour Herschel et les enfants et je te rejoins avec ma trousse de couture au complet. Si tu veux bien de mon aide, nous ne serons pas trop de deux.

- Tu es vraiment un ange... Mon ange! Et une amie très chère!

Sur le chemin qui la ramenait à la maison, elle ne put s'empêcher de repenser à ce que lui avait dit Olga et elle fit l'étrange constat que durant les années-bonheur auprès de sa famille, jusqu'au soir du drame, elle se prénommait Sarah. Depuis qu'elle s'était mariée avec Shmoulik et qu'elle s'apprêtait à vivre de belles années, elle retrouvait son prénom, comme si pour être préservé, il s'était instinctivement mis en réserve.

Elle prit la décision de longer la forêt des Limonim, à l'orée de laquelle coulait un petit cours d'eau du nom de *Nahal Pashhur*. Lorsqu'elle arriva, le ruisseau était asséché et espérait les pluies régénératrices de décembre. Sarah suivit le lit asséché jusqu'à sa source qui se situait en contrebas et autour de laquelle s'était constitué, une petite mare d'eau, où poussaient en bordure une quantité de fleurs, notamment des myosotis avec leur touche de bleu et des arums dont les fleurs s'érigeaient telles des trompettes de la mort d'un blanc immaculé. Sarah comprit instantanément qu'elle ne pourrait pas mélanger les deux fleurs. Leurs tailles très différentes ainsi que leurs feuillages interdisaient toute composition et considérant la hauteur de la cruche. Elle choisit de cueillir des arums.

Après une demi-heure de marche, elle atteint sa destination, posa tout sur la table et s'affala sur la chaise quelques minutes.

*

Pendant ce temps, Shmoulik s'était rendu chez Moïshe qui le reçut à bras ouverts. Puis, après l'avoir de nouveau felicité, sa femme Golda alla préparer du thé.

- Mon ami, voilà ce qui m'amène. Comme tu le sais, Moïshe, mon mariage n'était pas d'actualité il y a encore deux jours. Mais grâce à Dieu et à certains amis, dont toi et Amos ton beau-frère, ce mariage impensable a pu se réaliser dans des conditions inouïes. Seulement l'enchaînement des évènements m'a empêché de préparer ma très humble demeure, que tu connais, à la réception d'une mariée, notamment du fait que je ne possède qu'un lit d'une place et une seule chaise.

- Donc, je présume qu'il te faudrait d'urgence une autre chaise et surtout un deuxième lit! Cela sous-entend que votre mariage n'est toujours pas consommé. C'est fâcheux!

- Tu as parfaitement résumé la situation, mon ami. Comme je suis à cours d'idée, je suis venu vers toi afin que tu me conseilles. Je ne te demande pas de me prêter un lit, ou une chaise, je suppose que tu auras besoin de toutes tes chaises demain, puisque tu organises en mon honneur, le troisième repas des sept bénédictions nuptiales.

- Excellente déduction, Shmoulik. Toutefois, il y aurait peut-être une possibilité pour que je te dépanne pour la chaise. Vois-tu, j'en ai une dans la cave. Elle n'est pas trop vieille mais elle est cassée. Répare-la et elle est à toi. Je te la donne.

- Je te remercie mais il y a urgence et je ne suis pas très doué de mes mains. Dis-moi, la chaise est-elle si gravement endommagée?

- Suffisamment, en tout cas, pour qu'elle traîne dans la cave depuis deux ans. D'après mes souvenirs, il doit s'agir d'un pied cassé. Mais finis ton thé, nous allons voir Zvi. C'est un de mes voisins. Il a des mains en or. Il répare tout. C'est bien simple. Quand son fils Yankel a quitté la maison pour aller habiter à Tibériade, après son mariage, il a transformé sa chambre en atelier de travail pour en faire son gagne-pain. Maintenant, tous les habitants du quartier font appel à ses services.

- Pourquoi n'es-tu pas allé le voir quand ta chaise s'est cassée?
- J'y ai songé plus d'une fois, figure-toi, mais comme ce n'était pas une nécessité, je remettais ça sans arrêt. Aujourd'hui c'est pour un ami, c'est différent.

Il prit la chaise cassée avec lui.

- Merci encore pour ce que tu fais pour moi. Tu es vraiment un ami précieux. Au fait, tu m'as bien dit qu'il avait vidé la chambre de son fils Yankel, n'est-ce pas? Tu crois qu'il aurait gardé son lit?
- Viens. Nous allons, de ce pas, le lui demander. Juste une question. Au cas où il aurait un lit, ou compterais-tu le mettre? Je connais ta maison. Peut-être pourras-tu le placer, mais alors, tu ne pourras plus circuler.
- Tu as raison.
- Et si tu ne prenais que le matelas? Vous pourriez vous en accommoder la nuit et, au lever, vous disposeriez les deux matelas l'un sur l'autre en attendant de trouver un logement plus adapté. Voilà, nous y sommes. Laisse-moi lui parler avant.

Moïshe parla quelques minutes avec son voisin. Il lui fit part de la situation et plaida la cause de Shmoulik qu'il présenta comme un homme bien dans une posture difficile car, outre son mariage, il envoyait une grande partie de son salaire à ses parents, trop âgés pour subvenir par eux-mêmes à leurs besoins.

Zvi examina la chaise cassée avec soin puis, se redressant, il dit à Shmoulik de venir la reprendre dans une paire d'heures.

- Elle sera comme neuve. Ça ne vous coûtera que dix piastres.
- Merci beaucoup Zvi. Dites-moi, quand vous avez débarrassé la chambre de Yankel, qu'avez-vous fait de la literie?
- J'ai tout mis dans un réduit qui me servait d'atelier auparavant et elle y est encore. Pourquoi?
- Voilà Zvi, comme je vous l'ai dit précédemment, Shmoulik est un Hatan et il lui manque de la literie pour la Kalla. Et ils se sont mariés, il y a deux jours… alors si vous le voulez, nous pourrions peut-être nous arranger.

- En fait, je n'ai jamais voulu vendre ou jeter quoique ce soit qui appartenait à mon fils. Je ne me l'explique pas vraiment d'ailleurs. Avec Rachel sa mère, nous pensions à tort que s'il revenait, il en aurait besoin. Et puis, au bout de quelques mois, nous avons compris qu'il s'était définitivement installé à Tibériade avec son épouse Perla et qu'il ne reviendrait pas. Il avait définitivement quitté la maison familiale pour vivre sa vie d'homme et fonder une famille. En toute logique, c'est lui qui avait raison. Rachel et moi avons mis ses affaires de côté, ne pouvant nous résoudre à vendre des objets aussi intimes à n'importe qui. Aujourd'hui, grâce à Dieu, c'est un Hatan en difficulté qui veut les récupérer. C'est une bénédiction pour nous tous.

Votre venue, ce jour, apporte enfin l'éclairage indispensable à notre opiniâtreté de vouloir conserver tout son mobilier. Prenez ! C'est pour vous Shmoulik. Nous vous offrons, de tout cœur, tout ce que contient ce réduit, de notre part et de la part de Yankel.

La seule contrepartie que nous vous demandons est de nous bénir puisque vous êtes Hatan. Mais auparavant, jetez un œil dans le réduit et mémorisez ce qui pourrait vous servir.

- Je suis désolé de vous laisser, mais je dois reprendre mon travail à la Yeshiva. Merci encore Zvi.

Puis se tournant vers Shmoulik, il lança :

- A ce soir chez Nephtali.

Shmoulik, encore hébété par ce qu'il venait d'entendre et de voir, bénit Zvi et Rachel Gruber ainsi que leur fils Yankel.

Avant de prendre congé, il remercia une nouvelle fois Zvi et sa famille pour leur généreuse donation et promit de revenir deux heures plus tard.

Il rentra chez lui, particulièrement excité, mais ne souhaitait pas trop le montrer. Toutefois, il estimait, à raison, avoir parfaitement tenu son rôle et n'en était pas peu fier.

Il bouillonnait à l'idée de ce que lui dira Sarah, quand il lui racontera; elle, qui ne croyait pas au hasard et encore moins aux coïncidences répétées. En fait, il espérait plus que tout qu'elle soit revenue de chez Olga, la couturière car son impatience d'échanger augmentait au fur et à mesure du trajet. Il fallait absolument qu'il lui en parle. D'autant qu'il faudra rapidement faire des choix et prendre des décisions.

Lorsqu'il entra dans la maison, Sarah plaçait le bouquet d'arum dans la cruche enveloppée d'un tissu rouge qu'elle avait collé dès son arrivée.

- Oh mon cœur! Tu es rentré quelques minutes trop tôt. Je voulais te faire une surprise.

Shmoulik l'embrassa.

- C'est fait. Mais dis-moi, pourquoi ce tissu rouge n'est pas raccord autour du vase?

Sarah un brin agacée :

- Parce que c'est une vieille cruche que m'a donnée Olga. Ce tissu rouge n'est qu'un cache-misère et il n'est pas mal fixé, il n'est pas encore fixé! La colle n'est pas encore sèche et j'attends des ciseaux pour ajuster parfaitement le tissu autour du vase.

- Désolé Sarah'le. Je ne voulais pas te froisser. Mais comment comptes-tu te procurer des ciseaux?

- J'attends Olga. Elle doit arriver dans quelques instants avec sa trousse de couture. Elle s'est proposée de me donner un coup de main.

- C'est vraiment une bonne personne.

- Ce n'est pas peu dire. Au fait, j'ai échangé la robe de mariée contre des tissus pour confectionner une nappe, des draps et des parements.

- Ça ne te fait pas de la peine d'avoir rendu ta robe ?

- Non, je ne compte pas me remarier. Et toi? As-tu pu faire quelque chose pour la chaise et le lit ?

C'est le moment que Shmoulik attendait. Il lui raconta tout ce qui s'était passé avec une légitime exaltation.

- C'est merveilleux mon amour. A l'évidence Dieu bénit notre union.

- Oui, mais il reste deux points à gérer. D'abord, prendre les mesures de l'espace pour faire les bons choix. Puis, trouver une solution pour transporter les meubles.

Ils s'étreignirent et s'embrassèrent avec fougue. Leur désir longtemps refréné se débridait... A ce moment, on toqua à la porte. Sarah reprit une certaine contenance et ouvrit. Olga était là, accompagnée d'Esther.

- Comment vas-tu ma petite Sarah? J'ai rencontré Olga qui m'a dit que tu étais passée la voir ce matin, et que tu lui avais proposé d'échanger ta robe, plutôt que d'y faire des retouches, contre des morceaux de tissus pour ta maison. Comme elle t'avait promis de passer te voir pour te donner un coup de main, je me suis proposée de l'accompagner. Ça ne te dérange pas, au moins? Esther considérait Sarah comme sa fille, elle était donc sa chasse gardée. Ne voulant pas avoir d'histoires, Olga s'était empressée d'aller tout lui raconter dans le détail. Pendant qu'Esther justifiait sa présence, elle n'arrêtait pas de regarder autour d'elle et ce qu'elle voyait la décontenançait. Elle prenait constamment Olga à témoin par d'incessants regards qui en disaient long. De toute évidence, elle ressentait énormément de peine pour Sarah.

Sarah embrassa Esther affectueusement.

- Je suis très heureuse que tu sois venue avec Olga. Sois la bienvenue dans notre palais.

Esther ne parvenant pas à masquer sa déception, Sarah tint à lui préciser :

- Comme tu le sais, Shmoulik était un célibataire qui consacrait une grande partie de son salaire à ses vieux parents. Auparavant, cet humble logis lui suffisait. Mais quand nous nous sommes rencontrés, la maisonnette s'est révélée trop exiguë. Nous avons malgré tout pris la décision de venir y habiter, même si pour notre couple, rien n'était prêt. Mais grâce à Dieu, nous avons rencontré des gens merveilleux, comme Rabbi Yehuda et toi Esther, comme toi Olga, ou comme Zvi, tout à l'heure, qui nous a offert des meubles. Nous avons reçu l'aide d'un tas d'autres gens à toutes les étapes depuis notre rencontre avec Shmoulik! Croyez-moi, nous allons faire de cette masure un confortable petit nid d'amour! C'est une véritable bénédiction pour nous, de vous avoir rencontrés. Nous espérons que cela en sera également une pour vous. Je souhaiterais vous exprimer ma plus profonde reconnaissance, vous dire que je suis heureuse de t'avoir comme deuxième maman, Esther, de t'avoir comme amie Olga et de t'avoir comme époux, Shmoulik, car tu es un homme merveilleux.

Esther et Olga avaient les larmes aux yeux. Comme à son habitude, Shmoulik restait coi.

Shmoulik - Olga aurais-tu un mètre ruban dans ta trousse?

Olga - Oui bien sûr. Que veux-tu mesurer?

Shmoulik - La table, le lit et tous les espaces libres.

Esther ne put réprimer un petit rire nerveux qui déclencha un fou-rire général.

Sarah - En fait Olga, si tu pouvais t'occuper avec Esther de re-couvrir la cruche et de couper les tissus pour la nappe et pour les draps, pendant que Shmoulik et moi prendrions les mesures né-cessaires et irions chez Zvi chercher les meubles. On pourrait se retrouver ici dans une heure.

Shmoulik présenta Sarah qui remercia à son tour Zvi et Rachel. Ils prirent tout ce qu'il y avait dans le réduit. Rachel y rajouta des oreillers avec leurs taies, des draps, une grande couverture et un couvre-lit.

Zvi - Dites-moi Shmoulik, vous êtes venu avec votre Kalla. C'est bien. Mais comment allez-vous transporter le mobilier?

Shmoulik - Nous avons pensé que vous connaîtriez une personne possédant une carriole et un cheval, pouvant se charger de la li-vraison. Vous devez certainement travailler avec quelqu'un.

Zvi - Effectivement, je travaille de temps en temps avec Jamel, un arabe qui n'habite pas très loin. C'est le moins cher, il travaille avec son fils. Vous habitez le quartier, un peu plus bas, d'après ce que m'a dit Moïshe. N'est-ce pas?

Shmoulik - Oui et combien cela pourrait nous couter, Zvi ?

Zvi - Normalement, il prend trente-cinq piastres, pour livrer dans le quartier. Mais quand j'accepte un travail, livraison incluse et que c'est moi qui paie, il me fait la livraison a vingt-cinq piastres. Alors payez-moi trente piastres, 25 pour la livraison et 5 pour la réparation de la chaise. Je vais le voir tout de suite, pour le payer et lui dire que vous l'attendez.

Sarah - Vous ne vous seriez pas trompé Monsieur Gruber? Mon mari m'a dit que pour la réparation de la chaise, c'était 10 piastres.

Zvi - Non madame, il y avait finalement moins de travail que prévu sur la chaise.

Sarah - Merci, mais pourquoi faites-vous ça pour nous?

Zvi - C'est moi qui vous remercie Madame. Comme je l'ai dit plus tôt à votre époux, votre venue est une véritable bénédiction. Elle nous a permis de faire une bonne action et nous a éclairés sur notre attitude que nous ne comprenions pas réellement et qui nous perturbait grandement, Rachel et moi.

Shmoulik lui tendit trente piastres. Zvi prit la somme et fila chez son voisin. Il réapparut quelques minutes plus tard, accompagné de Jamel. Son fils prénommé Mourad attendait dehors aux côtés du cheval. Zvi et Jamel chargèrent la carriole et ils partirent tous ensemble vers la maison de Shmoulik qui se demandait comment il allait pouvoir installer tout cela chez lui. Sur son ordre, Jamel arrêta la carriole devant la porte de sa maison. Il allait bientôt être fixé.

Shmoulik demanda à Jamel et à son fils Mourad de déposer tout le mobilier dans la ruelle, devant la maison. Les meubles ainsi étalés, Shmoulik put apprécier plus précisément ceux dont il avait la nécessité, ceux qu'il remplacerait et ceux qu'il donnerait.

Quand Sarah rentra, elle n'en crut pas ses yeux. La maison était rangée et sentait le propre. Esther l'avait aérée et nettoyée à fond.

Elle avait également surfilé les parements de tissu rouge coupés par Olga a la taille des étagères du placard.

Esther avait ensuite enveloppé la cruche, avec le tissu rouge, qu'elle avait collé.

Ainsi transformée, cette vieille cruche devenait un vase tout à fait présentable. Il ne restait plus qu'à remplir le vase, y placer les fleurs et le poser, fin prêt, sur la table nappée.

Olga s'était servie de la pièce de tissu blanc pour en faire une nappe, quatre serviettes, une paire de draps, et deux taies d'oreillers. Bien évidemment, elle avait pris le soin de tout surfiler.

Avec le tissu rouge plus épais, elle avait confectionné des petits rideaux qu'elle avait ourlés et fixés directement sur le mur du haut, n'ayant pas de tringle.

Olga - Ça te plait? C'est du provisoire, nous avons œuvré avec les moyens du bord.

Sarah - Vous avez fait un travail magnifique! Venez, sortez que je vous montre ce que nous ont offert Zvi et Rachel Gruber.

Esther et Olga furent impressionnées par la quantité et la qualité du mobilier.

Esther - C'est vrai que votre union est bénie de Dieu. Mais je crains que vous ne puissiez tout rentrer! Que comptez-vous faire?

Shmoulik - Nous allons nous séparer d'une grande partie de mon mobilier et nous prendrons celui-ci à la place. Nous garderons, de ce que je possédais, uniquement la table, la chaise et le matelas.

150

Ils évacuèrent la totalité des meubles et lorsque la maison fut entièrement vide, ils réaménagèrent l'espace. D'abord le lit de Zvi avec la table de chevet assortie ainsi que la commode. Ensuite, la table avec les deux chaises et le tapis. Ils placèrent enfin, non sans difficulté, l'ancien matelas debout, dans le prolongement du lit et le recouvrirent avec un pan de tissu rouge restant. Il restait une grande armoire et une autre table de chevet. Ils demanderaient à Moïshe s'il en avait l'utilité. Faute de quoi, ils les déposeraient dans la ruelle, à la disposition des gens nécessiteux. Pour le moment, il fallait les rentrer dans la maison.

Ils se regardèrent heureux et fiers de la tâche accomplie. Sarah avait raison. Elle avait réussi avec l'aide de tous, à faire de cette masure un vrai cocon douillet.

Puis, Esther et Olga prirent congé. Il était dix-sept heures, le rendez-vous chez Nephtali était prévu à dix-huit heures trente.

Shmoulik et Sarah se retrouvaient enfin seuls. Ils s'étreignirent, s'embrassèrent puis ils s'allongèrent sur le nouveau matelas. Ils avaient réussi leurs paris les plus fous. Ils formaient plus qu'un couple, une équipe. Leur avenir s'annonçait prometteur et cette perspective les rendait heureux et augmentait leur désir. C'est le moment que choisit Moïshe, sans le savoir, pour frapper à la porte. Shmoulik regarda Sarah, quelque peu dépité avec un regard qui en disait long, puis se leva et alla ouvrir. Moïshe jeta un regard périphérique à l'intérieur de la maison.

- C'est magnifique! Mais dites-moi où allez-vous placer cette armoire et cette table de chevet?
- Chez toi.
- Comment ça, chez moi? Explique-toi.
- Avec Sarah, nous avons pensé que ces deux meubles t'intéresseraient.
- Absolument! En tout cas, l'armoire c'est sûr. La table de chevet aussi d'ailleurs ! Je l'échangerai contre la mienne. Je vous remercie énormément.
- C'est normal, tu m'as bien donné une chaise.
Moïshe sourit et regarda Shmoulik affectueusement.
- Je vais prendre la table de chevet avec moi et après le repas chez Nephtali, si tu le permets, je passerai avec Uriel et deux amis pour récupérer l'armoire.

- Aucun problème. Bon, il faut que je me prépare. A tout à l'heure, chez Nephtali.

Moïshe prit la table de nuit et sortit.

La deuxième soirée se passa merveilleusement bien. Uriel, enfin à l'aise après la bénédiction de Shmoulik, mit une ambiance extraordinaire. Nephtali semblait heureux comme jamais. Plus tard, Moïshe accompagné d'Uriel et de deux amis vinrent récupérer l'armoire. Sarah et Shmoulik, enfin seuls, s'apprêtaient à passer leur nuit de noces.

Cette attente mainte fois contrariée avait prodigieusement attisé leurs désirs l'un pour l'autre. Après un début de nuit empruntée et prude, émaillée des maladresses inhérentes à leur inexpérience, leurs ébats se débridèrent. Ils laissèrent leurs sentiments les porter jusqu'au paroxysme de la fusion et ne formèrent plus qu'un. L'exaltation des sens les enivra et le reste de la nuit fut torride.

Le lendemain, Shmoulik et Sarah passèrent une grande partie de la journée à se reposer et à échafauder les plans de la semaine qui suivrait les sept jours de bénédiction. Shmoulik comptait passer deux jours à Jérusalem pour saluer ses parents et leur présenter sa femme, avant qu'il ne reprenne son travail. Sarah, de son côté, ne pensait qu'à récupérer sa maison et poursuivre l'assassin de sa famille.

La troisième soirée se passa superbement. Golda, la femme de Moïshe en profita pour remercier chaleureusement Shmoulik et Sarah pour l'armoire. Les mariés eurent le plaisir d'y retrouver Uriel et Amos Reisberg venu de Haïfa avec sa femme Léa, ainsi que Zvi et Rachel Gruber que Moïshe avait eu la délicatesse d'inviter.

La quatrième soirée eut lieu le 17 novembre chez Zalman Zweig, le directeur de la Yeshiva ou travaillait Shmoulik. Zalman avait invité tous les membres de la Yeshiva, y compris Uriel, venus à la synagogue assister à la célébration du mariage. Seul manquait Moïshe qui s'était excusé.

Il est notoire que dans ce type de soirée, la ferveur des chants émanant d'étudiants ou de membres d'une même institution est incomparable et celle-ci ne dérogea pas à la règle. L'intensité de l'exaltation produite les transporta à la limite de la transe.

Le lendemain, après une bonne nuit de repos qui contribua grandement à évacuer les vapeurs d'alcool ingurgitées la veille, Sarah concocta un léger petit-déjeuner qu'elle prit avec Shmoulik en amoureux. Vers midi, ils se préparèrent à rejoindre Rabbi Yehuda chez lui. Ils avaient convenu avec Esther qu'ils se rendraient ensemble chez Mordehaï et Dinah Ginsburg. Rabbi Yehuda et Esther les reçurent comme des parents reçoivent leurs enfants.

Rabbi Yehuda - Esther m'a raconté au sujet des meubles. J'en suis heureux pour vous. Alors, comment se sont passées les trois soirées précédentes?

Shmoulik - Parfaitement bien. Merci Rebbe.

Sarah - Et vous Rabbi Yehuda ? Où en êtes-vous du financement de votre voyage pour l'Amérique?

Rabbi Yehuda - Je crains de m'être un peu enflammé. J'avoue que ce ne sera pas facile.

Sarah - A votre place, je ne m'inquièterais pas. Vous avez prié avec une grande dévotion et, sans connaître l'objet de votre requête, l'ensemble de la communauté a répondu Amen. Que voulez-vous de plus? Je ne crois pas aux coïncidences. Alors si vous ne savez pas encore comment vous voyagerez, soyez assuré, Dieu le sait.

Esther - Ta confiance en Dieu est impressionnante, ma chérie. Surtout ne change pas.

Rabbi Yehuda - Je t'en prie Esther, prépare-nous une petite collation. Sans cela je ne pourrais pas attendre jusqu'à ce soir. Qu'en pensez-vous, mes enfants?

Esther - Je vais mettre un plat de houmous en milieu de table avec quelques borekas à la pomme de terre et je peux vous préparer également une salade fraîche. Il faudra vous en contenter, je n'ai rien prévu d'autre. Puis malicieuse :
- Nous sommes invités à un shabbat hatan, ce soir.

Rabbi Yehuda - S'il te reste un peu de pain, ça ira très bien pour moi.

Shmoulik et Sarah acquiescèrent avec joie.

Esther commença à préparer la salade. Sarah voulut se lever pour l'aider, mais Esther refusa, prétextant qu'elles n'avaient pas besoin d'être deux pour préparer une malheureuse salade, et que tout serait prêt dans moins de cinq minutes.

Rabbi Yehuda - Hier, je me suis rendu chez Shlomo Levy.

Sarah - Le moghrabi ?

Rabbi Yehuda - Oui, mais il n'aime plus trop qu'on l'appelle comme ça. Aujourd'hui, il considère, qu'ayant fait son alyah, il y a plus de douze ans, cela suffisait.

Esther, du fond de sa cuisine - Qu'il n'y compte pas trop ! Les Shlomo Levy sont nombreux à Safed. Si tu parles de Shlomo Levy, on te demandera infailliblement lequel. Tu répondras automatiquement : Le moghrabi car c'est son identification.

Rabbi Yehuda - Esther a raison...

Entretemps, Esther avait tout posé sur la table et avait même préparé du thé.

Shmoulik - Votre maître, Rabbi Yisroel de Shklov, est bien l'auteur du *"Pe'at ha-choulhan.* N'est ce pas?

Rabbi Yehuda acquiesça - Il y énumère toutes les lois agricoles obligatoires en Eretz Israël qui n'ont pas été traitées dans le *Choulhan aroukh* de Rabbi Yossef Caro.

Shmoulik - Dites-moi Rebbe, avez vous participé à l'élaboration de ce livre ?

Rabbi Yehuda - Je l'ai secondé en tous points. Mais pour être honnête, j'ai plus participé à son dernier ouvrage de responsa *Machalah u Menuchah.*

Shmoulik - Je n'imaginais pas à quel point vous étiez une sommité, Rebbe.

Rabbi Yehuda - Je vais te faire un aveu mon garçon. J'ai assisté à la dévastation de ma terre natale par la grande armée de Napoléon Bonaparte. J'ai survécu au pogrom de Safed en 1834, au tremblement de terre qui a éventré la ville en 1837, au pogrom perpétré en 1838 par les druzes du Hauran. Et bien vois-tu, de mémoire, je ne me souviens pas avoir autant paniqué que le soir ou tu es venu dans cette maison me dire : Rebbe, mariez-nous !

Tout le monde éclata de rire.

Rabbi Yehuda - Revenons à ma visite chez Shlomo Levy. Je suis allé l'inviter à passer, avec nous, le shabbat hatan de ma filleule chez Mordehaï, dont j'avais préalablement reçu l'accord. Sarah,

j'ai pensé que cela te ferait du bien de revoir des gens qui connaissaient ton père Et pourquoi le cacher, je souhaite vraiment voir Shlomo Levy intégrer ton comité de défense.
Je dois avouer qu'au début, Shlomo n'était pas très chaud. Mais quand je lui ai dit que la Kalla était la fille d'Ephraïm Litvak le tailleur, il a complètement changé d'attitude.
Je lui ai relaté l'ineffable drame qui s'est déroulé le premier soir des émeutes de 1834, entraînant la disparition de toute ta famille et qu'après ton retour à Safed, il y a une semaine, Esther et moi, sommes devenus tes parrains, et t'avons mariée.
J'ai précisé que pendant le shabbat hatan, tu nous raconterais tout ce qui s'est passé, du drame jusqu'à nos jours et que tu essaierais de répondre à toutes les questions restées, jusqu'à présent, sans réponse. Shlomo a accepté volontiers de faire partie de ton comité de défense et passera le shabbat chez Mordehaï avec Messaouda, son épouse.
Sarah était songeuse. C'est Shmoulik qui prit la parole.
Shmoulik - Rebbe, était-ce bien nécessaire de faire revenir Sarah, une fois encore, sur ces évènements tragiques, pendant la semaine de bénédictions où ne doivent prévaloir que la joie et le bonheur?
Rabbi Yehuda - Nous avons très peu de temps. Les hommes qui vont constituer ce comité ont tous connu Ephraïm Litvak. Ce sont des gens importants et des chefs de communauté reconnus. Ils ont des réseaux et beaucoup de relations qui pourront nous servir le moment venu. Ils ont également les moyens financiers qui nous manquent pour donner des bakchiches aux autorités, afin d'accélérer les investigations ou pour engager les hommes de mains qui nous permettront de protéger Sarah.
Shmoulik - Protéger Sarah?
Rabbi Yehuda - Nous devons veiller à la protection de Sarah, tant que nous n'avons pas la preuve incontestable de la mort de Dahmane et de ses acolytes. Aujourd'hui, elle ne risque rien. S'il est vivant, il ne sait même pas qu'elle existe. Mais des qu'elle demandera des informations sur sa maison à l'administration, elle sera en danger.
Shmoulik - Je comprends mieux maintenant.
Rabbi Yehuda - Nous partons chez Mordehaï dans une heure. Permettez-moi de me retirer. Je dois me reposer un peu.

Sarah - Il a raison. Il est vrai que tant qu'il ignore que je suis le seul témoin de ses crimes, je me sens en sécurité. Je n'avais pas conscience du danger permanent auquel je m'exposais avec un meurtrier du calibre de Dahmane. Mais dis-moi Esther, Rabbi Yehuda avait l'air vraiment fatigué, aujourd'hui.

- Je sais, ma chérie.

- Que se passe-t-il? Tu m'as l'air inquiète.

- Il n'en a pas parlé avec vous tout à l'heure, Shmoulik. Il ne souhaitait pas vous alarmer, vous et Sarah. C'est une des raisons, sinon la raison principale, pour laquelle il constitue un comité afin de le seconder. Il craint de ne pas avoir la force d'amener votre affaire à son terme, tout seul.

- Tu me fais peur. Que nous caches-tu Esther?

- Je ne suis pas autorisée à divulguer quoi que ce soit alors, je vous en prie, soyez discrets. N'en parlez à personne et surtout pas au Rabbi. Et ne faites jamais la moindre allusion sur son état de santé.

Plus Esther prenait de précautions, avant de leur donner les détails sur le mal qui rongeait le Rabbi, plus leur anxiété augmentait.

- Le Rabbi a eu une deuxième attaque cardiaque qui l'a quasiment foudroyé, il y a près de deux ans, le 24 mai de l'année 1841. Nous avons immédiatement fait chercher le docteur Michael Grunitzky, un vieil ami, originaire de Volozin comme lui. Ce dernier se démena comme un beau diable pour le réanimer et y parvint de justesse, après des efforts assidus et ininterrompus. Le Rabbi venait de faire une sorte de syncope cardiovasculaire.

Cependant, Rabbi Yehuda avait déjà subi un coup de semonce en 1839. Cette alerte grave, deux années plus tard, a failli l'achever. Il devait observer un repos absolu. Ce qu'il tenta de faire, malheureusement sans grand succès. Le docteur Grunitzky étant décédé l'été dernier, son nouveau médecin le docteur Zvuly Edelstein diagnostiqua, à l'aide d'un stéthoscope, un problème respiratoire pulmonaire, certainement lié à une maladie contractée dans la cave humide pendant le pogrom de 1834 ainsi qu'une tension artérielle exacerbée due au surmenage. Ces deux maladies ont fini par créer un cocktail explosif qui a déclenché l'attaque, ses voies de circulation sanguine s'étant obstruées.

Shmoulik - Esther, nous ne savons pas ce qu'est un stéthoscope.

156

Esther - Le Rabbi et moi ne le savions pas non plus. Mais le docteur Edelstein nous a expliqué avec fierté que cet appareil révolutionnaire n'était pas encore commercialisé. Cependant, cet instrument perfectionné lui avait été directement envoyé d'Amérique, par l'inventeur, son cousin Maurice Rappaport. Il nous expliqua avec enthousiasme que son parent s'était servi du stéthoscope acoustique créé quelques années auparavant par un professeur français du nom de René Laënnec, et l'avait amélioré en équipant cet instrument de deux pavillons, un pour le cœur et un pour le poumon. À l'issue de l'examen, il fallut se rendre à l'évidence. Son diagnostic etait sans appel. Rabbi Yehuda devait cesser toute activité et se reposer, la prochaine attaque pouvant lui être fatale.

Sarah effondrée, posa deux questions :
- Tu n'as parlé que du diagnostic et du repos absolu comme traitement. N'y a-t-il aucun autre remède? Et pourquoi s'est-il occupé de moi, compte-tenu de son état?
- Le docteur Edelstein a préconisé de déménager vers Tibériade qui serait plus propice à l'amélioration de son état de santé, du fait de la proximité d'El Hamma. Quant à toi, tu as été un rayon de soleil pour nous. Le soir où nous avons eu avec toi un échange houleux sur l'incertitude de la mort de Yossef, Rabbi Yehuda m'avait donné son accord pour changer de ville, mais seulement après t'avoir mariée, fait récupérer ta maison, venger ta famille et revu notre fils.
- L'idée de créer un comité de défense est lumineuse et sera un relais parfait. Je suis persuadée qu'elle s'activera pour que je retrouve mon bien et pour que ma famille soit vengée. Mais, comme je doute que le Rabbi puisse supporter un long voyage ou faire d'exténuantes recherches, Esther, nous le ferons pour vous.
- Dans un mois, j'espère que tout ira pour le mieux pour vous. Ce sera, je crois, un merveilleux cadeau pour les fêtes de Hanoucca. Nous partirons, alors, pour Tibériade et attendrons de vos nouvelles. Nous te faisons confiance. N'oublie pas Sarah, tu as promis.

Sarah allait répondre lorsqu'elle entendit la voix de Rabbi Yehuda.
- Si vous êtes prêts, nous devrions y aller maintenant.
- Tu t'es reposé un peu, mon coeur?

- Oui, ça m'a fait du bien, merci.

Shmoulik - Quand nous arriverons, nous pourrons toujours prier chez Mordehaï, si la synagogue est trop distante de chez lui.

Rabbi Yehuda - Il faudrait pour cela que nous soyons au moins dix hommes.

Puis, avec un rictus que nous ne lui connaissions pas :

- Mais ne vous inquiétez pas pour moi. J'ai toujours la capacité de marcher un peu.

Puis, s'apprêtant à sortir, il jeta un regard désabusé en direction d'Esther, ouvrit la porte, et les invita à faire de même.

Les deux couples arrivèrent à destination, sans avoir échangé un mot. Mordehaï les reçut en arborant un large sourire.

- La synagogue est à deux minutes de la maison, dit-il, coupant net, sans le savoir, à une polémique qui sourdait. Rabbi Yehuda, je ne vous présente pas mon ami Rabbi Shmuel Heller, Grand rabbin de Safed, qui nous fait le grand l'honneur et le plaisir d'assister au shabbat hatan de Samuel et Sarah.

- Ce n'est pas nécessaire en effet. Nous nous connaissons de longue date, avant même qu'il ne succède à ce poste à Rabbi Abraham d'Avrush dont il fut le plus méritant disciple. Shabbat chalom Rabbi Shmuel. Comment allez-vous depuis le temps?

- Très bien merci. Et vous Rabbi Yehuda? Vous me semblez fatigué.

- Ce doit certainement être dû au surmenage. Cette semaine a été intense avec la préparation du mariage. Je suppose que notre hôte Mordehai vous a raconté l'histoire de Sarah, ma filleule.

Rabbi Shmuel acquiesça d'un signe de tête et tous les hommes se rendirent à la synagogue pour prier, laissant leurs épouses aider Dinah, à préparer les tables. Shlomo arriva sur ces entrefaits. Dinah lui indiqua l'emplacement de la synagogue et il ressortit dans la foulée rejoindre Mordehaï et les autres invités.

Sarah, ne devant pas travailler durant les sept bénédictions, sortit sur le perron, s'assit sur une margelle et se mit à pleurer. L'ayant perdue de vue, Esther se mit à la chercher. Lorsqu'enfin elle la trouva, Sarah pleurait encore.

- Mais que se passe-t-il Sarah'le? Pourquoi pleures-tu? Tu sais que ce n'est pas bien de pleurer pendant son mariage.
- Ce que j'ai appris sur l'état de santé de Rabbi Yehuda m'a anéantie. Je ne veux pas le perdre, tu comprends. J'ai déjà perdu tant de gens que j'aimais.
- S'il y a une personne qui peut comprendre, c'est bien moi, sa femme. Le problème, c'est qu'il est têtu comme une mule. Il a vite compris que je vous avais mis au courant des causes de sa fatigue et tu as vu comment il a réagi ?
- Il y a une différence entre ne pas vouloir nous inquiéter et nous cacher une chose aussi importante, quand on prétend vous aimer!
- C'est pourquoi j'ai tenu à vous en informer quoiqu'il ait décidé. Sarah, avec ton franc-parler, dis-lui exactement ce que tu viens de me dire, ma chérie, ne change rien. Bon! Sèche tes larmes. Moi, je rentre pour aider.

Quelques minutes plus tard, Dinah vint chercher Sarah pour assister à l'allumage des bougies de Shabbat et la fit asseoir à la place d'honneur dans la table des femmes. Elles se mirent à chanter des chants d'allégresse. Sarah chanta également et finit par oublier sa peine.

Les hommes rentrèrent de la synagogue et eurent la surprise de découvrir une ambiance extraordinairement festive. Rabbi Yehuda présenta Shlomo Levy ainsi que les amis de Mordehaï à Sarah. Puis, les hommes s'assirent à l'autre table où la place d'honneur avait été réservée à Shmoulik.

La prière du kidouche fut dévolue à Rabbi Yehuda qui en laissa la célébration à Rabbi Shmuel, peut-être plus par fatigue que par respect, et le pain fut rompu par Mordehaï, le maître de maison.

Les convives mangèrent, burent et chantèrent à tue-tête des chants liturgiques, des psaumes et firent la cinquième bénédiction.

Tard dans la soirée, les amis de Mordehaï rentrèrent chez eux. Seuls Rabbi Shmuel et Shlomo attendaient. Sarah, ayant remarqué que Rabbi Yehuda semblait particulièrement las, prit l'initiative de s'approcher discrètement de Mordehaï et lui proposa de reporter son récit au lendemain.

- Concernant Rabbi Shmuel, cela ne devrait pas poser de problème. Je lui ai offert l'hospitalité pour la nuit. En revanche pour Shlomo, je ne sais pas.

- Laissez-moi faire. Monsieur Levy, savez-vous que malgré le nombre d'années écoulées, vous n'avez pas énormément changé ? Je vous reconnais parfaitement. Combien votre fils Abner a-t-il d'enfants aujourd'hui ?

- Trois enfants! Deux filles et un garçon. Je suis désolé Sarah, mais malgré mes efforts répétés, je n'arrive pas à vous reconnaître.

- C'est normal, vous ne m'avez jamais vue. Par contre, moi, je vous ai vu plusieurs fois.

- Comment ça ?

- La première fois, vous étiez passé voir mon père pour qu'il se joigne à vous et à d'autres membres pour former un comité municipal, à la suite du décret d'Ibrahim Pacha. La deuxième fois, vous étiez venu à la maison avec Abner afin que mon père vous confectionne des costumes pour son mariage. Je crois me souvenir que vous aviez choisi des tissus blanc et or pour le marié et blanc et argent pour vous.

La troisième fois, vous étiez passé en coup de vent, le lendemain matin déposer un costume moghrabi comme modèle. Mais vous aviez demandé tant de changements que mon père, pourtant très calme d'ordinaire, s'était emporté. La quatrième fois, vous êtes revenu avec Abner essayer vos costumes qui étaient prêts. Indépendamment du fait que mon père m'a raconté votre discussion dans la synagogue que vous fréquentiez, deux soirs avant notre fuite macabre.

- Vous avez une mémoire prodigieuse! Mais où étiez-vous? Je ne vous ai pas vue.

- Mon père ne voulait pas que je traîne au milieu des clients, d'autant qu'ils étaient tous masculins. L'atelier était réservé à mon père, aidé par mes deux frères. Mon royaume se situait dans le reste de la maison avec ma mère et les petits. Cependant, dès qu'il y avait des clients, je filais dans la cuisine, d'où je pouvais tout voir, par une lucarne, sans être vue. Vous savez, Monsieur Levy, ma mémoire n'est pas prodigieuse. Je la cultive, c'est tout. De cette époque heureuse, il ne me reste rien, hormis des souvenirs. Monsieur Levy, je suis consciente que Rabbi Yehuda vous a promis, à vous et à Mordehaï, que je raconterai dans le détail ce qui s'est passé après le massacre de Biyrriah. Toutefois, je suis extrêmement fatiguée, et la narration de ces évènements risque de durer un certain temps. Alors, verriez-vous un inconvénient à ce que je vous raconte mon histoire demain? Nous aurons toute l'après-midi.

- J'ai hâte de l'entendre dans le détail. Votre histoire m'a anéanti. Ce que m'a raconté Rabbi Yehuda est terrible. Pauvre petite …Je ne savais pas. J'étais persuadé que votre père avait eu raison de vendre sa maison et de fuir avant le pogrom… C'est terrible! Sarah, vous nous raconterez votre parcours jusqu'à votre retour à Safed demain, n'est-ce pas ? Je vous laisse aller vous reposer. Bonne nuit.

- Rabbi Shmuel, nous vous accompagnons un bout de chemin ?

- Ce n'est pas nécessaire Shlomo, je vous remercie. Mordehai m'a proposé de dormir chez lui car j'habite beaucoup trop loin pour rentrer à pied.

Shlomo, accompagné de Messaouda, fit un signe de la main aux deux Rabbins et à Shmoulik.

Mordehaï les raccompagna à la porte d'entrée.

- A demain matin à la synagogue. Rentrez bien Shlomo.

Rabbi Yehuda - Merci Sara'lé.

- Il faudra qu'on se parle demain. Bonne nuit à tous. Tu viens, Shmoulik.

*

Le lendemain à l'aube, Mordehaï, Rabbi Yehuda, Rabbi Shmuel, Shmoulik, Esther et Sarah prirent le chemin de la synagogue. Seule Dinah était restée à la maison pour finir les préparatifs liés au repas du matin.

A la fin de l'office, le conseil d'administration de la synagogue organisa même un kidouche et une petite collation, pour tous les membres de cette communauté en l'honneur des mariés.

Les femmes ne s'attardèrent pas. Sarah pria Rabbi Yehuda de l'accompagner, prétextant un point important à éclaircir. Rabbi s'exécuta en s'exclamant :

- On ne peut rien refuser à une Kalla!

Une fois encore, sur le chemin du retour, elle entendit la voix du Rabbi lui murmurer "Merci Sara'lé". Sarah fit mine de n'avoir rien entendu. Puis machinalement, leurs regards se croisèrent et elle lui fit un clin d'œil.

Dinah avait quasiment fini lorsque les femmes, accompagnées du Rabbi, la rejoignirent. Elles mirent, cependant, les dernières touches nécessaires à la réception des invités. Le Rabbi alla se caler dans un confortable fauteuil en cuir vieilli qui devait être celui de Mordehaï. Sarah s'assit sur une chaise qu'elle plaça auprès de lui.

- Quel point souhaitais-tu éclaircir?
- Qui ou que suis-je réellement pour vous?
- Je ne comprends pas ta question.
- Elle me parait pourtant simple, mais je vais encore simplifier. Pardonnez-moi d'avance, si je vous parais brutale. Je voudrais savoir ce que je représente pour vous: Une rescapée du pogrom qui vous permet d'assouvir votre altruisme viscéral ? Un cadeau du ciel qui vous permet de vous offrir une compensation affective à la disparition de Haya ? Une relation indéfectible que vous préparez à Esther pour pallier un manque, consécutif à votre départ?

Rabbi Yehuda resta interdit pendant un long moment qui parut interminable.

Sarah voyant que Rabbi Yehuda ne pouvait s'exprimer, prit peur et continua de lui parler avec une voix adoucie, en pleurant.

- Vous avez pris l'habitude de taire vos émotions et de cacher vos problèmes personnels à tous vos proches qui restent des étrangers ne pouvant avoir accès à votre cellule familiale, au cocon. C'est à dire vous et Esther. Ce qui faisait de moi une étrangère. Le fait de connaître votre état de santé me lie à vous et fait de nous un clan et non des individus isolés. Hier soir, vous sentant fatigué, je vous ai épargné une longue narration en prétextant d'être lasse. Aujourd'hui, après l'office, une fois la prière terminée, je vous ai extirpé d'une collation bruyante et inutile pour vous. Bien que ce buffet ait été préparé en l'honneur des mariés, je n'ai cherché qu'à vous préserver en vous évitant une fatigue superflue.

Rabbi Yehuda ne réagissait toujours pas et Sarah, de plus en plus inquiète, s'en voulait d'avoir été aussi franche. Elle se rendait compte que sa sincérité sans filtre devenait un vrai problème. Elle se leva pour aller chercher Esther lorsqu'elle entendit Rabbi Yehuda dire d'une voix faible:

- Je t'ai remercié à deux reprises.

162

- J'ai pu agir de la sorte parce que je le savais, Rebbe. Nous formons une équipe. D'ailleurs, à mon avis, vos "Merci Sarah" voulaient peut-être dire aussi que vous n'étiez pas dupe et que si la maladie avait atteint le cœur, elle n'avait pas atteint le cerveau. D'où mon regard complice et mon œillade de connivence !

- Sarah, pour répondre à ta question "Qui ou que suis-je pour vous ?", sache que toutes les hypothèses que tu as formulées peuvent s'inscrire partiellement, et ce à des moments différents, dans une réponse complète. Oui, à ta première question, je suis un altruiste viscéral. Non, à la deuxième, je ne suis pas nostalgique du pogrom de 1834. Oui, à la troisième, tu as été un cadeau du ciel. Mais qui peut critiquer un don du ciel? Oui, à la quatrième, mais c'est l'amour que t'a porté Esther, dès l'instant ou elle t'a rencontrée qui m'a fait envisager cette alternative. Pour la cinquième, certainement, je suis âgé. J'ai peur de ce que je ne connais pas. Et enfin oui, sans aucune réserve ! Je t'aime comme ma fille.

Sarah embrassa les mains du Rabbi, fière de faire partie du cocon et se dirigea vers Esther qu'elle sentit un peu distante.

- Que se passe-t-il Esther ?

- Je vous ai observés de loin. Lui était prostré, proche d'une défaillance et toi, tu persistais à lui asséner tes vérités sans aucune retenue. J'ai failli intervenir plus d'une fois.

- Tout va bien. Souviens-toi, c'est toi qui m'as dit de lui parler.

- Je m'en souviens parfaitement. Je t'avais demandé de lui parler, pas de le détruire.

Au moment où Sarah allait lui répondre, la porte s'ouvrit et le flot des invités comprenant Shlomo et Messaouda, revenant de la synagogue déferla dans le salon. Après les ablutions, Mordehaï rompit le pain et les convives mangèrent, burent et chantèrent. En fait, ils avaient déjà commencé à la synagogue depuis près d'une heure. A la fin du repas, tous les convives rejoignirent leur domicile pour y faire une sieste salutaire.

Seuls resterent, Rabbi Yehuda, Rabbi Shmuel, Mordehai, Shlomo, Shmoulik et la Rabbanite Esther. Ils prirent des sièges et s'assirent en arc de cercle autour de Sarah.

CHAPITRE VI

Le moment était venu pour Sarah de raconter son histoire. Elle prit Shmoulik à part et lui dit qu'elle allait forcément parler de Mansour, son premier amour, et que si cela le gênait, elle n'en parlerait pas ou qu'il pourrait sortir à ce moment précis. Shmoulik lui déconseilla de travestir la vérité. Elle lui murmura "je t'aime" et alla s'asseoir.

- En préambule, je vous remercie tous de l'intérêt que vous me témoignez ainsi qu'à ma famille. Je vais vous raconter mon histoire, telle que je l'ai vécue dans son intégralité avec des passages qui, peut-être, vous sembleront dignes d'intérêt et d'autres beaucoup moins. C'est pourtant la seule façon pour moi de raviver ma mémoire et de me replonger dans cet épisode terrifiant de ma vie, sans l'édulcorer et sans oublier le moindre détail qui pourrait sembler dérisoire, à tort.

Vous avez tous pris connaissance du piège tendu à mon père par un individu nommé Dahmane. On vous a également fait part de la machination machiavélique, ourdie par ce criminel, jusqu'au drame abject qui se soldera par l'effroyable massacre de toute ma famille.

Je vous épargnerai donc la narration de cette forfaiture et l'horrible description de la mise à mort. Je commencerai par ma vision de l'horreur depuis ma cachette.

J'étais hébétée, mais mon étonnement céda rapidement la place à la terreur lorsque j'entendis la voix de Dahmane. La panique qui s'empara de moi fut indescriptible. Cependant, elle me fut salutaire, dans le sens où aucun son ne put sortir de ma bouche lorsque ce démon intima l'ordre à ses sbires de jeter les cadavres derrière le fourré où je me tenais et de nettoyer le sang à grandes eaux, avant l'arrivée des autres.

Je crus défaillir lorsque je reçus le corps ensanglanté de mon père sur une de mes jambes. J'essayais vainement de le soulever, mais ma faiblesse m'en rendait incapable. Voir mon père, avec sa gorge béante et ses yeux révulsés, me glaçait le sang. Finalement, je l'attrapai par sa veste pour le faire pivoter. En l'agrippant, je me rendis compte qu'il y avait un document dans la doublure de sa veste. J'essayai de l'arracher, en vain. En désespoir de cause, je pris sa veste, la mis sur mes épaules et attendis. Les assassins ne tardèrent pas à réintégrer le mausolée sur l'ordre de Dahmane qui, entretemps, avait ôté le foulard qui lui cachait le visage. Ce n'était plus simplement sa voix. C'était lui. Je me souviens qu'il les avait pressés car ils attendaient d'autres familles juives dont je pressentais malheureusement l'identité.

Une fois le silence revenu, j'essayai de m'enfuir, mais mes jambes ne me portaient plus, alors je rampai. J'ai dû me traîner près d'une heure, avant de m'effondrer face contre sol. Des bras robustes vinrent soudain me happer, m'extirpant de cette terre sanguine. Je me laissais faire. J'étais à la limite de l'inconscience, incapable de réagir.

Je me suis réveillée dans un environnement que je ne connaissais pas. J'étais allongée dans un lit-banquette. En face, il y en avait un autre identique et dans un coin de la chambre, une chaise sur laquelle se trouvait la veste de mon père.

Une jeune fille de mon âge entra. Elle semblait contente de voir que j'étais enfin réveillée. Elle m'apprit qu'elle se prénommait Mourdjane et me fit savoir qu'elle était très heureuse de partager sa chambre avec moi. Je l'en remerciai et je me présentai à mon tour. Elle m'annonça, avec une fierté non dissimulée, que sa famille était druze et que c'était son père Majid, qui m'avait recueillie et à qui je devais la vie. Sa mère se prénommait Nazira et avait trois enfants, dont l'aînée était Mourdjane. J'ai treize ans, dit-elle. Les deux autres étaient des garçons Walid neuf ans et Marwan sept ans, puis elle s'éclipsa.

Informé de mon réveil, par sa fille, Majid al Kacim fit irruption dans la chambre. Il était impressionnant, grand, fort et de belle stature. Il portait un chasuble et un sarouel noir, une haute chéchia blanche ainsi qu'une large ceinture en tissu blanc. Son maintien altier, ses yeux clairs, son visage serein et sa moustache en guidon de vélocipède, si particulière chez les druzes, lui donnaient une vraie posture patriarcale.

Majid prit sa voix la plus douce, comme pour ne pas m'effrayer, et me souhaita la bienvenue dans sa maison. Je regardai, reconnaissante et inquiète à la fois, le visage de mon sauveur. Je tremblai à l'idée qu'il me demande de partir dès que je me sentirai parfaitement rétablie. Je ne savais pas où aller.

Majid dut le ressentir car, à ce moment précis, il me demanda s'il devait prévenir quelqu'un et si je savais où aller? Les yeux embués de larmes, je fis un signe négatif de la tête. Majid me demanda, avec beaucoup de tact, si j'étais disposée à lui conter ce qui était arrivé. Je lui répondis, d'abord, que je n'en avais pas le courage. Puis, me ravisant, je lui demandai deux petites minutes pour me passer de l'eau sur le visage. Je m'assis sur le lit face à lui et débitai mon récit jusqu'à mon évanouissement.

- D'ailleurs, quand j'y pense maintenant. Je me pose la question de savoir par quel miracle vous étiez dans la forêt à cette heure, à moins que vous ne soyez un Ange de Dieu venu me ...

Majid ému, m'interrompit :

- Je ne suis pas un ange, mais un modeste médecin de village, peut-être n'ai-je été qu'un instrument du destin. Tu sais, nous habitons un petit village druze du nom de Beit-Jann, situé à quelques kilomètres à l'Ouest de Safed. J'étais parti dans l'après-midi chercher du lierre terrestre dont les feuilles possèdent, assurément, un goût exceptionnel pour les salades et notamment la confection du taboulé. Ce que les gens ne savent pas en revanche, c'est qu'une décoction de ces mêmes feuilles, une fois séchées, peut traiter des maladies liées aux voies respiratoires tels l'asthme et la bronchite. Malheureusement, on en trouve que dans les sous-bois humides. Le temps d'arriver à Biyrriah et de chercher cette plante fut plus long que je ne l'aurais cru. La nuit m'a surpris. J'ai préféré revenir chez moi en traversant la forêt. Cela m'a paru plus prudent, compte-tenu des événements qui se sont déroulés ce soir-là.

Quand je suis tombé sur toi, j'ai tout de suite compris qu'il y avait eu un drame. Une petite fille seule, gisant dans les bois, cette nuit-là, affublée de la redingote ensanglantée d'un juif pieux, ne laissait aucune place au doute. Alors, je t'ai prise dans mes bras et t'ai transportée pendant des kilomètres, jusqu'à chez moi. J'ai enlevé la veste que tu portais et l'ai mise sur la chaise. Je t'ai placée sur ce lit et je t'ai oscultée. J'ai constaté que tu n'avais aucune blessure et que tu n'avais rien de cassé au niveau des hanches et des jambes car lorsque je t'ai aperçu dans le bois, tu rampais. Ensuite, j'ai prévenu ma fille Mourdjane pour qu'elle s'occupe de toi à ton réveil. Puis, je t'ai laissé dormir.

166

Je l'écoutais sans rien dire. J'étais encore sous le choc. Je n'osais regarder et encore moins toucher la redingote noire de mon père, pourtant posée sur le dossier d'une chaise située à un mètre du pied de mon lit. Majid se leva, me prit la joue et me dit droit dans les yeux.

- *Maintenant tu es ma deuxième fille. Tu es ici chez toi.*

Avant de sortir, il appela Mourdjane, lui demanda de s'occuper de moi en me débarrassant de mes habits souillés. De plus, des vêtements juifs lui semblaient inappropriés pour circuler à Beit-Jann. Il sollicita Mourdjane afin qu'elle me prête des vêtements lui appartenant, en attendant que Nazira m'en achète de nouveaux.

Il prit Mourdjane par le bras et lui dit, d'un ton solennel:

- *Quand elle sera prête, fais-lui visiter toute la maison. Elle reste avec nous. Dorénavant, c'est ta sœur!*

En entendant la dernière phrase de Majid, qui se voulait tranchante et sans appel, je ne suis pas certaine que la surprise de Mourdjane fut plus grande que la mienne. Pour une raison inconnue et qu'il n'arrivera pas à s'expliquer lui-même par la suite, il n'avait pas dit: " Dorénavant, c'est comme ta sœur, mais dorénavant, c'est ta sœur." Cette phrase me laissa perplexe.

Mourdjane sortit à la suite de son père, me laissant seule, à ma circonspection.

Si, d'un côté, j'étais triste d'abandonner tout ce qu'il y avait de juif en moi : les habits, les coutumes, la langue et meme jusqu'a la part de rêve de tout juif dans le monde *"l'an prochain à Jérusalem"*, cette réflexion générait une amertume indélébile qu'il me sera sans doute impossible d'annihiler. La juguler serait, probablement, une étape plus facile à atteindre. Mais en revanche, la profonde affliction que j'éprouvais pour la perte de ma famille restera gravée dans mon cœur à jamais.

Ma famille aurait été certainement très heureuse de me savoir en vie. Pourtant, je ressentais mon sauvetage comme une trahison pour mes parents et toutes les générations qui les avaient précédées. Devoir appeler "Papa" quelqu'un d'autre que Ephraim, mon père et complice de toujours et remplacer ma mère Hannah ainsi que mes frères et sœurs par d'autres personnes me semblait être une infidélité insoutenable. L'abandon d'identité me concernant sonnait le glas de la petite Sarah Litvak.

En définitive, je réalisais que j'étais morte également le soir du 15 juin 1834 dans la forêt de Biyrriah.

D'un autre côté, si mes parents m'avaient donné la vie, Majid et Nazira aussi, en quelque sorte. Majid ne m'avait-il pas sauvée d'une mort certaine? Ne m'avait-il pas offert l'hospitalité, sachant que j'étais juive et qu'il prenait des risques impliquant sa propre famille? Ne m'avait-il pas offert sa protection? Majid était un homme sage et intelligent. Il avait tout de suite compris mon angoisse quant à mon avenir. C'est pourquoi il avait pris cette décision radicale. Il voulait me rassurer.

Bien sûr, je n'étais pas naïve au point d'occulter le fait que cela permettrait à Nazira de compter sur une aide supplémentaire et également à Mourdjane d'avoir pour compagnie, une sœur de son âge. Ce que je ne savais pas encore à ce moment-là, c'est que la raison principale qui avait poussé Majid et sa famille à agir comme ils le firent émanait de la doctrine religieuse druze augmentée du dogme traditionnel de leur ethnie *les Bani Maaron*.

Je me sentais bien dans la famille Al Kacim. Certes, Majid me considérait comme sa fille. Cependant, comment l'appeler? Il m'était impensable de l'appeler Papa et je ne pouvais décemment pas l'appeler Majid. Nous finîmes par nous accorder sur *Bayé* (Papa en druze). Je me sentais aimée, protégée et respectée. Aussi, décidais-je de m'intégrer pleinement et de nouer des relations sincères avec ma nouvelle famille, à commencer par ma nouvelle sœur, Mourdjane.

Elle avait quasiment le même âge que moi. Ce qui facilitait nos relations. Elle était de nature joyeuse et, bien que de culture différente, nous communiquions assez facilement. Il m'a cependant fallu une pleine semaine avant de pouvoir réellement communiquer avec elle. Avec le temps, j'ai commencé à prendre mes marques.

Un matin, Nazira accompagnée de Mourdjane vint me chercher afin de me montrer comment préparer les repas druzes. En nous dirigeant vers l'espace réservé à la confection des mets, Nazira me confia que la cuisine qu'elle préparait pour sa famille était traditionnelle et quasiment végétarienne. Je lui répondis que j'en étais ravie. Pour illustrer son propos, elle me révéla que ce qu'elle comptait faire pour le repas de la journée était constitué de spécialités telles que: *le fattouche* (salade fraîche composée de pourpier, de menthe, de persil, de pain grillé et de sumac), le *mujadara* (appelé aussi le plat du pauvre car uniquement composé de lentilles, de riz et parfois de chou), et le *baba ghanouge* (purée d'aubergine,mélangée à du tahini et arrosée de citron et d'huile d'olive). Pour le repas du soir, elle préparerait du *houmous*, du *bled* et du *boulgour* pour l'inamovible taboulé.

Nazira m'encourageait en me disant que Mourdjane connaissait déjà tous ses secrets culinaires et que je pourrais toujours la consulter, en cas de besoin. D'ailleurs, c'était elle qui, ce matin à la première heure, avait pétri la pâte à pain. Elle en avait ensuite mélangé une petite quantité avec du *zaatar* et de l'huile d'olive pour en faire des *Manayches* (sorte de galettes épicées et parfumées). Elle les avait enfournées quelques minutes et les *manayches* étaient prêtes à être dégustées avec du *labneh* de brebis (yaourt épais) et du thé, pour le repas du matin.

Nazira nous laissa, pour aller rejoindre ses voisines, dans la courette commune où se trouvaient la meule à double roue pour moudre le *bled* (céréales) nécessaire à la réalisation du pain et du repas du soir. Elle n'avait jamais confié cette tâche à Mourdjane. C'était le moment où circulaient les nouvelles et ces femmes aux cheveux totalement recouverts par leur *Avret Drouzy* avaient un rituel immuable. Elles s'asseyaient en cercle autour de la meule. Elles moulaient leur bled en commun puis, chacune pour soi, et le concassaient finement au mortier. Pendant ce temps, elles papotaient.

Mourdjane et moi étions ravies. Nous partagions la même chambre. Nous avions à effectuer les mêmes tâches et, étant deux jeunes filles pubères, nous avions les mêmes contraintes. Mon arrivée fut une bénédiction pour elle, comme pour moi. Ses frères Walid et Marwan étaient devenus trop grands pour que Mourdjane puisse continuer à jouer avec eux. Quant à moi, je n'avais plus personne.

Mourdjane était une fille superbe. Nous nous entendions très bien et nous grandissions ensemble. Nazira avait brûlé mes habits et m'avait acheté des habits druzes à ma taille au souk du village. J'avais une réelle envie de m'investir dans cette nouvelle vie. Je parlais druze même si, le plus souvent, j'écorchais les mots, déclenchant l'hilarité de ma nouvelle famille.

Notre programme de la journée était, certes, établi mais non figé. Nous faisions le ménage, puis la cuisine. Ensuite, un jour sur deux, nous lavions le linge. Les tâches ménagères terminées, nous jouions et rigolions comme des folles tellement fort parfois que Nazira, alertée par une de ses voisines que cela gênait, criait "Sara-Mourdjane", nous associant toujours dans cet ordre. Un jour, je lui ai demandé pourquoi elle citait toujours mon nom en premier. Elle me répondit que c'était plus facile dans cet ordre, et que c'était trop tard pour changer. Même Walid et Marwan avaient pris l'habitude, au fil des mois, de nous appeler Sara-Mourdjane, comme si notre relation syncrétique avait créé une véritable fusion de deux êtres, pour n'en faire qu'un.

Au mois de Septembre de l'année 1834, trois mois après être arrivée à Beit-Jann, je me sentais parfaitement intégrée au sein de la famille Druze Al Kacim. Il ne me restait plus de ma famille d'origine que la redingote souillée de mon père. Je décidai de l'enterrer. Cet enterrement devait entériner définitivement la disparition de la famille Litvak. Je pouvais enfin commencer à faire mon deuil car, jusqu'à ce moment, j'avais tout simplement occulté leur mort de ma mémoire afin de ne pas avoir à en souffrir.

La maison de la famille Al Kacim disposait d'un petit jardin où trônait un chêne vénérable. A l'aide d'une pelle empruntée à un voisin, je creusai une petite cavité. Pendant ce temps, j'avais demandé à Mourdjane de plier la veste de mon père, que je n'osais toujours pas toucher, et de l'envelopper dans un morceau de tissu récupéré d'un ancien vêtement. Mourdjane revint rapidement avec la redingote ballottée avec soin et la plaça dans la cavité. Je la recouvrai à l'aide de la terre excavée. Je la tassai d'abord avec le dos de la pelle puis Mourdjane et moi la compactèrent avec nos pieds. Je pris les trois pierres blanches apportées par Walid, et les déposai sur ce petit carré de terre tumulaire. Depuis, tous les vendredis, je venais me recueillir sur ce qui restait de mon père Ephraïm, le petit tailleur de Safed.

Un jour, Nazira vint voir Majid et lui fit part de cancans circulant autour de ma présence dans ce village druze très traditionnel de Beit-Jann. Majid parut embêté. La situation était électrique et pouvait dégénérer pour n'importe quel prétexte, même futile. Elle lui rapporta que certaines familles druzes, malgré leur hospitalité dogmatique, craignaient que la présence d'une jeune fille pré-nommée Sarah dans leur village ne soit une source de conflits permanents. Certains fellahs en voulaient toujours aux druzes, depuis la décapitation de centaines d'entre eux par le général druze allié d'Ibrahim Pacha, l'Emir Bechir, venu punir les émeutiers du pogrom de Safed, moins de deux mois plus tôt.

Majid prit conscience qu'il fallait impérativement tuer dans l'œuf cette rumeur. Après avoir longuement réfléchi, il en déduit que, puisque le problème émanait du nom de Sarah, il lui suffirait de supprimer ce nom pour supprimer le problème. Il me fit venir, m'expliqua en détail la situation, et proposa de me rebaptiser pour me protéger. Il changea mon nom de Sarah en Salma.

Cette fois, c'en était bien fini de la petite Sarah. Je n'avais plus à porter de souvenirs douloureux. Je m'appelais Salma et n'avais même plus à me recueillir tous les vendredis sur la tombe d'une veste. J'acceptai sans rechigner. Je me sentis druze.

Je demandai à Nazira si elle y était pour quelque chose dans le choix de ce nouveau nom. Elle me répondit dans la négative, sans comprendre. Amusée, je lui fis remarquer la proximité entre les deux noms. Je lui fis part de ma certitude concernant ce choix préféré pour faciliter la prononciation de Salma-Mourdjane. Elle se mit à rire.

La rumeur s'estompa lentement et finit par s'éteindre complètement, donnant raison à Majid. Mourdjane me demanda un jour pourquoi je ne m'appelais pas Al Kacim comme elle? Je lui répondis que Bayé ne me l'avait pas proposé.

Le lendemain, je rapportai à Majid l'interrogation de Mourdjane. Il parut gêné, puis il finit par me dire que pour porter son nom il faudrait qu'il m'adopte officiellement et que cela lui était impossible. Après un long silence, il comprit que sa réponse était un peu courte et qu'il me devait un minimum d'explications. Il m'entraîna à l'écart et me dit :

- *Asseyons-nous, je vais t'expliquer. Notre famille est originaire du Chouf au Liban, plus précisément de la tribu des Bani Maaron. Une tribu qui a un sens aigu de l'hospitalité puisque la devise est la suivante : Ceux qui aiment rendre service. Les druzes sont d'origine ismaélite et ne reconnaissent pas la charia. Par exemple, nos hommes ne sont pas circoncis et peuvent boire de l'alcool dans certaines circonstances. L'interprétation de notre*

Livre Saint est uniquement réservée aux Sheikhs qui, seuls, sont habilités à prendre des décisions et à étudier notre dogme basé sur un livre saint Ressail al Hikma (les épîtres de la sagesse) écrit et dévoilé par Hamza Ibn Ali Ibn Ahmad. Notre religion est purement ésotérique et basée sur la métempsychose, c'est-à-dire la réincarnation des âmes (homme pour homme) et non (homme pour animal, plante ou végétal). En conclusion, seul un druze peut se réincarner en druze. Cela veut dire que chez nous il n'y a ni conversion, ni mariage mixte, *ni adoption. J'en suis sincèrement désolé, Salma.*

Je n'aurais jamais imaginé une telle réponse lorsque j'ai posé cette question à Majid. Curieusement, je n'étais pas triste, juste désabusée et, disons-le honnêtement, déçue. Majid m'avait clairement expliqué les bases doctrinales de la religion druze et les conséquences qui en découlaient. Je pouvais lui reprocher de ne pas m'en avoir informée plus tôt mais cela ne pouvait, en aucune manière, me faire oublier qu'il m'avait sauvé la vie, protégée et nourrie. Mon problème à présent se résumait à : Maintenant que je sais, comment dois-je réagir ?

Tout compte fait, je décidai de ne rien changer et continuer à vivre comme d'habitude , mais sans m'investir corps et âme, puisque c'était sans issue. Finalement, c'était peut-être mieux comme ça. Pour ce qui concerne Majid, je continuerai à l'appeler Bayé, mais en le vidant de son sens initial pour ne lui conserver que son sens oriental. C'est-à-dire une forme respectueuse due à un homme plus âgé. J'agirai de même concernant le reste de la famille. Les mots seront les mêmes mais...

Les mois s'ecoulaient paisiblement à Beit-Jann. Tout était rentré dans l'ordre. Nous attendions tranquillement l'arrivée de l'été 1836 lorsque Majid annonça à la famille réunie qu'il comptait organiser un repas de présentation, le 29 juin, pour les seize ans de Mourdjane. La maisonnée était en pleine effervescence. J'en profitai pour demander à Mourdjane, radieuse et nageant en plein bonheur, ce qui reliait son anniversaire et cette présentation. Elle me répondit que son père s'était arrangé, de longue date, avec le chef d'une famille de bonne réputation de Beit-Jann pour unir leurs enfants. Les deux futurs mariés seraient présentés le jour des seize ans de la jeune fille. Je lui demandai si elle le connaissait. Surprise, elle répondit par la négative me rappelant que ce n'était pas la coutume et qu'elle ne parlait pas avec les garçons sous peine de passer pour une trainée et de salir la réputation de sa famille. De toute façon, elle faisait entièrement confiance à son père pour le choix de son futur époux.

Le 29 juin, Nazira vint me réveiller très tôt. Elle m'accompagna jusqu'à la salle d'eau et me dit *"Prépare-toi avant que les hommes ne se lèvent. Quand tu seras prête, nous irons confectionner des Manayches pour le repas du matin. Mourdjane nous rejoindra plus tard. Elle a besoin de repos aujourd'hui."*

Pendant que nous pétrissions, je demandai à Nazira si elle savait combien il y aurait de convives ce soir. Elle me répondit, de façon énigmatique, que toute leur famille viendrait mais qu'elle ne savait pas combien ils seraient exactement. Ça ne se faisait pas de demander. Puis, elle me dit sur le ton de la confidence qu'elle comptait sur moi, ce soir, pour assurer le service. Que malheureusement, je serai seule puisqu'à l'évidence ni elle ni Mourdjane ne seraient disponibles. Je connaissais maintenant la vraie raison de se lever aux aurores. Je la rassurai en lui rappelant que Mourdjane était ma sœur. J'avais sciemment appuyé sur les mots Ma soeur. Elle opina, se leva et eut un rictus qu'elle crut me faire passer pour un sourire.

Je sentais que je commençais à devenir un poids pour la famille Al Kacim. Enfin, s'il s'agissait uniquement d'une aide, Nazira aurait pris une jeune fille du village, n'étant liée à aucune des deux familles. Cette volonté d'éloignement, mal dissimulée, me fit mal bien que j'en compris la cause. Mourdjane, aussi, avait ostensiblement changé ses rapports avec moi depuis l'annonce de sa présentation et de son mariage prochain. Je me raisonnais en me disant que bientôt, nous ne nous verrons plus.

Le soir venu, je portai mes habits ordinaires et fis le service, sans jamais m'asseoir ou parler avec la tablée, de sorte que la distanciation sociale et familiale soit clairement établie et qu'aucune question gênante ne vienne troubler cette présentation cruciale où furent débattus tous les aspects du mariage. La soirée dura jusqu'à une heure avancée de la nuit. Finalement, la date du 15 septembre, imposée par Majid, fut validée. La noce se déroulera dans le jardin du sheikh Tewfik Karamé qui assurera la célébration du mariage. Les deux familles s'étaient mises d'accord sur un bon nombre de points, selon la coutume du village. Tous les habitants de Beit-Jann seront invités au mariage de Farid et Mourdjane et seront les bienvenus. La dot de Mourdjane se résumait à des éléments de trousseau et des ustensiles de cuisine. Enfin, le jeune couple logera chez Rachid, le père du marié qui leur octroyera une partie de son jardin pour y construire une petite maison.

Au moment de leur départ, j'avais quasiment terminé, hormis trois tasses restées sur la table. Tout avait été lavé, briqué et rangé. Dès lors, j'attendais le moment opportun pour rallier rapidement notre chambre, sans rencontrer qui que ce soit. Je n'avais nullement envie de parler. Toutefois, malgré toutes mes précautions, en traversant la pièce de vie, mes yeux croisèrent ceux de Majid qui les baissa aussitôt, rouge de honte. Je m'empressai de rejoindre mon lit, désirant plus que tout, être déjà endormie lorsque Mourdjane viendrait se coucher, la tête pleine de rêves.

Dès son réveil le lendemain, Mourdjane, radieuse, me posa les questions auxquelles je m'attendais et qui, cependant, n'auraient rien de saugrenu si j'avais été réellement considérée comme une sœur: *"Que penses-tu de lui ? Comment le trouves-tu ? Pourquoi n'es-tu pas venue t'asseoir avec nous hier soir ? C'est dommage!"* Je ne savais pas si c'était réellement de l'ignorance de sa part, de la bêtise ou du sarcasme. Dans le doute, je décidai de lui répondre clairement et sans ironie. Concernant sa deuxième question, il avait, certes, une belle allure. C'est ce qui comptait, n'est-ce pas? Elle m'avait bien dit que la beauté n'était pas un critère important chez un homme! Concernant sa première question, je ne pouvais rien dire de lui, n'ayant échangé ni un mot, ni un regard avec lui et que par conséquent, je réservais ma réponse. Quant à sa troisième question, je la trouvais déplacée. Je lui fis remarquer que je faisais le service et que si j'étais venue m'asseoir, c'était sa mère ou elle qui aurait dû se lever.

Elle eut le tort d'insister lourdement, affirmant qu'après, j'aurais pu venir quelques instants pour elle, pour lui faire plaisir. Je ne pus m'empêcher de lui rétorquer *"Et tu m'aurais présentée comment ? Comme ta sœur ou comme une pauvre fille recueillie ? Allez, fais un effort, réponds !"* Mourdjane resta sans voix.

Pendant les préparatifs du mariage, Farid venait presque tous les jours. Les futurs mariés paraissaient amoureux tous les deux. Ce qui me semblait plutôt rafraîchissant pour un mariage arrangé. J'étais persuadée que d'ici le 15 septembre, nous verrions un véritable mariage d'amour, même si ce n'était pas le but premier. Farid n'était pas spécialement beau, mais il avait un certain charme. Il était également très doux; ce qui ne satisfaisait pas forcément Rachid, son père. Pendant l'été 1836, les relations entre Mourdjane et moi s'étaient sensiblement distendues. Pendant cette période prénuptiale, elle et Nazira étaient constamment avec Farid à la maison. Lorsque Nazira devait s'absenter pour se rendre chez un commerçant ou chez la couturière, c'était Walid et Marwan qui servaient de chaperons aux fiances. Quant à Majid, il était soit chez des malades soit avec Rachid, le père de Farid, pour affiner un point du mariage resté en suspens. Résultat, personne n'avait de temps à me consacrer et ça me convenait très bien. Le mariage se déroula dans une ambiance endiablée.

Deux cent personnes étaient venues honorer de leur présence l'union de Farid et de Mourdjane et parmi les invités de Majid, se trouvait son frère Kamal venu spécialement de *Daraa*, une ville du Hauran dans le sud de la Syrie, pour assister au mariage de la seule fille de son frère aîné Majid. Ce dernier me présenta, et lui demanda de l'excuser quelques minutes. Il lui proposa de boire et de manger à satiété, en attendant.

Majid me prit à part, et me dit: *"Je suis atterré par le fait que la religion druze considère qu'une personne qui n'est pas née druze ne puisse pas le devenir. Mais, je suis pieds et poings liés. Ta situation me peine. Malheureusement, je ne peux rien faire. Je tenais également à te remercier pour ton attitude lors de la soirée de présentation. Nous n'aurions jamais pu éviter des questions embarrassantes qui auraient généré des réponses compliquées. Je voudrais te confier un secret. J'ai recréé pour un soir, un couple récemment disloqué, Salma-Mourdjane."*

Devant mon air surpris, il poursuivit : *"Je suis heureux, ce soir, parce que j'ai marié ma fille. Alors je bois un verre. Et puis, j'en bois un autre. Mais le deuxième, c'est pour toi, car tu as seize ans aujourd'hui. C'est pourquoi, j'ai imposé cette date bénie du 15 septembre. Voila ma fille, c'est un petit secret entre nous. Je veux aussi te dire combien tu comptes pour moi"*. Les larmes m'envahirent. Majid s'en alla rejoindre son frère. Les invités qui croisèrent mon regard crurent que je pleurais de joie.

Cette fête se termina dans la joie et l'allégresse. Pour ce qui me concerne, vu le nombre de verres d'arak bus par Majid, mon anniversaire avait été aussi dignement fêté que le mariage de Mourdjane. Ce soir-là, pour la première fois, nous rentrions à la maison sans elle.

Les jours qui ont suivi le mariage furent chargés d'émotions diffuses, allant des larmes de Nazira à la fierté de Majid d'avoir marié sa fille à un homme du village dont les familles se connaissaient de longue date. Les garçons chahutaient sans avoir pris conscience que Mourdjane avait définitivement quitté la maison. En ce qui me concerne, comment ne pas me sentir heureuse pour Mourdjane. Je l'aimais. Elle avait été ma sœur quasi-jumelle pendant plus de deux ans. Nos deux noms étaient même associés. Certes, les choses avaient évolué depuis ses fiançailles. Mais j'avais seize ans, moi aussi, et il fallait que je me prenne en main car il devenait évident que je n'avais aucun avenir à Beit-Jann.

Majid essayait de convaincre Kamal de rester à Beit-Jann pour quelques mois. Il estimait qu'il avait des obligations vis-à-vis de son frère plus jeune et déjà veuf. Finalement, ce dernier accepta. Mais auparavant, il lui fallait aller à *Moukhtara*, dans la vallée du Chouf au Liban. Dans cette région très riche en plantes médicinales, il y connaissait un marchand druze chez qui il se ravitaillait régulièrement, tous les ans.

C'est leur père Hicham qui avait initié ses fils, Majid et Kamal, à la médecine traditionnelle et leur avait transmis un savoir ancestral portant sur la guérison des maladies par les plantes. Hicham avait quitté le Chouf avec sa famille, juste après la naissance de Kamal, pour émigrer en Haute-Galilée également sous domination Ottomane. Ils s'installèrent à Beit-Jann et Hicham y mourut en 1818. Un an plus tard, Majid épousait Nazira, fille d'un notable du village.

De son côté, Kamal avait rencontré Iman dans le Hauran Syrien, lors d'une de ses pérégrinations pour ramener des plantes rares. Il l'épousa et s'installa avec elle à Daraa. Malheureusement, Iman mourut en couche deux ans plus tard et l'enfant ne survécut pas. Kamal sombra dans une profonde dépression et il lui fallut de nombreuses années pour se remettre de ce drame.

Enfin sorti de sa dépression, Kamal profita de l'occasion offerte par le mariage de sa nièce Mourdjane pour renouer le contact avec son frère qu'il n'avait pas revu depuis de nombreuses années. Majid, de son côté, insistait pour que son jeune frère reste quelques mois à Beit-Jann, nourrissant en secret, l'espoir de le voir se remarier et s'y installer de nouveau, ou dans une localité druze des environs.

Mourdjane était mariée depuis une dizaine de jours. Bien qu'elle soit venue avec son mari, rendre visite à sa famille à trois reprises, elle semblait à l'aise et de plus en plus détachée. Par ailleurs, je la sentais se démarquer progressivement de moi. Aujourd'hui, leur visite était motivée par le départ de Kamal qui devait partir au Liban, le lendemain matin. Majid avait donné une liste ainsi qu'une somme d'argent afin que Kamal lui rapporte des plantes médicinales, difficilement trouvables en Haute-Galilée.

L'absence de Kamal dura environ six semaines pendant lesquelles les nouvelles habitudes s'escrimaient avec peine, à trouver leur place. Farid et Mourdjane ne venaient plus qu'une fois par semaine.

Concernant nos relations, Mourdjane devenait clairement distante, à tel point que j'avais énormément de mal à imaginer notre relation fusionnelle, il y a encore quelques mois.

Le pire était certainement que Majid s'en rendait compte, mais ne disait mot.

Nazira, qui au début cherchait à compenser le départ de Mourdjane en se rapprochant un peu, ne communiquait plus avec moi que pour évoquer les tâches ménagères.

Les deux garçons jouaient entre eux ou avec d'autres garçons du village à des jeux plus virils. Walid, l'aîné, venait d'avoir douze ans et la façon dont il commençait à scruter mes formes n'avait rien de fraternel.

Ces derniers temps, Majid à l'évidence, gêné par cette situation, mais ne sachant comment s'en dépêtrer, prit la décision de l'ignorer. Il préféra laisser les événements agir pour lui, de sorte que je songeais de plus en plus à quitter Beit-Jann. Mais pour aller où?

Le retour de Kamal fut salutaire. Il revint avec un enthousiasme qui tranchait avec la morosité ambiante et, l'espace d'un moment, la maisonnée retrouva un peu de vie et de couleurs. Les retrouvailles avec son frère, suivies d'un retour aux sources de la famille Al Kacim dans les montagnes et la vallée du Chouf, lui avaient redonné goût à la vie auprès des siens, pour le plus grand plaisir de Majid. Kamal comprit rapidement qu'il y avait un malaise latent à mon sujet. Il interrogea son frère sur mon origine et, après moults atermoiements, Majid consentit à lui raconter mon histoire et, par voie de conséquence, la raison pour laquelle je demeurais chez lui. Kamal se montra aussitôt très prévenant et très attentionné avec moi.

Il devint rapidement mon confident. Sa présence me faisait du bien, de plus, il était drôle et affable. Majid paraissait se satisfaire de cette opportunité. Ce qui ne semblait pas être le cas de Nazira qui craignait de nouveaux problèmes. Kamal se souciait de moi et j'en étais ravie. Entre le laxisme de Majid et l'indifférence du reste de la famille, je trouvais un homme bon et empressé qui ne s'epargnait aucun effort pour me faire plaisir. Il me faisait systématiquement intégrer toutes les conversations qu'il avait avec Majid ou Nazira; ce qui me donnait enfin l'impression d'exister dans cette maison. J'en avais un grand besoin pour compenser ma frustration.

Kamal apporta, un jour de la mi-décembre, un joli foulard qu'il m'offrit en toute discrétion. Je le remerciai mais lui fis observer, en souriant, que mon anniversaire était le 15 septembre et que la date était passée depuis trois mois.

Il me répondit, à voix basse *"Moque-toi de moi. Laisse tout le monde penser que je me suis trompé. En vérité, c'est pour la fête de Hanoucca."*

Je restai sans voix. C'était la première fois depuis que j'étais à Beit-Jann que quelqu'un faisait allusion à une fête juive. Cette évocation me remua profondément, en tout cas, beaucoup plus que je ne l'aurais imaginé. Ce foulard druze me ramenait deux ans et demi en arrière.

Les jours qui suivirent, Kamal se montra encore plus pressant, au point que je commençais à m'inquiéter réellement d'une situation qui devenait compliquée et allait fatalement mal tourner, si je n'y mettais pas un terme.

Le 25 décembre, alors que Majid était parti rendre visite à un malade et Nazira moulait le bled avec ses voisines, Kamal me demanda de lui faire un thé. Lorsque Walid et Marwan sortirent rejoindre leurs amis dans la ruelle, il m'offrit un pendentif que je refusai poliment mais fermement. Il soutint que c'était pour Noel, mais je restai décidée à ne plus rien accepter de lui. Pour en finir avec cette équivoque, je me vis contrainte d'avoir une discussion sérieuse avec lui. Je m'assis en face de lui et lui fis comprendre que son attitude était compromettante et surtout qu'elle ne mènerait à rien. Je lui expliquai ce qu'il savait déjà, à savoir que s'il voulait une nouvelle épouse, il devait chercher une femme druze et que s'il voulait un passe-temps, il n'avait pas frappé à la bonne porte. Je lui dis enfin que c'était un homme bien et qu'étant le frère de Majid, je l'aimais comme on aime un oncle.

Kamal se leva sans dire un mot. Il sortit et ne revint que le soir. Contrairement à ses habitudes récentes, il ne m'adressa pas la parole et prit soin de ne jamais croiser mon regard. Cette situation dura trois jours qui furent éprouvants pour tout le monde.

Kamal n'arrivait pas à cacher sa peine et en souffrait. Pour ma part, si je subissais les affres de cette situation sans culpabiliser, je ne pouvais m'empêcher de ressentir de la tristesse pour lui. Nazira, qui avait prévu l'éventualité d'un dérapage de la situation, soupirait sans arrêt et Majid, bien qu'angoissé, continuait de s'attacher à ne rien voir.

Ce même soir à la fin du repas, après avoir débarrassé la table, je leur souhaitais une bonne nuit et allais me coucher en les laissant discuter entre-eux. Je voulais être seule pour réfléchir. Ma réflexion m'amena à une inéluctable solution d'éclatement. Soit Kamal renonçait à poursuivre son installation à Beit-Jann et retournait à Daraa, soit demain matin, c'est moi qui annonçais mon départ.

Malgré la peine et la peur qui m'étreignaient, je savais au fond de moi que c'était la meilleure solution et qu'elle arrangerait tout le monde.

Je me mis a pleurer, mais ma décision était prise.

Le lendemain, à l'heure où on mangeait les manayches, je fixai Majid et Nazira droit dans les yeux et les remerciai de m'avoir sauvé la vie. Puis, regardant également Walid, Marwan et Kamal, je leur dis que je les aimais tous et que je ne les oublierai jamais pour tout le bonheur qu'ils m'avaient prodigué enfin, les larmes aux yeux, je leur annonçai ma décision:

- Si vous le permettez, je repartirai pour Safed d'ici trois ou quatre jours, le temps de me préparer.
Pour ne pas être submergée par les larmes, je filai dans ma chambre sans demander mon reste.
Majid et Kamal vinrent toquer à la porte. Je séchai mes larmes et les laissai entrer. Majid me demanda où je comptais aller. Je répondis que je ne savais pas encore, vu que je venais de prendre ma décision. Il me dit de bien réfléchir parce qu'il ne me demandait pas de partir. Kamal ajouta que si c'était de sa faute, il ne fallait surtout pas que je parte. Je leur répondis que je n'avais aucun avenir et surtout aucune possibilité de fonder une famille ici ou dans aucun autre village druze.
- J'ai bien réfléchi, ma décision est la bonne et elle est irrévocable. Mon futur s'écrit inexorablement ailleurs. Mais je ne vous remercierai jamais assez.
Ils sortirent de la chambre tristes et déçus mais ils savaient que j'avais raison. Je m'endormis, fière d'avoir eu le courage de franchir le pas, mais terrorisée de devoir repartir à Safed, seule, sans argent et sans amis avec l'angoisse permanente de tomber sur Dahmane à chaque coin de rue.
Depuis que j'avais annoncé mon départ, toute la maisonnée était aux petits soins avec moi. Les deux garçons redoublaient de serviabilité. Kamal me souriait et me reparlait de nouveau. Nazira était touchante d'attention. Quant à Majid, la tristesse ne l'avait pas quitté.
La soirée de fin d'année se déroula dans une très bonne ambiance. Mourdjane et Farid avaient saisi cette occasion pour me saluer une dernière fois. Il n'y eut, certes, ni rires ni chants mais l'atmosphère était conviviale et détendue. A minuit précise, Nazira lança un youyou strident se rapprochant plus du déclenchement d'une sirène d'alarme que d'un cri d'allégresse. Les hommes applaudirent, puis levèrent leur verre au cri de bonne et heureuse année 1837. Majid en profita pour bénir un à un tous les convives. Il bénit d'abord sa fille Mourdjane et son gendre Farid, en leur souhaitant un garçon au cours de l'année à venir ainsi que de l'avancement dans la construction de leur maison. Puis à Walid et Marwan, il souhaita une excellente année 1837 et il enjoignit Walid d'embrasser la même carrière que lui et de devenir médecin. Il se tourna ensuite vers Kamal et lui souhaita une nouvelle

année magnifique où il s'installerait à Beit-Jann et où il trouverait bonheur et prospérité.

S'adressant enfin à moi, il me souhaita tout le bonheur du monde parce que, pour lui, j'avais suffisamment souffert. Il me dit "Que Dieu te protège", et me souhaita également un bon parti et surtout de veiller à ne pas les oublier. Je le remerciai avec les yeux. Puis, toute la tablée fit des commentaires sur les bénédictions des uns et des autres. Mourdjane me demanda où je pensais aller. Je lui répondis que j'avais déjà une petite idée. Le plus étonnant, c'est que Farid, qui jusqu'à ce jour ne m'avait jamais adressé la parole, fut curieusement le plus loquace.

A la fin du repas, lorsque Farid et Mourdjane rentrèrent et que les garçons se couchèrent, Majid me dit *"Demain, je suis occupé, j'ai des gens à voir au village. Mais, après-demain matin, je n'ai rien prévu. Alors, si tu le veux, Kamal et moi nous t'accompagnerons à travers champs, jusqu'à la forêt de Biyrriah. Puis, de là, nous irons à Safed. Cela t'évitera de faire de mauvaises rencontres en chemin. Tu as grandi. Tu es une magnifique jeune fille maintenant."* Puis en souriant *"N'est ce pas Kamal?"*

Le lendemain, 1er janvier 1837 à 16 Heures précises, la terre trembla et se fissura dans un fracas assourdissant. Certaines maisons s'écroulaient, d'autres se lézardaient. Il n'y eut que quelques morts, mais des dizaines de blessés, et surtout un nombre conséquent de disparus qui nécessitait un déblayage rapide des décombres. Les routes étaient impraticables tant par le fait des dégâts dus au séisme que par la neige et le verglas qui les couvraient. Un froid polaire sévissait en ce début du mois de janvier. Une demi-heure plus tard, une réplique d'une intensité nettement plus faible secoua de nouveau le village. L'année 1837 ne pouvait pas plus mal commencer.

Dans ces conditions, plus question de quitter Beit-Jann. Majid et Kamal se démenaient sans compter. Mais il leur fallait une aide-médicale constante. Cette fois, les deux frères médecins n'avaient pas à guérir des patients malades. Ils devaient soigner, en urgence, des blessés qui pouvaient mourir, faute de soins rapides.

Nous ne recevions aucune nouvelle de l'extérieur, aucune aide et bien évidemment aucun médicament. Nous étions complètement ignorés par les Wilayas de Safed ou de Sidon et laissés pour compte par le gouvernement egyptien. Pire, nous ne savions même pas si d'autres villes ou villages avaient subi des dommages et quelle pouvait en être leur importance. Nous étions livrés à nous-même et ne dormions quasiment pas. Les docteurs Al Kacim s'échinaient à la tâche. Kamal me demanda de piler les capitules séchés d'une fleur qui poussait dans les montagnes et dont le nom était *arnica*. Il en fit un onguent que je devais appliquer rapidement à toutes les personnes victimes d'un choc ou d'une blessure non ouverte. Cette médication, ajoutée à l'eau froide, devait leur éviter la constitution d'un hématome. Cette pommade une fois appliquée, produisait des effets anti-inflammatoires et analgesiques qui attenuaient énormément la douleur, offrant aux blessés, le temps nécessaire à une résorption des différentes contusions. Aussi, me demanda-t-il de commencer par les enfants. Kamal élaborait également des décoctions sédatives et anesthésiques à partir de la *valériane* ainsi que des mixtures extraites de l'*opium*, issu des fleurs de pavot séchées. Celles-ci avaient des propriétés analgesiques en vertu de leurs psychotropes sédatifs. Certaines de ces fleurs de *pavot* donnaient des substances plus puissantes, comme la *morphine*, qui permettaient à des blessés graves, de ne pas trop souffrir en attendant les soins ou si les soins s'avèraient trop douloureux. Toutes ces herbes et ces fleurs médicinales de toutes les couleurs avaient été rapportées du Liban, grâce à une coïncidence miraculeuse, deux mois plus tôt. Les anciens et les sages chiquaient du *haschisch*, qu'ils produisaient eux-même depuis des générations en cultivant le *chanvre*, pour se détendre et supporter les douleurs physiques et morales.

Majid tentait de résorber les fractures à l'aide d'attelles, faites de planchettes de bois fabriquées par le charpentier du village. Pour arrêter les saignements surabondants de certains blessés, en les empêchant de se vider de leur sang, il bourrait leurs plaies béantes de cataplasmes de mousse des bois compressés qui officiaient comme des tampons ultra-absorbants, stoppant momentanément l'hémorragie et permettant à Majid de désinfecter les blessures et prodiguer quelques soins avant de les recoudre.

Après avoir appliqué l'*arnica* à tous ceux qui en avaient besoin, je donnais les mixtures calmantes et anti-douleur à ceux que Majid me désignait. Je faisais les bandages pendant qu'il fixait et maintenait les attelles.

Un groupe d'hommes, dont Farid, dégageait les pierres des maisons écroulées, une à une, dans l'espoir de retrouver des survivants. Les pleurs de ceux qui ne retrouvaient pas un parent se mélangeaient à ceux des enfants ou des adultes qui souffraient atrocement. On m'appelait de tous côtés. Je m'efforcais, pourtant, de répondre à tout le monde. Il n'y avait plus ni jour, ni nuit. Nous étions exténués, mais personne ne songeait à se plaindre.

Mourdjane avait relayé sa mère dans la courette de la maison familiale et moulait le bled avec les voisines, sans discontinuer. Nazira le prenait encore chaud et partait le distribuer à toutes les familles qui avaient perdu leur maison.

Elle avait également un panier dans lequel elle avait mis du pain, des manayches, du fromage de brebis, du houmous et des pommes ainsi qu'une cruche pleine d'eau qu'elle nous apportait une fois par jour vers 11 heures, où que nous nous trouvions, car nous ne faisions aucune pause, même pour déjeuner.

Sur une terrasse surplombant la place centrale, Tewfik Karamé le sheikh de Beit-Jann, entouré de deux sages et de deux anciens, dissertait et essayait de faire le compte des victimes et des disparus, d'après une liste des personnes vivantes qu'on venait de leur remettre et qu'ils comparaient avec celle comprenant les noms des 253 familles que comptait le village.

C'est à ce moment, qu'une petite fille en pleurs traversa la place, à la recherche de ses parents. Le sheikh scruta la scène d'un regard périphérique. M'apercevant dans le lointain, il me héla à plusieurs reprises sans succès jusqu'à ce qu'une personne, servant de relais, me prévint de l'appel du sheikh. Nous étions trop éloignés l'un de l'autre pour qu'il parlât à la cantonade. Alors il me regarda, puis regarda la petite fille. Par mimétisme, je suivis son regard jusqu'à l'enfant et compris ce qu'il attendait de moi. Je courus vers la petite, sans perdre un instant et lui demandai où elle avait mal. Elle me dit en sanglotant qu'elle avait perdu ses parents. Cette révélation me fit froid dans le dos et fit remonter en moi un flot de souvenirs que ma nouvelle vie chez les druzes avait réussi à balayer. Je la pris dans mes bras et me mis à la consoler et à la rassurer. Je lui promis que je resterai avec elle et que je ne la lâcherai pas jusqu'à ce qu'on les retrouve (dans mon fors intérieur, je priai pour qu'ils soient vivants).

Le sheikh Tewfik Karamé n'avait rien perdu de la scène. Grâce au ciel, je finis par croiser une femme qui la connaissait et qui me renseigna sur l'endroit ou sa famille s'était réfugiée. Je les retrouvai et leur remis leur fille qui, dans un premier temps, eut un peu de mal à quitter mes bras. Les parents me remercièrent chaleureusement et m'embrassèrent.

Mais, je dois avouer que ce qui me fit le plus plaisir, c'est qu'ils m'avaient appelée par mon nom: Salma. Me faire reconnaître et apprécier par l'ensemble des habitants du village, y compris leurs sages et leur sheikh, fut une autre victoire sur l'adversité.

Les jours se suivaient. Les villageois reconstruisaient ce qui pouvait l'être. Les sages avaient terminé leur recensement qui laissait apparaître un bilan de 9 morts, 144 blessés dont 28 graves qui nécessitaient des soins hospitaliers et 2 disparus, sur un total de 1186 habitants que comptait Beit-Jann et ses 253 foyers.

Pendant que les familles enterraient leurs défunts, deux groupes d'hommes distincts cherchaient inlassablement à retrouver les deux disparus, membres d'une même famille. A priori le père et le fils n'étaient pas dans leur maison lors du tremblement de terre. Majid et moi, continuions à soigner les blessés comme nous le pouvions et Kamal poursuivait sans relâche la préparation des potions et des pommades, étreint par l'angoisse persistante de manquer de plantes à un moment ou à un autre. Le quatrième jour, les disparus furent enfin retrouvés. Malheureusement, le père n'avait pas survécu.

Aux dires saccadés du jeune homme commotionné, un bloc de mortier suivi d'un éboulement conséquent s'était abattu sur eux. Les infortunés eurent à peine le temps de se jeter dans un renfoncement. Mais le père prit la plus grande partie du choc en se couchant sur son fils pour le protéger.

Les hommes l'enveloppèrent dans une couverture, puis ils prirent une civière et transportèrent l'adolescent en état de choc chez lui, où sa mère l'attendait. Elle avait, au préalable, été prévenue par des voisins ayant participé aux recherches, de la perte de son époux et du sauvetage miraculeux de son fils. Il était très faible et à la limite de l'hypothermie. Kamal, appelé en renfort, accompagna la civière jusqu'à son domicile.

Les jours qui suivirent n'apportèrent toujours aucune nouvelle de l'extérieur. Beit-Jann vivait en totale autarcie. Une fois tous les morts enterrés et les disparus retrouvés, il ne restait plus que des blessés au nombre de 145. Majid s'occupait des 28 victimes gravement atteintes et moi des 117 victimes légères, sous l'égide de Kamal qui m'apprenait, au fur et mesure, les secrets de ses décoctions et les propriétés principales des plantes qu'il utilisait. Les hommes et les enfants du village essayaient de redonner vie à Beit-Jann. Ils deblayaient les rues encombrées par des amas de pierres, colmataient au mortier et à la chaux toutes les lézardes et consolidaient, à l'aide d'étais, des pans de murs chancelants mais encore debout.

Cela faisait deux semaines que le tremblement de terre s'était produit, lorsqu'une terrible tempête de neige s'abattit sur le village. Elle fut, certes, de courte durée mais dans la soirée, un froid glacial pétrifia Beit-Jann.

Nous étions tous épuisés. Majid avait effectué un travail remarquable, pratiquement sans se reposer. D'ailleurs, il ne restait plus que 15 blessés graves pour lesquels il n'utilisait plus que des philtres à base de morphine pour les soulager, en attendant l'arrivée des secours. Kamal fournissait un travail considérable et surtout crucial. Cependant à la fatigue physique s'ajoutait la fatigue morale car ce qu'il redoutait par-dessus tout, finit par arriver. Les plantes médicinales commencèrent à manquer.

J'étais éreintée. Je grelotais mais je ne pouvais laisser des patients, avec qui je parlais tous les jours, souffrir et être privés de soins. Je courais d'une maison à l'autre, changer un bandage, desserrer un garrot ou encore donner des décoctions de circonstance pour calmer la douleur et les aider à se reposer sans trop souffrir et pouvoir espérer dormir d'un sommeil réparateur.

La fièvre me cuisait le corps et la tête. Mon nez n'arrêtait pas de couler et ma gorge était si enflammée que je ne pouvais même plus avaler ma salive. Je retournai à la maison, courbaturée et fourbue. J'étais prise de maux de tête lancinants et persistants.

Kamal, analysant rapidement les symptômes, déduisit que j'avais attrapé une méchante grippe. Il demanda à Nazira de couper de larges bandes de tissu et d'en faire des protections pour le nez et la bouche et d'en envelopper tous ceux qui habitaient dans cette maison. Il rajouta *"Sans exception car cette maladie est extrêmement contagieuse"*. Il demanda à Walid d'aller en informer Majid, puis il voulut concocter une tisane pour calmer la virulence de cette grippe. Mais je le stoppai net *"Garde les plantes pour les blessés"*.

Kamal demanda à Nazira de faire bouillir suffisamment d'eau pour en avoir d'avance et il lui demanda également du romarin, du gingembre frais, du citron et du thym. Nazira lui répondit qu'elle n'avait ni romarin ni gingembre frais. Alors Kamal eut l'idée de tenter un vieux remède de famille. Il accepta le thym et le citron, prit lui-même un bâton de cannelle qu'il avait repéré auparavant et y ajouta quatre clous de girofle et un peu de miel. Il en prépara une tisane et me la fit boire. Je m'enveloppai dans une couverture épaisse et m'endormis presque aussitôt.

J'ai dû dormir, sans arrêt, pendant deux jours, lorsqu'un vacarme assourdissant me réveilla. J'étais bien trop faible pour me lever. Aussi, appelai-je Nazira. Elle arriva un court instant plus tard, avec la fameuse tisane réparatrice concoctée par Kamal et un petit plateau avec des *baklawas* (gâteau aux noix, à la pistache et au miel), des *halawet el jibn* (gâteau au fromage à la pistache et à la fleur d'oranger). Elle posa le plateau sur le lit et m'intima l'ordre de boire ma tisane encore chaude et de manger pour reprendre des forces. Il m'était absolument impossible d'avaler quoique ce soit sans poser de questions.

- Combien de temps ai-je dormi? Quand as-tu pris le temps de faire des gâteaux? Que se passe-t-il dehors et pourquoi tout ce vacarme?

Elle s'assit au bord du lit et me répondit en souriant :

- Tu as dormi plus de deux jours. Ce matin, de bonne heure, les secours sont enfin arrivés. Ils ont déblayé les routes et commencent à transporter les blessés graves. Majid est avec eux a l'heure actuelle. Il ne devrait pas tarder a rentrer et sera plus à même de répondre à toutes tes questions. Quant aux gâteaux, ce n'est pas moi, c'est la maman de la petite fille perdue qui te les a apportés avec ses meilleurs vœux de rétablissement.

En se levant pour quitter la chambre, elle ajouta :

- Maintenant, bois ta tisane et mange quelques gâteaux. Reste bien couverte, et surtout, ne t'avise pas de sortir, il fait encore très froid dehors!

Suivant les précieux conseils de Nazira, je finis de boire ma tisane et me rendormis.

Il faisait presque nuit lorsque je me suis à nouveau réveillée. Le silence régnait en maître sur le village. Majid et Kamal étaient assis dans la pièce de vie et conversaient à voix basse pour éviter d'écourter même légèrement mon sommeil.

Je me levai et m'enveloppai de l'épaisse couverture comme d'une toge. Puis, je mis mes chaussons et avançai vers eux.

- J'espère que je ne vous dérange pas.

- Non, bien sûr que non, répondit Majid. *Comment te sens-tu ?*

- Beaucoup mieux merci. La fièvre est tombée, mais je suis encore courbaturée et mes maux de tête sont sporadiques.

- As-tu encore le nez qui coule ? Ta gorge est-elle toujours enflammée ? me demanda Kamal.

- Mon nez est chargé, mais ma gorge est moins douloureuse.

- Viens Salma. Ouvre ta bouche et montre-moi.

Kamal observa mes glandes en s'aidant de l'éclairage d'une bougie.

- Tes glandes sont beaucoup moins rouges. Continue de prendre des tasses de tisane, toutes les quatre heures, car tous les ingrédients que j'ai utilisés pour la concocter sont importants: la cannelle et les clous de girofle sont de véritables anti-infectieux, le thym un antiseptique, le miel un formidable antibactérien et un antibiotique naturel, enfin le jus du citron est là pour te donner les vitamines qui te procureront les forces nécessaires à un prompt rétablissement. N'oublie pas d'alterner avec la prise de verres d'eau, car la fièvre de ces derniers jours t'a certainement déshydratée.

- Combien de temps me faudra-t-il pour être guérie ?

- Bois régulièrement, mange et prends des forces. Et dans deux jours, au maximum trois, tu seras sur pieds, m'affirma Majid.

- C'est votre père qui vous a transmis toutes ces connaissances sur les pouvoirs médicinaux des plantes et des fleurs ?

Les deux frères hochèrent la tête positivement. Puis Majid me dit:

- Notre père nous a transmis tout ce qu'il avait reçu de son père. Nous avons fait fructifier cet héritage en y ajoutant toutes les dernières techniques et les dernières révélations de la médecine moderne que nous pouvons lire dans les journaux spécialisés que nous arrivons à nous procurer, parfois avec un ou deux ans de retard.

Kamal poursuivit :

- Concernant les plantes, c'est plutôt vers l'étranger et vers le passé que je me suis tourné. J'ai découvert un jour le livre de Moussa ibn Maimoun, un célèbre savant égyptien du 12e siècle, médecin personnel de Salah el Din el Ayoubi (Saladin), Sultan druze de Syrie et d'Egypte. Cet éminent savant avait écrit un livre dans lequel, il transmettait des informations très précises sur les propriétés de chaque plante et de chaque fleur. Il exposait ainsi leur action concernant les maladies sur lesquelles elles pouvaient agir efficacement, en exerçant naturellement leurs vertus. Je peux vous assurer que ce livre quasiment inconnu dans la région du Hauran m'a énormément servi à parfaire mon savoir et à soigner efficacement les malades avec douceur.

Constatant avec surprise que Kamal ignorait qui était réellement ce docteur, je lui appris avec fierté que *Moussa ibn Maimoun* n'était autre qu'un médecin et docteur de la loi juive, *Rabbi Moshe ben Maimon* que nous appelions couramment par les acrostiches: *"Le Rambam"*. En occident, il etait appelé *Maimonides* par la communauté scientifique. J'ajoutai que s'il souhaitait se recueillir sur la tombe de ce grand homme, il était enterré à Tibériade. Puis, je m'empressai de leur demander des nouvelles à propos de l'arrivée des secours.

Majid prit la parole :

- Les autorités nous ont confirmé que ce séisme avait été d'une très forte intensité et qu'il avait été ressenti jusqu'à Damas. Puis, comme pour répondre d'avance à une question que nous n'avions pas encore posée, à savoir pourquoi avons-nous dû attendre dix-huit jours, sans nouvelles, sans aides, et sans médicaments avant leur intervention de ce jour, un responsable de la wilaya nous a appris que cette secousse tellurique, dont l'épicentre avait été localisé à quelques kilomètres au nord de Safed, avait fissuré une ligne allant de Sidon à Tibériade. Le visage grave, il a ajouté que pour le moment la wilaya dénombrait plus de deux mille deux

cents morts et des dizaines de milliers de blessés. Tous les villages autour de Safed avaient payé un lourd tribut en pertes humaines et subi énormément de dégâts matériels. Le village de Jish, proche de l'épicentre, avait été presque complètement détruit. Des villes telles que Tyr et Tibériade avaient gravement été meurtries et des bâtiments entiers s'étaient effondrés sur leurs occupants. D'après les autorités, toutes les routes et tous les accès finiront d'être déblayés et de nouveau ouverts, d'ici environ huit jours.

Je restai bien au chaud dans mon lit pendant les trois jours qui suivirent. Je mangeais des repas certes frugaux mais néanmoins réparateurs. D'infirmière inlassable, j'étais devenue une patiente très docile. Je suivis scrupuleusement les indications de mes docteurs favoris en buvant la potion en alternance avec de l'eau. J'observai une cadence rigoureuse afin de me soigner et de me réhydrater.

Le 24 janvier 1837, je me levai, complètement guérie. Le froid était fortement tombé. Je demandai à Nazira si elle voulait bien m'accompagner visiter les familles qui m'avaient témoigné beaucoup de reconnaissance et de compassion pendant les premiers jours de ma forte grippe. Je voulais les remercier personnellement avant de partir. Nazira les fit venir à la maison. C'était parfait.

Mon départ avait été fixé au 28 janvier par Majid, compte-tenu de son emploi du temps. Après avoir chaleureusement salué et embrassé Nazira et les garçons Walid et Marwan, je m'appretai à saluer Kamal, qui recula en me disant *"Pas tout de suite, je pars avec vous"*. J'en fus assez étonnée, mais cela ne me gêna pas plus que ça. Finalement, je l'aimais bien.

Lorsque nous sortîmes de la maison, les rues étaient désertes et les foyers étrangement silencieux, bien que le soleil etait déjà haut. Je reconnais m'être sentie un peu frustrée. Certes, il eût été inconvenant, au regard des événements récents, d'espérer une liesse, mais quand même, là, c'était franchement décevant. Cette déception visait principalement Mourdjane qui ne s'était même pas déplacée pour me dire adieu et me souhaiter bonne chance. Majid décela mon dépit et m'assura que Mourdjane demandait toujours de mes nouvelles et que si elle n'était pas venue me dire

au revoir, c'est qu'elle avait dû avoir un impondérable, un empê-
chement de dernière minute.

Au détour d'une ruelle perpendiculaire à la voie principale, nous
aperçûmes la totalité des habitants du village, massée en rang
d'oignon de chaque côté de la route menant à la sortie de Beit-
Jann. C'était le sheikh Tewfik Karamé en personne qui avait eu
l'idée de ce départ triomphal et il avait orchestré cette double haie
d'honneur pour me remercier. Nous nous dirigeames vers la porte
du village, sous les applaudissements nourris d'une foule reconnaissante. J'avais rencontré ces gens dans le malheur, domaine
que j'avais appris à connaître. Je ne les aimais que davantage.
Pour être honnête, ces applaudissements étaient également destinés à Majid et à Kamal qui avaient effectué un travail colossal
allant jusqu'à l'épuisement.
Je remerciai avec déférence le sheikh Tewfik et, avec les yeux,
toute l'assemblée des villageois. Nous allions repartir lorsque
Mourdjane se planta devant moi et me dit *"Pour rien au monde,
je n'aurais raté ton départ. Tu ne m'embrasses pas?"* Je la pris
dans mes bras et l'embrassai vigoureusement. *"Fais attention à
toi Mourdjane. Je te souhaite un fils pour cette année. Que ta vie
soit heureuse avec Farid et que Dieu veille sur toi."* Farid vint
m'embrasser et nous partîmes. J'étais en larmes.

Pendant près d'une heure, personne ne prononça le moindre mot.
Je rompis ce silence en interrogeant mes compagnons de voyage
"Vous étiez au courant?". Majid répondit *"Plus ou moins"*, sans
me regarder. C'est Kamal qui poursuivit *"Le sheikh Tewfik nous
a fait parvenir un message nous demandant de venir tous les trois
ensemble, à dix heures, c'est tout."*
Je me rendais bien compte que Majid ne souhaitait pas discuter,
tant il avait la gorge serrée. Pour détendre cette atmosphère devenue pesante, Kamal me fit part de son projet de retourner à
Daraa au début du printemps pour régler ses affaires. Puis, il irait
se ravitailler dans le Chouf avant de revenir s'installer définitivement à Beit-Jann. Pendant qu'il dévoilait son projet, il observait Majid du coin de l'œil, pour voir si ce dernier esquissait un

sourire. Mais il n'en fut rien, le visage de Majid restait hermétiquement fermé.

Après quelques minutes d'hésitation, Majid se décida enfin à
nous parler. Il nous fit part de sa très vive inquiétude me concernant. Pour lui, je ne serai qu'une proie facile, à la merci de n'importe quel malandrin. Il estimait plus que probable que je fasse
de mauvaises rencontres dans une ville ruinée et dévastée par les
ravages d'un tremblement de terre épouvantable. Safed, ville
sainte dévolue aux kabbalistes, était devenue depuis ce drame
terrifiant un endroit propice aux vols et infesté de brigands.

En fait, Majid considérait qu'une jeune fille seule comme moi,
sans foyer, ni protection et de surcroît désargentée, n'avait
qu'une chance infime de s'en sortir et il en était profondément
accablé.

J'essayais de le rassurer comme je pouvais, mais il avait cette
certitude ancrée en lui. Il semblait préoccupé depuis ce jour où,
pour mettre fin à certaines rumeurs qui contestaient ma présence
à Beit-Jann, j'avais pris la douloureuse décision de quitter la demeure de la famille Al Kacim et de retourner à Safed. Je lui souris
et lui demandai de ne pas s'inquiéter outre mesure. Je lui rappelai
également que j'avais une bonne étoile, puisque j'étais la seule
personne à avoir miraculeusement échappé au massacre de toute
ma famille. S'il fallait une confirmation à cette bonne étoile, qu'il
se souvienne qu'après le drame, alors que mes jambes ne me portaient plus, il était sorti de nulle part, pour m'arracher à cette terre
sanguine, me sauvant d'une mort certaine.

Enfin, cette bonne étoile m'avait surtout permis de le rencontrer,
lui et toute sa famille, lui et tout son village. Majid cilla des yeux
pour me remercier. Kamal fit remarquer l'étrangeté de la situation. Majid et lui m'accompagnaient pour me tranquilliser et me
protéger et, finalement, c'était moi qui m'efforçais de les rassurer.
Cependant, plus nous approchions de la forêt de Biyrriah et plus
mon cœur se serrait. Majid s'en rendit compte mais ne dit rien.

Au moment où nous pénétrâmes dans la forêt, je demandai à Majid si nous pouvions éviter de passer devant le caveau de Be-
nayahou ben Yehoyada. Majid me répondit par la négative, sans
ralentir le pas.

A quelques dizaines de mètres du mausolée, Majid me prit par
l'épaule. Je me laissai faire et blottis ma tête contre sa poitrine. Il

ne desserra son étreinte qu'une fois le mausolée largement dépassé.

Nous fûmes saisis de stupeur en pénétrant dans la ville bleue. Safed, défigurée, exposait une vision d'apocalypse. Comme un symbole, la citadelle emblème de la ville n'avait pas résisté au séisme et s'était effondrée comme un château de cartes. Des maisons éboulées alternaient avec d'autres auxquelles il manquait des pans de mur. Ces dernières, effroyablement glauques, offraient une vue dénuée de pudeur sur une intimité familiale figée par la catastrophe. Sur le chemin menant vers la rue Bayazid al thani, Majid s'arrêta un moment dans une échoppe dont le mur de façade etait balafré. Une lézarde due au séisme marquait le magasin de façon ostensible. Il prétexta profiter de son passage à Safed pour commander des bandages, chez Rachid Jabali, son fournisseur druze. Puis nous reprimes notre route jusqu'à la fontaine en face de la maison de mon père.

J'appris, bien plus tard, qu'il lui avait remis une bourse d'argent afin de veiller sur moi et le prévenir en cas de danger.

192

Chapitre VII

Dès que Majid et Kamal se furent retirés, j'entrai dans la maison où j'entendis d'emblée les gémissements d'Ali. Je me présentai, sous le nom de Salma, à un homme que je ne connaissais pas. Je racontai que j'étais druze, que je connaissais la famille Litvak dont mon père, qui habitait Beit-Jann, était un ancien client. Compte-tenu de mon accoutrement et de mon accent, cet homme n'eut aucun mal à me croire. Il me demanda ce qu'il pouvait faire pour moi. Je prétendis que ma famille était morte dans l'éboulement de notre maison pendant le tremblement de terre du 1er janvier.

Il me demanda s'il me restait de la famille à Beit-Jann.

Je lui répondis: *Un oncle...* Mais précisait qu'à peine celui-ci était-il devenu mon tuteur, qu'il m'imposait d'épouser un vieillard édenté avec qui il avait conclu un arrangement en vue d'un mariage. Alors, je me suis enfuie.

Outré par ma conduite, il me demanda comment j'avais pu oser remettre en cause la parole de mon oncle.

Je lui expliquais que la perspective du mariage avec cet homme, certes extrêmement riche mais également extrêmement vieux et possédant déjà une très nombreuse progéniture, avait précipité ma fuite. J'avais décidé de rejoindre Safed où j'avais tant de fois entendu mon père parler de la famille Litvak. Je souhaitais travailler quelque temps afin d'envisager sereinement ma vie future. L'homme fit d'abord une moue dubitative, signifiant que mon histoire ne l'avait guère convaincue. Puis se ravisant, il lâcha :

- *Pourquoi pas, finalement. Que savez-vous faire ?*

- *Faire le pain, cuisiner, laver, faire le ménage, servir et surtout m'occuper des malades, leur prodiguer les soins nécessaires et concocter certaines tisanes calmantes à base de plantes.*

Enthousiaste, bien qu'incrédule, il me dit :

- *Salma, si tu sais faire ne serait-ce que la moitié de ce que tu prétends, c'est le ciel qui t'envoie.*

Il me prit à l'écart, dans la cuisine, me pria de m'asseoir. Il s'assit également sur une chaise en face de moi et se mit à parler à voix-basse.

- Ecoute Salma, mon nom complet est Mansour ben Ali Jaber el Bar'ami. En d'autres termes, je m'appelle Mansour et je suis le fils d'Ali. Je suis Lieutenant dans l'armée d'Ibrahim Pacha et j'ai été démobilisé, il y a trois semaines, pour venir en aide à mon père qui l'avait demandé avec insistance aux autorités supérieures de l'armée égyptienne. Celles-ci n'ont pas pu le lui refuser car mon frère Othman est toujours dans le coma après un choc à la tête et un pied fracassé par un boulet de canon. Il a été déclaré héros de guerre et promu au grade de Capitaine. Mais, il n'est jamais sorti de cet état végétatif et mes parents pensent qu'ils ne le reverront plus. Tu comprends pourquoi l'armée n'a pas eu d'autre choix que de me démobiliser. Mon père va encore plus mal depuis le tremblement de terre. Il fait des cauchemars toutes les nuits et lance des cris stridents qui m'empêchent de dormir ou qui me réveillent lorsque je finis par m'endormir, épuisé.

Je lui fis remarquer qu'il ne parlait pas de sa mère.

Il me confia que sa mère vivait et dormait dans leur ancienne maison. C'était une volonté de son père mais aussi de sa mère. Il en conclut que c'était certainement la raison pour laquelle ils ne l'avaient jamais vendue.

J'utilisai mon supposé statut de soignante pour lui poser deux ou trois questions nécessaires à l'élaboration de remèdes efficaces ainsi qu'à une approche psychique intelligente.

- La nuit, ne fait-il que crier ou parle-t-il également?

- Il ne parle pas réellement. Il profère des mots, parfois des syllabes sans liaisons, entre deux cris. C'est à n'y rien comprendre. Il n'a jamais été comme ça auparavant. Il ne veut même plus sortir. Il dit ne pas mériter de contempler la face du soleil et ne veut parler à personne. Dès qu'il voit quelqu'un de nouveau, il est pétrifié de terreur. Dans la journée, je le sors de sa chambre et l'installe dans un fauteuil confortable. A cette époque de l'année, il n'y a pas trop de soleil, mais au moins, il voit ainsi la lumière du jour.

Je tentai une dernière question.

- Que faisait votre père comme métier ?

- Mon père était forgeron. Il travaillait dans une les forges les plus réputées de Galilée. Pourquoi ?

- Un métier utilisant des matériaux tels que le bois, le fer ou le charbon par exemple, exercé pendant plusieurs années peut souvent être à l'origine de différentes maladies, et le savoir peut nous aider à préparer les décoctions et les soins nécessaires.

Ne tenant pas l'intriguer davantage, je réorientais notre entretien sur des bases nettement plus prosaïques. Je lui parlais de mes émoluments, de mes avantages, et de ma façon de procéder. Si nous tombions d'accord, je lui ferais part de mon premier diagnostic.

Mansour prit son temps, puis me dit d'un ton cassant :

- Tu me sembles extrêmement prétentieuse pour une jeune paysanne. Vois-tu, je doute que ton action soit à la hauteur de tes prétentions, donc mon sentiment premier est de te jeter dehors. Cependant, puisque tu es présente, je vais te faire une proposition non négociable : 10 akches par semaine nourrie et logée, un jour de repos hebdomadaire comme chez les dhimmis. Tu seras, en outre, à la disposition de mon père, de jour comme de nuit. Tu prépareras tes potions calmantes qui lui permettront peut-être de dormir plus profondément; ce qui constituera un avantage conséquent pour toi. Ne trouves-tu pas ? Si tu es d'accord, dis-le! Et fais-moi part de ton diagnostic, infirmière !

Ravalant ma colère et m'humiliant, je lui répondis d'une voix douceureuse que j'acceptais toutes ses conditions et que je resterai à la disposition de son père sept jours sur sept, ne connaissant personne et n'ayant où aller. J'ajoutai que j'étais sincèrement désolée de l'avoir à ce point froissé car ce n'était pas mon intention.

- Je vais vous livrer mon diagnostic ainsi que ma façon de procéder pour y remédier. Votre père fait des crises de paranoïa aiguës, fondées ou non. Nous le saurons ultérieurement. Il ne pourra être soigné que lorsqu'il sera reposé et qu'il aura parlé à une personne qu'il connaît parfaitement et en qui il a une confiance absolue; le but de cette communication étant de l'amener à nous parler des pensées qui le rongent pour que nous puissions les extirper et le traiter. Nous devons travailler en binôme, Lieutenant Mansour, car vous êtes le cheval de Troie idéal. Il vous connaît. Il a confiance en vous, mais ne pourra véritablement se livrer que lorsqu'il sera totalement apaisé. Pour cela, il faudra que votre présence soit logique et le rassure. Mieux, qu'il l'espère! Il nous faut trouver un point commun qui vous rapproche

naturellement et qui évoque chez lui de bons souvenirs. Aidez-moi. Que faisiez-vous ensemble avant votre carrière militaire ?
Mansour était estourbi. Il avait trouvé mon analyse remarquable. Je le manipulais afin de gagner sa confiance; mon but étant de me venger d'Ali et d'apprendre qui avait ourdi cette odieuse trahison et qui en avait bénéficié. Je voulais également savoir s'il était toujours en contact avec Dahmane et s'ils tramaient encore un méfait. En tout cas, à priori, Mansour ne savait rien des bassesses de son père. Revenant à la réalité, je réitérai ma question:
- *Avez vous une idée, Lieutenant Mansour ? Ou préféreriez-vous que je vous appelle Sidi ou encore Effendi ?*
- *Non, gardez ça pour mon père. Pour en revenir à votre question, il ne jouait pas avec nous lorsque nous étions enfants puis adolescents. Othman et moi étions constamment ensemble. Alors, cela ne nous gênait pas, bien au contraire. Il était trop occupé par son travail, et le seul plaisir qu'il s'octroyait consistait en une partie de shesh-besh avec des amis ou d'anciens clients devenus des amis.*
Je bondis littéralement et le félicitai chaleureusement d'avoir su si rapidement mettre la main sur la première clef. Je fis en sorte qu'il soit persuadé que cela émanait de lui. Je lui posai une question stupide :
- *Otez-moi d'un doute, Lieutenant. Savez-vous jouer au shesh-besh?*
Il me dévisagea, incrédule :
- *Tout le monde dans l'armée d'Ibrahim Pacha, et à fortiori les officiers, jouent au shesh-besh !*
Je le priai de m'excuser de ce manquement, puis je passai à la préparation de l'offensive.
- *Vous allez lui poser la question suivante: "Père, sais-tu encore jouer au shesh-besh?". Vous allez voir, il va se cabrer comme vous le fîtes à l'instant.*
Mansour sourit à l'allusion.
Je fis semblant de ne pas accorder d'importance à son sourire et poursuivis.
- *Vous verrez qu'il va vous proposer une partie très rapidement pour vous le prouver. Vous devrez institutionnaliser ce rendez-vous, quotidiennement, à la même heure. Mais je vous en prie, n'allez pas trop vite en besogne. Ne lui parlez de rien, attendez*

qu'il commence. Ne vous inquiétez pas, Lieutenant. Il y viendra. Il y va de la réussite de la première phase qui est essentielle. Ce sera un moment privilégié qu'il attendra et qui lui fera baisser sa garde.

De mon côté, je préparerai deux décoctions : La première servie le matin et l'après-midi sera composée de tilleul, de camomille, d'un peu de valériane, miel et citron. Ce qui lui donnera un effet sédatif contre-balancé par les vitamines du citron. Et la seconde sera servie le soir. Elle sera presque exclusivement composée de valériane car cette plante possède des vertus relaxantes qui favorisent l'endormissement et permet de trouver rapidement un sommeil calme et réparateur. Je rajouterai un peu de passiflore pour compléter et pour adoucir le goût. Vous devrez m'acheter toutes les plantes que je viens de citer et dont j'ai un besoin urgent pour commencer le traitement. Dernier point stratégique : Pour le moment, je n'existe pas. Vous n'aurez qu'à lui dire que l'apothicaire a préparé les mélanges de plantes séchées et qu'il ne restait plus qu'à les laisser infuser dans de l'eau bouillie pour en faire des tisanes appropriées. Voilà tout. Bien entendu, c'est moi qui les preparerai intégralement. A part leur efficacité, ces tisanes sont exquises. Vous n'aurez donc aucun mal à les lui faire boire.

Par ailleurs, je ne laverai pas les vêtements et sous-vêtements de votre père, ni les vôtres d'ailleurs. Sans cela, votre mère et lui vont trouver cela bizarre. C'est votre mère qui continuera à lui préparer ses petits plats favoris. Il est crucial que rien ne change, afin que dans son esprit il n'y ait pas d'intrus. Il se sentira à l'aise et commencera à se confier. Nous aurons ainsi franchi un palier important et à ce moment-là, vous me présenterez. Si vous vous sentez grugé concernant les tâches ménagères, je peux cuisiner pour vous. Vous ne serez pas déçu, je suis assez bonne cuisinière".

Il sourit et me dit :

- *Tu es sûre de n'avoir que seize ans! Bien que ce soit l'âge pour les jeunes filles de se marier, peu d'entre elles possèdent ta maturité.*

Tout se déroula comme prévu. Ali dormait de mieux en mieux. Les crises d'angoisse commençaient à s'estomper jusqu'à disparaître totalement au bout de quelques semaines. Il passait des journées tranquilles, du fait de ses nuits pleines et apaisées. Comme je l'avais prédit, il attendait son rendez-vous quotidien avec Mansour avec impatience. Ali avait maintenant hâte de s'extirper de son lit, devenu pour lui, synonyme de maladie et de mal-être. Il courait s'installer à la lumière du jour, dans le confortable fauteuil en cuir du salon, acheté par mon père, environ un an avant notre départ forcé vers un destin funeste. Cette assise qui le satisfaisait au plus haut point, représentait pour Ali, le symbole d'une guérison inespérée.

Mansour était heureux et me le fit savoir. Pour lui, ma venue était une vraie bénédiction. Je l'invitai cependant à rester prudent. Il ne devait pas brusquer les choses et laisser son père venir à lui à son rythme sous peine de rechute. De la cuisine, je les entendais rire, le cœur serré.

Ali et Mansour se rapprochèrent à tel point qu'Ali commença à s'ouvrir à son fils, comme je l'avais prévu. Un jour, après une longue période de traitement, alors qu'ils étaient confortablement installés dans le salon et venaient de terminer une partie de sheshbesh remportée par Ali, ce dernier lui demanda curieusement de se rapprocher de Dieu. Mansour, qui ne souhaitait en rien contrarier son père tout juste convalescent, lui dit que c'était son intention. Ravi et encouragé par cette réponse prometteuse, Ali poursuivit sur le ton de la confidence :

- *Ce tremblement de terre n'était autre que la colère de Dieu. C'était une terrible punition qu'il avait infligée aux hommes pour les punir de leurs fautes.*

Mansour fit tout de même valoir que d'après les scientifiques, Safed et toute sa région étaient placées sur la jointure des plaques tectoniques africaine et arabique et que ce n'était pas la première fois qu'il se produisait un tremblement de terre dans la région.

Le visage d'Ali se rembrunit puis s'éclaira d'un seul coup, pensant avoir trouvé la réponse qui leur conviendrait à tous les deux.

- *Ecoute Mansour, je n'en disconviens pas. Mais c'est comme si un homme en tuait un autre et qu'un témoin, ayant parfaitement vu la scène, niait totalement l'action de l'assassin et le dédouanait, en jurant avoir vu le cimeterre et uniquement le cimeterre avoir tranché la tête de la victime.*

Mansour avoua, sans ambages, avoir été pleinement convaincu par la démonstration de son père à la grande fierté d'Ali. Puis, constatant qu'il était prêt à se confier, il poussa son avantage.

- *Dis-moi père. Y aurait-il un quelconque rapport entre cette punition divine et tes cauchemars?*

Ali baissa les yeux, observa un silence gêné, puis s'exprima :

- *J'ai trahi la confiance de braves gens que j'aimais et j'en ai conduit d'autres à la mort, sans le savoir. Je ne me le suis jamais pardonné. Dieu non plus, d'ailleurs, puisque je suis mort. Sache, mon fils que, la nuit, les cris que tu entendais n'étaient pas les miens, mais ceux de ma conscience. J'ai compris ma faute et mes erreurs le jour où le monde s'est écroulé autour de moi. Alors toi, tu peux désigner les plaques tectoniques ou je ne sais quoi d'autre, mais moi, je sais que Dieu m'a puni. Depuis ce jour, je me suis coupé du monde et n'ai plus revu la clarté du soleil. Je me suis enterré ici, insomniaque et souffreteux.*

Cette confession émouvante d'Ali me toucha, au point d'ébranler toutes mes certitudes le concernant. Je souhaitais ardemment que Mansour le pousse à être plus précis. Ce qu'il fit à sa manière.

- *Père, pourquoi t'auto-flageller pour des actions dont tu n'es que partiellement responsable? Tu n'as tué personne et tu n'avais aucunement connaissance de ce qui leur arriverait. Ce sont les meurtriers qui devraient avoir ton attitude. Mais peux-tu me dire en quelles circonstances ces drames sont arrivés?*

Ali prit sa respiration. Mansour, concentré, se tenait face à lui. Et moi, perchée dans la cuisine, le nez collé à la vitre de la lucarne qui me servait de poste d'observation, comme du temps où j'épiais mon père lorsqu'il recevait des clients ou des visiteurs, je retenais ma respiration et me préparais à écouter religieusement le détail de ces circonstances et, croyez-moi, je ne voulais pas en perdre une miette.

- *Cette sombre histoire a commencé le 14 juin 1834, la veille des émeutes des fellahs. Les rumeurs concernant des attaques imminentes visant les juifs et les chrétiens devenaient de plus en plus persistantes. En réalité, ces émeutes visaient presque exclusivement les juifs considérés plus intéressants parce que plus riches. Elles étaient fomentées par un prédicateur raciste, anti-juif qui exaltait une foule composée principalement de fellahs, pour la plupart analphabètes et de notables aigris regrettant l'empire ottoman déchu. Cette populace hétéroclite vouait une haine féroce au gouvernement égyptien pour toutes les raisons que toi et ton frère connaissez parfaitement, pour en avoir subi les critiques les plus virulentes. La loi de Mehmet Ali sur l'égalité entre les peuples contredisait la loi islamique. Mais, transgresser la loi de l'autorité revenait à périr sur terre sans délai. Transgresser la loi d'Allah signifiait les foudres de l'enfer après la mort. Pour échapper à ces alternatives peu engageantes, le prédicateur préfèra désigner, à la foule enflammée, les juifs chantant et dansant pour la célébration de leur fête de Chavouot, faisant d'eux le bouc-émissaire idéal. Mon ami, Ephraim Litvak, à l'époque propriétaire de cette maison, m'a proposé de faire une cession factice de sa maison. Il fit établir deux documents : un acte d'achat officiel de cette demeure à mon profit et un deuxième acte de rachat de sa part, que j'ai dûment signé et où il ne lui restait plus qu'à compléter en mettant la date, dès son retour. Personne, à l'époque, ne pouvait prévoir quand ça s'arrêterait.*

Nous sommes allés sans perdre de temps à la wilaya pour enregistrer le premier document. Connaissant ma situation financière, Ephraim m'avait remis les 360.000 piastres afin que je paie la maison devant témoins, le but étant de préserver une maison devenue arabe, quitte à querir les janissaires pour la protéger. A son retour, Ephraim devait récupérer sa maison intacte et me remettre une somme de 36.000 piastres correspondant à une commission de 10%.

Mansour interloqué n'avait pas voulu l'interrompre plus tôt, mais visiblement il ne pouvait plus attendre.

- Père, tu veux dire que tu n'as pas réellement acheté cette maison et qu'elle appartient toujours à ton voisin?

Ali opina du chef, puis il garda la tête baissée, désolé d'avoir déçu le seul fils qui lui restait. Mansour se leva d'un bond et alla embrasser la main droite de son père. Contre toute attente, il le félicita d'avoir aidé son voisin et lui confia que l'achat de cette maison appartenant à des juifs, à la veille des émeutes, lui avait toujours posé problème. Le connaissant désargenté, il n'avait jamais osé lui en parler de peur d'apprendre qu'il était à l'origine d'une quelconque spoliation. Il était heureux d'apprendre que son père avait conservé par honnêteté son ancienne et seule maison.

Mais il ne saisissait toujours pas le rapport avec ces histoires de meurtres et de trahison.

- *Dis-moi père. A ton avis, pourquoi la famille Litvak n'est-elle pas revenue, une fois le pillage jugulé?*

- *Je me suis posé cent fois cette question. J'ai trouvé plusieurs réponses possibles, mais aucune ne m'a pleinement satisfait. En partant, Ephraim m'a confié qu'il irait probablement à Al Quds (Jérusalem). Je lui ai recommandé d'être prudent en voyageant muni de la somme qui avait servi à la vente déguisée. Il m'avoua qu'il prendrait même 540.000 piastres sur lui pour le cas où.... Peut-être a-t-il ouvert, dans cette grande ville, un atelier de couture. C'était le tailleur le plus couru de la région. Peut-être que les affaires ne lui ont pas encore permis de revenir. Et puis, qui dit qu'il aimerait quitter sa nouvelle vie, pour revenir dans ce trou? A moins qu'il se soit finalement dirigé vers le nord après avoir annoncé à tout le monde qu'il irait vers Jérusalem, au sud. Tu sais, c'était un malin, mon ami Ephraim, un homme prudent et intelligent. Peut-être même s'est il rendu à Beyrouth et pris un bateau pour l'Amérique où il a de la famille comme beaucoup de juifs et qu'il reviendra dans quelques années, cousu d'or.*

Mansour lui demanda s'il n'avait à aucun moment envisagé qu'il ait été attaqué en route et qu'il soit mort avec toute sa famille.

- *Non, jamais! Parce qu'il est parti avant la première émeute du 15 juin et qu'il était attendu par un ami et accompagné avec sa famille jusqu'à Meron. Cet ami m'a confirmé, le lendemain, que tout s'était bien passé.*

Mansour le reprit sèchement.

- *Écoute, Père. Dis-moi tout, vide ton cœur. Tu ne t'en porteras que mieux. Peut-être même, dormiras-tu mieux. Cette histoire est un véritable puzzle dont il me manque trop de pièces. Je suis désolé, Père. Mais quand j'entends ton discours, je me dis que tu n'as pas lieu de t'en vouloir et encore moins de faire des cauchemars en pensant que ce séisme serait dû à tes supposées fautes. Père, je t'en prie, dis-moi tout. Je tiens quand même à te rappeler que c'est toi qui est souffrant, pas moi. Alors, il est temps que tu me racontes les choses pas belles ou peu avouables!*

Ali se redressa sur son fauteuil.

- *Cet ami m'avait suggéré de demander à Ephraïm s'il voulait faire bénéficier des proches de la même stratégie afin de sauver leur biens. Ephraim m'a transmis quatre noms avec leurs adresses parce qu'il avait une entière confiance en moi.* Les quatre amis, voyant qu'il venait de la part d'Ephraïm, acceptèrent l'opération et établirent les quatres contrats au nom de cet homme ainsi que quatre actes de rachats moyennant la même décote de 10%. Ces quatre villas de luxe représentaient un montant total de 3.200.000 Piastres. Lorsque cet homme vint me rendre visite, très tard dans la soirée, il me montra fièrement les quatre contrats libellés comme celui que Ephraim avait rédigé, en me racontant par le détail, comment il les avait convaincus. J'étais à ce point estomaqué par la ruse de Dahmane que je restai un long moment sans voix. Dahmane, ravi de son effet, jubilait et ne souhaitait en aucune manière interrompre cette extase. Pendant ce temps, je réfléchissais. Après tout, les belles maisons sur les hauteurs de Safed valaient une fortune. Les garder et les protéger durant une ou deux semaines tout au plus, ne devrait poser aucun problème, les ventes ayant été effectuées légalement.

Je contemplai Dahmane avec, je dois l'avouer, une certaine admiration. Je me souviens même lui avoir dit: "Ton plan est absolument génial. Préserver l'intégrité de ces maisons pendant quelques jours et engranger 320.000 Piastres, somme considérable. Dahmane, ton plan lui dis-je, est une réussite sans faille, un véritable coup de maître." Soudain, je me tournai vers lui et lui fis remarquer qu'il pourrait malgré tout y avoir une faille car son plan n'était génial que si les transferts de titres de propriété étaient dûment homologués et, pour cela, il lui faudrait les enregistrer à la wilaya à Safed.

Curieusement, Dahmane n'avait pas l'air inquiet. Pourtant, vu la tension qui régnait sur la ville, la moindre émeute qui éclaterait cette nuit ou le lendemain dès l'aube aurait pu faire capoter son plan.

"Fais les enregistrer de sorte que tu puisses les faire garder officiellement, puisque tu en possèdes les titres de propriétés, mais fais le au plus tôt car au moment où une foule fanatisée déferlera sur les quartiers juifs et chrétiens, la Wilaya sera irrémédiablement fermée."

Il me rétorqua que cela n'arrivera pas.

Je lui répondis: "Je sais que tu essaies de t'en persuader, mais sois sérieux. Personne ne peut prévoir quand ça va démarrer."

Il me dit : "J'en ai parlé avec Muhammad Damoor cet après-midi. Il me laisse toute la journée de demain. Dans la soirée, commencera la première émeute. Et je peux te dire qu'elle sera sanglante! Demain, vois-tu, ses hérauts vont sillonner la ville de Safed, ses environs et la campagne alentour, pour informer la population qu'un grand prêche public se tiendra sur la place du marché de Safed à 18 heures.

Muhammad Damoor commencera par une prière publique, la quatrième de la journée. Celle qui correspond au coucher du soleil : Salat al Maghreb. Il entamera ensuite un prêche d'environ une heure et demie qui aura pour but de chauffer la foule à blanc. Lorsqu'il la jugera au comble de l'hystérie, c'est-à-dire vers vingt heures trente, il leur donnera l'ordre d'aller piller les maisons juives et chrétiennes et de massacrer tous leurs occupants au nom d'Allah. Alors tu vois Ali, je n'ai aucune raison de m'inquiéter. J'aurai toute la journée de demain pour l'enregistrement des actes. Tu devrais prendre en compte que Damoor suivra son plan horaire à la lettre, sans quoi il aurait trop à perdre car la date de sa prophétie est prévue pour le 15 juin et déclencher une émeute un autre jour, ne servirait pas ses intérêts s'il le fait pour moi, et puis sache que s'il le fait pour moi, il le fait aussi pour lui. Nous sommes associés. Ah ! tu as raison mon bon Ali" me dit-il avec morgue. "Mon plan est génial. De toute façon, ces maisons auraient été pillées et vandalisées. Alors j'ai pris contact avec le prophète de l'islam et lui ai dit qu'il y avait peut-être une manière plus subtile de récupérer les biens des juifs. Mais pour ce faire, j'avais besoin de son aide. Il m'a donné sa bénédiction et m'a dit 50/50, mon fils."

J'en eus le souffle coupé. Je réalisais au travers des détails de son discours, asséné avec suffisance, qu'il manigançait tout cela depuis que je lui avais parlé de mon accord conclu avec Ephraim. Muhammad Damoor et lui étaient des êtres cupides et abjects qui n'avaient rien à voir avec l'islam. Le fait de savoir que Dahmane soit en rapport direct avec cet avide faux-prophète me laissa véritablement pantois. Ce fou sanguinaire prédisait des émeutes sanglantes à Safed alors qu'il les fomentait lui-même, à des fins intéressées.

Au final, la bonne nouvelle, lui dis-je, en essayant de faire bonne figure, malgré mon dégoût, c'est que ça reste une excellente opération pour tout le monde. Ces familles pourront partir avant les émeutes et revenir, sains et saufs, retrouver leurs biens intacts. En quelques jours, toi et ton associé gagnerez chacun, la somme considérable de 160.000 Piastres pour le gardiennage de maisons juives lors d'un pillage que vous aurez vous-même organisé. Je me demande ce qu'en penserait le peuple?

Piqué au vif, Dahmane me toisa avec mépris et rétorqua, cynique "Tu n'y es pas, mon pauvre Ali ! Ce n'est pas dix pour cent de quatre maisons! Je viens de te montrer quatre contrats à mon nom, valant 3.200.000 Piastres. Voilà ce que nous venons de gagner avec mon associé!"

Ayant soudain eu peur de comprendre, je balbutiai: "Mais quand ils reviendront..."

Il me coupa net " Ils ne reviendront pas, Ali. Leur sort est déjà scellé."

J'étais complètement abasourdi par ce que je venais d'entendre de la bouche de celui que je croyais être mon ami. J'étais écoeuré d'avoir, ainsi, été manipulé. Il avait insidieusement œuvré pour que j'obtienne d'Ephraïm une liste de ses proches amis afin de les spolier avant de les occire.

Son plan était machiavélique puisqu'il consistait à inoculer un poison tout en proposant son antidote. Dans le cas présent, il mettait en exergue une situation certes épouvantable mais avérée et vérifiable, et offrait la solution telle que proposée par leur ami Ephraïm qui les avait personnellement recommandés. Je réalisais que, par ma faute, Ephraim avait envoyé le bourreau au domicile de ses futures victimes. Quel cynisme! Ces innocents allaient être sauvagement assassinés ainsi que leurs familles, après avoir été spoliés de tous leurs biens immobiliers en plus des bijoux de familles et du numéraire qu'il n'allaient pas manquer d'emporter. Tout cet ensemble finissait par constituer une somme considérable qui allait finir dans la poche d'un meurtrier sans scrupules et d'un faux-prophète qui trompait son monde à coups de hadiths soigneusement choisis. C'en était à pleurer.

Je ne voulais plus le voir. J'étais anéanti. Il avait fait de moi un complice, certes passif, mais un complice malgré tout. Cet être malfaisant avait également impliqué Ephraim, à son insu, dans cette macabre affaire. Cette culpabilité, quoique inconsciente, due entièrement au machiavélisme de Dahmane, me plongeait dans un désarroi abyssal qui, j'en étais certain, n'irait qu'en s'aggravant et me hanterait pour l'éternité. Accablé, je lui ai demandé de partir.

Soudain, craignant qu'il ne m'avait peut-être pas dit le pire, je lui criai: "Ne touche pas un cheveu de la famille Litvak. Je ne te laisserai pas faire." Il me mit un sinistre marché entre les mains. Si je me tenais à carreau, il épargnerait Ephraim et sa famille. Puis, sans se départir, "D'abord, si j'étais toi, je réfléchirais avant de dire n'importe quoi. Je suis ton seul soutien crédible. Tu sais que les gens de Safed te considèrent comme un fidèle de l'autorité égyptienne qu'ils combattent en réalité à travers ces émeutes. Ton fils Mansour fera certainement partie de ceux qui viendront les châtier. Que crois-tu que vaudra la parole d'un traître à leur cause, d'un traître à l'Islam face à cette populace incandescente? Méfie-toi Ali et sache raison garder. Si tu ouvrais la bouche, ton fils Mansour te suivrait immédiatement dans la tombe, tu peux en être assuré. Quant à Ephraïm, rassure-toi, je ne ferai rien contre lui. Je t'en donne ma parole. D'abord parce que je l'aime bien, ensuite parce que c'est ton ami, et le toucher serait te toucher. Enfin, quel intérêt aurai-je à le tuer ? Le titre de propriété est à ton nom. J'espère t'avoir rassuré. Alors maintenant, parlons de l'exfiltration d'Ephraïm et de sa famille. Tu n'oublieras pas de lui rappeler de ne prendre que les petits chemins secondaires qui mènent à la forêt de Biyrriah. Une fois arrivés au mausolée, ils attendront à côté du bosquet. Je viendrai personnellement les chercher pour les conduire à Meron. Mais j'insiste encore. Ils doivent impérativement éviter de prendre les axes principaux qui foisonneront de fellahs armés jusqu'aux dents, assoiffés de vengeance et prêts à en découdre. Ne t'inquiète pas, je demanderai à Muhammad Damoor de donner des instructions en ce sens. En revanche, pour les autres leur mort est déjà programmée."

Je dois reconnaître que ce discours m'avait rassuré. Depuis, je suis rongé par les remords. J'aurais dû prévenir Ephraim du sort que Dahmane réservait à ses amis. Mais à la vérité, à partir du soir où il est venu me faire part de son ignoble plan, j'ai commencé à avoir très peur de lui. Il était toujours escorté d'hommes de main à la mine patibulaire et aux allures de tueurs. Alors, pendant un temps, j'ai enterré toute souvenance de ses révélations, d'autant que j'avais réussi a sauver mon ami Ephraim. Les autres familles, pour dramatique que ce fut, je ne les connaissais pas. D'ailleurs, des centaines de juifs furent massacrés durant ces émeutes. Malheureusement depuis le tremblement de terre, je n'arrive plus à dormir la nuit. Ma conscience me tourmente et ce séisme, j'en suis convaincu, est une punition céleste.

- Père, es-tu certain qu'il ait tenu parole ?

Ali allait répondre lorsque, descendue de mon perchoir, je sortis de la cuisine et me dirigeai vers lui. Éberlué, Ali questionna Mansour :

- Qui est cette fille ? Que faisait-elle dans ma cuisine ? Je suis sûr qu'elle a tout entendu!

Ces questions posées en rafale restèrent sans réponse car Mansour semblait pris de court. Il avait bien prévu de parler à son père avant de me présenter, mais là…

Je continuais d'avancer en direction d'Ali, perclus dans son fauteuil, probablement pour lui donner la possibilité de me reconnaître, malgré le temps passé. Cependant, tout en marchant, je ne pus m'empêcher de balancer d'une voix déstructurée par la nausée…

- Ainsi donc , c'était la mort d'Ephraïm et de ses amis qui se tramait, la nuit où Dahmane est venu vous rejoindre chez vous. Lorsque le lendemain, Ephraïm vous a interrogé à propos de cette visite nocturne à une heure pour le moins inhabituelle, vous avez répondu: je répète vos propres mots, que vous la trouviez, "franchement déplacée, inadmissible". Pourquoi lorsqu'il vous avait demandé affectueusement s' il y avait autre chose qu'il devait savoir, vous avez éludé la question au lieu de le tenir informé comme il vous le demandait...Sa femme avait raison de se méfier...Ephraïm aurait dû l'écouter... Mais que vous dire, il avait tellement confiance en vous...

Alors que j'arrivais à sa hauteur, Ali frisait l'apoplexie. Mansour intervint énergiquement auprès de son père comme pour l'empêcher de sombrer complètement:

- Père, je ne comprends rien de ce qu'elle raconte! C'est une jeune druze, du nom de Salma al Kacim. Elle travaille pour moi. Elle prépare ces tisanes médicinales qui te relaxent et te font tant

de bien. Elle est discrète et la tâche qui lui est dévolue est de veiller sur toi, sept jours sur sept. Je devais te la présenter, quand tu irais mieux. Je ne sais pas ce qui s'est passé.
Il avait parlé d'une seule traite, sans respirer.
Je n'écoutais même pas ce que disait Mansour. Je me contentais de fixer Ali et le toisais avec un subtil mélange de dédain et de compassion puis, m'adressant à lui directement:
- Pour répondre précisément à la question de votre fils, Ali. Votre ami n'a pas tenu parole !
Ali eut un soubresaut et se mit à trembler légèrement. Il prit ses deux mains et se couvrit le visage pour en dissimuler la rougeur... Ou la pâleur, peut-être, qui commençait à poindre. Mansour se leva et m'attrapa en me serrant le bras, d'un geste aussi prompt que peu respectueux, et m'intima l'ordre de sortir immédiatement.
Se servant de l'intervention salutaire de son fils, Ali se reprit quelque peu et me demanda à l'emporte-pièce:
- De quel droit peux-tu affirmer cela ?
Je répondis derechef :
- Tout simplement parce que j'ai assisté au massacre d'Ephraïm Litvak et de sa famille.
Ali devint blême:
- Comment peux-tu dire une chose pareille ?
Mansour semblait de plus en plus largué. Aussi renonça-t-il à comprendre provisoirement et attendit patiemment d'en savoir plus.
Je reculai un peu pour donner de la solennité à l' instant.
- Je ne m'appelle pas Salma al Kacim et je ne suis pas druze! Je suis juive et mon nom est Sarah Litvak, fille aînée d'Ephraïm et de Hannah Litvak... Je me suis rapprochée de vous, Monsieur el Bar'ami, pour voir si vous me reconnaissiez. Souvenez-vous, je vous apportais le thé lorsque vous faisiez votre partie de sheshbesh quotidienne avec mon père, attablés à un guéridon devant la maison. Mais il faut croire que j'ai beaucoup changé ou que vous ne prêtiez pas attention à une adolescente sans intérêt.
Les larmes inondaient mon visage au fur et à mesure que je parlais. Ali pleurait également. Pour quelle raison ? Était-ce parce qu'il venait d'apprendre que mon père et la quasi-totalité de sa famille avaient été massacrés ou était-ce l'accablant constat de sa

faiblesse, n'ayant pas eu le courage de nous prévenir, quand il en était encore temps. Certainement les deux...
Mansour était resté pantois pendant un long moment. Puis il me demanda, la gorge serrée, la raison pour laquelle j'avais menti sur mon identité et masqué la vérité. Je lui répondis que c'était par prudence car je ne le connaissais pas et que je ne savais pas non plus à quel point Ali était impliqué ou non dans cette trahison. En fait, je voulais essentiellement savoir s'il était complice de Dahmane. Car dans ce cas, ma vie était en danger. J'avais formellement identifié Dahmane et j'étais le seul témoin direct du massacre.
Nous entendîmes alors Ali dire d'une voix caverneuse: *"Elle a raison"*.
Mansour me demanda de leur raconter les circonstances précises de cet abominable assassinat et comment j'avais pu y échapper.

*

Je leur racontai tout notre drame dans l'horreur de ses plus infimes détails.
- *À l'issue du carnage, leur chef, pensant avoir occi toute la famille Litvak, ôta son masque, ses sbires en firent de même. Je reconnus immédiatement Dahmane. Je reconnaîtrai d'ailleurs, sans aucune hésitation, le visage de ses deux acolytes qui sont restés gravés dans ma mémoire de façon indélébile. Je dois ajouter que j'ai entendu clairement Dahmane presser ses troupes au motif que quatres familles juives devaient subir le même sort, en proférant "pas de quartier".*
Ali prit sa tête entre ses mains et se mit à pleurer à chaudes larmes, puis se tapa la poitrine, le poing serré, en s'écriant *"Mon ami, mon frère, pardonne-moi"*.
Puis, il fulmina contre Dahmane :
- *Ce bâtard! Ce fils de chien! Il fait honte à tous les musulmans. Il mérite la plus atroce des morts.*
- *Attends Père. Je souhaiterais savoir pourquoi il s'est passé presque trois ans avant que Salma ne réapparaisse.*
- *J'étais tétanisée et encore épouvantée par les atrocités que je venais de vivre. Exténuée, incapable de bouger, je m'etais abandonnée sur la mousse de la forêt de Biyrriah lorsqu'un médecin*

druze. du nom de Majid al Kacim, me trouva inconsciente et me transporta sur ses épaules jusqu'à chez lui, à Beit-Jann. Sa femme et lui se sont occupés de moi, car j'avais à peine plus de treize ans. J'étais anéantie et je n'avais nulle part où aller. Après le tremblement de terre, je décidai de rentrer à Safed, dans le but de venger ma famille. C'était pour moi un devoir de mémoire.

Mansour me demanda comment je comptais m'y prendre.

Je répondis que je n'y avais pas encore songé. Mon premier but était de pouvoir habiter un endroit pérenne. Mon second était d'éprouver la bonne foi d'Ali afin de vérifier s'il pouvait devenir mon allié ou s'il était un complice de Dahmane. Sur ce dernier point, j'avais ma réponse. Mansour revint sur le point de l'habitation.

- Pourquoi Salma, aurais-tu un doute sur le logement?

Comme je préférais ne pas répondre, Mansour poursuivit :

- Cette maison t'appartient. Tu la tiens de ton père!

- Qu'en pense Ali ? demandai-je.

Ali intervint:

- Et pourquoi aurais-je conservé ma maison, en espérant qu'il revienne un jour? Si ce n'était pour lui rendre la sienne! A lui ou à ses descendants! Cette vente n'était qu'un stratagème pour qu'il puisse la récupérer. Je ne l'ai pas payée, même si officiellement elle est à mon nom.

Je lui fis remarquer que je ne possédais pas le contrat de rachat.

- Pour moi, cela ne revêt aucune espèce d'importance. Cependant, sans ce contrat, la maison ne pourra t'être transférée. Il faudra également que tu te maries car même si tu atteins ta majorité, il serait impossible de contracter un acte de transfert de propriété avec toi. Pour les autorités, tu n'es qu'une femme. Mon fils Mansour est un homme droit et il est devenu mon seul héritier. Je ferai un leg pour que ce soit lui qui veille sur toi et sur la maison de ton père jusqu'à ton mariage. Il se mettra en contact avec ton époux. Pour ce qui me concerne, je suis en mauvaise santé. Qui sait ce qui peut m'arriver?

Mansour le reprit énergiquement :

- Qu'est-ce tu racontes? Tu es en bien meilleure forme aujourd'hui. Tu pourras sortir sous peu. Tu dors paisiblement et maintenant que tu as réussi à extraire tes angoisses en nous livrant

tes secrets, nous pourrons en parler sereinement et envisager les solutions à donner à cette affaire macabre.

Puis, il s'en alla consigner tous les événements du jour dans sa lettre hebdomadaire destinée à Othman. {La vérité sur la fameuse maison du voisin, la trahison et les meurtres de Dahmane, la vérité sur Salma la jeune druze dont il lui avait tant de fois vanté les mérites qui était en réalité, Sarah, la fille du voisin, seule rescapée de l'horrible massacre perpétré par Dahmane et ses sbires sur la famille Litvak. Cette famille étant la véritable propriétaire de la maison où vivaient leur père et lui. Il expliqua à Othman le rôle qu'avait joué leur père dans cette triste affaire ainsi que sa guérison miraculeuse depuis qu'il avait, enfin, pu s'exprimer sur l'origine de ses cauchemars.}

Le lendemain, après une bonne nuit de repos, Ali se réveilla dès l'aube et sortit sur le pas de la porte afin de respirer l'air frais de la fin de l'hiver. Il se prépara un bon café turc, s'en servit une tasse et dégusta l'exquis breuvage lentement. Je le rejoignis peu après. Comme il restait du café, j'en pris également une tasse, m'assis à table en face de lui, et entamai la conversation.

- *Visiblement, vous semblez aller beaucoup mieux. J'en suis enchantée.*
- *Effectivement. Je te remercie Salma...ou dois-je dire Sarah?*
- *Salma! Monsieur el Bar'ami. Sarah Litvak est morte à Biyrriah.*
- *Je comprends que tu me juges mal, Salma. Mais crois-moi, j'ai été berné par ce scélérat qui a ourdi son plan machiavélique dans mon dos, en se servant de moi. Je n'ai cherché qu'à sauver nos deux familles.*
Si j'avais parlé, il nous aurait fait tuer ma femme et moi, arguant que nous avions protégé des familles juives fortunées en les extrayant à leur juste châtiment. Et crois-moi, personne n'aurait rien trouvé à redire. Muhammad Damoor avait prédit, de longue date, cette date fatidique du 15 juin 1834 comme étant celle où les juifs devaient expier de leur vie et de leurs richesses pour leur collusion avec les Egyptiens. Privé de son butin, il les aurait poussés à nous trucider en nous déclarant traîtres à l'Islam. Et puis, j'ai voulu protéger Mansour! Tu comprends, nous avions

déjà perdu Othman! Cet homme démoniaque justifiait les meurtres, les vols et les viols de femmes et d'enfants par des harangues du genre : "Les vrais croyants doivent s'insurger contre les traîtres à l'Islam et les dhimmis, dans un juste courroux et les dépouiller de leur or, de leur argent et de leurs bijoux".

Si vous aviez réussi à vous enfuir, ce qui est loin d'être certain, ta famille aurait subi les sévices d'une horde survoltée, électrisée par les discours d'un soi-disant prophète de l'Islam. Les paysans bédouins, suivis des citadins, ont déferlé et attaqué les quartiers juifs avec une violence inouïe, rarement atteinte. Ils vous auraient torturés jusqu'à l'agonie. Vous auriez attendu la mort comme une délivrance! Sache, mon enfant, que plus de 500 juifs ont été tués par les émeutiers. Des dizaines d'hommes ont été sauvagement aveuglés. Un nombre conséquent de femmes ont été violées et dépouillées de leurs habits pour mieux les humilier. D'autres encore se sont enfuis dans les alentours, se cachant nus et sans nourriture dans les grottes de Méron.

J'étais prêt à tout pour protéger ton père et sa famille et lui rendre sa maison. Seul Dahmane pouvait vous épargner, mais pour cela je ne devais rien dire. J'acceptais à la seule condition qu'il ne touche à aucun de vos cheveux. Et ça, il me l'avait promis. Mieux, il m'a affirmé aimer et respecter Ephraim, et... Je l'ai cru.

Je lui pris les mains et les serrai très fort.

- Je ne savais rien de tout cela. Je vivais, isolée dans un cocon, à Beit Jann.

Mansour nous rejoignit avec une tasse de café à la main.

- Pourquoi ne m'avez-vous pas demandé de vous en préparer ?

- Je n'ai pas voulu vous interrompre et puis, tu as changé de statut maintenant. Souriant: *Il nous faut nous habituer à te considérer comme la propriétaire de cette maison et non plus comme une jeune servante druze. D'ailleurs, tu peux me tutoyer!*

Je souris un peu gênée, mais profondément touchée par la réponse de Mansour.

- Il est indéniable que je me sens mieux depuis que j'ai eu cette explication franche avec Salma. Cependant, je ne me sentirai vraiment bien que lorsque j'aurais fait payer ses crimes à ce suppôt de satan.

- Et comment comptes-tu t'y prendre ?

- Je vais me rendre à la wilaya et dénoncer Dahmane au gouverneur de la ville, pour les crimes qu'il a perpétrés pendant les émeutes de 34.

- C'est peut-être extrêmement dangereux pour toi à différents niveaux. Permets-moi de me faire l'avocat du diable.

- Je t'en prie, mon fils.

- C'est une accusation très grave. Quelles sont tes preuves ? As-tu des témoins directs des crimes que tu signales ? Ont-ils reconnu le meurtrier, peuvent-ils en témoigner ? Sais-tu où ces corps sont enterrés ? Connais-tu leurs identités précises ?

- Mon fils, tu me désarçonnes. Effectivement, je n'ai rien, à part mon propre témoignage et les aveux qu'il m'a faits personnellement.

- Je vais te dire pourquoi c'est doublement dangereux pour toi. Tout d'abord, c'est quasiment impossible de faire condamner quelqu'un sans preuves. Et, a priori, les corps de ces quatres familles n'ont jamais été retrouvés. Ce qui representeraient au bas mot une vingtaine de cadavres.

Lors de la venue de l'Émir Béchir qui mit fin aux émeutes, il suffisait de dénoncer un assassin de familles juives ou un pilleur de biens ayant appartenu à des juifs sans même apporter une once de preuve, pour que l'accusé soit reconnu coupable et châtié en conséquence. Mais aujourd'hui, les temps sont apaisés et les autorités ne pourront considérer qu'il y a eu crime que s'il y a cadavre. En revanche, Dahmane aurait beau jeu de nier en bloc toutes tes accusations et t'accuserait d'avoir tué la famille Litvak pour t'accaparer leur bien. La seule différence notable étant que lui nie et a toujours nié, alors que toi tu as avoué tes crimes toutes les nuits en criant : "Dieu me punit pour expier mes fautes" ou encore "Dieu nous châtie pour nos crimes." Et tu peux faire confiance à cette engeance pour trouver, comme témoins, des voisins que tu as forcément dérangés certaines nuits.

- C'est effrayant! Tu veux dire que si nous n'avons ni preuves, ni témoins, nous ne pouvons rien faire contre lui?

Je me proposai alors de témoigner. Ali me répondit :

- Non, Salma. Il faut absolument te protéger. Dahmane est un criminel ! Il te ferait assassiner !

- Alors, il a gagné !?

Ali et moi étions anéantis.

212

Mansour ne disait rien. Il réfléchit longuement puis, nous voyant abattus, il souhaita nous faire profiter du fruit de sa réflexion.

- Ecoutez, je crois que vous m'avez mal compris. Nous avons des points extrêmement positifs en notre faveur. Ce que je voulais faire comprendre à mon père était que sa stratégie de dénonciation n'était pas gagnée d'avance et comportait beaucoup de risques, principalement face à un renard tel que Dahmane. Voilà ce que je vous propose.

Premièrement:

Dahmane est persuadé que tout le monde est mort et donc qu'il n'existe aucun témoin. Ce qui nous donne un coup d'avance. Tant que nous n'entamons aucune démarche officielle à son encontre, nous possédons tout le temps nécessaire à la préparation de notre attaque. Par ailleurs, pour que Salma puisse être un témoin irréfutable, il faudrait qu'elle soit reconnue par plusieurs personnes comme étant Sarah Litvak.

Deuxièmement:

Il nous faudra aller à Byrriah, fouiller le sol à proximité du mausolée et essayer de repérer un endroit du sous-bois ou la terre semble avoir été retournée. Il est impensable qu'ils aient pu transporter dans un autre lieu une trentaine de cadavres, en tenant compte des six corps de la famille Litvak.

Ali - *Et si nous ne trouvons rien ?*

- Dans ce cas, il sera impératif de connaître l'identité de toutes les personnes assassinées, afin de vérifier si leur décès a été inscrit dans le registre de la Wilaya. Dans la négative, nous devrons questionner les fonctionnaires chargés des enterrements à ce sujet car, eux seuls, auraient pu ensevelir une trentaine de corps sans nom dans une fosse commune de la municipalité.

- Pour ce qui concerne les noms des personnes assassinées, de mémoire, il s'agit des familles Brenner, Kamensky, Rabin et Avneri!

- Parfait Salma! Cela nous fait progresser d'un seul coup.

Troisièmement:

Lorsque nous aurons étayé notre argumentaire par des preuves solides et avérées, nous serons en bien meilleure posture et pourrons envisager de passer à l'attaque. Si malgré nos efforts, les preuves obtenues apparaissent insuffisantes, nous investiguerons davantage et, dans l'entretemps, nous lancerons le plan B.

Ce plan consiste à contraindre les autorités à s'interroger sur la provenance des fonds nécessaires à Dahmane pour acheter ni une, ni deux, mais quatre villas de luxe pour une somme dépassant les 3 millions de piastres. Il serait d'ailleurs intéressant de vérifier si, auparavant, il payait des impôts et si la maison qu'il occupait lui appartenait et si il l'occupe toujours. Je veux également savoir s'il déclare ses revenus actuels qui me semblent conséquents du fait du nombre de villas en sa possession, sous réserve qu'elles n'aient pas été détruites par le tremblement de terre.

Le carnet de route est donc le suivant: Salma doit absolument aller à la pêche aux informations dans sa communauté et, éventuellement, retrouver la synagogue que fréquentaient les 4 amis, dont je lui aurai communiqué les adresses auparavant. Elle doit essayer de se rappeler des noms de clients de son père qui pourraient la reconnaître. Après, on avisera. Dans le même temps, mon père devra aller voir son ancien patron et lui demander s'il a vu Dahmane ces derniers temps et s'il connaît son adresse, sous un prétexte quelconque. Personnellement, j'irai à la Wilaya, où personne ne me connaît, pour consulter le livre des décès et je vérifierai si la famille Litvak est considérée comme disparue ou non. Puis subrepticement, je regarderai dans le cadastre de la ville pour voir quelles maisons ont été détruites pendant le tremblement de terre et je consulterai le livre des transferts de titres pour connaître les adresses des 4 amis dont tu m'as donné les noms. Le fonctionnaire, auquel je n'accorde aucune confiance, saura donc que je viens vérifier si la famille Litvak est décédée ou non, preuve que je n'ai aucune information. De plus, la consultation des maisons détruites durant le séisme est banale et circonstanciée. J'irai ensuite sur place pour vérifier si les villas sont encore debout puis, s'il les a vendues ou simplement louées.

A mon retour, nous ferons un premier point. Puis, avec mon père, nous irons à Byrriah. Pour t'éviter un choc traumatisant, tu resteras à la maison Salma!

Je regardais Mansour avec admiration.

J'étais subjuguée par son analyse et par ses prises de décisions.

On aurait dit un général de l'armée impériale distillant ses stratégies et donnant à chacun des directives précises dont il assurerait la coordination avec une grande maîtrise. J'étais sous le charme.

Nous nous préparames et partîmes chacun de notre côté.

*

Je me dirigeai vers la fontaine, non loin, pour essayer d'apercevoir un voisin ou un de ses enfants qui m'auraient connue. Malheureusement, je ne vis personne dans ce cas. Je retournai réfléchir dans la maison de mon père, notamment à toutes les femmes qui étaient venues chez nous à l'occasion de ma Bat-Mitzva, mais aucun nom ne me revint sur l'instant, sauf celui de Ida Halperin, la marieuse.

Ali se rendit chez Abdel Moumen Sarjur, le maître forgeron chez qui il avait travaillé et après un bref moment, rentra directement chez lui où il me retrouva.

Mansour nous rejoignit afin de regrouper toutes les informations et faire un premier point. Réunis tous les trois autour de la table, j'ouvris la discussion. J'expliquai brièvement que, n'ayant pu encore rencontrer personne qui puisse se souvenir de moi, ma réflexion avait d'abord porté sur la méthode. Je subdivisai les personnes susceptibles de me reconnaître en quatre groupes distincts: Les voisins, les exceptionnels, la clientèle qui venait régulièrement à la maison, et enfin, les proches regroupant la famille et les amis.

- Les voisins, je ne les ai pas vus depuis plusieurs années! Quand j'ai eu onze ans, mon père, sans doute pour de bonnes raisons, m'a interdit de sortir dans la rue pour jouer avec les voisines. Comme nous étions complices et qu'il était très attentionné avec moi, j'ai accepté sa décision assez facilement.

Concernant la clientèle et les exceptionnels, je ne pouvais voir les clients que par la lucarne de la cuisine, car mon père ne voulait absolument pas que je traîne au milieu des clients. Résultat: Personne ne me reconnaîtra pour la bonne raison qu'aucun d'entre eux ne m'a jamais vue. Pour le reste, j'ai entamé un énorme effort de mémoire pour essayer d'avoir un déclic, mais je crains que ce ne soit peine perdue.

Les proches: On peut déjà exclure la famille. Ma mère avait deux frères qui sont restés en Lituanie avec leurs parents. Mon père avait une sœur à Tibériade avec laquelle il n'avait quasiment plus de relations depuis quinze ans. Personnellement, je ne l'ai jamais

vue et je ne sais même pas si elle est encore vivante. Finalement, les amis de mes parents représentent peut-être les seules voies potentielles.
- Si tu as une idée, mets-la sur la table. Ton identification irré-fragable est l'axe essentiel de notre attaque... me dit Mansour.
- Mon père et ma mère gardaient dans leur chambre une liste d'amis d'où mon père avait extrait quatre familles avec leurs noms et adresses pour la remettre à Ali. Ma mère en avait éga-lement extrait les noms d'une quinzaine de mères ayant des filles de mon âge afin de les inviter à la maison pour ma Bat Mitzva. Comme mes parents pensaient revenir chez eux très rapidement, ils nous avaient demandé de prendre, chacun, un petit baluchon contenant des vêtements de rechange, et pour mon père ses livres de prières, son Talith et ses Téfilines (châle de prières et ses phy-lactères). Je ne pense pas qu'ils aient pris la liste avec eux. Je parierais plutôt qu'ils l'aient mise à l'abri des regards indiscrets. Voila, si vous n'avez touché à rien, je pense qu'elle doit être quelque part dans la chambre que tu occupes actuellement, Ali. Il faut donc essayer de mettre la main dessus.
Mansour me félicita pour mon analyse percutante et demanda à son père s'il avait retrouvé l'adresse de Dahmane. Ali répondit par l'affirmative.
- Je me suis rendu chez mon ancien patron et lui ai demandé s' il avait des nouvelles de Dahmane el Jaafari. J'ai prétexté ne pas l'avoir vu depuis longtemps et que j'aurais bien aimé faire une partie de shesh besh avec lui. Il m'a répondu que la dernière fois qu'il était venu à la forge, c'était la semaine qui avait précédé les émeutes. Il voulait faire aiguiser des haches et des couteaux en alléguant qu'il n'aurait pas le temps de venir pour aiguiser ses lames pour L'Aid el Kebir (la fête du sacrifice).
Sur le coup, bien que sceptique, il avait voulu croire à son expli-cation mais il m'a avoué avoir eu des doutes à son sujet durant les émeutes.
Je l'ai regardé perplexe et lui ai dit " c'est curieux que tu aies pensé ça... " Je lui ai fait croire que j'étais sorti sans prendre son adresse et comme je ne la connaissais pas de tête car c'était tou-jours lui qui venait à la maison...
il m'a écrit l'adresse sur ce papier et m'a confié que Dahmane avait bien changé et que ces derniers temps il lui faisait peur.

Mansour complimenta son père pour le résultat obtenu ainsi que la manière d'y être parvenu puis, il se proposa de nous narrer dans le détail ses pérégrinations de la matinée.

- Je suis arrivé à la Wilaya, revêtu de mon uniforme d'apparat de l'armée d'Ibrahim Pacha. Je me suis présenté et ai demandé d'une voix ferme à consulter certains registres. Pour donner plus de corps à ma requête, j'ai demandé si le gouverneur de Safed était présent. La réponse négative du fonctionnaire me satisfit pleinement. J'ai pris le cadastre contenant les dégâts immobiliers répertoriés du fait du séisme du 1er janvier 1837, le livre des décès et celui des transferts de titres immobiliers de 1834 à ce jour. Je demandai au fonctionnaire de ne plus s'occuper de moi et de rejoindre les deux personnes, assises dans un coin, qui sirotaient un verre de thé à la menthe. Je les ai hélé, leur demandant sèchement s'ils étaient également fonctionnaires. Ils répondirent par l'affirmative, pas franchement rassurés, mais ajoutèrent qu'ils étaient en pause.

J'ai commencé par les villas des quatre amis. Connaissant leurs noms de famille et la date du transfert des biens, je n'ai pas mis longtemps à retrouver la page et à noter leurs adresses. Puis, j'ai pris le livre des décès et, constatant que la famille Litvak n'y figurait pas, j'en ai profité pour noter mystérieusement quelques noms qui m'inspirèrent. Je me suis enfin saisi du dernier livre contenant les dégâts occasionnés par le tremblement de terre. Je fus ravi de noter que les villas des quatre familles n'y figuraient pas. Elles devaient être encore debout. J'ai relevé l'adresse d'une villa effondrée dont le propriétaire arabe correspondait à une des personnes décédées que j'avais pris le soin de cocher deux minutes plus tôt. Je remis enfin les livres au fonctionnaire qui avait regagné sa place.

Je m'approchai de lui et, feignant d'avoir malgré tout besoin de ses services, je lui fis part, sur le ton de la confidence, de mon désir de retrouver un ami du nom de Amin Abu Khorshid. J'avais appris, en consultant le cadastre, que sa villa avait été totalement détruite par le séisme. Je souhaitais savoir néanmoins, s'il y avait un moyen d'être informé de ce qu'il était advenu de mon ami. Le fonctionnaire servile, flatté du ton confidentiel que j'avais employé, se sentit honoré. Il consulta le registre des décès et devint soudain blême en découvrant que celui-ci était décédé. Je dois

avouer avoir eu beaucoup de mal à me contenir car le fonction-
naire avait pris immédiatement une attitude contrie, tiré une
mine d'un gris rarement atteint et m'annonça que Amin avait
quitté ce bas-monde pour rejoindre El Dar Essalam (La maison
de la paix, autre nom du Paradis d'Allah). Il posa sa main sur
mon épaule avec une obséquiosité telle que je ne pus réprimer un
petit rire nerveux que j'essayais, tant bien que mal, d'étouffer en
masquant mon visage de la main. Le fonctionnaire abusé, prit
mon hilarité pour des pleurs. Reprenant mes esprits, je me frottai
les yeux qui devinrent rouges sur le champ et lui demandai son
nom, le laissant imaginer ce qu'il voulait. Puis, je le quittai pres-
tement. Il était temps que je sorte de la Wilaya.
Je marchais d'un pas décidé, en direction des hauteurs de Safed.
J'avais réussi à avoir les informations que j'étais venu chercher
et, de surcroît, je m'étais fait du fonctionnaire Omar Ziad, un al-
lié au sein de la Wilaya. Arrivé devant les villas concernées, je
me suis embusqué derrière un pan de mur en ruine situé non loin.
Je guettais l'entrée des 4 villas grâce à une vision panoramique.
La rue était calme et son silence effrayant n'était troublé que par
les croassements sporadiques des corbeaux. Soudain, un jeune
garçon sortit de l'une d'entre elles. Je le hélai et l'abordai avec
courtoisie. L'adolescent fut impressionné par mon uniforme.
Après l'avoir salué militairement afin de forcer le trait du respect
et m'être présenté sous un nom d'emprunt, je lui demandai le sien.
Il me répondit avec fierté "Orel fils de Jacob Litman". La glace
était rompue, je lui posais les questions qui me semblaient essen-
tielles. C'est ainsi que j'ai appris que Dahmane el Jaafari était
leur propriétaire et que les trois autres villas étaient louées au
même Dahmane par des amis de son père depuis le mois d'août
1834. Il me dit que, d'après son père, ils avaient opté pour une
location car le prix de vente de ces demeures était exorbitant.
Son père importe du matériel de confection tel que des bobines
de fil, des boutons, de la doublure etc... Il travaille dans un en-
trepôt qu'il partage avec son ami et voisin Gad Borovik qui vend
du tissu. Les deux autres maisons sont habitées par des amis de
son père et leurs enfants sont également amis. Il ne connaît pas
leurs activités professionnelles.

Sentant poindre en lui un début d'exaspération, je décidai d'arrêter de lui poser des questions. Avant de nous quitter, je le remerciai vivement. L'adolescent s'était déjà éloigné lorsque je lui demandai à haute voix: "Y a t'il une synagogue encore debout dans le quartier?" Il me répondit sans s'arrêter: "Non, ils doivent la reconstruire. L'ancienne s'est effondrée lors du tremblement de terre."

Ali et moi tînmes à lui présenter nos sincères condoléances pour le décès de son cher ami Amin Abu Khorshid puis, sauf le respect dû au défunt, nous éclatames tous de rire.

A l'issue de ce premier point, dont Mansour fit rapidement la synthèse, il aborda la deuxième phase : Je devais m'occuper essentiellement à retrouver la fameuse liste et retrouver au moins deux personnes qui pourraient attester de mon identité.

Il demanda à son père, à qui il avait remis les noms et adresses des nouveaux locataires des villas des quatres familles assassinées, d'attendre dès l'aube la sortie d'un ou plusieurs chefs de famille et de les suivre discrètement jusqu'à leur entrepôt, d'en noter l'adresse et revenir la lui remettre. Bien qu'il leur soit parfaitement inconnu, il se devait de rester prudent afin d'éviter de tomber nez à nez avec Dahmane.

Pour ce qui le concernait, Mansour nous fit part de sa décision d'écrire deux courriers. L'un a son frère pour l'informer du suivi de la situation et l'autre à un ami de l'administration militaire pour qu'il lui obtienne, depuis le Caire, un rendez-vous avec le nouveau gouverneur de Safed mis en place après les émeutes de 1834. Comme ce courrier ne revêtait aucun caractère d'urgence, il estimait qu'il fallait compter au moins trois mois pour que le rendez-vous soit effectif.

- Nous allons donc calmer le jeu en apparence et laisser retomber la pression, de sorte qu'on n'entende plus parler de nous à la Wilaya pendant un moment. Nous en profiterons, mon père et moi, pour fouiller méticuleusement la forêt de Byrriah ainsi que les alentours du mausolée. Parallèlement, nous poursuivrons toutes les investigations concernant les locataires de Dahmane et les invitées de ta Bat Mitzva.

Encore une fois, Mansour agissait comme un véritable chef de guerre. Et contre Dahmane, c'était cela qu'il nous fallait! Malheureusement, si les idées concernant les investigations étaient fort louables, aucune d'entre elles n'aboutit réellement, hormis la connexion avec les nouveaux locataires. Notre moral était au plus bas.

Trois mois plus tard, le Caire n'avait toujours pas donné de réponse à la demande de rendez-vous auprès du gouverneur de Safed. Mansour et Ali n'avaient toujours pas trouvé le moindre cadavre aux abords du caveau. Et, malgré mes recherches assidues, je ne trouvais aucune trace de la liste. Aussi essayais-je de faire un effort de mémoire. A part quelques prénoms, je ne me souvenais pas précisément de leur nom de famille. Finalement, le seul nom qui ne cessait de me revenir était celui de Ida Halperin, la marieuse. Ce souvenir représentait pour nous la panacée concernant mon identification. En effet, qui de plus facile à retrouver qu'une marieuse notoire et reconnue au sein des communautés juives dans lesquelles elle exerçait de longue date. Nous reprenions espoir.

Au début du mois de septembre 1837, Mansour reçut enfin une invitation du gouverneur de la ville, en vue d'un rendez-vous le 15 septembre. Nous fîmes un point rapide de la situation qui stagnait depuis des mois. Je tenais à résumer. Mansour avait abandonné la recherche des cadavres aux alentours du mausolée. Malgré des mois de recherche, nous n'avions pas pu retrouver Ida Halperin. Les personnes qui la connaissaient ne l'avaient pas revue depuis les émeutes de 1834. Avait-elle été tuée au cours des 33 jours que dura le pogrom ou avait-elle réussi à fuir Safed et à s'installer dans une autre ville, loin des turpitudes galiléennes? Nul ne le saura jamais. Sa maison inoccupée était encore debout et nous incitait à penser qu'elle n'avait pas péri pendant le tremblement de terre de 1837. Il résultait de tout ce qui précédait qu'hormis un contact régulier établi avec les locataires de Dahmane, nous n'avions rien!

Mansour ne parut pas abattu par ma synthèse. Connaissant toutes les données, il l'avait anticipée. Il prit ironiquement une posture de tribun et nous dit :

- Puisque nous ne pouvons formellement t'identifier et que, par ailleurs, nous n'avons ni témoins, ni cadavres, nous ne pouvons pas parler de crimes. Nous allons donc appliquer le plan B qui consiste à alerter les autorités sur l'aspect financier et fiscal de l'acquisition des villas ainsi que sur les revenus mensuels de

Dahmane. Nous avons la chance de connaître le montant exact des transactions ainsi que le montant total des loyers perçus. Ne soyez pas déçus! S'il n'a pas réglé les taxes y afférant, ou s'il n'a pas payé ses impôts, l'enquête le démontrera avec certitude. Et croyez moi, le gouvernement d'Ibrahim Pacha, toujours en recherche de rentrées d'argent pour financer ses guerres, est presque aussi sévère avec les fraudeurs qu'avec les meurtriers. Nous pourrons intervenir, dans un deuxième temps, pour donner au gouverneur les explications nécessaires aux zones d'ombres. Je suis persuadé qu'elles paraîtront nettement plus crédibles dans la mesure où elles serviront à étayer un acte d'accusation de fraude fiscale suite à une enquête diligentée par les pouvoirs publics. Pour l'occasion, Salma nous préparera un bon repas afin que nous puissions festoyer, dès mon retour de la Wilaya.
- Mon fils, tu es déjà certain que ton entretien se passera bien ?
- Cela n'a aucun rapport. Ce jour-là, nous fêterons les 17 ans de Salma.

Mansour revint en début d'après-midi visiblement très satisfait de son entrevue avec le gouverneur.
- Cet homme gagne à être connu, vraiment !
- Et l'entrevue? demanda Ali
- Elle s'est déroulée de façon magistrale, mieux que je ne l'espérais. Finalement, le plan B s'avère plus efficace et moins dangereux que le plan A.
- Mais que t'a-t-il dit ou promis, quand tu lui as tout raconté ?
- Justement, je ne lui ai pas tout raconté.
Perdant patience Ali quitta le salon, en pestant sur le manque de respect flagrant de la génération actuelle, pendant que Mansour riait sous cape.
- Ça suffit, Mansour! Ton père est fatigué et angoissé. Il attendait ton retour avec impatience. Et toi tu badines. Je t'en prie, arrête de jouer avec ses nerfs...Et les miens.
- Tu as raison. Rappelle mon père.
- Je suis désolé de vous avoir fait patienter, en vous taquinant un peu, mais c'était juste de la décompression. En fait, je ménageais

mes effets, avant de vous raconter en détail ce rendez-vous ex-traordinaire.

- Je suis navré d'avoir si rapidement perdu patience, mon fils. Mais nous comptons tellement sur toi.

- Salma, donne-moi un verre d'eau, s'il-te-plait, avant que je commence ma narration car elle risque d'être longue.

- Nous t'écoutons mon fils.

- Lorsque je pénétrai dans l'enceinte de lawilaya revêtu de mon uniforme d'apparat au complet, le gouverneur, informé de ma venue, sortit de son cabinet pour m'accueillir et me saluer. Je le saluai à mon tour et fis un signe de tête à Omar Ziad, l'employé servile qui n'en demandait pas tant. Puis, le gouverneur m'invita avec déférence à le suivre dans son cabinet.

Le gouverneur, qui semblait être un homme charmant au demeurant, était vraisemblablement impressionné par le fait que cette entrevue lui avait été, pour ainsi dire, imposée par un membre de l'état-major. Il n'en connaissait pas la raison. Mais dans le doute, il avait décidé de se montrer coopératif et courtois.

[- Qu'est-ce qui vous amène Monsieur El Bar'ami ? Et que puis-je faire pour vous ?

- Pour la première question, je dirai une intuition et des certitudes. Et pour la seconde, rien! C'est moi qui souhaite vous aider, autant que faire se pourra, à débusquer les fraudeurs et les escrocs afin de faire appliquer la loi dans le plus grand intérêt de notre gouvernement. A ce propos, il y a une affaire qui m'a parue suffisamment suspecte pour avoir attiré mon attention et dont je tiens à vous faire part.

- Je vous écoute avec un grand intérêt, Monsieur El Bar'ami.

- Je vous en prie, Monsieur le gouverneur. Appelez-moi Mansour.

- Parfait, Mansour. Dans ce cas, je tiens à ce que vous m'appeliez Muhammad. Mais pardonnez-moi, j'allais manquer la plus élémentaire des politesses. Voulez-vous boire un thé, un café ou peut-être une citronnade avec un soupçon de mazhar (eau de fleur d'oranger) ?

- Je vous remercie, Monsieur le gouv... Muhammad Bey! Je prendrais volontiers une citronnade. Je suppose qu'elle est fraîche.

- Ne vous inquiétez pas.]

Puis d'un ton péremptoire,

[- *Omar, apporte nous deux citronnades fraîches et une fiole de mazhar. Yallah.*

- *Si cela ne vous dérange pas Muhammad Bey, j'aimerais attendre qu'on nous apporte les rafraîchissements avant de commencer. Car d'une part, je ne souhaite pas être interrompu et d'autre part, des noms seront évoqués. A ce propos, je vous suggère la plus grande confidentialité tant que l'enquête que vous aurez diligentée n'aura pas livré tous ses secrets.*

- *Votre prudence vous honore, Mansour. Mais dites-moi franchement, sauriez-vous quelque chose sur cette wilaya, que j'ignore ?*

- *Vous souvenez-vous, cher Muhammad, qu'à votre première question, ma réponse fut "des doutes et des certitudes" ? Eh bien, disons que certaines personnes qui gravitent autour de cette wilaya font partie de mes doutes.*

- *Je vous en prie, mon cher Mansour, ne soyez pas sybillin...]*

Omar frappa à la porte. Le gouverneur, passablement irrité par l'arrivée inopportune du fonctionnaire, lui lança un *"Entre"* que je qualifierai de rocailleux. Omar pénétra dans le cabinet en tremblant et posa un petit plateau pourvu des deux citronnades, de la fiole de mazhar et d'un plat contenant des Nashaders et des Kurabiyes (petits gâteaux secs) sur le bureau, puis il s'éclipsa furtivement, en réussissant à ne croiser nos regards à aucun moment.

[- *Sahetkun! (à votre santé)*

Le gouverneur - *Sahetkun ! Tenez, mangez ! Les Kurabiyes sont des petits gâteaux secs turcs qui font encore partie de la coutume locale. Les Nashaders sont des gâteaux secs égyptiens qui nous sont apportés uniquement pour me faire plaisir. Mais cher ami, dites moi ce que vous savez sur cette wilaya. J'avoue que cela m'intéresse au plus haut point.*

- *Mes doutes concernant cette annexe datent de l'époque précédant les émeutes de 34. Nous recevions au Caire des courriers alarmistes nous relatant la faiblesse d'Abdel Fattah Abu Ala Bey, le gouverneur en place, au sujet des agitateurs qui, comme on le verra, mettront la ville à feu et à sang, dès que sa fuite sera rendue publique. Bien entendu, étant natif de Safed, c'est à moi que l'on demanda de vérifier la véracité de certaines missives.*

J'ai donc fait appel à deux amis qui ne se connaissaient pas et leur ai demandé ce qu'ils pensaient de l'évolution de la situation à Safed. Curieusement, alors qu'ils ne s'étaient jamais rencontrés, ils m'envoyèrent des réponses dont certains éléments étaient quasiment similaires. Il faisaient état de corruption et surtout de complicité de certains fonctionnaires de la wilaya avec des opposants au régime. Ces derniers firent preuve d'un racisme antijuif notoire qui faisait de cette population le bouc-émissaire idéal dans des manifestations antigouvernementales que les émeutiers destinaient en réalité à Ibrahim pacha. Ce qui m'a le plus marqué, c'est que les deux rapports que j'ai reçus au Caire ont mentionné Mohamed Damoor, signalant que ce prêcheur, haranguait la population en ce sens, tout en ayant une finalité nettement plus sordide puisque son but avéré était de dépouiller les juifs de leur or et de leur biens. Alerté, l'état-major prit la décision de mettre fin à ce désordre en arrêtant le prédicateur et en ordonnant aux janissaires d'identifier les leaders afin de sévir fortement.

Malheureusement, le peu de fois où une expédition punitive a été mise en place par le gouverneur, le prêcheur arrivait à s'esquiver comme par miracle. Auréolé de gloire, ce faux prophète en profita pour prétendre qu'il était investi de l'esprit divin et de ce fait intouchable, entraînant dans son sillon une horde exaltée composée principalement de fellahs mais également de turcs, de citadins, de notables et de janissaires. Abandonné, affaibli et menacé de toutes parts, le gouverneur fut contraint de prendre la fuite avec ses soldats, laissant les populations juives et chrétiennes sans défense.

D'après l'un des rapports, l'esprit divin dont se prévalait cette ordure n'était autre qu'un fonctionnaire, acquis à la cause du prêcheur, proche du gouverneur qui l'alertait de toutes les dispositions prises par la wilaya à son encontre.

- Et vous savez qui était ce fonctionnaire?

- Hélas non. Lorsque je lui ai demandé, à mon arrivée, cet ami m'a affirmé qu'il lui avait été extrêmement difficile d'enquêter au sein de la wilaya. Il insista pour que, comme convenu, son nom ne soit jamais cité. Par ailleurs, il souhaitait se mettre en retrait, afin de ne pas être découvert, après avoir vu la cruauté avec laquelle les émeutiers avaient agi. En revanche, le deuxième rapport fait ressortir un nom : Dahmane el Jaafari.

- *Je ne connais pas ce nom.*
- *Et bien, il s'avère que mon père le connaît.*
- *Et d'après ce rapport, en quoi serait-il impliqué?*
- *Dans des transactions pour le moins suspectes ! Figurez-vous qu'il aurait acheté quatre splendides demeures appartenant à des familles juives pour une somme de plus de trois millions de Piastres.*
- *Je ne saisis pas très bien le rapport! Mais avant tout, comment le sait-il?*
- *Tout simplement, toujours d'après lui, parce qu'il les aurait achetées légalement.*
- *Alors, où est le problème?*
- *Et bien financièrement, ce n'est pas possible. Mon père le connaît parfaitement bien depuis le temps où il travaillait à la forge. De plus, il jouaient fréquemment ensemble au shesh-besh, en se confiant mutuellement l'un à l'autre. Et il m'a affirmé qu'il n'avait absolument pas les moyens de s'offrir, ne serait-ce qu'une seule de ces luxueuses villas.*

Aussi, les questions qui se posent sont les suivantes: S'il les a achetées pour son propre compte, d'où a-t-il apporté l'argent et s'est-il acquitté de ses impôts?

Et s'il les a achetées pour le compte d'un tiers, de qui s'agit-il et pourquoi ce secret? Pareillement, ce tiers s'est-il acquitté de ses impôts? Il peut s'agir d'un important manque à gagner pour le gouvernement.
- *En effet, ce serait fâcheux. Savez-vous s'il les a conservées ou revendues ?*
- *Non, je ne sais pas. Mais il est facile de vérifier en quelques minutes sur vos livres, s'il y a eu des transferts de titres concernant ces villas, postérieurs à leurs dates d'achat par monsieur El Jaafari.*
- *Voulez-vous que nous fassions vérifier immédiatement, Mansour? Comme cela, nous serons fixés.*
- *Avec joie Muhammad Bey! J'ai tout mon temps. Cependant, suite à ce que je vous ai dit tout-à-l'heure, il serait peut-être judicieux de ne pas informer toute la Wilaya pendant l'enquête préliminaire. Une seule personne suffirait amplement. Ainsi, nous saurions, incontestablement, qui est la taupe si jamais il y avait une quelconque fuite.*

- C'est juste. Avez-vous des doutes sur Omar, le fonctionnaire qui nous a apporté la petite collation ?
- Non aucun, à priori.]
Le gouverneur héla le fonctionnaire avec la même voix rocailleuse. Ce qui me donna la forte impression que cette voix était vraisemblablement attribuée à tous ses subalternes.
[*- Omar, apportez-moi les livres de transfert de titres immobiliers des trois dernières années !*]
Omar s'exécuta avec déférence et revint avec un grand livre.
[*- Les trois dernières années sont contenues dans ce même livre, Muhammad Bey.*
- Omar, nous allons diligenter une vérification fiscale qui débouchera ou non sur une enquête. Je tiens à ce que cette opération soit effectuée sous le sceau du secret. Toi seul sera au courant et servira de relais à Mansour. C'est compris?
- Oui bien sûr. À votre entière disposition, Muhammad Bey.
- Parfait. Sors maintenant. Je t'appellerai, si j'ai besoin de toi. Yallah !]
Le gouverneur ouvrit le livre et se mit à chercher. Pendant qu'il en parcourait fébrilement les pages, je lui glissai machinalement à l'oreille que les transactions devaient avoir été actées avant le 15 juin 1834 .
[*- Voila ! J'ai trouvé!*], *s'exclama-t-il triomphalement.*
Je lui fis remarquer, dans l'instant, que cette date correspondait précisément au début des émeutes afin que sa suspicion s'en trouve renforcée. J'ajoutai que je n'arrivais toujours pas à comprendre comment un homme désargenté comme Dahmane el Jaafari qui, d'après mon père, ne possédait ni rentes familiales, ni revenus conséquents, pouvait se permettre d'acheter des villas de luxe au prix fort. D'autant qu'en toute logique, ces familles juives auraient dû brader leurs maisons pour fuir la ville avant le commencement du pogrom et ainsi échapper au carnage annoncé. Enfin, pourquoi quatre? Le mystère reste entier. Il y a forcément anguille sous roche.
Le gouverneur acquiesça, sans lever la tête, persistant à feuilleter les pages du grand livre, qu'il parcourut en survol à la recherche des traces d'une éventuelle revente des propriétés identifiées. Arrivé à la fin des écritures, il se redressa et conclut :

226

[-*A l'évidence, il ne les a pas revendues.*

- S'il ne les a pas revendues, peut-être les loue-t-il? Mais dans ce cas, n'aurait-il pas des taxes à payer?

- Certainement...certainement.

- Bon, je ne vais pas vous accaparer plus longtemps, Muhammad Bey.

Je me levai et saluai le gouverneur qui me raccompagna jusqu'à la porte de l'annexe. Le gouverneur qui souhaitait certainement obtenir un poste dans une ville plus importante m'assura qu'il se fera fort de mener cette enquête jusqu'à son terme.

[- *Je n'en doute pas, Excellence. Ibrahim Pacha a besoin d'hommes de votre trempe. Un dernier conseil toutefois, ne convoquez Dahmane el Jaafari qu'à la fin de l'enquête préliminaire. Cet homme me semble redoutable et il vaut mieux le cerner de toutes parts avant de sonner l'hallali.*

- Soyez assuré que je tiendrai compte de votre avis. Mansour, mon ami, rentrez bien et que la paix soit sur vous.]

Mansour avait terminé sa narration et nous regardait en souriant.

- C'est formidable Mansour, ton plan B a fonctionné à merveille.

- Bravo mon fils. Mais je remarque également que tu sais très bien mentir.

- Ce ne sont pas des mensonges majeurs, uniquement des accommodements nécessaires à ma stratégie. Aurais-tu préféré, père, que je dise que les deux informateurs résidant dans cette ville, qui m'ont si bien renseigné, sont Salma et toi. Il vous aurait convoqués immédiatement et ainsi vos vies auraient été en danger.

- Tu as mille fois raison Mansour. C'était juste pour te taquiner.

Mansour s'approcha, nous prit dans ses bras et nous serra très fort.

- Soyez assurés que nous ne le lâcherons plus jusqu'à ce que justice soit rendue.

- Quand avez-vous prévu de vous revoir? Demandai-je.

- Nous n'avons pas fixé de date. Je vais laisser passer quelques semaines, puis je retournerai le voir. Je vais contacter rapidement les locataires pour les tenir partiellement informés de mon entretien avec le gouverneur. Je leur demanderai de me prévenir dès que Muhammad Bey les aura contactés et, surtout, d'observer la plus grande discrétion concernant cette affaire jusqu'à la

fin de l'enquête. Il y va de leur sécurité. D'ailleurs, ta présence me sera très utile, Salma.

- J'ai hâte de me rendre utile. L'inaction commence à me peser!

- SI l'inaction te pèse autant, tu devrais peut-être commencer à préparer le repas de ce soir. N'oublie pas, je tiens à fêter tes dix-sept ans avec faste. Je sors faire des courses. Aurais-tu besoin de quelque chose de particulier?

- Il me faut des pommes de terre, des aubergines et des laffas (sorte de grandes pitas).

Mansour s'esquiva et je restai seule avec Ali qui me demanda ce que je comptais cuisiner pour le repas d'anniversaire?

- Je vais préparer quatre raviers que je placerai au centre de la table et qui seront garnis de Houmous, de Tahiné, de Lalleiba (Rondelles de piments forts marinés dans un bain d'huile d'olive, de jus de citron, d'ail et de muscade) et le dernier d'un Taboulé druze. Je servirai à chacun, un méchoui d'agneau avec des beignets d'aubergines et des latkes (petites galettes de pommes de terre).

- Hé, là! Salma, tu vas nous préparer un menu international?

- International? Le mot est un peu fort. Tu sais Ali, aujourd'hui, j'ai dix-sept ans, mais j'ai l'impression d'avoir eu plusieurs vies. Alors pour ce repas, j'ai souhaité incorporer des spécialités régionales, juives ashkénazes, et druzes pour résumer ma vie.

- Tu as déjà dix-sept ans. Tu comprends donc que tu ne dois pas tarder à trouver un mari, car plus le temps va passer et plus ce sera difficile. Quand tu rencontreras les locataires avec Mansour, vous leur demanderez les coordonnées d'une marieuse.

- Je ne pense pas, non! Voyez-vous Ali, je ne me vois pas demander à des gens que je ne connais pas s'ils peuvent me présenter une marieuse. Cela équivaudrait à poser sur moi une pancarte où serait inscrit " à marier ".

- Bon. Attends de les connaître un peu si tu préfères, mais ne tarde pas trop. C'est pour ton bien que je te sensibilise Salma car tu as maintenant dix-sept ans et je ne voudrais pas que tu deviennes une vieille fille ...

- Je vais à la cuisine commencer à préparer les salades.

J'avais coupé court à cette discussion car je ne m'expliquais pas pourquoi toute allusion à un mariage ou à une marieuse m'agaçait à ce point. Ce pauvre Ali, s'était octroyé timidement un rôle de

228

tuteur et pensait à mon avenir, même si je trouvais humiliant de le faire sans un intermédiaire. Après tout, mon père m'avait bien "placée dans le catalogue des filles à marier de Ida Halperin", le jour de ma Bat-Mitzva. J'avais alors à peine douze ans. Et puis l'année passée, Mourdjane s'était mariée à seize ans, comme il était de coutume dans nos régions. Ali avait eu raison de m'aiguillonner, je ne voulais pas finir vieille fille. Cependant, n'ayant personne pour s'occuper de moi, je pris le parti de choisir moi-même mon futur époux.

Mansour revint avec les provisions que je lui avais demandées et les posa sur la table de la cuisine. Il me tendit un petit sac contenant des betteraves.

- *Tiens, j'ai trouvé ça au souk. Ça te rappellera la Lituanie.*

- *Je te signale que je n'ai pas connu la Lituanie, pas plus que mes parents d'ailleurs.*

- *Je sais. C'est juste un clin d'œil à tes coutumes ancestrales, pour ton anniversaire.*

- *C'est vraiment très gentil Mansour. Je te remercie pour cette délicate attention.*

- *Bon. Je dois repartir régler une affaire. Mon rendez-vous n'étant pas encore arrivé, je n'ai pas voulu te mettre en retard. Aussi, ai-je préféré d'abord te rapporter les légumes et puis y retourner. A tout-à-l'heure.*

Je préparai la table du salon, comme je le faisais pour les repas de fêtes.

La seule différence résidait dans le fait que les deux bougies habituellement placées dans des bougeoirs et disposées sur le buffet, étaient posées directement sur la table, à l'intérieur de verres à haut col, faisant office de photophores.

La nappe blanche damassée, les assiettes, raviers et autres plateries en porcelaine de Saxe, reçus par ma mère comme cadeau de mariage, tout était là ! Ali n'avait touché à rien. En fait, il s'attelait réellement à être le gardien de notre maison.

Mansour revint en toute fin d'après-midi. Il était d'humeur guillerette. Je lui fis observer que son mystérieux rendez-vous avait duré bien longtemps.

- *Mon rendez-vous s'est terminé rapidement. Mais je suis passé chez nous. Je voulais saluer ma mère et rester un peu avec elle.*
- *A ce propos, j'aimerais bien l'inviter pour mon anniversaire. Avec l'autorisation d'Ali, cela va sans dire.*

Ali ne dit pas un mot. Mansour me remercia pour cette invitation mais me précisa que sa mère s'était, d'elle-même, retirée du monde des vivants, depuis que Othman avait été grièvement blessé. Elle se refusait toute joie et lorsqu'il l'informa qu'il lui écrivait chaque semaine, elle ne l'entendait pas. Pour elle, Othman avait péri à la bataille de Konia et elle était en deuil perpétuel. Ali précisa que même s'il lui imposait de venir, elle ne serait pas de bonne compagnie. Elle était triste et pratiquait le jeûne de la parole, hormis lorsque Mansour, son second fils, venait lui rendre visite.

Je n'insistai pas davantage. Les hommes de sa vie avaient été suffisamment convaincants.

La soirée se passa merveilleusement. Le repas que j'avais concocté leur plut énormément. Ali riait et racontait des anecdotes, pas toujours flatteuses, sur Mansour qui, de son côté, évoquait des souvenirs communs avec Othman. Son frère lui manquait.

Soudain, vu la tournure des choses, Ali qui ne voulait pas passer pour un être démuni de sentiments, prit une bannière qui me déstabilisa sur le moment.

- *Comme disait mon vieil ami Ephraim : "On ne peut pas se comporter comme s'il était mort, alors qu'il est encore vivant." Alors, moi qui suis croyant, j'ai confiance en Dieu et je garde espoir. Je sais qu'en ce moment, il combat de toutes les forces qui lui restent. Il lutte contre la mort et il en sortira vainqueur, car mon fils Othman est plus qu'un guerrier. C'est un héros.*

Cette déclaration pleine de ferveur d'Ali, citant mon père, me ramena à des souvenirs dont l'émotion dut se lire instantanément sur mon visage, puisqu'à ce moment précis, Mansour me prit la main. Les larmes emplirent aussitôt mes yeux.

- *Excusez-moi, mais lorsque vous avez parlé de mon père, je me suis souvenue des repas que nous passions, réunis autour de cette table avec ces mêmes couverts et ces petites flammes qui virevoltent et me rappellent les soirs de fête. Mais ma famille n'est plus là et je ne peux même pas me recueillir sur leurs tombes. Pendant ces trois dernières années, je m'efforçais de ne plus y penser, puis*

j'ai eu l'espoir insensé que nous les retouverions leurs dépouilles aux abords du mausolée et maintenant, c'est le vide. Nous ne savons plus où chercher. C'est fini!
- Rien n'est jamais fini, Salma. D'après mon père, Ephraïm était un optimiste invétéré. Je reste persuadé qu'on les retrouvera, comme il a su persuader mon père que Othman se réveillera un jour.

Je me suis de nouveau mise à sourire. Ali et Mansour se mirent à chanter *"Yom Yom ouledet"* en hébreu puis *"Sana helwa ya gamil"* en arabe. Je demandai alors à Mansour s'il la connaissait en lituanien. En guise de réponse, il sortit un joli coffret cadeau.
- Tiens. Joyeux anniversaire Salma, de notre part, mon père et moi.

Emue, j'ouvris le coffret et découvris un splendide bracelet torsadé en or, se terminant par une tête de serpent.
- C'est magnifique! Je ne sais comment vous remercier?

Je le plaçai autour de mon poignet, me levai, allai embrasser Ali et sautai au cou de Mansour en pouffant.
- Pourquoi ris-tu ?
- Parce que je suis heureuse. Et peut-être vas-tu rire également, mais je croyais que le sac de betteraves, que tu m'as apporté tout à l'heure, était mon cadeau.

Je me rememorai la dernière fois que j'avais reçu un cadeau.
- Mon père m'avait offert un poisson décharné en or dans cette même pièce. Cette fois c'est un serpent, je vais finir par porter une véritable petite ménagerie.

Ali et Mansour s'esclaffèrent.

Le lendemain, un quidam chargé par Mansour d'opérer la liaison avec les quatre locataires était venu le trouver pour l'informer que le gouverneur les avait convoqués à la Wilaya le 18 Novembre. Mansour souhaitait que je les rencontre avant leur entretien. Un rendez-vous fut proposé le 15 Novembre au soir à l'entrepôt de Jacob Litman.

Mansour et moi arrivâmes à l'entrepôt à l'heure prévue. Jacob nous attendait accompagné de ses trois voisins. Après les présentations d'usage et la promesse d'une confidentialité absolue de la part des locataires, je dévoilai mon vrai nom puis racontai mon histoire et mon sauvetage miraculeux ainsi que l'histoire des quatre familles juives spoliées, véritables propriétaires des maisons louées, leur assassinat avec femmes et enfants par Dahmane el Jaafari et ses acolytes. Les locataires étaient soufflés.

L'un d'entre eux demanda cependant:

- *Que se passera-t-il pour nous si Dahmane est arrêté? Devrons nous payer le loyer à la wilaya qui le remettra plus tard aux ayants-droit ou devrons nous plier bagages?*

Mansour lui rétorqua que la question méritait d'être posée et qu'à vrai dire, il n'y avait pas encore réfléchi.

Agacée, je pris la parole.

- *En mémoire de tous les nôtres qui ont été lâchement abattus par ce criminel, raciste et sans scrupules, et qui a trucidé quatre pères de famille juifs comme vous, je réclame un minimum de dignité. Ce que vous ferez après, à qui vous payerez, nous n'en savons rien! Posez la question au gouverneur! Mais ayez la décence de garder à l'esprit que vous occupez leurs demeures actuellement et que vous payez leur meurtrier tous les mois. Ces êtres humains dont plusieurs femmes et enfants, à qui il a menti dans le but de les spolier et qu'il a ensuite froidement massacrés, sont restés pourrir tout l'été 1834, sans sépulture.*

Les quatre locataires, visiblement remués par mon discours sans ambages se confondirent en excuses, évoquant une malencontreuse incompréhension, et affirmant qu'ils feraient tout pour que cette engeance paie pour ses crimes.

- *Parfait! Alors écoutez-moi. Le gouverneur va vous demander vos contrats de location, fournissez les! Rappelez-vous. Vous ne nous connaissez pas! Cet homme est dangereux et il ne reculera devant rien. Soyez prudents! Répondez précisément et brièvement aux questions que vous posera le gouverneur. Ne parlez, sous aucun prétexte, du meurtre des anciens propriétaires, du moins tant que nous n'avons pas retrouvé le charnier. En revanche, parlez lui de ce que vous avez trouvé dans les villas quand vous êtes rentrés en location.*

- *D'ailleurs, pourriez-vous nous dire ce qu'il y avait dans ces maisons?*

- *Des bibelots, du linge, des tenues, des porcelaines, des livres de prières etc...*

232

- Chacun d'entre-vous devra consulter son épouse avant d'établir une liste de ce qui se trouvait dans sa location. Insistez sur ce qui vous a paru inhabituel ou qu'on ne trouve jamais dans une demeure en location. Remémorez-vous vos questions à ce sujet et les réponses de Dahmane. Comprenez, il faut que le gouverneur arrive lui-même à la conclusion que les propriétaires ont disparu de façon irrationnelle et que l'option du crime n'est plus à écarter.

Mansour intervint à son tour :

- Restez axés sur ce qui concerne votre location et soyez prudents car Dahmane est un homme dangereux et la Wilaya est loin d'être hermétique. Ne parlez qu'avec le gouverneur. Je repasserai ici demain à la même heure pour récupérer vos listes et les comparer.

- Devra-t-on prévenir Dahmane du rendez-vous du 18 Novembre?

- Répondez-moi d'abord. Comment le contactez-vous?

- C'est lui qui nous contacte. Il vient récupérer l'argent du loyer chaque fin de mois.

- Vous voulez dire que vous ne savez pas comment contacter votre propriétaire? Et s'il se passait quelque chose de grave?

- Il a dit qu'il le saurait.

- Vous voyez! Quand je dis qu'il a une taupe à la Wilaya. Sans cela, comment le saurait-il? Je le répète. Ne parlez qu'au gouverneur. N'ayez confiance en personne.

- Vous n'avez pas répondu à la question: Doit-on le dire à Dahmane ?

- Vous venez de donner la réponse. Vous ne pouviez pas le prévenir et cela ne vous a pas embarrassé plus que cela, car vous étiez persuadés qu'il était déjà au courant!

Nous prîmes congé.

Le 18 Novembre au soir, nous retournâmes à l'entrepôt pour connaître la teneur précise de l'entretien avec le gouverneur. Les locataires nous confirmèrent qu'ils s'en étaient tenus à ce que nous avons mis au point. Ils nous apprirent également que le gouverneur avait semblé très intéressé par les incohérences qu'ils avaient listées.

*

Deux jours plus tard, Mansour se rendit à la Wilaya, sans avoir pris rendez-vous avec le gouverneur. Au sortir, il vint nous faire un compte-rendu détaillé. Tout d'abord, il tint à souligner l'attitude remarquable des locataires et l'acharnement du gouverneur qui en avait résulté, à l'encontre de Dahmane.

Puis, il entama son récit :

[- *Bonjour Mansour, vous tombez bien. J'ai du nouveau dans notre affaire. Asseyez-vous! J'ai convoqué les quatre locataires il y a deux jours. J'ai examiné leurs contrats de location. Ils sont relativement basiques, aussi me suis-je donc attaché à vérifier si la somme inscrite dans la rubrique "loyer" correspondait à la somme qu'ils réglaient à Dahmane mensuellement. Tenez-vous bien, ils paient 3400 piastres par villa, taxe locative incluse soit 13.600 piastres par mois pour les quatre demeures.*

Le libellé de leurs contrats stipule que les taxes locatives dues au gouvernement sont réglées par les locataires et encaissées par Dahmane pour le compte du gouvernement. J'ai donc vérifié les livres comptables de l'administration et j'ai constaté que le montant des taxes perçues n'a jamais été payé depuis trois ans. En fait, il n'a jamais payé d'impôt de sa vie.

La question reste la même. D'où vient son argent ou pour le compte de qui officie-t-il ? A la différence que cette fois, nous avons un premier chef d'inculpation incontestable de fraude à l'empire, qui sera rapidement suivi d'un second qui pourrait être qualifié de vol ou de complicité de vol. Et, croyez-moi mon ami, si j'obtiens les preuves nécessaires, nous pourrons y ajouter une accusation de meurtres...

- Attendez Muhammad Bey, vous allez trop vite...fraude à l'empire plus vol, je comprends. Je peux même dire que je m'en doutais, mais meurtres plus spoliation! Je dois dire que vous me laissez sans voix.

- Eh bien, mon cher Mansour, je dois dire que l'entrevue avec les locataires s'est révélée édifiante.

- J'ai hâte de vous entendre Excellence.

- Figurez-vous que les locataires avaient été surpris de ce qu'ils avaient trouvé dans leur location. La liste des objets et vêtements

énumérés est criante d'une action spontanée, qui devait être suivie d'un retour dans un délai rapproché et non d'un départ définitif, où en général la femme ne laisse pas de vaisselle ou de vêtements sales. Et puis, on prend les tableaux représentant les époux ou les enfants ainsi que les souvenirs personnels!

- Ont-ils posé des questions sur cet état de fait à Dahmane?

- Effectivement. Dahmane a paru surpris et embêté dans un premier temps puis courroucé. Il les prévint qu'il avait d'autres locataires qui attendaient s'ils avaient changé d'avis. Puis, il leur demanda de quoi ils se plaignaient puisqu'il n'augmenterait pas le loyer. Ils n'avaient qu'à considérer tous ces objets comme un bonus. Se reprenant, il leur tint un langage plus conciliant et leur fit savoir que les anciens propriétaires, pressentant le danger des émeutes, avaient dû s'enfuir de la ville dès les contrats signés pour rallier un bateau attendant d'appareiller pour l'Amérique, deux jours plus tard. Il leur révéla qu'en partant, les anciens propriétaires s'étaient excusés de laisser leurs demeures dans cet état, mais que compte-tenu de l'urgence, il comprendrait. D'après lui, Ils auraient même ajouté: "Vous n'avez qu'à vous débarrasser de tout ce qui vous gêne." Mais lui, en bon musulman n'aurait pas voulu jeter des livres sacrés ou autres objets dont il méconnaissait la valeur spirituelle. Alors, quand ils sont arrivés pour louer les maisons et qu'il a su qu'ils étaient juifs, il a tout laissé en place. En fait, il ne comprenait pas qu'au lieu de le remercier, ils venaient lui en faire grief !

- Mais, Muhammad Bey, vous avez parlé de meurtres ?

- Vous êtes vraiment naïf, mon cher Mansour! Vous croyez vraiment que des juifs européens vont dire à un arabe musulman "Désolé, mais débarrassez-vous de nos livres et de nos objets sacrés, ainsi que des huiles représentant les portraits de nos parents, femmes et enfants?" . Vous voulez rire !

- Mais s'il y avait eu meurtre, il y aurait eu des cadavres! Et puis, pourquoi assassiner des gens qui vous ont vendu leur maison de leur plein gré en venant personnellement à la Wilaya . Cette venue ne donne-t-elle pas corps à ces transactions ?

- Peut-être y étaient-ils contraints car leurs familles étaient prises en otage ! Peut-être qu'il les a tués, ou fait tuer, pour récupérer l'argent de la transaction ! Tenez, imaginez que Dahmane empreinte pour 24 heures le montant total de la

transaction. *Il paie les propriétaires qui partent illico, le jour où les émeutes démarrent. Il sait où ils se rendent et par où il passeront. Il engage des coupe-jarrets qui les trucident et récupèrent l'argent pour son compte, et reçoivent le salaire de leurs crimes. Le lendemain, Dahmane peut rendre l'argent à son prêteur avec intérêt. Et puis, dans le cas de figure où il assassine des gens en partance pour les Etats Unis d'Amérique, on est en droit de supposer qu'ils avaient plus d'argent que les seuls 800.000 piastres par famille, pour s'installer dans un nouveau pays.*

- Et les dépouilles?

- Il y a eu des centaines de morts pendant ce pillage qui a duré 33 jours. Nombre d'entre-eux, n'ayant plus de famille ont été enterrés dans des fosses communes. Mansour, je suis persuadé d'être tout proche de la vérité, mais il est vrai que sans preuves, ça reste une hypothèse.

- C'est prodigieux Muhammad Bey! Et quelle sera la prochaine étape?

- Je vais convoquer ce Dahmane El Jaafari afin de le questionner et de le passer sur le grill.

- Muhammad Bey, je vous supplie de veiller à la sécurité des quatre locataires en les impliquant le moins possible.

- Ne vous inquiétez pas Mansour. Je commence à cerner parfaitement cet individu. Voyez-vous, il doit à l'administration 680 piastres de taxes locatives sur un loyer de 3.400 piastres/mensuel par maison . Celles-ci, bien que déjà encaissées par Dahmane, n'ont pas été reversées à la Wilaya, depuis 30 mois, soit une somme de 81.600 piastres pour l'ensemble des quatre maisons pour la période. J'ajouterai bien évidemment, une sanction financière égale à deux fois le montant de cette somme, conformément à la loi égyptienne en vigueur, soit 163.200 piastres. Imaginez Mansour, il devra ainsi, régler à l'administration, une amende d'un montant de 244.800 piastres.

- C'est une somme considérable. Vous ne rigolez pas.

- C'est la somme qu'il doit! Pour être complet, le tout sera assorti d'une peine de six mois de prison, si l'amende n'est pas réglée dans les trois jours suivant la notification et je ne vous cache pas ma joie de la lui remettre personnellement, le jour même de sa convocation. Plein de sarcasmes, je lui dirai que l'administration est toujours critiquée, à juste titre, pour sa lenteur et son laxisme,

mais cette fois il n'aura pas à s'en plaindre. Ensuite, j'aborderai avec lui la question du financement.

- Décidément, je préfère vous avoir comme ami plutôt que comme ennemi !

- Mon Dieu, Mansour! Vous ne risquez pas de le devenir. Mon ami, vous venez de faire gagner au gouvernorat une somme considérable. De plus, une autre plus conséquente suivra. Mais dès que je l'aurai tondu, je n'aurai de cesse à confondre ce meurtrier.

- Vous n'en demordez pas.

- Non, il faut tuer le Sheitan, sans répit. Et sans nul doute, cet homme est un démon!

- Excellence, auriez-vous déjà une date prévue pour sa convocation?

- Pas précisément, car je dois me rendre à la Wilaya de Sidon puis à celle de Beyrouth. Je serai de retour pour quelques jours seulement du 12 au 27 octobre afin de signer des documents et traiter des dossiers en attente avant de rejoindre le Caire. Ma femme a demandé ma présence du fait de sa maladie qui s'est fortement aggravée. J'espère être opérationnel dès mon retour d'Egypte, au plus tard le 10 Janvier 1838.

- Je souhaite une totale guérison à votre épouse. Qu'Allah lui vienne en aide. Mais dites-moi Excellence, vous comptez attendre le mois de janvier 1838 pour le convoquer?

- Non. Vous avez raison. Je le convoquerai le mois prochain. Disons le 20 Octobre.

- Parfait, je sollicite déjà un rendez-vous le 22 Octobre après la convocation de Dahmane et avant votre voyage en Egypte. Vous verrez, cela risque d'être étonnant.

- Ah, Mansour, vous savez m'aguicher ! Alors à la prochaine, rentrez bien.]

Le gouverneur me raccompagna jusqu'à l'entrée de la wilaya comme il en avait pris l'habitude.

Je félicitai Mansour pour son plan magistral et son action cruciale face au gouverneur. Mansour me rappela que c'était ma prise de parole auprès des locataires qui avait déclenché chez-eux cet élan de solidarité communautaire et les avait conduits à mettre le gouverneur sur la voie d'un multiple crime crapuleux, sans jamais en faire mention. D'ailleurs, Muhammad Bey soupçonnait, avec certitude, Dahmane de meurtre, au point de vouloir sa peau à tout prix.

*

Le 22 octobre, comme convenu, Mansour rencontrait le gouverneur à la wilaya qui le tint au courant de son entretien avec Dahmane. Des son retour à la maison, il nous fit part de son entrevue, hormis la partie concernant Othman qu'il me réserva en particulier.

[- Le 20 octobre, El Jaafari s'est présenté à la wilaya conformément à sa convocation. Je l'ai reçu sans amabilité. Après avoir entendu les griefs qui lui étaient reprochés, Dahmane el Jaafari, sans nier les faits concernant les taxes locatives, a accusé son comptable de ne pas avoir fait correctement son travail. Il l'aurait d'ailleurs congédié depuis plusieurs mois et n'avait plus aucune nouvelle de lui. Cependant, comme il en était responsable, il acceptait sans discuter de régler la totalité des taxes ainsi que le montant de la sanction financière dès réception de la notification. Concernant l'apport financier, Dahmane avait répondu qu'il était loin de posséder la somme conséquente de trois millions deux cents milles piastres et qu'il avait dû en emprunter une grande partie pour compléter la somme qu'il avait reçue en héritage. Je lui ai accordé un délai pour fournir les preuves et les documents qui étayaient ses dires. Je lui ai remis ensuite la notification que j'avais fait préparer au préalable et lui ai notifié qu'il avait trois jours pour apporter la somme de 244.800 Piastres, dont je lui avais donné le détail. Faute de quoi, il serait immédiatement appréhendé et conduit en prison. Je le saluai sans le raccompagner et lui donnai rendez-vous le 15 janvier 1838.]

Il ajouta que ce dernier n'avait discuté ni le montant ni le bienfondé de l'amende et était même venu la régler dès le lendemain. D'après lui, Dahmane souhaitait faire bonne figure et le mettre dans de meilleurs sentiments vis-à-vis de lui

Muhammad Bey dit a Mansour en riant "s'il savait ce qui l'attend".

Puis me prenant à part:

J'ai demandé à Muhammad Bey s'il pouvait aller voir mon frère Othman et nous donner de ses nouvelles à son retour?

Devant son air interrogateur, je lui ai expliqué qu'il avait été laissé pour mort à la bataille de Konia., mais qu'il avait survécu et etait toujours soigné à l'hôpital militaire du Caire.

[- Aucun problème! Auriez-vous un message particulier à lui faire porter?

- Non, je lui écris toutes les semaines depuis qu'il a été gravement blessé, le 23 décembre 1832.

- Vous lui écrivez régulièrement toutes les semaines?

- Oui, sans faillir.

- Mais que lui dites-vous une semaine après l'autre?

- Je le tiens au courant des faits qui se sont produits à Safed pendant son absence. En premier chef, je lui parle de vous et de notre relation amicale. Voyez-vous, il connaît sans les avoir jamais vus, tous mes amis et tous les amis de mon père. Il n'ignore rien des émeutes de 1834, ni du tremblement de terre de 1837, et surtout de la mélancolie de mon père et du désespoir de ma mère.

- Pourquoi?

- Pour que rien de ce qui se soit produit ici ne lui soit étranger à son retour.

- Que vous répond-il?

- Rien. Il n'en a lu aucune.

- Comment ça? Vous ne cessez de m'intriguer, Mansour.

- Mon frère Othman ne s'est jamais réveillé du coma profond dans lequel il est tombé après avoir reçu un boulet de canon sur le crâne. Bien sûr, il ne le reçut qu'après que celui-ci ait ricoché. Sans cela, vous vous doutez bien qu'il lui aurait arraché la tête!

- Je suis vraiment désolé.

- Je ne vois pas de quoi, Excellence. Mon frère et moi sommes des soldats, des nezzam comme nous appellent les gens du coin et nous nous sommes engagés dans l'armée égyptienne avant que la conscription ne devienne obligatoire.

- Vous pensez qu'il a une chance de sortir du coma ? Vous n'ignorez pas, cher ami, qu'en la circonstance, le temps n'est pas votre allié. Que disent les médecins à son sujet ?

- Justement Muhammad Bey. Je souhaiterais que vous questionniez les médecins que je n'ai pas vus depuis plus de deux ans, au sujet de l'évolution de l'état de santé de mon frère et de ses

chances réelles de recouvrer une vie active. Certains médecins prétendent que les personnes dans le coma entendent. Alors, parlez lui également. Enfin, je vous demanderai de vérifier si mes lettres sont bien à sa disposition dans l'ordre chronologique. Vous verrez. C'est très simple, elles sont numérotées.

.- Ne vous inquiétez pas mon ami. Tout sera fait comme vous me l'avez demandé. Mansour, dites-moi. Entre-nous, avez-vous toujours de l'espoir?

- Quand je réfléchis, je pense que non. Pourtant, je n'envisage absolument pas l'avenir sans Othman. Voyez-vous j'ai un affreux dilemme, peut-être même, vaudrait-il mieux...!

- Mieux quoi !? J'ai du mal à comprendre, expliquez-vous.

- C'est compliqué. En fait, je ne crois plus du tout à sa guérison, même si je l'espère encore de tout mon cœur.

- Poursuivez Mansour...

- Je suis partagé car si, par miracle, il s'en sortait, son retour parmi les siens, donnerait une incommensurable joie de vivre à mes parents. Mais, Allah seul sait avec quelles séquelles, il sortirait de ce coma. Comprenez qu'Othman risquerait d'être cérébralement amoindri et serait probablement dépendant. Il en aura conscience et sa fierté sera mise à mal, dès lors la vie avec lui deviendra vite un enfer.

De mon côté, je devrais dire adieu à tous mes projets, sachant qu'il me sera impossible d'imposer à ma femme une présence masculine permanente.

- Vos parents ne pourraient-ils s'en occuper?

- Mes parents ne sont pas éternels.

- A propos de votre père, prévenez le que je le recevrai à mon retour d'Egypte.

- Ce ne sera pas possible, Excellence. Mon père sort d'une grave maladie. Il lui faudra plusieurs mois de convalescence et n'aura pas la force d'aller jusqu'à la Wilaya et d'en revenir à pied.

- Ne vous inquiétez pas Mansour. Dites à votre père que je lui enverrai un fiacre.

- J'ai une meilleure idée, Muhammad Bey. A votre retour d'Egypte, passez chez mon père avant de convoquer, de nouveau, Dahmane El Jaafari. Si les nouvelles concernant l'état de santé de mon frère sont bonnes ou pour le moins stables, je préfère

qu'il l'apprenne par un autre que moi. Mon père pense que j'enjolive la situation pour ne pas leur faire de la peine. Alors un gouverneur, vous pensez ! Je vous avais promis un rendez-vous étonnant. En fait, il sera détonnant. Je suppose que vous allez interroger mon père sur la moralité, le train de vie de Dahmane ainsi que tout ce qu'il pourra vous apprendre sur lui. Vous aurez bien plus...
- Vous m'intriguez encore, Mansour !
- Ecoutez, vous cherchez à renforcer la nasse dans laquelle vous voulez piéger Dahmane, le laisser s'enfoncer tout seul dans vos filets, pour l'abattre le moment venu. Méfiez-vous de lui, Muhammad Bey. Ce démon est plein de ressources ! Pourquoi a-t-il payé dès le lendemain d'après-vous ?
- Pour faire bonne figure et m'endormir.
- Certainement. Mais aussi pour rester libre, préparer sa défense et fourbir ses armes. Peut-être est-il même actuellement en train d'enquêter sur vous, dans l'éventualité d'un chantage ou d'un donnant-donnant. Ne faites pas l'erreur de le sous-estimer.
- D'où ce rendez-vous secret, hors de la Wilaya, avec votre père.
- Vous êtes vif, Excellence. Mon père vous donnera toutes les pièces manquant à votre puzzle.
- Parfait. Il est toutefois dommage que nous n'ayons pu retrouver les corps des victimes. Mais, si nous avons toutes les pièces, nous aurons grandement avancé.
- Ce n'est pas tout, mon ami. Nous avons également retrouvé une preuve absolue des assassinats.
- Ça suffit, Mansour ! Arrêtez de me triturer ! Quelle est cette preuve ?
- Nous avons retrouvé un témoin oculaire des meurtres qui a pleinement reconnu et identifié Dahmane el Jaafari. Cependant, Dahmane est persuadé que cette personne a été massacrée avec les autres.]
Je saluai un Muhammad Bey sans réaction. Je le vis rester perplexe à la porte de son cabinet et pour la première fois, il ne me raccompagna pas.

*

Le gouverneur revint à Safed le 12 Janvier 1838. Le lendemain, une estafette vint nous prévenir de son retour et demanda à Mansour de bien vouloir le suivre à la Wilaya. D'après Mansour, Muhammad Bey semblait préoccupé. Pour preuve, il ne le reçut pas comme à l'accoutumée et lui donna, tout de suite, des nouvelles de Othman.

[- *Je vous remercie de votre sollicitude, Excellence. Quand comptez-vous passer?*

- *Le 15 janvier vers 10 heures, vous convient-il? C'est dans trois jours.*

- *C'est parfait, nous vous attendrons. Dites-moi, je commence à vous connaître un peu Muhammad. Que se passe-t-il ? Vous me semblez fort préoccupé.*

- *Je vous dirai ça quand nous nous reverrons. Je dois auparavant vérifier deux ou trois points.*

- *Bien, je vais rentrer, Excellence. Je vous laisse narrer à mon père votre visite auprès de mon frère. Après tout, s'il est stable et encore vivant, c'est déjà une bonne chose.*]

*

Le 15 janvier 1838, à dix heures précises, un fiacre banalisé s'arrêta devant la maison.

Le Gouverneur en sortit et fut reçu par Mansour qui lui présenta son père.

- *Bonjour monsieur el Bar'ami, quelle belle famille vous avez. A la demande de votre fils, Mansour, je suis passé voir Othman lors de mon passage au Caire et je suis heureux de vous dire que son état ne s'est en rien dégradé. Certes, les médecins ne peuvent toujours pas se prononcer. Mais son état est stable. Je lui ai parlé de vous, Mansour, ainsi que de ses parents, en lui précisant qu'il devait se battre pour revenir parce que vous aviez tous besoin de lui et que vous l'attendiez. Enfin, j'ai demandé à voir si la correspondance que vous lui envoyiez était classée dans un ordre chronologique, ce qui n'était pas précisément le cas. Je leur ai demandé d'y veiller. Tout le monde était très attentionné envers lui, suivant un ordre personnel d'Ibrahim Pacha. J'ai appris, sur*

242

place, l'acte héroïque qu'il avait accompli à la bataille de Konya et la croix de guerre qu'il avait reçue. Ce dont je tiens à vous féliciter Monsieur el Bar'ami.

Ali remercia chaleureusement le gouverneur et le pria de s'asseoir car cela risquait d'être long. Il s'assit également mais Mansour intervint avant que son père ne commence :

- Muhammad Bey, dites-moi d'abord, cher ami, ce qui vous tourmente. Je vous connais suffisamment maintenant pour savoir que quelque chose ne va pas.

- Eh bien, je ne sais pas si ce diable d'homme y est pour quelque chose. Mais figurez-vous que Al Mankily Pacha, ministre de la guerre de Mehmet Ali Pacha, a promulgué un décret ôtant dorénavant aux gouverneurs régionaux la possibilité de prononcer la peine de mort, sans preuves irréfutables. La peine de mort ne pourra être prononcée que dans les wilayas principales après un procès en bonne et dûe forme.

- D'après vous, à quoi est dû ce réajustement?

- Peut-être à des abus qui ont conduit les autorités à réagir ou à un geste politique démontrant que tous les sujets de l'empire sont égaux devant la loi de Mehmet Ali Pacha. Enfin, et je n'ose y penser, à une demande d'aide des amis de Dahmane en haut lieu pour le sauver de la sanction suprême.

- C'est vrai que cela peut être présenté comme une noble idée "tous les sujets sont égaux devant la loi", en ces moments troublés. C'est une cause intéressante à défendre tant auprès des populations qu' auprès des grandes puissances occidentales.

- Quand je verrai vos témoins, j'étudierai les différents faisceaux de preuves.

Ali, extrêmement déçu par cette nouvelle, se mit à lui raconter toute l'histoire du pogrom. Il lui expliqua comment Dahmane et Djafari était non seulement impliqué mais de surcroît à l'initiative d'une stratégie criminelle qu'il avait savamment planifiée.

Après avoir écouté Ali attentivement, le gouverneur l'interrogea:

- Monsieur Bar'ami, j'aimerais vous poser une question qui me taraude. Quels liens assez puissants entreteniez-vous avec Monsieur el Jaafari, pour que celui-ci en vienne à se confier à vous, et vous avouer des meurtres qui l'enverraient assurément à la potence, si vous veniez à le dénoncer, comme vous auriez dû le faire d'ailleurs pour sauver les quatres propriétaires?

- Monsieur le gouverneur, Dahmane se disait être mon ami. Je le connaissais depuis des années. Nous jouiions tous les jours ensemble au shesh besh.

Lorsqu'il m'a informé de ses projets de meurtres, j'ai été horrifié et l'ai menacé de le dénoncer aux autorités. Cynique, il m'a rétorqué " Et à qui donc ? N'as tu pas entendu la rumeur sur la fuite du gouverneur et de sa clique ? ". Par ultime bravade, je lui répondis que je dévoilerai son ignominie au nouveau gouvernorat dès qu'il sera rétabli. Dahmane sortit alors une autre carte de sa manche et m'objecta cyniquement que ce serait ma parole contre la sienne et que les émeutiers de Safed auraient vite fait leur choix, car personne dans la ville n'avait oublié que mes fils étaient des nezzam au service d'Ibrahim Pacha, contre qui ils se rebellaient.

J'avoue avoir eu très peur pour ma famille et pour moi! Alors en désespoir de cause, je n'ai accepté de me taire qu'à la condition qu'il épargne la famille Litvak. Peine perdue, je viens d'apprendre qu'il ont quasiment tous été assassinés par ce même Dahmane et ses hommes de main.

- Quel était son intérêt de tuer votre voisin puisque sa maison était à votre nom et non au sien?

- L'argent, je suppose.

- Comment pouvez-vous affirmer que la famille Litvak est morte assassinée par Dahmane?

- Nous avons retrouvé un témoin oculaire fiable de leurs meurtres qui l'a parfaitement identifié et formellement reconnu.

- Où est-il?

- Je suis là. Répondis-je en avançant.

Le gouverneur, surpris, sembla d'abord incrédule puis déconcerté.

- Qui êtes-vous et qu'avez-vous vu exactement?

- Mon nom est Sarah Litvak, fille aînée d'Ephraïm Litvak. Je vais, si vous le permettez, vous livrer mon témoignage concernant l'identification de Dahmane el Jaafari comme étant le meurtrier de ma famille et vous raconter les circonstances de ma survie.

Le gouverneur buvait mes paroles. Il écoutait mon récit, effaré, sans dire un mot. Lorsque je me tus, il resta un long moment assis, hébété.

Désabusé, il s'adressa à Mansour et lui demanda sèchement les raisons pour lesquelles il ne l'avait pas tenu au courant depuis le début, d'une part, et il lui avait présenté Dahmane comme un simple fraudeur, d'autre part. Ce manque de confiance lui avait fortement déplu et il tint à le lui faire savoir. Mansour s'excusa humblement et expliqua qu'au début, il avait agi de la sorte car il ne le connaissait pas suffisamment et, Dahmane étant un homme extrêmement dangereux, il avait décidé d'être prudent et essayer de lui faire découvrir par lui-même le vrai visage de cet homme. D'autant qu'au début, il ne connaissait pas les noms des quatre propriétaires, ni leurs adresses exactes, ni même si leurs demeures étaient encore debout après le tremblement de terre qui avait dévasté ce quartier de Safed en début d'année. La seule donnée qu'il connaissait était l'endroit du rendez-vous fatal où ils n'avaient d'ailleurs trouvé aucun cadavre malgré de nombreuses recherches qui s'étaient avérées infructueuses.

Alors, comment aller voir une autorité sclérosée par la gangraine de la corruption et accuser de meurtre un homme qui portait le masque trompeur de la bienséance? Un homme bien qui avait effectué toutes ses transactions légalement, du moins en apparence ! Mansour insista sur le fait que, ne connaissant pas le gouverneur, il ne savait pas à qui il avait à faire. Rassuré dès le premier rendez-vous, mais ne possédant aucune preuve solide, il avait préféré lui parler dans un premier temps de fraude fiscale, beaucoup plus facile à démontrer. Il comptait lui communiquer tous les éléments en sa possession, dès son retour d'Egypte. Le reste, le gouverneur le savait.

Muhammad Bey fit mander son fiacre et ordonna au cocher de le ramener séance-tenante à la Wilaya. Contre toute attente, il serra Mansour dans ses bras et lui chuchota confidentiellement que, finalement, il avait bien fait car il y avait de fortes chances que sans preuves irréfragables, il ne l'aurait jamais pris au sérieux. Sur le pas de la porte, il lui confia qu'il allait convoquer Dahmane très bientôt afin de le questionner sur l'origine des trois millions deux cent milles piastres nécessaires à l'achat des quatre villas... Du moins, pour le moment. Puis, il sortit.

*

Nous avions fait tout ce que nous pouvions. Maintenant il nous fallait attendre. Mansour et moi ne faisions plus rien séparément, comme si nous formions une veritable fratrie. Ali, complètement guéri, allait rendre visite à sa femme régulièrement depuis que le gouverneur lui avait donné des nouvelles plutôt rassurantes de Othman. Il partageait avec elle de nouvelles perspectives incluant leurs deux garçons et ce discours la ravissait.

Le 28 Février 1838, jour de la fête de *Pourim,* était un jour froid mais ensoleillé qui annonçait la fin de l'hiver. Ali était dans sa maison, auprès de sa femme. Mansour s'était rendu chez Jacob Litman, l'un des locataires avec lequel nous étions restés en contact. Je préparai du thé en attendant leur retour, lorsque j'entendis des vociférations et un cri déchirant, émanant de la femme d'Ali. Instinctivement, je montai me réfugier dans la chambre qui était auparavant celle de mes parents et dont la fenêtre donnait sur la maison d'Ali. Le temps de monter, les cris avaient cessé. Il régnait, alors, un profond silence. Soudain, je fus glacée d'effroi lorsque j'aperçus Dahmane, sortir de la maison et s'enfuir, sans demander son reste. Je descendis, terrifiée, prendre une chaise et remontai dans la chambre m'asseoir au bord de la fenêtre. Par réflexe, sans doute, je décidai d'attendre le retour d'Ali ou de Mansour en scrutant leur venue sans être exposée.

Mansour revint le premier, me tendit une petite boîte contenant des *Oznei Haman* (les Oreilles d'Haman sont des biscuits spécifiques à la fête de Pourim) et me souhaita bonne fête, en souriant. Je pris la boîte machinalement. Il s'offusqua devant mon absence de réaction, arguant qu'il s'était arrangé avec Jacob Litman afin que son épouse en prépare quelques unités pour moi parce qu'il voulait me faire une surprise.

- Je suis vraiment désolée, Mansour. Ton geste est magnifique et empreint d'un immense respect pour ma tradition. Mais, je suis actuellement en état de choc car je viens de voir Dahmane, en personne, sortir de la maison de ton père et s'enfuir en courant.

Mansour n'en écouta pas plus. Il se rua en direction de la maison de ses parents et y resta de longues minutes. Puis, il en sortit livide et me dit, les yeux hagards:

- Dahmane a égorgé mes parents.

Je poussai un cri et fondis en larmes.

- Je dois aller à la wilaya. Viens avec moi. Je ne veux pas te laisser seule.

- Tu ne crains pas qu'anticipant ta venue, ses hommes de main nous attendent aux abords de la wilaya?

- Nous devons prendre ce risque!

- Je te suivrai de loin, sans te perdre de vue.

- Revêts-toi de tes vêtements druzes. Personne, hormis le gouverneur, ne doit savoir qui tu es.

- Je t'en prie Mansour, sois prudent. Ne te laisse pas aveugler par la douleur. Tu sais maintenant que ce suppôt de satan ne reculera devant rien.

- Tu vas témoigner et attester de tout ce que je vais dire.

- Bien évidemment Mansour! Mais y a-t- il quelque chose que je devrais comprendre?

- Nous devons nous montrer cohérents. A leurs yeux, tu ne seras qu'une jeune servante druze. Dans un environnement Arabo-Musulman, tu ne représentes rien ! Sur la forme, une attestation non écrite, délivrée par une jeune fille mineure sans la présence de son tuteur officiel ne serait validée par aucun tribunal.

Sur le fond, comment répondras-tu, sans te départir, à des questions capitales posées avec une ostensible volonté d'intimidation, du genre: " C'est une accusation d'une extrême gravité, Mademoiselle. Vous avez attesté, sous serment, l'avoir vu s'enfuir de la maison, de la fenêtre du 1er étage de la maison située de l'autre côté de la rue. Vous l'auriez donc vu de loin, de haut et principalement de dos ? Êtes-vous sûre d'avoir formellement reconnu Monsieur Dahmane el Jaafari ? L'aviez-vous déjà rencontré précédemment et dans quelles circonstances ? Le connaissiez-vous suffisamment pour le reconnaître sans nul doute, uniquement d'après sa silhouette ? Répondez mademoiselle. Il y va de la vie d'un homme !"

Comme je restais bouche bée, face à la terrible évidence de la démonstration, il poursuivit :

- Si tu leur dis que tu le connais très bien, ils vont te demander dans quelles circonstances tu l'aurais connu. Et là, tu vas te noyer car tu te sentiras obligée de leur avouer que, finalement, tu n'es pas celle que tu as prétendu être. Et là, tout peut arriver,

y compris ton emprisonnement pour parjure et pour avoir menti à l'autorité et au tribunal.
- Alors, que comptes-tu faire ? Et suis-je obligée de t'accompagner ?
- Oui, car comme nous serons reçus tous deux par le gouverneur dans son bureau, nous aviserons ensemble. Et s'il me donne le feu vert pour ton témoignage, alors tu pourras lui révéler ce que tu as vu et, lui, notera sur un rapport distinct qu'il est au courant que Salma al Kacim et Sarah Litvak ne sont qu'une seule et même personne; ce pseudonyme ayant vocation à te protéger de représailles pouvant émaner de fuites au sein même de la Wilaya. Sinon, je proposerai de faire ce témoignage crucial à ta place, en prenant à mon compte ta déposition.
- Comment comptes-tu t'y prendre?
- J'attesterai que je revenais de l'extérieur avec des gâteaux. C'est alors que j'ai entendu crier. Je suis monté précipitamment à l'étage et je t'ai trouvé immobile, collée à la fenêtre. Tu m'as dit être tétanisée par les hurlements émanant de la maison de mes parents. Sans en écouter davantage, je décidai de me rendre, illico, chez mes parents. C'est à ce moment précis que j'ai vu Dahmane sortir précipitamment de leur maison. Lorsque je suis arrivé chez eux, il etait déjà trop tard. Ils gisaient tous deux dans leur sang.
- Tu ne fais que narrer une vérité, par procureur. Je pourrais donc parfaitement défendre cette version. Faisons comme cela et ne donnons à quiconque le choix de décider pour nous. Mansour, ta version est la version!
- Par ailleurs, j'interrogerai le gouverneur. Il devait s'en tenir à la fraude fiscale. Je ne comprends pas. Je l'avais pourtant supplié de rester prudent et il m'avait assuré qu'il n'évoquerait pas les assassinats, tant qu'il n'avait pas retrouvé les corps, car nous savions que cet homme était dangereux. Je tiens a savoir ce qui dans l'interrogatoire a incité Dahmane à tuer mon père. Je suppose que ma mère n'était qu'un dommage collatéral.
Le gouverneur était absent. Ce fut pour Mansour une désagréable surprise qui le contraria au plus haut point. Il s'adressa à Omar Ziad, comme cela avait été précédemment convenu avec Muhammad Bey. Il lui apprit les meurtres de ses parents et remplit

une déclaration en ce sens. Ce fonctionnaire, que je ne connaissais pas, eut l'air profondément attristé et lui présenta ses condoléances sincèrement appuyées, peut-être trop... Je fis part à Mansour de mon impression.

Après lui avoir indiqué que les cadavres de ses parents se trouvaient toujours chez eux, dans l'état où il les avait découverts, il exigea une enquête immédiate.

Le fonctionnaire lui demanda s'il soupçonnait quelqu'un en particulier. Il lui répondit par l'affirmative et lui confirma qu'il connaissait même l'auteur de ces crimes abjectes, ainsi que l'heure précise à laquelle ils furent commis. Il me présenta comme étant Salma al Kacim, une jeune fille druze engagée il n'y a pas plus d'un an, pour s'occuper de ses parents âgés et malades.

- *Cette jeune fille n'intervient jamais lorsque ma mère est avec mon père. Mais soudainement alertée par leurs cris, elle s'est postée à la fenêtre de la maison d'en face où elle loge et me voyant arriver, elle me fit des signes. Je la rejoignis et pendant qu'elle m'expliquait la situation, je reconnus très distinctement l'infâme personnage qui s'enfuit de la maison. Je suis formel, c'était Dahmane el Jaafari !*

- *Sauriez-vous me dire pourquoi il aurait commis ces meurtres?*

- *Non justement! J'attendais de rencontrer le gouverneur pour essayer d'en déterminer le mobile.*

- *Le problème, c'est que le gouverneur est malade depuis quelques jours et que nul ne sait quand il s'en remettra.*

- *Je suppose que vous lui faites parvenir des comptes-rendus quotidiennement?*

- *Oui bien sûr. Il tient à ce que je passe le voir tous les soirs, pour l'informer du suivi des affaires en cours. Malheureusement, je dois vous avouer que son état ne s'améliore pas vraiment. Loin s'en faut.*

- *Pouvez-vous dépêcher, immédiatement des fonctionnaires chez mes parents afin d'établir les deux certificats de décès. Je souhaite également que vous nous fassiez accompagner par des janissaires, le temps que je fasse les démarches nécessaires à leur repos éternel. A ce propos, je souhaiterais réserver deux emplacements tumulaires au nom de Ali Saber el Bar'ami et de son épouse Zoulikha, dans le cimetière musulman de Safed.*

Cette information me fit l'effet d'un veritable pied-de-nez. Rendez-vous compte! Il avait fallu que cette femme disparaisse, sauvagement assassinée pour apprendre enfin que cette épouse discrète et brisée s'appelait Zoulikha.

- Je m'en occupe de suite et je préviens les services funéraires de vous rejoindre à l'adresse de votre père.

Mansour lui remit une belle somme pour les pauvres, puis lui confia sur un ton amical:

- Mon cher Omar, vous devriez également prévoir deux janissaires pour notre sécurité, du moins pendant les trois jours de la durée du deuil. Je crains pour ma vie.

- Monsieur Bar'ami, soyez assuré que je ferai le nécessaire avec diligence pour vos parents, et deux janissaires vous accompagneront jusqu'à votre domicile. Pour le reste, je dois en référer au gouverneur.

- Et pour faire arrêter Dahmane el Jaafari! Quand comptez-vous lancer les recherches?

- Dès demain matin, si le gouverneur est d'accord.

- Dites lui bien que je pense à lui et que je prie pour sa guérison. J'ai tant besoin de lui en cette période de deuil.

- Je n'y manquerai pas, Monsieur el Bar'ami.

Nous retournâmes sans tarder, vers la maison d'Ali, accompagnés de deux janissaires. Mansour me fit savoir qu'il ne souhaitait pas me voir au cimetière pour éviter qu'un inconnu dépêché par Dahmane ne me repère. Pour ma sauvegarde, je devais rester une servante druze. Une fois sur place, il fit venir une association spécialisée dans la préparation mortuaire des défunts. Les préparateurs arrivèrent immédiatement, sachant que les défunts musulmans doivent etre mis en terre dans un délai maximal n'excédant pas 24 heures, incluant le lavage minutieux des corps à plusieurs reprises, leur enveloppement dans un tissus blanc immaculé, de préférence en lin, et placer leur têtes orientées vers la Mecque.

Mansour psalmodia la profession de foi à l'Islam pour ses parents, ceux-ci étant dans l'incapacité de le faire eux-même. Puis, il récita *Salat al Janaza* (prière rituelle des morts).

Le service funéraire, composé de trois fonctionnaires, était arrivé entre-temps. Ces derniers placèrent les corps des défunts sur le plateau arrière d'une carriole justement agencée à cet effet. Une fois ces préparatifs terminés, deux fonctionnaires montèrent à l'avant. Le troisième, chargé d'organiser le cortège par ordre de préséance, devait ensuite prendre place à l'arrière. Il demanda à Mansour s'il attendait de la famille ou des proches. Mansour répondit par la négative, prétextant que le reste de la famille vivait au Caire. Je faillis sourire, mais je me retins. Ce n'était pas le moment. Le fonctionnaire lui proposa de monter avec lui à l'arrière car, sans cortège, la carriole irait un peu moins lentement et, lui, ne serait pas tout seul à pied. Mansour accepta l'offre et monta s'installer au côté du fonctionnaire. Ce dernier fit un signe en langage codé au cocher. Celui-ci poussa un petit cri parfaitement compris par les deux chevaux qui s'ébrouèrent et prirent la direction du cimetière. Le second, assis à l'avant, se mit alors à réciter des versets du Coran durant tout le trajet.

A son retour, Mansour, qui s'était contenu depuis l'assassinat de ses parents ne résista pas à la vision du fauteuil vide qu'occupait son père et éclata en sanglots, m'entrainant dans son chagrin. Nous tombâmes dans les bras l'un de l'autre et restâmes un long moment sans dire un mot.

Les deux janissaires, délégués par la Wilaya pour assurer notre sécurité, nous quittèrent après les trois jours de deuil. Mansour partit avec eux pour connaître l'avancement des recherches et avoir des nouvelles du gouverneur.

Omar lui assura que tout avait été mis en œuvre pour retrouver Dahmane el Jaafari. Quant au gouverneur, malheureusement, il allait de plus en plus mal, au point que ses médecins craignaient pour sa vie. Il ajouta que celui-ci souhaitait le voir pour lui présenter personnellement ses condoléances. Omar lui remit discrètement l'adresse personnelle du gouverneur et Mansour partit sur le champ.

Le gouverneur était très pâle. Voyant Mansour, il essaya de faire bonne figure et tenta de se redresser.

Mordehai interrompit Sarah dans son récit.

- Sarah, je crois que nous allons devoir reporter la suite de cette intéressante narration à dimanche midi. Nous devons nous rendre à la schule. Une *seouda chlichite (*collation du troisieme repas de chabbat*)* a été prévue en l'honneur de Shmoulik.

Les hommes se rendirent rapidement à la synagogue tandis que Sarah restait chez Mordehai avec son épouse Dinah, Esther et Messaouda la femme de Shlomo levy. Cette plongée dans son passé, plus de cinq ans en arrière, l'avait fortement troublée. En retraçant, sans omettre la plus insignifiante des évocations, le fil des événements tels qu'ils s'étaient produits, un tas de souvenirs enfouis lui étaient revenus.

La pression était tombée. Elle était, d'un seul coup, exténuée. Elle demanda à Dinah s'il restait un peu de thé. Esther lui en servit une tasse qu'elle but avec délectation, calée dans un confortable fauteuil en cuir vieilli.

Esther - En toute franchise, si le repas de ce soir en l'honneur des mariés n'avait pas été organisé par nos amis Herschel et Olga, le Rabbi et moi serions bien restés à la maison nous reposer sans manger. Une petite diète ne nous aurait pas fait de mal.

Sarah - D'autant que Rabbi Yehuda semble très fatigué.

Une heure plus tard, les hommes revinrent de la synagogue. Mordehai fit la *Havdala* (prière de clôture du Shabbat). Rabbi Shmuel prit Rabbi Yehuda à part :

- Je vous enjoins amicalement de vous soigner dans les plus brefs délais, mon ami. Vous nous êtes bien trop précieux.

Puis, il lui demanda si les mariés comptaient se rendre prochainement à Jérusalem.

- Les parents de Shmoulik étant trop âgés pour se déplacer jusqu'à Safed pour le mariage, Shmoulik et Sarah s'étaient promis de leur rendre visite dès la fin des sept bénédictions.

- Vous semble t-il raisonnable de demander à Shmoulik de remettre un pli de ma part à Sir Moses Haïm Montefiore qui séjourne actuellement avec son épouse dans la ville Sainte ou, pour le moins, à Louis Loewe son homme de confiance.

- Et bien, nous allons le lui demander séance-tenante.

Shmoulik en fut ravi et accepta avec grand plaisir. Il nourrissait même secrètement l'espoir de rencontrer Sir Moses Montefiore, qu' il admirait profondément.

Rabbi Shmuel - Je le préparerai cette nuit puis vous le remettrai demain midi.

Rabbi Yehuda, Esther, Shmoulik et Sarah saluèrent leurs hôtes et se dirigèrent vers la demeure de Herschel et Olga qui les attendaient avec leurs convives pour célébrer la sixième bénédiction suivant le mariage. La soirée se passa merveilleusement bien. Herschel n'était pas uniquement le plus fidèle bras-droit du Rabbi, il le vénérait. Et Olga, qui avait maintenant une attache particulière avec Sarah, faisait tout pour leur être agréable et les mettre à l'aise.

Un moment, pendant que les hommes chantaient et priaient, Olga prit Sarah à part et lui montra un magazine qu'un de ses amis lui avait envoyé de New-York aux Etats-Unis d'Amérique. Un article traduit en yiddish faisait état d'une découverte qui allait révolutionner la couture, "la machine a coudre". L'article était illustré par deux photos, l'une représentant la machine et l'autre son inventeur Isaac Merritt Singer, ingénieur né en Allemagne avant d'émigrer en Amérique.

Sarah était estomaquée. Elle reconnaissait, à peu de chose près, la "Couseuse" que son père avait acquise près de treize années auparavant. Olga se rendit compte du malaise généré par cet article et lui demanda si elle voulait bien lui en parler.

- Plus tard. Mais auparavant, traduis-moi ce que dit cet article, je t'en prie.

Ne comprenant pas pourquoi cette actualité, venant de l'étranger, pouvait l'intéresser à ce point, d'autant que cette machine novatrice entrait dans son domaine de compétence et non celui de Sarah, Olga s'exécuta.

- Visiblement le journaliste n'a pas été tendre avec Singer. L'auteur de l'article prétend que le véritable inventeur était son ex-associé, Elias Howe qui l'aurait créée le 10 Septembre 1843. Il indique que Singer n'est pas un inventeur mais un ingénieur qui a simplement amélioré et commercialisé cette machine. Singer ne nie pas de manière féroce, mais il précise que ses améliorations ont été fondamentales, car il a perfectionné cet outil de travail en y incluant une machine à navette dotée d'une aiguille avec un œil au bout de la pointe. Mais Sarah, es-tu sûre de vouloir que je continue. C'est très technique, tu sais.

- Oui Olga. Je t'en prie, continue.

- Enfin, toujours, d'après ses dires, Singer affirme qu'il y a incorporé deux fils: l'un inférieur et l'autre supérieur et fait une avancée majeure par la mise en place du point noué qui remplace le point de chaînette de Howe à la vitesse de 300 points/ minute. Isaac Merritt Singer tient à souligner que Howe n'est certainement pas l'inventeur de la machine à coudre. Toujours d'après l'article, il considère qu'il s'est largement inspiré d'un créateur de génie du nom de Walter Hunt qui inventa cette machine en 1833, sans en avoir déposé le brevet. Singer n'en démord pas. Howe a, ni plus ni moins, pompé le projet de Hunt. Il conclut en rappelant, qu'à l'heure actuelle, ils étaient d'ailleurs toujours en procès.

Sarah était ébahie! Des larmes ne tardèrent pas à jaillir de ses yeux.

- L'auteur de l'article précise que si Singer n'a pas totalement tort. Il n'a pas non plus complètement raison puisque l'inventeur réel de cette machine extraordinaire serait un français originaire de Lyon, du nom de Barthélemy Thimonnier, qui a déposé son invention sous l'intitulé de "Couseuse" à Paris en 1830. Mais que se passe- t-il Sarah ? Pourquoi ces larmes ? Tu m'inquiètes! Je ne comprends pas! J'étais si contente de te faire part de cette nouvelle, eu égard à ce que nous avons vécu toutes les deux, concernant la création et la confection en urgence de ta robe de mariée.

- La couseuse que Barthélemy Thimonnier a créée en 1830 est arrivée chez nous, par miracle au mois d'Avril 1831, où elle fut remise à mon père par Francis Lang.

Ce fut au tour d'Olga d'être sidérée!

Sarah lui raconta l'histoire de la couseuse et son implication sur leur vie pendant les trois années qui suivirent.

- Et où est cette machine, à présent ?

- Elle est restée là où elle a toujours été... dans la maison de mon père. A moins que les druzes ne l'aient fracassée pendant la révolte de 1838. A l'époque, elle était soigneusement recouverte et dans un état impeccable. Aujourd'hui...

- Depuis ton retour, tu n'as jamais cherché à la récupérer ?

- Non. D'abord parce que la maison de mon père est sous scellés et que, par conséquent, il est interdit d'y pénétrer. Et puis, quand bien même je l'avais de nouveau en ma possession, tu as vu où j'habite. Je n'aurais même pas la place de l'y installer.

Elles en rirent toutes les deux de bon cœur. Ce qui attira l'attention d'Esther qui prit un air faussement réprobateur.
- Qu'est-ce que vous mijotez ensemble depuis tout-à-l'heure ?
- Je te raconterai plus tard, Esther. D'ailleurs, il faut qu'on rentre.
Olga, on se voit demain midi chez Mordehai et Dinah Ginsburg.
Shmoulik, il faut qu'on rentre !
- Pourquoi es-tu si pressée Sarah'lé ? Il y a une très bonne ambiance.
Le regard de Sarah dirigé sur Rabbi Yehuda dut être suffisamment éloquent puisque Shmoulik lui répondit :
- Nous allons bénir nos hôtes et nous partirons.
- Esther, demande au Rabbi de faire les actions de grâce sans délai et préviens le que nous partirons dans la foulée. Tout bas : Regarde le, il est vraiment très fatigué.
Le ton, directif et sans appel, employé par Sarah laissait augurer une prise de pouvoir inéluctable, dans un temps très court. Salma avait définitivement mué.
La demeure de Rabbi Yehuda et Esther ne se situait qu'à 10 petites minutes de celle de Herschel et Olga, mais Shmoulik et Sarah insistèrent pour les raccompagner jusqu'à chez eux. Sur le chemin, Esther dit à son époux :
- Tu sais, Yehuda! La petite Sarah veille sur toi comme une poule sur sa couvée.
- Je sais, Esther. Et ce n'est pas la première fois.
- Je ne crois pas me tromper en disant que ces derniers jours, ton état s'est fortement aggravé. Nous ne devons plus perdre de temps pour agir.
- Qu'est-ce que tu proposes ?
- Nous avons encore une grosse journée demain puisqu'à midi, nous devons être de nouveau chez Mordehai pour l'épilogue du récit de Sarah et les prérogatives du comité de défense qui s'en suivront. Et le soir, nous sommes attendus pour la dernière des sept bénédictions chez Itzhak le traiteur qui, grâce à Dieu, habite comme Herschel, juste à côté de la maison.
Shmoulik intervint - Dès lundi, repos absolu pendant au moins deux ou trois jours.
- Ce n'est pas suffisant Shmoulik. Je vous propose plutôt de nous déplacer à Tibériade, avec le docteur Edelstein, très tôt lundi ma-

tin, pour régler différents problèmes liés à la logistique de l'aménagement et des soins; notamment, la location d'une petite maison à Tibériade ainsi que les inscriptions du Rabbi à différentes cures d'El Hamma. Nous espérons rentrer dans la soirée. Entretemps, Sarah restera à la maison et s'occupera de Rabbi Yehuda. Rabbi Yehuda ne disait rien. Il se laissait faire. Il se sentait trop faible pour contrarier Sarah ou la Rabbanit, dont il savait au fond de lui qu'elles oeuvraient pour son bien. Lui qui, quelques jours plus tôt, avait été traité de général en chef des armées avait vu ses forces s'étioler en une semaine au point de s'estimer contraint de devoir passer la main irrémédiablement.

Arrivés à l'entrée de leur maison, Esther proposa à Sarah et Shmoulik de rester avec eux pour la nuit. Sarah refusa poliment, prétextant que le Rabbi avait avant tout besoin de calme et de silence. Esther allait insister lorsque Sarah lui rappela, l'œil coquin, qu'elle et Shmoulik avaient besoin de se retrouver. N'étaient-ils pas nouvellement mariés ?

L'argument était imparable et avait, semble-t-il, convaincu Esther. Cependant, bien qu'elle s'y résigna, Esther voulut compenser son renoncement par la promesse de Sarah de lui révéler avant la réunion de demain, la teneur de l'aparté entre elle et Olga, conclu par un rire franc dont elle fut exclue, plus tôt dans la soirée.

Bien que l'hiver se profilait, les journées restaient agréables et parfois même ensoleillées. Toutefois, les nuits de la fin du mois de Novembre devenaient plus fraîches. Sarah se félicita de n'avoir finalement qu'un lit étroit qui lui permettait de se lover contre Shmoulik. Ce soir-là, leurs corps enlacés exaltèrent intensément leur désirs. Après avoir fait l'amour avec une impétuosité inattendue, les jeunes mariés s'abandonnèrent épuisés et assouvis.

Le lendemain, lorsque Sarah se réveilla, Shmoulik n'était déjà plus à ses côtés. Un léger déjeuner l'attendait sur la table accompagné d'un petit mot.

"Mon Amour, Ma Beauté, Ma Vie. Je n'ai pas voulu te voler ton sommeil. Sans bruit, je t'ai préparé cette légère collation. Je pars à la synagogue pour y effectuer les prières du matin mais aussi dans l'espoir d'y rencontrer Moishe afin de lui donner une missive à remettre à mon directeur Rabbi Zalman, le Rosh yeshiva. Cette lettre explique que je ne pourrai pas reprendre mes cours

lundi 21 Novembre comme prévu à l'origine, mais le Dimanche 27 car je dois me rendre chez mes parents pour te les présenter avant qu'il ne soit trop tard. Je pense que Rabbi Zalman comprendra dans la mesure où il était, lui même, très surpris de ne pas les rencontrer lors de notre mariage. Je lui avais alors expliqué que leur santé déficiente s'était encore dégradée au point qu'ils ne pouvaient plus se déplacer. Mon Amour, je serai probablement de retour à la maison avant ton réveil. Je t'aime."

Shmoulik arriva au moment même où Sarah finissait de prendre connaissance du billet qu'il avait écrit à son intention.

- Perdu, mon amour! Je suis déjà réveillée.

Puis, elle se pendit à son cou et l'embrassa. Shmoulik, coincé de nature, resta stoïque. Il avait été on ne peut plus fougueux dans l'obscurité, cette nuit, mais il avait trop de pudeur pour ce genre d'effusion de jour et hors contexte.

Dans la matinée, Sarah rejoignit Esther et elles s'en allèrent, ensemble, rendre visite au docteur Zvuly Edelstein. Celui-ci les reçut, surpris et quelque peu inquiet de leur visite si matinale.

- Bonjour mesdames. Que se passe-t-il madame la Rabbanite? J'espère qu'il n'y a rien de grave au moins.

- Et bien, justement docteur! Rabbi Yehuda ne va pas très fort en ce moment et je souhaiterais qu'on mette en place le déménagement que vous nous aviez recommandé, il y a environ un an.

- Eh bien, vous avez mis le temps!

- Je sais, docteur. Croyez-moi, j'ai essayé à de multiples reprises, mais vous connaissez Rabbi Yehuda mieux que personne. Ça n'a pas été facile de lui faire accepter ce principe.

- Bon. Écoutez. Il vaut mieux tard que jamais. Où pensez-vous aller? Et quand?

- A Tibériade si Dieu veut, dès la semaine prochaine.

- Je vous avoue que je trouve qu'une petite semaine de préparation pour votre déménagement est très court comme délai. Vous vous rendez compte du temps nécessaire pour trouver un logement adéquat proche d'une shule et situé sur les hauteurs de la ville.

- Vous avez raison docteur. C'est pourquoi nous partirons dès demain à la première heure pour Tibériade.
- Excellente initiative et excellent choix concernant Tibériade. Le climat de la ville est très sec et lui conviendra mieux.
- Cette option s'est révélée incontournable du fait de son climat mais également de sa proximité avec les thermes d'el Hamma (Hamat-Gader).
- Je vois que vous avez pris les choses en main, Esther. Il était temps!
- Le problème qui se pose, voyez-vous, concerne le choix et les inscriptions à ces cures thermales. C'est vous qui les aviez préconisées. J'ai besoin de vous, docteur !
- Et en quoi c'est un problème, Esther. Je vais vous écrire un document médical circonstancié en ce sens. Ne vous inquiétez-pas.
- Vous n'y êtes pas, Zvuly. Je souhaite que vous veniez à El Hamma dès demain matin avec moi afin d'effectuer le choix des cures et la mise en route du processus.
- Quoi! Mais vous n'y êtes pas Esther. Vous croyez peut-être que je n'avais rien de prévu demain?
- Je sais, Zvuly. Et croyez-moi si vous voulez, mais j'en suis sincèrement désolée. Cependant, il n'y a aucune autre alternative envisageable. Rabbi Yehuda n'est pas seulement en mauvaise santé, docteur. Il est en train de mourir et le seul moyen de lui faire gagner un peu de temps, c'est d'agir avec célérité. C'est pour cela que j'ai besoin de vous, docteur Edelstein.
- Vous vous rendez-compte de ce que vous me demandez Esther? Je ne peux pas me résoudre à annuler, comme ça, tous mes rendez-vous. Il va falloir me convaincre et m'en dire plus.
- Rabbi Yehuda a vécu coup sur coup, des événements tragiques. Il a vécu ces malheurs de manière trop introvertie. Affaibli, il s'est voué malgré tout, corps et âme à sa communauté. Il a tenté de diluer ses peines dans un dévouement total de tous les instants qui lui a valu plusieurs petites attaques. Rabbi Yehuda gagnait du temps mais perdait sa santé.
Le docteur Grunitzky, paix à son âme, lui a dit que s'il ne se reposait pas, il n'allait pas tarder à le rejoindre. Croyez-moi, si vous voulez, mais Yehuda a eu très peur et s'est mis en retrait de la vie active jusqu'à l'année dernière où il a fait une attaque un peu plus

sérieuse. Vous vous souvenez ? Vous êtes venu l'ausculter avec un stéthoscope.

Ce jour-là, il a compris que, même en ayant réduit ses activités au maximum, son coeur ne tiendrait plus très longtemps. Il m'a imposé le silence sur son état de santé, jusqu'à l'arrivée de Sarah ici-présente dans notre vie. Elle a exactement l'âge de notre fille disparue. Toute sa famille a péri pendant le pogrom. Nous l'avons prise sous notre aile et l'avons adoptée. Le Rabbi s'est dépensé sans compter pour la marier. Et aujourd'hui, il le paie de sa vie.

Esther se tut et se mit à pleurer, Sarah la prit dans ses bras. Le docteur intervint :

- Esther, je vous en prie, cessez de pleurer. Je vous raccompagne à votre domicile pour l'ausculter et j'aviserai sur place. Venez, j'emporte juste ma sacoche.

Arrivé chez Rabbi Yehuda, le docteur Edelstein voulut lui faire quelques examens. Mais après s'être uniquement servi de son stéthoscope, il s'arrêta net, se tourna vers Esther et lui dit à voix basse :

- Tenez vous prête! Je viens vous chercher demain matin à 7 heures avec un fiacre.

En sortant, il croisa Shmoulik qui venait d'arriver. Sarah lui dit en pleurant :

- Je vous présente mon mari Shmoulik. Tout est de ma faute, n'est-ce pas docteur?

- Au contraire, il se savait en sursis depuis longtemps. Il a gagné les quelques années qu'il n'aurait jamais dû vivre. Vous ne lui avez apporté que du bonheur. Grâce à vous, il va pouvoir finir sa vie dans la joie.

- Le plus tard possible, si Dieu veut!

- Amen. Permettez-moi de vous souhaiter Mazal tov à tous les deux.

Le lendemain, Rabbi Yehuda se prépara lentement. Bien évidemment, personne n'était dupe malgré tous ses efforts pour les rassurer. Il avait une petite mine et, de sa voix affaiblie, leur demanda s'ils etaient prêts à se rendre chez Mordehaï.

Mordehai et Dinah les reçurent avec aménité. Rabbi Shmuel et Shlomo Levy, déjà arrivés, leur présentèrent leurs salutations empressées.

Dinah servit le thé et les petits gâteaux.

*

Sarah s'installa et rappela qu'elle avait arrêté son récit au moment où Mansour se rendait aux appartements du gouverneur, de plus en plus souffrant.

...Mansour resta près d'une heure chez le gouverneur, puis rentra à la maison. J'avais préparé du thé. Je lui en servis un verre et attendis. Mansour but son thé à petites gorgées.

- Peut-être cherches-tu, comme tu en a pris l'habitude, à ménager tes effets, mais moi je bous. Alors, parle!

Il me regarda droit dans les yeux et lâcha:

- Muhammad Bey a été empoisonné!

- Mon Dieu! Il est mort?

- Pas encore, mais cela ne saurait tarder.

- Comment a-t-il reçu l'annonce du décès de tes parents?

- Il était atterré et m'a présenté ses plus sincères condoléances puis il m'a demandé si j'avais pleinement identifié Dahmane. Ma réponse positive le plongea dans un désarroi abyssal, dont il eut un mal fou à émerger. Finalement, il finit par balbutier : " Ce scélérat est prêt à tout. Il est décidé à faire place nette, méfiez-vous ".

- Sait-on qui l'a empoisonné?

- Sache que le gouverneur considère que c'est Dahmane qui l'a empoisonné. D'après lui, Dahmane al Jaafari est le seul individu a qui profite ce crime. L'assassin n'est pas Dahmane physiquement, mais son bras armé est forcément un fonctionnaire de la wilaya.

- Il en connaît la raison ?

- Il m'a affirmé s'être montré très conciliant avec lui lors de sa convocation qui a eu lieu la semaine passée. Pour endormir Dahmane, il a même été jusqu'à lui dire qu'il se félicitait de lui avoir accordé sa confiance. Bien évidemment, la lourde sanction financière concernant la fraude sur les loyers perçus, acceptée et réglée en temps et en heure par Dahmane n'était pas étrangère à ce changement d'attitude et avait même considérablement amélioré sa situation auprès de l'administration. D'ailleurs, le gouverneur lui confia même, sur un ton confidentiel, qu'il souhaitait clore définitivement ce dossier. Il ne lui restait plus qu'à expliquer la provenance de ces 3.200.000 Piastres.

*Ne sachant trop que répondre, Dahmane hésitait... Le gouver-
neur vint à sa rescousse en lui proposant ces trois solutions.
La première à laquelle le gouverneur ne voulait même pas sous-
crire était le vol. Car dans ce cas, il serait immédiatement trans-
féré à la wilaya régionale de Sidon dont dépendait celle de Safed.
Dahmane aurait eu la tête tranchée après sa main droite à l'issue
d' un procès écrit d'avance.
La seconde faisait état de revenus non déclarés. Ce qui semble-
rait déjà plus plausible au regard de ses antécédents. Seulement,
dans ce cas, l'amende correspondant à l'impôt serait de 30% sur
3.200.000 Piastres, somme à laquelle, il faudrait ajouter une
sanction équivalant à deux fois la somme non perçue. Ce qui ferait une amende globale de 2.880.000 Piastres à régler dans les
trois jours, sous peine de prison à vie, compte-tenu de la somme
considérable due au gouvernement d'Ibrahim Pacha.
Dahmane était livide et attendait la troisième solution à laquelle
Muhammad Bey souhaitait visiblement le faire adhérer. Celle-ci,
avait l'avantage de soustraire Dahmane à la peine capitale et à
la prison à vie. Mieux, il n'aurait peut-être même pas d'amende
à payer. Il suffisait à Dahmane de déclarer ce jour, la main droite
sur le Coran, en présence du gouverneur, plus haut magistrat de
la ville, qu'il n'est ni un voleur, ni un fraudeur et que ces
3.200.000 piastres avaient été obtenus de façon parfaitement li-
cite. A la suite de quoi, Dahmane al Jaafari rédigera une attestation sur l'honneur, dans laquelle il devra justifier la
provenance de cette somme et, ainsi, le dossier sera clos.
Dahmane commençait à tergiverser mais Muhammad Bey lui fit
remarquer qu'il lui laissait une chance unique d'éviter la mort ou
la prison. Il souhaitait clore ce dossier avec une explication solide et preuves à l'appui. Il pensait le rassurer en affirmant qu'à
ce stade de l'affaire, ce serait uniquement lui, et lui seul, qui dé-
ciderait en sa qualité de représentant du gouvernement égyptien.
Acculé, Dahmane voulut rédiger cette attestation au minimum :
Il aurait obtenu les 3.200.000 Piastres de la façon suivante :
1.600.000 Piastres par emprunt, 1.500.000 Piastres d'un héritage familial et enfin le solde de 100.000 Piastres lui étant prêté
par un ami.
Le gouverneur lui demanda d'étayer les trois provenances.*

Dahmane commença par l'emprunt de 1.600.000 piastres qu'il aurait obtenu contre une garantie sur les quatres villas. Par un cynisme abject, il déclara l'avoir souscrit auprès d'Issachar Gross, un prêteur sur gages juif, assassiné et dont l'officine fut incendiée durant les émeutes de 1834. Malheureusement, tous les documents auraient été détruits pendant le pillage et ne retrouvant aucun héritier de ce prêteur, il aurait considéré que la dette s'était éteinte d'elle-même. D'ailleurs, il ne retrouvait pas non plus ses propres documents qu'il avait placés chez un ami de confiance, Amin Abu Khorshid, retrouvé mort dans les décombres de sa maison détruite pendant le tremblement de terre de Janvier 1837.

Concernant le legs, il s'agissait d'une somme équivalant 1.500.000 piastres. Le gouverneur lui demanda d'une voix amicale, s'il pouvait développer un peu. Dahmane sourit comme s'il attendait cette remarque. Cet héritage lui provenait d'un oncle qui habitait à Bagdad. La peste de 1830 avait décimé une grande partie de la population. Malade, il n'arrivait plus à supporter ces atroces souffrances et lui aurait fait parvenir une lettre déchirante dans laquelle, il le suppliait de venir le rejoindre, afin de le soutenir dans ses derniers moments. Quand Dahmane arriva, son oncle était si mal en point qu'il n'était pas certain qu'il l'ait reconnu. Il lui aurait remis un paquet qu'il n'ouvrit que bien plus tard. Il l'assista jusqu'à son dernier soupir, puis il récita, pour lui, Salat al Janaza et muni d'une serviette propre, lui ferma les yeux. Une fois revenu à Safed, il désinfecta le paquet avant de l'ouvrir et, à sa grande surprise, y découvrit une somme en fulus et dinars irakiens correspondant à 1.500.000 Piastres. Il osa même ajouter qu'il eut des frissons quand il se souvint avoir laissé ce paquet quelques jours sur le rebord de sa fenêtre, après l'avoir nettoyé et désinfecté.

Enfin, le solde de la somme nécessaire à l'achat des quatre biens, soit 100.000 piastres, lui aurait été prêté par son meilleur ami Ali el Bar'ami qu'il connaissait de longue date.

Les deux premières possibilités étant défuntes, le gouverneur sauta sur l'occasion pour lui demander une attestation de la part de Monsieur el Bar'ami qui devait être encore vivant et à qui il avait certainement rendu la somme prêtée. Cette seule attestation lui suffirait. Il lui confirma également que son dossier serait clôturé dès réception de celle-ci.

Muhammad Bey avait entraîné Dahmane dans une nasse, dont ce dernier ne s'en sortirait pas tant il s'y était empêtré. Du moins le pensait-il. Dans l'esprit du gouverneur, Dahmane venait de signer son arrêt de mort. Malheureusement pour lui, Dahmane arriva à la même conclusion et décida de mettre fin aux jours du gouverneur et de récupérer le dossier avec l'aide de son complice qu'il a dû retrouver le soir même, car dès le lendemain, Muhammad Bey a été empoisonné en buvant son thé dans lequel une main criminelle avait versé quelques gouttes d'un cocktail mortel mêlant l'arsenic et la ricine, deux poisons insipides, inodores et incolores qui ne dénaturent en rien le goût du thé mais qui condamne la victime à une mort certaine en quelques jours.

Ce cocktail mortifère a troublé ses médecins. Ils connaissaient les symptômes dus à l'absorption de poudre d'arsenic mais comme il y en avait peu, ils semblaient dubitatifs. Ils n'ont pas découvert la ricine dès le premier jour, également en très faible quantité car celle-ci ayant été ingérée, les enzymes digestives en avaient détruit une grande partie. Ces deux poisons ont été savamment dosés pour ne pas faire apparaître un empoisonnement dès le premier jour. Aujourd'hui, il est trop tard pour agir et, à ce stade, il n'y a pas d'antidote.

Je m'exclamai "Mais cet homme est le diable!". Puis, je demandai à Mansour si le gouverneur avait prévu d'envoyer le dossier au Caire ou s'il comptait le laisser aux bons soins de son successeur à Safed ?

Le gouverneur avait fait part à Mansour que tant que le dossier n'était pas complet, il ne l'enverrait nulle part et encore moins à la wilaya tant que le traître qui s'y cachait n'était pas découvert. En fait, il voulut le lui confier et lui demanda de passer le prendre dès le lendemain vers midi pour le mettre en lieu sûr. Il avait auparavant rédigé une lettre à la l'administration centrale au Caire dans laquelle il accusait nommément Dahmane al Jaafari d'avoir assassiné Ali et Zoulikha el Bar'ami et de l'avoir fait empoisonner. Il assurait également avoir les preuves nécessaires pour démontrer la spoliation des familles Rubin, Kamensky, Avneri et Brenner par ce même individu. A ce propos, il avait fait notifier, la veille, une saisie des quatre biens à titre conservatoire. Il avait également signifié une injonction aux locataires de régler leurs loyers directement à la wilaya; le montant des loyers perçus devant être placé en réserve administrative pour le compte de qui il appartiendra, en fin de litige.

- Puisqu'il a réussi à se débarrasser du gouverneur, qu'avait-il besoin de tuer ton père?"

- D'après le gouverneur, la mort de mon père était déjà scellée, car si il n'était plus de ce monde, Dahmane n'aurait plus qu'à tout nier en bloc. Plus personne ne pourrait le contredire. Cependant, le moment étant peu propice à son élimination, il était venu voir mon père pour obtenir l'attestation exigée par le gouverneur. Mon père a du catégoriquement refusé. Dahmane finit par l'égorger après une forte dispute. Puis, apercevant ma mère, il fit de même pour ne laisser aucun témoin.

Avant de me retirer, le gouverneur, extrêmement affaibli, m'a supplié de tout faire pour que Dahmane ne s'en sorte pas. Il m'a également prié de veiller sur toi.

Dans mon fors intérieur, je ne pouvais m'empêcher de ressentir une admiration malsaine pour Dahmane. Je m'en ouvris à Mansour ;

- Cet homme a toujours réponse à tout. C'est un génie du mal!

- C'est vrai, mais qu'est-ce qui te fait dire ça?

- Eh bien. Lorsque le gouverneur a cru le mettre en difficulté en lui demandant d'étayer ses réponses sur l'emprunt de 1.600.000 piastres, Dahmane n'a pas hésité une seconde à donner le nom connu d'un prêteur juif, réellement assassiné et de surcroît sans descendance, et dont l'officine a été réduite en cendres. Il faut croire que ce créancier a existé uniquement pour servir d'alibi à Dahmane ! Puis, avec quelle maestria il a court-circuité la question que devait nécessairement lui poser le gouverneur en offrant une réponse par anticipation. "J'avais déposé le double du contrat chez mon ami Amin Abu Khorshid", cet homme ayant péri sous les décombres de sa maison totalement détruite par le séisme de 1837. On ne peut pas l'inventer. Il faut dormir avec le livre des décès! Quoi qu'il en soit, pour nous qui savons que c'est faux, chapeau ! C'est sacrément bien préparé.

- Peut-être pas si bien que ça finalement.

- Que veux-tu dire, Mansour? Vite ! Parle !

- Je suis d'accord avec toi pour le prêteur, mais pas pour son ami.

- Pourquoi?

- D'abord parce que ce n'est pas son ami, c'est le mien!

- Explique-toi!

- Eh bien, vois-tu, lorsque je m'étais rendu à la wilaya pour la première fois, dans le but de retrouver les quatres villas, le gouverneur étant absent, j'avais discuté avec le fonctionnaire responsable, un certain Omar Ziad. Je lui avais demandé le cadastre mis à jour et le livre des décès où j'avais remarqué le nom d'Amin Abu Khorshid. J'avais noté les informations que j'étais venu chercher et, pour mieux masquer le but réel de mes recherches, j'avais pris un air désabusé et confié à Omar que je n'avais pas retrouvé mon ami, Amin Abu Khorshid. Il chercha à son tour, en répétant ce nom, puis il s'arrêta net et, m'annonça d'un air circonstancié, que mon ami était mort dans sa maison lors du tremblement de terre et qu'il ne restait rien de la bâtisse et de ses habitants. Salma! Tu t'en souviens n'est-ce pas? Je t'avais même raconté qu'il avait fait preuve, pour l'occasion, d'une telle compassion que je faillis mourir de rire. Il avait même tenté de me consoler car il avait pris mes rires pour des pleurs. Ça ne peut pas être une coïncidence!

- Oui, bien sûr que je m'en souviens, maintenant. Mais dis-moi es-tu sûr que les autres fonctionnaires n'avaient pas entendu ce nom?

- Non. Ils étaient assis plus loin.

- Eh bien, c'est Omar qui a préparé et renseigné Dahmane. C'est son complice. D'ailleurs, ce Omar, c'est bien ce fonctionnaire qui te présentait ses condoléances que je trouvais très appuyées?

- Oui, tu avais vu juste. Mais quand j'y pense! Quel que soit le fonctionnaire qui prépare le thé ou le café, c'est toujours Omar Ziad qui est chargé de l'apporter au gouverneur.

- Demain, tu donneras au gouverneur le nom du traître et de son assassin : Omar Ziad.

Le lendemain, 7 mars à midi pile, Mansour était devant la maison du gouverneur. La porte était fermée. Deux janissaires barraient le passage, sans dire un mot. Un voisin, l'ayant aperçu sortir de chez le gouverneur la veille, s'approcha de lui et lui annonça la triste nouvelle du décès du gouverneur, parti rejoindre son créateur, le matin même vers 9 heures. Au moment où Mansour prenait la direction du cimetière, celui-ci l'informa qu'il avait entendu les fonctionnaires dire qu'il serait enterré à Alexandrie en Egypte.

Mansour était revenu dépité. Il avait perdu ses parents et son allié protecteur, en l'espace d'une semaine. Nous n'avions pas récupéré le dossier accablant Dahmane; Mansour n'ayant pu pénétrer dans la maison du gouverneur. Les janissaires avaient gardé la porte close. Dahmane restait introuvable et représentait un danger permanent. De plus, en attendant l'arrivée d'un nouveau gouverneur, Omar Ziad, le fonctionnaire felon et complice de Dahmane, assurait l'intérim et dirigeait la wilaya.

*

Désillusionné par la tournure des événements et accablé par la douleur consécutive aux meurtres de ses parents, Mansour qui avait montré jusqu'à présent plus de colère que de chagrin en subit le contrecoup.

Il s'affala sur le fauteuil du séjour et se mit à pleurer. Je n'avais jamais vu un homme pleurer, encore moins un soldat. J'étais désorientée et ne savais que faire. Je le pris dans mes bras et essayai tant bien que mal de le réconforter. Après un long moment, il se redressa d'un seul coup et se mit à écrire une longue lettre à Othman. Puis, il me regarda avec douceur et me dit :

- *Nous allons nous marier.*

Je tombais des nues. Si je m'attendais…Je finis par me ressaisir.

- *Pourquoi?...Comment est-ce possible?*

- *Nous n'avons plus personne, nous n'avons que nous. Prépare quelques affaires. Nous ne resterons pas à Safed, à attendre d'être égorgés ou empoisonnés. Nous partirons pour le Caire dès demain. J'en profiterai pour remettre cette lettre à mon frère personnellement. Auparavant, j'irai me dégoter un acte de mariage et toi, tu achèteras des vêtements de femme mariée arabe, madame Salma el Bar'ami.*

- *Pourrais-je savoir, Mansour, pourquoi tu souris et ce que tu appelles "dégoter"?*

*- Je souris parce que si tu voyais ta tête en ce moment, tu souri-
rais certainement avec moi. Le mariage que je te propose est factice.* Il te permettra néanmoins de m'accompagner et de passer
tranquillement les frontières arabes de l'empire de Mehmet Ali,
dans l'éventualité d'un contrôle.
- Tu connais un faussaire ou un Imam véreux?
- Non, mais je connais un Cadi achetable.
- Pourquoi pas un Imam?
*- Parce que je n'en connais pas ! Parce que nous n'avons pas le
temps d'en chercher un qui soit compréhensif ! Parce que c'est
un faux mariage ! Et enfin, comme tu es censée être d'origine
druze, les autorités religieuses considèrent qu'il s'agit d'un mariage mixte et l'aval préalable d'un Cadi est obligatoire. Ça te
va ou il te faut encore une raison?*
*- Ça va, Mansour. Ce n'est pas la peine de t'énerver. Tu vois
comme tu changes déjà. Nous ne sommes pas encore mariés que
tu me fais déjà une scène.*
Nous éclatâmes de rire.
*- Nous profiterons de notre passage à Alexandrie pour nous re-
cueillir sur la tombe de Muhammad Bey. Nous ne reviendrons
que lorsque le nouveau gouverneur aura pris son poste et sera
bien installé.*
Le lendemain à l'aube, Mansour se présenta à la porte de la maison du Haj Choukry Abu Ziech, Cadi de Safed. Il fut de retour en
fin de matinée, hilare, et me raconta sa négociation avec le Cadi.
Il s'était présenté comme un pourfendeur de l'injustice venu le
voir sur les conseils du gouverneur défunt, Muhammad Bey,
juste avant qu'il ne s'éteigne.
[*- Paix à son âme. Que puis-je faire pour vous, Monsieur El
Barhami?*
*- Vous êtes un ouléma (docteur et juriste de la foi musulmane)
reconnu qui fait autorité. Alors voilà. Le gouverneur Muhammad
Al Fayoumi bey qui a été empoisonné a eu à son service une jeune
druze du nom de Salma al Kacim. Se sachant mourir, il lui a confié des secrets à ne divulguer qu'à sa famille, s'il devait lui arriver
malheur. Malheureusement, ses craintes étaient fondées puisqu'il a été assassiné peu de temps après. La femme de Muhammad bey résidant au Caire pour soigner sa maladie, Salma
souhaiterait partir la rejoindre pour remplir son ultime mission.*

Hélas, c'est une jeune femme qui n'a plus de parents, ni de tuteur car ils sont tous morts au cours du tremblement de terre. Je la loge depuis le décès du gouverneur et souhaiterais être son tuteur officiel afin de l'accompagner en Egypte. Mais pour cela, j'ai besoin de votre aide. Soit vous faites de moi son tuteur, soit vous établissez un acte de mariage.

- Ce que vous me demandez n'est pas simple. Je ne peux pas vous nommer tuteur sans lien de parenté et sans enquête préalable. Quant à un acte de mariage, pourquoi n'allez-vous pas voir un imam?

- Pour deux raisons : la première est d'ordre juridique. Salma, en tant que druze n'est pas considérée musulmane. Un imam ne pourrait pas acter un mariage mixte. Il faudrait un passage chez un ouléma pour une conversion de Salma au préalable et il ne vous a pas échappé que ma requête revêtait un caractère d'urgence.

La deuxième découle directement du conseil de Muhammad Bey qui m'a demandé de venir vous voir en cas de problème. Il m'a assuré que vous ne lui refuseriez pas un service, lui qui vous a tant aidé à financer votre madrassa (école religieuse) de son vivant. Il m'a également confié que vous n'étiez pas un islamiste fanatique et que vous seriez compréhensif comme vous l'avez été pour les juifs de Safed que vous avez tenté d'aider pendant le pillage de 1834.

En lui rappelant l'épisode des juifs de Safed, Mansour sortit une bourse pleine de pièces.

- Vous dites que c'est juste pour l'accompagner en Egypte?

- Oui c'est cela. Un sauf-conduit, en fait.

- C'est bien pour la mémoire de ce cher Muhammad Bey ! Vous avez des noms pour les deux témoins ou je vous les fournis?

- Fournissez les. Je suis sûr que ce seront des témoins parfaits.

- Donnez-moi les noms et prénoms de vos parents respectifs, vos dates de naissance et votre adresse à Safed.

- Voici, j'ai tout inscrit sur ce papier.

- Si vous ne comptez pas vous marier, ramenez-moi cet acte. Je le détruirai. Dans le cas contraire, vous n'aurez qu'à aller voir un imam pour avoir un acte religieux.

- Merci beaucoup. Tenez… pour votre madrassa.

Puis, il demanda à voir les vêtements que j'avais achetés. Il s'en satisfit. Après avoir fermé les deux maisons, nous prîmes une calèche pour Saint Jean d'Acre, aux fins d'embarquer quelques jours plus tard pour Alexandrie.

Chapitre VIII

Nous embarquames à Saint jean d'Acre, C'était la première fois que je quittais la Terre Sainte. Ce voyage vers l'inconnu au côté de l'homme que j'aimais aurait pu être exaltant, s'il n'y avait pas eu cette appréhension du mal de mer et de ses conséquences gastriques désastreuses. Tenant délibérément à observer une posture alliant contenance et respectabilité, je restais discrètement accrochée au bastingage afin de me sentir vissée au garde-corps jusqu'à l'appareillage du bateau. Mansour, remarquant la pâleur de mon visage, me prit la main en souriant. Son contact me rassura.

Nous voguames sur une mer d'huile vers le port égyptien d'Alexandrie. Le voyage fut éminemment romantique. Le fait d'avoir quitté Safed nous avait libérés, d'un coup, de toutes nos angoisses. Nous accostames deux jours plus tard en tant que Monsieur et Madame Bar'ami et après avoir passé sans encombre les contrôles d'usage, nous nous dirigeames vers le cimetière de la ville.

Nous nous recueillimes sur la tombe encore fraîche de Muhammad ibn Salman al Fayoumi encore peu gouverneur de Safed. Mansour marmonnait *" Cet homme était devenu mon ami. Je ne laisserai pas son crime impuni. D'ailleurs, avant de s'éteindre, il me l'a demandé et je le lui ai promis."*

Nous prîmes une calèche pour rejoindre la capitale. En approchant de cette cité mythique, le cocher nous arrêta devant les pyramides de Gizeh et déclama: *"Vous savez ce qu'a dit le grand Napoléon Bonaparte quand il est monté sur la plus grande des pyramides : Du haut de ces pyramides, quarante siècles vous contemplent".*

Comme il l'attendait, nous fîmes mine d'être fortement impressionnés. Visiblement fier d'être devenu guide l'espace d'un instant, notre cocher, adorateur de l'empereur des Français, se remit en route.

Arrivés enfin au Caire, je fus immédiatement saisie par les effluves âcres qui émanaient de la ville. Parfois, ces odeurs avaient des relents pestilentiels dans certains quartiers que nous traversions. Dire que je fus surprise par l'état sanitaire de la ville serait un doux euphémisme. Les détritus jonchaient le sol. Certains habitants jetaient, même, leurs ordures par la fenêtre. Je vis, éberluée, des enfants en haillons se débarrasser des épluchures de bananes ou d'oranges qu'ils mangeaient en les jetant directement sur le sol, dans la totale indifférence des hommes qui, assis à tous les coins de rue, fumaient la chicha. Quant aux enfants, ils criaient *malesh* (ce n'est pas grave) en souriant pour répondre à mon regard réprobateur.

Enfin arrivés à l'Hôpital Mansouri, nous nous sommes rendus directement à la chambre d'Othman. Mansour prit des chaises et nous nous assîmes à son chevet. Il lui parla à voix basse pendant de longues minutes puis se leva les yeux rougis, l'embrassa sur le front et me demanda si je voulais lui dire quelque chose. Je m'approchai d'Othman et lui chuchotai une petite phrase à l'oreille. Avant de quitter l'hôpital, Mansour m'interrogea sur ce que j'avais dit à Othman. J'éludai en répondant que c'était un secret. Il sourit et me dit "Allons rencontrer le docteur Mamdouh, chef du service".

Celui-ci parut ravi de le revoir. Mansour me présenta comme sa femme et, sans savoir pourquoi, je dois dire que j'étais heureuse de l'entendre. Mansour n'apprit rien de plus que ce que lui avait rapporté le gouverneur, si ce n'est la guérison presque totale de sa jambe à laquelle il ne manquait que du muscle. En conclusion, il fallait continuer d'attendre et espérer qu'il se réveille un jour, inch'Allah.

Nous quittâmes l'hôpital Mansuri, reconverti en hôpital militaire par Mehmet Ali, et nous nous installâmes dans le quartier de *Fustat* dans une pension située non loin de la corniche qui donnait sur le Nil. Pour être honnête, Mansour était facile à vivre. Nous nous connaissions de mieux en mieux et étions devenus les meilleurs complices du monde. Comme il s'agissait d'une pension familiale, nous avons joué notre rôle de mari et femme à la perfection, au point que nous n'envisagions à aucun moment de nous séparer à notre retour du Caire. Nous ne voulions pas penser aux difficultés que nous rencontrerions tôt ou tard, du fait de nos différentes religions. D'autant que ni lui, ni moi ne souhaitions nous convertir.

Nous sommes restés environ deux mois dans cette pension. Je commençais même à céder aux charmes de cette ville tentaculaire, loin des menaces et des dangers de Safed. Mansour sortait tous les matins pour m'apporter des *basboussas* (gâteaux au miel égyptiens) dont je raffolais. Un matin, il mit plus de temps que d'habitude sans vouloir s'expliquer sur son retard. J'ai boudé toute la matinée. Il m'a dit en riant :

"Heureusement pour moi que nous ne sommes pas vraiment mariés".

Le soir même, nous nous sommes promenés sur la corniche en contemplant les *felouks* (longues barques munies d'une voile) sillonner le nil avec une torche fixée à la proue pour éclairer leur passage. Je réalisai, alors, à quel point j'étais tombée amoureuse de Mansour. Alors que je me tournai vers lui, il mit son doigt sur ma bouche m'intimant le silence et me dit :

"Moi aussi. Mais je me conduirai avec toi en tout bien, tout honneur et m'interdirai de profiter d'une situation équivoque. Aller plus loin, hors mariage devant Dieu, serait te traiter comme une prostituée."

Sur le chemin du retour pour la Galilée, Mansour décida de rendre visite à son capitaine, devenu entretemps, commandant à Alexandrie. Il me présenta au commandant Nour el Din el Dawari qui nous félicita chaleureusement. Mansour lui donna des nouvelles de son frère. Enfin, curieusement, pour la première fois, Mansour me demanda de l'attendre dans le vestibule. Quelques minutes plus tard, il sortit rayonnant et nous embarquames sur le bateau avec toute une garnison de soldats qui partaient relayer les troupes stationnées à Saint Jean d'Acre.

Sur le bateau, je lui demandai pourquoi il m'avait exclue d'une partie de l'entretien. Il sourit et me confia qu'il était un mari jaloux et que, comme j'étais sublime, il ne voulait qu'à aucun moment le commandant ne se sente gêné par ma présence.

- Arrête de te moquer de moi, s'il te plait. Si tu crois que je vais gober ta réponse, tu te trompes?

- Regarde, j'ai obtenu cet ordre de mission pour quatre soldats de mon choix.

- Ils doivent se mettre à ta disposition? Mais pour quoi faire?

- Figure-toi que j'ai raconté à Nour el Din qu'un assassin et ses complices ayant échappé à l'émir Béchir, à la suite des émeutes

paysannes de 1834, avaient projeté notre mort, après avoir tué mes deux parents. Le gouverneur Muhammad Bey, que le commandant connaissait fort bien, avait compris le danger que représentaient ces assassins et avait entamé des poursuites envers eux après une enquête minutieuse et que, malheureusement, celui-ci avait été empoisonné par l'un des complices. A ces mots, Nour el Din, rouge de colère, me proposa un plan de défense qui avait toute la physionomie d'une stratégie d'attaque.

- D'accord, les quatres soldats vont nous accompagner jusqu'à Safed! Et après? Qu'est ce que cela a à voir avec une contre-attaque?

- Tu n'y es pas. Le commandant m'a dit que pour s'en sortir définitivement, il faudrait que nous échangions nos rôles et que nous devenions les chasseurs et eux, les gibiers.

- Ça me convient pleinement. Mais comment ?

- Les quatre soldats resteront avec nous jusqu'à l'éradication totale et définitive de Dahmane et ses complices. Nous allons leur tendre un piège.

- J'ai peur, mais ça me plait!

Le lendemain de notre arrivée à Safed, le 1er juin 1838, Mansour se présenta à la Wilaya et me laissa en retrait. Omar Ziad lui apprit que le nouveau gouverneur n'était pas dans les lieux. Il lui rétorqua que sa présence n'était pas nécessaire, pour cette fois, puisque ce cher Omar était là. Il lui fit part de l'amertume qu'il étreignait, ses parents étant morts, quelques jours avant son mariage, sans pouvoir y assister.

- Vous étiez donc partis vous marier! Elf Mabrouk ya Sidi (formule de félicitations)! Je me demandais ce que vous étiez devenu. Laissez-moi vous offrir à boire!

- Un thé me conviendrait parfaitement. Mais vous en prendrez bien un verre avec moi!

Omar revint souriant, deux minutes plus tard, avec deux verres de thé fumant. Visiblement pour ce fonctionnaire je n'existais pas.

Il le remercia et lui raconta en brodant son supposé voyage de noces sur le Nil. Puis, il lui confia qu'il habiterait avec son épouse dans la nouvelle maison de son père, située au 12 de la rue, en face de l'ancienne où s'était produit le drame.

- Vous savez, j'ai encore en mémoire la vision des corps ensanglantés de mes parents gisant dégingandés à même le sol.

Puis faisant mine de réfléchir,

- À ce propos, où en est l'enquête?

Omar lui répondit que, malheureusement, Dahmane el Jaafari restait totalement introuvable depuis cette date.

- A croire qu'il s'est évaporé !

- Il n'y aurait donc eu aucune avancée!

- Malheureusement non.

Puis joignant le geste à la parole, il se baissa pour prendre le dossier quasiment vide posé sur l'étagère, sous le comptoir. Mansour en profita pour verser subrepticement, une forte dose de poison dans son verre de thé.

- Voyez, je garde votre dossier sous le coude. Il est loin d'être classé!

- Je pensais pourtant que le gouverneur avait étayé un dossier beaucoup plus complet.

- Si c'est le cas, il ne nous l'a jamais transmis.

Mansour trinqua avec Omar. Ils burent ensemble leur thé et il le salua en lui disant qu'il repasserait rencontrer le nouveau gouverneur un autre jour.

De retour à la maison, Mansour me prit dans ses bras, me regarda et me dit:

- Pour Omar Ziad, c'est fait.

- Qu'est ce qui est fait? Tu ne t'es pas compromis, j'espère?

- Non, je ne crois pas. Il va mourir dans d'atroces souffrances. C'est ce qui m'importe.

- Mon Dieu! Mais que lui as-tu donc fait?

- Pendant qu'il feignait de chercher le dossier, j'ai versé de l'arsenic dans son verre.

- Tu es sûr qu'il va en mourir ?

- Oui, en théorie d'ici quatre ou cinq jours au maximum. Mais avec la dose que j'ai mise dans son thé, je serais surpris qu'il survive au-delà de trois jours.

- Tu auras tenu ta parole et vengé Muhammad Bey. Mais dis-moi, comment t'es tu procuré l'arsenic?

- Ha ha! Tu te souviens du jour où je t'ai apporté tes gâteaux favoris avec près de deux heures de retard. Et bien, avant de te retrouver, je suis passé en acheter chez un apothicaire. Ce qui nous a d'ailleurs valu notre première scène de ménage, ma chère fausse épouse.

- Tu aurais pu me le dire.

- Non. J'ai préféré te laisser en dehors de tout ça. Du moins, dans un premier temps.

- Pourquoi?

- He! Tu sais, les femmes arabes ne posent pas tant de questions!

- Il ne t'a pas échappé que j'étais juive, mon cher faux époux.

- Tu es adorable. Ton futur mari sera un homme comblé.

- Arrête de dire n'importe quoi! Parle-moi plutôt du plan! Ou peut-être comptes-tu me laisser encore en dehors?

- Dis-moi, nos quatre soldats sont-ils bien installés dans la maison de tes parents?

- Oui, depuis notre retour. Pourquoi?

- Nous devons faire comme s'ils n'existaient pas. Personne ne doit nous voir avec eux. C'est la base de notre plan. Cet après-midi, j'irai leur acheter des provisions en abondance afin qu'ils n'aient pas à sortir et ainsi torpiller notre plan malgré eux. A mon avis, l'attente ne devrait pas excéder une semaine.

- Comment peux-tu l'affirmer avec certitude?

- L'empoisonnement d'Omar va servir de déclencheur. La perte d'un élément tel que lui au sein de la wilaya va considérablement affaiblir Dahmane. Cependant, je suis persuadé que Omar va essayer de le joindre, par l'intermédiaire de ses complices, pour l'informer de ma réapparition et qu'il me soupçonne de l'avoir empoisonné.

Alors, Dahmane va très certainement envoyer ses sbires que personne ne connaît, à part toi, jusqu'à notre porte pour nous éliminer. Il serait même possible qu'il sorte de sa cache et vienne avec eux, pensant que nous serons des proies faciles. C'est alors qu' interviendront nos quatre soldats.

- Génial! Il n'y a plus qu'à espérer maintenant. Mais j'y pense! Et s'ils se rendaient dans la maison d'Ali où nous nous sommes provisoirement installés?

- C'est impossible, tu as entendu quand j'ai glissé dans la conversation avec Omar, que traumatisé par la vue de mes parents

gisant dans leur sang, j'ai préféré habiter dans l'autre maison. Je ne doute pas qu'Omar s'emploiera à passer l'information à Dahmane.

Trois jours plus tard, Omar rendit l'âme dans d'atroces souffrances. Le lendemain, deux autres complices de Dahmane se faufilèrent dans la rue Bayazid al thani. En approchant de la maison, ils furent aperçus par l'un des soldats qui montait la garde, tapi derrière la fenêtre à l'étage, et qui en informa ses compagnons. Ne se doutant de rien, les sicaires virent fondre sur eux les quatre soldats au moment où ils essayaient de forcer la porte d'entrée et furent maîtrisés en un rien de temps.

L'un des soldats frappa à notre porte selon le code prévu et nous ouvrimes. Les deux coupe-jarrets jurèrent qu'ils étaient là par hasard, qu'ils ne connaissaient personne en tout cas, ni Mansour, ni moi et encore moins Dahmane. Ils clamèrent leur innocence avec force. C'était forcément une erreur et puis que leur reprochait-on ? Après tout, ils n'avaient encore rien fait.

Je me tenais debout, face à eux. Je demandai à l'un des soldats d'éclairer les deux hommes à l'aide d'une torche. La peur se lisait dans leurs yeux et leur visage était d'une pâleur marmoréenne. Je les dévisageai longuement pendant qu' ils tremblaient, puis je laissai tomber un verdict sans équivoque, d'une voix cassante.

- Ce sont eux! Je les reconnais formellement.

Les sicaires épouvantés s'égosillerent:

- Nous ne la connaissons pas.

Je continuai de les dévisager, puis je fixai l'un d'entre-eux et lui dis sur un ton glacial:

- Vous ne me connaissez pas, parce que vous ne m'avez jamais vue! Mais moi, je vous reconnais et vous accuse du meurtre de cinq familles juives. Le soir du 15 juin 1834 j'étais cachée derrière le taillis dont vous vous êtes servi pour dissimuler les corps sans vie de ma famille. Je vous ai observé, tétanisée par l'horreur, occir sans aucune pitié: hommes, femmes et enfants. Je suppose que vous n'avez pas oublié non plus la poupée maculée du sang de la petite Rebecca, que vous avez balancée derrière ce même taillis.

Les mots de Salma sonnèrent comme un glas, les deux hommes tombèrent à genoux. Ils se savaient perdus. L'un des soldats s'adressa aux sicaires et leur dit:

- Avouez! Libérez votre conscience, s'il vous en reste une, avant de rendre votre âme à Dieu.
Ce qu'ils firent immédiatement, espérant peut-être obtenir un peu de clémence. Ils avouèrent tous leurs méfaits et tous leurs crimes, jetant la faute sur l'instigateur Dahmane el Jaafari. A l'issue de ces aveux, le soldat se tourna vers Mansour:
- Mon lieutenant?
- Aucune pitié! Ils meritent la peine capitale, comme ils auraient dû y être condamnés et executés, par l'Émir Bechir, s'ils ne s'étaient pas enfuis.
L'un des deux assassins était prostré et pleurait. L'autre me suppliait. Mansour me prit la tête contre son épaule pour m'éviter de voir l'exécution, mais je tenais absolument à y assister, au nom de toute ma famille!
D'un coup de sabre, les soldats décapitèrent les meurtriers. Leur têtes roulèrent jusqu'à mes pieds. J'avais la nausée, mais je restais stoïque. Malgré mon dégoût, j'étais fière d'avoir rendu justice à ma famille et aux amis de mon père. Les soldats ramassèrent les corps, les mirent dans des sacs de jute et les emportèrent après les avoir fouillés. Mansour les remercia et ils rejoignirent leur caserne dès le lendemain.
Le mois de juin se passa comme dans un rêve. L'amour entre Mansour et moi grandissait de jour en jour. Il m'avait rendu une grande part de ma dignité. Nous ne savions toujours pas comment notre avenir allait s'écrire, mais il se ferait ensemble. Nous nous aimions éperdument et étions persuadés de pouvoir franchir tous les obstacles qui ne manqueraient pas de se dresser devant nous. S'il le fallait, nous laisserions sur place nos souvenirs et notre patrimoine culturel et religieux sans regrets. Nous partirions en Amérique et fonderions une famille, loin de toutes les vicissitudes et de toutes les contraintes. Pour donner corps à nos envies, nous nous installions dans le futur pour y exercer, avec une imagination sans retenue, notre désir d'avenir. Je m'efforçais de ne pas penser à tous ces écueils qui nourissaient nos peurs. Nous nous promîmes l'un à l'autre jusqu'à ce que la mort ne nous sépare. Cette promesse allait se révéler prémonitoire.
Au début du mois de Juillet, les druzes du Hauran déferlèrent sur la Galilée. La tension fut à son comble lorsqu'ils capturèrent une garnison égyptienne stationnée à l'extérieur de Safed. La milice

locale de la ville aux ordres de la wilaya fut rapidement submergée par les hordes rebelles. Prise de panique, elle abandonna la cité aux mains des druzes le 5 juillet 1838. Ceux-ci voulaient de l'argent pour combattre Ibrahim Pacha. Et, prenant exemple sur le pogrom de 1834, ils envahirent la ville pour piller la communauté juive réputée richissime et le firent savoir aux musulmans de Safed, pour les apaiser. Un commerçant dénommé Rachid, chargé par les frères al Kacim de veiller sur moi, fila dès le 4 juillet à Beit-Jann pour prévenir Majid et Kamal, du danger que je courais avec l'invasion de Safed par les druzes du Hauran.

*

Dahmane réapparut opportunément à ce moment pour contacter Fakhr-Eddin Joumbalat, l'un des lieutenants du gouverneur du Hauran Ali Agha al Busayli, commandant les hordes invasives. Il lui proposa de guider quelques-uns de ses hommes vers des maisons juives où ils pourraient trouver de l'or.
C'est ainsi qu'il les guida vers la maison de mes parents. Les druzes envahirent la maison et nous menaçaient. Ils nous ordonnèrent de leur remettre tout l'argent et objets en or que nous possédions. Mansour leur objecta qu'il ne comprenait pas pourquoi ils venaient chez de bons musulmans pour les piller. Les druzes dubitatifs se retournèrent et nous aperçûmes Dahmane. Ce suppôt de satan, debout sur le pas de la porte, leur dit sans se départir:
- Cherchez, vous trouverez!
Les druzes fouillèrent la maison sans succès. Néanmoins, ils mirent la main sur des objets de culte israélite, rangés par Ali après le départ de ma famille.
Décelant soudain le stratagème de Dahmane pour nous éliminer, je me ruai vers l'entrée en l'injuriant. Je reçus, alors, un effroyable coup de garde à la poitrine qui me coupa la respiration et me cloua au sol. Le rebelle druze leva son cimeterre pour m'occire quand Mansour se jeta sur moi pour me protéger, se faisant entailler à mort d'un violent coup de sabre.
Alors que son sang giclait sur moi, me maculant, le druze qui l'avait frappé à mort nous abandonna et préféra se mettre à son tour a la recherche d'un supposé trésor caché. Profitant du chaos général qui régnait, des bras puissants m'extirperent de cet enfer.

278

Je me débattais de toutes mes forces lorsque j'entendis la voix amicale de Majid, accoutré en rebelle druze, me conseillant de me laisser conduire à l'extérieur. Je l'interrogeais discrètement sur le sort de Mansour et il me fit comprendre par un signe de tête qu'il était trop tard pour lui.

Pendant que j'étais évacuée, mes yeux croisèrent ceux de Dahmane. Je ne savais pas s'il m'avait reconnue, mais je jurai que je n'aurai de cesse de le poursuivre jusqu'à sa mort.

Sur le chemin de la délivrance, flanquée de Majid et de Kamal, j'étais en larmes. Prise soudain d'une colère convulsive, je leur demandai par quel miracle ils avaient été mis au courant du danger que je courais. Majid sourit et me rappela un certain Rachid, chez qui il s'était arrêté, le jour où ils m'avaient raccompagnée à Safed afin de le charger de cette mission au cas où...Eh bien, c'est lui qui les avait informés, la veille au soir.

Une fois à l'abri du tumulte, je les priai de me laisser seule un instant. Ils n'y virent pas d'inconvénient. J'essayai de me ressaisir mais je ne pouvais me résoudre à retourner m'installer dans le cocon familial de Beit-Jann, plus maintenant, plus a mon âge.

Aussi décidai-je de fausser compagnie à mes sauveurs et de m'éloigner le plus loin possible de Safed, sans savoir où j'atterrirai. Je ne comptais absolument pas fuir ma destinée, au contraire. J'allai droit devant. J'ai dû marcher longtemps sous un soleil crépusculaire jusqu'à atteindre la ferme de Havat Zeitin dont j'ignorais le nom et l'existence jusqu'à ce moment.

*

Cinq ans plus tard, me voici devant vous, mariée et heureuse de l'être, avec cet homme merveilleux qu'est Shmoulik. Il m'a conseillé de tout raconter, comme si cette transe narrative pouvait apporter quelques informations enfouies dans ma mémoire. Pour cela, il fallait que je laisse mes souvenirs se dérouler sans accrocs et sans autocensure, quitte à ce qu'il ne soit pas épargné.

Les personnes présentes félicitèrent Shmoulik, pour sa compréhension.

Shmoulik - Je voudrais d'abord vous remercier pour l'intérêt que vous portez à Sarah et pour votre gentillesse en ce qui me concerne. Vous devez savoir que c'est moi qui ai insisté auprès de

Sarah pour qu'elle nous raconte tout ce qui s'est passé dans les moindres détails, des plus insignifiants aux plus gênants. C'est souvent dans ce genre d'éléments, à priori négligeables, qu'on récupère les informations les plus décisives.

Pour en revenir aux détails marquants et oh combien poignants du récit de Sarah, j'ai retenu qu'il y avait des documents dans la doublure de la veste d'Ephraïm. Je ne connais pas précisément la teneur de ces documents, mais je suppose qu'il pourrait s'agir du contrat de rachat de sa maison. Nous savons que cette veste a été enterrée au pied d'un arbre dans le jardin de Majid al Kacim. Je pense que seule Sarah pourrait reconnaître cet arbre, en priant pour qu'ils ne l'aient pas coupé depuis. C'est pourquoi je préconise de l'accompagner à Beit-Jann, mardi, pour la récupérer. Je suis sûr que cela fera plaisir à la famille Al Kacim de la savoir vivante et en bonne santé.

Si par la grâce de Dieu, nous retrouvons cet acte d'achat, nous pourrons directement aller à la wilaya pour faire rouvrir la maison d'Ephraïm et chercher l'emplacement où il avait caché les documents concernant les quatre familles.

Mordehai - Y a-t-il une raison particulière au choix de mardi? Pourquoi pas lundi ou un autre jour?

Shmoulik - Oui. Lundi, je suis en déplacement à Tibériade pour raisons personnelles. Et comme je ne peux décaler ce rendez-vous, pris de longue date, le plus tôt c'est mardi 22 novembre.

Shlomo - C'est parfait mais si on récupère l'acte de délégation des droits concernant les quatre villas, il faudra dépêcher quelqu'un du côté de Beyrouth pour retrouver leur mandataire testamentaire, David...heu

Sarah - Grossman

R. Yehuda - Bien que nous ne devons pas nous réjouir de la mort de nos ennemis, j'avoue avoir ressenti du plaisir à apprendre la mort du fonctionnaire meurtrier de la même façon que celle qu'il utilisa pour perpétrer son crime abject envers son supérieur. Il est écrit dans nos textes: Tu rendras *Mida kenegued mida* (mesure pour mesure). C'est exactement ce qu'a fait Mansour, conformément à la loi hébraïque primitive, en l'empoisonnant.

Shlomo - De même que passer au fil de l'épée les deux assassins qui ont occis à l'arme blanche toutes ces familles juives dont la tienne, Sarah, démontre que Mansour s'est de nouveau comporté conformément à la loi hébraïque *Mida kenegued mida* mais également à la loi romaine" *Tous ceux qui ont tué par le glaive périront par le glaive* ".

Mordehai - Ce que je retiens surtout, c'est que Dahmane a perdu tous ses complices et qu'il a été privé de tous ses revenus locatifs par le gouverneur avant son trépas. Il était donc affaibli.

Rabbi Shmuel - N'oubliez pas de vérifier auprès de la wilaya, si les sommes considérables retenues sont toujours sous séquestre et si non, au profit de qui elles auraient été débloquées.

Mordehai - Même en supposant que Dahmane ne les ait pas récupérées, ne baissons pas la garde. Cet homme est plein de ressources et, même isolé et désargenté, il reste extrêmement dangereux, comme nous avons pu le remarquer avec son intervention opportune auprès des druzes du Hauran. Sarah ne sera pas tranquille tant que nous ne l'aurons pas retrouvé et châtié.

Shmoulik - Que proposez-vous?

Mordehai - Avec Shlomo, nous mettrons les moyens nécessaires pour le retrouver dans les plus brefs délais, quitte à engager les limiers les plus aguerris pour arriver à nos fins.

Sarah - Vous n'avez pas parlé des corps de mes parents restés, jusqu'à présent, introuvables. Me venger de leurs assassins ne serait pas suffisant. Sans leurs sépultures je ne pourrai pleinement faire mon deuil.

Shmoulik - N'as tu pas dit dans ton récit que l'un des quatres propriétaires s'était rendu dans un village proche de Safed pour y engager des circassiens?

Sarah - Oui, mais je ne sais pas s'il a réussi sa mission. Cette question a taraudé mon père jusqu'à notre arrivée au mausolée.

Rabbi Shmuel - Et si vous alliez enquêter à Rihania?

Mordehai - Comment pouvez-vous être sûr qu'il s'agit de Rihania?

Rabbi Shmuel - Il n'y a qu'un seul village circassien proche de Safed, juste après Kerem ben Zimra.

Mordehai - Cela ne va pas être évident de faire une enquête sur un événement qui aurait pu se produire, il y a plus de neuf ans!

Shlomo - Peu importe. Il faudra en avoir le cœur net. Mordehai, es tu prêt à t'y rendre avec moi, disons mardi?

Mordehai - C'est entendu. Nous profiterons de la journée de lundi pour engager les limiers, la personne qui devra être dépêchée à Beyrouth ainsi que les hommes de main chargés de protéger Sarah.

Tout le monde se leva et remercia Mordehai et sa femme Dina pour leur implication et leur hospitalité.

A leur sortie, après avoir salué Shlomo, Rabbi Shmuel s'approcha de Shmoulik. Il lui confia qu'il allait rédiger, pour le Rabbinat, un procès-verbal exposant la disparition des cinq familles juives telle que relatée par Salma notamment celle de sa famille dont elle fut témoin. Puis, il lui remit un pli qu'il le pria de remettre, de sa part, à Sir Moshe Haïm Montefiori ou, en cas d'impossibilité, à Monsieur Louis Loewe son secrétaire particulier. Il lui spécifia qu'il comptait sur lui pour accomplir cette mission qu'il estimait de la plus haute importance.

Une fois seuls, Sarah demanda à Shmoulik s'il avait une idée du contenu de l'enveloppe. Il lui répondit par la négative et ne put s'empêcher de lui glisser un tacle.

- On m'avait prévenu que les femmes étaient curieuses. Tu en es la parfaite ambassadrice!

Esther - M'aurais tu détrônée, Sarah…

Rabbi Yehuda - C'est toi qui l'a dit Esther!

Les deux couples s'esclaffèrent et rentrèrent se reposer un peu, avant d'aller chez Itzhak le traiteur pour la septième et dernière bénédiction.

Une fois arrivés, Sarah demanda à Rabbi Yehuda.

- Vous qui savez tout, dites-moi comment s'est terminée la révolte des druzes du Hauran?

- C'est vrai que tu as vécu recluse dans ton académie dès le 5 juillet au soir et que tu n'en es sortie qu'il y a une dizaine de jours. Une académie mystérieuse, dont le corps rabbinique n'a jamais entendu parler, d'ailleurs! Et où tu y apprenais quoi, déjà…?

- Nous pratiquions la méditation, rien que la méditation. Mais, je vous en prie Rebbe, racontez-moi comment cela s'est terminé.

- Ce pillage qui visait uniquement la communauté juive dura trois jours, leur but étant de récupérer de l'argent pour financer leur lutte contre Ibrahim Pacha. Vois-tu ma chère Sarah, le monde entier pense que tous les juifs sont riches, notamment les arabes, par culture certainement. Ce qui, malheureusement, fait des juifs, des cibles privilégiées pour tous ceux qui veulent de l'or. Cette razzia a eu lieu les 5, 6 et 7 juillet de l'année 1838. Ceux qui le purent s'enfuirent trouver refuge à Saint Jean d'Acre. L'armée de l'Émir Béchir, allié druze d'Ibrahim Pacha, pourchassa les rebelles jusqu'à Wadi Al Taym, puis les écrasa le 17 juillet à Shebaa. Mille cinq cents d'entre eux ont pris la fuite vers le Mont Hermon tandis que le reste des insurgés s'est rendu et a finalement obtenu l'amnistie.

Vers 18 heures 30, ils se rendirent chez Itzhak qui les reçut avec enthousiasme. Shmoulik et Sarah le saluèrent et le remercièrent chaleureusement pour la qualité et la profusion des mets qu'il avait servis à l'occasion de leur mariage.

Itzhak leur demanda s'ils avaient apprécié ses spécialités. Confus, ils lui avouèrent qu'ils n'avaient quasiment rien goûté. Il ria et leur confia qu'il s'en doutait et que c'était toujours la même chose dans les mariages, et qu'il allait y remédier.

Rabbi Yehuda récita le Kidouche puis, Itzhak lut la septième bénédiction. En préambule au repas, il leur apprit qu'il venait de Pologne mais comme les mariés etaient originaires de Lituanie, Rabbi Yehuda de Biélorussie et certains de ses invités de Russie et d'Ukraine, il leur avait concocté un repas ashkénaze, assorti de diverses spécialités culinaires pour les faire voyager à travers le Yiddishland..

Les tables regorgeaient de hors-d'œuvre. On ne pouvait que s'extasier devant cette farandole de couleurs envoûtantes et humer les effluves alléchants qui attisaient l'appétit. Il y avait:

Un dôme de *foie haché,* saupoudre d'oeufs mimosa et entouré de *Latkes* (petites galettes de pomme de terre et d'oignon), des *Pontchkes* à sa façon (Beignets farcis au choux et au poulet), des *Knish* (Chaussons farcis à la pomme de terre et à la viande hachée), du *Tsimms* (cassolette de carottes, de pruneaux confits et de raisins secs), du *Hareng gras de la Baltique* accompagné de son coulis de betterave, du *Pickelfleisch, du cou d'oie farci* et du *Pastrami* (Poitrine de boeuf cuite et fumée) et une vasque de gros cornichons au sel.

Itzhak avait également servi plusieurs bouteilles de Vodka glacée dont une, fameuse à l'herbe de bison. Toute l'assemblée convint qu'il s'était surpassé. C'était royal! Après cet apéritif gargantuesque, Itzhak leur servit une entrée légère, des *Kneidlers* (boulettes de farine de *Matza* mélangée à des œufs et à de la muscade) dans un petit bol avec du bouillon de poule. Puis, le plat principal, un succulent *Cholent* (Mijoté de bœuf aux légumes confits). Itzhak leur dit " Goûtez-moi cette merveille, il a mitonné pendant 16 heures."

A la fin du repas, on leur apporta du thé et des plateaux *de Babkes, de Rugelach, de Kokokh et de Krantz* (divers gâteaux yiddish au chocolat, aux fruits confits ou à la cannelle), sans oublier le célébrissime *ApfelStrudel* (pâte feuilletée à la pomme, aux noix, aux amandes, aux raisins secs à la cannelle saupoudrée de sucre glace).

Ce fut un repas délicieux. Sans doute aidés par l'alcool, les convives priaient et chantaient à tue-tête. L'ambiance était délirante. Certes, Itzhak était traiteur. Il n'empêche qu'il s'était dépensé sans compter pour les recevoir avec munificence et mettre un point d'honneur à ce que leur mariage de sept jours finisse en apothéose.

Lorsqu'ils quittèrent la maison d'Itzhak, Rabbi Yehuda et d'Esther se félicitèrent de la proximité de leur demeure. Shmoulik et Salma voulurent se reposer chez le Rabbi avant de rentrer, mais ils s'y endormirent aussitôt.

Chapitre IX

Le lendemain à 7 heures précises, la calèche du docteur Edelstein s'arrêta devant la maison de Rabbi Yehuda. Esther et Shmoulik montèrent rejoindre le docteur.

Ils prirent la route de Tibériade qu'ils atteignirent sans encombres aux environs de 10 heures.

Shmoulik se présenta à Baroukh Feinstein, président de la communauté juive de la ville, et l'informa de la volonté de Rabbi Yehuda de Volozin de s'installer quelque temps à Tibériade. A cet effet, il sollicitait sa participation pour l'aider à trouver une petite maison.

- Quel type de maison lui conviendrait?

- Dans l'idéal, une petite maison de trois pièces, plutôt en hauteur avec vue sur le lac.

- Très bien, je vais contacter quelques membres de la communauté pour voir si l'un d'entre eux possède ce genre de maison ou s'ils ont connaissance d'une demeure qui pourrait lui convenir.

- Je vous remercie de votre soutien, Monsieur Feinstein. Nous sommes dans la région toute la journée. Pensez-vous avoir une réponse dans l'après-midi?

- Ecoutez, repassez en milieu d'après-midi. J'espère avoir contacté quelques relations d'ici-la. Rabbi Yehuda a accompagné Rabbi Yisroel lorsqu'il a résidé à Tibériade, il y a plusieurs années. Les notables le connaissent et feront tout pour le satisfaire.

- Eh bien, à tout à l'heure.

Ils se quittèrent confiants.

La calèche prit la route qui longeait le lac, en direction d'Umm Qais. L'équipage suivait tranquillement les méandres de la rivière du Yarmouk serpentant la vallée du même nom, pour atteindre les thermes d'El Hamma que les juifs de la région appelaient *Hamat-Gader.*

Le docteur Edelstein leur apprit que ce village apparaissait dans les premiers registres ottomans sous le nom de *Hammat Jur* et que les arabes de l'époque l'appelaient *Khirbet el Hammeh,* suite à un tremblement de terre. Mais les thermes, partiellement reconstruits, furent de nouveau dégradés par le séisme de 1837.

Ils découvrirent les vestiges confus d'un univers aussi subtil qu'effrayant. Dans les interstices des blocs de basalte désunis, poussait une végétation tourmentée. On y voyait de vieux térébinthes et de majestueux palmiers mais aussi toutes sortes d'arbustes et de broussailles piégeuses.

Bien qu'ils furent décontenancés par la vision première de ce lieu désolé, ils continuèrent d'avancer. Le site comprenait les restes d'un théâtre romain construit probablement sous le règne de l'empereur *Caracalla*, dont la mère était syrienne, et qui s'était fait une spécialité dans la construction de thermes. Il comprenait également une synagogue relativement bien conservée, datant de la période pré-islamique, dont le sol laissait apparaître une très belle mosaïque représentant deux lions avec des dédicaces en araméen. Poursuivant leur parcours, ils atteignirent des thermes quasiment abandonnés. Une épaisse couche de limon recouvrait ces ruines. Cependant, les bains de Hamat Gader étaient toujours alimentés par sept sources de différentes températures. D'après le docteur Edelstein, la première d'entre elles était une source d'eau minérale très chaude à plus de 50 degrés Celsius et constamment bouillonnante que les juifs appelaient *Maayan ha Gehinnom* (Source de l'enfer), alors que les arabes la nommaient *A'in maklen* (Source de la friture). Ces appellations imagées démontraient, s'il en était besoin, à quel point cette source était brûlante. Le docteur Edelstein ne recommandait les bains dans cette eau sulfureuse aux vertus curatives que pour soigner des maladies de la peau.

A 100 mètres à peine, coulait une autre source dénommée *A'in el Djerab,* source moins chaude que la précédente, mais également sulfureuse. Son eau claire comme du cristal et légèrement bleuâtre remplissait un bassin magnifique. C'est ce bassin que Zvuly Edelstein indiqua à Esther.

- Rabbi Yehuda doit s'immerger dans cette piscine, une fois par semaine. Chaque bain doit durer deux heures au minimum.

- C'est tout?

- Oui, dans un premier temps. Vous savez Esther, l'eau chaude va détendre les muscles. Les molécules chimiques naturelles véhiculées par cette source feront merveille. Elles soulageront Rabbi Yehuda qui souffre de douleurs aux articulations.

- Et pour son coeur ?

- Ne vous inquiétez pas. La chaleur de l'eau va dilater les artères et les vaisseaux sanguins. De facto, sa tension artérielle se réduira et son rythme cardiaque augmentera.
- Pourquoi m'avez-vous dit dans un premier temps, Zvuly?
- Il faudra également lui mettre des emplâtres de boue d'algues afin de stimuler la circulation du sang.
- Et les autres sources?
- Ne soyez pas impatiente Esther! La troisième appelée *A'in el Riah* (Source du repos) est conseillée pour soigner le psoriasis. *A'in Bahlsen* qui se jette dans le *bassin des fontaines* forme la plus grande des piscines mais également la moins chaude, propice au délassement. Enfin, *A'in Sahnoun, A'in el Kassab* et *A'in Bulasand* sont bien moins importantes et n'ont pas l'efficacité des premières.
- D'accord, une fois par semaine, il y aura le bain et les emplâtres. Mais si le reste de la semaine il n'y a rien a faire, nous pourrions rester à Safed et venir prendre le bain une fois par semaine.
- Je vais être clair, Esther. Votre époux est usé. Ces dernières années ont été un véritable miracle pour lui. Le meilleur remède pour Rabbi Yehuda est le repos absolu et vous savez comme moi qu'à Safed cela n'aurait pas été possible. Sans oublier que l'air de Tibériade lui conviendra nettement mieux que celui de Safed car il est bien plus sec.
- Vous avez raison, docteur.
- Une dernière chose. Les bains de Hamat-Gader ne sont praticables que du 15 Octobre au 15 Mai. Les mois d'été, la température est si élevée et les moustiques si nombreux que les thermes sont désertés.
- Que préconisez-vous?
- Peut-être des petites cures d'une semaine à Ein Gedi, sur la mer morte, disons tous les deux mois. Mais nous n'en sommes pas encore là.
- Vous pensez qu'il ne tiendra pas jusque là?
- Je n'ai pas dis ça Esther! Vous êtes vraiment terrible!
De retour à Tibériade, Shmoulik, Esther et Zvuly retrouvèrent Baroukh Feinstein. Celui-ci était excité comme une puce.
- Je vous attendais avec impatience. Deux notables de la communauté ont immédiatement répondu à cette demande. Vous ne pouvez pas imaginer la popularité de Rabbi Yehuda, compagnon

d'étude de Rabbi Yisroel de Shklov, qui a toujours une cote d'amour incroyable à Tibériade.

Shmoulik - Alors, quelles sont ces propositions, mon cher ami?

- Eh bien en fait, il y en a trois. Nathan Greenfield a une maison qui donne directement sur le lac. Certes, elle ne se situe pas sur les hauteurs. Mais, allez la visiter. Je suis persuadé qu'elle vous plaira. Par ailleurs, il m'a fait savoir qu'il possédait une petite maison de villégiature sur les hauteurs, située à *Oum Ghouni,* à la pointe sud du lac Kineret. Mon ami Zeev Landau a une jolie maison qui pourrait également convenir au Rabbi. Elle se situe sur les hauteurs de Tibériade, à proximité du tombeau de Rabbi Akiva.

- Est-il possible de visiter cette dernière proposition? Puis, nous nous rendrons à la maison au bord du lac.

- Vous ne me parlez pas d'Oum Ghouni. Je suppose que cela ne vous intéresse pas?

- Vous savez. Tout d'abord, Rabbi Yehuda est un citadin. De plus, un hameau de chrétiens ne serait certainement pas propice à la constitution d'un minyane, au minimum, pour le shabbat et les fêtes.

- Très bien, je pensais qu'il avait surtout besoin de repos. Or, cet endroit est idéal car il est très calme et surtout très proche d'el Hamma (Hamat-Gader). Pour le reste, on trouvera toujours des solutions.

A ces mots Esther, intervint :

- Je suis d'avis d'aller d'abord visiter cette demeure. Après-tout, il est vrai que le Rabbi a surtout besoin de repos, et cette maison, si elle n'est pas trop chère, sera parfaite.

- Ne vous inquiétez-pas, madame la Rabbanite. Aucun des propriétaires ne prendra une seule Piastre au compagnon d'étude du Rabbi YIsroel de Shklov. L'honneur qu'il leur ferait, en logeant chez eux, serait largement supérieur au prix de la location.

- Oh ça! Je ne sais pas si le Rabbi acceptera. Vous vous arrangerez avec lui.

Le propriétaire de la maison, Nathan Greenfeld, arriva en calèche et proposa à tous de les accompagner jusqu'à Oum Ghouni. Baroukh Feinstein déclina son invitation, s'excusant de ne pouvoir venir, à cause d'un rendez vous indéplaçable.

Chapitre IX

Nathan Greenfeld demanda à Esther des nouvelles de son glo-
rieux époux et lui confia qu'après avoir passé quelque temps à
Oum Ghouni, il avait eu beaucoup de mal à rentrer à Tibériade.
- Vous verrez. Cette maison est certes petite mais très confortable. Son jardin est un veritable petit coin de paradis. Sur la terrasse, on a une vue imprenable sur le lac. Le Rabbi y sera en
totale communion avec toute la création divine. Je suis certain
qu'il va adorer et si vous choisissez cette maison, croyez moi,
j'en serai le premier heureux.
- Monsieur Greenfeld, je ne sais pas si c'est la maison que nous
choisirons mais sachez, d'ores et déjà, que je rapporterai à mon
mari combien vous nous avez été précieux.
- Nous sommes bientôt arrivés. Nous n'allons pas tarder à apercevoir les deux chypres sur la colline.
- Les deux chypres? interrogea Shmoulik
- Oui, ces deux arbousiers sont les points de repère de la maison.
Cette jolie maisonnette était agréablement meublée. De son perron, on pouvait contempler un immense jardin bordé à la face
d'un muret où s'épanouissaient des bougainvilliers et des tamaris
aux couleurs chatoyantes qui variaient au gré de la luminosité,
leur offrant une véritable aquarelle en guise de panorama.
Deux arbousiers de Chypre, culminant à une hauteur de près de
douze mètres, en montaient la garde de chaque côté. À l'angle le
plus éloigné de la maison, s'érigeait un superbe olivier pluri-cen-
tenaire aux multiples troncs torsadés, entrelacés en spirale pour
finalement n'en former qu'un, plus volumineux et à l'aspect prodigieusement noueux. Il y avait également un caroubier ainsi
qu'un massif de lauriers roses. Bordant cette closerie, des euca-
lyptus et des arbustes de jasmin Sambac formaient une haie du
fait de l'enchevêtrement de leurs sarments. Des plates-bandes où
poussaient de la menthe, et du romarin complétaient ce tableau
paradisiaque en embaumant l'air ambiant de subtiles fragrances
et d'effluves délectables. Enfin, au centre du jardin, trônait un
majestueux pin parasol sous lequel avait été opportunément installé un fauteuil à bascule en rotin. Ce tableau idyllique se découpait sur un fond azuré où le bleu éthéré du ciel de Galilée
rejoignait le bleu plus profond du lac Kineret. Nathan Greenfield
qui l'observait lui précisa que les eaux du lac réfléchissaient un

spectre qui allait du bleu saphir à l'indigo en fonction de la réverbération du soleil.

Esther eut un veritable coup de cœur pour cet endroit paradisiaque et ne souhaita pas visiter les autres maisons proposées. Elle interrogea cependant Nathan Greenfeld, sur les possibilités d'approvisionnement, compte tenu de leur isolement.

- Ne vous inquiétez pas. Simon, un de mes plus fidèles ouvriers, viendra une fois par semaine pour les provisions et pour s'occuper du jardin.

- C'est parfait.

- Quand pensez-vous emménager?

- Ecoutez, je vais prendre la journée de demain pour préparer quelques affaires et si c'est possible, nous viendrons dès mercredi.

- Pour ce qui me concerne, je n'y vois aucun inconvénient. J'enverrai demain matin deux personnes, dépoussiérer, rafraîchir et apprêter la maison. Voulez-vous également des provisions, en vue du shabbat?

- Je vous remercie de tout cœur, en mon nom et au nom de Rabbi Yehuda que je ne manquerai pas d'informer de votre prévenance, Monsieur Greenfeld.

- Vous n'imaginez pas le plaisir que me procurera le Rabbi en s'installant ici. En acceptant mon invitation, le Rabbi fera de cette maison de villégiature un veritable sanctuaire et un honneur indélébile pour notre famille.

L'affaire fut conclue et nos amis rentrèrent à Safed.

La calèche du docteur Edelstein arriva à Safed à la tombée de la nuit. Il déposa Shmoulik et la rabbanite à son domicile. Il transmit ses plus cordiales salutations au Rabbi, les salua également et rentra chez lui.

Esther ne tarit pas d'éloges sur la maison qu'elle avait choisie avec Shmoulik, ainsi que sur le respect indéfectible que lui vouait cette communauté. Elle insista surtout sur la diligence dont firent preuve les membres les plus influents de la communauté ashkénaze de Tibériade pour se mettre à sa disposition.

Lundi, après le départ de leurs conjoints respectifs, Rabbi Yehuda et Sarah avaient décidé de réserver cette journée à un repos salutaire. Ils firent également une diète absolue, dans le but d'éliminer ou du moins, d'atténuer les corollaires des multiples repas qu'ils avaient dû ingurgiter depuis sept jours. La journée du lendemain s'annonçant chargée, tout le monde prit la décision de dormir tôt.

Après un petit déjeuner se résumant à un thé et quelques gâteaux secs, Esther commença à préparer leurs bagages, sous l'œil désabusé de Rabbi Yehuda. Sarah vint le trouver et lui dit, à voix basse, qu'elle espérait lui apporter une bonne nouvelle de Beit-Jann, dans l'après-midi. Elle ajouta en partant qu'elle ne le laisserait jamais partir seul à Oum Ghouni. Elle lui fit une œillade complice puis sortit. Rabbi Yehuda sourit et se rasséréna quelque peu.

La voiture qui la menait avec Shmoulik à Beit-Jann venait à peine de s'ébranler que Sarah était abîmée dans ses pensées. Les habitants de Beit-Jann allaient-ils la reconnaître? Près de sept ans s'étaient passés depuis son départ du village. L'arbre existait-il toujours? La veste ne s'était-elle pas totalement désintégrée? Le dossier était-il toujours présent? Shmoulik, saisissant son désarroi soudain, lui prit la main et la rassura.

- Ne t'inquiète pas Sarah'le. Tout va bien se passer.

Elle lui sourit.

- Si Dieu le veut.

Ils entrèrent dans Beit-Jann par la route qui l'avait vue sortir triomphalement, plusieurs années auparavant et se dirigèrent sans attendre vers la maison de Majid.

Nazira ne la reconnut pas tout de suite. Des qu'ils apparurent à la porte d'entrée, son regard s'était figé sur Shmoulik dans sa tenue de juif haredi.

- Que la paix soit sur ta maison, Nazira.

- Salma! Mon Dieu, quelle surprise!

Elles s'embrassèrent.

- Je te présente Samuel, mon mari.

- Soyez le bienvenu, monsieur.

- Où est Bayé?

- Il vient de partir visiter un malade.

- Pouvons-nous l'attendre ici?

- Ça va lui faire un sacré choc. Majid est resté tourmenté pendant des années car il ne savait pas ce que tu étais devenue. Il avait

peur pour toi. Il est même retourné à Safed avec Kamal pour savoir si tu étais revenue dans ta maison ou si tu étais...
- Grâce à Dieu, Majid et Kamal m'ont arrachée à une mort certaine. Puis j'ai vu Dahmane, l'assassin de ma famille, alors j'ai eu très peur et je me suis sauvée. Après c'est une longue histoire.
- Excuse-moi Salma, l'émotion m'a fait manquer à tous mes devoirs. Asseyez-vous, je vais vous préparer du thé.
- Et la famille?
- Eh bien. Kamal s'est marié et s'est installé au village. Il a deux garçons de quatre et trois ans. Farid et Mourdjane ont trois enfants, deux garçons et une fille. Walid aide son père qui lui a appris le métier. Il va bientôt se marier. Quant à Marwan, il a été enrôlé dans l'armée d'Ibrahim Pacha cette année, comme tous les hommes de dix-huit ans. Plus tard, il ira travailler avec son oncle.
Pendant que Nazira lui faisait part du développement de sa famille, Sarah pensait avec tristesse à ses frères Siméon et Moishe qui apprenaient le métier de tailleur auprès de leur père. Soudain, inquiète, elle regarda avec insistance en direction du jardin. Nazira se méprit. Elle s'enveloppa dans un long manteau et dit à Sarah:
- Ne sois pas impatiente, je vais les chercher. Je ne serais pas longue.
Dès que celle-ci fut sortie, Sarah n'en pouvant plus, se dirigea en direction du jardin et s'arrêta interloquée. Le jardin avait complètement changé! Sarah ne le reconnaissait plus. Et, surtout, il n'y avait plus d'arbre. Le vieux chêne avait disparu. Aux bords des larmes, elle s'en ouvrit à Shmoulik qui la consola comme il put.
Il alla vers l'endroit supposé et après quelques secondes, lui dit:
- L'arbre a en effet disparu, mais pas totalement! Regarde, il reste juste une souche avec très peu de hauteur de tronc sur laquelle ils ont disposé une grande jardinière avec un massif de pétunias.
Peu rassurée, elle demanda à Shmoulik s'il était inconvenant de vérifier, en l'absence des propriétaires, si la veste de son père était toujours enterrée. Shmoulik répondant positivement, elle s'abstint et attendit le retour de leurs hôtes. Prenant son mal en patience, elle se remémorait l'endroit précis où elle avait enterré la veste.

Il n'y avait plus de terre autour du tronc, ni aucune trace des cailloux qu'avait apportés Walid, ou Marwan... Elle ne s'en souvenait plus très bien. Un gazon serré avait été semé dans toute cette partie du jardin. Sarah se pencha à l'endroit qu'elle avait mémorisé et commença à creuser à l'aide d'une petite cuiller récupérée à l'office, sous l'œil réprobateur de Shmoulik. Après avoir découpé une escalope de gazon, elle dut se rendre à l'évidence. La veste n'était plus là! Elle replaça l'escalope, en la martelant de son pied et reboucha les intervalles avec les touffes d'herbe d'origine, puis elle retourna s'asseoir aux cotes de Shmoulik, eévasive et incapable de dire un mot.

Elle resta songeuse un instant avant d'entendre la porte s'ouvrir. Kamal, sa femme et ses garcons entrèrent dans le salon. Kamal la prit dans ses bras et l'embrassa sous le regard médusé de Shmoulik.

- Comme je suis heureux de te revoir Salma. Et surtout de te savoir vivante. Après toutes ces années, je n'espérais plus.

- Moi aussi, je suis heureuse Kamal. Puis, désignant Shmoulik, je te présente Samuel, mon mari. Tu me présentes ta famille?

- Bien sûr. Anissa mon épouse et les deux garçons, Hassan huit ans et Djibril cinq ans. Allez Salma, raconte-nous pourquoi tu t'es enfuie alors que Majid et moi cherchions à te protéger. Je suis impatient de savoir comment tu t'en es sortie, et surtout où tu étais passée pendant toutes ces années.

- Je suppose que Majid ne va pas tarder à rentrer et qu'il me posera, de toute évidence, les mêmes questions, de même que Nazira et Mourdjane. Alors, on va les attendre et je vous raconterai tout ce qui s'est passé.

- Bien. En attendant je vais nous servir du thé.

- Comment va le cheikh Toufik Karamé?

- Il nous a quittés, il y a à peu près cinq ans, proféra Majid, de sa voix de baryton, en franchissant le seuil de la porte d'entrée.

- Bayé! s'exclama Sarah en courant vers lui.

Il la serra dans ses bras tout en répétant Salma à plusieurs reprises, comme s'il chercher à s'en persuader.

- C'est Walid, ce beau jeune homme?

- Oui. Tu le reconnais? Aujourd'hui, il est fiancé et travaille avec moi!

Au même moment, Nazira entra accompagnée de Mourdjane, Farid et leurs trois enfants. Mourdjane et Sarah se jetèrent dans les bras l'une de l'autre, des larmes pleins les yeux et reformèrent, l'espace d'un instant, la paire fusionnelle Sara-Mourdjane.

Ils s'assirent autour de la table et Sarah présenta officiellement Samuel, son époux. Elle informa la famille Al Kacim qu'elle avait repris son vrai prénom Sarah depuis son mariage. Elle présenta chaque membre de la famille à Shmoulik.

Tout d'abord, Majid, médecin expérimenté qui avait fait des miracles pendant le tremblement de terre de 1837. Chef de famille respecté, il avait été pour elle un père attentif lorsqu'elle n'avait plus personne et continuait encore à veiller sur elle après qu'elle ait quitté le village de Beit-Jann. Elle n'oublierait jamais que si son père lui avait donné la vie, Bayé la lui avait sauvée à deux reprises. Elle remercia Nazira de l'avoir accueillie comme sa fille, et Mourdjane d'avoir été la sœur qu'elle avait perdue. Puis, se tournant vers Kamal, elle l'assura qu'il était une bonne personne, qu'il lui avait énormément appris sur la propriété des plantes et qu'il lui avait également sauvé la vie. Elle avait vécu, au sein de sa deuxième famille, des années de bonheur qui restaient gravés dans sa mémoire, à jamais. L'espace-temps n'y changerait rien.

- Je suis venue aujourd'hui, pour vous revoir car je vous ai languis et pour m'excuser d'être partie sans un mot après les risques que vous avez pris pour moi.

Dès que vous m'avez sauvée, je me suis esquivée pendant que Kamal parlementait avec des rebelles druzes chargés de bloquer tous les accès de la ville. Je m'étais promis de retourner un jour à Beit-Jann afin de vous remercier pour votre aide cruciale que je croyais providentielle. J'ai voulu m'enfuir le plus loin possible, sans aucune volonté de retour, terrifiée d'avoir aperçu le sinistre Dahmane al Jaafari guider les assaillants, de l'arrière. J'ai eu peur que ce criminel ne me reconnaisse.

Safed était une ville maudite qui ne m'avait apporté que larmes et chagrins par la faute de ce monstre qui avait décimé toutes les personnes que je chérissais. Je ne pensais pas revenir à Safed avant de trouver la force nécessaire pour me venger de Dahmane, quitte à le tuer de mes propres mains. Cette perspective m'a aidée à avancer et m'a redonné un faible espoir essentiel dans cette insoutenable tragédie.

J'ai erré sur la route pendant plus d'une heure jusqu'à ce que j'arrive dans une ferme isolée où je fus accueillie avec une grande compassion au regard de mon état mental totalement délabré. J'y suis restée de longues années, afin de me reconstruire. J'en suis ressortie, il y a moins d'un mois. Le jour de mon retour à Safed, j'ai rencontré Samuel. Ce fut un veritable coup de foudre pour nous deux et nous nous sommes mariés dans la semaine qui suivit.

Majid - *Elf mabrouk* C'est magnifique! Toutes nos félicitations Samuel et Salm...heu Sarah. Puis s'adressant uniquement à Sarah, tu ne peux imaginer comme je suis heureux pour toi.

Mourdjane - Je suis très heureuse de constater que tu ne nous as pas oubliés car nous avions fini par penser que tu avais tourné la page, ou qu'à Dieu ne plaise, il t'était arrivé malheur. Alors, merci de vous être déplacés pour nous annoncer personnellement cette bonne nouvelle.

- Comment aurais-je pu vous oublier? A deux reprises, vous avez été l'unique lueur d'espoir dans mon chaos, mon sémaphore dans un océan de turpitudes indescriptibles. Vous oublier serait un infâme manque de respect! Vous avez été le seul rayon de soleil lorsque les ténèbres m'ont envahie.

Mourdjane ainsi que les autres membres de la famille prirent Sarah dans leurs bras et ils s'embrassèrent chaleureusement sous les yeux d'un Shmoulik passablement agacé par cet excès d'effusion. Ses yeux finirent par croiser ceux de Sarah qui comprit au premier regard qu'elle devait se recentrer sur l'élément crucial de leur venue.

- Bayé, je voudrais profiter de ma visite pour récupérer la veste de mon père que je désire enterrer à Safed.

Majid - Nous te remercions de ta visite et de tes explications...Sarah. Je peux te dire, au nom de tous, que nous aussi nous t'aimons et que tu fais partie de notre famille. Concernant la veste de ton père, nous avons dû la deterrer lorsque nous avons coupé l'arbre.

- Puis-je vous demander pour quelles raisons vous avez coupé ce chêne centenaire?

- Il était malade. Ses feuilles ont commencé à blanchir en se couvrant de la gale des chênes. Puis, les parasites se sont propagés et ont ravagé le tronc, nous forçant à couper cet arbre que nous aimions tant et qui faisait partie intégrante de notre maison.

- Bayé, quel est le rapport entre la coupe de cet arbre et la veste de mon père?

- Nous l'avons coupé pratiquement à ras. Malgré cela, nous avons tout de même eu peur que les racines soient contaminées. De plus, nous avions décidé de placer un massif de fleurs sur la souche et nous avions craint qu'en l'arrosant régulièrement, le surplus d'eau ne déborde sur la terre autour de la souche et ne vienne altérer la veste. Aussi avons-nous préféré la déplacer pour la préserver.

- Vous avez bien fait. Puis-je la récupérer, Bayé? J'aimerais rentrer.

- Elle est à toi, Sarah. C'est tout ce qu'il te reste de ton père. Tu es une fille respectueuse.

- Je reviendrai vous rendre visite.

Elle prit la veste, en ôta le tissu dans lequel elle avait été enveloppée, et palpa subrepticement la doublure, sourit, en sentant le dossier, puis quitta la famille Al Kacim, après moult embrassades.

Pendant le voyage du retour vers Safed, Shmoulik fit part à Sarah de son vif mécontentement concernant les familiarites que s'autorisait cette famille avec une femme mariée. Sarah rigola de bon cœur.

- Mais il est jaloux comme un pou, mon Schmoll!

- Non, mais j'ai trouvé vos effusions par trop excessives.

- Mon amour! Tu dis ça parce que tu es un peu possessif ou parce que cette entorse à la tradition t'a irrité?

- Je dois avouer que ces hommes qui te prennent dans leurs bras, ça me gêne! Ensuite, nos traditions l'interdisent. Mais sache que je ne suis pas jaloux car j'ai, en toi, une confiance absolue.

- Tu es un retrograde, Samuel Danilovitch. Ces gens sont ma famille et tu oublies que si le Tout-Puissant ne les avait pas envoyés pour me sauver, je n'existerais plus aujourd'hui. Et toi, tu ne grognerais pas car tu ne serais pas marié!

Ils éclatèrent de rire puis ils s'embrassèrent. Elle essaya de découdre la doublure pour extraire les documents , mais sans plus de succès que le soir du drame.

- Décidément, mon père faisait un travail propre et solide. Quel dommage de devoir attendre jusqu'à Safed. Je suis si impatiente. Shmoulik sortit alors de sa poche un petit canif et lui tendit.

-Tiens, essaie avec ça.

- Oh mon amour! Comment se fait-il que tu aies un couteau sur toi?

- Je te connais bien mieux que tu ne le penses, Sarah Danilovitch, vive, impatiente et spontanée. Alors, j'ai pris ce petit couteau, à tout hasard.

Elle décousit la couture à l'aide du couteau de Shmoulik et extirpa les documents.

- Tu veux bien me les lire. Je ferme les yeux.

- Il y a deux documents. Le premier est un acte d'achat de la maison appartenant à Ali Saber el Bar'ami située à l'adresse suivante : 12 rue du Sultan Bayazid ll à Safed en date du: (*blanc*) par monsieur Ephraïm Lidvak pour une somme de : 396.000 (Trois-cent quatre-vingt seize milles) piastres. La somme a été réglée ce jour: (*blanc*) pour servir et valoir ce que de droit. Cet acte de transfert du bien, dont il s'agit, est enregistré à la wilaya ce jour le: (*blanc*) sous le numéro: (*blanc*) par: (*blanc*)

- Tu veux dire que c'est l'acte qui officialise l'acquisition de la maison?

- Oui, il y a la signature d'Ali el Bar'ami ainsi que celle de ton père. Ça veut juste dire qu'il faut remplir les blancs, choisir la date de rachat et aller l'enregistrer à la wilaya.

- Et l'autre document?

- L'autre document n'est ni plus ni moins qu'une lettre de change au porteur, d'un montant de 500.000 (Cinq cent milles) Piastres à retirer en tout temps chez Levy & Bronstein à Jérusalem.

- Comment c'est possible?

- Je ne sais pas. Ton père a dû déposer l'argent dans une maison de change de Safed affiliée à Levy & Bronstein pour ne pas avoir à le transporter sur le chemin dangereux menant à Jérusalem.

- Je ne me souviens pas avoir vu mon père sortir avec une telle somme...hormis le jour où il est parti à la wilaya avec Ali pour acter le transfert de la maison. Il etait prévu que mon père donne l'argent à Ali juste avant d'opérer la transaction, de sorte que le règlement du montant de la vente soit effectué devant témoins.

- Ensuite, une fois dehors, Ali a dû lui rendre l'argent et ton père, ayant projeté de se rendre à Jérusalem, a complété jusqu'à 500.000 Piastres et a effectué une autre transaction qu'il a gardée secrète.

- Tu as raison! Je me souviens maintenant qu'Ali m'en avait fait part. C'est inespéré !

Puis pensant à son père, elle se mit à pleurer doucement.

- Tu deviens assurément un beau parti, propriétaire et richement nantie. Il n'y a vraiment pas de quoi pleurer.

Sarah laissa apparaître un sourire éclatant, créant à travers le prisme de ses larmes, un veritable arc-en-ciel.

- Dis-moi Sarah. Pourrais-tu m'en dire plus sur cette académie de Havat-ZeitIm dont personne n'a jamais entendu parler auparavant?

- Pourquoi me demandes-tu ça maintenant?

- D'abord parce que la route jusqu'à Safed est encore longue. Et puis, cela m'a toujours intrigué, surtout lorsqu'Amos m'a rapporté la méfiance avec laquelle il fut reçu. Cette ferme tenait plus d'une tôle que d'un refuge pour femmes en détresse. Est-ce que tes ex-consœurs qui t'ont fait l'honneur de venir à ton mariage étudient toutes la kabbale?

- Oui. Mais je t'en prie, ne me pose plus de question à ce sujet. J'ai promis de ne jamais rien dévoiler de mon enseignement.

- Même à ton époux?

Sarah sourit.

- C'est vrai que nous n'avions jamais évoqué les conjoints. Bon. Alors, écoute. Je vais te dévoiler "le secret" de Havat-Zeitim. Mais auparavant, je veux que tu me promettes de garder ta langue.

- Promis. Je suis impatient. Tout ceci me semble si mystérieux.

- Havat-Zeitim était à l'origine une ferme abandonnée acquise par des kabbalistes à la suite d'un séisme dévastateur qui avait détruit une grande partie de Safed où se trouvait leur centre d'études en 1759. Accompagnés de leur famille, ils la réparèrent comme ils le purent et y fondèrent cette académie. La grande salle, les chambres, le jardin potager, l'étable et la basse-cour leur permettaient d'étudier, de dormir et de manger en totale autarcie, loin des bruits et des dangers de la ville.

Malheureusement à la suite de ce séisme, une épidémie effroyable emporta la quasi-totalité des étudiants et de leurs enfants avant la fin de l'année. Seules quelques femmes survécurent, sans jamais en connaître la veritable explication.

Ces femmes, associées à l'étude et aux travaux de leur mari, décidèrent de pérenniser l'académie en continuant à étudier en mémoire de leurs époux et de leurs enfants. Une charte fut établie. Elle stipulait que seules les femmes seraient dorénavant acceptées au sein de l'académie et devraient s'imposer une vie monacale.

Havat-Zeitim devint un espace de paix et de liberté intellectuelle devant représenter leur univers. Comme tu l'as certainement étudié, de nombreux kabbalistes de la Renaissance font état de l'analogie entre "la matrice du monde et la matrice d'une femme". À l'académie, les femmes pouvaient prier et étudier librement.

Cependant, la psychologie dogmatique de la religion juive génère une inégalité criante des genres qui exclut totalement les femmes du culte.

- Je comprends mieux maintenant pourquoi tu m'as quasiment agressé lors de notre première rencontre, et pourquoi tu es en lutte constante avec la tradition.

- L'académie a pris conscience que pour expurger le dogme de ses traditions phallocrates, il fallait des mouvements de nature mystique et surtout messianique. Cette société devait rester secrète afin de ne pas être accusée d'hérésie. D'où cette méfiance exacerbée envers le monde extérieur.

- Cette académie est subversive et dangereuse.

- Il faut comprendre, Shmoulik. La nature masculine des monothéismes existants ne laisse quasiment aucune place à la femme et ne permet pas la valorisation symbolique et religieuse de l'élément féminin.

- Concernant la religion juive, tu ne crois pas que tu exagères un peu?

Sarah lui lança un regard éloquent sur son désintérêt à entamer un débat dans l'immédiat et poursuivit,

- Tu peux facilement imaginer que l'aspiration à une libération de l'élément féminin divin ainsi que l'idée d'une féminisation messianique sont des idées révolutionnaires et novatrices qu'il vaut mieux taire encore.

- Bon. Je pense avoir compris intellectuellement vos principes doctrinaux mais qu'en était-il de vos études et de votre pratique de la religion...?

- A Havat-Zetim, nous étudions la kabbale selon les principes du RaMaC. Les Anciennes ont également des fonctions sacerdotales.

- Tu veux dire que ces femmes font office de rabbin !

- Ne prends pas cet air méprisant. A l'académie, on les appelle Les Anciennes.

- Non, je t'assure, je suis juste interloqué. C'est tout...

- Il est vrai que cette façon de procéder, excluant totalement la gente masculine, peut assurément poser problème vu de l'extérieur.

- Poursuis Sarah...

- Lors de mes cinq ans d'études, je me suis concentrée sur diverses thèses métaphoriques plus ou moins liées à la cosmologie.

- Comment ça?

- Pour pouvoir amorcer ma reconstruction, les Anciennes m'avaient conseillé de m'adonner à la pratique du *tsimtsoum,* telle que définie par le ARI Hakadoch. Comme tu le sais, cette théorie consiste à pousser la méditation transcendantale à son paroxysme dans le but de se rétracter totalement jusqu'à s'annuler, et ce, afin de pouvoir se reconstruire et permettre à l'invisible existant de se réaliser.

Les Anciennes m'avaient exposé l'exemple suivant: Il faut une rétractation du soleil jusqu'à sa disparition, emmenant avec lui toutes les lumières du jour, pour que je puisse voir apparaître la lune et les étoiles qui, pourtant, préexistaient mais m'étaient invisibles.

J'ai pu en déduire que je possédais en moi tous les prémices nécessaires à un renouveau idéal. Malheureusement, ces germes enfouis et surtout réprimés ne pouvaient exister que par la rétractation de tout ce que j'étais devenue. Je reste persuadée que seule cette nouvelle création rendrait possible ma reconstruction.

- Après cinq ans d'études et de méditation, penses-tu avoir réussi à te reconstruire ?
- D'après toi?
- L'avenir nous le dira. Mais, à priori, tu as fait un travail considérable sur toi-même pendant ces cinq années. La narration sans interdits des faits a servi d'exutoire pour extirper le résidu refoulé de ton vécu, sans quoi ta reconstruction ne serait pas totale.
- Les Anciennes m'ont également enseigné que nonobstant l'immense peine que je pouvais éprouver, je ne devais pas m'attacher aux choses négatives que j'avais subies, mais bien au contraire me réjouir d'avoir eu la vie sauve à chaque fois, et surtout comme l'enseigne le RaMaC, ne jamais perdre de vue que seule prévaut la volonté de Dieu et que le hasard n'existe pas.
Finalement, pour résumer la philosophie de Havat-Zeitim, je dirais que les femmes sont mises à l'honneur et que tout ce qui peut arriver à l'être humain émane de la grâce divine et doit être accepté comme tel. Cette institution perdure depuis des années, mais est appelée à disparaître à terme, faute de renouvellement. Voilà, tu sais ce qui se trame dans ce cloître mystérieux. Qu'en penses-tu?
- Pour faire court, si tu es persuadée que le Messie pourrait être une femme, tu as raison. N'en parle à personne.
Ils arrivèrent à Safed quelques minutes plus tard. Ils rangèrent leur fiacre dans la cour d'Itzhak et donnèrent de l'eau fraîche et une ration d'avoine à Baggy.
Rabbi Yehuda et la Rabbanite Esther les attendaient. Ils furent mis au courant du déroulement de leur visite à la famille Al Kacim à Beit-Jann et de la totale réussite de leur mission. Le Rabbi avait les larmes aux yeux et répétait sans arrêt :
- Cette mission a été accomplie par la grâce de Dieu! Il ne nous reste plus qu'à attendre Shlomo et Mordehai pour savoir s'ils ont trouvé un circassien qui se souvient de ce qui s'est passé, ce soir maudit. En attendant, buvons un verre.
Esther - Je vous sers un verre de thé?
Rabbi Yehuda - Non! Sors la bouteille de vodka. Nous devons fêter dignement la récupération de la maison de Sarah et sa dot inattendue de 500.000 Piastres. Dites-moi quand comptez-vous vous rendre à la wilaya?
Sarah - Peut- être demain matin à la première heure.

Rabbi Yehuda - Pourquoi si tôt?

Sarah - Ainsi, ce sera chose faite et nous pourrons vous accompagner à Oum Ghouni pour vous aider à vous installer. Vous ne pensiez tout de même pas que vous alliez partir seuls et nous laisser.

Rabbi Yehuda et Esther n'étaient pas dupes et les remercièrent du fond du cœur.

Esther au bord des larmes:

- Ce n'est pas facile pour le Rabbi de tout quitter, sa maison, *sa keila* (ses ouailles), ses amis et dire adieu à ses projets sans connaître sa date de retour. Si vous saviez comme c'est traumatisant!

Sarah - Voyez le bon côté des choses. Tout d'abord, Rabbi Yehuda va se reposer puis il va enfin se soigner. Vous allez enfin vous retrouver après tant d'années passées au service des autres. Vous ne perdrez pas votre famille. Nous sommes là, Shmoulik et moi. Quant à vos projets entamés et pas encore aboutis, nous les poursuivrons.

Shmoulik - Sarah l'avait déjà promis à la Rabbanite. Aujourd'hui, Rabbi Yehuda, c'est moi qui vous le promets.

Rabbi Yehuda - Je tiens à vous remercier tous les deux. Mais de quels projets parlez-vous?

Esther - Arrête, je t'en prie Yehuda. Tu sais bien de quels projets ils parlent! Mais si tu as oublié, je peux te les rappeler! Tu m'avais promis que tu ne partirais en cure qu'une fois la célébration du mariage de Sarah et Shmoulik totalement terminée, que Sarah aura récupéré la maison de son père, que Dahmane soit anéanti pour le mal qu'il a fait ou, pour le moins, mis définitivement hors d'état de nuire. Et enfin revoir Yossele avant de rejoindre notre petite Haya au Gan Eden...

Shmoulik - Et j'ajouterai, compléter le livre de Rabbi Yisroel sur les responsas de *Machalah u Menuchah.*

R. Yehuda - Je complèterai ce livre, si Dieu me prête vie encore un peu de temps. Pour le reste, je dois reconnaître que vous avez fait un bien beau mariage, les enfants. Tu as retrouvé ta maison, Sarah. A ce propos il faut que tu remplisses les blancs laissés dans l'acte pour inscrire la date de reprise de la maison. Il ne restera plus que la date d'enregistrement qui est visiblement fixée à demain. C'est le fonctionnaire de la wilaya qui inscrira cette date.

Sarah - Concernant la date d'achat, le mieux serait le 5 juillet 1838 et je ne l'enregistre que cinq ans plus tard car j'ai été obligée de fuir cette nuit-là et je n'ai retrouvé ce document que cette semaine.

R. Yehuda - Ça pourrait sembler judicieux mais c'est Mansour qui a été abattu ce jour-là, n'est-ce pas? Or le signataire de ce contrat, c'est Ali qui a été assassiné le 1er Mars 1838. Comment aurait-il pu signer un acte alors qu'il etait censé être mort, acte de décès à l'appui, trois mois auparavant.

Sarah - De toute façon, ça ne colle pas. Mon père qui était l'autre signataire est mort quatre ans plus tôt, le 15 Juin 1834. Je ne sais plus quoi faire.

Shmoulik - Il faut décaler l'enregistrement de l'acte de transfert et réfléchir à une solution pertinente. Entretemps, il nous faudra être prudents, et compter sur Mordehai et Shlomo pour nous aider à neutraliser Dahmane.

R. Yehuda - Mais réussirez-vous à capturer ce Dahmane avant qu'il ne te retrouve? Je vous avoue que c'est ma hantise quotidienne.

Esther - Moi, ma hantise quotidienne c'est notre fils Yossef que, finalement, nous n'aurons pas réussi à ramener d'Amérique.

Sarah - Mais nous le ferons pour vous! Après Oum Ghouni, nous partirons directement. Nous nous occuperons de Yossef à Jérusalem.

R. Yehuda - Comment comptez-vous procéder?

- Nous devons rencontrer Sir Moses Montefiore pour lui remettre un pli de la part de Rabbi Shmuel Heller. Nous en profiterons pour lui demander de nous aider, en activant ses relations en Amérique pour le rapatrier. Nous réglerons le montant du voyage et tous les frais nécessaires à Yossef.

- Je vous remercie pour vos louables intentions, mais il reste des points importants à éclaircir et surtout à résoudre. Comment financerez-vous cette opération et qui peut savoir s'il est encore vivant ? Dans quel état ? Où il se trouve en ce moment? A t-il encore envie de revenir?

- Je peux répondre à la première et à la dernière question. Je financerai avec mon héritage que je dois récupérer chez Lévy et Bronstein à Jérusalem. Et oui, je persiste à penser qu'il ne veut que ça. Les trois autres questions seront traitées par Shmoulik.

- C'est une tâche ardue dans laquelle tu t'engages, Shmoulik.
- Je sais, Rabbi, mais je ferai de mon mieux et avec l'aide de Dieu, j'ai bon espoir d'y parvenir.
- Comment comptes-tu t'y prendre?
- Je préférerais vous en parler plus tard.
- Très bien. Dites-moi, pourquoi n'habiteriez-vous pas ici en attendant de récupérer la maison de Sarah? D'autant qu'il va vous falloir, assurément, patienter quelque peu avant de trouver une solution adéquate concernant la datation des contrats. Vous auriez ainsi tout le temps nécessaire pour trouver la bonne solution dans un cadre apaisé. Et puis, n'oubliez pas qu'une fois que vous l'aurez recouvrée, il vous faudra encore la nettoyer et l'apprêter tranquillement avant de déménager.

En réalité, je serai également plus serein de vous savoir chez moi car Dahmane ne connaît pas mon adresse. Cela laissera du temps à Mordehai, Shlomo et leurs hommes de main pour l'appréhender.
- Je ne sais pas ce qu'en pense Sarah. Mais en ce qui me concerne, je suis pleinement d'accord. C'est plus prudent.
Sarah - Je suis d'accord aussi.
R. Yehuda - Alors, levons nos verres. Trinquons et buvons ensemble! *Lehaim*!

*

Mordehai et Shlomo arrivèrent à ce moment précis et interrogèrent le Rabbi
- A quoi trinquez-vous? Pouvons-nous nous joindre à vous?
Le Rabbi leur servit un verre de vodka et leur demanda quel était le résultat de leurs investigations.
Shlomo et Mordehai lui rapportèrent que, malheureusement, le responsable du village était décédé le matin même. Personne n'ayant souhaité s'exprimer, ils leur avaient proposé de revenir dans quelques jours. Le cortège du défunt passant à ce moment-là, ils lui avaient emboîté le pas, par respect d'abord, puis par intérêt, en se disant que ce geste leur permettrait peut-être d'être mieux considérés lors de leur retour, la semaine prochaine.
Le cimetière circassien de Rihanya comportait, tout au plus, une petite cinquantaine de tombes. Ces tombes constituées d'un

simple amas de terre étaient partagées en deux carrés où reposaient les quelques familles circassiennes venues en Galilée en éclaireurs, il y a une vingtaine d'années. Une fois arrivé devant la fosse prévue, le cortège s'arrêta, et ses membres se placèrent tout autour. L'imam du village commença la prière de la *Janaza.*

Shlomo - Nous avons décidé alors, de les laisser se recueillir et les avons quittés sans faire de bruit. Mais en passant devant le deuxième carré, nous avons été interpellés par une différence notable d'ornement des tombes qui distinguait les deux carrés.

Nous nous sommes alors approchés, par curiosité. Et stupeur! Cette partie était composée de vingt-six tombes ornées d'une Magen David.

Cinq d'entre-elles portaient l'inscription de leur nom, Asher Kamensky, Guershon Rabbin, Aaron Avneri, Michael Brenner et un dernier nom en lettres cyrilliques que Mordehai n'a pas précisément déchiffré.

Mordehai - Nous étions médusés! Incapables de comprendre. Aussi, avons-nous décidé d'attendre la fin de la cérémonie. Peu nous importait le temps nécessaire, plus question de partir. Nous exigions des explications de suite.

Sarah - Il n'y avait pas le nom de mon père?

Mordehai - Non, mais il est pourtant enterré à Rihanya avec le reste de votre famille.

Sarah - Comment pouvez-vous en être sûrs?

Mordehai - Nous comprenons votre émotion et votre impatience mais, je vous en prie, laissez Shlomo terminer et je vous promets que vous saurez tout.

Shmoulik opina du chef et prit la main de Sarah.

Shmoulik - Poursuivez Shlomo, vous ne serez plus interrompus.

Shlomo - A la fin de la cérémonie d'enterrement, nous sommes retournés vers le circassien qui nous avait conseillé de revenir. Il nous accorda quelques minutes, eu égard à notre attitude respectueuse. Nous lui demandâmes alors de rencontrer la personne qui s'était occupée d'une opération d'extraction de plusieurs familles juives à l'orée de la forêt de Birrhya sur la route qui mène au mont Meron le 15 Juin 1834.

Le circassien tressaillit puis, essayant de retrouver une certaine contenance:

- *C'était mon père.*

Mordehai - *C'était...?*

Le circassien nous rassura immédiatement.

- Il est malade. C'est la raison pour laquelle il ne s'est pas déplacé à la cérémonie d'enterrement.

Mordehai - *Si sa maladie n'est pas contagieuse, nous aimerions lui poser juste deux questions.*

Le circassien parut embêté. Puis il se résolut à entrer dans la maison, voir son père. Il ressortit à peine trente secondes plus tard et nous demanda d'attendre son réveil car, après une nuit agitée et une forte fièvre, il dormait à poings fermés.

Le circassien vit que cette nouvelle ne nous satisfaisait que partiellement et il prit la décision de nous confier que son père n'avait pas de secret pour lui, d'autant plus qu'il faisait lui-même partie de l'expédition et qu'il avait pleinement vécu cette opération. Devant notre circonspection non dissimulée, il nous fixa intensément de ses yeux d'un bleu profond qui nous transpercèrent littéralement.

Il nous questionna *"Quel âge me donnez-vous?"*. Nous répondimes en chœur *"environ 20 ans"*. Il bomba le torse, nous regarda en souriant et nous apprit qu'il en avait 28. Il tint à nous préciser malgré tout, que ce soir-là, il était déjà un homme bien bâti de près de 19 ans.

Nous étions bien évidemment ravis et l'avons encouragé à nous raconter ce qu'il savait depuis le début, ne souhaitant aucunement déranger son père. Il nous invita chez lui, nous offrit du thé et nous fîmes plus ample connaissance. Il se prénomme Yacine et il est le fils de Kaïs Amirov.

Yacine - *Le 15 Juin 1834 au milieu de l'après-midi, une calèche conduite par un vieux canasson arriva jusqu'à la place centrale du village, sous le regard amusé et perplexe des villageois. Un homme d'apparence juive en descendit et demanda à voir un responsable de toute urgence. Le chef de notre communauté dépêcha mon père pour voir ce que voulait cet opportun. Il se présenta comme étant Asher Kaminsky, représentant cinq familles juives de Safed qui souhaitaient engager dix circassiens afin de les aider à quitter leur domicile jusqu'à Meron, moyennant une rétribution importante. Je me souviens que Asher avait précisé n'avoir aucune confiance en la personne qui devait les guider à travers champs jusqu'à Meron, première halte d'un périple qui devait les conduire ensuite jusqu'à Beyrouth. Mon père était au courant des événements qui se tramaient avec les fellahs de la région et lui fit observer que la dangerosité de la requête en augmenterait le prix de façon substantielle. Asher ne discuta aucunement le montant exigé pour la prestation. Puis, fixant la calèche dans laquelle il était arrivé, Il ajouta, amusé, qu'en temps ordinaire il ne se serait jamais porté acquéreur d'un tel équipage, surtout si l'on tenait compte de l'état du cheval. Pourtant il avait proposé une somme de mille cinq cents piastres car il la lui fallait immédiatement.. Il nous a certainement raconté cette anecdote pour répondre aux ricanements de ceux qui l'avaient accueilli. Cette histoire fit parfaitement comprendre à mon père l'urgence de la situation. Cependant, compte tenu du temps à leur disposition, il l'informa que ses hommes ne pourraient certainement pas se rendre à des adresses différentes avant les horaires qu'il leur avait été imposés.*

Après d'âpres discussions, ils convinrent que toutes les familles se rendraient de leur domicile jusqu'au Mausolée de Benaya le juste par leurs propres moyens aux heures convenues; la personne avec qui ils étaient en affaire devant les amener à la lisière de la forêt de Biyrriah sur la route qui mène à Meron où nous les attendrions. Asher paya d'avance la très belle somme demandée et dit a mon père qu'il serait la dernière famille à les rejoindre vers 20h30. Mon père lui posa une question :" Vous nous engagez parce-que vous ne faites pas confiance a un musulman! Qu'est-ce qui vous assure que nous honorerons notre part du contrat?"

La réponse d'Asher fusa : "Vous êtes circassiens. Votre parole est sacrée et vous tenez à votre code d'honneur."

Cette réponse qui lui paraissait évidente est restée gravée dans ma mémoire jusqu'à ce jour.

Mon père choisit aussitôt huit hommes aguerris et me demanda de me préparer pour l'accompagner. Les hommes sortirent la grande charrette et sellèrent deux chevaux frais puis, nous prîmes la route de Biyrriah. Nous atteignîmes le lieu de rendez-vous à 19h et attendimes. Plus le temps passait et plus nous entendions les clameurs de la ville. Vers 20h30, ne voyant personne arriver, mon père décida, par acquis de conscience, d'envoyer deux éclaireurs au mausolée avant de rentrer à Rihanya. L'un d'entre eux resta sur place et l'autre revint en courant à travers la forêt, pour faire son rapport. *En arrivant au mausolée du Saint, ils avaient découvert les corps d'Asher et de sa famille, étendus à même le sol, gisant dans leur sang. Puis, ils découvrirent derrière un fourré, un véritable charnier d'une vingtaine de corps baignant dans une mare de sang, principalement des cadavres de femmes et d'enfants qui avaient été occis à la hache, vu la taille des plaies. Mon père donna l'ordre de se rendre instantanément au mausolée du Saint avec la charrette, même si pour cela il fallait contourner la forêt. Il fit placer tous les corps, alignés dans la charrette et pleura en prenant Asher dans ses bras. La gorge serrée, il lui dit : - Tu avais doublement raison, mon éphémère ami. D'abord de te méfier de ce criminel et ensuite de croire au code d'honneur des Circassiens.*

Sur la route, mon père nous dit: - Nous les transportons car ils nous ont payé pour cela et les circassiens tiennent toujours parole.

Je me rendis compte que mon père aussi avait apprécié la réponse d'Asher. Celui qui, pour l'occasion, faisait office de cocher lui demanda s'il devait prendre la route de Meron. Mon père lui répondit:- Nous ne les avons pas retirés d'une forêt où leurs carcasses auraient probablement fini dévorées par des charognes, pour les laisser pourrir sur le bord d'une route de montagne trois lieues plus loin. Emmenons-les a Rihanya ou nous leur donnerons une sépulture décente.

Nous avons nettoyé soigneusement et très respectueusement tous les cadavres, fermé leurs yeux restés ouverts, figés par l'horreur et l'effet de surprise. Nous avons mis le nom des hommes sur la tombe de ceux dont nous avons trouvé les papiers le mentionnant. Un seul d'entre les hommes n'avait aucun papier. Curieusement, il n'avait même pas de veste. C'est pourquoi nous l'avons surnommé "Sans-veste" en lettres cyrilliques.

Sarah tressaillit et montra la veste de son père, qu'elle venait de ramener de Beit-Jann.

Shmoulik lui sourit et lui fit un signe lui indiquant de prendre patience.

Mordehai, imperturbable poursuivit sa narration, faisant mine de ne pas voir la veste.

- Yacine nous indiqua comment, sur recommandation de son père, le chef du village leur avait octroyé un carré séparé dans le cimetière à la sortie de la ville.

- *Mon père avait également réussi à convaincre le chef de notre communauté afin qu'il rende leur dignité à ces familles innocentes en ne les enterrant pas en catimini. De sorte que tout le monde puisse voir leurs sépultures et s'en souvienne. Nous avons prié pour le repos de leurs âmes dans notre langue et selon notre rite. Mon père prétend que Dieu comprend toutes les langues et que, comme lui seul sait sonder les cœurs, nul doute qu'il accueillera nos prières avec bienveillance. Et tous les 15 juin, nous organisons une veillée souvenir en leur honneur.*

Shlomo l'interrogea sur la signification du texte inscrit sur la petite planche en bois fixée sur un piquet à l'entrée du carré juif.

- Il a fait graver cette petite plaque où il est inscrit, en écriture cyrillique: " Cimetière des martyrs Juifs de Byrriah." Et Yacine a ajouté : *Pour ce qui le concerne, mon père n'a gardé de cette soirée cauchemardesque que la petite poupée ensanglantée, retrouvée dans le charnier et qui devait certainement appartenir à une des petites filles. Il considérait que cette poupée était la preuve incarnée de la monstruosité des assassins qui n'ont pas hésité à massacrer une petite fille inoffensive, protégeant sa poupée adorée.*

Sarah - Rebecca….Boubita!

Voyant les larmes couler abondamment sur les joues de Sarah, Mordehai décida de conclure.

Mordehai - Nous avons chaleureusement remercié Yacine, notre interlocuteur, et nous avons promis de repasser d'ici quelques jours quand son père ira mieux. Entretemps, nous l'avons chargé de transmettre à son père nos plus respectueuses salutations et notre souhait d'un prompt rétablissement.

Shlomo - Maintenant que nous avons retrouvé les corps de ta famille, il faudra que tu nous dises si nous devons les laisser inhumés sur place ou les rapatrier à Safed?

Sarah - Je n'ai pas encore la réponse. Il nous faut évaluer le pour et le contre.

(Le "nous" très collégial et disons-le finement diplomatique, employé par Sarah, eut l'heur de contenter tous les présents.)

Esther - Nous avons ici même le panel le plus autorisé et le plus compétent pour prendre ce genre de décision.

R. Yehuda - Que veux-tu dire?

Esther - Eh bien. Nous avons Sarah, proche parente et déléguée testamentaire potentielle des défunts, son époux et enseignant en kabbale, un rabbin émérite et deux présidents de communautés religieuses importantes.

R. Yehuda - A t'entendre Esther, il n'y aurait que toi qui n'aurait pas sa place.

Esther - D'après toi, qui va s'occuper du rôle de maîtresse de maison?

R. Yehuda - Je plaisantais Esther, c'était de l'humour.

Pendant que tout le monde pouffait et que la bonne humeur s'installait, Shmoulik réfléchissait à la situation et souhaitait la résumer prenant ainsi le relais de Sarah, qu'il sentait lassée de revenir sans cesse sur toute cette tragédie.

Shmoulik - Tout d'abord, permettez-moi de vous remercier, au nom de Sarah, de tout le travail que vous avez accompli avec beaucoup de brio et de célérité.

Aujourd'hui, Shlomo et Mordehai, vous avez élucidé le mystère de la disparition des corps de nos chers disparus. Sarah et moi avons retrouvé la fameuse veste de son père Ephraïm avec l'acte d'achat de sa maison et une lettre de change de 500.000 piastres à retirer à Jérusalem.

Rabbi Yehuda et la Rabbanite Esther ont profité de cette journée pour préparer leur déménagement pour un petit village proche des thermes de Hamat Gader au sud du lac de Tibériade. Le Rabbi y effectuera ses cures, programmées de longue date, afin qu'il nous revienne en forme l'été prochain. Voilà pour les nouvelles positives de cette formidable journée.

Cependant, cette prodigieuse avancée est altérée par des nouvelles contrariantes.

Il nous faut impérativement trouver la bonne date à inscrire sur l'acte de rachat de la maison; la date du décès d'Ali étant irréfragable. La déclaration à la wilaya datée du 1er mars 1838 l'atteste.

Il en résulte que le contrat de rachat avec Ali a obligatoirement été signé avant la date de sa disparition. En imaginant que la mort d'Ephraim n'ait pas été officiellement déclarée, nous pourrions inscrire une date comprise entre le 14 Juin 1834 et le 28 Février

1838. Cela est tout à fait possible, mais cela voudrait dire également que, faute d'apporter un certificat de décès authentique et officiel, Ephraïm est considéré toujours vivant. Donc Sarah ne pourra se prévaloir d'avoir hérité de son père, et de ce fait, sera dans l'incapacité de récupérer la maison. Pas plus qu'elle ne pourra être considérée légataire des quatre propriétaires des villas situées sur les hauteurs de Safed. Pour ce qui concerne nos chers disparus, je préconise, si vous en êtes d'accord, de les laisser reposer en paix dans leur petit cimetière champêtre. Par ailleurs, je trouverais légitime que ce lopin de terre qui les a accueillis, pour être leur dernière demeure, ne soit pas méprisé, pas plus que ces braves gens, exilés, qui ont servi de famille à ceux qui n'en avaient plus.

R. Yehuda - Je partage totalement ton point de vue, Shmoulik. Mais à trois conditions:

D'abord, il faut leur refaire un enterrement juif en récitant le *El Male Rahamim* collectif, prière rituelle des morts dans le judaïsme, pour les victimes du pogrom de 1834, avec un cortège imposant et la participation du grand rabbin de Safed, Shmuel Heller.

Et puis, il faudra que Sarah remercie officiellement les habitants de Rihanya, notamment le nouveau chef du village ainsi que Kaïs Amirov qui a pris la décision d'emporter les cadavres et de leur donner des sépultures décentes. Il faudra également qu'elle observe un instant de recueillement correspondant à une heure de *Shiv'ah* (deuil obligatoire) pour sa famille et pour les quatres autres familles. D'autres communautés pratiquent un jeûne ce jour-là, mais ce n'est pas notre coutume. Enfin, faire *la Azkara* (Rituel annuel de commémoration) à la date hébraïque du décès; ce que les habitants de Rihanya ont fait mais à leur manière, jusqu'à présent.

Shlomo - Je me souviens que lors de notre arrivée en 1830, nous avons parcouru Safed et ses environs avec un groupe d'amis pour découvrir les tombeaux de nos Saints les plus éminents. Rihanya n'était alors qu'une protubérance d'un hameau dénommé Alma. Et bien, figurez-vous que huit Saints sont enterrés là-bas dont Rabbi Eleazar ben Azaria qui fut un temps le *Nassi* (dirigeant) du peuple juif. Je considère donc que ce qui convient à nos Saints doit convenir à nos frères.

Mordehai - Je suis parfaitement d'accord avec tout ce que j'ai entendu, surtout depuis que j'ai rencontré ces circassiens. Mais que se passerait-il si, plus tard, ce ne sont plus les mêmes ou s'ils évoluent dans un sens qui n'est pas favorable aux juifs ?

Esther - Personne n'est capable aujourd'hui de prévoir ce qui se passera dans un an, dix ans ou cent ans, ni pogrom, ni tremblement de terre! Et puis les tombeaux des huit Saints sont toujours là. Alors, à la grâce de Dieu!

Sarah mit un point final à cette concertation.

- Pour ce qui est des sépultures, elles resteront à Rihanya si les circassiens le veulent bien, évidemment. Pour ce qui est de la date que je dois inscrire sur le contrat, j'aimerais savoir si l'un d'entre vous a de bonnes relations avec le nouveau gouverneur de Safed?

Shlomo - J'ai d'assez bonnes relations! Mais cet homme qui vient de prendre ses fonctions me semble cupide, cruel et parfois imprévisible. Que devrais-je lui dire?

Sarah - Rien, pour le moment. On le garde au chaud pour plus tard. Si on n'a pas d'autre choix, on lui dira la vérité et on verra bien.

Shlomo - La réputation sulfureuse de cet homme est déjà largement établie et ne prête à aucune équivoque. Pour schématiser, tu peux faire quasiment tout ce que tu veux, dès lors que tu paies! Sachant que sa hiérarchie, en commençant par la wilaya de Sidon, puis celle de Damas, ferme les yeux, dans la mesure où il l'arrose grassement.

Mordehai - Shlomo, comment peux-tu avoir d'assez bonnes relations avec un homme pareil ? J'ai même appris, sous le manteau, qu'il était favorable à un retour des ottomans.

Shlomo - Je suis au courant de ce bruit. Mais je n'y crois pas trop. Sache qu'il est d'origine turque et qu'il a rejoint opportunément la cause de Mehmet Ali Pacha. Ce qui lui a valu ce poste de gouverneur. Dans la réalité, il hait les chrétiens et méprise les arabes. A l'instar de tous les ottomans, il juge les arabes comme étant des êtres inférieurs.

Esther - Pourtant les turcs et les arabes sont tous musulmans.

Shlomo - Oui, vous avez raison. Mais pour les ottomans, la religiosité ne compte pas en politique.

Esther - Vous avez dit "Il hait les Chrétiens et méprise les Arabes". Qu'en est-il des Juifs?

Shlomo - Il me l'a dit lui-même, un jour. Il ne les hait pas. Il ne les méprise pas. Il les aime. Enfin, il les aime comme une araignée aime sa proie, qu'elle emmaillote et qui lui sert de garde-manger vivant, la protégeant de la mort afin de se gorger de son sang. En d'autres termes, il exècre les juifs viscéralement mais les cajole parce qu'ils paient. Et moi, pour ne rien vous cacher, je suis l'un de ses plus gros contributeurs.

Shmoulik - Attends notre retour de Jérusalem et on avisera, Shlomo. Par ailleurs, avez-vous des nouvelles de Beyrouth concernant David Grossman?

Shlomo - Non, c'est trop tôt. A mon avis, nous n'en aurons pas avant plusieurs jours.

Shmoulik - C'est parfait. Nous comptons nous absenter une petite semaine. Nous partirons avec Rabbi Yehuda et Esther, demain en fin de matinée, pour Hamat Gader et puis, nous irons rendre visite à mes parents. Je vais leur présenter Sarah. Nous nous reverrons, à notre retour de Jérusalem.

Shlomo et Mordehai se retirèrent après avoir embrassé chaleureusement Rabbi Yehuda et avoir salué la Rabbanite.

Le lendemain, Shmoulik se leva aux premières lueurs de l'aube, pria avec ferveur, puis réveilla Sarah. Il lui demanda de se préparer rapidement. Sarah se leva sans poser de question. Ensuite, ils allèrent réveiller Esther comme prévu. Elle se leva et prépara du thé qu'elle agrémenta de divers gâteaux secs. Quelques minutes plus tard, elle rejoignait Shmoulik et Sarah à table pour le petit déjeuner. Shmoulik parla doucement même si, à priori, Rabbi Yehuda dormait profondément. Il demanda à Esther d'informer Sarah de tout ce qui lui semblait avoir de l'importance dans la maison. Esther fit le tour de la maison avec Sarah en évitant sa chambre où dormait le Rabbi puis ajouta:

- Je vais charger Olga de t'assister dans les premiers temps. Puis en riant: Tu n'y perdras pas au change. Elle connaît ma maison mieux que moi!

Shmoulik - Esther, pendant que Sarah et moi irons chercher un fiacre ou une calèche pour aller chez nous, faites venir les fidèles les plus proches afin qu'ils puissent dire au revoir au Rabbi. Dieu sait quand ils le reverront. Ca leur évitera de chercher à venir dans sa maison de repos, sauf peut-être Herschel son fidèle ami ou Itzhak le traiteur qui pourrait vous apporter votre repas de shabbat.

Esther - C'est une excellente idée. Je la soumettrai à Rabbi Yehuda que je ne vais pas trop tarder à réveiller. Dites-moi, pourquoi allez-vous chercher une voiture si tôt?

Shmoulik - Nous allons passer chez nous pour bien fermer la maison et prendre des changes ainsi que le nécessaire pour un voyage d'une semaine. Je vous rappelle qu'après Oum Ghouni, nous rejoindrons Jérusalem directement.

Esther - Tu as déjà réservé la voiture?

Shmoulik - Non pas encore. Connaîtriez-vous quelqu'un?

Esther - Non. Mais Itzhak le traiteur doit bien en connaître deux ou trois. Si tu veux le voir, passe par la synagogue. Il y est peut-être encore et si tu le vois, demande-lui s'il peut passer voir le Rabbi ce matin, avant son départ pour sa cure.

Shmoulik et Sarah se dirigèrent vers la synagogue qu'ils atteignirent au moment où les fidèles quittaient le lieu. Shmoulik intercepta Herschel et Itzhak et leur fit part du départ du Rabbi, dès ce matin, pour sa cure et qu'il serait heureux de les voir avant de partir. Herschel le prévint qu'il allait en informer l'officiant pour lui demander de se joindre à eux. Pendant que Hershel s'exécutait, Shmoulik prit Itzhak à part et lui demanda s'il connaissait quelqu'un qui pouvait leur louer un fiacre pour une semaine.

Itzhak réfléchit un moment puis lui dit:

- Si tu m'avais demandé une charrette ou une carriole, je te les aurais fournies moi-même. Mais à cette époque, pour le Rabbi, il faut absolument un fiacre, même pas une calèche. Mais, la, tout de suite, je ne vois pas. Je vais me renseigner.

Herschel revint avec Reouven l'officiant. Itzhak leur demanda

- Vous ne connaissez pas un fiacre à louer pour le Rabbi par hasard?

Herschel dodelina négativement de la tête.

Ils allaient se séparer lorsque Reouven, visiblement déçu de ne pas avoir été consulté, marmonna:

- Si ça peut vous intéresser, j'en ai un tout neuf que j'ai acheté en association avec mon frère, il y a plus de deux mois pour les fêtes de Rosh Hashana.

Herschel - Comment se fait-il que nous ne t'ayons jamais vu avec?

Reouven - Figure-toi que c'était une idée de mon jeune frère Dan. Vous savez comme moi que Safed n'a aucune rue droite et plane. Toutes les routes montent ou descendent en colimaçon. Mon frère a suggéré que nous pourrions alléger la peine de notre père, qui avait de plus en plus de mal à marcher, en mettant un fiacre à sa disposition.

Itzhak - Mazal tov, c'était une excellente idée.

Reouven - Oui, mais voilà. Je devais abriter le fiacre car j'habitais juste à côté de mon père. Et mon frère, le cheval car lui seul avait un jardin.

Herschel - Et alors?

Reouven - Alors le lendemain de l'achat, Dan est venu me voir et m'a dit que sa femme ne voulait absolument pas d'un cheval dans son jardin. Elle voulait protéger ses massifs de fleurs que le cheval ne manquerait pas de manger. De plus, elle avançait ne supporter ni l'odeur permanente du crottin, ni l'encombrement des réserves d'avoine nécessaires à son alimentation. Nous avons dû, alors, nous en débarrasser.

Itzhak - C'est vrai que vous auriez dû vous renseigner avant.

Reouven - Vous avez raison, mais nous voulions faire une surprise à notre père. Personne n'était au courant.

Shmoulik - Bien! A toute chose, malheur est bon. Peut avoir ce fiacre incessamment?

Reouven - Oui, il est prêt.

Shmoulik - Itzhak, tu m'as dit posséder une carriole et une charrette. Pourrais-tu nous prêter un cheval ?

Itzhak - Absolument.

Sarah - Alors, ne perdons plus de temps. Reouven, votre fiacre est pour ainsi dire neuf puisque vous ne vous en êtes jamais servi. A notre retour, j'aimerais vous l'acheter au prix que vous l'avez payé. Bien entendu, si votre frère et vous en êtes d'accord.

Reouven - C'est inespéré. Merci Sarah.

Shmoulik - Ne reproduisez pas les mêmes erreurs, demandez quand même à votre frère.

- Ce ne sera pas nécessaire. Nous en avons déjà parlé et avons convenu de nous en séparer au mieux, alors vous imaginez la revendre au prix d'achat. Venez le fiacre est à votre disposition.

Herschel se rendit chez Rabbi Yehuda. Shmoulik et Sarah accompagnèrent Reouven jusqu'à chez lui pendant qu'Itzhak allait préparer le cheval avant de les rejoindre chez Reouven. Tous les fidèles de la synagogue habitant le même quartier furent rapidement contactés, et l'affaire fut rondement menée. Une heure plus tard, Shmoulik et Sarah étaient en vue de leur maison. Sarah revit avec émotion ce petit nid devenu douillet où elle avait connu l'amour et était devenue une femme. Shmoulik aperçut son regard et lui dit

- Nous n'avons pas le temps, mais je te promets que ce soir...

Sarah sourit et lui susurra :

- Mon amour! Cela se voit tant que ça?

Shmoulik eut la délicatesse de ne pas répondre. Il prit ses livres de prières et quelques changes et conseilla à Sarah de voyager léger.

- Nous achèterons des habits neufs à Jérusalem, mon coeur.

Ils cadenassèrent la maison et sortirent. En passant devant chez Nephtali, Shmoulik s'arrêta pour lui rendre visite. Il l'informa de son intention de se rendre à Jérusalem pendant une semaine afin de présenter Sarah à ses parents avant qu'il ne soit trop tard. Aussi, lui conseilla-t-il d'envoyer, par acquis de conscience, son fils Uriel, de temps en temps, pour veiller à ce que la maison ne soit pas saccagée ou illégalement occupée par des malandrins qui auraient repéré une maison vide depuis plusieurs jours. Nephtali embrassa Shmoulik qu'il trouva très respectueux.

*

Shmoulik allait diriger le fiacre vers la maison du Rabbi, lorsque Sarah lui demanda de passer auparavant par le cimetiere musulman de Safed.

- Pourquoi faire? Nous allons nous mettre en retard, Sarah'le.

- Nous ne resterons pas longtemps, je le promets.

- Tu ne m'as toujours pas dit pourquoi.

- Vois-tu Shmoulik, hier après-midi quand Shlomo et Mordehai nous ont raconté comment ces circassiens musulmans se sont occupés de donner une sépulture à ma famille et comment ils respectent leurs dépouilles, je me suis sentie dans l'obligation d'aller me recueillir sur les tombes de Mansour, et de ses parents.

- Je le comprends très bien. Mais ça fait plus de cinq ans qu'ils sont morts. Ca ne peut pas attendre notre retour?

- Non. Je suis certaine que les amis de Rabbi Yehuda sont encore chez lui et puis c'est la première fois qu'on roule en carrosse!

- En fiacre, c'est déjà très bien! dit-il en riant.

Voulant à tout prix éviter de voir sa femme bouder pendant tout le voyage, Shmoulik fit contre mauvaise fortune bon coeur et bifurqua en direction du cimetière musulman.

Sur le chemin, il lui fit observer que n'ayant aucune famille, les tombes de la famille El Bar'ami devaient être dans un triste état. Sarah ne dit mot jusqu'à leur arrivée au cimetière. Celui-ci était vide, hormis deux hommes préparant des chiffons et remplissant un seau à la fontaine de l'espace tumulaire. Shmoulik n'eut aucun mal à trouver le gardien, qui le fixa, éberlué, quand il lui demanda où se trouvaient les tombes de la famille El Bar'ami décédée en 1838.

Le gardien rechercha dans un paquet de notes, puis il le regarda

- Ça fait quand même cinq ans. Mais dites-moi, juste par curiosite, que vient faire un juif religieux dans un cimetière musulman?

- Je vous l'ai déjà dit, savoir où se trouvent les tombes de la famille El Bar'ami afin que nous puissions nous recueillir et prier pour le salut de leurs âmes. Il y a cinq ans, ils ont sauvé la vie de mon épouse.

Apparemment convaincu, le gardien lui indiqua les tombes de la famille El Bar'ami.

Shmoulik fit signe à Sarah, restée à l'intérieur du fiacre garé à l'entrée, de le rejoindre. Il croisa à nouveau les deux hommes, au gabarit impressionnant, qui se déplaçaient avec désinvolture vers la tombe de Mansour.

Sarah et Shmoulik étant relativement pressés, ils se recueillirent rapidement sur les tombes d'Ali et de Zoulikha. Puis, ils se rendirent sur celle de Mansour placée un peu plus loin.

Shmoulik eut la délicatesse de laisser Sarah se recueillir longuement sur la tombe de cet homme qu'elle avait profondément aimé et qui s'était sacrifié pour elle.

Ne voulant pas lui mettre la pression, il préféra déambuler dans le cimetière en regardant machinalement les noms des défunts gravés sur les pierres tombales, pendant son recueillement.

C'est alors qu' il remarqua les deux hommes qui priaient sur une tombe située en amont de celle de Mansour. Alors qu'il aurait dû trouver ça banal dans un lieu pareil, il ne comprenait pas pourquoi quelque chose le gênait. Il s'écarta subrepticement pour avoir tout le monde dans son champ de vision et constata qu'aucun des hommes n'était concentré sur la tombe qu'ils avaient choisie. Bien au contraire, ils scrutaient sans cesse celle de Mansour. Soudain, se sentant observés, les deux hommes se mirent à laver la pierre tombale située devant eux avec cette même nonchalance, puis ils se dirigèrent vers une autre tombe située un peu plus loin, sans quitter Sarah des yeux. Shmoulik se déplaça lentement jusqu'à pouvoir lire le nom inscrit sur la tombe que les deux hommes venaient de nettoyer, puis revint vers Sarah afin de lui enjoindre de quitter ce cimetière sans attendre. Elle le suivit sans rechigner. Arrivés à mi-chemin de l'entrée, il lui demanda de laisser tomber son mouchoir, ce qu'elle fit sans comprendre. Il le ramassa avec courtoisie en regardant ces hommes, sans en avoir l'air, et s'aperçut qu'ils avaient posé précipitamment leur attirail et qu'ils s'apprêtaient à les rejoindre en se mouvant d'un pas alerte, laissant entrevoir de longs sabres accrochés à leur ceinture. Shmoulik prit Sarah par le bras et ils pressèrent le pas.

- Les hommes de Dahmane sont à nos trousses!
- Qu'est-ce-que tu racontes? Ils ont été décapités.
- Il en aura engagé d'autres. Il n'y a aucun doute. Ces hommes ne sont pas venus prier.
- Comment auraient-ils su que nous venions?
- Je n'en ai pas la moindre idée...A moins qu'ils ne nous suivent depuis notre maison où ils tenaient une planque.

Une fois sortis du cimetière, ils coururent vers leur fiacre et démarrèrent en trombe. Dans la minute qui suivait, un deuxième fiacre les filait à une distance respectable.

Sarah admit qu'effectivement il y avait un problème. Elle demanda à Shmoulik de ne pas aller directement chez le Rabbi. Ils constatèrent que lorsqu'ils tournaient à gauche, le deuxième fiacre les suivait. Idem à droite. Il fallait se rendre à l'évidence, ils étaient suivis. Dahmane l'avait retrouvée!

Après une course poursuite effrénée qui ne disait pas son nom, ils finirent par semer le fiacre suiveur et se rendirent chez Rabbi

Yehuda. Ils se mirent d'accord pour ne pas lui relater l'événement, afin de ne pas l'inquiéter, au moment où il quittait Safed. D'autant que celui-ci avait fait état de ses craintes pour eux, tant que Dahmane n'était pas appréhendé. D'ailleurs, n'était-ce pas la raison principale de les voir changer de domicile.

Esther - Vous avez tardé !

Shmoulik - Nous sommes passés voir Nephtali pour le saluer et l'informer que nous serions absents pendant une semaine et qu'il serait bien avisé d'envoyer son fils Uriel de temps en temps pour surveiller la maison.

Esther - Tu as bien fait mon fils. Pour ce qui nous concerne, nous sommes prêts à partir depuis une heure.

Shmoulik - Regardez si vous n'avez rien oublié car nous partons immédiatement.

Le voyage se déroula sans encombre. Lorsqu'ils passèrent devant le caveau du *TanaRabbi Yehouda bar Ilaï*, c'est avec un semblant de nostalgie que Rabbi Yehuda leur montra au loin le village de Ein Zeitim où il avait séjourné avec Rabbi Yisroel et Israël Bak l'imprimeur, pendant le pogrom de 1834. Esther, qui était à Jérusalem à cette période, parut fort intéressée. Sarah sourit. Elle pouvait distinguer dans ce panorama une bâtisse qui se fondait parfaitement dans ce paysage, Havat-Zeitim.

Arrivés à un croisement, ils effectuèrent un virage à gauche en épingle à cheveux et prirent la direction du mont des Béatitudes en passant par la lisière de la forêt des Limonim.

Le spectacle de la verdure des arbres à feuilles persistantes était magnifique en Haute-Galilée. Après avoir atteint Tabgha, un petit village de pêcheurs, situé au bord du lac de Tibériade, entre Capharnaüm et Magdala, où se trouve l'église de la multiplication, ils longèrent le lac Kinnereth qui scintillait de mille feux et ils atteignirent enfin la ville de Tibériade.

Shmoulik se rendit chez Nathan Greenfeld accompagné de Rabbi Yehuda qu'il avait connu quelques années auparavant lors du séjour de Rabbi Yisroel de Shklov à Tibériade. Celui-ci tenait absolument à le revoir avant de s'installer dans la maison dont ils étaient venu récupérer les clefs.

Nathan accueillit le Rabbi avec plaisir et dévotion. Il se courba et lui embrassa la main. Il lui fit part de sa gratitude pour l'honneur qu'il lui témoignait en venant habiter dans sa maison et qu'il pouvait y rester le temps nécessaire à son rétablissement.

R. Yehuda - Monsieur Greenfeld, permettez-moi tout d'abord de vous dire que je suis très touché par votre accueil.

Nathan - Vous le méritez amplement et n'obtenez rien qui ne vous est dû. Mais je vous en prie, appelez-moi Nathan.

R.Yehuda - Nathan, mon épouse la Rabbanite Esther m'a fait part de votre aimable proposition et je voulais vous en remercier sincèrement. Mais je ne peux pas l'accepter.

Nathan - Et pourquoi donc?

R. Yehuda - Parce que c'est une question de principe. Je tiens à payer tous les achats que je ferai ou toutes les locations que je contracterai.

Nathan - Je comprends, alors je m'incline. Puisque vous ne désirez pas considérer mon offre comme une invitation, je vous demanderais vingt piastres par mois.

R.Yehuda - Vous plaisantez, ce n'est pas le prix.

Nathan - Si ça vous fait trop, vous pouvez toujours négocier.

R.Yehuda - Faites-moi un prix plus conforme et finissons-en. Je souhaiterais me reposer.

Nathan - Très bien. Alors vingt-six! Pensez-vous qu'il existe un nombre plus élevé?

Rabbi Yehuda voulut encore discuter mais il reçut un discret coup de coude dans son flanc de la part de sa femme et essuya, dans le même temps, le regard réprobateur de Sarah. C'en était trop, il capitula, serra la main de Nathan et lui dit
- Va pour vingt-six !

Shmoulik prit les clefs et remercia Nathan à son tour. Ce dernier lui confirma qu'il passerait sur place demain matin pour veiller à ce qu'ils soient parfaitement installés et qu'ils ne manquent de rien. En outre, il mettrait au point toute la logistique d'approvisionnement avec la Rabbanite. Puis, Shmoulik monta dans le fiacre où l'attendaient déjà le Rabbi, Esther et Sarah.

Ils longèrent le lac jusqu'à sa pointe sud et Esther fut fière d'annoncer leur arrivée à destination au Rabbi, en lui montrant les deux arbousiers de Chypre, nettement plus hauts que tous les arbres alentour, et qui faisaient office de phares.

Les deux femmes ouvrirent les portes et les volets, afin d'aérer la maison qui sentait un peu le renfermé, faute d'avoir servi ces trois derniers mois.

Elles rafraîchirent toutes les pièces, la grande pièce de vie, plutôt spacieuse, pour commencer. Esther plaça le calice, les bougeoirs ainsi qu'une grande hanoukia en argent sur le buffet. Nous étions le mercredi 24 Novembre 1843 et les fêtes de Hanoucca se profilaient deux semaines plus tard. Esther rangea les quelques plateries et couverts qu'elle avait apportés pour les shabbats et les fêtes , puis elles prirent les affaires du Rabbi et d'Esther, les rangèrent dans l'armoire de leur chambre et changèrent les draps et les traversins du lit. Elles firent de même pour la deuxième chambre, réservée le cas échéant, aux amis invités d'un soir. La salle d'eau était fonctionnelle, sans plus. Il ne restait plus qu'une petite pièce, qui devait probablement servir pour le rangement des affaires d'été de la famille Greenfeld. Du moins, Esther en était-elle persuadée.

Sarah l'ouvrit malgré tout, par curiosité. Quelle ne fut pas leur surprise lorsqu'elles découvrirent un magnifique bureau, muni d'une petite table de travail avec sa chaise, d'une bibliothèque et d'un fauteuil de repos moelleux. Subtile attention de leur hôte, il avait disposé sur le bureau, les ouvrages de Rabbi Yisroel de Skhlov, de Rabbi Hayim de Volozin (son grand-père) et de leur maître le Gaon de Vilna.

Elles ouvrirent les fenêtres, puis les volets et le jardin édénique leur apparut dans son entier. Le crépuscule commençait à poindre et une lumière tamisée inonda le bureau, donnant instantanément à cet espace, une sublime sensation de confortabilité et de bien-être spirituel.

Les deux femmes en conclurent que ce ne pouvait être le fruit du hasard car un tel bureau n'avait pas sa place dans un lieu de villégiature tel que celui-ci.

Elles supposèrent que Nathan avait préparé cette pièce, dans la journée d'hier et lui surent gré de ne pas avoir ménagé ses efforts pour offrir au Rabbi un cadre idyllique dans l'unique objectif d'atténuer sa peine d'avoir quitté son environnement sfadien. Mais comment l'aurait-il deviné ? A moins que… Soudain, leurs regards se tournèrent de concert vers Shmoulik. Ce dernier était assis sur une chaise de jardin en osier tressé, conversant avec le

Rabbi qui s'était installé dans le fauteuil à bascule sous le pin parasol.

Le Rabbi lui racontait que, bien qu'originaire de Volozin en Biélorussie, il avait étudié en Lituanie, puis était retourné à Volozin dans la yeshiva créé en 1803 par son grand-père. Après son aliyah en 1812 avec un groupe de fidèles, il avait dû retourner sillonner la Lituanie avec Rabbi Yisroel de Shklov en sa qualité d'émissaire des rabbins d'Israël dans le but de recueillir des fonds de la diaspora.

Esther - Yehuda, viens voir dans la maison ce que t'a préparé ce bon monsieur Greenfeld

R. Yehuda - Pourquoi veux-tu m'arracher de ce petit coin de paradis?

Esther - Tu n'es même pas entré visiter la maison.

Le Rabbi se leva péniblement, attrapa le bras de Shmoulik et lui confia que si le créateur voulait que son âme aille au *Gan Eden* (paradis) et bien, il ne serait pas dépaysé, dans la mesure où il aurait eu la chance d'en avoir eu un avant-goût ici-bas.

Esther lui montra le bureau que lui avait préparé Nathan. Le Rabbi ne souffla mot, tant il semblait reconnaissant, puis il se tourna encore vers Shmoulik et lui dit

- Je vais pouvoir retravailler quelques passages de " *Nachalah u Menuchah"*, *dernier* livre de Rabbi Yisroel .

La nuit était pratiquement tombée. Esther dit à Sarah :

- Dormez ici ce soir. Vous partirez à Jérusalem demain matin aux aurores.

Le rabbi rajouta :

- C'est plus prudent.

Shmoulik et Sarah acceptèrent volontiers. Esther posa sur la table quelques mets très simples, concoctés avec les provisions qu'elles avaient apportées et les deux couples mangèrent en famille dans cette nouvelle maison.

Esther - Tu ne nous oublieras pas, Sarah, n'est-ce pas?

Sarah - Comment peux-tu dire une chose pareille? Tu es ma deuxième maman, celle qui m'a accompagnée jusqu'à l'autel. Et le Rabbi a été le père protecteur que j'ai perdu.

Esther - Bien sûr. Mais je parlais de ce que tu nous as promis.

Shmoulik - Si vous voulez parler de Yosse'le. Soyez assurés que nous n'abdiquerons pas dans nos recherches jusqu'à ce que nous le retrouvions et vous le ramenions.

R. Yehuda - A moins que je ne le retrouve avant vous.

Esther - Si tu veux dire au Gan-Eden, bravo Yehuda, c'est très spirituel! Mais j'aimerais que tu arrêtes de parler comme s'il était mort.

R. Yehuda - Je ne parlais pas de lui.

Lassés par cet humour noir, Shmoulik et Sarah se levèrent de table et allèrent se coucher, prétextant à juste titre, un réveil très matinal.

Une fois seuls, Shmoulik confia à Sarah que cela lui faisait mal d'entendre les sarcasmes morbides du Rabbi, visiblement conscient de l'état alarmant de sa santé et du peu de temps qu'il lui restait à vivre. Elle acquiesça.

- Il n'est pas dupe. Mais quoiqu'il en dise, l'espoir de retrouver son fils le maintient en vie. Je n'ose penser à sa réaction si nous devions lui annoncer que Yossef est introuvable ou décédé.

- Il comprendra. Nous aurons fait tout ce que nous pouvions.

- Tu parles sans savoir Shmoulik. Le premier soir où nous les avons rencontrés, après le dîner, tu es rentré chez toi et moi je suis restée dormir chez eux.

- Et alors, qu'est-ce que je ne sais pas?

- Esther m'a raconté la mort de ses enfants, d'abord sa fille Haya décédée après une terrible maladie, puis, son fils Yossef qui avait disparu depuis le 16 novembre 1837.

- Hormis la date exacte de sa disparition, tu m'avais déjà raconté ces malheurs. Alors, je répète ma question : Qu'est-ce que je ne sais pas?

- Le Rabbi et Esther l'avaient autorisé à partir en Amérique accompagner son oncle Menahem. Malheureusement, quelques années plus tard, la santé de ce dernier s'était à ce point dégradée, que sa mort prochaine devint inéluctable. À l'été 1834, Yossef a voulu rentrer en Erets Israël mais ses parents ne l'ont pas souhaité, compte tenu des événements dramatiques qui avaient frappé la communauté juive de Safed. Depuis, Yossef n'a plus jamais donné de ses nouvelles et ses parents en ont déduit qu'il était mort. Il ont agi et prié en conséquence et se sont habitués à sa mort jusqu'à ce que j'arrive et que je leur dise que tant qu'ils n'avaient pas la preuve formelle de sa mort, ils ne pouvaient pas lui réciter le *Male Rahamim* et faire le *Kaddish* en prononçant son nom à chaque *azkara*.

- Ce que tu as dit est juste. Alors qu'est-ce que tu te reproches?

- Ils ne voulaient rien changer à leurs prières ni à leur recueillement car ils s'étaient habitués à l'idée qu'il était au Gan-Eden. En fait, ils pensaient ne pas pouvoir supporter de souffrir une seconde fois au cas où on retrouvait la dépouille de Yossef, après avoir de nouveau tant espéré. Alors, je les ai incités à croire qu'il était vivant. J'en étais certaine. Je leur ai certifié que j'en avais l'intime conviction et que celle-ci ne m'avait jamais trompée.

- *Oy veh!* Tout ça le soir où tu les as rencontrés? Le soir où ces braves gens t'ont accueillie à bras ouverts et ont œuvré sans relâche pour organiser ton mariage. Tu t'es surpassée ma chérie! Bon, la bonne nouvelle, c'est qu'effectivement ta conviction ne t'a jamais trompée. Dormons maintenant...

Il avait prononcé ces derniers mots en riant sous cape, laissant Sarah dépitée.

La nuit fut courte. Cependant, lorsqu'ils se levèrent, Esther etait déjà habillée et se promenait dans le jardin. Sarah alla la trouver pendant que Shmoulik faisait ses ablutions et récitait les prières du matin. Ils se retrouvèrent un peu plus tard autour d'une tasse de thé.

Shmoulik - Que faites-vous debout, à cette heure matinale, Esther?

Esther - Je voulais vous préparer du thé et puis vous ne comptiez tout de même pas partir en catimini, sans même me dire au revoir.

- Bien sûr que non. Vous avez raison, Esther. Dites-moi tant que j'y pense. Quand avez-vous prévu d'aller à Hamat Gader pour fixer les rendez-vous hebdomadaires, et régler le montant des prestations?

- Aujourd'hui je crois, avec Nathan. Nous partirons en calèche.

- Avez-vous déjà choisi une journée ?

- J'en ai parlé avec le Rabbi. Il n'a pas de préférence. Pourquoi ?

- Eh bien, n'oubliez pas qu'un certain Simon doit venir vous approvisionner et s'occuper du jardin. Demandez par la même occasion à Nathan si cet homme se déplacera en calèche.

- Pourquoi?

- Il serait judicieux que vous optiez pour le même jour, de sorte qu'il vienne le matin vous apporter les provisions nécessaires puis vous dépose aux thermes. Pendant les bains du Rabbi, il reviendrait s'occuper du jardin et quand il aura terminé, il retournerait vous chercher.

- J'en tiendrai compte. Merci Shmoulik

- Un dernier point, Esther. Vous souvenez-vous de la source conseillée par le docteur Edelstein?

- Oui, la deuxième. Je crois.

- Exactement. Je vous rappelle le nom de cette source, à tout hasard, *"Ein el djerab"*

- Je te remercie de ta sollicitude, Shmoulik. Tu as choisi un mari parfait, Sarah'Le. Que Dieu vous garde, mes enfants.

- Esther, tu diras au Rabbi que nous repasserons en revenant de Jérusalem. Dis-lui que nous n'avons pas voulu le réveiller pour ne pas lui voler son sommeil.

Rabbi Yehuda - Alors dans ce cas, faites moins de bruit!

D'abord saisis, ils se mirent tous à rire franchement et embrassèrent affectueusement le Rabbi. Shmoulik et Sarah montèrent dans le fiacre. Le Rabbi les regarda partir avec mélancolie.

Esther - Ne t'inquiète pas. Ils ont bien dormi, le cheval s'est bien reposé. De plus, il a brouté toutes les hautes herbes du jardin. Simon aura moins de travail cette semaine.

Rabbi Yehuda prit Esther par l'épaule, ce qu'il n'avait pas fait depuis bien longtemps et ils rentrèrent dans la maison.

Le fiacre roulait en direction de la vallée de Jezreel en empruntant une route étroite menant à Kfar Kama, seule petite bourgade avec Rihanya, où s'étaient installés des immigrés circassiens. Puis, ils traversèrent Kfar Thabor, un village pittoresque en contrebas du célèbre Mont Thabor. A la sortie du village, ils empruntèrent une route beaucoup plus large qui descendait la vallée jusqu'au hameau d'El Fouleh (devenu plus tard Afula). Ce n'est qu'en quittant El Fouleh qu'ils trouvèrent enfin le chemin des patriarches, nom de la route principale qui partageait le pays en son milieu et reliait, du nord au sud, Nazareth à Hébron. Ils traversèrent tour à tour, les villes de Jénine et de Naplouse (ancienne Sichem) où se trouve le tombeau de Joseph, puis enfin le village agricole chrétien de Ramallah aux multiples églises melkites, latines, coptes et orthodoxes, situé à moins de quatre lieues de Jérusalem où ils arriverent en début d'après-midi

Chapitre X

Juste avant de rentrer dans la ville, Sarah demanda à Shmoulik de se rendre à la rue du sultan Suleiman, à la hauteur de la porte de Damas, chez Lévy et Bronstein, afin de récupérer ce qui lui était dû, avant d'être présentée à ses parents.

- Comment sais-tu que leur bureau se situe à la hauteur de la porte de Damas?

- C'est la Rabbanite qui me l'a dit ce matin, dans le jardin, pendant que tu faisais ta prière. Elle les connaît parce qu'elle a habité plusieurs années à Jérusalem.

- Aucun problème, la porte de Damas est celle que j'emprunte habituellement pour aller au Cardo. Mes parents habitent un petit appartement situé à côté de la synagogue de la Hourva.

Shmoulik et Sarah entrèrent dans une agence à la lumière tamisée, au mobilier sobre et fonctionnel. A voir ce bureau, somme toute commun, ils eurent du mal à imaginer que les propriétaires brassaient des sommes considérables. Sarah eut même une mauvaise appréhension, mais elle se garda bien d'en faire part à Shmoulik.

- Que puis-je faire pour vous Monsieur?

- Nous souhaiterions rencontrer Monsieur Levy ou Monsieur Bronstein, s'il vous plaît.

- Ce n'est pas possible, Monsieur. Harold Levy est absent pour cause de maladie et Ezequiel Bronstein est décédé l'année dernière. Je me présente, Avishai Blumenfeld, son gendre et successeur dans l'agence. Comment puis-je vous être utile?

- Eh bien voilà. Cela tombe on ne peut mieux car nous sommes également les successeurs de Monsieur Ephraïm Lidvak qui a déposé dans votre agence affiliée de Safed une somme d'argent conséquente contre un billet à ordre libellé au porteur et monnayable en tout temps à votre bureau de Jérusalem.

- Vous avez la date ?

- Oui, le 13 juin 1834

- 1834 ! Il y a près de dix ans ! (puis un tantinet sceptique) Vous avez, bien sûr, le reçu de Safed et le billet à ordre qui mentionne notre agence.

- Oui, certainement.

Shmoulik lui montra les documents, tout en gardant sa main posée dessus comme un presse-papier.

- Pouvez-vous me laisser voir correctement, Monsieur? Votre main me gêne.

Puis comprenant le geste de Shmoulik, Avishai Blumenfeld tenta de le rassurer :

- Levy et Bronstein est une maison sérieuse, connue dans tout l'empire ottoman, en Europe et en Amérique depuis 1805. Nous avons une excellente réputation que nous ne voulons pas voir se ternir, ainsi que des clients réputés. Même les arabes préfèrent travailler avec nous.

Shmoulik ôta sa main, mais conserva une certaine méfiance. Avishai put enfin le lire correctement et faillit tomber à la renverse.

- Cinq cent mille Piastres ! Attendez Monsieur. Il faut que je vérifie dans le registre des opérations financières de l'année 1834. Attendez-moi un instant. Avec la date, l'origine et le montant, ce ne sera pas long.

- Je préférerais que vous ameniez le registre de 34 ici. Voyez-vous, j'ai totalement confiance en vous, mais je garde quand même le billet à ordre avec moi, jusqu'au règlement intégral de la somme.

Au bout de quelques minutes, qui parurent interminables pour Sarah, Avishai revint de l'arrière-salle où des employés s'activaient. Il avait en main le registre de 1834 ouvert au mois de Juin. Il ne tarda pas à retrouver l'écriture qui mentionnait l'opération:

...en date du 13 juin d'une somme d'un montant initial de 540.000 Piastres, pour élaboration d'un billet de change au porteur, évalué à 500.000 Piastres, lors de sa présentation au bureau de Jérusalem...

Après avoir noté les identités des titulaires du billet, Avishai leur proposa de repasser le lendemain à la même heure pour retirer leur argent. Shmoulik lui fit observer qu'il leur avait fixé un rendez-vous compliqué le vendredi, juste avant l'entrée du shabbat.

Avishai - C'est malheureusement pour vous le plus tôt que je puisse faire, compte-tenu de l'énormité de la somme.

Shmoulik lui expliqua qu'il était à Jerusalem pour voir ses parents et leur presenter sa femme. Il ne se voyait pas leur rendre visite les mains vides. Mais Avishai resta intraitable, arguant qu'il

ne disposait pas d'une telle somme. Alors Sarah, rebondissant sur les derniers dires d'Avishai, lui demanda
- Combien d'argent avez-vous à disposition?
Pris à ses propres mots, il hésita et balbutia :
- Peut-être 100.000 piastres.
Elle lui fit admettre, qu'en tant que représentant d'une agence réputée soucieuse de ses clients, il devait comprendre leur embarras et les aider autant que faire se pouvait. Elle lui glissa qu'ils avaient rendez vous samedi soir avec sir Moses Montefiore et qu'elle n'avait pas de robe adéquate pour passer la soirée avec Lady Judith.
- Il serait inconcevable de ne pouvoir s'offrir une tenue neuve, faute d'argent, alors qu'en réalité, nous possédons 500.000 piastres chez vous.
Avishai avait entendu le nom de Montefiore et se mit à rêver d'une collaboration plus assidue avec le célèbre mécène millionnaire. Cependant, il réitéra le fait qu'il ne possédait pas cette somme en caisse, ce jour.
- Si encore vous m'aviez prévenu la veille, il n'y aurait pas eu de problème. Et puis soyez raisonnables, vous n'avez pas réclamé votre argent depuis neuf ans et vous pestez parce que je vous demande un jour, alors que pour une pareille somme, il m'en faudrait deux normalement.
- Je ne vais pas vous raconter pourquoi tant d'années sont passées mais, ce que je peux vous dire, en revanche, c'est que vous avez travaillé avec notre argent depuis 1834. Je ne vous le reproche pas, mais j'attends de votre part une attitude plus respectueuse.
- Pardonnez-moi si je vous ai offensée, ce n'était pas mon intention. Mais pour votre argent, je ne vois pas comment je pourrais agir autrement.
- Laissez-moi vous soumettre une possibilité. Remettez-nous cette somme de 100.000 piastres en votre possession et nous passerons prendre le solde soit 400.000 piastres, non pas vendredi vers 15 heures, mais dimanche matin. Comme ça, vous aurez vos deux jours.
- Votre proposition est malheureusement impossible aujourd'hui, car pour vider l'agence de la totalité de ses fonds disponibles, il faut obligatoirement l'accord de tous les associés. Comme je vous

l'ai dit à votre arrivée, Monsieur Levy est actuellement souffrant et alité.

- Finalement, vous n'avez aucun droit discrétionnaire. Il vous faut nécessairement l'autorisation de Monsieur Levy pour toute transaction importante.

- Harold Levy et Ezequiel Bronstein se connaissaient depuis l'adolescence. Ils ont étudié ensemble à la même yeshiva. Ils se sont mariés la même année à deux sœurs. Ils ont travaillé et monté cette entreprise financière ensemble et ont toujours fonctionné comme ça, lorsqu'il s'agissait d'opérations importantes. Ils prenaient toutes les décisions ensemble et ce n'est pas parce que monsieur Bronstein est parti, que son âme repose en paix, que cela va changer.

Sarah comprit qu'Avishai était sincère. Son discours, bien que émaillé d'un léger trémolo, sonnait juste. Aussi décida-t-elle de changer de stratégie.

- Monsieur Blumenfeld,

- Je vous en prie, appelez-moi Avishai.

- Avishai, je vous crois et je vous sens sincère. Je suis persuadée que vous êtes un homme bien. Alors je vous en supplie, aidez-moi.

Avishai la dévisagea. Son regard aussi avait changé.

- Ecoutez, il y a peut-être une solution. Contrairement à ce que vous pensez, je possède un droit discrétionnaire, mais seulement jusqu'à 5.000 piastres. Je vous les donne des la signature d'une demande de prêt à court-terme de 5.000 piastres et d'un reçu de ladite somme. Vous repartez quand?

Sarah et Shmoulik se consultèrent brièvement et finirent par s'accorder.

- Mercredi matin.

- Parfait, l'agence ouvre à huit heures. Votre argent sera à votre disposition.

Shmoulik - Attendez que je comprenne bien. Vous voulez dire que vous ne nous donnerez notre argent que mercredi pour notre départ et qu'entre temps vous nous octroyez un prêt de cinq mille piastres à court terme avec intérêt, je suppose!

- Vous avez parfaitement résumé.

Shmoulik allait maugréer contre l'attitude mercantile d'Avishai, lorsque Sarah l'interrompit :

- Pourriez-vous nous annoncer le montant des intérêts et nous expliquer pourquoi vous avez prévu de faire concorder la remise des fonds avec notre départ de Jérusalem ?

- Le taux que je choisis, pour les clients de l'agence, est le taux légal à 2% par mois et non le taux usuraire à court terme qui est de 10% par mois. Soit un intérêt de 9,86 piastres au *prorata temporis* (durée prise en compte). Ainsi cette opération sera parfaitement conforme aux règles en vigueur dans notre profession.

Shmoulik - Vous voulez dire que n'importe quel bureau de change de Jérusalem ne prendra pas plus de 10 piastres pour un prêt immédiat de 5.000 piastres?

- Evidemment! A la condition, toutefois, que ce bureau dispose dans ses coffres d'une garantie de 500.000 piastres, et dans l'entretemps, il se doit de consentir un prêt client de trois jours ouvrables.

Sarah - Et pourquoi pas avant mercredi matin?

- Vous vous voyez transporter cette somme constamment jusqu'à votre départ. La famine est latente depuis la peste de 1840 et la ville est extrêmement dangereuse. Vous vous feriez voler et même trucider par des malandrins ou des coupe-jarrets.

Sarah et Shmoulik remercièrent Avishai et signèrent la demande de prêt. Ils conservaient le document initial portant sur la somme de 500.000 piastres et attendirent qu'Avishai leur remette la somme de 5.000 piastres avant d'en signer le reçu. Il leur remit deux bourses de mille piastres chacune, puis dix petites bourses de deux cent piastres, neuf boursettes de 100 piastres et enfin un boursicot contenant de la menue monnaie, *Paras et Akces* pour la valeur totale des cents derniers piastres.

Sarah - Je voudrais vous dire, avant de vous saluer, combien nous avons été sensibles, mon mari et moi, à vos conseils avisés. Vous faites honneur à votre maison et à votre profession, Avishai. Nous le dirons. À mercredi.

Une fois dans la rue, Shmoulik dit à Sarah qu'en entrant avec le fiacre par la porte de Damas (que les juifs appelaient Porte de Sichem) il pouvait, certes, rejoindre le Cardo avec sa large rue et ses colonnes romaines impressionnantes. Toutefois, il n'était pas certain de trouver un endroit non loin du logement de ses parents, pour ranger le fiacre et surtout pour faire boire et reposer le cheval.

Ses parents avaient trouvé un petit appartement à louer à côté de la synagogue de la Hurva, qui n'était toujours pas terminée, en cette fin d'année 1843, dans le quartier juif appelé aussi *La cour des Ashkénazes* depuis le XVIe siècle ou un groupe de jeunes ashkénazes s'étaient farouchement battus pour acquérir ce terrain, malgré la loi ottomane interdisant aux juifs d'acheter de la terre ou des biens à Jérusalem.

- Dans le cas où nous ne trouverions pas d'endroit possible pour le fiacre et le cheval, il nous faudra continuer à rouler vers le sud de la ville et en sortir par la Porte de Sion.

Elle lui demanda s'il connaissait l'adresse de Rabbi Moshe. Shmoulik lui confia que Rabbi Zalman Zweig lui avait indiqué une petite maison d'étude, en dehors des murailles de la vieille ville, *Tariq al KHalil* (Hebron road) derrière la piscine du sultan.

- C'est parfait, nous allons pouvoir prendre un rendez-vous avec le rabbin ainsi qu'avec Monsieur Loewe qui se trouve actuellement à la rue Mishkenot Hashana-im avec Sir Moses et Lady Judith.

Le fiacre roulait tranquillement vers le Cardo. Finalement, ils décidèrent d'aller directement au Beit-Midrash de Rabbi Moshe, afin d'essayer de prendre un rendez-vous avec lui, dimanche.

Shmoulik demanda à Sarah de l'attendre quelques minutes à l'intérieur de la voiture. Il prit une bourse contenant 1.000 piastres et entra dans la maison d'étude. Il resta debout quelques instants, sans que personne ne s'occupe de lui. Tout le monde était concentré. Des étudiants travaillaient sur un commentaire herméneutique concernant un passage du *Zohar* (Livre des splendeurs).

Au fond de la salle, Rabbi Moshe levant la tête, lui fit signe de le rejoindre d'un geste de la main. Il lui enjoignit de s'asseoir et, d'un autre geste avec ses doigts, lui fit comprendre qu'il serait à lui sous peu. Un étudiant pratiquait avec son aide, une exégèse d'une citation du *sefer ha-Bahir* (ouvrage de kabbale médiévale gnostique).

Quelques minutes plus tard, il se leva et l'entraîna dans un petit bureau rempli de morceaux de parchemins et de livres rares de kabbale, quasiment tous manuscrits.

- Que puis-je faire pour vous, mon jeune ami?
- Appelez-moi Samuel, Rabbi Moshe.
- Parfait, mais vous n'avez pas répondu à ma question, Samuel.

- Voilà, je suis enseignant à la yeshiva du ARI à Safed que vous avez honoré de votre présence, il y a deux semaines, à l'invitation de Rabbi Zalman Zweig. D'après ses dires vous avez été impressionnant. Malheureusement je n'ai pu y assister pour cause de mariage, d'autant que j'aurais souhaité vous parler après votre cours, alors j'ai attendu mon voyage de noces pour venir vous voir.

- Tout d'abord, permettez-moi de vous dire Mazal tov. Maintenant que vous vous êtes présenté, dites-moi ce que vous voulez exactement.

- J'ai besoin de votre aide pour retrouver un dossier et puis, je voudrais savoir si le fils de Rabbi Yehuda de Volozin, est toujours vivant.

- Un dossier perdu, je comprends. Mais quel est votre rapport avec Rabbi Yehuda?

- Eh bien, j'ai épousé sa filleule et puis Rabbi Yehuda est en mauvaise santé. Il n'a ni frère, ni fils pour réciter le kaddish quand il sera parti. D'un autre côté, sans nouvelles de lui pendant six ans, ses parents le croyant décédé, prient pour le repos de son âme. Nous leur avons exprimé notre réprobation amicale et ils ont accepté de remplacer leurs prières de deuil, par des prières d'espoir. Mais comment savoir s'il est mort, s'il est en fâcheuse posture, ou s'il n'a simplement pas les moyens de revenir d'Amérique. Je n'ai rien voulu dire au Rabbi, mais j'ai fondé mes derniers espoirs sur vous, lorsqu'on m'a rapporté votre démonstration magistrale à la yeshiva.

- Ecrivez sur ce papier toutes les informations nécessaires à la récupération du dossier perdu s'il existe encore, principalement le nom de celui qui l'a rédigé, la date et l'endroit où il devrait être, éventuellement de quoi il parle. Et puis, les noms complets du garçon, et de sa mère ainsi que l'endroit où il devrait se trouver.

- Quand devons-nous revenir?

- Demain à midi. Je vous donnerai les résultats de mes recherches.

- Vous voulez dire que vous n'avez pas besoin de nous pour pratiquer vos expériences?

- Non, je les ferai avec mes étudiants.

Shmoulik nota avec précision, les informations demandées et lui tendit le papier. Puis il sortit la bourse de 1000 piastres qu'il avait préparée et la remit à Rabbi Moshe.

- Quelques soient les résultats, tenez! C'est pour votre centre d'étude.

- En mon nom et au nom de tous les étudiants, je vous remercie. A demain.

Shmoulik était radieux lorsqu'il monta dans le fiacre. Ce qui n'était pas le cas de Sarah, mécontente d'avoir attendu aussi long-temps. Shmoulik lui raconta l'entrevue et lui proposa de battre le fer tant qu'il était chaud en allant, dès maintenant, deux rues plus loin prendre rendez-vous avec les Montefiore. Sarah acquiesça mais à la condition de ne pas avoir à l'attendre dans la voiture.

Le majordome laissa Shmoulik et Sarah sur le pas de la porte, arguant qu'ils n'avaient pas rendez-vous et que, de toute façon, Sir Moses et Lady Judith Montefiore ne rentreraient que très tard dans la soirée, voire demain.

Shmoulik répondit avec humour

- Ça tombe bien! Ce soir, nous étions déjà engagés.

- Laissez-moi votre nom et je le transmettrai à Monsieur Loewe.

- C'est parfait, transmettez à Monsieur Loewe que Monsieur et Madame Danilovitch ont un pli cacheté à remettre en main propre à Sir Moshe Haïm Montefiore, de la part de Rabbi Shmuel Heller disciple et successeur au Rabbinat de Safed de Rabbi Avraham Dov d'Obruch, et que nous passerons demain en fin de matinée pour savoir si cela sera possible de les rencontrer à l'heure qui leur conviendra, dimanche, lundi ou mardi. Nous n'en n'aurons, de toute façon, pas pour bien longtemps.

Le Majordome prit le temps de noter tous les éléments dictés par Shmoulik.

- Voilà, je préfère être précis. Je vous promets que ce sera fait Monsieur. Vous savez, j'ai des ordres très stricts de la part de Monsieur Loewe. Il y a tellement de gens qui viennent solliciter Sir Moses Montefiore, que s'ils ne sont pas attendus, je ne dois laisser entrer personne.

- Nous comprenons fort bien. Alors, demain, sur ce même pas de porte.

Sarah - Allons rencontrer tes parents. Mais auparavant, je tiens à acheter des victuailles, des parfums et un tas d'autres choses.

- Il y a plusieurs échoppes au Cardo. Tu pourras y trouver toutes sortes de souvenirs mais pourquoi également des victuailles?

- Tes parents ont-ils eu vent de notre présence à Jérusalem et savent-ils que nous allons passer le shabbat chez eux?

- Non, bien sûr. Comment voudrais-tu qu'ils l'aient su?

- Eh bien, je veux les mettre à l'aise. N'oublie pas que la journée est déjà bien avancée et que demain shabbat rentre très tôt.

- De plus, c'est vrai qu'ils ne sont pas très argentés.

- Ne t'inquiète pas, nous allons y remédier.

- Si tu n'étais pas ma femme, je t'epouserais sans hésiter.

- Tu es trop bon. Et pour quelle raison dis tu ca?

- Ma foi, tu es un bon parti, riche et généreuse.

- C'est tout ?

- Oui, je ne vois pas autre chose. Mais tu sais, c'est déjà pas mal.

- Si tu veux me faire comprendre que si je devenais pauvre, je ne t'intéresserais plus, je préfère te laisser rendre visite à tes parents, seul sans ton coffre.

- Je plaisante ma chérie. Tu es la plus belle chose qui ne me soit jamais arrivée. Souviens-toi des conditions dans lesquelles nous nous sommes rencontrés. Alors si ça, ce n'est pas l'expression évidente d'un chiddoukh divin... Je t'aime, Sarah et l'argent n'y est pour rien. Quoi que...

Et il se mit à rire, prenant dans son flanc, un énorme coup de coude de Sarah.

Le fiacre était arrivé, tant bien que mal, au Cardo. L'artère était bondée. Shmoulik plaça comme il put le fiacre dans un renfoncement. Mais le cheval, apeuré par la foule, montrait des signes inquiétants. S'il se cabrait et arrachait son attache, il pourrait blesser un nombre incalculable de promeneurs et faire des dégâts considérables. En désespoir de cause, Shmoulik proposa à Sarah de descendre faire les achats de son côté. De son côté, il tenterait de trouver un endroit calme pour le fiacre et le cheval et la rejoindrait pour l'aider à porter les achats. Au moment où Sarah allait descendre de la voiture, une porte s'ouvrit laissant apparaître une cour intérieure menant à une institution religieuse. Un homme en sortit. Shmoulik eut la présence d'esprit de lui demander s'il connaissait un endroit pas trop éloigné où il pourrait laisser le fiacre et le cheval quelques instants. L'homme parut amusé et sourit:

- Vous n'êtes pas de Jérusalem n'est-ce pas?

- Non, effectivement. Pourquoi ? Ça se voit tant que ça?
- Les habitants d'ici savent très bien qu'on ne vient jamais avec un équipage, le jeudi soir au Cardo.
- Je m'en rends compte en effet, mais vous n'avez pas répondu à ma question.
- Prenez la rue du calife Omar, à gauche. Et à une centaine de mètres, vous trouverez un espace arboré où se situait un édifice vétuste qui n'a pas résisté au séisme.

Ils lui demandèrent si une jeune personne serait d'accord pour garder le fiacre pendant qu'ils faisaient leurs achats moyennant rétribution. L'homme leur apprit qu'il s'appelait Yaacov, qu'il était le fils du directeur de l'institution et que, s'ils n'en avaient pas pour très longtemps, ils pourraient installer leur équipage dans la cour centrale et qu'il le ferait garder, mais pas plus d'une heure. Ils le remercièrent chaleureusement et allèrent déposer le fiacre et le cheval dans la cour.

Les boutiques etaient pleines de gens qui y faisaient leurs courses pour le shabbat. Sarah demanda à Shmoulik de s'occuper d'acheter toutes les provisions nécessaires à l'élaboration d'un repas tel que sa mère lui préparait, au plus loin que remontaient ses souvenirs. Pendant ce temps, elle choisirait les parfums, foulards et souvenirs qu'elle trouverait dans le grand bazar qui répondait au nom évocateur de *"Soirs de Paris"*. Ensuite, ils se retrouveraient à côté du fiacre.

Shmoulik revint moins d'une heure plus tard. Yaacov discutait avec une personne plus âgée, son père peut-être? Cependant, la différence de tenue et de maintien était suffisamment éloquente pour qu'il comprenne qu'il ne s'agissait pas de son père. Cet homme âgé ne pouvait pas non plus être un étudiant. Par ailleurs, il ne reflétait en rien le classicisme qui sied aux professeurs. Alors avec qui parlait-il ? Soudain, Yaacov aperçut Shmoulik et le rejoignit.

- Vous êtes dans les temps. Votre femme n'est pas avec vous?
- Je ne sais pas si vous connaissez une femme à l'heure quand elle choisit des cadeaux et des parfums.
- Si, mais seulement au début du mariage.
- Nous nous sommes mariés, il y a douze jours.
- Vous êtes restés longtemps promis ?
- Nous nous sommes vus pour la première fois il y a 15 jours.

- Vous vous moquez de moi ?
- Non, c'est la stricte vérité.
- Mais alors, il devait y avoir un problème quelconque. Qui a organisé le shiddoukh?
- Dieu.
- Vous voulez dire ? Vous seuls?
- Si vous estimez que Dieu n'existe pas, alors oui. D'autres appellent ça un coup de foudre, mais dans les deux cas, ça vient du ciel.
- Je vous en prie, racontez-moi. Ne me laissez pas sur ma faim. D'ailleurs, votre femme n'est toujours pas arrivée.

Shmoulik narra succinctement le drame vécu par Sarah.

- ... et lorsque nous nous sommes vus, nous avons immédiatement compris que nous étions fait l'un pour l'autre. Deux jours plus tard, nous étions mariés. Aujourd'hui, je suis avec elle à Jérusalem pour la présenter à mes parents très âgés qui n'ont pu faire le déplacement pour le mariage. Ah! Voilà Sarah...
- Je suis désolée. J'ai fait au mieux, mais il y avait beaucoup de monde.
- Ce n'est pas grave. Je n'ai pas vu le temps passer, nous discutions en vous attendant.
- Dites-moi, je vous ai vu parler avec un homme d'un certain âge, quand je suis arrivé. Qui était-ce?
- Ah c'est Rahamim, le gardien de l'institut. Je lui donnais des instructions vous concernant, au cas où vous arriveriez en retard et que je ne sois plus là. Mais ça n'a plus d'importance, puisque vous êtes arrivés avant que je ne parte.
- Vous voulez dire que Rahamim dort ici?
- Oui, il a une logia.
- Ecoutez, j'ai une proposition à vous faire.
- Vous me faites peur !
- Écoutez d'abord, vous verrez bien. Nous avons besoin d'un endroit calme pour notre fiacre et notre cheval. Le shabbat et les nuits de samedi, dimanche, lundi et mardi. Nous repartirons, si Dieu veut, à Safed mercredi matin. En fait, hormis le shabbat, nous prendrons le fiacre des le matin, avant que tout le monde n'arrive, et nous le ramènerons le soir quand tout le monde sera parti. De sorte qu'il ne gêne personne.

Parallèlement, nous faisons un don de deux cent piastres pour l'institut. Ainsi qu'un bonus de soixante piastres pour Rahamim qui de temps à autre veillera sur le cheval.

- Normalement, cette décision incombe à mon père. Cependant, comme il ne reviendra que dimanche et que l'institut est fermé le shabbat, pour ce qui me concerne, je suis d'accord jusqu'à dimanche dans un premier temps. Pour le reste, je verrai avec lui quand il rentrera. Il ne reste plus qu'à convaincre Rahamim.

Le bonus de 60 piastres s'avèra être un argument décisif. Rahamim posa, malgré tout, deux questions importantes. Qu'en était-il de l'alimentation et de ses crottins? Parce que dans la cour, ça fera mauvais effet. Shmoulik fit comme si ces questions ne le gênaient pas le moins du monde, plus encore et fit comme s'il les attendait.

- Pour l'alimentation du cheval, nous nous en chargerons dans la journée et nous apporterons un ballot d'avoine ainsi que deux sacs de pommes et de carottes pour le shabbat ou pour le calmer s'il en était besoin. Pour les crottins, nous déposerons des sacs de jute à accrocher, au-dessus de la queue. Le reste se nettoie au jet d'eau.

- Bien, ça devrait aller comme ça.

- Nous reviendrons demain matin récupérer notre équipage.

- Au revoir…

- Au fait, mon nom est Samuel. A dimanche Yaacov, et à demain Rahamim.

*

Ils prirent tous leurs achats et remontèrent la rue jusqu'à l'appartement des parents de Shmoulik.

A travers la porte, une voix frêle avec un accent reconnaissable entre tous, demanda:

- Qui est là ?

- C'est moi Maman, Shmoulik.

Sa mère ouvrit la porte et le prit dans ses bras en criant:

- Shmoulik, mon enfant. Menahem, c'est Shmoulik !

Shmoulik s'approcha du lit de son père, les larmes aux yeux et l'étreignit. Il lui passa délicatement sa main sur l'arrière de son crâne, lissant affectueusement ses cheveux blancs et clairsemés.

- Vous m'avez tant manqués. Comment te sens-tu Papa ?
- Shmoulik, mon fils. Si tu savais comme je suis content de te voir.
- Je te l'avais bien dit, Menahem, qu'il allait bientôt venir nous voir.
- Qui est venu avec toi, mon garçon?
- Je vous présente Sarah, mon épouse. Nous nous sommes mariés, il y a moins de deux semaines, et je suis venu pour vous la présenter et recevoir ta bénédiction, Papa.

Menahem Danilovitch, pleurant d'émotion, prit la tête de son fils unique entre ses mains et le bénit. Puis, il fit signe à Sarah d'approcher. Il sépara ses mains et posa la droite sur la tête de Shmoulik et la gauche sur celle de Sarah, et leur prodigua des bénédictions propres aux mariés.

"Par le mérite de nos sages, Bénis-les Seigneur, Roi de l'univers.
Bénis leur union et ouvre leur les portes de la richesse, de la réussite, du savoir. Amen
Que la paix réside toujours dans leur maison et la sérénité dans leur couple.
Qu'ils soient épargnés du mauvais oeil et de la médisance
Qu'ils bénéficient d'une santé de fer, par le mérite des Imaotes (Matriarches), (En plaçant leurs acrostiches comme suit: Bilhah, Rachel, Zilpa et Leah on obtient le mot BARZEL qui signifie FER en hébreu). Que leur maison soit toujours pleine et qu'ils ne manquent jamais de rien. Qu'ils puissent avoir une nombreuse progéniture qu'ils verront grandir et qui sera élevée de génération en génération dans la voie de la Torah."

Cette bénédiction avait réjoui mais également attristés les jeunes mariés car ils avaient remarqué que cet effort l'avait littéralement épuisé. Ce qui en disait long sur son état de santé.
- Laissez-le se reposer quelques instants, les enfants.
Zeitl Danilovitch les attira dans la cuisine et leur parla à voix basse.
- Menahem est usé. Il ne se lève plus depuis quatre ans, maintenant. Il commence à avoir des escarres et se sent inutile, voire encombrant. Cela nuit à son moral et j'ai peur qu'il ne se laisse mourir.
- Que disent les médecins ?

Ils disent qu'il n'y a rien à faire. Il a 71 ans... bientôt 72. Sa colonne vertébrale est atteinte, ce qui le fait énormément souffrir. D'ailleurs, ils ne lui donnent pas de médicament pour le soigner, mais uniquement pour calmer la douleur.

- Que lui donnent-ils comme calmant? Demanda Sarah.

- L'apothicaire lui prépare un philtre à base de morphine, prescrit par son médecin.

- Et toi Maman, comment vas- tu ?

- Pour le moment, ça va, grâce à Dieu. L'air de Jérusalem est très bon pour moi en ce mois de novembre, moyennement ensoleillé le jour et plutôt frais le soir.

Sarah lui tendit un très élégant châle en soie.

- Tenez madame Danilovitch, c'est pour vous.

- Oh! C'est gentil, il ne fallait pas.

- Maman, où puis-je mettre les courses?

- Pourquoi as-tu fait les courses, Shmoulik ?

- Parce que nous allons rester quelques jours avec vous et comme nous arrivons à l'improviste la veille de Shabbat, nous avons pensé, Sarah et moi, qu'il serait plus judicieux de venir chargés.

- Oh Shmoulik, cela me gêne !

- Mais il ne faut pas. D'ailleurs, je vais te mettre à contribution.

- Laisse-moi deviner. Tu veux que je te prépare ton plat préféré.

- Il y a longtemps que je n'ai pas goûté ta délicieuse soupe de poulet.

- Avec plaisir Shmoulik, et pour samedi midi, je vous préparerai un *cholent* à ma façon

- Je suis si heureux de venir vous rendre visite avec ma femme. J'espère que vous vous entendrez bien et que tu accepteras de lui transmettre quelques-unes de tes recettes.

- Sa mère ne lui a donc rien appris? Parle-moi de Sarah, que je la connaisse un peu mieux.

- Je l'aime, maman. C'est la femme de ma vie.

- Tu n'es marié que depuis deux semaines et tu l'aimes déjà? Qui te l'a présentée?

- Je l'ai aimée au premier regard et elle également. Nous avons eu un coup de foudre. Quant a ta question sur qui me l'aurait présentée. Personne, enfin personne d'humain.

- Qu'est-ce que tu racontes Shmoulik? En tout cas, j'espère que votre coup de foudre ne déclenchera pas un incendie. Il risquerait de consumer votre amour aussi vite qu'il a commencé.
- Bon, je vois. Puisque la tradition est toujours enracinée en toi, je vais te dire la vérité. C'est un excellent parti comme tous les hommes rêvent de se voir proposer un jour. Imagine, elle est magnifique, originaire de Lituanie, immensément riche, propriétaire de plusieurs maisons. Et, de surcroît, je n'ai pas de belle-mère.
- Voila! Je comprends mieux. Tu as tellement attendu à cause de nous, Shmoulik. Il était normal que tu sois récompensé. Mais dis-moi elle n'a plus son père non plus ?
- C'est une longue histoire, maman.
- J'ai hâte de l'entendre.
- Eh bien, elle te la racontera elle-même, pendant ce Shabbat si tu veux bien.
- C'est parfait. Ton père pourra l'entendre aussi.
Sarah qui avait fini de préparer l'ancienne chambre de Shmoulik, avait entendu une grande partie de leur discussion et riait sous cape. Lorsqu'il apparut, elle prit un air vexé et lui dit:
- Alors tu persistes ! C'est uniquement parce que je suis un bon parti que tu m'as épousée?
 Cueilli à froid, Shmoulik rougit puis se reprenant :
- A ce que je sache, lorsque je t'ai demandé en mariage, tu n'avais rien!
- Je le sais bien mon Schmoll, je plaisantais. Allez viens, ton père se repose et ta mère est dans la cuisine. Retirons-nous dans ta chambre, nous avons besoin de nous reposer également.
Une heure plus tard, Zeitl les appela pour le dîner. Menahem était réveillé. Sa femme lui avait apporté un plateau jusqu'à son lit. Pendant le repas, Zeitl ne put s'empêcher de questionner Sarah sur sa famille, sans attendre Shabbat comme l'avait suggéré Shmoulik.
- Il paraît que vous n'avez plus vos parents. Qu'est-ce qui s'est passé?
- Toute ma famille a été massacrée, le premier soir du pogrom de Safed en 1834. D'autres questions, Zeitl? Du genre, comment ai-je pu échapper à ce massacre? Où me suis-je réfugiée? Ou peut-être comment ai-je rencontré votre fils? Shmoulik m'avait suggéré de raconter ma douloureuse histoire samedi après-midi.

Nous aurions eu le temps de nous connaître, de bavarder un peu, en vous considérant, comme la mère que j'ai perdue et vous comme la fille que vous n'avez pas eue. Mais vous n'avez pas su attendre, n'est-ce pas?

- Ne vous énervez pas comme ça Sarah. Je suis la mère de Shmoulik. J'ai bien le droit de savoir qui est la femme de mon fils, après-tout?

- Pourquoi? Je vous ai entendue tout à l'heure poser la question à Shmoulik. Et dès qu'il vous a dit que j'étais un bon parti, ça vous a visiblement rassurée.

- Bon Sarah, calme-toi chérie. Ma mère ne s'attendait certainement pas à une disparition aussi effroyable de tes parents. Pour le reste, j'arrive après plusieurs mois, en leur annonçant que je suis marié avec toi depuis moins de deux semaines. Avoue qu'il y a de quoi être surpris. Crois-moi, Sarah'le, il n'y a aucune curiosité malsaine, juste la curiosité d'une mère juive.

Sarah se ressaisit, s'excusa de son emportement et prétexta avoir du mal à raconter encore et encore le drame qu'elle avait vécu, jusqu'à sa sortie, jour béni où elle avait rencontré Shmoulik. Ce fut un veritable coup de foudre et ne s'étaient plus quittés depuis. Rabbi Yehuda de Volozin en personne, les avait mariés devant plus de cent invités… Toutefois, elle tint à préciser qu'ils étaient tous deux très pauvres lorsqu'ils s'étaient rencontrés. La bonne nouvelle, c'est qu'elle avait retrouvé un acte de propriété ainsi qu'une lettre de change d'un montant de 500.000 milles piastres, laissés à sa disposition à Jérusalem dans la veste de son défunt père.

Menahem - Ma pauvre enfant, comme tu as souffert. Je suis atterré par tant de malheurs. Je suis heureux que Shmoulik et toi vous soyez rencontrés. Bienvenue dans la famille, Sarah.

Zeitl - Le drame que tu as vécu est si difficile à entendre que je réalise maintenant combien il a dû être pénible à raconter. Pardonne-moi Sarah de t'avoir quelque peu forcée à le revivre sans que tu t'y sois préalablement préparée.

Sarah - Ne vous inquiétez pas. Je suis également désolée et vous prie d'excuser mon emportement. Vous savez, pour être totalement honnête, le fait de revivre ce drame autant de fois, depuis deux semaines, m'a permis de faire rejaillir des souvenirs, jusque-là refoulés. En narrant mon histoire de manière spontanée, j'exhume un tas de détails que j'avais inconsciemment enfouis en les recouvrant d'une épaisse chape de déni, certainement par autoprotection.

Après avoir fait plus ample connaissance, ils mangèrent et se couchèrent rapidement pour être en forme le lendemain.

A l'aube, Shmoulik se leva, fit ses ablutions et après s'être rapidement préparé, il se rendit prier vers la Synagogue de la *Hurva* qui était toujours à l'état de ruine, bien que sir Moses Montefiore essayait de récolter les fonds nécessaires à sa reconstruction. La communauté Ashkénaze des *Perushim* (Pharisiens) et des *Mitnagdim* (Opposants), forte de près de mille cinq cents âmes, avait cependant réussi à construire en 1837 une petite synagogue dans la cour de la *Hurva* qu'ils nommèrent *Menahem Zion* en hommage à deux Lituaniens, Rabbi Menahem Mendel initiateur du projet de reconstruction de la *Hurva* et Zalman Zoref qui tenta d'amener le projet jusqu'à son terme. Malheureusement, il avait été assassiné en 1837 avant d'y parvenir.

Plus tard, Shmoulik et Sarah se dirigèrent vers l'institution située à quelques deux cent mètres en contrebas, afin de récupérer leur voiture et prirent la direction de l'hôtel particulier des Montefiore. Shmoulik se présenta, seul, à l'entrée de l'imposante demeure. Le majordome le reçut aimablement cette fois et lui fit savoir que, malgré un emploi du temps extrêmement chargé, Monsieur Loewe lui ferait l'honneur de le recevoir en séance privée aujourd'hui à 15 heures précises. Il lui signifia cependant, d'éviter d'être en retard, ce rendez-vous ayant été glissé entre deux autres, au dernier moment, à la hâte dans l'unique but d'être agréable au Rabbi Shmuel Heller, successeur de son grand ami, le regretté Rabbi Avraham Dov d'Avruch.

Shmoulik resta pensif un court instant.

- Si vous êtes occupé, Monsieur Loewe ne pourra pas vous recevoir avant la semaine prochaine.

- Non non, c'est parfait. Alors à tout à l'heure 15 heures précises.

- A tout à l'heure, Monsieur.

Shmoulik mit Sarah au courant de l'horaire, pour le moins inhabituel, du rendez-vous avec Louis Loewe, le secrétaire particulier et ami de sir Moses Montefiore.

- Eh bien, au moins ça sera fait.

- Allons chez Rabbi Moshe el Derhi. Il doit nous attendre.

- Nous?
- Non, c'est une façon de parler. Personnellement, ça ne me dérangerait pas plus que ça. Mais, je pense que tu serais gênée d'être la seule femme dans un Beit Midrash composé uniquement de religieux.
- Ah bon, c'est pour moi ! Si ça n'a rien à voir avec la tradition orthodoxe, alors je vais avec toi.
- D'accord, c'est eux qui seront gênés. Surtout le Rabbi! Ce que tu peux être pénible parfois.
- Il te l'a dit?

Shmoulik ne répondit pas et entra dans la maison d'étude. Sarah se mit à rire discrètement. Puis, elle lui lança :
- C'est bon, ne t'inquiète pas. Je t'attendrai dans la voiture.

Shmoulik - Bonjour Rabbi. Il n'est pas trop tôt, j'espère.

Rabbi Moshe - Non, pas du tout. Je me suis occupé de toi, hier soir. D'ailleurs, je t'attendais. Voila, j'ai tout consigné dans cette enveloppe que tu pourras remettre à Rabbi Yehuda en main propre. Pour information, il est bien vivant, après ce n'est plus de mon ressort. Puis il ajouta, en souriant, un énigmatique "du moins pour le moment".

Shmoulik - Et pour le dossier?

Rabbi Moshe - Muhammad Bey est apparu et m'a indiqué l'endroit précis où il l'avait caché. Il est inscrit sur un papier que j'ai placé également dans l'enveloppe.

Shmoulik - Merci beaucoup Rabbi. A une prochaine fois. Shabbat shalom.

Rabbi Moshe - Shabbat shalom. Saluez Rabbi Yehuda pour moi.

Shmoulik sortit rapidement en souriant et retrouva Sarah, tout aussi souriante.
- Que se passe-t-il?
- Rien. Je suis heureuse que tout se soit bien passé et que je n'ai pas eu à attendre bien longtemps.
- C'est ton intuition proverbiale qui te fait dire ça?
- Non, c'est ton sourire.
- Tu avais raison, Sarah'le. Yossef est bien vivant. Quant à l'endroit où le gouverneur avait caché le fameux dossier, nous le saurons en ouvrant l'enveloppe.

- Je ne sais pas exactement pourquoi, mais j'en étais certaine. Nous ouvrirons l'enveloppe chez tes parents. Mais d'abord, dirigeons nous vers *Bab el Houta*. Je veux faire un cadeau à ton père.

- C'est gentil, mais que veux-tu acheter et pourquoi là-bas?

- C'est une surprise.

- Mais ce n'est pas à moi que tu fais un cadeau. Et puis peut-être penses-tu avoir une idée qui lui plaira. Mais le connaissant mieux que toi, je pourrais être de bon conseil.

- Tu m'as convaincue. Eh bien, je souhaite lui offrir une *Bath Wheelchair*. En d'autres termes, un fauteuil roulant.

- Comment sais-tu qu'ils ont ce genre de chaise là-bas? D'autant que tu n'es jamais venue à Jérusalem.

- Quand tu étais dans le Beit Midrash, j'ai aperçu un *Avreh* (Étudiant en théologie) qui arrivait dans un fauteuil roulant. Je lui ai demandé où je pouvais me procurer ce genre de chaise. Il m'a gentiment indiqué l'adresse de la boutique où il l'avait achetée ainsi que le nom de ce fauteuil à roulettes.

Ils entrèrent dans une boutique qui semblait être un mini bazar au point que Sarah s'interrogea sur la possibilité de s'être trompée de magasin. Elle s'en ouvrit à Shmoulik qui décida d'en avoir le cœur net, sans attendre.

- Bonjour Monsieur. Dites moi, auriez-vous des *Bath Wheelchairs*, s'il vous plaît ?

- Il ne m'en reste plus Monsieur, désolé. Mais je peux vous en commander une si vous le souhaitez?

- Cela prendrait combien de temps?

- Ça dépend, entre quatre et six mois.

- Autant que ça?

- Vous savez, ces chaises modernes sont fabriquées à Bath en Angleterre. Nous ne sommes qu'un minuscule commerce dans une ville, certes renommée, mais qui n'en reste pas moins une ville provinciale et arriérée pour cette manufacture. Nous n'avons pas de comptoir à Londres pour commander la marchandise et régler la facture. Après, il faut savoir s'ils en ont encore en stock ou si elles sont en fabrication. Ensuite, il faut les acheminer jusqu'à Douvres, faire examiner et tester la marchandise, attester qu'elle est conforme à la commande et attendre qu'un navire marchand appareille pour la Palestine. Enfin, les dédouaner à Acre et faire vérifier en douane que la marchandise n'a pas été détériorée durant le voyage et assurer son transport jusqu'à Jérusalem.

- Ça va j'ai compris. N'auriez-vous pas un modèle moins récent à trois roues?

- Ah! Celui qui avait été fabriqué en Allemagne, avec une manivelle devant pour l'actionner? Non Monsieur. Mais j'ai eu une *Merlin chair*.

- Dites-moi, pouvez-vous m'expliquer pourquoi une boutique comme la vôtre, qui entre-nous est un petit bazar sans envergure, est spécialisée dans ce genre d'articles?

- Mon père est paralysé depuis 1834. Il a reçu une poutre qui lui a pratiquement sectionné la colonne vertébrale lors du tremblement de terre de Jérusalem. Il ne pouvait plus se tenir debout. C'est pour lui que j'ai importé une *Merlin chair*, il y a environ douze ans. Par la suite, son état a empiré. Il n'avait même plus la force de tourner la manivelle. Alors, j'ai importé la *Bath Wheelchair* et j'ai placé l'ancien modèle au magasin. Vous me croirez si vous voulez, mais il s'est vendu dès le lendemain. Alors depuis, opportunément, je suis devenu le magasin le plus spécialisé dans ce genre d'articles de toute la Palestine.

Avant de songer à se retirer, Sarah prit le relais de son époux :

- Monsieur. Vous dites "opportunément" comme si vous vouliez mettre en exergue vos qualités de marchand, alors qu'au travers du discours que vous avez tenu, je n'ai entendu qu'un fils aimant et respectueux. Bien le bonjour à votre père, il peut être fier de vous. Shabbat Shalom.

Visiblement touché par les paroles de Sarah qui l'avait percé à jour, le marchand tenta de les retenir

- Pourriez-vous me dire pour qui vous vouliez acheter un fauteuil roulant car, pour un homme ou une femme. Ce n'est pas le même poids de machine.

- Quelle importance? Puisque vous n'en avez pas et que nous ne pouvons pas attendre six mois, d'autant que nous sommes de Safed.

- Attendez, vous n'êtes pas comme mes clients habituels. Avant que je vous dise que je n'en possédais plus, vous n'avez à aucun moment demandé le prix de la chaise, afin de le discuter. Écoutez, c'est difficile à dire mais je ressens chez vous beaucoup d'humanité. Dites-m'en plus, je vous en prie.

- Je suis orpheline depuis le pogrom de Safed de 1834. Après moult péripéties, je me suis mariée avec Shmoulik. Son père n'a pu se déplacer à Safed pour lui donner sa bénédiction à *la Teva* (l'autel). Shmoulik tenait à me présenter à ses parents. Nous sommes donc venus à Jérusalem pour les rencontrer. J'ai entendu les soupirs que son père ne faisait plus et j'en ai conçu un immense chagrin. Il y a une heure, j'ai aperçu un avreh sur un fauteuil roulant entrer au Beit-Midrash de Rabbi Moshe el Derhi et je lui ai demandé de me communiquer l'adresse ou il l'avait acheté.

Alors, j'ai eu une idee folle, je l'avoue. J'ai rêvé que Shmoulik irait à la synagogue ce soir, accompagné de son père pour la première fois depuis des années.

Shmoulik avait les larmes aux yeux.

- Je vous assure que je n'étais pas au courant du motif de l'achat.

Le marchand était également très ému.

- Vous savez, Madame, que votre idee n'était pas si folle finalement.

- Comment ça ?

- Voyez-vous , mon père s'est tellement affaibli qu'il n'a plus l'usage de cette chaise depuis plus de deux ans aujourd'hui. Pourtant, je n'ai jamais voulu m'en séparer. C'eût été pour moi, dramatique de faire ce geste qui aurait paru être le signe d'un renoncement. Tirer un trait sur une hypothétique amélioration de son état était jusqu'à l'instant présent impensable. Alors si vous la voulez absolument, je vous la vends. Ce fauteuil est vendu neuf au prix de 3600 piastres.

Décontenancés par ce retournement de situation, Sarah et Shmoulik restèrent un moment sans voix. Puis, Sarah reprit ses esprits et lui fit remarquer qu'ils allaient devoir se comporter comme des clients habituels et discuter son prix, comme c'est la coutume dans tout l'empire Ottoman.

- Je ne donnerais pas de prix. Faites-moi une offre et je vous dirai si je suis d'accord. Cependant, sachez que la *Bath Wheelchair* est comme neuve, d'abord parce que je l'entretiens régulièrement, ensuite parce qu'elle a très peu servi. En outre, je suis le seul à les importer en Palestine. Maintenant, faites-moi votre offre.

- Je considère que cette chaise n'est pas neuve et qu'elle a malgré tout servi à votre père. Aussi, nous vous proposons une somme cash de 1.500 piastres qui tient compte de sa vétusté et d'un bénéfice substantiel que vous feriez en vendant un appareil d'occasion.

- Vous savez que maintenant que je me suis décidé, je pourrais même en ne la vendant qu'à 50% , avec une estampille "Occasion", en tirer 1.800 piastres.

- Bien que je trouve mon offre tout à fait honnête, elle n'est justifiée que par les éléments que vous nous avez transmis. Toutefois, nous ne sommes pas à des années-lumières. Alors si vous tenez à ce prix, nous vous le donnerons.

- 1.650 piastres, pour le plaisir de négocier. Ça vous va?

- Affaire conclue.

- Accordez-moi quelques minutes. Entretemps, préparez-moi la somme. Je vais la chercher. Je ne serais pas long. J'habite juste à côté.

Un peu plus tard, le marchand apporta l'appareil. Il était étincelant et paraissait comme neuf. Shmoulik lui remit 1.650 piastres. Ils chargèrent la machine à l'arrière du fiacre, se souhaitèrent un bon Shabbat et se quittèrent.

Il était à peine midi. Shmoulik et Sarah se demandaient s'il valait mieux rentrer et déposer la chaise puis ressortir récupérer leur fiacre et attendre 14h30 pour se rendre à leur rendez-vous ou plutôt rester dans le quartier de *Bab el Houta,* quartier juif de la ville, toujours pittoresque, bien que nettement moins prospère et peuplé qu'auparavant. Ils pourraient cependant y déguster la plus répandue des spécialités de tout l'empire ottoman, un délicieux *shawarma* d'agneau (sandwich pita composé de morceaux de viande rôtie placés en tranches sur une broche tournante, et coupés au couteau, salade et tahini) ou l'incontournable *falafel* (boulettes de pois-chiches frites, et salade fraîche, piment et Tahini dans une pita).

Shmoulik proposa de manger juste un falafel. Il considéra tout bien réfléchi que le vendredi midi ne devait pas se composer d'un repas riche en viande par respect et considération pour les repas de Shabbat, notamment celui du vendredi soir. Sarah accepta volontiers ce repas végétarien en se promettant toutefois, de goûter un bon shawarma dans un avenir proche.

Le rendez-vous de 15h était vraiment très mal placé. Il les obligerait à rentrer à vive allure, avec le risque évident de renverser un passant distrait. Il ne leur laissait que très peu de temps pour se préparer pour le Shabbat, pour préparer également Menahem, psychologiquement et physiquement, à sortir de chez lui pour se rendre à la schule. Bref, c'est comme si ce rendez-vous avait été fixé par une personne qui ne désirait pas réellement les recevoir, ou alors vraiment très brièvement, et encore.

D'ailleurs, à la réflexion, l'intérêt de cet entretien avec un homme qui ne leur accorderait que quelques minutes, en regardant certainement sans cesse sa montre à gousset, leur semblait de moins en moins nécessaire. Certes, ils s'étaient engagés auprès de Rabbi Shmuel Heller de lui remettre un pli. Essayer de convaincre Sir Moses Montefiore d'intervenir pour rapatrier Yossef n'était pas gagné d'avance et dépendait de la réponse de Rabbi Moshe el Derhi.

Ils décidèrent de ne pas attendre plus longtemps et d'aller immédiatement remettre le pli à Sir Moses, à Louis Loewe ou même au majordome, s'il le fallait. Après, ils seraient libres et auraient mené à bien tout ce pourquoi ils étaient montés à Jérusalem, et cette idée les remplissait de joie.

Ils firent tinter la clochette de la porte d'entrée de la demeure des Montefiore et attendirent. Après un long moment, la porte s'ouvrit enfin. Un employé de maison, un peu pincé, leur demanda ce qu'ils voulaient. Shmoulik s'avança.

- Bonjour, nous voudrions parler à votre majordome.

- Il n'est pas disponible en ce moment, Monsieur.

- J'en suis véritablement désolé, mais nous avions un rendez-vous avec Monsieur Loewe à 15h que malheureusement, nous ne pourrons pas honorer. Nous sommes venus l'en informer, par correction.

- Très bien, j'en ferai part à Monsieur Malcolm le majordome, dès que je le verrai.

- Parfait. Dites-moi, comment fait-on pour le pli, je vous le remets et vous me signez un reçu?

- Je crains que vous ne soyez contrarié Monsieur, mais je ne suis pas habilité à le faire.

- Bon écoutez, je veux bien vous comprendre. Mais essayez de me comprendre également, vous ne me donnez aucune solution.

Sarah, qui jusque-là était restée en retrait, intervint soudain.

- Ecoutez-moi, Monsieur Collet-monté! Cela fait plusieurs minutes que nous sommes là, dehors, à discuter avec vous, alors que vous prétendez n'avoir aucune habilitation pour quoi que ce soit. Vous n'avez pas fait montre de la plus élémentaire des politesses en nous obligeant à vous parler dehors comme si nous étions des chiens. Nous étions venus par correction dans la maison d'un couple remarquable que nous aimons et estimons.

Sarah parlait de plus en plus fort avec la volonté affichée de générer un esclandre tandis que Shmoulik se faisait de plus en plus petit, ne sachant plus trop où regarder. Finalement il monta l'attendre dans la voiture. Faisant fi de la gêne de son époux, Sarah poursuivit son entreprise de démolition.

- Que craignez-vous en nous proposant d'entrer dans la cour ? Que nous soyons des voleurs ou des mendiants difficiles à expulser? Ah, mais j'oubliais! Vous n'êtes qu'un exécutant! Où se cache Monsieur Malcolm, ou son donneur d'ordre? Nous voulions juste remettre un pli. Quand je pense à tout le bien qu'a fait Sir Moses Montefiore pour les juifs en Eretz Israël. J'aurais eu du mal à imaginer un tel décalage, si je n'étais venue moi-même.

La diatribe proférée par une Sarah courroucée fit son effet instantanément. Malcolm arriva en courant.

- Calmez-vous Madame, je vous prie. J'étais occupé. Sir Moses et Lady Judith reçoivent du monde pour Shabbat. C'est pourquoi je ne suis pas venu tout de suite. Bien, donnez-moi ce pli.

- Laissez Malcolm. Retournez à vos affaires, je vais m'en occuper personnellement.

- Oh Lady Judith, mais…

- Allez Malcolm !

- Je suis désolée, Lady Judith. Je ne sais pas ce qui m'a pris mais mon beau-père est paralysé et compte sur son fils Samuel pour l'emmener à la synagogue et le rendez-vous que m'a donné Monsieur Loewe est à 15h. Ce qui est trop proche de l'entrée du Shabbat, vous en convenez. Alors par correction, nous sommes passés pour informer Monsieur Loewe que nous ne pourrions pas être là aujourd'hui et laisser ce pli a remettre à Sir Moses de la part de Rabbi Shmuel Heller, grand rabbin de Safed.

- Nous avions son prédécesseur Rabbi Avraham d'Obruch en haute estime, paix à son âme. Mais pourquoi vous l'a t-il remis, à vous?

- Nous sommes de Safed, et avons fait le voyage pour que mon mari me présente à ses parents qui n'ont pas pu assister à notre mariage, il y a deux semaines.

- Mazal Tov! Mais était-ce nécessaire de faire un scandale ?

- C'est la seule solution que j'ai trouvée et je tiens sincèrement à m'en excuser.

- Je la remettrai personnellement à mon mari.

- Merci Milady. Shabbat shalom et que Dieu vous bénisse ainsi que sir Moses.

- Vous dites que vous vous êtes mariés, il y a deux semaines. Auriez-vous agressé tous vos prétendants jusqu'à ce jour? Vu le caractère que vous avez montré aujourd'hui, ce serait tout-à-fait plausible.

- Non bien sûr, mais c'est une très longue histoire.

- Vous plairait-il de me la raconter dimanche à l'heure du thé?

- Avec le plus grand plaisir, Lady Judith.

- Alors, passez un bon Shabbat. A dimanche à 17h.

- De grâce, Madame, n'oubliez pas de laisser des instructions.

Les deux femmes se quittèrent en riant.

Shmoulik fut extrêmement surpris de voir revenir Sarah souriante.

- Que s'est il passé? Je trouve que tu y as été un peu fort avec ce pauvre employé. Tu sais pertinemment qu'il est aux ordres et n'a fait qu'appliquer leur règlement.

- Je le sais bien et j'en suis navrée pour lui, crois-moi. Mais je voulais faire bouger les choses. C'est pourquoi j'ai fait un scandale.

- A voir ton sourire, tu as certainement obtenu gain de cause.

- Exactement. J'ai remis le pli à Lady Judith, en personne. Et tu sais quoi? Elle nous a invités pour le thé dimanche à 17 heures.

Le couple arriva chez les parents de Shmoulik avec le fauteuil roulant, après avoir rangé leur fiacre ainsi que le cheval dans la cour de l'institut. Zeitl les reçut en mettant son doigt sur la bouche en signe de silence.

- Ne faites pas de bruit, je vous en prie. Menahem fait sa sieste. Il était très fatigué.

Puis apercevant le fauteuil roulant, elle s'exclama :

- D'où sortez-vous ça?

- C'est un fauteuil avec des roues, pour que Papa puisse se déplacer dorénavant. D'ailleurs, ce soir je vais l'amener à la synagogue avec moi.

- Zeitl, avez-vous besoin de moi?

- Non, pas du tout Sarah. Tu peux aller te reposer un peu et te préparer tranquillement pour le Shabbat, d'ici deux petites heures.

Shmoulik raconta à sa mère son mariage express avec émotion, parfois avec emphase, lorsqu'il se souvenait à haute voix de l'apparition de Sarah dans l'allée centrale qui menait à l'autel.

- Tu l'aimes mon fils, n'est-ce pas? J'en suis heureuse et surtout fière de toi.

Approche-toi, je ne veux pas parler fort. Je vais te révéler un secret.

- Tu me fais peur maman.

- Mon enfant, il faut pourtant que tu saches que ton sacrifice a, certes, honoré ton père mais l'a également désespéré. Je suis persuadée que son état ne s'est pas amélioré quand il en était encore temps, uniquement par souci d'expiation. Je crois même qu'il voulait en finir. Cependant, ce mariage, tu le dois à l'amour et à la pugnacité de ton père.

- Comment ça?

- Tu sais, ton père et moi savions que tu ne voulais pas te marier à cause de nous. C'est très dur à supporter d'avoir un seul garçon et d'accepter qu'il se sacrifie pour ses parents, le contraire étant plus dans l'ordre naturel des choses. Toutefois, il était évident que sans ton aide précieuse, nous n'aurions pas eu les moyens d'habiter à Jérusalem. Nous savions bien sûr que tu n'avais pas la capacité financière d'entretenir deux foyers. Cette situation le minait. Il t'a béni tous les jours.

- C'est étrange! Mais lors de ma demande en mariage, Sarah m'a demandé si je n'étais pas déçu de ne pas recevoir la bénédiction de mon père pour mon mariage, et je me souviens lui avoir répondu, sans réellement savoir pourquoi, *"Je l'ai déjà reçue"*

- Cependant, un jour, il a pris une forte décision, comme il n'entrevoyait aucune autre solution, dans la mesure où tu refusais systématiquement de faire un shiddoukh. Ton père a spécifiquement prié Dieu quotidiennement pour qu'il l'organise lui-même et qu'il mette sur ta route l'être qui devait devenir ton *Mazal* (Ta chance, dévolue). Il l'a prié intensément, se référant à la parole du Gaon de Vilna qui avait demandé aux juifs de Lituanie qui faisaient leur Aliyah en Palestine d'habiter à Jérusalem. Aussi, lorsque vous êtes arrivés hier et que tu nous as présentée ta femme, il a pleuré discrètement…

- Mais toi, Maman, qui savait tout ça, pourquoi t'es-tu alors montrée si méfiante à l'égard de Sarah?

- Je voulais juste savoir comment vous vous étiez rencontrés et m'assurer qu'il s'agissait bien d'elle, car dans un cas contraire, ton père ne s'en serait pas remis.

Shmoulik embrassa affectueusement sa mère et alla rejoindre Sarah qui l'attendait impatiemment, l'enveloppe de Rabbi Moshe el Derhi à la main.

- J'ai cru que tu n'allais jamais venir.

- Ma mère me parlait. C'était impossible de l'arrêter.

- Je suis toute émoustillée par ce cadeau du ciel. Dans une minute, nous allons connaître ensemble l'endroit où se trouve actuellement Yossef ben Rabbi Yehuda ainsi que la cachette où le gouverneur a dissimulé son rapport.

- Si tu le veux bien Sarah, attendons la fin de Shabbat pour le découvrir. J'aimerais pouvoir me reposer un peu avant de sortir pour me rendre à la synagogue.

Depuis leur arrivée à Jérusalem, il leur semblait que les problèmes de Sarah étaient derrière eux. Zeitl appela son fils pour lui signifier que son père était prêt. Schmoulik vint l'aider à s'asseoir dans le fauteuil. Ils sortirent et prirent la direction de la synagogue *Menahem Zion*. Shmoulik poussait le fauteuil qui fendait l'air vivifiant de la Ville Sainte en cette fin du mois de Novembre.

- Tu n'as pas trop froid, Papa ?

- Tu plaisantes Shmoulik. J'ai l'impression de revivre. Je voulais te remercier pour ce magnifique présent.

- Pour être honnête, c'est une idée de Sarah.

L'entrée de Menahem dans la petite synagogue fit un énorme effet. Tous ses amis se levèrent et vinrent le saluer. Il leur présenta Shmoulik. Ses yeux étaient embués tant il était ivre de bonheur. A l'évidence, Shmoulik ne l'était pas moins. Après l'office, ses amis qui ne l'avaient pas vu depuis des mois se précipitèrent de nouveau sur lui et le harcèlerent de questions. Menahem en profita pour s'arranger avec l'un d'entre eux, habitant non loin de chez lui, afin qu'il passe le prendre au passage lorsqu'il se rendrait à la synagogue, quand son fils retournerait à Safed. Après de multiples accolades, Schmoulik extirpa son père, prétextant, à juste titre, que c'était sa première sortie depuis bien longtemps et qu' il était un peu fatigué, ce dont ils convinrent aisément.

Le repas s'annonçait délicieux. La table était recouverte de mets plus succulents les uns que les autres. Zeitl s'était surpassée en l'honneur des mariés. Ils chantèrent des psaumes du Roi David. Assis sur son fauteuil, le calice de vin à la main, Menahem récita la prière du Kiddouche à table puis remercia Shmoulik et Sarah pour ce merveilleux cadeau qui allait changer sa vie. Une forte intensité affective gagna toute la tablée lorsque Menahem, étreint par l'émotion, laissa couler des larmes en disant qu'il attendait ce moment depuis si longtemps. Zeitl pleura également lorsqu'elle confia qu'elle ne pensait plus revoir son Menahem faire le Kiddouche à table. Sensible à l'excès, Sarah pleura par compassion, générant les larmes d'un Shmoulik profondément heureux, peut-être comme il ne le fut jamais. Une personne qui serait entrée à ce moment précis n'aurait pu se douter que ces gens n'avaient, peut-être, jamais été plus heureux.

Ce shabbat se déroula magnifiquement. Shmoulik avait promené son père à travers les ruelles étroites de la vieille ville, après le repas du samedi matin. A son retour, Sarah conversait avec Zeitl lui narrant ce qu'ils étaient également venus faire à Jérusalem et le rendez-vous qu'ils avaient obtenu pour le lendemain avec Lady Judith Montefiore.

Dans la soirée, Shmoulik et Sarah se retirèrent, afin de prendre connaissance du contenu de l'enveloppe. Les deux réponses figuraient sur le même document. Concernant le rapport, la réponse fut précise : "Le gouverneur a indiqué que le châlit de son lit à baldaquin recèle plusieurs caches dont celle qui nous intéresse, située sur la tranche droite du cadre en bois sculpté. Les arabesques ouvragées laissent apparaître une fleur de lotus réitérée à l'envi sur toute la longueur du chalit. Sur la tranche de droite, à partir du chevet, se trouve un lotus un peu plus volumineux que les autres. Il suffira de le presser avec le doigt et un tiroir secret s'ouvrira. Vous y trouverez le rapport ainsi que des bourses remplies de piastres."

Concernant le fils de Rabbi Yehuda, la réponse fut beaucoup plus courte : "Yossef est bien vivant et il habite Houston où il s'est installé. Il s'est marié et a eu deux enfants."

Shmoulik et Sarah se regardèrent un moment sans dire un mot. Sarah rompit le silence.

- Nous allons enfin pouvoir faire arrêter Dahmane. Quant à Yossef, il est vivant. C'est plutôt une bonne nouvelle.

- C'est vrai, mais cette réponse véhicule un grand nombre de questions.

- Quand il sera avec ses parents, il saura répondre à leurs questions.

- S'il est d'accord pour revenir! A ce propos, je voulais te féliciter pour ton intuition.

- Je ne sais pas pourquoi, mais j'en étais persuadée.

- Dis-moi, que souhaiterais-tu faire demain jusqu'au rendez-vous de 17 heures.

- J'aimerais visiter la vieille ville en flânant avec toi. Qu'en penses-tu ?

- C'est une excellente idée. N'oublie pas que nous devons nous lever tôt afin que, comme convenu avec Yaacov, nous sortions le fiacre de la cour de l'institution avant son ouverture.

Ils éteignirent la chandelle et s'étreignirent.

Le lendemain, lorsqu'ils allèrent récupérer leur fiacre, Rahamim les informa que Yaakov avait réussi à convaincre son père qui les remerciait pour leur don au nom de l'institution. Il ajouta, non sans arrière-pensée, qu'il avait fait le nécessaire et plus encore pour que la cour reste propre, ne sente pas le crottin et, qu'à son avis, cela avait certainement influencé cette décision. Sarah toujours plus spontanée que Shmoulik reprit la balle au bond.

- Ne vous inquiétez pas Rahamim. Nous en sommes bien conscients et croyez-moi, nous saurons vous remercier comme vous le méritez.

Les derniers mots de Sarah eurent un effet immédiat sur les zygomatiques de ce vieux Rahamim. Sarah en profita pour interroger le gardien sur la possibilité de laisser quelque part leur fiacre pendant une grande partie de la journée.

- Nous souhaiterions visiter la ville et notamment le quartier juif avec, outre le *Cardo*, la place *des quatre synagogues séfarades*, le *Kotel haMaaravi* (mur occitental appelé plus communément mur des lamentations) ainsi que le *Mont du Temple* (site sur lequel Hérode le Grand fit construire le second temple) où se trouve le *Dôme du Rocher* (rocher sur lequel Abraham aurait attaché son fils Isaac pour les israélites et Ismaël pour les musulmans, afin de le sacrifier).

- Vous avez raison, d'autant que vous ne pourrez pas vous y rendre en fiacre. Vous devez savoir que le quartier juif a été construit à flanc de coteau. La plupart des ruelles sont, en fait, des escaliers s'étageant sur le versant ouest de l'ancienne *vallée du Tyropoeon* qui, autrefois, coupait la ville en deux.

- Effectivement. Mais si vous ne pouvez pas nous le garder et si, par ailleurs, on ne peut pas l'utiliser pour visiter la ville, verriez-vous une autre solution?

- Yaakov vous a-t-il parlé d'un espace arboré en attente de construction qui n'a toujours pas démarré situé à une bonne centaine de mètres d'ici, dans la rue du calife Omar?

- Oui tout à fait. Pourquoi ?

- Si vous n'en avez que pour quelques heures aujourd'hui, je peux demander à mon neveu s'il veut bien s'en charger et s'occuper du cheval pour quelques piastres.

- C'était même ma première idée, mais à la condition de trouver un jeune étudiant ou un adolescent désoeuvré afin de garder un œil dessus. Finalement, il nous avait gentiment proposé de le parquer dans la cour de l'institution pendant le shabbat.

- Revenez me voir dans deux petites heures, j'aurais votre réponse... Une dernière question! Avez-vous des précisions à me communiquer au sujet de la tranche horaire requise pour votre visite de la ville?

- Disons de 11 heures à 16 heures. Que pensez-vous lui proposer?

- 10 piastres, maximum 15.

- Pour nous, c'est d'accord.

Shmoulik et Sarah montèrent dans leur fiacre et prirent la direction du Mont des Oliviers, ainsi nommé du fait des multiples oliveraies qui jalonnaient ses pentes au cours des premier et deuxième temples. Cette crête montagneuse culminant à 800m d'altitude offrait une vue imprenable sur l'esplanade des *Mosquées d'Omar et d'El Aqsa* ainsi que sur la ville antique. C'était pour profiter de ce panorama époustouflant que Shmoulik dirigeait le fiacre vers *Bab Sett Meriem* (la porte de la Vierge Marie, aujourd'hui porte des lions) qui s'ouvrait sur le Mont des Oliviers. La perspective en espaliers découpant la jointure des vallées du *Cédron* à l'Est et du *Tyropoeon* à l'Ouest, était clairsemée d'espaces de verdure, parfois arborés de pins et d'oliviers. Ils se rendirent compte au premier regard que la visite de ce site, foisonnant de monuments funéraires et émaillé de dômes sans aucune indication, allait s'avérer compliquée. Un constat qui les préoccupa au plus haut point.

Un arabe chrétien, les observant, les acosta et leur proposa de leur servir de guide pour la modique somme de deux piastres.

- Nous sommes d'accord pour que vous nous serviez de guide mais pourquoi avez-vous doublé votre prix?

- Nous ne l'avons pas doublé. Regardez, nous sommes deux. L'un vous accompagnera et l'autre gardera le fiacre et abreuvera votre cheval.

- C'est parfait, je comprends mieux.

Ils descendirent de la voiture et le collègue de leur guide, vraisemblablement son fils, s'éloigna avec leur fiacre.

Sarah demanda en aparté à Shmoulik comment il avait eu connaissance du prix de la visite guidée. Shmoulik lui répondit qu'il n'en savait fichtre rien. Puis, devant l'incrédulité de Sarah, il finit par lui dire, le sourire aux lèvres " juste une intuition".

- Soyez pleinement rassurés. Je vais tout vous faire visiter.

- Le problème, voyez-vous, c'est que nous avons très peu de temps.

- Alors écoutez, je vais simplifier Pour les juifs, le *Mont des Oliviers* est un cimetière situé juste à l'extérieur de la ville, comme il est d'usage dans leur religion. Vous n'y trouverez donc que des tombes, des caveaux et des grottes funéraires disposés de façon anarchique. Pour les Chrétiens, c'est l'endroit où Jésus parlait au peuple qui venait entendre sa parole. Ils ont bâti tous les édifices dont l'église Grecque-Orthodoxe du *Sépulcre de la Vierge Marie*, ainsi que la plupart des monuments car même la *Mosquée de l'Ascension* est une église transformée après la prise de Jérusalem par *Saladin* en 1187. Cependant, il est intéressant de souligner que c'est l'unique mosquée au monde où se pratique l'eucharistie pendant la fête de l'Ascension. Selon la tradition, cette église recèle la dernière empreinte du pied de Jésus, avant son ascension.

- Bien, allons-nous recueillir sur les tombeaux de nos ancêtres.

Il leur fit visiter d'abord *Yad Avshalom* (Monument funéraire d'Absalon, fils rebelle du roi David).

- La tradition dit qu'il se l'ait fait construire de son vivant, pressentant qu'il n'aurait pas de descendance. En contrebas du plus grand et du plus ancien cimetière juif du monde, vous pouvez visiter la grotte funéraire des prophètes *Aggée, Zacharie et Malachie*. A côté, vous avez la nécropole de la *vallée du Cédron*, face à la colline *d'Ophel*. Il y subsiste environ 50 tombes creusées dans la roche, datant du neuvième siècle avant notre ère. Sur cette terrasse, vous pouvez voir le *Monolythe de Silwan* (abritant le tombeau de *Tiyi*, fille du pharaon d'Egypte *Psousennes II,* donnée pour femme au roi *Salomon*). Il y a peu, le village arabe de *Silwan* fut édifié sur ce tombeau et construit partiellement à l'aide des pierres et des morceaux de roches de la nécropole. Aujourd'hui, force est de constater que ce site est dans un état déplorable.

Shmoulik et Sarah eurent envie de pleurer de peine et de rage.

- Venez, je vais vous montrer le plus ancien monument funéraire de la vallée du *Cédron*. Il s'agit d'un caveau appartenant aux *Béné Hesir*. Autrefois attribué à tort à Saint Jacques, il date de l'époque Hasmonéenne et fut creusé dans la roche avec une forte inspiration architecturale Nabatéenne.

Enfin, cédant à l'insistance de leur guide, ils acceptèrent de se promener juste quelques instants sur les pentes du *Mont des Oliviers*, ainsi que dans les jardins de *Gethsémani* où Jésus faisait ses prédications et où se situent les tombes de Marie et de Joseph.

Shmoulik et Sarah regagnèrent l'institution vers 11h30 et confièrent leur fiacre au jeune homme préposé à sa surveillance. Puis, ils se dirigèrent vers les quatres synagogues séfarades situées 150 mètres en aval de la mosquée d'*Omar*. Le spectacle auquel ils eurent droit fut affligeant. Les murs des maisons étaient sales et délabrés. Par endroits, des immondices jonchaient le sol. La désolation était palpable. Les mendiants pullulaient et si ce n'était la proximité des lieux saints, Shmoulik et Sarah se seraient enfuis, tant ils étaient bouleversés. Sarah sortit la bourse pleine de menue-monnaie et donna une piastre à chacun d'entre eux. Les indigents prirent cette aumône avec énormément de dignité. Sarah, croisant leur regard, ressentit une subite bouffée émotionnelle qui la fit vaciller. Shmoulik, qui n'avait rien perdu de la scène, poursuivit la distribution puis la prit par le bras et l'entraîna dans la ruelle. Soudain, ils entendirent une voix reconnaissable les héler. Ils se retournèrent et aperçurent Yaakov sur le point de les rejoindre.

- Je viens de voir Rahamim. Il m'a dit vous avoir transmis la bonne nouvelle. J'en suis très heureux, car a vrai dire, je n'en étais pas certain du tout.

- Nous vous en sommes très reconnaissant Yaakov. Sans vous, notre périple dans la ville aurait été très compliqué.

- Comment s'est passée votre visite au Mont des oliviers ?

- A vrai dire, nous avons été surpris par l'état dégradé des tombes et monuments funéraires juifs.

- Et comment pourrait-il en être autrement ? ... Attendez Shmoulik, votre femme ne se sent pas bien. Regardez! Elle est blanche comme un linge.

- Sarah...Sarah, réponds-moi mon coeur...Je t'en prie, parle-moi Sarah'le.

- Ça va aller mon Shmoulik, ne t'inquiète pas.

- Avant tout, il faut l'asseoir et lui faire prendre un verre d'eau et un petit morceau de sucre imbibé de *Mazhar* (Eau de fleur d'oranger).

- Vous êtes sûr de votre remède?

- Absolument! En tout cas, ma mère s'en servait pour toute personne faisant un malaise. Et croyez-moi, personne ne s'en est jamais plaint.

- Elles ont dû mourir après l'avoir ingurgité, rétorqua Sarah pince sans rire.

- Un peu de mazhar n'a jamais tué personne.

- Vous n'y êtes pas Yaakov. Si ma femme retrouve son humour, c'est qu'elle commence à aller mieux. Toutefois, j'accepte volontiers l'idée de nous asseoir et de faire une pause. Ou pourrions-nous aller?

- Je connais une petite gargote tenue par un yéménite, non loin d'ici, venez!

Sarah - Ça tombe bien. Je meurs de faim.

Les deux seules tables disposées à l'intérieur étaient déjà prises. Ils s'installèrent sur la terrasse. La journée sans être ensoleillée n'en était pas moins agréable pour un début Décembre. Yaakov qui, vraisemblablement, connaissait bien l'endroit leur conseilla de commander un *Malawakh* (crêpe feuilletée) dont c'était la spécialité.

- Je suis heureux de vous faire découvrir des mets que vous ne pourrez pas déguster en Galilée.

- Au cas où Sarah n'appréciait pas le *Malawakh*, y aurait-il autre chose?

- Ne vous inquiétez pas. On vous sert le *Malawakh* dans un petit plateau avec des accompagnements. Vous pourrez en choisir deux parmi cette liste : le *Zhoug* (salade de piment), le *Rezek* (tomates râpées), la *Beitzah* (Oeuf dur), le *Baba ghanouj*, le *Houmous* et le *Tahini* . Alors, comme nous sommes trois, nous pouvons tout goûter en mettant les accompagnements au milieu de la table.

- Quand Shmoulik vous a dit tout à l'heure que je pourrais ne pas apprécier le *Malawakh,* je suppose qu'il voulait parler de lui. Cependant, votre réponse m'intéresse pour le cas où j'aurais encore faim.

- Je ne voudrais pas vous porter l'œil, Sarah. Mais ici, la nourriture est très copieuse. Vous savez ici, pour un menu à deux piastres, un *Malawakh* et ses garnitures, ou pour trois piastres, un *Sambusak* (poche de pâte semi-circulaire d'origine indienne remplie de viande hachée, épicée avec du Zaatar) ou encore des *Bourekas* (feuilles de brik et roulées ou pliées fourrées à la viande, à la pomme de terre ou aux champignons). Dans tous les menus, sont compris, une boisson chaude ou froide, selon votre choix et pour dessert un *Jahnun* (pâte feuilletée identique Malawakh non poêlée servie avec du miel ou de la confiture).

- Je suis persuadé qu'après ça, tu n'auras plus faim Sara'le.

Yaakov passa la commande. Quelques minutes plus tard, un serveur leur apporta les trois *Malawakhs,* assortis de trois thés à la menthe.

Shmoulik - Lorsque nous vous avons fait part de notre colère et de notre immense tristesse quant à l'état de ruine de nos monuments et de nos tombes, vous nous avez dit tout à l'heure "Comment pourrait-il en être autrement". Pouvez-vous étayer?

- Certainement. Par ailleurs, que souhaitez-vous visiter à Jérusalem?

- Nous avions tout d'abord prévu de visiter les quatre *synagogues séfarades* et peut-être *la tour de David* avant de nous rendre à notre rendez-vous à 17 heures. Que pourriez-vous nous dire sur ces synagogues?

- Eh bien, vous n'êtes pas sans savoir qu'après sa victoire sur *Bar Kokhba* en 135, l'empereur romain *Hadrien* avait rebaptisé Jérusalem et fait brûler ou expulser les juifs de la ville. Il n'y avait donc plus personne pour entretenir nos caveaux.

Au quatrième siècle, l'Empire Romain d'Orient christianisé, redonne son nom à Jérusalem, sans toutefois permettre aux juifs de réintégrer la ville. *Hélène,* la mère de *l'empereur Constantin,* transforme le Mont du Temple en décharge à ordures. Les synagogues brûlées n'ayant jamais été reconstruites, les quelques résidents juifs de la ville se mirent à prier le long des ruines du Temple, seul endroit de Jérusalem où l'autorité Byzantine leur permettait l'accès... Moyennant paiement.

Après la prise de Jérusalem en 638, *le Calife Omar* autorise plusieurs familles de Galilée à venir s'installer à Jérusalem. Il les établit dans le "quartier des détritus" et leur confie la propreté du Mont du Temple. *Le Pacte d'Omar* était certes, contraignant mais moins que *le code Justinien.* Il leur octroie par ailleurs, ainsi qu'aux chrétiens, le statut de dhimmi. Le pacte d'Omar permettra la construction d'une première synagogue à Jérusalem au neuvième siècle, la première depuis sept siècles, d'autres suivront. Cette synagogue Karaïte prend le nom du fondateur de ce mouvement dissident venu de Babylonie, *Anan ben David,* et c'est l'une des quatre *synagogues séfarades que* vous allez visiter après.

En 1099, lors de la création du royaume de Jérusalem, les habitants juifs défaits par les croisés se réfugient dans leurs synagogues. Leurs lieux de prières sont incendiés et la totalité de ces malheureux périt brûlée vive. Godefroy de Bouillon promulgue une loi interdisant de nouveau aux juifs de séjourner dans Jérusalem. Malgré tout, la ville comptait 200 juifs en 1165, d'après le recensement du Rabbin *Benjamin de Tudèle.* Cette communauté s'occupe de ses tombes et de ses mausolées ainsi que du mur occidental ou ils priaient, faute de synagogue. Quelques années plus tard, les communautés séfarades vont établir un lieu de culte dans un lieu adjacent, où se trouvait jadis l'académie du Rabban *Yohanan ben Zakai* (dirigeant rabbinique majeur à l'époque du second Temple à Jérusalem). Cette synagogue est restaurée au XIIe siècle, mais les autorités ottomanes leurs interdisent de l'utiliser comme lieu de culte et elle est transformée en entrepôt jusqu'à nos jours. Elle est la deuxième des quatres *synagogues séfarades*. La prise de Jérusalem par le sultan *Salah Eddine el Ayoubi* (Saladin) en 1187 permet aux juifs de s'y réinstaller. Malheureusement, cette période paisible sera de courte durée. En 1260, la ville est en ruines, ravagée par les mongols. *Moshe ben Nahman* (Nahmanides) qui arrive en 1265, trouve une ville dévastée. Il y construit cependant une synagogue en 1267 qui portera son nom "Synagogue du *RaMbaN*". En 1586, elle est définitivement fermée par le gouvernorat ottoman de Jérusalem.

Énormément de juifs expulsés d'Espagne en 1492 sont reçus à bras ouverts à Istanbul par *le Padicha Bayazid 2.*(Bajazet). Par la suite, sous le règne de son petit- fils *Soleyman le magnifique*, nombre d'entre eux émigrent dans tout l'empire ottoman notamment en Palestine, la plupart à Safed et à Tibériade mais également à Jérusalem. La ville compte 15.000 habitants dont 3.000 juifs en 1760. Ils fondent la synagogue *Stambouli,* perpendiculairement aux deux autres. L'espace central en résultant prend le nom de synagogue *Emtsai* (du milieu), servant de lieu de prière sporadique pour les fêtes et complétant ce qui fut appelé: *Les quatre synagogues séfarades*.

En conclusion, les juifs n'ont jamais pu édifier de monuments ou de synagogues, de même qu'ils n'ont pu préserver leurs propriétés tumulaires ou entretenir leurs tombes car constamment brimés et chassés aux cours des siècles.

Les conquérants, quels qu'ils soient, ont toujours considéré que Jérusalem était leur ville sainte et que les juifs n'y auraient pas droit de cité.

Shmoulik et Sarah quittèrent Yaakov après l'avoir chaleureusement remercié et continuèrent leur visite en commençant par le quartier des *quatres synagogues séfarades* dont ils savaient à peu près tout. Puis, ils deambulèrent dans les ruelles étroites où de nombreuses bâtisses étaient laissées à l'abandon et, ou des lieux d'études aux murs noircis semblaient dévastés. Ils voulurent longer le quartier Arménien pour atteindre *la Tour de David* mais Sarah préféra y renoncer prétextant un coup de fatigue. Shmoulik lui proposa d'aller se reposer une heure ou deux chez ses parents, avant de se rendre chez les Montefiore. Sarah accepta sa proposition sans hésiter.

A 17 heures, Shmoulik et Sarah se présentaient à la grille d'entrée de la villa des Montefiore. Lady Judith descendit les accueillir en personne et les invita à la suivre dans un salon où on leur servit du thé et des petits gâteaux.

- Avant tout, Sarah et moi tenions à vous remercier pour votre invitation, Lady Judith. Y aurait-il une réponse de Sir Moses pour Rabbi Shmuel ?

- Sir Moses m'a dit qu'il allait s'en occuper. Vous savez, nous aimons beaucoup Safed. Nous y avons même acheté des terres agricoles à la demande du Rabbi Abraham Dov d'Ovrush. Après avoir visité celle d'Israël Bak, sur le Mont Meron, mon époux avait voulu créer des fermes agricoles en Eretz Israël tant il avait été enthousiasmé.

- Je n'ai pas entendu parler de fermes agricoles autour de Safed, ces dernières années.

- Il y en a eu pourtant. Mais effectivement pas dans les environs de Safed! Israël Bak nous avait prévenus en 1840 qu'il ne souhaitait plus rester dans la région et préférait reprendre son métier d'imprimeur à Jérusalem.

- Pourquoi ne voulait-il plus s'impliquer dans ce projet?

- Israël Bak avait ouvert une Imprimerie à Safed qui a été détruite pendant le Pogrom de 1834. Il a été blessé au pied et s'est enfui à Ein Zeitim avec Rabbi Yisroel de Shklov. A son retour, il achetait des terres sur le mont Meron et démarrait une exploitation qui, après un dur labeur de défrichage et d'irrigation des sols qui dura deux ans, s'avéra florissante. Malheureusement, le tremblement de terre de 1837 à détruit une grande partie de ses installations. Ce qui ne lui permit pas d'engranger les récoltes escomptées. Malgré tout, Israël se retroussa les manches, reconstruisit ce qui avait été détruit et racheta ce qui ne pouvait être récupéré. En 1838, la révolte des druzes du Hauran lui posa des problèmes de personnel. Les ouvriers pour la plupart druzes s'enfuirent pendant une semaine à un moment crucial. Pourtant, lorsque nous l'avions rencontré en 1839, Israël Bak ravi de l'aide que nous pouvions lui apporter, était prêt à continuer l'aventure, jusqu'à ce que les récoltes qu'il avait engrangées soient infestées par des charançons du blé, veritable fléau parasitaire des cultures céréalières. Il a quitté la Galilée, abandonnant sa ferme, appelée aujourd'hui *Khirbet Bak* (les ruines de Bak), et est venu s'installer à Jérusalem, Rue *Flag*, une toute petite ruelle du quartier arabe où se trouvait jadis un luxueux palais construit par Soleyman le Magnifique pour Roxelane sa *Haski Sultana* (Épouse impériale) qui y recevait les indigents et les orphelins de la ville.

Au moment où elle termina de parler, Sarah finissait le dernier petit gâteau. Lady Judith s'en rendit compte et demanda à Malcolm, le majordome, d'en servir d'autres. Sarah rougit. Elle ne s'en était pas rendu compte.

- Vous savez, moi c'est pareil. Je n'arrive jamais à m'arrêter tant ils sont délicieux.

Lady Judith crut déceler une sorte de schizophrénie chez Sarah. Elle avait rencontré une jeune femme pétillante au caractère bien trempé. Pugnace, elle n'avait pas hésité à provoquer un esclandre, dans l'unique but de remettre une lettre en main propre à Sir Moses ou à son représentant parce qu'elle l'avait promis. Et cela, Lady Judith l'avait énormément apprécié. Aussi se faisait-elle une joie de la recevoir. Mais elle fut très déçue car ce n'etait pas la même femme qui se trouvait aujourd'hui devant elle. Celle-ci était amorphe et ne semblait absolument pas concernée, hormis par les gâteaux.

Shmoulik s'en rendit compte et jugea nécessaire d'intervenir.

- Puis-je me permettre, Milady, de vous renseigner sur ce que je crois être les causes du comportement de Sarah.

- Je vous en prie Samuel...Cependant, ne serait-il pas plus cordial d'entendre d'abord Sarah elle-même? Vous compléterez après.

- Depuis que je suis jeune, j'imagine Jérusalem. Je la voyais comme je la rêvais avec le Mur occidental, seul vestige du second Temple. Mais tous les conquérants successifs de notre Terre Sainte se sont comportés comme le font les coucous, s'appropriant ce qui ne leur appartenait pas, principalement notre Histoire et la majorité de notre patrimoine. J'avais ancré dans mon esprit une vision onirique des édifices, synagogues et maisons d'études qui essaimaient dans toutes les ruelles sinueuses de la cité trimillénaire. Dans cette attente idéalisée de mon retour atavique à Sion, j'imaginais chaque rue, pavée de pierres arrachées du flanc des collines de Judée, lissées au fil des siècles par les sandales des pèlerins. J'imaginais les bâtisses habillées de ces pierres de Jérusalem à la couleur si particulière. Je me figurais cette ville chargée d'histoire, propre et entretenue parce que respectée par toutes les religions. Je n'imaginais pas que les juifs, déjà brimés, humiliés, et spoliés dans leur propre ville en soient réduits à demander l'aumône pour manger. Je n'imaginais pas que les tombes et les mausolées sur le Mont des Oliviers soient à ce point dégradés et laissés à l'état de ruines. La seule synagogue ashkénaze en fonction à Jérusalem se situe justement dans le carré ashkénaze. Mais il s'agit d'un lieu d'une surface ridicule nommé *Menahem Zion* situé dans la cour de *la Hurva,* toujours en cours de travaux de réhabilitation depuis près de 150 ans.

Sarah avait les larmes aux yeux et au fur et à mesure qu'elle narrait sa visite de la ville, qui l'avait rendue malade, elle exprimait son vif ressentiment par un ton de plus en plus haut, pour finir par :

- *"Si je t'oublie Jérusalem...* disait le psaume. Milady, après ce que j'ai vu, je ne suis pas prête de l'oublier."

- Sachez que je vous comprends parfaitement Sarah. Avez-vous lu ou entendu parler de Chateaubriand ou encore de Lamartine ?

- Non, pas du tout.

- Ils sont tous deux français et catholiques. Ils ont tous deux pèleriné et décrit Jérusalem. Je vous parle d'eux car c'est en lisant leurs carnets de voyage en Terre Sainte que j'ai demandé à mon époux de faire quelque chose pour cette ville qui est le pilier nécessaire à l'aboutissement de notre foi.

Dans son journal en date du jeudi 08 Octobre 1806, voilà ce qu'écrivait Chateaubriand en arrivant à Jérusalem. Je vais vous traduire les extraits que je vais vous citer.

"Les maisons sont de lourdes masses carrées de pierres et de chaux, fort basses et sans fenêtres, terminées en terrasses aplaties ou en petit dômes de mosquées, et ressemblant à des prisons ou à des sépulcres. Tout serait à l'oeil, d'un niveau égal et l'on confondrait ces maisons avec les amas des montagnes, si les dômes des églises chrétiennes, les minarets des mosquées, les

cimes de quelques cyprès, de quelques pins, de quelques palmiers, de quelques oliviers et de lourdes dentelures de roquettes ou de nopals ne rompaient pas l'uniformité du niveau".

Il est évident que Chateaubriand s'est promené dans la ville incluant les quartiers arabes et chrétiens. Il parle des dômes et non des clochers des églises car il n'y avait pas de clochers à Jérusalem du fait des interdictions administratives successives depuis le pacte d'Omar. Quant aux synagogues, il n'en parle même pas car elles n'étaient pas visibles, la plus grande d'entre elles située dans le quartier *des quatres Synagogues séfarades,* ayant été reconstruite trois mètres sous le niveau de la rue. Même s'il a croisé diverses populations, voilà ce qu'il dit sur les juifs dans son livre intitulé "Itinéraire de Paris à Jérusalem" écrit en 1806.

"Voyez cet autre petit peuple qui vit séparé du reste des autres habitants de la cité. Objet particulier de tous les mépris, il baisse la tête sans se plaindre; il souffre toutes les avanies sans demander justice; il se laisse accabler de coups sans soupirer. Il a assisté dix-sept fois à la ruine de Jérusalem et rien ne peut l'empêcher de tourner son regard vers Sion".

Ou encore : *"Quand on voit les Juifs dispersés sur terre, selon la parole de Dieu, on est surpris, sans doute, mais pour être frappé d'un étonnement surnaturel, il faut les retrouver à Jérusalem; il faut voir ces légitimes maîtres de la Judée, esclaves et étrangers dans leur propre pays... Il faut les voir attendant sous toutes les oppressions, un roi qui doit les délivrer. Les Perses, les Grecs, les Romains ont disparu de cette terre; et un petit peuple dont l'origine précéda celle de ces grands peuples, existe encore sans mélange dans les décombres de sa patrie.*

Si quelque chose parmi les nations porte le caractère du miracle, nous pensons que ce caractère est ici."

Quant à Monsieur Alphonse de Lamartine, il a visité la ville le 18 Octobre 1832 pendant une des pires épidémies de peste que connut cette région. Après avoir embrassé Jérusalem, sublime cité, dans son entier, du haut du Mont des Oliviers, il décida malgré l'avis contraire des ecclésiastiques et des soldats d'Abu Ghosh qui l'accompagnaient, de rentrer dans la ville. Voici la description qu'il en a faite :

"Jusqu'ici, nous ne voyons dans les rues de Jérusalem, rien qui annonce la demeure d'une nation...L'aspect extérieur nous avait

366

trompé. La plus misérable bourgade des Alpes ou des Pyrénées, les ruelles les plus négligées de nos faubourgs abandonnés...ont plus de propreté, de luxe et d'élégance que ces rues désertes de la reine des villes."

Lamartine ne parle pas des juifs dans sa description car les rues étaient désertées du fait de la peste qui sévissait. Mais admiratif, il les cite de façon générique à la fin de son chapitre sur la Judée: "Voyage en Orient 1832-1833." tome 6.

"Voila la Judée, voila le site de ce peuple dont le destin est d'être proscrit à toutes les époques de son histoire, et à qui les nations ont disputé même cette capitale de ses proscriptions; jetée comme un nid d'aigle, au sommet de ce groupe de montagnes; et cependant ce peuple portait avec lui la grande idée de l'unité de Dieu, et ce qu'il y avait de vérité dans cette idée élémentaire suffisait pour le séparer des autres peuples, et pour se rendre fier de ses proscriptions, et confiant dans ses doctrines providentielles."

Comprenez-vous pourquoi, nous, juifs nantis d'Europe, ne pouvons laisser les choses en l'état? Nous ne pouvons pas faire grand-chose concernant les Synagogues de la ville tant que celle-ci est aux mains de l'Islam qu'ils soient ottomans ou égyptiens. En revanche, Sir Moses qui se veut être le défenseur de la cause des juifs opprimés, comme il l'a prouvé en 1840 lorsqu'il intervint auprès de Mehmet Ali en faveur des juifs de Rhodes et de Damas pour les sauver, car faussement accusés de crimes rituels, a rencontré à Constantinople Moustapha Reshid Pacha, afin d'obtenir un *Firman* (Protection) et un *Hatti-Chérif* (Droits et privilèges pour tous les juifs de l'empire ottoman). Concernant la population juive de Jérusalem, nous comptons améliorer son sort en achetant des terres autour de la ville et financer un système d'arrivée d'eau potable afin d'y créer le premier quartier juif de Jérusalem, hormis celui de la vieille ville. Sir Moses compte appeler ce quartier *Mishkenot Sha'ananim* (Habitations paisibles). Mon époux essaie de négocier ce site avec *Boghos Bey* pour l'obtenir et y construire des maisons et un moulin afin que la population juive puisse moudre son propre grain et mieux se nourrir. Ce projet prendra quelques années bien sûr, mais nous y travaillons.

- Je suis sincèrement désolée de vous avoir offert, de ma personne, ce spectacle affligeant Milady. Sachez que je vous ai appréciée dès que nos regards se sont croisés. Je vous supplie de n'y voir aucune once de manque de respect ou d'ingratitude. Ce que je vous ai raconté n'était qu'une suite d'événements qui m'avait profondément désenchantée. Je l'avais si mal vécu que j'en étais malade.

- Je comprends, ma chère Sarah. Mais dites-moi ce que vous avez pensé des extraits de voyages de Chateaubriand et de Lamartine.

- Je les trouve intéressants car ce sont des témoignages chrétiens émanant de personnalités à priori célèbres. Pour ce qui me concerne, je reconnais que l'imaginaire poétique transmis dans notre peuple, de génération en génération, m'avait laissé imaginer la ville sacro-sainte de Jérusalem plus lumineuse, plus éblouissante et plus belle qu'elle ne l'était en réalité. D'ailleurs, il serait légitime de se demander pourquoi les conquérants arabes ont à ce point mésestimé cette ville glorieuse, l'abandonnant à son triste sort et la laissant dans un état qui s'apparente plus à une bourgade insignifiante, comme la décrivent vos deux auteurs chrétiens, qu'à une grande ville majestueuse, alors qu'ils l'ont occupée pendant plus de mille ans. C'est à se demander s'ils ne l'ont conquise que parce qu'elle revêtait une importance considérable pour les chrétiens et primordiale pour les juifs ou parce qu'elle se trouvait naturellement dans un corridor reliant Médine à Bagdad. Pourriez-vous m'expliquer pourquoi ils n'en ont pas fait la capitale de leur califat ?

Jérusalem étant plus central que Bagdad ou Damas et de surcroît, proche d'un port !!

Cependant à la réflexion voyez-vous, que m'importe que la ville soit défigurée ou que les collines de Judée soient arides ou stériles et qu'elles ne soient pas les excroissances naturelles d'un jardin florissant! Elles sont les nôtres, comme la Galilée et le reste du pays, même si nous n'en sommes pas les maîtres. Milady, ce n'est pas de la politique mais du ressenti, non pas en tant que musulmane ou chrétienne mais en tant que juive, dépositaire d'un acte de propriété divin. D'ailleurs, pour répondre à votre question, Chateaubriand et Lamartine ne disent pas autre chose.

- Eh bien voilà ! Je retrouve la splendide jeune femme pleine de mordant et de principes qui ne s'en laisse pas compter. Maintenant que vous êtes reconnectée, connaissez-vous Israël Bak, dont je vous ai parlé tout à l'heure?

Shmoulik - J'en avais entendu parler en tant qu'imprimeur. La plupart des livres sur lesquels nous enseignions à la Yeshiva étaient estampillés du nom de son imprimerie. Mais si je peux me permettre, je ne suis pas certain que Sarah ait envie d'écouter les malheurs d'Israël Bak ou de quiconque d'ailleurs, car elle a déjà vécu le comble de l'horreur. Alors quand elle vous a entendu énumérer les problèmes douloureux qu'il a rencontré à Safed ces années-là, elle a préféré se réfugier dans un monde de douceurs personnifié par vos délicieux biscuits.

- Le comble de l'horreur? Bigre, j'ai hâte de vous entendre Sarah.

- Ça serait trop long. Les parents de Samuel nous attendent. Ils n'ont pas été prévenus.

- Je vous en prie, restez pour dîner. Vous raconterez votre histoire à table et je vous présenterai Sir Moses. Peut-être qu'il pourra vous aider. Samuel, donnez à Malcolm l'adresse de vos parents. Il enverra quelqu'un les prévenir que vous êtes empêchés et que vous dînez chez les Montefiore. *En riant...* Vous savez, il y a pire.

Lady Judith avait pris les choses en main. Impossible de refuser, d'autant que pour lui parler de Yossef, cette invitation était inespérée et puis disons le, ils étaient flattés.

Sir Moses Haim Montefiore était un géant de près de deux mètres, sa grande stature impressionna Shmoulik et Sarah. Il formait avec Lady Judith un couple harmonieux, uni et solidaire. Affable, il s'adressa à eux d'une voix douce qui tranchait avec son apparence de colosse.

- Lady Judith m'a raconté pourquoi elle vous a invité à partager notre repas. Laissez-moi résumer: vous êtes venus de Safed pour me remettre un pli de la part de Rabbi Shmuel Heller Grand rabbin de Safed et successeur de mon ami aujourd'hui décédé Avraham Dov D'Ovrush, que son âme repose en paix. Entretemps, vous avez visité Jérusalem et en êtes ressortis extrêmement déçus. Votre époux Samuel a révélé que vous n'avez pas souhaité nous entendre sur les drames qui ont frappé notre ami Israël Bak car vous aviez votre propre expérience, plus dramatique encore, et ca faisait trop pour vous. Pourriez-vous nous la raconter? Aurais-je oublié quelque chose?

Sarah félicita d'abord Sir Moses pour son résumé puis commença :

- Je tiens a préciser que nous sommes venus à Jérusalem pour que Samuel me présente à ses parents qui n'ont pu faire le déplacement à Safed pour notre mariage, il y a trois semaines, pour cause de maladie. Avant de partir, Rabbi Shmuel nous avait donné ce pli à vous remettre en main propre. Nous le lui avions promis. Nous avons profité de ce voyage pour visiter cette ville si chère à notre cœur, en guise de lune de miel...

- Ne portez pas de jugement irrémédiable sur cette ville, Jérusalem est une ville fascinante. Vous devriez y habiter quelque temps afin de mieux la connaître.

- Même si cela me semble impensable, je vous promets d'y songer Sir Moses.

Avant toute chose, je voudrais vous assurer que je ne raconte pas mon histoire pour me plaindre ou vous attendrir, mais uniquement parce que Lady Judith a insisté.

Lorsque Sarah termina l'histoire de sa vie, personne ne pouvait dire un seul mot. Lady Judith se leva et prit affectueusement Sarah par les épaules.

- Ce que vous avez enduré depuis l'âge de treize ans est terrible. Si nous pouvons faire quelque chose pour vous, n'hésitez pas.

- Je n'ai besoin de rien, je vous remercie.

Sir Moses - Vous savez que j'ai connu Rabbi Yisroel de Skhlov, l'année de sa mort en 1839. Nous nous étions rencontrés pour parler de son livre *Peat ha Choulhan*, sur les règles de loi concernant l'agriculture en terre d'Israël. C'est l'époque où je voulais installer des fermes agricoles modernes. C'est d'ailleurs Israël Bak, un ami commun, qui me l'avait présenté.

- Sir moses, alors, vous avez certainement connu Rabbi Yehuda de Volozin qui accompagnait toujours Rabbi Yisroel?

- Oui absolument, je m'en souviens. C'est lui qui est devenu votre parrain et vous a mariés, n'est-ce pas?

- Eh bien, tout à l'heure Lady Judith nous a proposé de l'aide. Si nous avions besoin de quoi que ce soit, j'ai répondu non un peu rapidement. En fait, j'ai besoin de votre aide pour Rabbi Yehuda et sa femme Esther.

Sarah raconta dans les moindres détails la sombre histoire de leur fils Yossef, disparu depuis onze ans. Cependant, vendredi matin, elle avait eu la confirmation par Rabbi Moshe el Derhi qu'il était encore vivant et qu'il habitait à Houston au Texas. "Voilà" dit-elle en remettant le document a Sir Moses.

- Rabbi Yehuda est très malade et ses jours seraient comptés, d'après son médecin. Il etait persuadé que son fils était mort jusqu'à ce que mon intuition me pousse à lui dire le contraire. Alors sa femme et lui s'accrochent à cette possibilite. Je crois même que c'est ce qui le retient en vie. Mon père a laissé un peu d'argent dont j'ai hérité. Aussi, suis-je prête àa financer son retour en Galilée avec femme et enfants, le cas échéant. Vous avez tout ce que je n'ai pas, Sir moses. Si vous pouviez activer vos réseaux pour le retrouver et financer son rapatriement, ce serait pour cette famille, qui a tant souffert de l'éloignement de ses enfants, le plus beau cadeau de *Hanoucca* (Fête des lumières).

- Si vous pensez qu'il pourrait être de retour d'ici deux à trois semaines, vous rêvez Sarah ! D'autant que vous occultez allègrement toutes les difficultés qui pourraient se dresser contre son retour. Je ne connais ni ses intentions ni celles de sa femme, sa situation etc...Noubliez pas que depuis six ans, il n'a ni eécrit, ni émis le souhait de revoir ses parents.

- Je ne l'oublie pas, croyez-moi. Mais j'ai une telle confiance en vos capacités que je suis certaine que nous trouverons des solutions. Et si nous n'en trouvons pas, j'inviterai Rabbi Yehuda et la Rabbanite Esther à effectuer un voyage aux Etats Unis afin qu'ils puissent rencontrer une dernière fois leur sang, avant que le Rabbi ne parte au Gan Eden rejoindre ses pères. Quand au cadeau de *Hanoucca,* Sir Moses, je prévoyais juste une enveloppe contenant la lettre de Rabbi Moshé et une lettre écrite par vos soins, lui faisant part de votre intention de vous occuper, du mieux que vous puissiez faire, du rapatriement de leur fils "avec l'aide de Dieu".

Shmoulik - Sir Moses, Lady Judith, écoutez-moi je vous prie. Sarah ne se préoccupe que du bien-être des autres. Elle ne demande jamais rien pour elle. Tenez, mon père qu'elle ne connaissait pas trois jours auparavant, est devenu paralysé à la suite d'un mauvais coup reçu à la colonne vertébrale. Il ne bougeait plus de son lit.

Sa chambre était devenue un mouroir et mon père se laissait partir. Sarah a réussi à trouver l'adresse du seul importateur de fauteuils roulants de Jérusalem et a fini par dégoter la seule Bath Wheelchair dernier cri qui lui restait. Ce shabbat, j'ai pu emmener mon père à la Synagogue *Menahem Zion* où il a revu des amis qu'il ne voyait plus depuis des mois. Si vous saviez comme il était heureux et comme j'étais fier! Merci Sarah.

Lady Judith et Sarah avaient les larmes aux yeux. Sir Moses était lui aussi très ému. Il réfléchit quelques instants, puis accepta de donner suite à la proposition de Sarah.

- Donnez à Lady Judith toutes les informations concernant Yossef de Volozin. Elle les confiera à Monsieur Loewe afin qu'il traite l'affaire en priorité. Pour ce qui me concerne, je vais participer au cadeau de Hanoucca de Rabbi Yehuda et de la Rabbanite Esther, en rédigeant la lettre que vous me demandez. La semaine prochaine, dès notre arrivée à Londres, j'enverrai un télégramme à mon mandataire à New-York, afin qu'il engage le personnel nécessaire pour le retrouver et le rapatrier en Palestine. S'il ne souhaitait pas s'y réinstaller pour quelque raison que ce soit, nous lui proposerions de faire juste un voyage avec retour, afin qu'il puisse voir ses parents une dernière fois avant qu'il ne soit trop tard. Qu'en pensez-vous?

- Vous êtes un Mensch, Sir Moses. Pourriez-vous m'indiquer le montant que vous estimez nécessaire à l'accomplissement de cette opération, voyages inclus, afin que je vous dépose la somme avant de repartir pour Safed?

Lady Judith - C'est mon cadeau pour *Hanoucca*.

Sarah se leva et, avec une touchante spontanéité, embrassa chaleureusement Lady Judith puis elle s'accouda à une console, écrivit les informations concernant Yossef, en précisant que là-bas il se faisait appeler Jo. Puis, elle nota qu'il devait acheter à son intention deux machines à coudre *Singer* et les lui remettre dès son arrivée pour qu'elle puisse perpétuer le métier de son père.

Lady Judith - Excellente initiative Sarah.

Au moment de se quitter, Shmoulik demanda à Sir Moses ce qu'était un télégramme.

Sir Moses sourit et leur expliqua en les raccompagnant que c'était un message envoyé en morse, écriture symbolisée par des traits et des points représentant les différentes lettres de l'alphabet et les chiffres. Un émetteur appelé télégraphe électrique inventé par *Samuel Morse* envoyait un message par pulsions longues pour les traits et courtes pour les points qui était reçu quasi instantanément par un autre télégraphe qui le receptionnait via un réseau électrique pré-établi.

- C'est pourquoi j'enverrai ce message en Irlande et, de cette île aux Etats-Unis, par la seule ligne télégraphique intercontinentale existante.

Au moment de les quitter, Schmoulik remercia vivement ses hôtes. Sarah embrassa Lady Judith et reçut de Sir Moses la lettre qu'il venait de rédiger accompagnée d'une grosse enveloppe vide pour servir de contenant au cadeau des Volozin.

- Pour ce qui concerne Rabbi Shmuel, dites-lui de ne pas s'inquiéter. J'attends les détails des réhabilitations et son estimation chiffrée. Qu'il reste en contact avec Louis Loewe. Il sera mis au courant, dès demain.

- Vous nous avez honorés et fait énormément de bien à moi et à mon époux . Votre réputation n'est pas surfaite. Que Dieu vous bénisse!

Shmoulik et Sarah rejoignirent la maison de Menahem et Zeitl en étant toujours sous le charme de ce couple généreux, magnifique et surtout exemplaire. Ils déposèrent le fiacre en réveillant Rahamim qui maugréa quelque peu avant d'aller se recoucher. Il était fort tard, mais prévenue par un serviteur de la maison Montefiore, Zeitl avait laissé la clé de la maison dans une cachette que seul Shmoulik connaissait. Ils entrèrent sans faire de bruit et se couchèrent immédiatement. Toute la maisonnée se leva très tôt le lendemain. Menahem et Zeitl voulaient tout savoir sur cette prestigieuse invitation afin de pouvoir répondre à toutes les questions que ne manquerait pas de leur poser le voisinage qui avait assisté à la venue, en grande pompe, d'un fiacre équipé de cocher, laquais et serviteurs en livrée de la Maison Montefiore, philanthrope célèbre et aimé de toute la communauté juive de Jérusalem. Le lendemain, Shmoulik et Sarah sortirent le fiacre avant l'ouverture des portes de l'institution et s'excusèrent auprès de Rahamim pour le dérangement de la veille au soir.

Autour d'un bol de café, Shmoulik expliqua que pendant le rendez-vous de fin d'après-midi, Lady Judith s'est entichée de Sarah, au point de les inviter à partager leur repas du soir et de les présenter à Sir Moses, par la même occasion.

- L'atmosphère était délicieuse. Nous avons échangé des banalités courtoises puis Sir Moses nous a parlé de ses projets. Sarah lui a parlé des siens…

- Vous ne nous avez pas dit que vous aviez des projets, Sarah'le!

Sarah fusilla Shmoulik qui gloussait, d'un regard assassin.

- C'est-à-dire que parler d'un projet avant qu'il ne se réalise ne porte pas chance.

- Oui c'est vrai. Mais nous, ce n'est pas pareil, Sarah'le. Nous sommes ta famille.

- C'est vrai, vous avez raison Zeitl. Eh bien, je veux ouvrir une manufacture de vêtements de qualité à bas prix et fournir toutes les boutiques du pays. Je créerai des départements: costumes, vêtements, chapeaux et accessoires pour hommes robes, vêtements, kissouyes et accessoires pour dames, vêtements enfants garçons et filles. Enfin un département de tenues religieuses.

- Splendide ! Et vous livrerez n'importe quelle boutique?

- Non, uniquement les boutiques qui seront affiliées à ma manufacture. Ils géreront leur magasin à leur guise, mais devront porter le nom de notre marque et prendre toute leur marchandise exclusivement chez nous.

Mise au défi par Shmoulik, Sarah réussit la gageure de pondre un projet au débotté. Elle puisa dans ses souvenirs d'enfance et, c'est tout naturellement l'épopée de la couseuse restée ancrée dans sa mémoire qui en avait rejailli. Cependant, cette réussite professionnelle de son père en ressortit avec un goût d'inachevé. Elle s'en rendit compte en évoquant cette aventure familiale, aussi en améliora-t-elle à dessein l'aspect commercial et dévoila, tout de go, ses objectifs de distribution. Elle venait de prendre la suite du tailleur Ephraim Lidvak. Mais si son père travaillait dans le secret, elle travaillerait dans la lumière.

Arrivés à l'institution, ils se trouvèrent nez à nez avec un Rahamim bougon. Sarah lui glissa qu'ils étaient sincèrement désolés. Rahamim se dérida et accepta volontiers ses excuses. Ils prirent la direction de la porte de Damas, bifurquèrent dans la rue du Sultan Soleyman et s'arrêtèrent devant l'agence de Levy et Bronstein. Sarah s'adressa à Shmoulik.

- Shmoulik, ne me refais plus jamais ça!

- Que t'ai-je donc fait?

- Me mettre devant un fait accompli comme tu l'as fait tout à l'heure avec ta mère.

- Ecoute mon coeur, c'était si bien ficelé que j'y ai cru moi-même!

- Eh bien, tu peux y croire parce que c'est bien ce que je compte faire et toi aussi!

- Qu'est-ce que tu racontes? J'ai un métier et un travail.

- On en reparlera. Deuxième point: Nous avons réussi, au-delà de nos plus folles esperances, tout ce que nous etions venus chercher à Jérusalem. Si nous voulons deux jours de vacances, nous les avons. Mercredi, nous repartirons à Oum Ghouni pour porter la bonne nouvelle à Rabbi Yehuda et Esther. Nous y resterons pour Shabbat et nous regagnerons Safed dimanche matin. Qu'en penses-tu?

- Je suis d'accord avec toi, nous avons assouvi tous nos désirs et tous nos besoins à Jérusalem. Quand tu dis qu'il nous reste deux jours, il ne tient qu'à toi qu'il n'en reste qu'un. Il suffit de demander à Avishai de nous préparer l'argent pour demain matin. Nous aurons ainsi toute la journée d'aujourd'hui lundi pour nous balader et nous repartirons mardi.

- Réfléchis aux endroits où tu veux que nous allions. En attendant, allons prévenir Avishai.

La suite de la journée passa par Bethléem. Puis, ils se recueillirent à Efrat sur la tombe de Rachel restaurée par Sir Moses Montefiore en 1841 avec l'autorisation de Mehmet Ali Pacha et enfin ils poursuivirent leur excursion jusqu'à Hébron dans le but d'y visiter le Tombeau des Patriarches et des Matriarches. Sarah fut dépitée d'apprendre que les autorités interdisaient aux juifs de prier à l'intérieur de la caverne de Makhpéla, devenue la Mosquée d'Ibrahim depuis la conquête musulmane, mais qu'ils devaient se contenter de prier à l'extérieur. Malgré les paroles apaisantes de Shmoulik, Sarah fulminait.

- Ils nous ont tout pris jusqu'à nos tombes et nos ruines et nous empêchent de nous recueillir sur les dépouilles de nos patriarches! Qu'ils soient maudits.

- Sarah'le, te souviens-tu de la discussion que nous avons eue au restaurant Yéménite? Yaakov nous expliquait pourquoi, à Jérusalem, nos stèles et nos tombes étaient délabrées et à l'abandon.

Et bien, à Hébron c'est la même chose. Depuis des siècles, les byzantins, les musulmans, les chrétiens et les mamelouks en ont fait tour à tour la mosquée d'Ibrahim ou l'église Saint-Abraham. Alors tu vois Sarah'le, ce n'est pas la peine de t'énerver, ce problème ne date pas d'aujourd'hui.

Sarah resta silencieuse, remonta dans le fiacre puis dit à Shmoulik

- Viens, rentrons. Déposons le fiacre à l'institution et allons passer notre dernière soirée à Jérusalem avec tes parents.

Il acquiesça et lança un "Yallah" tonitruant en donnant au cheval, un petit coup avec les rênes et le fiacre s'ébranla. L'institution allait fermer lorsqu'ils arrivèrent devant les portes d'entrée. Rahamim les salua puis, s'adressant à Shmoulik :

- Aujourd'hui, vous ne pouviez pas venir plus tôt. Il y a cinq minutes, il y avait encore beaucoup de monde dans la cour.

- Nous en sommes fort heureux. A ce propos, nous repartirons en Galilée demain matin. Si vous pouviez prévenir Yaakov, nous aimerions le remercier et le saluer avant de partir.

- J'espère que votre départ précipité n'a pas de rapport avec ce matin!

- Aucun, rassurez-vous. Nous avons écourté notre séjour car nous avons terminé ce pourquoi nous sommes venus. Merci encore Rahamim.

Sarah qui avait fini par se détendre un peu demanda à Shmoulik de venir choisir quelques présents pour leurs amis de Safed et de Oum Ghoumi. Shmoulik lui suggéra de faire ces emplettes accompagnés de ses parents. Sarah adora cette idée.

Menahem était habillé chaudement, calé dans son fauteuil roulant. Shmoulik le poussait. Il était difficile de dire avec certitude lequel des deux était le plus fier. Zeitl et Sarah conversaient juste derrière cote à cote. Shmoulik lui demanda :

- Combien de cadeaux faut-il et sur quelle base de prix?

- Je pense qu'il en faut dix sur une base de cent piastres le cadeau.

- Pourquoi autant ?

- Eh bien. Je voudrais faire plaisir à une dizaine de couples, dont le nôtre. Rabbi Yehuda et Esther, tes parents, Mordehai et Dinah, Herschel et Olga, Itzhak et Pnina, Shlomo et Messaouda, Reouven et son épouse, tes amis Moishe et Golda, et enfin Amos et Léa.

Ils entrèrent dans un magasin et Zeitl vit deux magnifiques bougeoirs sculptés, avec Jérusalem gravé dans le métal et suggéra d'opter pour ce choix. Sarah et Shmoulik acceptèrent immédiatement. Sarah alla même plus loin. Elle demanda au vendeur si le patron était présent. Celui-ci se présenta à Sarah.

- Bonsoir Madame, que puis-je faire pour vous?
- Voilà, nous sommes intéressés par ces bougeoirs. Quel serait votre dernier prix?
- Je vous laisse ces magnifiques bougeoirs à 140 piastres la paire, au lieu de 150. Vous pouvez chercher dans tout Jérusalem, vous ne trouverez pas moins cher. Au souk, ils sont proposés aux pèlerins à 260 piastres la paire.

Zeitl - Vous savez comme moi qu'au souk les prix sont gonflés parce que destinés à être discutés et puis nous ne sommes pas des pèlerins, nous sommes des voisins. Nous habitons à 200 mètres et n'avons nullement envie d'aller chercher ailleurs.

- Je vous remercie de votre décision, Madame, mais croyez-moi, nous avons très peu de marge sur ce type d'article.

Sarah - Si nous vous en prenions dix paires?
- Je vous les laisserai a 125 piastres.

Zeitl - Bon, venez les enfants. A une prochaine fois. Au revoir Monsieur.

- Vous n'en prenez aucun?
- Non. Vous êtes trop dur en affaires.
- Allez, prenez-les à 120 piastres. Je ne vais presque rien gagner, mais tant pis, comme vous êtes des voisins, je ne vous laisserai pas partir sans les bougeoirs que votre fille a adoré.

Zeitl fit mine de sortir tout le monde de la boutique.

- Nous vous remercions pour votre patience, mais ma sœur a vu les mêmes à Beer Sheva a 120 piastres la paire, sans négocier et sans en prendre plusieurs. Je suis persuadée qu'elle nous les sortira à 100 piastres la paire. Au revoir Monsieur.

Le patron les suivit jusque sur le pas de la porte. Entretemps, Zeitl avait demandé subrepticement à Shmoulik de sortir une bourse de mille piastres. Lorsque le patron la rejoignit, Zeitl lui remit la bourse.

- Tenez, si vous vous alignez sur le prix de Beer Sheva, nous pouvons conclure.

En comptant le contenu de la bourse dans l'arrière-boutique, accompagné de Zeitl et de Sarah, le patron tenta de justifier l'écart de prix entre Jérusalem et Beer Sheva.

- Vous savez, les taxes que nous payons au Cardo sont nettement supérieures à celles des villes de province et plus particulièrement à celles d'une petite ville bédouine du sud ou la clientèle est pauvre et uniquement locale.

- Nous le comprenons fort bien. C'est pourquoi nous sommes parfaitement conscients du rabais que vous nous avez consenti. Nous vous en remercions encore, surtout ma petite Sarah, ma kalla qui s'est mariée mi-Novembre et qui passe sa lune de miel à Jérusalem. Elle voulait offrir à la famille et aux amis proches un souvenir utile de notre ville.

Sarah s'approcha et prit un ton ingénu

- Merci beaucoup Monsieur. Que Dieu vous bénisse ainsi que votre famille.

Zeitl - Amen

Le patron, cerné, se sentit malgré tout ému et finalement satisfait de sa vente. Il leur enveloppa les bougeoirs séparément, puis les regroupa par paire pour les envelopper de nouveau.

Une fois dehors, Shmoulik, Sarah et Menahem felicitèrent Zeitl pour sa prouesse.

- Tu es une négociatrice hors pair, Maman. Pourquoi m'avais-tu caché ce talent?

- C'est uniquement parce que tu n'as jamais fait les courses avec moi.

Sarah - Vous n'avez pas faim?

Shmoulik - J'avoue que je mangerais bien quelque chose. Papa et Maman, êtes-vous prêts à manger dehors? Nous connaissons un petit restaurant qui ne paie pas de mine non loin d'ici.

Tout le monde étant d'accord, ils retournèrent à la gargotte Yéménite ou ils n'eurent aucun mal à trouver une place à l'intérieur de l'établissement cette fois.

Le repas fut très convivial et empreint d'une intense émotion. Ils rirent, burent et mangèrent puis Menahem prit la parole.

- Mon fils, je t'ai donné la vie, mais je n'oublierai jamais que tu m'as rendu la mienne. En revenant me voir à Jérusalem, marié à une femme formidable que j'aime aujourd'hui, comme ma propre fille. Tu ne m'as pas seulement redonné la vie, tu m'as redonné le goût à la vie. J'étais persuadé que les prières à la synagogue et les dîners au restaurant, c'était du passé. Permettez-moi de vous dire également que Zeitl va aller beaucoup mieux maintenant. Elle se faisait tellement de mauvais sang pour moi.

Puis il se tut. Zeitl et Shmoulik avaient les yeux rouges. Sarah picorait sans discontinuer. Ne pouvant plus se retenir, Shmoulik se jeta dans les bras de son père.

Zeitl - Alors, vous partez demain matin?

Sarah - Oui, très tôt avant l'ouverture de l'institution.

- Vous allez nous manquer. Ça va créer un vide.

- Vous aussi, vous allez nous manquer. Mais nous reviendrons. Promis.

Elles s'embrassèrent affectueusement et tout le monde rentra dormir.

Le lendemain, toute la maisonnée se leva très tôt. Pendant que Menahem et Shmoulik faisaient leurs prières du matin, Zeitl montrait deux ou trois secrets de cuisine censés améliorer des spécialités lituaniennes affectionnées par Shmoulik.

Il leur restait 545 piastres sur les 5.000 reçues quelques jours plus tôt. Sarah s'accorda avec Shmoulik pour laisser une bourse de 500 piastres à ses parents puis ils les quitterent. Arrivés à l'institution, Rahamim les reçut avec un large sourire

- Eh bien Rahamim, vous semblez heureux de notre départ.

- Non pas du tout Monsieur. Vous vous méprenez. Je voulais juste que vous gardiez de moi le souvenir d'un homme courtois et souriant, voilà tout.

- Nous garderons de vous un excellent souvenir Rahamim. Dites-moi, Yaakov a été prévenu de notre départ?

- Non. Hier soir quand vous m'avez demandé de le prévenir, il était déjà parti, vous vous souvenez? Eh bien, étrangement, ce matin il n'est pas encore arrivé. Monsieur Samuel, votre cheval s'est bien reposé et a pris une bonne ration d'avoine.

- Dites-moi, vous a-t-on réglé les 10 piastres de votre neveu?

- Non, Monsieur. Mais ce n'est pas grave, je lui ai donné 15 piastres de ma poche, mais comme vous partez bien un jour avant...

Malgré tout, Shmoulik lui remboursa les 15 piastres et lui remis un bonus de 20 piastres. Avant de le quitter il lui demanda de bien vouloir saluer, pour lui, Yaakov et son père.

- Pourquoi ne lui as-tu pas donné la totalité des 30 piastres restants ?

- j'avais besoin de 10 piastres correspondant aux intérêts du prêt de 5000 piastres

Le fiacre remonta le Cardo et s'arrêta chez Lévy et Bronstein. Ils récupèrent les sacs d'argent représentant 495.000 piastres et prirent la route de Jéricho.

Chapitre XI

Ils remontèrent la vallée du Jourdain jusqu'à *Fada'il,* sans rencontrer âme qui vive, pas même un chacal. Ils s'y reposèrent très peu de temps, ne voulant pas arriver à Oum Ghouni dans l'obscurité de la nuit. Ils s'y rafraichirent cependant. Ils se désaltèrent et dégustèrent les succulentes dates émanant de la palmeraie adjacente à ce hameau. Ils reprirent la route jusqu'à *Baysan* (qui retrouvera son nom historique de Beit-Shean un siècle plus tard.), où ils firent une pause, abreuvèrent le cheval et se sustentèrent frugalement. Lorsqu'ils arrivèrent à Oum Ghouni, le soleil commencait à décliner.

Les retrouvailles furent chaleureuses. Les deux couples s'assirent à table et se servirent du thé autour d'un samovar acheté quelques mois auparavant par le propriétaire Nathan Greenfeld à un juif immigré de Russie.

Sarah prit la parole et s'adressant à Rabbi Yehuda
- Tout d'abord, comment allez-vous et comment s'est passé le premier bain?
- Nous allons bien. Nous nous reposons toute la journée. Quant au premier bain, il s'est étonnamment bien passé.
Esther intervint
- À vrai dire, il a eu du mal à descendre dans la piscine. Non pas parce que l'eau était trop chaude, mais parce qu'il n'osait pas se déshabiller *(rires)*. Après, une fois qu'il était entré dans l'eau, il n'a plus voulu en ressortir.
- Quelle pipelette! Tu étais obligée de raconter ça? Enfin! Et vous?
Sarah leur raconta d'abord la réception de l'argent correspondant au montant inscrit sur le billet à ordre retrouvé dans la veste de son père, puis l'achat du fauteuil pour Menahem le père de Shmoulik et sa nouvelle vie, son retour à la synagogue et leur escapade dans le Cardo pour finalement dîner, tous les quatre au restaurant. Elle relata également les secrets culinaires de certaines spécialités que lui avait confiés Zeitl, sa belle maman. Elle leur narra leur visite au Mont des Oliviers ainsi que celle des quatres synagogues séfarades de la ville. Elle se tut un court instant puis décréta que c'était à Shmoulik de poursuivre la narration

concernant Yossef. Entre-temps, elle allait voir dans le garde-manger si elle ne trouvait pas de quoi se restaurer tant elle était morte de faim.

Shmoulik se racla la gorge, ménagea ses effets, puis démarra fort :

- Sarah avait raison. Votre fils Yossef est bien vivant et habite à Houston au Texas. Vous connaissez? Ce nouvel État Américain!

- Mon Dieu, il est donc vivant! s'écria Esther

- Oui, mais malheureusement nous n'avons pas encore son adresse précise et ne savons comment le joindre.

- Ce n'est pas nécessaire Shmoulik. Maintenant que je sais qu'il est vivant, ça me va. Après tout, s'il avait voulu nous écrire ou nous joindre, il l'aurait déjà fait. Ça fait plus de six ans que sa mère et moi attendons.

Déçue, Esther se mit à pleurer au moment où Sarah revenait de la cuisine.

- Que se passe t-il Esther? Tu pleures de joie, j'espère!

- Mon petit Yosse'le nous a complètement effacés de sa vie. Tu penses que ça engendre de la joie!

- Nous avons rencontré un ami bien placé qui nous a promis de le retrouver et de vous l'envoyer. Vous n'aurez qu'à lui demander la raison de son silence et, après seulement, vous jugerez.

Rabbi Yehuda, incrédule, parla posément avec une colère rentrée.

- Ne jouez pas avec nos sentiments, je vous en prie. D'abord comment pouvez-vous être sûrs que notre fils Yossef est vivant et, ensuite, comment pouvez-vous croire un seul instant que cet inconnu qui ne connait même pas Yossef, qui au fil du temps a certainement changé de nom et d'apparence, fera le nécessaire pour le convaincre à prendre le bateau pour venir nous voir, sans parler de l'aspect financier de l'enquête et du voyage.

Sans se départir, Sarah remit à Rabbi Yehuda l'enveloppe à son intention.

Rabbi Yehuda parcourut d'abord la lettre transmise par Rabbi Moshe certifiant que son fils était bien vivant puis la remit à sa femme.

Puis, il déplia la deuxième lettre. En voyant l'entête de Sir Moses Montefiore sur la missive, Rabbi Yehuda se redressa, il y était inscrit, à son attention, que Sir Moses Montefiore s'engageait personnellement à activer ses réseaux dès la semaine prochaine pour que ses enquêteurs américains retrouvent Joe, le fils du Rabbin Yehuda de Volozin repéré à Houston Texas, afin de remédier à un quelconque désordre qui lui serait imputé et lui permettre financièrement de revenir en Palestine. Il est evident que, s'il le souhaitait, Joe pourrait revenir avec femme et enfant. En cas de refus de sa part, il se verrait offrir un voyage en Palestine avec aller et retour prépayé, afin de voir ses parents une dernière fois. Rabbi Yehuda s'affala sur sa chaise, ébaubi, et tendit à Esther la lettre que Montefiore lui avait adressée. Pendant qu'Esther lisait lentement cette lettre comme pour n'en rien perdre, elle se disait que c'était trop beau, bien que cette missive soit claire et signée par Montefiore lui-même. Cela otait, en principe, toute place au doute mais Esther, heureuse et angoissée, lisait et relisait afin de graver dans son esprit ce qui était écrit noir sur blanc. Elle scrutait même le blanc pour voir s'il ne cachait pas une éventuelle nuance négative qui, pour le coup, serait dévastatrice. Shmoulik récupéra la lettre et lui dit que l'opération était lancée maintenant et que, par la grâce de Dieu, les retrouvailles ne devraient plus tarder. Reprenant un peu ses esprits, Rabbi Yehuda dévisagea Sarah et s'adressant à elle

- Bonté divine! Mais qui es-tu réellement, Sarah ?

- Je ne comprends pas votre question Rabbi.

- Tu débarques à Safed. Tu te maries. Tu récupères un parrain et une marraine attentionnés. Tu réussis à me convaincre de me soigner. Tu fais revivre les parents de Shmoulik. Tu t'es fait un groupe d'amis sincères. Tu nous convaincs que notre fils est vivant sans même le connaître, contrairement à ce que nous pensions. Tu convaincs Sir Moses Montefiore et sa femme Judith de s'occuper du rapatriement de Yossef et d'en financer le coût. Et j'en oublie. Et tout cela en moins de trois semaines! Alors je te pose encore une fois la question: Qui es-tu réellement Sarah?

C'est Esther qui lui répondit

- C'est un ange du ciel!

- Tu plaisantes peut-être, mais je ne suis pas loin de le penser.

- Vous me gênez. Je ne suis qu'une simple femme qui a de bonnes intuitions et qui a rencontré des gens magnifiques. J'ai eu une période dramatique. Il n'est que justice, aujourd'hui, que la chance me sourit et que j'en fasse profiter tous mes êtres chers.

- Bon, Sarah... Eh bien, je peux t'assurer qu'Esther et moi sommes très heureux d'en faire partie. Maintenant raconte-nous. Par quel miracle avez-vous pu approcher Sir Moses Montefiore? Comment a-t-il accepté de nous aider, toute affaire cessante, et qui plus est, de tout financer?

- Ecoutez. Je vous promets que Shmoulik et moi, vous raconterons dans les détails comment nous avons été invités à dîner chez Sir Moses et Lady Judith Montefiore, ainsi que tout ce qui s'est dit ou passé durant ce repas, un peu plus tard. Pour l'instant, je souhaiterais me reposer. Je suis extrêmement lasse. Nous avons roulé en fiacre toute la journée. J'ai le dos fourbu. Avant toute chose, nous voudrions vous remettre, Shmoulik et moi, ce petit souvenir de notre escapade à Jérusalem.

Elle tendit à Esther les deux bougeoirs pour le Shabbat, estampillés du nom de la Ville Sainte, que Shmoulik avait ramené du fiacre.

- Sarah'le et Shmoulik, je vous remercie pour cette magnifique attention.

Shmoulik - Sachez que votre plaisir augmente le nôtre.

Esther - Sarah, ma chérie, tu comptes dormir sans manger?

- Il n'en est pas question Esther. Réveille-moi, je te prie, lorsque le dîner sera prêt. A propos, Shmoulik suggère que nous restions avec vous jusqu'à la fin de la semaine. Si vous êtes d'accord, nous passerons le shabbat ensemble et si Dieu veut, nous rentrerons enfin à Safed dimanche à la première heure. Shmoulik s'il te plait, n'oublie pas de donner du fourrage au cheval et de l'abreuver. Ensuite, si tu peux le peigner. Il mérite une petite récompense. J'ai vu un petit râteau sans manche au pied du perron, ça devrait faire l'affaire.

- Si ça ne fait pas l'affaire, donne-lui une pomme ! lança Rabbi Yehuda.

Après une bonne heure de repos, Sarah vint embrasser Esther dans la cuisine

- Veux-tu que je t'aide à mettre la table?

- Penses-tu! Il n'y a pas grand-chose. J'ai fait une soupe, quelques salades que nous accompagnerons de fromage et des fruits. Nous nous approvisionnons tous les jeudis.

Un peu plus tard au souper, Shmoulik se mit à raconter leur séjour à Jérusalem, A l'issue de cette narration, l'ambiance était franchement joyeuse. Rabbi Yehuda et Esther avaient fini par se persuader qu'il devait bien y avoir une raison qui justifiait l'absence de nouvelles de la part de Yossef pendant toutes ces années.

Les jours qui suivirent furent délicieux. Simon, la personne déléguée par Nathan Greenfeld arriva de bon matin avec les provisions hebdomadaires. Ensuite, il invita Rabbi Yehuda et son épouse à monter dans la calèche et il les déposa à El Hamma (Hamat Gader) pour le bain hebdomadaire du Rabbi. Il retourna ensuite à la maison pour s'occuper du jardin. Pendant ce temps, les nouveaux mariés étaient partis acheter les victuailles supplémentaires nécessaires à un Shabbat pour quatres personnes. En fin de matinée, tout le monde se retrouva à la maison.

Le shabbat se passa excellemment bien. Tout le monde riait, surtout Rabbi Yehuda. Il racontait des anecdotes le concernant, ignorées d'Esther elle-même qui en fut la première surprise. Ce fut un veritable repas de famille unie et paisible dans une petite maison en pleine nature, loin des hommes et des bruits de la ville. Les prières et les chants religieux traditionnels furent interprétés avec ferveur et reconnaissance par toute la tablée. Après les drames et les affres qui s'étaient abattus sur chacun d'entre eux, certes à des degrés différents, le ciel s'éclaircissait enfin et ils tenaient à en remercier le Seigneur.

Shmoulik leva son verre et porta un toast

- A nous quatre, Lehaïm !

Esther répliqua amusée :

- Non, Shmoulik. A nous cinq !

- Que se passe-t-il Esther? Aurais-tu bu trop de vin? Peut-être est-ce parce que tu regardes Sarah avec tant d'insistance, que tu la vois double?

- Tu as raison Yehuda. Mais si je la vois double, cela n'a rien à voir avec le vin. C'est uniquement parce que Sarah est enceinte.

L'assertion d'Esther fit l'effet d'une bombe.

Shmoulik - Mais, Esther, comment pouvez-vous être aussi affirmative?

- Je suis certaine de ce que je dis, Sarah attend un enfant! N'as-tu pas remarqué qu'elle a tout le temps faim et qu'elle a besoin de se

reposer fréquemment? Et si on ajoute qu'elle aurait eu un étourdissement lors de sa visite de Jérusalem, d'après ce tu nous as raconté. Je ne sais pas à quoi tu as attribué tous ces symptômes, mais pour moi, il n'y a aucun doute. Elle attend un heureux événement. Tu te rends compte Yehuda! Nous n'avons connu que la mort et la désolation autour de nous et bientôt, si Dieu veut, nous aurons une naissance. Que dis-je? Une renaissance!
Shmoulik embrassa sa femme.
- Sarah, tu ne dis rien?
- Non. Je préfère attendre pour laisser exploser ma joie, par superstition peut-être.
- Maintenant je comprends mieux ton attitude, que ce soit au restaurant yéménite ou chez Lady Judith, concernant les petits gâteaux. Je suis désolé ma chérie de t'avoir si mal jugée.
- Faites-moi plaisir! Attendez la confirmation de ma grossesse, avant de vous réjouir. Je serai rapidement fixée.
- Comme tu veux Sarah'le. Mais pour ce qui me concerne, je suis affirmative.
Le lendemain, Sarah se leva d'excellente humeur et rejoignit Esther dans la salle à manger en lui annonçant que, finalement, il se pourrait bien qu'elle soit enceinte.
- Tu veux du thé et des gâteaux ?
- J'attends Shmoulik et le Rabbi pour faire le Kiddouche du samedi matin avec eux.
- Ils ne devraient pas tarder. Ils terminent leurs prières… Tiens, les voilà.
Ils dejeunerent dans la joie, puis Sarah se retira afin de se reposer le reste de la journée. En fait, elle souhaitait rester seule pour réfléchir à sa nouvelle situation. Pour être honnête, l'annonce de sa grossesse par Esther ne l'avait pas surprise outre mesure. Elle sentait bien que son corps ne réagissait pas comme à l'accoutumée, mais de là à imaginer…
Allongée sur le lit, elle retraçait son fabuleux parcours depuis sa sortie du cocon de Havat-Zeitim. Elle devait se retrouver sans défense, aussi démunie qu'un escargot sans sa coquille. Voilà ce que lui avaient prédit ses collègues de l'Académie si elle s'aventurait à l'extérieur, dans ce monde incertain et cruel dominé par les hommes, eux-mêmes dominés par l'argent qui finissait inéluctablement entre les mains d'un pouvoir corrompu.

Il lui avait fallu du courage ou peut-être de l'inconscience pour braver cette appréhension frontalière mise en place par son ancienne communauté. Elle se remémora leurs exhortations à ne pas franchir une porte qui la mènerait inexorablement vers un monde aléatoire et périlleux. Elle sourit, les yeux mi-clos, pour essayer de retrouver dans ses souvenirs le visage circonspect de ses ex-collègues le jour de son mariage.

Car en trois semaines! Elle avait su trouver une famille et un cercle d'amis. Elle s'était mariée à un homme merveilleux qui l'aimait et qu'elle aimait. Et aujourd'hui, elle apprenait qu'elle etait enceinte. La vie lui semblait si belle aujourd'hui, dans ce jardin d'Eden terrestre, au milieu de gens qu'elle aimait. Tout lui souriait, comme si après avoir mangé tout son pain noir, un festin royal et sans accroc s'offrait a elle.

Comme elle ne croyait pas au hasard, était-ce là le plan divin qui lui était consacré? Bien qu'elle n'avait aucun doute, il restait une ombre au tableau. Depuis qu'elle avait quitté Jérusalem, le visage de Dahmane réapparaissait au fur et à mesure qu'elle se rapprochait de Safed.

Le lendemain à l'aube, Shmoulik se prépara sans bruit pendant qu'Esther préparait le repas du matin dans un silence sépulcral de peur de réveiller Sarah. Shmoulik entra dans la chambre et la réveilla avec une douceur exagérée qui eut le don de l'énerver.

- Mais enfin que se passe t-il ? Je ne suis pas en cristal. Vous n'allez tout de même pas me traiter comme une malade pendant plus de huit mois.

Shmoulik vexé bafouilla puis se reprenant

- Tu as raison. Allez lève toi Sarah. Arrête de lambiner! Nous partirons des que tu seras prête. Essaie de faire vite. Je ne voudrais pas arriver trop tard à Safed.

Estomaquée, Sarah voulut lui répondre mais il ne lui laissa pas le temps. Il la planta et sortit. Quelques minutes plus tard, Sarah rejoignit Shmoulik dans le jardin, une tasse de thé à la main. Esther lui donna des gâteaux secs que Sarah refusa poliment. Elle embrassa, sans la toucher, la main de Rabbi Yehuda.

- Nous repasserons vous voir prochainement. Entre temps, si nous avons des nouvelles intéressantes, nous vous tiendrons au courant.

- Sarah'le, prends des gâteaux avec toi. Tu les mangeras sur la route, ma chérie.

Sarah les prit, embrassa Esther et monta dans le fiacre puis s'écria
- Shmoulik, je suis dans la voiture, je t'attends!

Le fiacre entra dans Safed par l'entrée sud aux environs de midi.

Shmoulik se rendit chez Nephtali afin de le saluer et par la même occasion s'assurer que tout s'était bien passé pendant leur absence.

- Comment s'est déroulée la surveillance de la masure?

- Eh bien, tu as eu le nez creux de me conseiller d'envoyer Uriel surveiller la maison de temps en temps.

- Et pourquoi donc?

- Figure-toi que deux colosses arabes étaient aux abords des lieux, au moins à trois reprises. Uriel, qui les avait repérés de loin, passa devant eux dans l'unique but de les voir de près pour les reconnaître éventuellement. Il avança et les dépassa sans montrer qu'il avait un lien quelconque avec la maison. Ils faisaient mine de discuter ensemble de tout et de rien, adossés à un mur. Leur stratagème n'a pas trompé Uriel qui s'est fait, par la suite, beaucoup plus discret. Il les a guettés de loin sans se montrer. Il lui est apparu évident qu'ils n'ont jamais eu l'intention de pénétrer dans la maison et d'y poser ou d'y voler quoique ce soit.

- A t-il pensé à les suivre?

- Bien évidemment, mais ce fut impossible car ils pouvaient rester des heures en faction comme s' ils étaient des soldats sans uniforme. Uriel ne peut même pas confirmer s'ils repartaient ou s'ils restaient. En désespoir de cause, c'est lui qui revenait à la maison.

- Vous pensez qu'ils sont encore là-bas?

- Je n'en sais rien, mais fais attention! Ces escogriffes ne sont venus que pour vous nuire personnellement. Dis-moi, as-tu idée de la personne qui aurait pu leur divulguer ton adresse? Et d'après toi, pour quelles raisons vous en veulent-ils?

- Oui, il est probable qu'un meurtrier du nom de Dahmane El Jaafari qui tient à éliminer Sarah, unique témoin de ses crimes, pour échapper à la justice, possède encore des accointances avec la wilaya de Safed. A mon avis, un fonctionnaire à sa solde lui aura certainement fourni notre adresse.

- Et la wilaya, comment la connaissent-ils?

- Nous la leur avons communiqué lors de notre mariage.

- Que comptez-vous faire?

- Nous allons habiter ailleurs, le temps que cette affaire se résolve.

Shmoulik retourna immédiatement dans le fiacre informer Sarah du danger qui les guettait. Ils décidèrent de se rendre d'abord chez Mordehai puis chez Shlomo afin de leur remettre leurs cadeaux et les inviter à les rejoindre en début d'après-midi chez Rabbi Yehuda.

Arrivés à destination, ils descendirent les sacs de piastres, leurs bagages et le reste des cadeaux qu'ils rangèrent soigneusement dans la maison. Puis, Shmoulik remonta dans le fiacre avec deux des bougeoirs et fila chez Itzhak, le traiteur, afin de lui remettre son cadeau, lui laisser momentanément le fiacre et lui rendre son cheval.

Vers quatorze heures, Mordehai et Shlomo se présentaient à la demeure de Rabbi Yehuda où Shmoulik et Sarah les attendaient. Ils les reçurent chaleureusement. Shmoulik débuta.

- Mes chers amis, je n'irai pas par quatre chemins. L'heure est grave. En rentrant à Safed vers midi, nous avons eu la désagréable surprise d'apprendre, par l'entremise du propriétaire de la maison que nous occupons, que des escogriffes à la solde de Dahmane nous attendaient sur place.

Shlomo - Comment pouvez-vous être certains qu'ils aient été envoyés par Dahmane?

- Qui d'autre aurait pu les envoyer?

- Ce que je veux dire, c'est que vous pensez que c'est Dahmane par déduction et je suis persuadé que vous avez raison. Pour autant, ce n'est pas une preuve formelle.

- Je comprends que tu te fasses l'avocat du diable, Shlomo, et je vais me prêter au jeu afin d'éviter de sombrer dans la paranoïa.

- Je te remercie de ne pas le prendre mal, Shmoulik.

- Nous sommes d'accord pour convenir qu'il y a trois semaines, Sarah revenait à Safed après avoir passé cinq années à Havatzeitim, sans le moindre contact avec le monde extérieur. Ne connaissant personne, qui d'autre que ce Dahmane pourrait lui en vouloir?

- Personne, effectivement. Mais la question est : Ces deux colosses vous attendaient-ils pour vous trucider?

- Quoi d'autre! Certes, nous n'en serons sûrs qu'une fois leur tâche accomplie mais vous comprendrez aisément que Sarah et moi ne voulons pas prendre ce risque.

- Peut-être étaient-ils là par hasard ou pour une tout autre raison?

- Pour ce qui est du hasard, c'est impossible du fait qu'ils étaient là tous les jours. D'ailleurs, Sarah te répondrait que le hasard n'existe pas. Mais pour être rationnel, je ne vois aucune raison plausible, hormis celle de nous attendre qui justifierait leur présence à cet endroit tous les jours, du matin au soir. Je vous signale qu'il n'y a rien d'autre que notre petite maison dans cet environnement.

- Comment ton propriétaire est-il certain que leurs intentions étaient inavouables?

- C'est le sentiment d'Uriel, le fils de Nephtali, chargé par son père de les surveiller. Je précise qu'Uriel n'est au courant de rien concernant Dahmane.

Mordehai - D'après vous, comment vous ont-ils localisés ?

- Il y a deux possibilités. Tout d'abord, celle d'un complice au sein de la wilaya qui lui aurait transmis l'adresse que nous leur avons communiquée lors de l'inscription administrative de notre mariage; peut-être même le nouveau gouverneur, s'il est sensible a l'argent. Attendez, cela me revient maintenant. Nous avons peut-être croisé ces deux mêmes colosses, le jour de notre départ pour Oum Ghouni.

- Qu'est-ce qui vous fait croire que ce sont les mêmes. Vous n'avez pas vu ceux qui vous attendaient pendant votre absence ?

- La description qu'en a faite Uriel à son père correspond en tout point aux premiers.

- Très bien Shmoulik. Dans quelles circonstances avez-vous rencontré les premiers ?

Shmoulik leur fit part de l'événement survenu lors de leur passage au cimetière avant leur départ pour Oum Gouni, suivi de la poursuite à travers la ville.

Mordehai et Shlomo en conclurent que le doute n'étant plus permis. Il fallait mettre en place une protection rapprochée, au plus tard dès le lendemain matin.

Sarah - Je vous remercie, mes amis, de vous occuper de nous. Mais sachez que je suis dorénavant en mesure d'en supporter les frais dans leur totalité.

390

Shlomo - Ne va pas croire Sarah que nos questions avaient un quelconque rapport avec le coût de la protection, mais il nous fallait une certitude quant à la réapparition de Dahmane. Ce criminel est si dangereux que j'avoue m'être habitué à l'idée de sa disparition.

Mordehai - Pareil pour moi. Bon, donnez-nous des nouvelles de Rabbi Yehuda et de votre voyage dans la Ville Sainte.

Sarah - Rabbi Yehuda et la Rabbanite ont dégoté un coin de paradis au sud du lac Kinneret, non loin des thermes de Hamat Gader, où il prend des soins régulièrement. Je suis persuadée qu'il nous reviendra en pleine forme au début de l'été prochain.

Shlomo - D'après vous, est-il possible de leur rendre visite?

- Sans aucun problème, sa maladie n'est pas contagieuse. Il a juste besoin de repos donc on va lui laisser un peu de temps et je suis certaine qu'il sera ravi de revoir, de temps à autre, ses plus fidèles compagnons et plus proches amis.

Mordehai - Comment s'est déroulé votre voyage à Jérusalem ?

- Parfaitement. Nous avons récupéré l'argent inscrit sur le billet.

Shlomo - Et vous Shmoulik. Comment vont vos parents ?

- Je leur ai présenté Sarah. Ils l'ont adorée. Depuis, ils vont beaucoup mieux.

Mordehai - Avez-vous visité la ville?

Sarah - Oui bien évidemment. Mais ce que nous avons vu est si différent de ce que nous nous attendions à voir, de ce que nous rêvions de voir, qu'il nous faudra certainement un moment pour que nos visions réalistes et nos visions oniriques se confondent ou forment une symbiose salutaire.

- Bon, je sens que ça n'a pas été simple. Par ailleurs, vous aviez chargé Shlomo de contacter le gouverneur au sujet d'un rapport égaré. Puis, vous vous êtes rétractée en lui demandant d'attendre votre retour. Y aurait-il une corrélation avec votre séjour à Jérusalem?

- Absolument. Mais pour cela, je vais passer la parole à Shmoulik, si vous le permettez.

Shmoulik leur tend un papier sur lequel il avait fidèlement recopié la reponse de Rabbi Moshe El Derhi, au sujet du rapport de l'ancien gouverneur, tout en leur relatant les exploits que celui ci avait accomplis lors de sa visite à la Yeshiva et que son directeur n'avait pas manqué de lui raconter. Ce qu'il lui avait rapporté de ce grand Kabbaliste l'avait à ce point impressionné qu'il s'était permis de lui demander ses coordonnées. Il lui avait posé deux questions parmi lesquelles celle concernant la disparition du rapport de l'ancien gouverneur Muhammad Bey.

Shlomo lut attentivement la note, puis se leva et dit

- Je contacterai le secrétariat du gouverneur, dès demain, en espérant un rendez-vous rapide. Mais, ne vous faites pas trop d'illusions...Sarah!

Sarah - Sauf que nous savons maintenant que ce rapport existe toujours et nous savons où il est. Ce qui voudra dire que si le gouverneur nous dit autre chose, c'est que soit il couvre Dahmane soit il n'a pas encore mis la main dessus.

Shlomo - Nous savons maintenant que Dahmane est toujours actif. Si ce gouverneur est un pourri, il facilitera son dessein criminel, ma chère Sarah. Sans compter que pour le gouverneur, je risque de devenir très encombrant.

Shmoulik - Ne te lance pas dans une aventure incertaine. Essayons de trouver une autre solution. A la lumière de cette discussion, il appert que les risques encourus sont nettement supérieurs aux bénéfices escomptés. En effet, qu'attendons-nous de ce rapport ? L'arrestation hypothétique suivie d'un long procès qui condamnerait de toute évidence Dahmane à la peine de mort ? Il serait puni. Justice serait rendue et nous en serions débarrassés. Et si nous nous en débarrassions nous-mêmes? Pas d'arrestation, pas de procès, pas de sentence et nul besoin de ce rapport. Qu'en pensez-vous, mes amis ?

Alors que Shmoulik attendait une réponse rapide et enthousiaste, Shlomo et Mordehai réfléchissaient. Comme à son habitude, Sarah intervint impulsivement.

- Dans une autre vie, un homme m'a dit que s'il voulait avoir une chance de s'en sortir, il était temps que le gibier devienne chasseur. Nul besoin de préparer un plan compliqué.

Dahmane la cherchait. Il était donc facile de lui tendre un piège. Ensuite, tout le monde rentrerait chez lui, y compris les hommes de main. Elle se chargerait personnellement de lui. Personne ne serait incriminé et Shlomo ne prendrait aucun risque avec ce gouverneur.

Bien qu'un silence appuyé ponctua la fin de son propos, Sarah sut immédiatement que son franc-parler venait encore une fois de débloquer la situation.

- Sarah, ne prends-tu pas un trop gros risque?
- Il n'y a pas d'autre choix, Shmoulik. Nous ne pouvons pas indéfiniment laisser les événements nous dicter le tempo. Nous serons bien plus efficaces dans l'action plutôt que dans la réaction.
- Comment comptes-tu t'y prendre. As-tu déjà un plan en tête?
- Non bien sûr, mais d'ici deux ou trois jours, je devrai avoir peaufiné un plan que, naturellement, je vous soumettrai. Entretemps, avez-vous des nouvelles concernant David Grossman à Beyrouth?

Shlomo - Absolument ! Nous avons dépêché deux détectives séparément. Voici ce que dit en substance le premier dans son rapport préliminaire.

Beyrouth recevait de plus en plus de bateaux à vapeur, aidant au renouvellement du commerce mediterraneen. L'activité florissante du port avait attiré de nombreux commerçants étrangers, de sorte que l'autorité égyptienne en avait fait le principal centre administratif de Syrie-Palestine. David Grossman s'était associé avec un chrétien maronite du nom d'Antoine Khouri pour ouvrir une société de négoce. Après quelques années, leur entreprise portuaire, en pleine expansion, a connu une série de revers dont elle ne s'est jamais remise. Elle a d'abord periclité puis a été liquidée en 1842, suite au naufrage d'un navire à vapeur, au large du nouveau port. L'assurance a prétexté des incohérences contractuelles pour faire traîner les choses. Ils ont dû vendre leurs actifs et leurs biens pour combler les pertes occasionnées par ce sinistre. Puis, on ne les a plus jamais revus. D'après certains dockers, David Grossman aurait émigré aux Etats-Unis.

Mordehai - Oui en fait, le deuxième rapport dit à peu près la même chose avec cependant, un peu plus de détails sur leur séparation après la liquidation.

Chacun des associés reprochait à l'autre d'avoir fait une erreur dramatique pour la société en voulant réduire les garanties pour économiser le montant très onéreux de l'assurance. D'après les autorités portuaires, pour éviter un procès difficile, David et Antoine ont dû vendre leurs maisons et liquider tous leurs avoirs pour se dégager de cette sinistre affaire. Son associé, Antoine,

aurait ainsi émigré à Marseille, grande ville portuaire française.
Alors que David semblait intéressé par les Etats -Unis d'Amérique, notamment par la Louisiane, où il avait entendu dire que de nombreuses installations portuaires s'étaient installées le long du Mississipi. Personne n'est capable de dire ce qu'il est devenu. Il n'a jamais plus donné de nouvelles.

Shmoulik - Et bien Sarah'le. Te voilà légataire universelle de quatre villas ainsi que de l'usufruit qui en découle, si tant est qu'on remette la main sur les quatre actes de rachats, et l'acte de délégation de mandat signé par les quatre propriétaires.

Ton problème d'identité est pratiquement résolu du fait de ton mariage. Néanmoins, je pense qu'une déclaration sur l'honneur de Mordehai et de Shlomo, qui t'ont connue auparavant, sur ton identité veritable fera l'affaire.

Sarah - Une dernière question, mes amis. Ces détectives assermentés, vous ont-ils établi des rapports circonstanciés avec copie et signatures des témoignages relatant ce que vous m'avez résumé à l'instant avec une conclusion claire et irréfragable déclarant David Grossman introuvable ?

Shlomo et Mordehai répondirent par l'affirmative insinuant même que cela avait été dûment spécifié à leurs limiers, dès l'élaboration de leurs contrats. Cependant, ils ne pouvaient inscrire que "David Grossman n'était que momentanément introuvable".

Sarah - L'affaire David Grossman n'est donc pas définitivement close. Envoyez ces deux détectives en Louisiane, afin d'essayer de le retrouver. S'ils échouent dans cette ultime tentative, ils devront le notifier formellement sur leur rapport. Des sommes considérables sont en jeu et les autorités égyptiennes feront tout pour les conserver. Nous devons être inattaquables.

Mordehai - Shmoulik, tout à l'heure lorsque tu nous as parlé de ta visite chez Rabbi Moshe, tu as évoqué deux questions: le rapport égaré du gouverneur et une autre question que tu as tenue secrète. Si elle vous concerne personnellement, je comprends et ne veux rien savoir mais si elle concerne Rabbi Yehuda ou si elle est liée de près ou de loin à cette affaire, je considérerais inamical de nous tenir à l'écart.

Shmoulik et Sarah se consultèrent un court instant.

Shmoulik - Voici la note originale écrite par Rabbi Moshe el Derhi. Je ne sais pas si Rabbi Yehuda serait d'accord, alors dans le doute, on vous tient au courant. Toutefois, attendez qu'il vous en parle le premier. Je compte sur votre discrétion.

Mordehai - Rabbi Yehuda m'avait dit un jour que lui et la Rabbanite avaient eu une fille qui s'était éteinte après une longue et épouvantable maladie, mais il ne m'avait jamais révélé qu'ils avaient également eu un fils.

- C'est la raison pour laquelle nous avions préféré ne pas vous en parler.

- Qu'est-ce qui vous a fait changer d'avis?

- Et bien. S'il est vrai que nous formons un groupe uni, nous considérons que c'est une raison suffisante, car la confiance est le mortier indispensable à cette union, d'autant que Yossef leur fils arrivera à Safed dans quelques mois. Ce ne sera plus un secret pour personne.

Shlomo - Connaissez-vous la raison de son mutisme par rapport à son fils?

Sarah - Rabbi Yehuda et Esther ont affreusement culpabilisé en envoyant leur fils avec son oncle en Amérique. Et puis, restant sans nouvelle pendant de nombreuses années, ils l'ont cru mort et le Rabbi s'est mis à réciter le kaddish jusqu'à ce que je m'insurge et leur dise qu'ils ne pouvaient pas le considérer comme décédé tant qu'ils n'en auraient pas la preuve formelle. Ils en ont pris acte. Et lorsque Shmoulik m'a parlé de Rabbi Moshe...Comme nous partions pour Jérusalem... nous n'avons pas hésité.

Mordehai - Si vous avez besoin d'une participation financière pour les frais de recherches et de voyage, je peux actionner quelques leviers parmi mes amis.

Shlomo - Moi, également. D'abord à titre personnel, puis je peux contacter deux ou trois amis au sein de la communauté Moghrabi.

Shmoulik - Nous vous remercions de tout cœur en leurs noms, mes amis. Mais sachez que Sarah s'est faite une nouvelle amie extrêmement fortunée qui a proposé de prendre tous les frais à sa charge et son époux a décidé de faire activer tous ses réseaux pour le retrouver. Il a déjà télégraphié aux États-Unis pour veiller à ce que, juridiquement, tout soit effectué afin que son départ ne soit pas retardé.

Ils se regardèrent incrédules puis,

Mordehai - Tu te moques de nous!

Shmoulik - Pas du tout, je ne me permettrais pas.

Shlomo - Alors de qui s'agit-il?

Shmoulik - La personne qui prend tout à sa charge est Lady Judith. Son époux qui s'occupe personnellement de le faire rapatrier est Sir Moses Haim Montefiore.

Toujours incrédules, Shlomo et Mordehai décidèrent de jouer le jeu et demandèrent dans quelles circonstances ils les avaient rencontrés. Shmoulik supplia Sarah de leur raconter leur soirée chez les Montefiore. Lorsque Sarah eut fini de relater cette soirée extraordinaire, Shmoulik leur montra la lettre que Moses Montefiore avait rédigée à l'intention de Rabbi Yehuda.

- Sarah vous a dit que le point de départ de notre visite etait la remise d'un pli de Rabbi Shmuel Heller adressé par nos soins à Moses Montefiore. Et bien, sachez que toutes ses demandes ont été acceptées et transmises pour application à Monsieur Loewe que Rabbi Shmuel Heller connaît bien, par ailleurs.

Mordehai et Shlomo allaient se retirer, encore émerveillés par la rencontre entre leur protégée et deux des personnages les plus en vue du monde qui traitaient directement avec les sultans et les rois, lorsque Shmoulik leur remit leurs cadeaux et leur donna rendez-vous le lendemain à onze heures pour établir, le plus rapidement possible, la certification de l'identité de Sarah en leur rappelant qu'il souhaitait que les hommes de mains viennent, dès le lendemain, à partir de huit heures.

Le lendemain à huit heures tapantes, deux gardes du corps de belle taille toquèrent à la porte et se présentèrent. Sarah et Shmoulik prirent chacun deux bougeoirs ainsi qu'une bourse contenant 3.000 piastres, somme approximative pour l'achat d'un fiacre neuf, et se rendirent à pied chez Itzhak le traiteur, accompagnés de leurs gardes du corps.

- Bonjour Itzhak.

- Bonjour Sarah. Votre séjour s'est bien passé?

- Très bien merci. Nous te prions de bien vouloir accepter ce souvenir de Jérusalem.

- C'est très gentil de votre part d'y avoir pensé! Que puis-je faire pour vous?

- Nous avons encore besoin du fiacre.

- Prenez. Il est à vous.

- Dites-moi Itzhak. Combien coûterait un cheval?

- Si vous ne voulez pas un pur sang, dans les 1.200 piastres.

- Pouvez-vous nous en acheter un? Vous le choisirez certainement mieux que nous.

- Sans problème. Attendez. Celui que je vous ai prêté ne vous convient pas?

- Si bien sûr, mais c'est le vôtre.

- Eh bien, prenez-le. Je vous le laisse pour 1.000 piastres.

- Affaire conclue. Vous avez une grande cour. Pensez-vous possible d'y laisser notre fiacre et notre cheval, la nuit ou lorsque nous n'en avons pas l'usage?

- Pour le moment, cela ne me pose pas de problème. Après, on verra.

- Dites-nous combien vous voulez pour le gardiennage et pour l'avoine ?

- Vous me gênez, jusqu'à aujourd'hui j'ai toujours nourri et pris soin de ce cheval, alors si je continue de faire la même chose, ça ne me gênera pas plus que ça. Je ne me vois pas vous faire payer pour ça.

- Pourriez-vous nous préparer des repas de shabbat complets pour quatre personnes. Nous passerons les récupérer jeudi soir ou vendredi matin à la première heure. Nous allons passer le Shabbat avec Rabbi Yehuda et la Rabbanite Esther et nous souhaiterions les prendre avec nous pour Oum Ghouni.

- Vous avez bien fait de me dire que c'était pour Rabbi Yehuda et pour Esther. Je sais ce qu'ils aiment.

- Faites pareil pour nous. Et s'il vous plaît, préparez- nous des *souvganiotes*. La semaine prochaine c'est Hanouccah. Et dites-moi combien.

- Je vous dirai ça quand vous viendrez les chercher jeudi soir.

- A jeudi. Hey, dites-moi il a un nom, vôtre... heu, notre cheval?

- Non. Je ne lui en ai jamais donné. Il faut dire que ce n'était pas mon cheval principal.

- Parfait nous le baptiserons aujourd'hui même. Sauriez-vous où habite Reouven?

Itzhak leur montra du doigt une maison à environ une centaine de mètres de la synagogue. Le fiacre avança lentement jusqu'à la maison de Reouven, suivi par les gardes du corps. L'un d'eux fut prié d'aller toquer à la porte. Ce fut la femme de Reouven qui

ouvrit. En voyant un colosse qu'elle ne connaissait pas, elle tressaillit.

- Que voulez-vous?

Du fiacre, Shmoulik demanda à voir Reouven. Reconnaissant le
fiacre, elle se rasséréna.

- Je vais le chercher. Il est juste à côté.

Quelques minutes plus tard, Reouven apparut, un peu inquiet.

Shmoulik - Bonjour Reuven. Combien aviez-vous payé ce
fiacre?

- 2.800 piastres, mais donnez-m'en 2.500. Ça ira.

A l'intérieur de l'habitacle, Sarah prépara cette somme et la donna
à Reouven en le remerciant.

- Recomptez s'il vous plait et demandez a votre femme de venir
jusqu'au fiacre.

Lorsque celle-ci se présenta, Sarah lui tendit amicalement les magnifiques bougeoirs, cadeau souvenir, rapportés de Jérusalem.
Reouven et sa femme reçurent ce present avec un plaisir infini.

Shmoulik et Sarah continuèrent d'avancer lentement vers la demeure de Rabbi Yehuda. Une fois sur place, les gardes du corps
surveillèrent le fiacre pendant que Shmoulik suivait Sarah dans
la maison.

- Prends ta ketouba ainsi que le reçu du dépôt des données concernant notre mariage à la wilaya.

- Et toi, prends ton livre de prières. Tu pourras en avoir besoin.

- Pourquoi donc?

- Parce que si nous ne restons pas trop longtemps à la wilaya,
j'aimerais bien me rendre au village de Rihanya pour voir leur
cimetière et leur demander s'ils tiennent a conserver les dépouilles et accepter une plaque commémorative en marbre blanc
pour perpétuer leur action.

- Très bien. Au fait, tu montes avec moi sur la banquette du cocher. Il est hors de question que tu restes seule dans l'habitacle
avec ces deux malabars.

- Évidemment!

Chapitre XII

Le fiacre arriva à la wilaya un peu avant l'heure prévue. Les gardes du corps parquèrent le fiacre dans un espace où le cheval, qui n'avait toujours pas de nom, pouvait uriner, boire et s'ébrouer. Les jeunes mariés entrèrent dans le centre administratif et s'assirent sur un banc en attendant leurs témoins.

Mordehai et Shlomo arrivèrent dans cet ordre à quelques minutes d'intervalle. Shmoulik se présenta au guichet. Un fonctionnaire le reçut avec un ton légèrement condescendant.

- Que puis-je faire pour vous, Monsieur?

- Je souhaiterais une certification d'identité. Nous devons partir en Lituanie pour un décès et au cas où nous devions nous retrouver séparés, je préférerais que mon épouse soit rapidement identifiable.

- Attendez, je vais vérifier pour voir s'il existe ce genre de document.

- Je vous remercie, Monsieur.

Le fonctionnaire revint un peu plus tard, l'air ennuyé.

- Je suis désolé, mais nous ne possédons pas ce genre de document pré-établi.

- Parfait. Ne pouvons-nous pas l'établir? Vous en vérifiez les données en votre possession et, si tout correspond, vous le signez et vous mettez le sceau de la wilaya.

Le fonctionnaire faillit s'étrangler.

- Vous avez le sens de l'humour. Je ne suis qu'un simple fonctionnaire. La seule personne habilitée à signer et à mettre le sceau de l'administration est le gouverneur en personne.

- Très bien. Pouvez-vous seulement inscrire les résultats issus de votre vérification? Je me chargerai ensuite de demander une audience à son excellence, Monsieur le gouverneur. Je vous en prie, il s'agit d'un décès.

- D'accord, je veux bien vérifier mais je n'inscrirai rien.

- Merci. Tenez, voici les documents.

Le fonctionnaire vérifia très scrupuleusement les documents que Shmoulik lui remit. Puis, il regarda dans le grand livre civil de l'administration où sont inscrits, au jour le jour, les naissances, les mariages, et les décès des habitants de Safed. Il s'absenta encore quelques minutes, puis revint avec un grand livre visiblement beaucoup plus ancien que les autres.

- Pourriez-vous me donner votre date de naissance ainsi que votre nom et celui de vos parents, Madame?
- Je me nomme Sarah, fille de Ephraim et Hannah Litvak. Je suis née à Safed le 15 septembre 1820.
- Vous avez de la chance. Nous gardons les grands livres depuis le 1er janvier 1820. Les livres antérieurs sont archivés à la wilaya de Sidon. Attendez, voilà je vous ai trouvée. Quand vous obtiendrez une audience, n'oubliez pas de venir avec deux témoins de moralité qui vous ont connue petite avec vos parents.
- Ils sont déjà là, Monsieur.
- J'ai fait tout ce qui était en mon pouvoir. Je ne veux pas déranger le gouverneur.
- D'accord. Préparez un dossier sans faille.
Shlomo - Pouvez-vous demander au gouverneur s'il aurait 5 minutes à accorder à monsieur Salomon Levy, s'il vous plaît.
Le fonctionnaire toqua à la porte du bureau du gouverneur. Une voix rauque lui enjoignit d'entrer. Il ressortit presque aussitôt suivi du gouverneur.
- Monsieur Levy, quelle surprise! Je ne vous attendais pas.
Shlomo expliqua au gouverneur qu'il s'agissait d'un deuil familial, que le dossier d'identification était fin prêt, mais que seule sa signature ne pouvait valider ce document.
- J'ai tout de suite pensé que c'était mon jour de chance lorsque j'ai appris que vous étiez là !
- Effectivement, vous seriez venus cet après-midi, vous ne m'auriez pas trouvé. Bon, c'est vous qui allez signer avec vos têtes de faux-témoins.
Shlomo Levy s'esclaffa.
- Excellence. Ce n'est pas sa vie, mais son mort qui est entre vos mains.
Le gouverneur pouffa. C'était gagné! Il s'absenta, interrogea son subalterne et leur fit un signe qui se voulait amical, puis s'enferma dans son bureau. Un peu plus tard, le fonctionnaire appela les témoins qui attestèrent sur l'honneur avoir connu Sarah Litvak et ses parents Ephraim et Hannah dans leur propre demeure. Ils reconnurent Sarah Danilovitch née Litvak, ici-presente, comme

étant la même personne susmentionnée. Le document était clair. Salma était officiellement redevenue Sarah Litvak, fille d'Ephraïm et de Hannah Litvak, décédés ainsi que le reste de sa fratrie le 15 juin 1834. Ce fait, attesté par les deux témoins, nécessitait cependant un document du Rabbinat de la ville. Néanmoins, le fonctionnaire fit signer le gouverneur tant qu'il était bien disposé.

Shlomo prit Shmoulik à part et lui dit

- Ecoute, je n'ai aucune confiance en cet idiot de gouverneur. Prends Sarah et Mordehai avec toi et allez immédiatement au Rabbinat. Dites à Rabbi Shmuel Heller que vous avez besoin de ce document dans l'instant, et revenez avec. On ne repartira d'ici qu'avec le certificat d'identité de Sarah. Tu l'as entendu tout à l'heure, le gouverneur a prétendu qu'il ne serait pas à son bureau, cet après-midi. Mais avec lui, va savoir! Il est si fourbe. En ce qui me concerne, je resterai assis sur le banc avec les deux cerbères, histoire d'exercer une légère pression y compris sur le gouverneur s'il s'avisait de changer d'avis pendant votre absence.

Il est certain qu'avec un fiacre à disposition, Safed apparaissait comme une toute petite ville. Moins de dix minutes plus tard, le fiacre s'arrêta devant le Rabbinat. Ils coururent directement, guidés par Mordehai, jusqu'au bureau du Grand Rabbin Shmuel Heller. Un jeune rabbin faisant office de secrétaire les informa que Rabbi Shmuel était souffrant et qu'il était resté chez lui aujourd'hui.

- Savez-vous qui je suis ?
- Naturellement, Monsieur Ginsburg.
- Avez-vous déjà rempli des certificats de décès?
- Evidemment. C'est moi qui les remplis et Rabbi Shmuel les signe.
- Eh bien. On va faire la même chose que d'habitude. Vous allez remplir six certificats de décès et nous les ferons signer par Rabbi Shmuel.
- Je vous dis qu'il ne viendra pas aujourd'hui, il est souffrant.
- Remplissez-les! Voilà les noms avec leur date et lieu de naissance, ainsi que leurs date et lieu de décès. Pendant ce temps, je vais sortir Rabbi Shmuel de son lit.
- Ce n'est pas nécessaire d'en arriver là. Son adjoint Rabbi Issahar Zeligman est habilité à signer. Ne bougez-pas, je vais le chercher.

Lorsque le secrétaire s'éloigna Shmoulik prit Mordehai par le bras et lui dit à voix basse:

- Tu devrais te réjouir au lieu de faire une tête d'enterrement...

Shmoulik marqua un temps d'arrêt pour bien faire comprendre à son ami, la subtilité de sa constatation, puis il poursuivit:

- C'est une chance, nous n'aurons pas à aller déranger Rabbi Shmuel chez lui, d'autant que le secrétaire ne nous a rien dit sur la nature de sa maladie. Elle est peut-être contagieuse.

- Je ne sais pas si la maladie de Rabbi Shmuel est contagieuse mais je sais que Rabbi Issahar est une vraie peste.

- Comment ça ?

- Ce jeune idiot qui est partisan d'un hassidisme pur jus, est encore de nos jours, un farouche adversaire des *mitnagdim* que sont la plupart des lituaniens. D'ailleurs, il ne porte pas Rabbi Yehuda dans son cœur.

- Il n'est peut-être pas l'idiot que tu pretends, sil est devenu l'adjoint du grand Rabbin de Safed à son âge.

- Il ne doit ce poste qu'à sa lignée. En Ukraine, son père etait le disciple de Rabbi Menahem Nahum Tversky fondateur de *La dynastie Hassidique de Tchernobyl* , lui-même disciple du Baal Shem Tov...

Il fut interrompu par l'arrivée de Rabbi Issachar.

- Cher Monsieur Ginsburg, que puis-je faire pour vous?

- Voilà Rabbi Issachar. Il faut que vous me signiez ces six certificats de décès concernant la famille de Sarah. Rabbi Shmuel nous avait promis de les rédiger au plus tôt. Entretemps, nous avons retrouvé les corps, nous avons donc une urgence et vous connaissez ce gouverneur...

- Vous plaisantez n'est-ce pas ? il faut que je vérifie!

Sarah - Pensez-vous nécessaire de faire du zèle, alors que je suis poursuivie par un criminel. En fait, vous n'avez pas lu un traître mot du récit du drame de ma famille qu'a dû relater Rabbi Shmuel dans un rapport destiné au Rabbinat. Peut-être, n'en avez-vous même pas daigné en prendre connaissance. D'après ce qui m'a été rapporté, Rabbi Issachar, vous ne vous souciez pas outremesure des dangers que nous encourons car notre famille serait d'origine lituanienne.

- Comment osez-vous? C'est de la pure médisance!

- Rabbi Shmuel sait il que vous pratiquez cette discrimination?

- Madame, je ne vous permets pas…
- Alors, répondez-moi. D'après-vous, mes parents ne seraient pas morts? Vous dites vouloir vérifier? Ce n'est pas nécessaire, vous venez de les tuer une seconde fois. Vous ne méritez pas l'estime que nous portons à vos pères. Venez mes amis, partons, je me retiens de vomir.
- Mais attendez. Ce que vous me demandez n'est pas légal.
- Parce qu'un pogrom, c'est légal? Et puis, des cadavres de gens morts depuis dix ans, vous les auriez sans doute reconnus.

Restant sur sa position, Rabbi Issachar se fendit d'un pitoyable "je suis désolé" puis les salua froidement et regagna son bureau. Plantée au beau milieu de la réception, avec Shmoulik et Mordehai, Sarah meurtrie au plus profond d'elle-même, voulut pleurer de tristesse et de rage, mais les larmes ne sortaient pas.

Le secrétaire jugea utile d'intervenir

- Ne vous mettez pas l'âme en peine madame, je remplirai les certificats et dès qu'il ira mieux, Rabbi Shmuel les signera. C'est l'affaire d'une semaine tout au plus.

Mordehai interrompit le jeune haredi :

- J'ai une autre idée, vous les remplissez, vous les conservez, vous prenez le sceau du Rabbinat et vous venez avec nous. Le Rabbi les signera chez lui et nous vous ramènerons. Dans une demi-heure, vous êtes là. Rabbi Issachar ne se rendra compte de rien et Rabbi Shmuel sera fier de vous, je vous le promets. Voyez-vous, il a demandé à Samuel et Sarah Danilovitch de remettre une requête éminemment importante à Sir Moses Montefiore, en main propre. Ils ont efficacement plaidé la cause de Rabbi Shmuel et Sir Moses a tout accepté. Il attend son devis.

Enthousiasmé par la nouvelle et certain que Rabbi Shmuel serait ravi de l'apprendre, quel que soit son état, il finit par céder au ton péremptoire du président des communautés russophones de Galilée et ami de longue date de son patron. Le jeune haredi s'exécuta dans la foulée. Il remplit les six certificats de décès de la famille Litvak à une vitesse qui ne laissait aucune place au doute quant à son expérience en la matière. Une fois arrivé devant la maison de Rabbi Shmuel, le jeune haredi se mit à trembler comme une feuille. Ils entrèrent dans la maison du Rabbi. Sa femme eut beau dire à Mordehai, qu'elle connaissait parfaite-ment, que son époux était malade, rien n'y fit. Il força la porte et arriva jusqu'à son lit.

Rabbi Shmuel décontenancé par un tel culot, leur demanda d'être brefs. Il voulut savoir tout d'abord, la raison de cette intrusion outrancière. Après les avoir écoutés, il les pria de revenir le len-demain car aujourd'hui il n'était pas apte à signer un quelconque document officiel, puis il leur demanda de sortir et de le laisser se reposer.

Sarah - Avant notre départ pour Jérusalem, vous nous aviez pro-mis de les rédiger des votre retour au Rabbinat. A propos, si vous n'avez toujours pas reçu une lettre de Monsieur Loewe, vous ne tarderez pas à la recevoir. Sachez, cependant, que Sir Moses nous a confirmé personnellement qu'il accédait à votre requête et at-tendait que vous lui communiquiez le chiffrage des réhabilita-tions. Je vous souhaite une prompte guérison. Prenez soin de vous Rabbi Shmuel.

Ils quittèrent la demeure du Rabbi et montèrent dans le fiacre, atterrés. Ils s'apprêtaient à déposer le jeune harédi tout aussi dé-pité, au Rabbinat avant de rejoindre Shmoulik, lorsque La femme de Rabbi Shmuel les rejoignit in-extremis.

- Viens, Mendel. Il va les signer. Je suis désolée. Cela doit être la fièvre qui ne l'a pas quittée depuis ce matin.

Quelques minutes plus tard, Mendel revenait triomphant, muni des certificats de décès signés et estampillés. Ils le déposerent au Rabbinat, comme convenu et rejoignirent Shlomo à la wilaya.

- Qu'avez-vous fait? Vous vous êtes promenés, ou bien ?

Shlomo alla voir le fonctionnaire, lui remit les certificats de dé-cès, exigea un reçu pour le Rabbinat et récupéra le certificat d'identité de Sarah.

Shlomo - Tu veux que nous fassions un saut chez nos amis cir-cassiens pour leur faire part de ta proposition et sonder leur posi-tion.

Sarah - J'ai encore en travers de la gorge le refus et le zèle déplacé de Rabbi Issachar Zeligman. D'ailleurs, je fais mon possible pour me raisonner et me dire que, finalement, nous avons obtenu gain de cause. Mais ça ne passe pas. Je voulais te dire que tu avais été formidable avec le gouverneur. Sans toi, rien n'aurait été possible et je tenais à t'en remercier sincèrement. Demande à Mordehai de venir et reste avec nous, s'il te plait.

Mordehai - Tu voulais me parler Sarah?

- Oui. Merci pour tout.. Tu as été décisif avec ce pauvre Mendel. Ton initiative de l'emmener avec nous chez Rabbi Shmuel a été prépondérante.

- Ce que toi, tu lui as balancé sur sa requête, permets moi de te dire que ça l'a bien bougé.

- Ecoute Mordehai, Shlomo me propose de me rendre à Rihanya pour remercier les circassiens et les sonder pour faire du carré de cimetière, donné à nos morts, un carré exclusivement juif et, aussi me faire l'honneur d'accepter une plaque commémorative pour leur sens de l'honneur et de l'humain. Sauf que je suis fatiguée d'avoir eu à batailler face à la plus haute autorité rabbinique de cette même ville pour défendre les dépouilles de ma famille massacrée par la barbarie anti juive. Alors, si comme la première fois, vous vouliez bien vous y rendre tous les deux, et me tenir au courant, ça me va bien. Si vous préférez que je vienne avec vous, il faudra attendre demain.

Mordehai - Je préférerais en finir aujourd'hui car même si ça a été parfois compliqué, nous avons obtenu tout ce que nous voulions.

Shlomo - Je préfère aussi.

Sarah - Si je vous laisse le fiacre, l'un de vous saurait-il le conduire? A ce propos, dorénavant, je ne tiens plus à demeurer seule dans l'habitacle avec deux hommes, pendant que mon mari nous conduit.

Shlomo - Je te comprends Sarah, attends.

Il revint peu après.

- C'est réglé. Ils savent parfaitement le conduire. Désormais, ils monteront tous les deux sur les sièges du cocher, de sorte que toi et Shmoulik soyez ensemble dans la voiture. Mordehai, tu conduis pour aller à Rihanya?

- Auparavant, vous nous déposez. Nous ne ressortirons pas ce soir.

Une fois chez eux, Sarah lâcha prise et éclata en sanglots. Cette journée avait été extrêmement éprouvante pour elle. Certes, comme lui avait fait remarquer Mordehai, *"ils avaient obtenu presque tout ce qu'ils voulaient"*. Ce constat lapidaire qui reflétait l'exacte vérité semblait finalement destiné à l'apaiser et servir de baume à son écoeurement. Pourtant, il fut loin d'atteindre son but. Au contraire, il ravivait sa colère. Elle était ulcérée.

- Que voulions-nous de si extraordinaire? Si je synthétise, juste deux documents. L'un attestant que j'étais bien moi: Sarah Litvak et l'autre que ma famille était morte. Voilà ce que nous voulions. La belle affaire.

Si dans le premier cas, la présence d'esprit de Shlomo leur avait épargné les affres d'une lenteur administrative inévitable, c'était la wilaya, elle-même, qui mettait Sarah mal à l'aise. Le temps n'avait rien changé. Tout était resté figé, même guichet, même bureau, même odeur. Trop de mauvais souvenirs remontaient subitement à la surface. La derniere fois qu'elle eétait venue dans cet endroit, c'était avec Mansour, pour déclarer le meurtre de Ali et Zoulikha. Elle avait dû cacher son identité par peur d'une trahison. Aujourd'hui, ses doutes de trahison n'avaient pas disparu, mais elle voulait qu'on reconnaisse son identité même si c'était au prétexte d'un deuil à l'etranger. Les mots trahison, mort et identité collaient inexorablement à cet endroit. Le départ précipité vers le Rabbinat lui avait évité, sans nul doute, un haut le cœur.

Son écoeurement atteint son paroxysme lorsque Rabbi Issachar qui savait que sa famille avait été incontestablement assassinée, avait refusé de signer l'avis de décès pour d'évidentes querelles de clocher et donné la priorité à une supposée légalité avec un zèle futile qui masquait maladroitement sa détestation des adeptes du Gaon de Vilna. Cette guéguerre qui avait commencé plus d'un siècle auparavant en Ukraine et en Lituanie, perdurait en Eretz Israël. Sarah trouvait cet antagonisme totalement déplacé. Elle comprit réellement ce qu'avait voulu dire Rabbi Yehuda, lorsqu'il la reçut le premier soir et lui rapporta que les deux leaders unis, côte à côte, sonnèrent le rassemblement du peuple.

Ces certificats auraient dû être signés instantanément si Rabbi Shmuel n'était pas tombé malade car il connaissait son histoire dans les moindres détails. Mais bien qu'à l'évidence, son attitude ne pouvait s'expliquer que par un excès de fièvre, sa déception fut telle que malgré son revirement de dernière minute, elle avait du mal à s'en remettre et l'obtention *in fine* de ces deux documents ne réussissait pas à la calmer.

Sarah continuait de sangloter nerveusement. Shmoulik la prit tendrement dans ses bras, lui caressa les cheveux avec douceur et l'embrassa. Elle se lova dans ses bras. Elle sentit frémir en elle une sensation de bien-être qui la rassura et ressentit soudain une envie irrépressible de faire l'amour avec son mari.

*

Le fiacre avait déjà franchi l'entrée du village de Rihanya et s'arrêta sur la place centrale. Mordehai descendit le premier et demanda à voir Kais ou Yacine Amirov. Ce dernier, qui les avait vus arriver, vint vers eux, en courant.

- Bonjour Yacine, ton père s'est bien remis? Comment va t-il cette semaine?

- Il va mieux, je vous remercie. Je l'ai prévenu de votre arrivée, il vous attend avec le chef de notre communauté. Suivez-moi, je vous prie.

Mordehai et Shlomo le suivirent. Les deux gardes du corps rangerent le fiacre et attendirent à l'intérieur de l'habitacle.

A la porte d'entrée, deux hommes les attendaient. Le plus grand était un homme d'âge mûr au regard franc. La couleur de ses yeux, d'un bleu profond peu commun, leur rappela celle des yeux de Yacine, leur donnant à penser qu'il s'agissait de Kaïs, son père. L'autre, était un vieil homme qui devait être le chef de cette communauté. Yacine les annonca et leur présenta leur chef, Atsker Mokhsi, ainsi que son père Kaïs. Mordehai et Shlomo les saluèrent avec déférence. Les circassiens leur répondirent avec cordialité, puis la porte se referma. Quelques minutes plus tard, les deux amis ressortirent accompagnés de leurs hôtes jusqu'à leur fiacre. Les ayant vu ressortir, leurs gardes du corps avaient déjà réintégré leurs postes sur la banquette des cochers à l'avant du fiacre. Le cœur léger, Shlomo et Mordehai se mirent à plaisanter comme de vieux larrons, visiblement satisfaits de la pleine réussite de leur mission.

*

Pour la première fois de sa vie, Sarah fit une véritable grasse matinée. Shmoulik était là, près d'elle, attentionné et aimant, attendant patiemment qu'elle se réveille. Il l'embrassa et lui susurra *"Boker tov"* (littéralement Bon Matin). Elle lui répondit en s'étirant *"Boker Or"*(Matin de lumière). Visiblement, sa rancœur avait disparu sans laisser de trace. Sarah se redressa soudain et s'écria

- Les gardes du corps!

- Eh bien quoi, les gardes du corps?

- Ils ne sont pas venus ce matin ou alors nous dormions et ne les avons pas entendus. Ils ont dû croire que nous n'étions plus là.

- Ma chérie, calme-toi. Tout va bien. Ils sont arrivés à l'heure habituelle ce matin, ils ont toqué à la porte conformément au code que nous avions mis en place avec eux. Je venais de finir ma prière du matin. Je leur ai ouvert et les ai salués. J'ai ensuite préparé du thé et suis devenu le gardien de ton sommeil et le garde de ton corps. A ce propos, veux-tu une tasse de thé? Il est encore chaud.

- Volontiers, mais auparavant j'aimerais …

Elle se rapprocha, s'enroula autour de lui comme une liane volubile et lui chuchota langoureusement au creux de l'oreille l'objet de son désir. Il tira les rideaux sans perdre une minute et s'engouffra tout habillé, sous les draps. Ils trainèrent toute la matinée au lit, goûtant pour la première fois aux joies du *farniente* dont ils se délecterent avec une volupté insoupçonnée.

Sarah prépara un repas improvisé, puis demanda à Shmoulik quand il comptait rencontrer Zalman Zweig pour l'informer de ses projets.

- Lui parler de mes projets ? Encore faudrait-il que j'en aie. Je te rappelle que c'est toi qui m'as demandé d'arrêter mon travail à la Yeshiva pour m'inscrire dans tes projets.

- C'est de ta faute. Maintenant il faut assumer. Je suis persuadée que c'est un excellent projet mais, pour le réussir, j'ai besoin de toi, mon amour.

- J'irai demain matin. Tu sais très bien que je ne te laisserai jamais tomber.

- Pendant ton trajet de retour, tu pourras t'arrêter acheter de l'huile d'olive pure et une hanoukia. Les fêtes commencent Dimanche 10 décembre.

- Mais, il y en a déjà une dans la maison.

- Oui, mais nous apporterons la nouvelle Hanoukia à Esther et Rabbi Yehuda. Aujourd'hui, je voudrais me rendre à la wilaya pour organiser la levée des scellés de la maison de mon père, le plus tôt possible. Puis en fin d'après-midi, nous retrouverons Shlomo chez Mordehai et Dinah. Je suis impatiente de savoir ce qu'ont décidé les circassiens.

Lorsqu'ils arrivèrent à la wilaya, ils furent surpris de ne pas retrouver le fonctionnaire habituel au guichet. Le guichetier leur apprit qu'il s'était absenté pour la journée avec le gouverneur. Mais qu'à cela ne tienne, s'il pouvait les renseigner, ce serait avec plaisir. Shmoulik prit la parole.

- Voilà, mon beau père Ephraïm Litvak a d'abord vendu puis racheté sa maison à son ami Ali el Bar'ami le 15 juin 1834. Ce même soir, il a été assassiné avec tout le reste de sa famille, sauf sa fille et seule héritière Sarah Danilovitch Litvak. Nous sommes en possession de l'acte de rachat de la maison par Ephraim Litvak. Nous avons l'acte de décès de monsieur Litvak, de sa femme et de leurs enfants, et nous avons un certificat d'identification de ma femme comme étant Sarah Lidtvak avec témoins de moralité. Ce dernier document a été signé par le gouverneur lui-même.

- Parfait. Je vérifie tous ces documents et je suis à vous. Le 13 juin 1834, j'ai bien la vente à Monsieur Bar'ami. Mais le 15 juin, j'ai d'autres transferts. Je n'ai pas l'acte de rachat de votre beau-père. Et puis, voyez-vous ce qui me gêne c'est d'abord une vente et un rachat à deux jours d'intervalle et ensuite qu'il y ait un trou de dix ans. Pourquoi?

- Cette date du 15 juin 1834 ne vous dit rien?

- Non, pourquoi. Elle devrait?

Pendant que Shmoulik lui rappelait ce que commémorait cette date et que les cadavres de sa famille n'avaient été authentifiés que récemment, l'un des gardes du corps entra dans la Wilaya et fit un signe à Sarah qui le rejoignit.

Le garde - Des hommes de belle taille rodent autour de votre fiacre.

Sarah - Vous ont-ils vu venir me rejoindre?

Le garde - Je ne crois pas.

Sarah - Bien, comment vous appelez-vous ?

Le garde - Mon nom est Abdel Raouf, madame. Mais tout le monde m'appelle Raouf. Voilà, nos regards se sont croisés. Nous nous sommes jaugés. Ils savent qui nous sommes. Pour ce qui me concerne, je peux vous affirmer sans nul doute qu'il s'agit d'hommes formés dans un corps d'élite de janissaires.

Sarah - Comment pouvez-vous en être aussi sûr?

Raouf - Nous nous reconnaissons!

Sarah - Ne changez rien à ce qui a été prévu. Je me charge de régler ce problème. Surtout ne dites rien à mon époux!

Après avoir consulté le dossier, le fonctionnaire finit par leur dire qu'il faisait un remplacement et que, pour un dossier aussi complexe, il préférait ne rien noter et qu'il valait mieux revenir avec ces documents un autre jour.

- Vous comprenez, cette histoire d'achat de vente et de rachat dès le surlendemain est vraiment louche. Je suis sûr qu'il y a anguille sous roche.

- Vous comprenez bien que la situation d'alors, nécessitait ce genre d'opération si particulier.

- Je ne comprends pas vraiment. Mais en revanche, j'aimerais savoir si vous possédez les reçus concernant les règlements des droits de mutation. Car dans le cas contraire, vu le retard de paiement, la sanction serait colossale.

- Mais enfin, il n'y a pas de droits de mutation puisque toute cette histoire est fabriquée!

- Fabriquée! Ah! Je sentais bien que cette histoire était louche!

Sentant l'affaire mal embarquée, Shmoulik lui demanda de laisser tomber, compte-tenu de la complexité de ces transferts. Avant de le quitter, résigné, il récupéra tous les documents et lui fit savoir qu'ils reviendraient un autre jour afin de régler ce dossier avec le titulaire du poste, voire avec son excellence Rustum Bey lui-même. Puis il tenta une ultime question.

- Pourriez vous au moins me dire qui a fait la demande de pose des scellés?

Le fonctionnaire, soulagé de se débarrasser définitivement de ce dossier, jeta un œil et leur apprit qu'en Mars 1842 un certain Makhlouf Bar'ami, se disant cousin d'Ali, avait déposé une demande de récupération concernant les deux maisons de la famille el Bar'ami. Son dossier était à l'étude, lorsqu'il fut bloqué par l'Etat-Major au Caire, qui leur intima l'ordre de mettre les scellés sur les deux maisons jusqu'à ce que cette demande soit traitée. Depuis, le cousin ne s'était plus manifesté et le dossier était resté bloqué.

En sortant de la wilaya, Sarah fit part de son sentiment à Shmoulik.

- C'est loin d'être gagné!
- Soyons positifs ! lança Shmoulik
- Tu trouves vraiment qu'il y a de quoi ?
- Absolument, car nous savons maintenant pourquoi il y a des scellés. Pour ma part, je suis pratiquement certain que Dahmane el Jaafari, dont nous avons maintenant une trace qui remonte à mars 1842, a trouvé un homonyme pour effectuer ses sombres manœuvres. Il lui était facile de profiter du fait que les deux maisons étaient inhabitées pour tirer avantage de la confusion qui régnait. Nous savons aussi que la demande du soi-disant cousin n'a pas prospérée. Par ailleurs, nous avons affiné notre demande : Acte de rachat, certificat de décès du propriétaire et de ses ayants-droits attesté par le Rabbinat ainsi que ton certificat d'identification validé et estampillé par l'administration. Nous savons aujourd'hui, que la seule date officielle du rachat qu'il faudra faire inscrire sur l'acte en notre possession, ne peut être que le 14 ou le 15 Juin 1834 ce qui, je te rejoins, posera problème.

Sarah en conclut que la restitution de la maison de son père n'était plus à l'ordre du jour et en fut grandement affectée. Elle demanda à Shmoulik s'il était d'accord pour se rendre, dès maintenant, chez Mordehai. Il acquiesça et monta dans la voiture. Sarah fit de même, mais s'employa auparavant à croiser furtivement les yeux de Raouf, afin d'entériner l'ordre qu'elle lui avait donné, par un regard de connivence.

Comme il était encore un peu tôt, Shmoulik suggéra d'acheter des fioles d'huile d'olive vierge et une belle Hanoukia pour la fête qui se profilait. Ils en profiteraient pour acheter également les bougies nécessaires à la cérémonie funéraire dédiée à sa famille ainsi qu'à l'ensemble des 26 tombes juives.

En fin d'après-midi, le fiacre s'arrêta devant la demeure de Mordehai et Dinah Ginsburg. Leurs hôtes les reçurent avec d'autant plus d'empressement que les nouvelles étaient excellentes.

Dinah leur servit du thé en attendant Shlomo, qui ne tarda pas à les rejoindre. Mordehai ne bouda pas son plaisir et commença
- Que vous dire, sinon que ces circassiens sont des gens formidables, dignes et profondément humains, quelque soit la génération.

Shlomo - Comme la fois précédente, nous avons été accueillis par le jeune Yacine qui nous a conduits auprès de son père Kais Amirov et du nouveau chef du village Atsker Mokhsi. Ces trois personnes representaient trois générations différentes.

Mordehai et moi avons exposé tes souhaits de laisser les tombes dans leur village. Ils en avaient assumé le fait et ils avaient respecté nos morts avec dignité, de sorte qu'ils ne sauraient être enterrés aussi bien, nulle part ailleurs. Nous avons émis le souhait d'ériger une plaque en marbre reprenant le texte en hebreu "Cimetière des martyrs juifs de Byrriah".

Puis, une autre plaque serait apposée avec les noms des défunts. Nous avons également informé nos hôtes que nous comptions organiser, après la fête de Hanoucca, une cérémonie funéraire officielle avec des rabbins et des proches de la seule survivante du massacre. Enfin, une *Azkara* (anniversaire commémoratif de deuil et de recueillement) serait dorénavant organisée suivant la date hébraique du *9 sivan* (date correspondant au soir du 15 juin 1834). Enfin, ce cimetière serait uniquement consacré aux martyrs juifs de ce pogrom.

Les trois hommes se sont consultés un court instant, puis le chef Atsker Mokhsi nous a répondu qu'ils étaient d'accord sur tout même si, à titre personnel, ils conserveraient également le 15 juin. Ils nous avouèrent que leur plus grande crainte, lorsque nous sommes arrivés, était que les proches des défunts ne décident de faire transférer les tombes à Safed, les privant d'un pan important de leur jeune histoire en Galilée. Ce qu'ils avaient fait, ils en étaient fiers et le revendiquaient pleinement. Leur en ôter ce témoignage perpétuel aurait été pour eux un coup très dur. Aussi, le premier souhait de Sarah qui était de ne pas soustraire les dépouilles à ceux qui les avaient honorés et leur avaient rendu une part de dignité, les a parfaitement rassurés. Le reste ne revêtait aucun problème, bien au contraire.

Shlomo indiqua qu'en fait cette rencontre n'avait duré pas plus d'une vingtaine de minutes.

Sarah - C'est en effet une excellente nouvelle. D'après vous, au-raient-ils des besoins pressants que vous auriez décelés?

Mordehai - Pourquoi? Tu voudrais leur faire un présent?

Sarah- Oui. Mais quelque chose d'utile ou de commémoratif.

Mordehai - Je dois avouer que je n'en ai aucune idée. Et toi Shlomo?

Shlomo - Non, moi non plus. Mais on peut se renseigner discrè-tement auprès de Yacine.

Sarah - Très bien. Shmoulik, veux-tu faire un résumé de notre visite à la wilaya cet après-midi.

Pendant que son mari leur donnait acte des difficultés qu'ils avaient rencontrées auprès d'un fonctionnaire remplaçant, Sarah fit un signe à Dinah afin qu'elle la rejoigne dans la salle d'eau.

- Dinah, veux-tu bien dire à Mordehai que Shmoulik sera à la Yeshiva demain toute la matinée et que j'aurais besoin de doubler les effectifs de surveillance. Tu te doutes bien que si je le de-mande moi-même dans le salon, Shmoulik aura peur pour moi et risque de reporter sa visite, alors que c'est très important qu'il y aille demain.

- Qu'est ce que je lui réponds, s'il me demande pourquoi?

- Eh bien, que c'est à titre préventif. Comme nous avons joué à découvert tout à l'heure à la wilaya, ils savent qui je suis et que je possède des actes de rachat. Si jamais, comme nous le pensons, Dahmane a un complice sur place, cela risque de devenir chaud dans les prochains jours.

- D'accord Sarah, ne t'inquiète pas. Je lui ferai la commission. Tu veux donc quatre vigiles au lieu de deux ?

- C'est exactement ça, Dinah. Je te remercie.

Le soir, Shmoulik discuta avec Sarah de sa visite du lendemain à la Yeshiva.

- Bon, tu es sure que tu veux que je laisse tomber mon poste ?

- Oui, mon chéri. Nous en avons déjà parlé.

- Tu sais que je n'ai que mon salaire pour régler mon loyer, te faire vivre et aider mes parents.

- Espèce de macho! C'est donc ça. C'est l'homme qui doit subve-nir aux besoins de la famille, n'est-ce pas ?

- Tu ne te mets jamais à ma place.

- Ecoute-moi une fois pour toutes. Mon argent, c'est ton argent. Je suis enceinte et j'aurai besoin de toi. Nous ne retournerons pas vivre chez toi, car en partant d'ici nous habiterons dans la maison familiale. Et pour tes parents, j'ai des projets dont je te parlerai en temps utile.

- Bon. J'irai voir Zalman demain matin pour lui dire que je démissionne.

Chapitre XIII

Le lendemain, vers 7 heures du matin, Shmoulik se mit en route pour la Yeshiva.

A 8 heures, ses deux gardes du corps habituels frappèrent à la porte selon le code habituel. Sarah les reçut.

- Vous êtes seuls? Hier, J'ai pourtant demandé deux gardes supplémentaires, afin que vous soyez quatre ce matin! Bon, allez chercher le fiacre et positionnez-vous devant la maison.

A peine étaient-ils sortis, que le code retentit une nouvelle fois. Sarah ouvrit la porte. Un homme l'agrippa par la taille, l'autre la baillonna, lui couvrit la tête d'un sac de jute et ils l'embarquèrent dans une carriole qui les attendait devant la porte. Une veritable action-commando qui n'excèda pas la minute !

Lorsque le fiacre de Sarah arriva, la porte de la maison était restée entrouverte. Raouf en descendit, appela, comprit instantanément la situation et avança dans la rue à la recherche d'informations, suivi par son compère qui conduisait le fiacre.

Au même moment, Shmoulik entrait dans le bureau de Zalman Zweig. Ce dernier, un brin sarcastique, lui fit remarquer qu'il avait pris son temps. Shmoulik lui objecta que finalement pas assez. C'est pourquoi, il préférait arrêter tout simplement. Zalman était loin de s'attendre à cette réponse quand il avait commencé à plaisanter avec lui. Il lui demanda néanmoins s'il avait bien réfléchi et suffisamment pesé le pour et le contre. Shmoulik était nerveux. Il lui répondit simplement qu'il assurerait son poste, le temps que la direction lui trouve un remplaçant. De toute façon, les fêtes de Hanoucca arrivaient et ils en reparleraient après. Au moment de se retirer, il lui fit part de sa visite chez les Montefiore et lui conseilla de faire établir un devis pour la réhabilitation de la Yeshiva. Sir Moses en assumera la charge. Zalman resta interloqué. Mais Shmoulik était déjà parti. Il ne savait pas dire s'il pressentait quelque chose, mais il fallait qu'il rentre.

415

*

Sarah avait été enfermée dans une pièce sombre. Les hommes l'avaient libérée du sac de jute mais lui avaient, cependant, attaché les chevilles ainsi que les mains derrière le dos. Après un moment d'adaptation à l'obscurité, Sarah habitua progressivement ses yeux au manque de lumière et se mit à distinguer des formes. Désemparée, elle commençait à prendre conscience de sa témérité et de son imprudence. Certes, elle voulait piéger Dahmane une bonne fois, afin de ne pas rester un gibier toute son existence et trembler au moindre bruit suspect ou à la moindre silhouette inconnue. Mais, elle avait présumé de ses capacités. N'est pas chasseur qui veut. Enfin, mais que s'était-il donc passé? Où étaient passés les deux gardes du corps supplémentaires? Dinah avait-elle transmis le message a Mordehai? Ce dernier avait-il disposé du temps nécessaire pour mettre en place ce renfort? Ses deux gardes du corps habituels avaient-ils réussi à repérer la carriole et la prendre en filature? Les questions s'amoncelaient dans son crâne sans trouver le moindre embryon de réponse.

*

Après être passé chez Nephtali pour l'informer qu'il quittait la maisonnette et qu'il pourrait en disposer dès le 1er janvier 1844, Shmoulik était revenu à la maison où régnait une effervescence mal dissimulée.
Il y trouva Mordehai et Shlomo, prévenus par les gardes du corps.
- Que se passe-t-il, Mordehai. Où est Sarah?
- Nous n'en savons rien. Les gardes du corps sont venus nous prévenir que Sarah les avait envoyés chercher le fiacre et qu'à leur retour, la porte était grande ouverte et Sarah avait disparu.
- La porte a-t-elle été fracturée?
- Non, absolument pas.
- Je ne comprends pas. Nous avions établi un code secret pour filtrer les venues. Si Sarah a ouvert, c'est que soit elle connaissait le visiteur, soit que l'arrivant avait connaissance du code, chose impossible. A moins d'avoir été trahis !
Il se retourna vers les deux gardes du corps. C'est alors que Mordehai intervint.

- Shmoulik, il faut que tu saches que Sarah nous a demandé de lui trouver deux gardes du corps supplémentaires pour ce matin.
- Comment se fait-il que je ne sois pas au courant?
- Elle avait un mauvais pressentiment et s'en était ouverte à Dinah en insistant pour qu'elle soit très discrète car elle ne voulait pas t'alarmer.
- Mais enfin, si je l'avais su je serais resté avec elle, plutôt que d'aller à la Yeshiva.
- C'est ce qu'elle voulait éviter à tout prix. Présent, tu y aurais certainement laissé ta peau.
- Et bien, tu les as trouvés où, ces gardes du corps? Tu les connaissais?
- Non, pas du tout.
- Alors peux-tu m'expliquer comment tu as fait?
- Comme pour les premiers dont nous sommes entièrement satisfaits. Je me suis adressé à Hamid. C'est un ancien capitaine du corps d'élite des janissaires. Il a ouvert une officine chargée de fournir des gardes du corps pour toutes sortes de prestations privées.
- Et tu les reconnaîtrais ? As tu parlé avec eux avant?
- Non, j'ai dû m'en remettre à Hamid. C'est un homme extrêmement sérieux qui tient à sa réputation.
- Mordehai, tu aurais dû les voir et les sonder, leur expliquer ce que nous attendions d'eux.
- Ah oui? Et comment aurais-je fait. Sarah me les a demandés hier soir quand vous étiez à la maison pour une prestation ce matin à partir de 8 heures.

Les esprits commençaient à s'échauffer. Shlomo essayait de calmer tout le monde en posant les questions qui lui semblaient essentielles.

- Quelqu'un a-t-il des nouvelles des deux gardes supplémentaires ? Étaient-ils à l'heure, ce matin ? J'ajouterai même, sont-ils tout simplement arrivés? D'après nos gardes, quand ils ont commencé leur garde à 8 heures, les autres n'étaient pas encore arrivés. Quand ils sont revenus dix minutes plus tard, ils n'étaient toujours pas là et la porte d'entrée était ouverte.
- Pour compléter ta synthèse, tu as dit "Dix minutes plus tard, ils n'étaient toujours pas là", peut-être aurait-il fallu rajouter "Ils n'étaient déjà plus là"!

- Que veux-tu dire Shmoulik? Précise ta pensée.

Shmoulik - Auparavant, juste une question: Mordehai, as-tu donné le code à Hamid ?

Mordehai - J'y ai été contraint compte-tenu de l'urgence. Nos gardes n'étaient même pas informés du renfort. Ils ne les auraient pas admis sans un ordre de Hamid.

Shmoulik - Considérez cette hypothèse, certes tirée par les cheveux, mais pourtant parfaitement plausible. Supposons que les deux gardes supplémentaires connaissent ou ont déjà travaillé pour Dahmane et que bien qu'ils ne soient pas titulaires de cette agence, ils trainaient leurs guêtres dans l'officine de Hamid. Voyant ce dernier pris de court, ils se sont immédiatement proposés. Ils récupèrent le code pour les besoins de la mission. Juste avant 8 heures, ils se planquent et attendent que nos gardes partent chercher la carriole puis toquent à la porte conformément au signal prévu.

Shlomo - Nos gardes n'étant pas au courant, ils n'avaient aucune raison de soupçonner quoi que ce soit.

Mordehai - Mais, pourquoi des assassins de Dahmane traineraient chez Hamid, justement hier, et obtiendraient une mission, même pour une journée?

Shmoulik - La chance nous a malheureusement démontré, ces derniers temps, qu'elle choisissait souvent mal ses alliés. De plus, il n'est pas prouvé qu'ils soient des assassins. Il aurait été plus facile pour eux de tuer Sarah dans la maison plutôt que de risquer de se faire prendre en sortant un corps qui gigote.

Cette analyse claire et placide de Shmoulik eut l'heur de satisfaire tout le monde.

Mordehai - Oui, mais ça n'explique toujours pas pourquoi ces malandrins trainaient chez Hamid.

Les gardes postés à l'extérieur entrèrent soudain dans la maison et Raouf fit cette surprenante annonce à l'assemblée.

- Nous les avons rencontrés !

*

Sarah tenta de se redresser en s'adossant à un mur. Des bruits venant de l'extérieur avaient attiré son attention. Elle finit par rejoindre une fenêtre en sautant à pieds joints. Elle tira avec ses dents sur un pan de tissu rêche et épais qui servait de contre-vent. A sa grande surprise, elle aperçut une douzaine d'hommes debout, derrière leur tapis, autour d'une fontaine qu'elle reconnut sur le champ. Cependant, si l'endroit lui semblait familier, elle ne l'avait jamais observé sous cet angle. Elle en conclut qu'elle était aux abords de sa maison familiale. Elle regarda de nouveau, mais cette fois, de façon panoramique, et elle reconnut sa maison. Elle n'eut plus aucun doute. Elle était emprisonnée dans la maison d'Ali. Compte-tenu de la luminosité, les fidèles musulmans priaient *Salat al Asr* (La troisième des 5 prières quotidiennes). Elle en déduisit qu'il devait être environ 3 heures de l'après-midi. Décontenancée, elle retourna s'asseoir. Décidément, ce Dahmane était plein de ressources.

Quel meilleur endroit, en effet, qu'un lieu inhabité que personne ne réclame plus depuis que les autorités avaient placé des scellés. Il lui avait suffi de les briser et de leur rendre leur apparence intacte pour être tranquille, après s'y être introduit subrepticement. Elle prit le temps de réfléchir et arriva à la conclusion que si Dahmane avait voulu la tuer, il l'aurait déjà fait. Il voulait sans doute l'interroger sur les actes de rachat qu'il n'avait pas retrouvés sur ses victimes. Elle eut l'intime conviction qu'il ne l'exécuterait qu'après avoir obtenu ce qu'il cherchait. Ce lieu sentait le sang! Celui des époux el Bar'ami égorgés par ce criminel! Elle était déterminée à ne rien lâcher avec le secret espoir que Shmoulik et ses amis finissent par la retrouver.

Shmoulik, estomaqué, sembla chercher de l'air. Il regarda en direction de Mordehai et Shlomo qui attendaient, sidérés.

Mordehai - Vous les avez rencontrés ? Comment peux-tu affirmer qu'il s'agit des mêmes ? Explique-toi!

Raouf - Hier, nous les avons croisés pendant que nous attendions Monsieur et Madame Danilovitch.

Shmoulik - Réponds d'abord à ma question. Comment peux tu affirmer qu'il s'agit des mêmes et pourquoi ne m'en as tu pas parlé hier ? Je te rappelle que la vie de ma femme est en jeu…

Raouf - Nous n'avons rien dit, votre femme nous ayant intimé l'ordre de ne rien vous révéler. Quant à savoir comment nous pouvons affirmer qu'il s'agissait des mêmes... Je vous demande humblement de vous fier à notre expérience. Deux janissaires rodaient avec insistance autour du fiacre, l'un d'entre eux vous observait même à l'intérieur de la wilaya. Ensuite, lorsqu'il a rejoint son collègue, ils se sont remis à tournoyer autour du fiacre. Mais ils s'arrêtèrent net lorsqu'ils croisèrent notre regard.

A ce moment, nous comme eux, savions qui nous étions.

Shmoulik - Déjà, avant de partir pour Jérusalem, nous avions été coursés, depuis le cimetière musulman à travers toute la ville, par deux colosses à qui nous avions échappé de justesse!

Mordehai - Je comprends mieux, maintenant, la demande urgente de renfort supplémentaire.

Shmoulik - Vous êtes sûr qu'il s'agit des mêmes?

Raouf - Quasiment! Ils vous ont repérés hier et se sont défilés lorsqu'ils nous ont vus. Ils ont dû nous suivre toute la journée. Puis le soir venu, ils ont dû se rendre chez Hamid et sont revenus chercher votre femme ce matin.

Mordehai - Les aviez vous déjà vus chez Hamid? Sans ça, pourquoi y seraient-ils allés?

Raouf - Quand ils nous ont vus, ils ont tout de suite compris que nous étions d'anciens janissaires aujourd'hui à la solde de Hamid. C'est certainement la raison de leur visite d'hier soir. Peut être, pour nous proposer un marché ! Mais la malchance a voulu que la mission de dernière minute ordonnée par Monsieur Mordehai se présente à ce moment. C'était inespéré pour eux !

Shlomo - C'est gravissime ! Cela voudrait dire que ce Dahmane, dont les hommes de main ont tous été tués, pourrait recruter, à sa guise, des janissaires démobilisés pour accomplir ses méfaits avec une rare efficacité!

Shmoulik - Il faut que nous réagissions très vite. Le temps joue contre nous.

Mordehai, tu vas prendre Raouf et aller directement chez Hamid pour lui expliquer sommairement la situation et lui demander de mettre en place une traque pour retrouver les deux hommes en question. Et que, pour se rattraper, il mette sur le coup tous ses hommes disponibles, à disposition, jusqu'à la libération de Sarah. Toi Shlomo, fonce à la wilaya pour déclarer l'enlèvement de Sarah et demande le concours des autorités pour la retrouver rapidement, ses jours étant en danger, puisque kidnappée par un criminel de droit commun, du nom de Dahmane El Jaafari, recherché depuis plus de 5 ans.

Puis, s'adressant au deuxième garde.

- Et toi, comment te nommes-tu?

- Jaber, monsieur.

- Je ne donne pas cher de la vie de Sarah après qu'ils aient obtenu ce qu'ils attendent d'elle. Alors de grâce, faites au plus vite. Alors Jaber restera ici avec moi pour me protéger en attendant de vos nouvelles.

Vers 6 heures du soir, alors que *Salat al Maghrib* (La 4e prière de la journée, celle du crépuscule) venait à peine de se terminer, la porte s'ouvrit et une ombre apparut. Le sang de Sarah se glaça dans ses veines. Pourtant stoïque, elle resta silencieuse. L'homme s'approcha d'elle lentement, un grand couteau à la main. Sarah envisageant le pire, pensa très fort à Shmoulik et à son bebe qui ne verrait jamais le jour. Elle se trouvait dans une situation méprisable. Tu parles d'un chasseur! Elle avait les pieds et les mains attachés, comme on le fait pour un mouton que l'on mène à l'abattoir. D'ailleurs cette maison n'était-elle pas devenue un abattoir pour Dahmane!

Il l'avait quasiment atteinte. Elle ferma les yeux dans un premier temps. Puis avec un sursaut d'orgueil désespéré, Sarah les rouvrit immédiatement mais les détourna finalement, ne souhaitant pas que le rictus de Dahmane soit la dernière image qui lui restat de ce monde si cruel. L'homme trancha les liens qui la retenaient prisonnière. Elle se retourna instantanément, le dévisagea et totalement éberluée s'écria:

- Vous !! Othman ! Vous êtes sorti du coma! Vous êtes vivant!

- Je suis ravi de voir que vous me reconnaissez.

- Comment aurais-je pu vous oublier?

- Vous ne m'avez vu qu'une fois.

- Pourquoi cette mise en scène, étiez-vous obligé de me faire enlever?

- Je vous ai cherchée sans arrêt. Puis quand je vous ai retrouvée, vous vous en êtes rendu compte et êtes devenue insaisissable. Quant à "cette mise en scène", elle n'était pas prévue, mais sachez que je tenais à revenir à Safed en toute discrétion pour vous parler et vous montrer ce qui se trouve dans cette maison.

Rassérénée par ce début d'explication, Salma prit le parti de ne pas lui poser d'autres questions pour le moment.

Othman alluma une chandelle, s'assit et lui demanda d'en faire de même.

- Tout d'abord, dois-je vous appeler Salma ou Sarah?

- Sarah. Je m'appelle Sarah Danilovitch.

- Bien, Sarah. Pourquoi avez-vous cessé de m'écrire pour me tenir au courant des événements?

- Vos parents ainsi que votre frère Mansour, de mémoire bénie, avaient été assassinés et vous étiez considéré comme mort. Personne, hormis votre frère, ne croyait que vous sortiriez un jour de ce profond coma. La mort de Mansour m'avait anéantie. J'ai mis cinq ans pour pouvoir me reconstruire. Voilà la raison.

- Je ne saurais expliquer pourquoi je ne vous ai jamais crue morte.

- Quand êtes-vous sorti du coma?

- Le 27 Février 1840. Vous pouvez être certaine que je n'oublierai jamais cette date. Puis, il m'a fallu plus d'un an de rééducation pour habituer mon corps, resté inerte pendant neuf années sans s'alimenter normalement et sans bouger, ni marcher. Mon estomac s'était refermé et mes muscles avaient littéralement fondu. Il a fallu également, me rééduquer, pour que je puisse de nouveau marcher et monter à cheval. Pendant ces mois à essayer de reprendre le fil de la vie, je lisais et relisais, les unes après les autres, toutes les lettres hebdomadaires envoyées par Mansour jusqu'à la dernière, puis la votre qui sonna le glas de ma famille. Ne pouvant plus reprendre une carrière militaire de campagne, j'ai été muté à l'état-major au Caire avec le grade de commandant, chargé des relations avec les wilayas régionales de l'empire. C'est à ce poste qu'un jour, je vis arriver sur mon bureau, une demande d'acquisition des biens de ma famille par un certain Makhlouf Bar'ami, se disant seul héritier de cette famille défunte. Je demandai aussitôt à mon adjoint de le convoquer. Il ne s'est jamais présenté. Je compris que ce prête-nom servait les intérêts de Dahmane el Jaafari. Aussi, le gouverneur de la wilaya de l'époque, Hassan Bey, reçut-il de l'état-major une directive lui enjoignant de faire poser des scellés sur les deux maisons jusqu'à nouvel ordre. La réapparition de cet individu dans ma sphère me fit bondir et me ravit également, car j'allais enfin pouvoir venger tous les êtres chers qu'il avait lâchement assassinés. Dahmane el Jaafari ne me connaissait pas et ne m'attendait pas. C'était parfait! J'attendais que l'occasion se présente. Ce qui ne manqua pas d'arriver deux mois plus tard. Le colonel Nour el din el Dawari, que vous aviez rencontré avec Mansour, alors qu'il était commandant à Alexandrie, avait fini sa carrière militaire à la tête de la garnison de Saint Jean d'Acre. Je postulais alors avec acharnement pour le remplacer. Je fus comblé lorsque le poste me fut octroyé avec le grade de colonel. Je me rapprochais inexorablement de Dahmane.

Quelques jours après mon arrivée à Acre, pour mon intronisation officielle, j'ai été honoré par la présence de Soliman Pacha ainsi que par celles des représentants d'Ibrahim Pacha et le délégué de l'émir Béchir. J'en ai profité pour inviter tous les gouverneurs de la région nord, notamment ceux de Sidon et de Safed.

Au cours de la soirée, je me suis entretenu avec Hassan Bey, le gouverneur de Safed. Ce dernier avait succédé en 1838 à ce cher Muhammad Bey que vous avez également connu avec Mansour. Je le pris par le bras et l'entraînai à l'écart, lui demontrant par ce geste, un signe évident de considération. Sans ambages, je lui confiai que je me sentais grugé par un individu qui s'était immiscé dans une affaire les concernant. J'avais utilisé sciemment une approche particulièrement intriguante pour l'accrocher. Je lui expliquai succinctement la situation et insistai pour qu'il me donne son avis. *"Tout d'abord, vous souvenez-vous de la demande d'héritage d'un certain Makhlouf Bar'ami, concernant les deux biens immobiliers laissés en déshérence suite à l'assassinat d'Ali el Bar'ami et de sa famille?"* Hassan Bey acquiesça.

"Et bien voyez-vous, c'est moi qui, depuis l'État- Major, vous ai envoyé l'ordre de mettre les scellés, sine-die, sur ces deux maisons jusqu'à nouvel ordre. Une enquête préalable auprès de ce demandeur a été diligentée mais ce dernier ne s'est plus jamais manifesté.
Hassan Bey m'écoutait attentivement cherchant à cerner, par anticipation, l'objet de ma problématique. Je me divertis presque de sa concentration qui traçait un canal profond bordé par deux rides d'expression entre ses yeux. Je décidai néanmoins de mettre fin à ce jeu.

"Comment vous appelez-vous Hassan Bey?" Surpris, il me répondit *"Hassan el Khabbaze. "Eh bien moi, c'est Othman Ben Ali Saber el Bar'ami."*

Il ne fit pas immédiatement la relation, mais après deux ou trois secondes, il me regarda les yeux écarquillés, *"Othman Bey vous êtes le fils du défunt!"*. Il venait de comprendre quelle était mon implication, mais il ne percevait toujours pas l'objet de la requête. Je dus mettre les points sur les i avec une certaine dose de philosophie :

"Qu'un aigrefin ou qu'une personne mal logée ait voulu profiter de l'opportunité qui s'offrait à elle avec ces deux maisons apparemment abandonnées, pourquoi pas ?

Cette tentative d'escroquerie aurait fait partie des choses de la vie. Il y a des voleurs et il y a les forces de l'ordre et nous savons de quel côté nous sommes. Mais là, il s'agit bien d'autre chose. En 1842, le marasme battait son plein et la wilaya n'avait pas encore réorganisé ses dossiers. Certaines archives n'ont pas été retrouvées, parce que volées, brûlées ou simplement détruites lors du saccage de l'administration, pendant la révolte des druzes du Hauran. D'après notre enquête, cet homme Makhlouf Bar'ami n'est rien d'autre qu'un homonyme servant de prête-nom à un certain Dahmane el Jaafari moyennant rétribution, un factotum en quelque sorte, qui devait se présenter à la wilaya et récupérer les biens en usant de son nom véritable et arguant qu'il avait déjà déposé une première demande en 1838, bien évidemment non retrouvée. Dahmane, qui connaît les tenants et les aboutissants de cette sordide histoire, et pour cause, sait que personne ne viendra jamais les réclamer. Cet assassin court toujours, mon cher Hassan. Comment pourrions-nous le piéger?"

Hassan Bey réfléchit un court instant, puis se lança.

"Cet individu Makhlouf n'est jamais venu à votre convocation. Il n'est jamais venu à la wilaya réitérer sa demande donc il est pratiquement tout neuf et n'a quasiment rien à se reprocher. Il porte le même nom et n'a donc pas usurpé une autre identité, d'autant que c'est peut être un cousin très éloigné. Il parait que si on remonte assez loin, nous sommes tous cousins. Nous pourrions lancer un avis de recherche de cet individu pour lui faire croire que l'enquête le concernant n'a rien donné et qu'elle est maintenant

*terminée. Dès son arrivée à la wilaya, je demanderai à mes su-
balternes de m'en informer. Je le recevrai personnellement, de
sorte qu'aucun fonctionnaire ne soit impliqué. Je pourrais donc
lui dire que concernant la maison de votre père, deux officiers
(que vous m'enverrez) l'accompagneront aux fins de la desceller.
L'autre s'effectuerait quelques jours plus tard pour des raisons
administratives. Je suis persuadé que lorsque les officiers se re-
tireront, Dahmane al Jaafari apparaitra et vous cueillerez ce criminel. Quant au dénommé Makhlouf, nous le mettrons en prison
quelques mois pour complicité d'escroquerie."*

Je lui fis part de mon admiration pour son plan et de ma gratitude
pour sa solidarité. Avant de rejoindre mes autres invités, notamment le général Sève devenu Soliman Pacha, sous les ordres de
qui j'avais combattu à la bataille de Konya, qui m'avait fait l'honneur et l'amitié de venir, j'interpelai une dernière fois Hassan
Bey.

*" Mon ami, ce Dahmane est un homme rusé qui n'hésitera pas à
tuer, même un gouverneur. Aujourd'hui, très peu de personnes
haut-placées savent que je dirige militairement cette région.
Mais dans quelques jours, lorsque mon nom circulera, vous
croyez que cette engeance sera dupe?"*

Un brin fataliste, il me répondit en souriant:

*"J'en suis conscient et cela bouleverse mes plans. Dès demain
matin, je le ferai quérir en douceur. Envoyez-moi deux de vos
soldats pour la fin de matinée"*

Le lendemain à la première heure, je quittais la caserne avec deux
soldats choisis sur le volet. Arrivés à Safed, je les envoyais à la
wilaya, se mettre à la disposition du gouverneur Hassan Bey pendant que moi, je me baladais dans la ville, incognito, bien à l'abri
dans ma calèche.

Makhlouf ne s'était pas fait prier pour venir à la wilaya, surtout
après en avoir appris le motif. Le gouverneur le fit patienter en
attendant l'arrivée des soldats de Saint Jean d'Acre. La fin de la
matinée approchant, il lui fit signer une déclaration sur l'honneur,
précisant toutes ses allégations pour le principe, le degré de parenté ainsi que la généalogie le reliant à Monsieur Ali Saber el
Bar'ami... Lorsque le gouverneur apprit que deux officiers le demandaient, il leur donna les pinces spéciales pour procéder à l'ouverture des scellés et ils partirent pour la maison. Makhlouf entra

dans la maison, remercia les soldats de leur prestation, en donnant une pièce à chacun, qu'ils refusèrent. Ils le quittèrent et vinrent me rejoindre subrepticement dans ma calèche que j'avais postée à l'angle de la rue, comme convenu. Nous n'avons pas eu à attendre bien longtemps avant que Makhlouf ne sorte de la maison d'un pas alerte. Nous sommes alors descendus et entrés dans la maison de mon père. L'émotion m'avait fortement étreint mais je m'escrimais de toutes mes forces pour n'en rien laisser paraître. Nous nous sommes postés discrètement derrière chaque fenêtre. Soudain, mon cœur s'emballa. Makhlouf revenait accompagné de Dahmane. Une fois les deux tristes sires à l'intérieur de la maison, les deux soldats fermèrent les portes, assommèrent Makhlouf et se saisirent de Dahmane qui ne comprit absolument rien à ce qui lui arrivait. Ils le montèrent à l'étage et l'attachèrent dans la pièce où nous nous trouvons en ce moment. Je pris une chaise et m'assis, dos à la table. La petite chandelle allumée par un des soldats fut posée sur cette même table, juste derrière ma tête, et projetait un halo diffus qui découpait la partie haute de ma silhouette, donnant à ce tribunal un aspect irréel et morbide dans un contexte fantasmagorique.

Dahmane, au comble du désespoir, s'écria : *"Qui êtes-vous ?! Que voulez-vous ?!"*

*

Le fiacre, conduit par Jaber, venait de se ranger devant la porte de l'officine de Hamid. Shmoulik en descendit suivi de Shlomo qui l'avait rejoint après s'être fait éconduire, sans égards, de la wilaya par le gouverneur Rustum bey. Mordehai vint à leur rencontre.

- Nous avons du nouveau. L'un des ravisseurs aurait été repéré. Raouf et Hamid les ont rejoints. Raouf nous dira s'il s'agit d'un des janissaires qui rodait autour du fiacre et si, parallèlement, Hamid le reconnaît comme étant l'un des deux janissaires qui ont accepté la mission hier soir. Le doute ne sera plus permis et il devra nous révéler sur le champ où est Sarah et quels ont été les ordres donnés par Dahmane.

Un garde qui avait accompagné Hamid en calèche revint leur annoncer que le garde arrêté avait tout déballé et leur avait donné l'adresse où elle était séquestrée, si elle y était encore. La bonne nouvelle, c'est que l'ordre reçu était: *"Je la veux vivante et surtout, ne lui faites aucun mal"*. Shmoulik se saisit du papier et la lecture de l'adresse le stupéfia.

- 9 rue Bayazid al Thani! Les parents de Sarah habitaient au 12 de cette même rue. Ça doit être le numéro correspondant à l'ancienne maison d'Ali qui, normalement, est fermée avec des scellés. Décidément, rien ne lui résiste! Allez, venez. Nous n'avons pas de temps à perdre. Ce n'est pas très loin d'ici, mais avant d'intervenir, attendons que tout le monde soit là. Nous laisserons Hamid commander la manœuvre. C'est le plus expérimenté et ce sont, avant tout, ses hommes.

Othman poursuivait sa narration.

Dans la pénombre, je lui répondis

"Dans ce tribunal, c'est moi qui pose les questions".

Puis d'un ton solennel, je citai la première partie des crimes qui lui étaient reprochés:

"Dahmane el Jaafari, reconnaissez-vous avoir occis au sabre et à la hache, le soir du 15 juin 1834, Ephraim Litvak, sa femme Hannah et leurs enfants, Simeon, Moshe, Arie et Rebecca? Puis, ce même soir Asher kamenski, sa femme et leur enfants, Guershon Rabin, sa femme et leur enfants, Aaron Avneri, sa femme et leur enfants et enfin Mickael Brenner, sa femme et leur enfants. Soit cinq familles entières qui vous faisaient confiance. Parmi elles, cinq femmes et de nombreux enfants. Quelles sont les raisons qui vous ont poussé à commettre ces crimes odieux?"

Il me répondit: *"J'ai été influencé par un prédicateur. Mais ce n'étaient que des juifs. Le coran le permettait. Ils avaient de l'argent qu'ils ont forcément pris aux musulmans. Je l'ai fait au nom de l'Islam."*

Il savait qu'il parlait à un musulman. Il avait également aperçu les soldats musulmans au rez-de-chaussée, aussi pensait-il réellement avoir trouvé un moyen de défense acceptable. Du moins, en était-il persuadé.

"C'est votre interprétation erronée de l'Islam! Le 1er mars 1838, vous avez personnellement égorgé votre ami Ali Saber el

427

*Bar'ami ainsi que sa femme Zoulikha dans cette maison qui fut
la leur. Étaient-ils juifs eux aussi?"*

*"Non, bien sûr. Mais, ils voulaient tout raconter. Ils étaient de
leur côté!"*

*"Le 7 mars 1838, vous avez fait empoisonner Muhammad bey,
Gouverneur de Safed par l'entremise de votre complice au sein
de la wilaya, Omar Ziad qui mourra de la même manière
quelques jours plus tard. Bien que ce meurtre ne vous soit pas
directement imputé, le gouverneur Muhammad bey n'était pas
juif, à ce que je sache!"*

*"Ce n'était pas mon idée. C'était Omar. D'ailleurs, Dieu l'a
puni!"*

*"Le 5 juillet 1838, lors de la révolte des Druzes du Hauran, vous
avez guidé un chef de clan vers la maison des Litvak, gardée par
le lieutenant Mansour El Bar'ami."*

*"C'était une maison juive. Je croyais faire plaisir aux druzes qui
avaient besoin d'argent et puis, la fille qui était avec lui n'était
pas druze. Elle était juive! C'est ce que j'ai découvert lorsqu'elle
a voulu se jeter sur moi en vociférant des insultes"*

*"Pourtant les druzes ne sont-ils pas considérés comme des héré-
tiques pour l'Islam ?"*

*"Oui, c'est vrai. Mais pas comme les juifs. D'ailleurs, je suis très
satisfait de la disparition de la famille El Bar'ami. Elle ne méritait pas de vivre. Les parents étaient en cheville avec leurs voisins
juifs et leurs fils étaient devenus des Nizzam pour lutter contre
notre peuple! Si je ne les avais pas tués, un autre l'aurait certainement fait. Ils étaient condamnés."*

Je me tus et me détournai un moment, écoeuré par le discours
arrogant et raciste de cet homme qui n'exprimait aucun regret.
Après un court instant, je me retournai vers lui, résolu.

*"Dahmane al Jaafari, je vous condamne à mort. La sentence sera
exécutée immédiatement pour tous les meurtres dont vous êtes
accusé et que vous n'avez pas niés, mais bien au contraire, justi-
fiés. Il en résulte que, même si l'argent vous intéresse plus que
tout, vous êtes anormalement cruel et raciste. Sachez que vous
mourrez dans d'atroces souffrances. Vous serez découpé encore
vivant en 30 morceaux, en commençant par les moins vitaux, de
sorte que vous puissiez souffrir suffisamment pour expier vos*

crimes et payer le juste prix de toutes ces vies que vous avez abrégées."

"Vous êtes fou? Vous etes musulman comme moi. Vous devriez me comprendre!"

"Comme vous ? Certainement pas ! Dieu m'en préserve ! Dahmane el Jaafari, vous êtes une honte pour l'Islam que vous avez perverti. Un bon musulman n'aurait jamais agi comme vous l'avez fait!"

"Mais enfin, qui êtes vous? Et comment savez-vous tout ça? D'ailleurs, vous n'avez pas de preuves. Vous ne connaissez aucune des personnes que vous venez de citer."

Mes deux soldats arrivèrent, le prirent et le mirent à genoux. Je m'approchai de lui, face contre face. Un des soldats approcha la chandelle pour qu'il voit mon visage.

"Je suis Othman ibn Ali Saber el Bar'ami, Colonel de la garnison de Saint-Jean-d'Acre, Commandant en chef de la région nord. Je suis un Nizzam qui fait partie de cette famille Bar'ami qui, d'après vous, ne méritait pas de vivre mais qui va pourtant vous donner la mort."

Dahmane horrifié et pathétique avait le regard éperdu. Il pleurait comme une petite fille. Il suppliait, criait, essayait de se rouler par terre, mais était solidement retenu par les deux officiers qui commençaient leur travail de boucher. On l'entendit hurler à la mort puis on l'entendit geindre puis haleter, enfin on ne l'entendit plus. Il s'était évanoui. Les soldats finirent leur besogne.

Au moment où Othman achevait le récit de la mort de Dahmane, la porte d'entrée éclata en plusieurs morceaux et une dizaine de janissaires firent irruption dans la pièce où se trouvaient Sarah et Othman, assis en train de converser. Othman se redressa et s'adressa à Hamid.

- Même démobilisé, Capitaine, vous devez saluer un supérieur!

Tous les janissaires connaissaient ou avaient entendu parler du héros de Konya, cet officier qui avait vaincu la mort, même s'ils ne savaient pas encore qu'il venait d'être nommé commandant en chef de la garnison couvrant la région nord.

Hamid - Nous sommes venus récupérer Madame Sarah des griffes de Dahmane.

Othman éclata de rire. Shmoulik n'apprécia que modérément, et demanda

- Peut-on savoir ce qui vous fait rire, Colonel?
- Dahmane n'existe plus. Je l'ai décapité et coupé en morceaux en 1842.
- Et les colosses qui nous poursuivaient?
- Ils étaient à ma solde. Ce sont eux qui m'ont prévenus que deux juifs religieux dont une femme etaient venus se recueillir sur la tomde de mes parents et de mon frère Mansour. Ils vous ont suivis pour vous parler, mais sans succès. Lorsqu'ils m'ont rapporté l'événement, j'en ai immédiatement déduit qu'il ne pouvait s'agir que de Salma. J'ai décidé de vous retrouver personnellement. La suite, vous la connaissez.

Hamid, rentrez avec vos gars ! Mais, auparavant, emportez avec vous la jarre qui est en bas. Elle contient les 30 morceaux de Dahmane plongés dans un bain de formol. Je les avais conservés pour les montrer à Sarah afin qu'elle puisse dormir en sachant que l'assassin de ses parents était bien mort.

- Pas seulement. C'est aussi l'assassin des pauvres familles juives, de vos parents, de Mansour et de Muhammad bey. D'ailleurs, avant que vous ne l'enterriez, je souhaiterais le voir croupir en morceaux dans son jus de formol.

Shmoulik - 30 morceaux ! Ça a une signification ?

Othman - C'est le nombre de personnes qu'il a assassiné ! A ma connaissance.

Sarah remonta et remercia Othman en s'adressant directement à lui:

- MERCI d'avoir eu confiance en la vie et d'être revenu d'une sphère intermédiaire. MERCI d'avoir toujours cru que j'étais vivante malgré toutes ces années de silence. MERCI pour votre solidarité avec les quatre familles juives. MERCI d'avoir pensé, à raison, que j'apprécierai de voir Dahmane en lambeaux. MERCI d'avoir exposé sa tête sur le dessus afin que nul doute ne subsiste. MERCI de vous être vengé, de les avoir vengés, de nous avoir vengés. A partir d'aujourd'hui mes amis, Shmoulik et moi allons pouvoir dormir réellement !

Othman était radieux et questionna les arrivants sur leurs raisons de s'adresser plutôt à des janissaires musulmans pour les retrouver, qu'aux forces de l'ordre.

Mordehai - C'est bien simple. Ce sont d'anciens janissaires que nous avions recrutés, par l'intermédiaire de Hamid, qui avaient la

garde de Sarah. Alors, quand elle a été enlevée par d'autres janissaires, c'est tout naturellement que je me suis rapproché de Hamid qui a convoqué tous ses hommes.

Shlomo - Pendant ce temps, je me suis rendu immédiatement à la
wilaya pour déclarer l'enlèvement de Sarah et solliciter l'aide des
pouvoirs publics afin de la retrouver. Ils ne m'ont pas réellement
pris au sérieux. Ils ont ri en supposant qu'elle avait peut être simplement participé à une partie de jambes en l'air avec un bellâtre
et m'ont proposé de revenir dans 48 heures, si elle n'était pas ré-
apparue.

Face à cette incongruité, j'ai pris la difficile décision de m'adresser directement au gouverneur que je connais bien, par ailleurs.
Ce dernier m'a jeté, sans ménagement, en vociférant*"Pour qui
vous prenez-vous?"* et m'indiquant le guichet, *"Ils ne sont pas
assez bien pour vous Monsieur Levy ? Vous pensez avoir le privilège de déranger le gouverneur pour n'importe quelle pecca-
dille ?"*. Puis, il s'est enfermé dans son bureau en claquant la
porte. Confus, je me suis éclipsé en rasant les murs sous les quo-
libets des fonctionnaires hilares et j'ai rejoint Shmoulik.

Mordehai et Shmoulik posèrent leur main sur chacune des
épaules de Shlomo en signe de compassion.

Sarah - Othman, quels sont vos rapports avec ce gouverneur?

Othman - Rustum Bey est en poste depuis quelques mois, mais il
a su se faire bien voir et a maintenant de nombreux appuis qu'il
arrose financièrement. Comme vous le savez Sarah, mes rapports
étaient nettement plus cordiaux avec son prédécesseur Hassan
Bey. En tout état de cause, techniquement même s'il ne dépend
pas de moi directement, il n'a pas les moyens de s'opposer au
commandement militaire de la région où il officie. Mais pourquoi
cette question, qu'attendez-vous de moi?

Sarah - Nous savons que Muhammad Bey a redigé un rapport
circonstancié sur son assassinat, sur l'assassinat de vos parents,
et sur celui de tous les autres.

Même si a priori, aujourd'hui, ce rapport qui incrimine nommément Dahmane n'a plus aucune importance, il n'en reste pas
moins un témoignage auquel nous tenons. Surtout que ce rapport
évoque le mobile de leurs assassinats par Dahmane, à savoir les
biens immobiliers des quatre familles juives dont les demeures
sont louées depuis des années. Les locataires versent le montant

de leur louage à la Wilaya pour le compte de qui il appartiendra. C'est la dernière injonction opérée par Muhammad Bey avant sa mort pour que Dahmane ne puisse jamais profiter du produit de ses crimes. Depuis des années, la somme cumulée doit être considérable. On parle de 1. 200.000 piastres net. Et en l'occurrence, c'est moi, en tant qu'héritière de mon père, qui devrait en bénéficier légalement.

Othman - Je te félicite Sarah! Enfin la roue tourne. Mais si tu as les documents nécessaires, en quoi puis-je t'être utile?

Sarah - Concernant les documents, les actes de propriété de ces demeures ainsi que le mandat de délégation, en cas de carence établie des ayants droits, se trouvent dans notre maison familiale depuis 1834.

Othman - Mais pourquoi n'as-tu pas repris ces documents en 37 ou en 38, lorsque tu es revenue?

Sarah - Je ne me souvenais plus de leur existence...Le tremblement de terre...La maladie de ton père...La révolte Druze… et puis comment prouver que j'étais Sarah Lidvak alors que je me faisais appeler Salma al Kacim...et puis la taupe de Dahmane, a la Wilaya…

Othman - Très bien, Sarah, calme toi! Tu penses que Rustum bey peut te faire des difficultés pour recouvrer ton bien?

Sarah - Tu as vu comment il a reçu Shlomo? Et puis lorsqu'il va voir ce qu'engendre ces actes de propriétés...Tu connais son avidité et ses abus de pouvoir envers les faibles.

Othman - Écoute, je possède toujours la pince que m'avait confié en son temps Hassan Bey. C'est, d'ailleurs, grâce à elle que j'ai pu desceller ma maison. Attends-moi, je vais desceller la tienne. Une fois ta maison ouverte, vous pourrez chercher ces documents.

Quel retournement de situation ! Ils se regardèrent tous incrédules.

Quelques minutes plus tard, Othman appelait Sarah. Celle-ci s'avança prudemment, suivie de Shmoulik, de Shlomo et de Mordehai. A l'intérieur, Othman avait déjà allumé deux bougies. Sarah regarda le sol d'un œil furtif. Il était encore maculé du sang de Mansour. Elle eut un haut le cœur et s'en ouvrit à Othman qui prit sa tête à deux mains. Puis, Sarah descendit à la cave et se dirigea directement vers la couseuse, la débarrassa du morceau de tissu en toile noire qui la recouvrait. La machine était poussié-reuse mais, au lieu de chercher dans tous les coins de la cave, Sarah restait focalisée sur la machine qui, pourtant, ne recelait aucune cache propice à dissimuler des documents. Elle demanda à l'équipe de ratisser tous les coins de cette cave a l'aide d'une chandelle. Tout en essuyant méthodiquement la couseuse, Sarah se remémorait la veille de la fête de *Pessah* (Pâques juives), dans cette même maison, lorsque tous les enfants, une bougie à la main, scrutaient les coins les plus sombres, a la recherche des dix morceaux de *Hamets* (pain levé, interdit pendant la pâque juive) préalablement cachés par sa mere.

Les trois hommes la rejoignirent, ayant rempli leur tâche sans succès.

Shmoulik - Viens Sarah. Il n'y a rien ici. Nous avons tout vérifié. Peut-être en haut !

Sarah - Non, il n'y a rien en haut. J'avais déjà vérifié. Et puis, je me souviens parfaitement avoir vu mon père prendre ces docu-ments, les rouler dans un étui qu'il avait cousu sur place, le pren-dre et descendre dans la cave.

Shmoulik - Attends Sarah ! Tu te rends compte de ce que tu viens de dire ? Nous cherchons depuis tout-à-l'heure un dossier plat ou une fine liasse de cinq documents alors qu'il s'agit d'un étui en tissu!

Shlomo- Il y a t-il des tuyaux ou une quelconque fissure dans cette cave ?

Shmoulik - Je commence à bien connaître Sarah et ses intuitions, mes amis. Si elle pense qu'ils sont dans cette machine, c'est qu'ils sont dans cette machine! Quel est le point commun entre cette machine et un tuyau ?

Tous ensemble - Les pieds !

Mordehai souleva la couseuse. Shlomo retourna le cadre métal-lique et ota les embouts des tuyaux formant les jambes de la structure. Schmoulik et Sarah regardèrent à l'intérieur et s'excla-mèrent d'une même voix "Eureka"!!

Shmoulik - Nous possédons maintenant l'acte de rachat de la mai-son des Litvak, les documents concernant le rachat des quatre maisons ainsi que l'acte de mandature qui vient s'y ajouter.

Othman - Possédez-vous la preuve formelle que Sarah est la seule personne à pouvoir légitimement hériter et que tu es bien Sarah Litvak ?

Mordehai - Pas tout à fait. Nous avons, certes, les rapports détaillés de détectives assermentés déclarant la piste du premier légataire David Grossman évanouie, mais non définitivement éteinte. En revanche nous possédons bien un certificat de décès concernant Ephraim Lidvak et tous les autres membres de la famille, émanant du Rabbinat de Safed .

Shlomo - Quant à Sarah, la Wilaya lui a établi un certificat d'identification, pas plus tard qu'hier, authentifié et signé par le gouverneur Rustum Bey.

Othman - Donc il vous manque deux documents.

Shlomo - Lesquels?

Othman - Le certificat de décès des quatre familles et la déclaration définitive des détectives.

Une chape de plomb s'abattit sur la tête de Sarah, Shmoulik et leurs deux amis.

Shmoulik - Il faudrait déjà aller au Rabbinat, demain matin, pour voir Rabbi Shmuel.

Mordehai - S'il est rétabli! Mais ça ne sera pas simple.

Othman - Je vais dormir à Safed cette nuit. Si cela ne vous dérange pas, je vous accompagnerai à votre Rabbinat. Ou sont-ils enterrés ?

Mordehai - A Rihanya.

Othman - Eh bien, nous l'y amènerons.

Sarah - Othman, veux-tu nous faire l'honneur de dormir à la maison cette nuit ? Nous habitons…

- Sarah... Je sais où vous habitez. Je te remercie, mais le protocole exige qu'un haut dignitaire du corps diplomatique, de l'administration impériale ou du corps militaire en déplacement soit reçu avec les honneurs par le représentant du Khédive de la ville et dorme dans un lieu tel qu'une ambassade, un consulat ou une wilaya.

Sarah eut alors une idée qu'elle exposa à Othman.

- Nous savons avec précision où Muhammad Bey a caché le fameux rapport ainsi que de nombreuses bourses remplies de pièces d'or. Il y a sur la tranche de droite du lit, à partir du chevet, un lotus parmi d'autres, plus volumineux. Une simple pression

434

avec le doigt suffira à ouvrir un tiroir secret. Tout est là. Si Rustum Bey te laisse sa chambre pour te plaire, ce sera pour toi un jeu d'enfant.

- Sur la tranche de droite, dis-tu bien ?
- N'oublie pas. Il y a des lotus tout autour du cadre du lit de même qu'une multitude de caches. Celui dont je parle est un peu plus volumineux que les autres.
- Venez me prendre demain vers 9 heures.
- Parfait.

Il était un peu plus de 8 heures du soir lorsqu' Othman débarqua chez le gouverneur Rustum Bey et se présenta.

- Othman ben Ali Saber el Bar'ami Colonel de la garnison de Saint-Jean d'Acre. Commandant en chef de la région nord.
- Colonel el Bar'ami! Si je m'attendais à votre visite …
- Je suis désolé de vous déranger à cette heure mais vous connaissez comme moi le protocole.
- Bien sûr. Mais, dites-moi qu'est ce qui vous amène à Safed à cette heure. Rien de grave au moins?
- J'ai décidé, il y a peu, de vérifier les possibilités de fortification au nord de Safed par le biais de villages tels que Bar'am ou Rihanya où je dois me rendre demain matin, pour choisir le site le plus adéquat.
- Bien entendu ! Vu le nom, vous n'avez laissé à personne d'autre le soin d'accomplir cette mission de repérage.
- On ne peut rien vous cacher. Voulez vous m'y accompagner ?
- Cela aurait été avec grand plaisir. Mais demain, j'ai des rendez-vous indéplaçables.
- Mais, nous partirions très tôt si vous le souhaitez.
- C'est très gentil, mais mes rendez-vous commencent très tôt.
- Les gens viennent-ils si tôt ?
- Disons que je ne leur laisse pas le choix. Mais en plus, je dois être à mon bureau au moins une heure avant.
- Mais vous partez de chez vous vers quelle heure ?
- 6 heures 30 au maximum.
- C'est un véritable horaire de caserne. Pour moi, une estafette arrivera à 7h45.
- Ne vous inquiétez pas. Vous partirez quand vous serez prêt.
- Parfait, je dînerai léger. Qui pourrait me montrer ma chambre ?
- Moustapha! Montre la chambre des invités au Colonel.

- Je vous remercie, Monsieur le Gouverneur. A propos, demain je passerai faire une petite revue d'effectif et poserai à vos fonctionnaires deux ou trois questions, de pure forme, pour mon rapport. Briefez-les.

Le lendemain vers 6h30, Othman se leva pour vérifier si Rustum Bey était déjà parti ou s'il était sur le point de le faire. Il aperçut Moustapha, lui demanda de lui servir un café et lui posa la question

- Le gouverneur est-il déjà parti ?

- A l'instant, Colonel.

- Il est vraiment très ponctuel. Vous êtes combien d'employés dans cette demeure ?

- Trois, Colonel !

- Et ça suffit ? C'est grand ici !

Moustapha, flatté qu'une telle personnalité lui adresse la parole, répondit à toutes ses questions, avec empressement. Pour clore cette discussion, Othman demanda à quelle heure les chambres devaient être refaites.

C'est ainsi qu'il apprit où se trouvait la chambre du gouverneur et à quelle heure elle serait nettoyée. Il avait un bon quart d'heure devant lui. C'était amplement suffisant. Il lui fallait juste éloigner Moustapha. Pour cela, il lui demanda d'aller vérifier si le fiacre qui devait venir le chercher était déjà arrivé et revenir le lui dire immédiatement. Moustapha s'acquitta de sa tâche, sans attendre. Une fois celui-ci parti, Othman entra dans la chambre du gouverneur, appuya sur le lotus indiqué, mit le rapport et toutes les bourses dans un sac qu'il avait pris soin d'emmener avec lui et sortit de la chambre. Moustapha n'étant pas encore revenu. Il alla à sa rencontre et lui demanda de rentrer car, finalement, il l'attendrait lui-même. Il n'était que 7 heures. Othman se dirigea à pied vers la maison où ses janissaires avaient kidnappé Sarah. Il arriva vers 7h45 et frappa à la porte.

- Bonjour.

- Bonjour Othman. Que se passe-t-il? N'avons-nous pas rendez-vous à 9h devant la maison du gouverneur?

- Effectivement. Cependant j'ai réussi à récupérer le rapport bien plus tôt. Alors, j'ai préféré marcher jusqu'ici plutôt que d'attendre là-bas. Même si je dois t'avouer que tu habites un peu loin de la maison du gouverneur.

- Tu as bien fait. Tu veux du thé ou du café? Shmoulik est à la synagogue, il va bientôt revenir.

- Donne-moi un peu de café. Sais-tu combien il y avait dans son tiroir secret?

- Non. Pas exactement.

- Eh bien, nous allons compter ensemble.

- Commence. Je prépare du café.

- Sarah ! Il n'y a pas que des Piastres ! Il y a également des Ducats Or autrichiens, des Florins Or hollandais et des Louis d'Or français. Chaque bourse contient des monnaies différentes.

- En convertissant en piastres les devises fortes au cours actuel de l'or, combien obtiendrions nous?

- Environ 2.500.000 Piastres mais je te déconseillerais de le faire. Que comptes-tu faire de cet argent?

- Ce n'est pas mon argent. Comptes-tu habiter dans ta maison, après ta démobilisation ?

- Tout d'abord, je ne serai pas démobilisé avant une bonne dizaine d'années. Après, je ne sais pas où j'irai, peut-être en France ou en Egypte. Mais ce qui est sûr c'est que je n'habiterai plus à Safed. Je n'y ai plus de famille, plus d'amis et par rapport au Caire, Paris ou Londres, Safed n'est qu'un village sous-développé. Pourquoi ?

- Alors, que comptes-tu faire de ta maison ?

- Elle t'intéresse ?

- Si j'ai un bon prix, je l'achèterai pour les parents de Shmoulik qui habitent Jérusalem et ne peuvent plus se déplacer pour cause de maladie.

- Cela ferait plaisir à Shmoulik ?

- Je suppose. Il n'est pas au courant. Je compte lui faire une surprise.

- Laisse-moi réfléchir. Je te dis ça dans un instant. D'abord, dis-moi ce que tu proposes pour l'argent ?

- J'en donnerais la moitié à la femme de Muhammad bey, si elle est toujours vivante car je me souviens qu'elle était déjà trés malade en 37, ou bien à ses enfants, s'il en a eu. La seconde moitié, je la partagerais entre nous. Pour ce qui me concerne, j'en donnerais une partie aux circassiens de Rihanya qui ont offert une sépulture à nos défunts, une autre aux druzes de Beit Jann qui m'ont accueillie quand j'étais perdue, et enfin à l'académie de Havat Zeitim où je suis restée plusieurs années.

- Tu es vraiment une bonne personne, Sarah ! Mansour avait raison de tout vouloir braver pour toi, tant il était fou d'amour.

- Qu'est-ce que tu racontes ?

- Rien d'autre que ce qu'il m'a écrit.

- Moi aussi, je l'aimais.

- C'est d'accord pour ta proposition. Mais, comme moi je n'ai pas d'oeuvres à aider, je prends mon quart en devises, notamment des Louis d'or et je te fais cadeau de la maison. J'irai avec toi à la wilaya cet après- midi. On régularisera tout ça. Pour le moment, prépare-toi. Ton mari ne devrait pas tarder. Moi, je ramasse l'argent, si tu ne veux pas que Shmoulik te pose de questions.

Shmoulik venait d'entrer.

- Pourquoi devrais- je poser des questions?

- Ah! C'est une surprise pour tout à l'heure. Ne me regardez pas comme ça ! Attendez que Sarah vous en parle.

Puis, Othman se mit à rire.

- Vous avez déjà consulté ce dossier, Othman?

- Je l'ai survolé tout à l'heure, mais je le parcourrai en détail dans le fiacre. Pour l'essentiel, ce dossier ne contient que des témoignages de faits que nous connaissons déjà et ce rapport ne fait que demontrer, par un officiel en exercice à l'epoque, la culpabilité de Dahmane quant au meurtre de cinq familles juives. Or, Dahmane a déjà été jugé, condamné et exécuté.

- Si je vous résume, vous dites qu'un gouverneur accuse par écrit Dahmane al Jaafari, du meurtre de cinq familles sur un rapport portant son estampille. Pouvez-vous me dire si Muhammad Bey citait nomemment ces cinq familles ?

- Je ne sais pas mais, où voulez-vous en venir ?

- Jusqu'à présent qu'avions-nous ? Le récit de Sarah qui n'était pas teémoin directe du meurtre de quatre de ces familles et les huit témoignages directs des circassiens qui ont découvert leurs cadavres et les ont inhumés. Pas de plaintes, pas de témoins ! Leur mort était une certitude, mais uniquement par déduction. Ce rapport met en lumière des faits, des témoignages supplémentaires et surtout l'intime conviction d'un homme intègre et irréprochable. Nous aurons tous les éléments du puzzle pour convaincre Rabbi Shmuel.

- Belle démonstration, Shmoulik. Mais, vous oubliez les actes de rachat qui démontrent qu'ils ne voulaient pas quitter Safed définitivement.

- Certes, mais c'est encore de la déduction.

- Pour ce qui me concerne, cette sémantique est devenue caduque depuis son exécution. A vrai dire, seule la liste nominative totale de ses victimes nous est essentielle.

Sarah - Je suis tout à fait d'accord, Shmoulik. Veux-tu aller chercher le fiacre, mon chéri?

Othman - Ce n'est pas nécessaire. Allons-y tous ensemble.

Le fiacre s'arrêta devant le Rabbinat. Shlomo et Mordehai avaient été pris au passage et, Shmoulik voyant que ni l'un, ni l'autre ne se précipitait pour aller voir si Rabbi Shmuel avait réintégré son bureau, le fit lui-même. Rabbi Shmuel etait à son bureau bien que visiblement encore malade.

- Bonjour Rabbi Shmuel

- Bonjour Shmoulik

- Rabbi, je voudrais que vous inauguriez un carré de cimetière juif à Rihanya.

- Qu'est ce que tu me racontes, Shmoulik?

- C'est vrai. Je reconnais que c'est un peu confus. Pouvez-vous nous recevoir quelques instants, s'il vous plaît ?

L'Imperceptible hochement de tête d'un Rabbi Shmuel dubitatif, ayant été pris pour un oui, Shmoulik appela toute l'équipe en renfort. Celle-ci déferla dans le bureau de Rabbi Shmuel, éberlué, qui exhala un pathétique:

- Que se passe-t-il ?

Othman, en tenue militaire d'apparat, parla d'un ton péremptoire.

- Je me présente, Colonel Othman Ibn Ali Saber El Bar'ami, Commandant en chef de la garnison de Saint-Jean d'Acre, Commandant des forces armées couvrant toute la haute Galilée notamment la ville de Safed. Monsieur le Rabbin, je suis venu hier pour déterminer sur quel site nous allions construire un contrefort pour endiguer d'éventuelles pénétrations d'insurgés par le nord et ne pas revivre la révolte druze de 1838. Les deux sites sélectionnés sont Kfar Bar'am et Rihanya. J'ai été informé par cette délégation que le site de Rihanya ne pourrait convenir du fait qu'il s'erigerait sur un cimetière juif. Étant respectueux des rites religieux, j'ai tenu à vous en demander confirmation.

- Je ne suis pas au courant. De quand daterait ce cimetière ?

Mordehai - De 1834.

Rabbi Shmuel - Il faudra enquêter. Je vous tiendrai au courant au plus tôt, Colonel.

Othman - Je repars cet après-midi pour Acre, Monsieur le Rabbin.

Mordehai - Venez Rabbi Shmuel. Nous vous emmenons en fiacre.

Rabbi Shmuel - Je suis revenu au bureau parce que j'ai énormément de travail.

Othman - C'est maintenant ou jamais, Monsieur le Rabbin.

Rabbi Shmuel - Bon très bien. Mendel, annule tous mes rendez-vous de ce matin.

Le fiacre arriva sur la route de Rihanya qui borde le carré juif du cimetière. Othman descendit, suivi de Rabbi Shmuel, Shmoulik et Sarah. Sarah était émue aux larmes.

Shlomo et Mordehai, qui avaient pris un autre fiacre, avaient directement alerté et briefé Yacine afin que son père, le chef et tous ceux qui avaient participé à l'enlèvement des cadavres le 15 juin 34 viennent au carré juif.

Rabbi Shmuel, qui savait lire le russe, put déchiffrer les noms des défunts inscrits en écriture cyrillique sur les tombes. Le Rabbin posa à Kaïs les questions essentielles. Qui sont-ils et pourquoi sont-ils enterrés ici ? Kaïs raconta de nouveau les événements qui l'avaient marqué à jamais, avec la même pointe d'émotion.

Sarah - En tant que dernier survivant du massacre perpétré par ce monstre, je décide de laisser les corps de nos chers disparus reposer sur ce lopin de terre qui les a accueillis, à la garde de ceux qui les ont respectés. Une cérémonie officielle avec un enterrement conforme à notre religion sera effectuée. Cette cérémonie aura lieu le Dimanche 18 décembre, dernier jour de la fête de Hanouka. Les responsables des communautés juives de Safed allumeront une bougie, en mémoire de ces martyrs.

Tout le monde avait les larmes aux yeux, y compris le Colonel Othman. Ce qui ne manqua pas d'interloquer Rabbi Shmuel, surpris de voir un colonel de l'armée égyptienne si sensible et si impliqué.

Othman promit que le gouvernement ne toucherait jamais à ce cimetière et que, pour marquer le respect qui leur était dû, il se rendrait à cette cérémonie avec 26 soldats en tenue d'apparat ainsi qu'avec le gouverneur de la ville qui aura à coeur de se faire pardonner la défaillance de l'autorité à protéger une partie de la population civile dont il avait la charge.

Sarah - Colonel, vous êtes un homme bien et je voudrais, au nom de tous les miens, vous remercier sincèrement pour l'honneur que vous leur faites et que vous nous faites.

Puis, se tournant vers Rabbi Shmuel.

- Rabbi, pouvez-vous prévenir la *Hevra Kadicha* (association funéraire dépendante du Rabbinat) d'être disponible pour cette date, et nous établir immédiatement les certificats de décès de toutes les victimes répertoriées sur le rapport émanant du gouvernorat? Lors de notre retour, le colonel Othman vous communiquera chacun des noms des défunts de chaque famille.

S'adressant ensuite aux circassiens,

- Le cortège auquel vous vous joindrez, je l'espère, sera important, magnifique et fraternel. Il sera composé de juifs, de druzes et de musulmans. A partir du 9 Sivan une Azkara aura lieu, dans ce cimetière, tous les ans à la même date. Je prends note que les circassiens observeront également leur commémoration habituelle du 15 juin.

*

Comme prévu, sur le chemin du retour, Othman confia à Rabbi Shmuel qu'un ami très cher, le gouverneur Muhammad Bey, lui avait, cinq ans auparavant, envoyé le rapport qu'il lui montra avec les noms de toutes les victimes, mais que rien n'avait avancé car il n'y avait pas de cadavre. Il comptait sur lui pour délivrer les certificats de décès, aussitôt arrivé au Rabbinat car il devait rentrer à la caserne dès cet après-midi afin de diligenter les recherches à l'encontre de ce criminel.

Rabbi Shmuel - Merci de vous impliquer comme ca, colonel. Cette attitude vous honore. Ne vous inquiétez pas, vous ne serez pas déçu.

Vers 14 heures, Sarah, Shmoulik, Shlomo et Mordehai attendaient au guichet de la wilaya, munis de la totalité des documents nécessaires. Certains fonctionnaires qui avaient reconnu Shlomo, riaient sous cape. Sarah remit les actes de transfert de propriété préalablement remplis et signés par leur ancien propriétaire et exigea posément le descellement des maisons des 9 et 12 rue Bayazid al Thani. Par ailleurs, elle demanda à ce qu'il soit mit fin, sine die, à la saisie des loyers de ses quatres maisons et réclama la restitution intégrale des sommes séquestrées au titre des loyers dus. Les fonctionnaires ne riaient plus, mais plus du tout.

Le fonctionnaire dédaigna le dossier et alla immédiatement en informer Rustum Bey qui sortit furieux de son bureau, au bout de quelques secondes. En voyant Shlomo, il se renfrogna,

- Encore vous, monsieur Levy!

- Je pourrais vous dire de même!

Fatigué de se faire rabrouer par ce rapace, Shlomo avait choisi l'humour frontal.

- Shlomo, vous déraisonnez. Vous ne savez pas à qui vous parlez ? Je vais vous faire payer chèrement votre insolence.

Othman venait d'entrer dans la wilaya.

- Eh bien... Eh bien! Que se passe-t-il ici?

- Bonjour Colonel. Oh, rien de grave. Juste le temps de congédier ces importuns et je suis à vous.

- Je ne crois pas, non.

- Pardon ?

- J'ai dit, je ne crois pas !

- Comment ça, vous ne croyez pas, Colonel ? Expliquez-vous !

Othman récupéra nonchalamment le dossier laissé négligemment sur le comptoir.

- Eh bien voyez-vous, je ne compte pas habiter de nouveau à Safed. Alors, j'ai décidé de vendre la maison de mon père. Mon ami Shlomo m'a présenté Samuel et Sarah Danilovitch, avec qui j'ai conclu l'affaire.

Rustum Bey prenant Othman à part.

- Permettez-moi de vous dire que vous trempez dans un drôle de milieu, Colonel.

- Je trempe dans le milieu qui a de l'argent Gouverneur ! Vous en savez quelque chose.

- Bien Colonel. Réglons d'abord votre affaire.

- Parfait. Sortez les dossiers concernant les maisons scellées. Je dois m'entretenir un instant avec mes amis Shlomo et Mordehai. Venez !

Une fois dehors :

- Ecoutez, je viens d'avoir une autre idée et je tiens à avoir votre avis avant de la proposer à Sarah. Nous avons un dossier certes complet, mais quelque peu incommodant, puisqu'il fait état de connivence entre l'acheteur et le vendeur puis d'escroquerie à l'empire et de la disparition de l'un des co-signataires, pas encore totalement résolue... Or, la maison de son père est à moi pour l'administration car elle me revient de plein droit et si je la vendais à Sarah, elle n'aurait besoin d'aucun papier, d'aucune filiation, ni même de transfert au nom de son époux. J'avoue qu'avec cette solution, la mémoire de mon père serait également épargnée.

Mordehai - Cela ne contredit-il pas le témoignage de votre père qui a prétendu ne pas avoir réellement acheté la maison des Litvak sur le rapport de Muhammad Bey?

Othman - Si, effectivement. Mais ce rapport est encore entre nos mains et nous ne le fournirons peut-être pas. Nous ferons le tri avant de remettre un quelconque document. Mais, étant présents tous deux à la wilaya pour la transaction, l'occasion est trop belle.

Shlomo - Je vous conseille de laisser tomber ce rapport.

Mordehai - Moi également.

Othman - Vous voulez dire que nous avons tant œuvré pour obtenir ce dossier pour finalement l'enterrer ?

Mordehai - Bien Sûr que non. Ce rapport a déjà joué son rôle car il a été très important pour avoir les noms des femmes et des enfants décédés que personne ne connaissait et surtout pour convaincre le Rabbinat.

Othman - Vous m'avez convaincu. Appelez Shmoulik et Sarah et remplacez-les. Je ne veux pas que ce gouverneur et ses fonctionnaires aient les mains trop libres.

S'étant rapidement accordé avec Sarah sur la somme, bien entendu fictive, fixée pour les deux maisons, ils rentrèrent, soulagés, à la wilaya. Sarah lui demanda ce qu'il avait prévu concernant sa qualité de légataire des droits des quatre familles.

- Rien, nous aviserons plus tard, lui répondit-il en entrant à nouveau dans la wilaya.

Othman sortit ses papiers militaires et les donna à un fonctionnaire, confus de devoir les prendre. Le préposé verifia sur le grand livre qui était le propriétaire des deux maisons et confirma comme tel, Ali Saber el Bar'ami. Il dicta un accord contractuel succinct au fonctionnaire qui le rédigea sur le moment.

Puis, il lut à haute voix, afin que tous les signataires puissent en prendre connaissance avant d'apposer leurs signatures.

[Ce jour, le 8 décembre 1843, Othman ibn Ali Saber el Bar'ami, unique héritier des biens de la famille el Bar'ami, se présente à la Wilaya de Safed dans le but de céder à Monsieur Samuel Danilovitch la totalité de son héritage constitué de deux maisons indépendantes situées aux numéros 9 et 12 de la rue Bayazid al Thani a Safed, pour une somme forfaitaire de 450.000 (Quatre cent cinquante mille) piastres, réglée ce jour à la wilaya de Safed, devant Mordehai Ginsburg et Salomon Levy, présents en tant que témoins de Monsieur Samuel Danilovitch et son excellence Rustum Abaza Bey Gouverneur de la ville, présent en tant que témoin du Colonel Othman el Barhami.]

Shmoulik tendit trois bourses contenant chacune 150.000 piastres, comme convenu. Othman demanda malicieusement le concours du gouverneur afin de vérifier l'exactitude de la somme versée. Une fois la vérification terminée, le cédant et le cessionnaire, suivis des témoins, co-signèrent tant les documents que le grand livre.

Sarah s'écria : Mazel tov !

Rustum Bey - Alors Colonel, vous ne comptez plus revenir à Safed ?

Othman - Non. Pas plus que vous ne resterez à Safed quand vous aurez terminé votre mission. Est-ce que je me trompe, Gouverneur?

Rustum Bey - Non bien sûr. Vous avez raison.

Un fonctionnaire préposé au guichet, du nom de Samir, vint déranger le gouverneur qui s'agaca :

- Qu'y a-t-il encore ?

Samir - Sarah Danilovitch prétend qu'elle est la fille d'Ephraïm Litvak.

- Et alors ?

Samir - Et bien, elle se prétend seule héritière et ayant-droit d'Ephraïm Litvak.

- Arrêtez avec cette formule "Elle Prétend". Elle est ou elle n'est pas. Vérifiez toutes ses demandes, sauf les plus farfelues. Nous n'avons pas de temps à perdre. Vérifiez tous les documents qu'elle vous oppose, tirez en un premier constat. Et après, seulement après, venez me voir pour la décision. Allez, de l'initiative mon garçon!

Othman - Alors la, bravo! Je ne devrais pas vous le dire, mais je compte bien l'inscrire dans mon rapport. Tenez, allons dans votre bureau. Je vais vous donner un avant goût de ce que j'écrirai.

Rustum bey, ravi le suivit dans son bureau.

- Ce que j'ai pensé de vous, à titre personnel, c'est ce que j'ai pu constater à votre domicile. Votre réception avenante malgré mon arrivée tardive à l'improviste, votre style de vie que je qualifierai de spartiate, uniquement concentré sur le travail, levé tôt le matin, couché tard le soir, un mode de vie quasi militaire au service du civil. A la Wilaya, j'ai vu des fonctionnaires empreints de bonne volonté mais encore jeunes et inexpérimentés dirigés par le gouverneur Rustum Bey, omniprésent. Ce véritable meneur d'hommes craint et admiré par ses hommes, les dirige de main de maître, leur inculquant certes, le devoir mais également la justice sociale et met un point d'honneur à la fraternité des différentes communautés religieuses.

- Mon cher Colonel, je…

Samir, préposé au traitement du dossier, interrompit le Gouverneur

- Excellence! Nous devons lui remettre les titres de propriété des quatre résidences qui nous versent mensuellement le montant de leur louage jusqu'à maintenant.

Rustum Bey - A qui appartiennent-elles légalement ?

- A Monsieur Dahmane el Jaafari, en fuite depuis plus de neuf ans. Mais, elle dit qu'il les a revendues à leurs anciens propriétaires, le jour même. Ils sont décédés depuis et elle prétend être la légataire de l'ensemble, par héritage de son père.

- Vous avez vérifié tous les documents ?

- Oui, Excellence. Tout est conforme et concordant.

- Veuillez appeler le vieux Mohsen, tout de suite. Et attendez mes instructions.

- Vous m'avez demandé, Excellence ?

- Oui Mohsen. Tu vas reprendre le dossier complet et tu vas le vérifier à ton tour et me donner ton sentiment. Je ne veux pas que Samir reste avec toi. Je veux deux visions différentes. C'est bien compris ?

Othman - Rustum Bey, vous êtes un grand professionnel!

Mohsen revint un quart-d'heure plus tard.

- Il y a un problème, votre excellence.

Rustum Bey - Quel serait ce problème ?

Mohsen - Le document attribuant le mandat de légataire à Monsieur Ephraïm Litvak, en deuxième main, ne pourra être légitimé que lorsque les détectives assermentés par le tribunal de Beyrouth déclareront la piste de la première main, David Grossman, éteinte.

Othman - Eh bien, dans ce cas, vous n'aurez qu'à lui demander d'attendre. Imaginez que ce Grossman réapparaisse un jour et exige la restitution de ses biens.

Rustum - Soyez assuré que je ne prendrai aucune responsabilité dans cette affaire.

Othman - Cependant, il serait bon de faire un point financier, arrêté à la date d'aujourd'hui, à parfaire le moment venu. Certes, la situation ne lui permet pas d'y prétendre actuellement. Mais plus tard qui sait ?

Rustum Bey - Ecoutez. Ce qui est à elle, est à elle. Et puis, je la préfère à ce criminel de Jaafari, toujours en fuite.

Othman - Cette réflexion vous honore Gouverneur.

Samir intervint de nouveau :

- Excellence. Elle demande aussi la restitution du séquestre ! Il y en aurait pour environ un million et demi de piastres, avec les augmentations périodiques et les intérêts de placement.

Le gouverneur faillit s'étouffer.

- Reprenez-vous, Rustum Bey! Deux de vos agents ont vérifié puis validé tous les documents dont les inscriptions figurent sur le grand livre, confirmant sans nul doute, que ces maisons seront à elle, sous réserve qu'elle produise une certification de l'extinction de la première main. Alors quel est votre problème, Gouverneur? Vous ne pensiez tout de même pas conserver cet argent a vie?

- Non, bien sûr que non! Mais l'administration est tellement lourde que, parfois, nous piochons dans cette réserve. Et aujourd'hui, il doit rester à peine 1.300.000 mille piastres. Vous voulez que je vous dise, depuis le temps que Dahmane est recherché, je m'étais presque habitué à ce trésor de guerre.

- Ne soyez pas inquiet Gouverneur. Le temps que mettront ces détectives pour aller aux Etats-Unis d'Amérique, effectuer leurs recherches et en revenir durera plusieurs mois. Cela vous permettra de reconstituer la totalité de la somme due aux ayants-droits.
- Mais c'est une somme considérable !
- Vous êtes en poste à Safed depuis quand ?
- Depuis le premier Août. Pourquoi ?
- Effectivement, 200.000 piastres en quatre mois! La somme est conséquente si on part du principe que votre prédécesseur, mon ami Hassan Bey, a dû vous laisser une comptabilité impeccable. Que s'est-il passé de nouveau depuis votre arrivée ?
- Je ne vais pas vous mentir, Colonel. Mais à mon arrivée, la hiérarchie a Sidon m'a mis la pression afin que je leur donne 50.000 piastres par mois comme le faisaient tous mes prédécesseurs. J'ai tenté de joindre Hassan Bey à Assouan où il avait été muté mais je n'ai jamais reçu de réponse et Muhammad bey étant décédé, j'ai dû obtempérer.
- Tout d'abord, permettez-moi de vous dire que si la comptabilité de vos prédécesseurs était juste, c'est qu'ils n'ont jamais payé la moindre piastre à qui que ce soit. Arrêtez de céder à ce racket et prévenez-moi en cas de menaces de leur part ! Il vaut mieux prévenir que courir. Aussi vais-je tenter d'expliquer la situation à Samuel et Sarah Danilovitch afin qu'ils consentent, au cas où ce rapport les rendait bénéficiaires, de ne récupérer que la somme due, à l'exception des 200.000 piastres manquants. En espérant que ce soit eux qui prennent la main dans ce dossier! Je vais aller les chercher. Il serait bon que vous réussissiez à convaincre Salomon Levy d'œuvrer pour votre cause. Il a énormément d'influence sur eux. N'oubliez pas que c'est lui qui les a incités à acheter mes maisons, dans l'état où elles se trouvent.

Othman sortit pour leur raconter en riant à Sarah et Shmoulik comment il avait flatté le gouverneur jusqu'à ce que ce dernier finisse par tout accepter sans rechigner hormis l'attribution des villas et de la somme séquestrée.

Il les informa qu'il lui avait suggéré de s'arranger avec eux, par l'intermédiaire de leur ami Shlomo, pour passer l'éponge sur une somme manquante de 200.000 piastres, s'ils devenaient propriétaires des biens.

Sarah - Espérons pour lui que David Grossman ne réapparaisse pas !

Shlomo sortit du bureau du gouverneur et se rendit auprès de ses amis qui discutaient. Quelques minutes suffirent pour que Sarah et Shmoulik rejoignent Rustum Bey. Othman les accompagna et fit un signe d'acquiescement rassurant, en direction de Rustum Bey.

- Excellence, Shlomo nous a expliqué que vous avez dû agir au mieux des intérêts de la municipalité. Aussi, c'est avec plaisir que je récupérerai la somme qui me sera due le moment venu, diminuée de 200. 000 piastres, pour solde de tout compte mais à une seule condition.

Rustum Bey - Laquelle ?

Sarah - Que vous veniez à Rihanya poser la plaque commémorative des martyrs juifs de la ville, suite aux émeutes des Fellahs en 1834, accompagné de vos meilleurs agents en tenue officielle, le 18 Décembre de cette année, à 15h30 .

Othman - Je représenterai le corps militaire en venant avec 26 officiers et sous-officiers de cavalerie, sous mon commandement, également en tenue d'apparat.

Rustum Bey - Ce sera avec le plus grand plaisir.

Sarah, lui tendant une bourse - Permettez-moi de vous offrir, pour vous et vos agents, cette somme de 20.000 piastres.

Rustum Bey - Mais, en quel honneur ?

Sarah - Dites leur que c'est de la part des communautés juives pour la fête de Hanoucca. Quelle meilleure occasion que la fête des lumières pour contrer l'obscurantisme primaire de certains vis à vis des juifs. Ils nous verront peut-être autrement. En tout cas, nous le souhaitons.

*

Ils sortirent de la wilaya avec un sourire éthéré, conséquence logique d'une réussite inespérée.

Sarah donna rendez-vous à Mordehai et à Shlomo, mercredi 14 à neuf heures du matin, chez Rabbi Yehuda puis ils rentrèrent chez eux. Seul Othman resta avec Shmoulik et Sarah. Une estafette de la garnison devait le récupérer dans une vingtaine de minutes à la wilaya, vers 16h30 pour le ramener à Saint-Jean d'Acre.

Othman promit à Sarah de lui donner des nouvelles dès qu'il en saurait plus sur la famille de feu Muhammad Bey. Sarah, de son côté, lui demanda de réceptionner Joe Volozin quand elle aura connaissance de son arrivée au port de Saint-Jean d'Acre.

Le fiacre de l'armée arriva. Ils se quittèrent, ayant déjà hâte de se revoir le 18 décembre prochain, pour la cérémonie de procession funéraire à Rihanya. Sarah et Shmoulik rentrèrent. Ils voulaient fêter cette journée magique où ils étaient officiellement devenus propriétaires de deux maisons et peut-être de quatre villas supplémentaires dans un avenir proche, d'une fortune considérable en monnaie locale et en devises étrangères.

Ils se levèrent très tôt le lendemain. Malgré une nuit câline, finalement très courte, ils se sentaient en grande forme. Ils étaient transportés d'allégresse et baignaient bizarrement dans une situation, certes, bien réelle mais produisant pourtant toutes les manifestations d'un irréalisme vaporeux. En fait, ils ne réalisaient pas encore tout ce qui leur était arrivé depuis leur rencontre avec Othman.

Shmoulik et Sarah venaient d'arriver chez Itzhak pour récupérer les *Manotes* (repas complets) du shabbat qu'ils lui avaient commandées. Ce dernier leur avait préparé un coffre avec tous les plats cuisinés ainsi que les *Souvganiotes* (beignets traditionnels de hanouccah).

- Tenez, Sarah. Je vous ai mis également une petite jarre d'huile d'olive pure, pour le cas où …
- Vous êtes un ange, Itzhak. Combien est-ce que je vous dois?
- Rien, Sarah. C'est mon cadeau de Hanoucca.
- Non, je ne l'accepte pas. C'est votre gagne-pain.
- Très bien. Donnez-moi six piastres.
- Itzhak, vous savez pertinemment qu'avec la jarre d'huile d'olive et les beignets, ça en vaut au moins douze.
- Exact. C'est pourquoi, puisque vous insistez, je vous demande de payer votre part. Je n'offre que la part de Rabbi Yehuda et de la Rabbanite Esther.

Vaincue, Sarah lui donna 1006 piastres.

- Tenez vos 6 piastres plus les 1.000 convenus pour le cheval.

- Ah merci. J'avais complètement oublié. Au fait, vous avez trouvé un nom pour lui.

- Non, nous n'y avons pas encore songé. Shmoulik, que penses-tu de Baggy?

- Baggy. Pourquoi? Ça a une signification?

- C'est la contraction de *Barak* (Éclair) et de *Guibour* (Puissant)

- Ok. Mazal tov, Baggy.

Pendant que Shmoulik calait soigneusement le coffre rempli de victuailles dans l'habitacle du fiacre, Sarah s'entretint avec Itzhak.

- Voila. Je ne sais pas si vous êtes au courant, mais nous avons retrouvé les corps de mes parents. Ils étaient enterrés à Rihanya. Dimanche 18 Décembre à 15h30, nous allons procéder à une cérémonie funéraire sur place. Il y aura les autorités officielles, les autorités militaires, les autorités religieuses ainsi que tous ceux qui m'ont aidée à surmonter le traumatisme de ce drame. Je souhaiterais que vous battiez le rappel des amis. D'ailleurs, j'ai bon espoir de revenir avec Rabbi Yehuda. Je voudrais savoir également où je pourrais me procurer une Hanoukia pour ce jour-là.

- Sarah, je suis très content pour vous. Votre histoire nous a tellement émus que je suis persuadé qu'une nouvelle page se tourne. Je serai à vos côtés. Je battrai le rappel. C'est une bonne action que d'assister à une cérémonie de ce genre. Cependant, je dois vous dire qu'une grande Hanoukia, vous ne la trouverez que dans une synagogue importante. Mais, le dernier jour de la fête, cela m'étonnerait qu'on vous la prête.

- Essayez de voir avec Reouven, l'officiant de la synagogue des Bnei Brit, s'il y en a une. Et prévenez-le afin que toute sa communauté soit aussi à Rihanya!

- Je vais lui demander et passer le mot à tout le monde, partez tranquilles.

Sarah ne voulut pas entrer à l'intérieur du fiacre. Elle préféra s'asseoir sur la banquette à côté de Shmoulik. Lorsqu'ils sortirent de la ville, plus question de regarder la végétation. Le lac Kineret avait beau virer au gris en ce mois de Décembre. Pour eux, il était bleu. Sarah euphorique regardait amoureusement Shmoulik car elle portait leur enfant. Shmoulik ponctuait les phrases chantées par Sarah d'un juvénile "Yallah Baggy" du plus bel effet. Ils chantaient à tue-tête comme des enfants. Le trajet leur sembla interminable, tant ils étaient pressés de rejoindre Oum Ghoumi pour partager leur joie avec Rabbi Yehuda et la Rabbanite Esther.

Chapitre XIV

Le fiacre arriva dans le jardin de la petite maison d'Oum Ghouni. Sarah en descendit et courut se jeter dans les bras d'Esther et salua respectueuesement le Rabbi. Shmoulik embrassa Rabbi Yehuda, alla prendre le coffre de victuailles puis entra avec, dans la maison.

Sarah - Nous apportons le repas de shabbat pour nous quatre. Je vous informe que Itzhak a tenu à vous offrir vos repas ainsi que les souvganiotes et la jarre d'huile d'olive pure pour les fioles de la Hanoukia.

Esther - Comment s'est passée cette semaine ?

Sarah - Nous n'en sommes pas encore là. Nous avons plusieurs journées à passer ensemble. Il nous faudra au moins ça pour tout vous raconter.

Rabbi Yehuda - Vu ton enthousiasme, cela a dû bigrement bien se passer !

Sarah - Chaque chose en son temps, Rabbi. Nous comptons rester jusqu'à mardi puis nous rentrerons ensemble.

Esther- Mais nous avons des bains formant la base de notre thérapie médicinale prévus tous les jeudis !

Shmoulik - N'y a t'il pas moyen d'inverser le mardi et le jeudi exceptionnellement pour les fêtes de Hanoucca ? Même si Simon n'est pas au courant, nous vous déposerons aux thermes de Hamat Gader, vous y attendrons et au retour, nous passerons prévenir à Tibériade.

Rabbi Yehuda - C'est si important pour toi Sarah'le que nous retournions avec vous à Safed, mardi ?

Sarah - C'est primordial, voulez-vous dire. Sans vous, il n'y a rien !!

Esther - Eh bien, ma fille, il va falloir d'abord que tu nous racontes tout.

Sarah - Vous savez quoi, je suis très déçue par votre attitude. J'aurais voulu gommer la route qui se dessinait devant nous pour raccourcir le trajet et être à Oum Ghouni le plus tôt possible, et ce, dans l'unique but de vous raconter ces dernières 48 heures magnifiques. En lieu et place d'un accueil à la hauteur de notre venue, je me suis retrouvée sur une sellette avec un interrogatoire aussi indisposant qu'inutile.

Je vous demande humblement pardon d'avoir voulu vous forcer la main. Vous ne voulez pas venir, c'est votre droit. Vous préférez ne pas déroger à la trempette du jeudi, pas de problème. Nous allons, si vous le voulez bien, passer le Shabbat avec vous puis, nous rentrerons. Bien évidemment, Shmoulik, qui est bien plus diplomate que moi, pourra toujours vous raconter ces folles journées et répondre sans problème à toutes vos questions. Il est toujours resté avec moi et a vécu tous les derniers événements comme je les ai vécus...Sauf lorsque je me suis faite kidnapper.

Les repas sont déjà cuisinés. Il n'y a donc plus qu'à les laisser chauffer à petit feu, le moment venu. Je vais me reposer un peu. Je suis fourbue.

Elle entra dans sa chambre, s'affala sur le lit et s'effondra en sanglots. Rabbi Yehuda et la Rabbanite étaient restés cois, ne comprenant pas la colère de Sarah. Quant à Shmoulik, il courut aprés sa femme pour la calmer et la raisonner. Quelques minutes plus tard, il réapparaissait accompagné de Sarah qui essuyait ses larmes. Il s'effaça soudain, laissant Sarah seule face à ses hôtes.

- Je suis désolée. Je ne sais pas ce qui m'a pris tout à l'heure. Peut-être un excès de fatigue dû à mon état ou un excès d'euphorie fracassé par votre attitude raisonnable que j'ai jugée négative-ment, de manière trop hâtive. Rabbi Yehuda, Esther, je vous de-mande pardon.

Esther courut la prendre dans ses bras.

- Ma petite fille, ce n'est pas grave. Nous connaissons, le Rabbi et moi, ta spontanéité et la grandeur de ton cœur. Cependant, si tu souhaites que nous partagions la même joie, raconte-nous ce qui t'est arrivé.

- Eh bien. J'ai récupéré ma maison, celle d'Ali, ainsi que les quatre villas si David Grossman ne donne plus signe de vie, et une fortune qui pourrait atteindre deux, voire trois millions de piastres. Parallèlement, j'ai été kidnappée. Dahmane est mort, je l'ai constaté. Je ne risque plus rien...Vous comprenez ? Ma fa-mille, dont nous avons enfin retrouvé les dépouilles, est enfin vengée !

Rabbi Yehuda - Sarah'le. Si c'est vrai, c'est extraordinaire et tu as raison. Nous allons sauter de joie avec toi mais avant il faut que tu en dises un peu plus.

Sarah, narra les derniers événements, se délectant par avance du propos qu'elle savait se terminer à son avantage.

Rabbi Yehuda - Heureusement que Sarah a commencé par le résultat, sans quoi je serais mort d'inquiétude.

Ils se mirent à rire de bon cœur puis Sarah fit remarquer à Rabbi Yehuda que leur protection et sa délivrance avaient été assurées par une société d'anciens janissaires dont ils ont pu apprécier le sérieux et l'efficacité.

R. Yehuda - J'en conviens Sarah'le, mais pourquoi me dis-tu ça avec ce petit air narquois ?

Sarah - Rebbe, nous avons déjà évoqué votre visite avec Rabbi Yesroel et Mordehai, mais je ne sais pas si vous vous souvenez de vos propos peu élogieux à l'égard des milices privées et du peu de confiance que vous leur accordiez.

- Effectivement je m'en souviens, et alors ? Ou ils ont changé ou bien c'est moi qui ai changé.

Tout le monde s'esclaffa, hormis la Rabbanite restée droite dans ses bottes.

Esther - Ce que je veux retenir, c'est que Dahmane est mort !! Aujourd'hui cette nouvelle suffit à notre bonheur. *Imakh shemo !* (Que son nom soit effacé à tout jamais)

Rabbi Yehuda - En effet, tu as raison Esther. Voilà enfin la confirmation d'une excellente nouvelle et pas la moindre. C'est formidable, ma petite Sarah. Je comprends mieux ton euphorie! Mais ce que je comprends moins, c'est la raison pour laquelle tu veux nous ramener à Safed avec vous mardi à la mi-journée.

Sarah - Comme vous l'a précédemment confié Shmoulik, j'ai été profondément émue par l'attitude des circassiens de Rihanya. Ayant appris par vos soins, que nous devions les ré-enterrer selon nos propres rites et organiser une cérémonie funéraire sur leur lieu de sépulture, j'ai fixé cette date au Dimanche 18 Décembre qui tombe le dernier jour de l'allumage des bougies de Hanoucca. J'ai également considéré que la communion des flammes virevoltantes de la Hanoukia et l'élévation des âmes de nos chers disparus serait parfaite. Je compte, bien évidemment, organiser une petite seouda avec l'aide de notre ami Itzhak. Chaque représentant de communauté dira quelques mots et je clôturerai par un discours de remerciements appuyés pour tous ceux qui ont œuvré à rendre possible cette cérémonie.

Rabbi Yehuda - Il faut que je vérifie la possibilité légale d'un point de vue religieux et spirituelle de conjuguer les deux événements et j'aimerais savoir, le cas échéant, qui allumeraient les huit bougies plus le *shamash* ?

Sarah - Eh bien, tous les représentants communautaires qui accepteront de se joindre à nous, tels Mordehai Ginsburg pour l'ensemble des communautés Russophones et Shlomo Levy représentant les Moghrabis…

R. Yehuda - As-tu contacté Rabbi Elias Haim Sassoon représentant des communautés originaires de Syrie et d'Irak, Rabbi Kinori Tsour représentant de la communauté Yéménite de Galilée, ou encore Rabbi Haroun Mofaz représentant les *Farsi* (Perses) et Rabbi Chaoul Sharabi représentant les juifs *Mizrahi* (orientaux d'Israël) ?

Sarah - Non. Mais je comptais sur vous ou sur Rabbi Shmuel.

R. Yehuda - Très bien Sarah, qui d'autre ?

Sarah - Les responsables des corps constitués, Rustum bey Gouverneur de la ville de Safed, Othman el Bar'ami Colonel de l'armée de Mehmet Ali commandant de la garnison de Saint-Jean d'Acre. Il y aura également les circassiens représentés par leur chef et par Kais Amirov, l'homme qui prit la décision humaine que nous connaissons, Majid et Kamal al Kacim de Beit Jann et puis tous les amis qui auront été prévenus.

R . Yehuda - Ça va faire du monde! Ecoute Sarah, j'ai réfléchi à ta première question. La réponse est non. De mon point de vue, tu ne peux pas mélanger. Les deux événements sont différents. L'un est issu d'une tradition religieuse et l'autre est le fruit d'une obligation religieuse. Lequel des deux l'emportera sur l'autre ? Hanoucca qui ne va intéresser qu'une partie de tes invités ou la cérémonie funéraire qui concernera tous ceux qui seront là? Vois-tu, avant même de vérifier nos textes de loi, je t'ai entendu et, pour moi, Hanoucca, de par sa date, te sert uniquement d'atout supplémentaire.

Sarah - Vous n'y êtes pas du tout Rabbi. D'ailleurs, cela ne me dérangerait pas du tout de décaler la cérémonie funéraire au

Mardi 20 décembre. Hanoucca serait terminée depuis deux jours et Noël ne débuterait que quatre jours plus tard !

Sentant que le temps commençait à virer à l'orage, Shmoulik intervint :

- Je crois qu'il est effectivement impératif de dissocier les deux événements. Pour autant, Sarah n'a pas tort lorsqu'elle parle de communion bien que les fioles soient allumées pour des raisons différentes, les lumières de la Hanoukia pour personnifier le miracle de Rihanya et les autres pour personnifier l'élévation de leurs âmes. Je pense, sans me tromper, que dans l'esprit de Sarah, tous les membres des différentes communautés étant sur place, ils ne pourront pas se retrouver, dans le même temps, dans leur synagogue pour l'allumage de la huitième bougie de Hanoucca. Or, vous n'êtes pas sans savoir que les lumières de Hanouccah doivent être allumées un quart d'heure avant l'apparition des premières étoiles et que la hanoukia doit être orientée vers Jérusalem. Aussi, je propose de prévoir 26 fioles remplies d'huile que nous placerons sur des étagères tout autour du carré des martyres de Byrriah, pour qu'après la prière des morts (Male Rahamim), tous nos invités puissent allumer ces fioles à la mémoire de nos défunts et d'amener, comme prévu, la hanoukia à Rihanya pour l'allumage de la 8eme bougie, conformément à notre rite.

Rabbi Yehuda - Effectivement, si les deux événements sont dissociés, ils peuvent se faire dans le même temps. Ce qui permettra à Sarah d'avoir un maximum de monde pour rendre hommage à la mémoire des familles juives. Esther, nous partirons donc mardi.

Esther mit le repas du vendredi soir à chauffer et chacun se retira pour se préparer à l'entrée de Shabbat.

Le reste de leur séjour fut beaucoup plus serein. Ils dégustèrent les *Souvganiotes* confectionnées par Itzhak et allumèrent les deux premières fioles de la fête. Shmoulik finit par céder aux questions appuyées d'Esther en expliquant comment Sarah avait récupéré les villas, pourquoi Othman lui avait offert sa maison et enfin comment ils étaient arrivés à récupérer cette somme faramineuse.

Mardi, aux environs de midi, Rabbi Yehuda s'installa dans le fiacre après avoir terminé son soin aux Eaux thermales de Hamat Gader.

Shmoulik s'arrêta à Tiberiade pour prévenir le propriétaire de leur départ anticipé afin que Simon ne se déplace pas en vain ce jeudi. Puis, ils poursuivirent leur route jusqu'à Safed.

Ils passèrent d'abord chez Itshak. Ce dernier fut ravi de revoir et de saluer Rabbi Yehuda et la Rabbanite Esther. Sarah en profita pour lui demander son avancée dans les missions qu'elle lui avait confiées. Elle lui commanda, en outre, pour dimanche, une séouda pour 150 personnes ainsi qu'une trentaine de fioles complètes avec mèches et huile d'olive.

Shmoulik demanda à Rabbi Yehuda s'il consentait à l'accompagner chez Rabbi Shmuel Heller afin qu'il contacte les chefs des autres communautés dont il leur avait parlé. Ce dernier accepta volontiers. Sarah et Esther décidèrent, quant à elles, de rentrer à pieds, les attendre à la maison.

Rabbi Shmuel Heller les accueillit chaleureusement, demanda de ses nouvelles à Rabbi Yehuda et lui confia qu'effectivement il avait meilleure mine.

Rabbi Yehuda - Je suppose que vous êtes au courant de la commémoration funéraire qui doit avoir lieu à Rihanya.

Rabbi Shmuel lui répondit par l'affirmative.

- C'est donc pour cela que vous êtes revenu à Safed, mon cher ami?

- Exactement. Je vous confirme d'ailleurs que cela aura bien lieu le 18 décembre à 15h30. Et à ce propos, je souhaiterais que vous joigniez les chefs de communauté yemenite, mizrahi, farsi et syro-irakienne, afin qu'ils se joignent à nous dans un élan de solidarité intercommunautaire concernant l'hommage qui sera rendu à 5 familles juives martyres du pogrom de 1834. Comme vous le savez, leurs sépultures ont été retrouvées, il y a quelques jours seulement, dans le petit cimetière de Rihanya où un carré séparé leur a été dévolu.

- Je ne peux pas vous promettre qu'ils viendront, mais soyez assuré que je les préviendrai.

Puis, Rabbi Yehuda informa Rabbi Shmuel de la volonté de Sarah d'organiser un allumage de la huitième bougie de Hanoucca, en marge de la commémoration.

- Je souhaiterais préalablement savoir qui s'occupera de la *hachkava* des martyrs (prière rituelle des morts) et qui s'occupera de la célébration de la 8e bougie de Hanouccah.

- Mon cher Rabbi Yehuda, compte-tenu de tout ce que vous avez fait pour Sarah, je pense qu'elle serait heureuse que vous vous chargiez de la hachkava de sa famille. Je prononcerai le discours de réception, au nom du Rabbinat de la ville, et au moment venu, je m'occuperai du cérémonial de Hannouca.

- Parfait. Dites-moi Rabbi Shmuel, auriez-vous une idée de transport pour des groupes de personnes?

- Non, mais ne vous inquiétez pas, les gens trouvent toujours des solutions.

- Alors, à dimanche ! *Hag Hanoucca Sameah* (joyeuse fête de Hanoucca)

- Bonne fête à vous aussi, mes amis.

Rabbi Yehuda et Shmoulik sortirent du Rabbinat, satisfaits.

- Nous allons rentrer à la maison Rabbi, vous devez être fatigué. C'est votre première journée.

- C'est certainement vrai ! Mais, finalement ça me fait tellement de bien de rencontrer des gens et de faire des choses utiles que je me remets à exister.

- Venez. Nous sommes proches du crépuscule, la nuit va bientôt tomber. Je vous dépose à la maison, puis j'irai à la shule pour l'allumage de la troisième lumière.

- Non, allez plutôt à la maison et dites aux femmes de nous rejoindre à la synagogue. Il y a longtemps que, sans minyane, je n'ai pas pu faire le kaddish.

- Je vous dépose d'abord et j'y vais.

- Entendu, cela me permettra de saluer tous les amis qui seront là.

*

Le lendemain matin, comme ils l'avaient convenu la semaine précédente, au sortir de la wilaya, Shlomo et Mordehai se présentèrent chez le Rabbi.

Lorsqu'ils le virent, ils lui tombèrent dans les bras. Surpris de le trouver chez lui, ils lui demandèrent comment il allait.

R. Yehuda - Ecoutez, ça va plutôt bien. Cependant, ma cure thermale est loin d'être terminée et notez bien que j'y retournerai dès lundi matin.

Mordehai - Vous êtes venu pour la cérémonie funéraire de dimanche ?

- Oui et vous tombez bien, car je tenais à vous remercier du fond du cœur de m'avoir si excellemment suppléé.

Shlomo et Mordehai se sentir gênés.

- Nous n'avons fait que suivre leurs indications.

- Ne soyez pas modestes mes amis. Sarah et Shmoulik m'ont relaté, avec minutie, votre entier dévouement et toutes vos prouesses. Tout d'abord, il vous faudra battre le rappel de vos communautés respectives afin qu'il y ait un maximum de monde dimanche. Ensuite, il vous incombera de contacter les présidents d'autres communautés pour les inciter à venir. Je sais que vous saurez trouver les mots. Notez que j'ai personnellement demandé à Rabbi Shmuel Heller de s'y atteler mais je pense que vous connaissez mieux les présidents et lui, les rabbins.

Enfin, essayez de trouver des charretiers ou d'autres possibilités de transport aptes à véhiculer, ce jour-là, des gens depuis Safed.

Sarah - Ne nous relâchons pas mes amis, nous attaquons la dernière ligne droite. Nous avons encore quelques points à développer.

Mordehai et Shlomo promirent de s'en occuper séance tenante.

Sarah et Shmoulik les remercièrent, les saluèrent et partirent pour Beit-Jann.

Ils arrivèrent au village de Beit Jann, et c'est avec une joie non dissimulée qu'ils invitèrent Majid et Kamal ainsi que tous ceux qui voudraient s'y joindre, à la cérémonie de dimanche, à Rihanya. Ce qu'ils acceptèrent avec empressement.

Sur la route du retour pour Safed, Sarah pria Shmoulik de se rendre à Ein Zeitim. Elle désirait y rencontrer ses anciennes collègues et les inviter, sachant très bien qu'il était fort probable qu'elles déclinent cette invitation, compte tenu de leurs principes. Comme elle le pressentait, elles ne donnèrent aucune réponse et lui affirmèrent qu'elles en discuteraient entre-elles.

Approchant de Safed, Shmoulik interrogea Sarah quant à ses intentions concernant la maison d'Ali, qu'Othman lui avait offerte.

- Vois tu mon chéri, je nourris le dessein depuis Jérusalem de faire venir tes parents à Safed. J'ai vécu la majeure partie de ma vie sans les miens. J'ai trouvé encore plus terrible d'avoir les siens, vivants, et ne pas les voir. J'ajoute qu'au cours de ces quelques jours, je me suis prise d'affection pour eux, et que bientôt naîtra leur premier petit enfant. Il serait dommage qu'ils ne le voient pas grandir.

- Tu ne pouvais pas me rendre plus heureux. Je t'aime...

Le lendemain, ils sortirent la couseuse et la déposèrent chez Olga.

- Bonjour Olga, Hag Sameah.

- Hag Sameah, Sarah'le. Que me vaut le plaisir de ta visite?

- Et bien, je t'apporte la fameuse couseuse dont s'était servie mon père, paix à son âme, et qui était restée dans notre maison scellée.

- Elle fonctionne encore ?

- Je crois bien. De toute façon, place-la dans ton arrière boutique. Je vais rester avec toi et te montrer comment elle marche. Ah, dis-moi. Où est Herschel ?

- A son travail, je suppose.

- Essaie de le contacter. J'ai besoin de lui parler.

- Je vais voir si je peux le joindre. Ah! Sarah, montre-moi, je t'en prie. Je suis impatiente.

Sarah rejoignit Shmoulik et lui demanda de se rendre à la wilaya pour saluer le gouverneur et lui demander si leurs maisons de la rue Bayazid al Thani avaient été officiellement descellées.

Visiblement très occupé, Rustum Bey lui répondit par l'affirmative en lui souriant et alla s'enfermer hâtivement dans son bureau, après lui avoir dit " A dimanche ".

Pendant qu'Olga allait chercher Herschel, Sarah nettoya soigneusement la couseuse avec une émotion teintée d'une certaine appréhension. La couseuse fonctionna à merveille. Olga fut subjuguée.

- Tu me la laisses pour le moment. Elle est si simple à manier et en même temps si rapide.

- Oui Olga. Je te la prête avec joie et je souhaiterais même t'inclure dans un projet qui me tient à cœur.

- J'aimerais tant...Mais tu sais, nous ne sommes pas très argentés en ce moment.

- Ne t'inquiète pas, je financerai toute l'opération. Mais entraine-toi. Je t'en parlerai plus amplement un peu plus tard.

Herschel et Shmoulik arrivèrent à la boutique, presqu'en même temps.

Sarah - Bonjour Herschel. Je suis désolée de t'avoir dérangé durant tes heures de travail, mais je devais prendre une décision rapide.

Herschel - De quoi s'agit-il Sarah?

Sarah - Voila j'ai récupéré la maison de mon père et j'ai acheté une autre maison un peu plus petite juste à côté, rue Bayazid al Thani. Malheureusement, elles sont restées fermées plusieurs années et je souhaiterais les faire débarrasser, nettoyer, et réhabiliter pour pouvoir les occuper rapidement. Connaîtrais-tu des ouvriers suffisamment qualifiés pour exécuter un travail propre?

Herschel - Certainement Sarah. Mais il faudrait d'abord que j'aille sur place pour savoir ce dont tu as besoin et en parler ensuite aux ouvriers en connaissance de cause.

Sarah -Très bien. Disons mardi matin, ici à la boutique. Je vous y attendrai vers 8h.

Herschel - Parfait.

Chapitre XV

Dimanche 18, Sarah était dans tous ses états. Son angoisse augmentait au fur et à mesure que l'heure de la cérémonie approchait. N'y tenant plus, elle prévint son mari de son départ pour Rihanya à 11 heures. Comme elle ne voulait pas imposer une trop longue attente à Rabbi Yehuda qu'elle savait fatigué, elle demanda à Shmoulik de la déposer d'abord et de revenir chercher le Rabbi, plus tard.

Vers midi, Sarah pu constater qu'Itzhak avait, encore une fois, été à la hauteur de la situation, efficace et professionnel. Un buffet avait été dressé. Des chaises avaient été placées en rang d'oignon. Les photophores autour du carré attendaient d'être allumés et la grande Hanoukia, fabriquée pour l'occasion, était orientée vers Jérusalem.

Elle tint à rencontrer Kaïs Amirov en particulier. Elle lui exprima, de nouveau, sa profonde gratitude et lui demanda s'il y avait dans son village, un graveur de pierre qui pourrait inscrire les noms des cinq familles en hébreu sur une plaque de granit. Elle lui donna également le nom de son père "Ephraïm ben Mendel Litvak" à inscrire en lieu et place de "Sans veste". Enfin, elle lui demanda de bloquer toutes les arrivées à environ 300 mètres en amont, de sorte que la procession soit parfaitement ordonnée. Le circassien acquiesça et se mit en charge de faire exécuter toutes les recommandations de Sarah.

Plus l'heure prévue approchait et plus Sarah ressentait l'angoisse l'étreindre au point de lui donner des crampes à l'estomac.

Le responsable de la Hevra Kadicha apporta une excellente nouvelle. Il informa Sarah, qu'après avoir échangé avec les responsables de Rihanya, il ne s'avérait aucunement nécessaire de procéder à un re-enterrement. Tout avait été réalisé, certes à la façon circassienne, mais cependant conformément à la loi juive et que des prières commémoratives ajoutées à la prière de l'élévation de l'âme des défunts suffiraient.

Cette nouvelle combla Sarah qui appréhendait cette opération.

Les circassiens précédés par Kais s'étaient revêtus de leurs plus beaux habits puis Shmoulik arriva, accompagné de Rabbi Yehuda et de la Rabbanite. Othman et ses 26 cavaliers en tenues d'apparat firent un effet prodigieux. Les fidèles de la synagogue vinrent sur deux charrettes conduites par Schimmel et Herschel. Puis un fiacre arriva, dont descendit Kohava, une des Anciennes de Havat-Zeitim, déléguée par ses collègues, pour les représenter et qui la salua avec respect. Sarah attendait avec anxiété Shlomo et Mordehai qui arrivèrent, enfin, accompagnés des quatre représentants de communautés qu'ils avaient précédemment récupérés à Safed.

Près de cent vingt personnes étaient présentes pour célébrer cette cérémonie à l'exception de Majid et Kamal qui n'étaient pas encore arrivés. Elle espérait seulement qu'ils ne tarderaient plus trop. Elle était persuadée qu'ils ne lui feraient jamais faux-bond, tant elle avait confiance en eux et les savait de parole.

Shmoulik accueillit les arrivants en remettant une bougie à chacun. Il organisa le cortège, le gouverneur, les rabbins, les chefs de communauté en première ligne et le reste en rang par deux, afin que la procession puisse commencer. Ils se déplacèrent tous solennellement jusqu'au carré de cimetière et l'entourèrent.

Sarah sentit les larmes couler sur ses joues tant l'émotion était forte.

Rabbi Shmuel Heller ouvrit la cérémonie en remerciant tous les représentants des diverses entités présents et leur expliqua le déroulé de la cérémonie. Il les informa également qu'il allait passer le relais à l'éminent Rabbin Yehuda de Volozin pour diriger la cérémonie funéraire et que, lui, conduirait la célébration de la dernière lumière de la fête de Hanoucca.

Rabbi Yehuda donna respectueusement la parole au gouverneur... C'est à ce moment précis qu'arrivèrent Majid et Kamal, entourés d'une vingtaine d'habitants de Beit-Jann. Sarah était ravie. De loin, elle leur fit un signe de bienvenue ponctué d'un " Merci Beye" seulement articulé.

Rustum Bey - Bonjour à tous. Je vais faire court et je demanderai courtoisement à tous les intervenants d'en faire de même, afin que cette cérémonie se termine avant la tombée du jour. Sarah, je n'ai appris votre histoire et celle de votre famille que tout récemment et j'ose espérer que ce type de folie meurtrière ne se reproduise plus jamais. De ce point de vue, l'espoir ne semble pas utopique quand on voit le symbole éclatant de cette réunion, où le respect mutuel entre les communautés apparaît au travers de leur présence.

Ma chère Sarah, ce que je vais dire pourra sembler osé. Mais vous avez réussi, à l'issue du drame le plus abject, à fédérer et à lier fraternellement des peuples différents au sein de l'empire tel que l'auraient souhaité Mehmet Ali et son fils Ibrahim Pacha, sans jamais y parvenir. Votre vie est un exemple, Madame.

Sarah, émue, remercia le gouverneur d'un signe de tête puis demanda à Rabbi Yehuda de laisser la parole à Othman.

Othman el Bar'ami - Mes amis, je vous salue. Sarah, je t'ai rencontrée avant même d'émerger du coma profond dans lequel j'étais tombé. Un jour, je t'ai entendu du fond de mon inanité forcée, me dire de tenir bon, car tout finira par s'arranger. Paroles de réconfort à un blessé ou prémonition ? Il semble aujourd'hui que la deuxième hypothèse était la bonne. Puis, je t'ai mieux connue grâce aux lettres hebdomadaires que m'envoyait Mansour "paix a son âme". Je t'ai progressivement appréciée, puis respectée et puis fraternellement aimée pour ce que tu étais.

Aujourd'hui, je connais ton coeur, ta franchise, ta fidélité ainsi que le respect indéfectible que tu voues à la mémoire des tiens. Je tiens à m'y associer, personnellement et au nom de l'armée égyptienne, ainsi qu'en témoignent les 26 officiers qui se sont joints à moi pour allumer une bougie par défunt. Aujourd'hui que je te connais réellement, je sais pourquoi je t'aime. Tu es une dame, Sarah.

Puis, ce fut le tour de Majid. Il rappela qu'il avait toujours considéré Sarah comme sa fille car, en effet, si son père lui avait donné la vie, il l'a lui avait sauvée à deux reprises, d'abord en 1834, puis en 1838 avec son frère Kamal. Mais ne souhaitant pas s'attarder sur le bien qu'il lui avait prodigué, il préféra rappeler le rôle essentiel de Sarah après le tremblement de terre de 1837, où elle s'était escrimée jusqu'à l'épuisement pour sauver des vies, dont certains rescapés et leurs familles avaient tenu à être présents, à ses côtés, pour rendre enfin hommage à son père. Salma ou Sarah, je ne sais pas s'il existe en yiddisch un équivalent féminin à un Mensch, mais sois-en assurée, tu en es une.

Les derniers à prendre la parole, avant le Tekes de Rabbi Yehuda, furent Atsker Mokhsi le chef de Rihanya et Kaïs Amirov.

Atsker Mokhsi - Lorsque j'ai reçu une demande concernant la sédentarisation des tombes juives dans notre cimetiere musulman de Rihanya, je n'ai su que penser. Après tout, maintenant que leurs descendants avaient retrouvé leurs morts, n'était-il pas légitime qu'ils soient ensevelis dans le cimetière juif de Safed ? J'ai donc consulté le conseil des sages qui m'a donné une réponse unanime : *"Ce cimetière fait partie de notre patrimoine car ces gens. que nous ne connaissions pas, ont été lâchement massacrés par des musulmans. Il est de notre devoir, à nous circassiens musulmans, de réparer ce tort et de leur offrir une digne sépulture. Il faut tout faire pour le conserver."*
Après ce que j'ai entendu aujourd'hui, je peux vous assurer que ce cimetière sera parfaitement gardé et entretenu.
Puis, il céda la parole à Kaïs Amirov.
Kaïs Amirov - J'ai personnellement connu Asher Kamensky. Je l'ai tout de suite apprécié car c'était un homme vrai, tout comme les quatre autres familles, je suppose. Malheureusement, je ne les ai connus qu'après leur mort. J'ai retenu mes larmes jusqu'à Rihanya, ou nous leur avons offert une dernière demeure, en toute humanité. Cependant, la vision de ces corps déchirés qui baignaient dans une mare de sang fut impossible à effacer. Cette vision, je réussis tant bien que mal à la faire disparaître de jour en jour, mais la nuit elle restait un cauchemar récurrent jusqu'au jour où j'ai appris de leurs descendants qu'ils tenaient à ce que le cimetière reste à Rihanya. Sarah, je voudrais aussi avoir une pensée émue pour votre sœur Rebecca dont j'ai conservé la poupée à laquelle elle tenait tant.
Rabbi Yehuda fit la *hachkava*, en égrenant le nom de chacun des 26 défunts. Lorsqu'elle entendit le nom de son père, Sarah qui allumait la première bougie, ne put retenir ses larmes et tous les participants allumèrent à leur tour la bougie que Shmoulik leur avait remise, pour l'élévation de l'âme des défunts. Rabbi Yehuda entonna *El Male Rahamim* (prière pour l'élévation des âmes).
Sarah - Tout d'abord, je suis très honorée et je tiens à remercier le Gouverneur Rustum Bey ainsi que le grand rabbin de Safed, Rabbi Shmuel Heller, d'être parmi nous en cette célébration solennelle.
Je voudrais remercier, également, mon parrain Rabbi Yehuda de Volozin et ma marraine la Rabbanite Esther de m'avoir pour ainsi

dire adoptée, mariée et soutenue sans compter, depuis mon retour de Havat-Zeitim.

Je souhaiterais remercier tout particulièrement Majid el Kacim et son frère Kamal, sans qui je serais morte aujourd'hui, ainsi que leur famille et tout le peuple druze de Beit-Jann qui m'ont fait l'honneur de venir aujourd'hui.

Je remercie de tout mon cœur, le colonel Othman Ibn Ali Saber el Barhami, Commandant en chef de la garnison de Saint-Jean d'Acre, dont la famille a également été massacrée. Paix à leurs âmes. Nous avons en commun l'assassinat de nos parents respectifs par le même criminel. Sans Othman, le héros de Konya, rien n'aurait été possible.

Je voudrais également saluer les 26 officiers qui l'ont accompagné.

Un énorme merci à Kohava, de l'académie de Havat-Zeitim qui m'a accueillie pendant cinq ans, et à qui je dois tant.

Mes remerciements appuyés à Rabbi Shaoul Sharabi, Rabbin de la communauté Juive Mizrahi, à Haroun Mofaz, Président de la communauté Farsi, à Rabbi Kinori Tsour, Rabbin de la communauté Yemenite, et enfin à Elias Sassoon, Président des communautés Syro-Irakienne.

Mes derniers remerciements vont à mes compagnons d'arme, Shlomo Levy et Mordehai Ginsburg ainsi que Itzhak, Schimmel, Herschel et Olga, Moishe, Uriel et Nephtali et tous ceux qui m'ont fait l'honneur de s'être déplacés pour rendre hommage a ma famille et à mes amis.

Vous imaginez bien que j'ai gardé le meilleur pour la fin. Une profonde gratitude et un amour sans fin à mon cher époux Samuel Danilovitch

Se tournant vers lui, -Je t'aime Shmoulik.

Quant à vous qui dormez sous cette terre, les âmes de vos cinq familles dont les noms sont inscrits sur cette plaque et qui ont disparu dans la fleur de l'âge, victimes de la barbarie, de l'avidité et de la haine raciste, sommeillez avec honneur dans un repos éternel, parce que vous avez été sauvagement abattus et occis par d'odieux assassins, uniquement du fait de votre judéité. L'Eternel vous a envoyé Kaïs et les circassiens pour que vos dépouilles ensanglantées ne pourrissent pas dans la forêt et que vos corps ne restent pas sans sépultures.

466

Vos familles qui ont ajouté à la sanctification du nom divin n'ont pas été oubliées.

A vous et vos familles, vous êtes et resterez ma famille, mon peuple: Asher, Aaron, Guershon, Mickaël et toi Papa Ephraim, toi Maman Hannah, Simeon arraché à la vie deux semaines avant ta Bar-Mitzvah, Moïshe, Ariel et, toi ma petite Rebecca.

Nous ne vous oublierons jamais.

Nous en avons pour preuve toute cette assemblée regroupant des Juifs, des Druzes, des Musulmans et des Circassiens, des Notables, des Rabbins ou des Gens simples qui prient d'un même cœur pour l'élévation de vos âmes. En ce huitième jour de Hanoucca, ce miracle a démontré que le Maître de miséricorde vous avait cachés dans le secret de ses ailes pour l'éternité et avait enveloppé à jamais vos âmes dans la vie éternelle.

Que Dieu soit votre héritage ! Que le Paradis soit votre repos ! Amen.

Après avoir participé au buffet avec l'ensemble des personnes présentes, Othman vint saluer Sarah pour lui faire ses adieux. Il la prit à part et l'informa que la femme de Muhammad bey était bien décédée et que l'enquête qu'il avait diligentée pour retrouver ses deux filles s'était révélée infructueuse à ce jour. Sarah insista pour qu'il poursuive ses investigations autant que faire se pouvait. Ils restaient en contact pour le cas où il y aurait du nouveau. Avant de se retirer, le gouverneur prit Othman par le bras.

- J'ai appris votre histoire, Colonel. Je dois dire que vous m'avez bien eu, mais sachez que je ne vous en veux pas.

Puis, ils se quittèrent en souriant.

Les Druzes de Beit-Jann saluèrent également Sarah et rentrèrent avant que la nuit ne tombe. Rabbi Shmuel Heller lut les deux bénédictions propres à la fête de Hanoucca. Puis, les deux rabbins et les six présidents de communauté allumèrent les fioles de la hanoukia, le shamash étant réservé à Shmoulik. Enfin, ils entonnèrent des cantiques spécifiques à la fête de Hanoucca.

A la demande de Shmoulik, Yacine indiqua l'emplacement d'un ru d'eau claire situé à proximité, pouvant servir à l'ablution des participants.

Alors que les circassiens se retiraient en même temps que tous les membres de la communauté, Shmoulik fit monter Rabbi Yehuda et la Rabbanite Esther dans le fiacre et informa Sarah qu'ils s'apprêtaient à partir. Cette dernière lui demanda juste un instant.

Elle se pencha sur la tombe de son père et lui parla en sanglotant.

- Papa, je sais que de là où tu es, tu m'entends et tu veilles sur moi. Tu me manques énormément. Tu es parti bien trop tôt et je n'ai pas suffisamment profité de ta présence, de ta bienveillance et de ton humour.

Papa, mon merveilleux complice, depuis ton départ, tes conseils, tes gestes et tes regards m'habitent en permanence et ont été autant de lumières qui m'ont servi de guides lorsque j'étais égarée dans les ténèbres.

Papa, j'aurais tellement aimé que tu sois à mes côtés aujourd'hui.

Papa, ils étaient tous là pour toi, pour la famille, pour les amis.

Papa, j'ai tout récupéré, la maison, l'argent et plus encore. Tu serais fier de moi.

Papa, tu avais raison, les musulmans ne sont pas tous comme Dahmane, ce criminel malfaisant. Othman et Mansour, les fils d'Ali t'ont vengé. Ils ont infligé en toute justice, la terrible punition que méritaient ce monstre et ses sbires.

Papa, aujourd'hui, je suis mariée à un homme extraordinaire et je porte son enfant. Si c'est un garçon, je l'appellerai Ephraim et tu revivras à travers lui. Tu sais, j'ai retrouvé la couseuse et je poursuivrai ton projet, afin que tu puisses être fier de ta progéniture au-delà des mondes. Cet être abject n'a pas réussi à te faire disparaître. Je t'aime, Papa, mon complice de toujours. Veille sur moi. Amen.

Pendant qu'elle faisait les ablutions rituelles au sortir du cimetière, Sarah fit part à Shmoulik de la promesse faite à son père, sur sa tombe, d'appeler leur enfant Ephraim. Shmoulik l'interrogea en souriant :

- As-tu prévu un autre prénom pour le cas où ce serait une fille ?

Sarah proposa Judith, en l'honneur de Lady Judith Montefiore. Shmoulik accepta cette proposition d'emblée.

Installé dans le fiacre, Rabbi Yehuda regarda Esther, les yeux embués et lui dit :

- Il y a un peu plus d'un mois, nous avons vu arriver chez nous un ange de Dieu. Et bien que nous l'ignorions, nous nous sommes mis à l'aimer immédiatement. Cette rescapée miraculeuse de tous les massacres a su rendre sa dignité à toute sa famille et, aujourd'hui, cette orpheline est devenue, d'aventure en aventure, la Dame de Safed.

FIN

Epilogue

Shmoulik et Sarah retournèrent à Oum Ghouni avec Rabbi Yehuda et Esther et s'y reposèrent jusqu'à la fin du mois de janvier 1844. Ils revinrent à Safed pour prendre possession des deux maisons de la rue Bayazid al Thani, refaites à neuf par l'entremise de Herschel.

Sarah rendit visite à ses amis, notamment à Olga qui entretemps avait appris à se servir magistralement de la couseuse. Shmoulik retourna à la yeshiva pour finaliser son départ et en profita pour passer un peu de temps avec Moishe et Uriel.

Vers la mi-février, ils décidèrent de rendre visite à Menahem et Zeitl, les parents de Shmoulik à Jérusalem. Ils sejournèrent plus d'un mois dans la Ville Sainte pendant que Zeitl préparait sa maisonnée à émigrer à Safed.

Comme le lui avait soufflé Sir Moses Montefiore, Sarah se mit à apprécier la ville telle qu'elle était vraiment.

Au milieu du mois d'avril 1844, l'effervescence battait son plein à Safed.

Bien que l'intense activité nécessaire à la préparation des fêtes de Pâques, ajoutée à la récente installation des parents de Shmoulik dans l'ancienne maison d'Ali accaparaient toutes les énergies, c'est l'arrivée imminente de Yossef qui était au centre de toutes les préoccupations.

Rabbi Yehuda n'avait pas encore terminé sa cure saisonnière à Oum Ghouni, mais ayant été mis au courant de l'arrivée de Yossef, décida de rentrer. Itzhak alla les chercher. Rabbi Yehuda, accompagné de la Rabbanite Esther regagnèrent ainsi leurs pénates pour se consacrer exclusivement à l'accueil de leur fils tant attendu.

Sarah et Shmoulik s'étaient proposés d'aller récupérer Yossef au port de Saint Jean d'Acre. Lorsqu'ils arrivèrent, Othman les attendait sur le quai afin de faciliter le débarquement. En attendant l'arrivée du bateau, Othman confirmait à Sarah que l'enquête concernant la succession de Muhammad Bey était au point mort du fait de n'avoir pu retrouver aucun ayant-droit crédible. Ses deux filles, s'étant mariées, avaient non seulement changé de nom mais également de région, peut être même de pays car elles restaient introuvables au Caire. En conséquence, Sarah prit la décision de clôturer l'enquête. Elle érigera dans la ville de Safed ou ses environs, un monument à la mémoire du gouverneur Muhammad ibn Salman al Fayoumi.

Dans le fiacre les ramenant à Safed, Sarah et Yossef firent plus ample connaissance. Il leur fit part de son intention de retourner sans tarder aux Etats-Unis. Il leur rappela que sa femme et ses enfants l'attendaient et que sa vie était la bas maintenant. Cependant, Sarah dut insister pour connaître les raisons de son attitude énigmatique vis-à-vis de ses parents. Il hésita, puis lui confia qu'au moment où il était au plus mal, il avait rencontré Ellen, une femme sans qui il ne serait peut-etre plus là aujourdhui. Ils finirent par tomber éperdument amoureux l'un de l'autre. Ellen n'était, certes, pas juive, mais avait spontanément promis de se convertir avant le mariage. Malheureusement, au dernier moment, le père de celle-ci s'y opposa farouchement et il n'eut pas la force de se séparer d'elle. Aussi, préféra t-il disparaître aux yeux de ses parents, plutôt que les décevoir en leur mentant ou en leur révélant que le fils unique du Rabbi Yehuda de Volozin, éminent rabbin de Safed, avait fondé une famille goy. Toutefois, Ellen et lui avaient décidé de quitter définitivement Houston pour aller vivre dans le New-Jersey. En échappant à l'emprise de son père, il avait bon espoir qu'elle tienne sa promesse, l'environnement sur la côte Est étant plus propice à leur épanouissement, d'un point de vue professionnel et communautaire.

Sarah lui confia que ses parents avaient énormément souffert de son absence et qu'il leur devait la vérité. Puis, elle récupéra les deux machines à coudre *Singer* que Yossef avait ramenées après qu'elles lui furent remises par les émissaires des Montefiore. Elle le déposa chez ses parents, mais ne descendit pas, ne souhaitant pas s'immiscer dans l'intimité de leurs retrouvailles.

Après les fêtes de Pâques, Sarah acheta ses deux premiers magasins à Safed.

Un pour hommes: *"Ephraim Taylor"* que dirigera Shmoulik. Elle y fera créer et produire les vêtements les plus courants en quatre tailles, suivant le modèle mis en place par son père plusieurs années auparavant.

Un pour femmes: *"Olga Créations"*, laissant son amie, aux doigts de fée, donner libre-court à son esprit créatif ou reproduire, à prix modéré, les nouveautés publiées dans les magazines occidentaux.

Elle travailla sans relâche à un projet qui lui tenait à cœur: la diffusion de ses productions à bas coûts dans des locaux qu'elle achèterait à travers toute la région. Elle les agencerait à l'identique et leur ferait porter les mêmes enseignes.

Elle espérait que, par la suite, ses productions seraient relayées par d'autres magasins se joignant à son projet. Son père avait pratiquement inventé le prêt à porter. Elle créerait les franchises.

Après le travail, Shmoulik retrouvait son père et buvait le thé en faisant une partie de shesh-besh sur un guéridon placé devant la maison, sous le regard attendri de Sarah et Zeitl, énamourées.

Lors d'un courrier envoyé à Lady Judith, Sarah la remercia pour la sollicitude qu'elle lui avait témoignée et l'informa de la suite de ses projets ainsi que de sa grossesse. Sir Moses et Lady Judith en furent ravis et promirent de leur rendre visite, lors de leur prochain voyage en Terre Sainte. Par ailleurs, Lady Judith et Sarah émirent le souhait d'entretenir une relation suivie par le biais d'échanges épistolaires.

Enfin, au mois d'Août 1844 Sarah mit au monde une petite fille qu'ils prénommèrent Judith. Cette enfant de l'amour naquit porteuse de bonnes nouvelles. Ce même jour, Shlomo et Mordehai reçurent le rapport définitif de la carence de David Grossman.

Une semaine plus tard, Sarah et Shmoulik hériteront de tout.

Table des Matières

Made in the USA
Middletown, DE
14 February 2023